처녀지(處女地)

식민주의와 문화 총서 22

처녀지(處女地)

이 기 영 저
서 재 길 편

역락

이기영과 만주국 문학에 대한 새로운 해석을 위하여

　일제 식민지기 리얼리즘 소설의 최고봉으로 평가되는『고향』의 작가 이기영은 카프를 대표하는 작가로 문학사에서 평가되고 있다. 그런데 해방 이전 이기영의 문학을 살펴볼 경우 그를 단순히 카프 대표 작가로만 보기 힘든 측면이 많다. 이를테면 카프 해체 이후의 전형기 문단에서 이기영의 창작활동은 위축되기보다는 오히려 더 활발해진 측면이 있다. 특히 카프 시기와 비교해 볼 때 장편소설의 창작이 훨씬 활발해졌다는 점도 주목된다. 또한 해방 이전에 단행본으로 발행된 이기영의 장편소설이 대개 1940년 이후에 집중되어 있다는 사실 역시 간과할 수 없는 부분이다.

　카프 문학에 대한 연구가 활발했던 시기에는 1940년 이후 이기영의 왕성한 창작 속에 나타나는 '제국적 주체성'과 '대일 협력' 색채 때문에 이 시기의 문학을 평가절하하려는 움직임이 있었던 것도 부인할 수 없는 사실이다. 그러나 어떤 측면에서는 이기영 문학의 가장 풍성한 면모가 드러난 것이 이 시기였다고 할 수 있다. 프로문학 작가로서 일관된 신념을 지니고 과학적 세계관과 창작방법론에 입각한 소설 집필을 할 수 있었던 것과는 달리, 외부로부터 강요되는 특정한 이데올로기를 부단히 현실과 연관시키면서 창작할 수밖에 없던 상황에서 오히려 작가의 '내면'이 지닌 풍성함이 드러날 수 있기 때문이다. 게다가 '국어 상용'이 전면화되는 상황에서 적지 않은 작가들이 일본어 창작을 할 수밖에 없었던 시기에 이들 작품들이 조선어로 발표되었다는 점은 별도의 논의를 필요로 한다.

　이번에 소개하는『처녀지』역시 일제 말기인 1944년 9월에 임화가 발행인으로 되어 있던 삼중당서점에서 간행한 전작 장편소설로 지면이 총

730면에 이르는 방대한 분량의 작품이다. 이 작품은 해방 전 이기영의 마지막 장편소설이라는 점에서 문학사적으로 중요한 의미를 지니고 있음에도 불구하고 그 동안 충분한 논의가 이루어지지 못했다. 이기영의 대부분의 소설들이 해금 이후 단행본으로 조판되거나 영인되어 간행되었으나 이 작품만은 편집출판 혹은 영인출간의 기회를 얻지 못함으로써 자료에 대한 접근이 어려웠던 것이 가장 큰 이유였다.

이 작품은 특히 북만주를 무대로 하여 의학도 출신의 지식인 주인공이 농촌 계몽운동과 의학 연구에 진력하다가 페스트에 감염되어 죽게 된다는 서사를 담고 있어 흥미롭다. 일본에 의한 동아시아 식민지 점령과 헤게모니적 지배에 있어서 중요한 역할을 했다고 평가되는 '제국 의료(imperial medicine)'와 만주국 개척의학의 전개과정에서 한 식민지 지식인의 육체가 잠식되는 과정을 묘사함으로써 이 작품은 '위생의 근대(hygienic modernity)'에 대한 근본적인 질문을 제기하고 있는 것으로 보이기 때문이다. 본서의 간행이 일제 말기 이기영 문학을 재조명하는 한편 '위생의 근대'라는 새로운 시각으로 만주국 문학에 접근하는 계기가 되었으면 하는 바람을 가져 본다.

이 책의 출간에는 예상외로 많은 시간이 걸렸고 여러 분들의 도움을 받았다. 울산대 소래섭 선생과 경상대 정영훈 선생은 희귀본인 『처녀지』 원본의 열람에 큰 도움을 주었다. 국민대의 우정덕, 이원경, 이행선, 태영남 선생, 서울대의 이경림, 천춘화 선생이 원문 입력을 도와주었고, 『현대문학사』 수업을 듣는 국민대 제자들이 입력 원고를 원문과 꼼꼼히 대조하며 십시일반 오류를 잡아주었다. 강원대 김창호 선생님과 북경 중앙민족대의 최학송 선생님은 「만인농가」 장을 비롯 소설에 나오는 중국어를 검토해 주셨다. 물론 교열과 주석에 대한 최종적인 책임은 전적으로 편자의 몫이다. 마지막으로 이 책을 '식민주의와 문화 총서'로 간행할 수 있게 해 준 김재용 선생님과 역락 출판사에 감사의 인사를 전한다.

2015년 봄 산벚꽃 흐드러진 북한산에서 편자

차 례

상 권

大東醫院

토요일 오후였다. 3월 하순을 접어들건만 대륙의 기후는 오히려 겨울철 같았다. 더욱 어제부터는 삼한(三寒) 계절로 들어가서 날이 치웁고 바람이 몹시 분다.

대동의원(大東醫院) 진찰실에는 지금 두 세 사람의 환자(患者)가 와서 진찰과 치료를 받고 있었다.

이 병원은 특별한 전문은 없어 보인다.

피부병 환자는 한편 구석에 놓인 침상에 누어서 지금 태양등을 얼굴에 쪼이며 있고 어떤 청년 한 사람은 센조1)를 하고 와서 푸르토실 주사를 간호부에게 맞고 있는 모양이었다.

원장(院長) 백 의사는 지금조수 남표 — (舊名南一杓)와 함께 내과환자(內科患者)를 진찰하기에 골몰하였다.

새로운 부인 환자는 임의 병줄이 골수에 박힌 것 같았다. 나이로는 불과 이십을 몇 살 더 먹지 않은 것 같은데 얼굴에 노랑꽃이 피고 수척할 대로 수척하였다.

그는 속병으로 벌써 오랫동안 고생한다는 것이다. 맥이 풀린 커다란 눈을 힘없이 겨우 뜨고 어깨 숨을 모라쉰다. 그는 의자에 앉었기도 가쁜 듯이 헐헐하며 괴로워하였다. 만일 병이 들지 않았으면 제법 잘 생긴 여자라는 인상이 보는 사람으로 하여금 아깝게 하였다.

---

1) '세정洗淨'을 뜻하는 일본어. せんじょう.

테가 굵은 로이트 안경을 쓴 비대한 원장은 병이 심상치 않은 것을 인식함인지 연신 고개를 비꼬았다. 그는 청진기를 대 본 후에 병상 위에 환자를 눕히고 오래도록 타진을 해 보았다.

그동안에 남표는 예진한 병력을 꾸미고 있었다.

(원장은 이 환자를 무슨 병으로 집증2)하려는고?)

그는 속으로 이런 생각을 하면서. ─

『에─ 좋습니다. 고만 이러나시죠』

우렁우렁한 원장의 목소리가 등 뒤에서 들린다. 그가 휘장을 떠들고 나오자 간호부 신경아(申瓊娥)는 환자의 웃옷을 입히고 매무새를 고쳐 매 주었다. 그리고 그를 부축여서 다시 똥그란 의자위로 앉히었다.

그동안 근심스런 듯이 책상 옆으로 섰던 환자를 다리고 온 중노인 남자가 원장 앞으로 한 거름 닥아서며

『대관절 어떻겠습니까?』

하고 딸의 병증을 초조히 묻는다.

『네……좀 중한 편이나 염려할 정도는 아니올시다. 잘 치료하시면 차차 날 수 있겠는데─ 그러나 입원을 시키는 것이 좋겠습니다.』

원장은 회전의자에 앉어서 아래턱을 한손으로 치바치며 마주 처다본다.

『꼭 입원을 해야만 될까요』

그 남자는 잠깐 망단한 표정으로 환자 편을 흘겨본다. 환자는 역시 괴로운 모양으로 어깨 숨을 쉬고 있다.

『네─음식을 조심해야 할 터인데 댁에 계시면 암만해도 병원처럼 규칙적 생활을 못하실 테이니까요』

원장은 남표가 갖다 논 카르테3)를 드려다 보다가 다시 무엇을 꼬부랑 글씨로 끄적인다.

─────────────
2) 병의 증상을 살펴 알아내는 일. 執症.
3) 진료 기록부를 뜻하는 독일어. カルテ.

그리고 처방전을 닥어서 약방문을 써서는 간호부에게 내준다.

그 남자는 우두커니 섰다가 미진한 말을 하고 싶은 충동과 다시 묻기를 어려워하는 두 가지 생각에서 주저하다가

『역시 위장병인가요? 병명이 무엇입니까?』

하고 조심조심 말을 묻는다.

『네 그렇습니다. 속이 퍽 냉하신 모양인데 혹시 십이지장충이 있는지도 모르겠습니다. 앞으로 대변 검사도 해 보겠지만 우선 소변부터 검사를 해보지요. 지금 오줌 마려우시거던 조금만 받어주십시요』

하고 눈으로는 다시 신 간호부에게 주의를 식힌다.

『지금 마려우서요? 네! 변소로 가세요』

간호부가 재차 묻더니만 환자를 부축이고 나간다.

『그럼 내일 아침에 입원할 준비를 해가지고 오겠습니다. 병실은 빈곳이 있습니까』

『있습니다. 에—또 그동안 자실 약을 드리죠』

『네……』

『물약과 가루약을 식전식후에 자시게 하십시요. 그리고 복부는 더웁게 하는게 좋습니다.』

『네……』

키 작은 간호부가 치료실에서 들어온다. 원장은 처방전을 내주면서 그 남자에게는

『그럼 낼 아침에 오시요』

원장의 말이 떠러지자

『이리 오시요』

꼬마 간호부가 눈찟을 하며 도라서니 중년 남자는 다시 당황하게 인사를 하고는 그의 뒤를 쫓어 나갔다.

진찰이 끝나고 치료실 환자마저 나간 뒤로는 병원 안이 별안간 괴괴해

졌다.

원장은 한참 바빴든 만큼 개벼운 안도의 숨을 돌려쉬었다.

그는 비로소 안윽한 마음으로 담배 한 개를 부처문다. 회전의자를 뺑—뺑— 돌리며 담배 연기로 공중에다 똥그래미를 그린다.

그는 언제나 기분이 좋을 때는 그런 짓을 하는 버릇이 있었다. 지금도 그는 유쾌하였든 것이다.

물론 그것은 입원 환자가 새로 한 명 생겼다는 것임에 틀림없었다. 내일 그 환자가 입원을 하게 되면 적어도 몇 백 원이 떠러진다. 그 병은 죽든 살든 장기 항전을 할 병이니까 그만큼 입원비용이 날 것이다. 따라서 원장은 이 새 수입을 런상하고 기분이 좋아졌는지도 모른다.

『신군— 그럼 2층 5호실(五號室)을 이따 깨끗하게 소제를 하소. ……아까 그 환자는 밤새에 더 덧칠는지도 모르니까 오는 대로 일변 드려 눕혀야 할꺼야……』

『네—』

간호부는 고개를 숙여 답례하며 책상 옆으로 선다.

『그러구 남군은 그 환자의 소변 검사를 마터 해 보소— 혹시 황달이 아닌지도 몰라』

『네—』

남표는 무엇을 쓰고 앉었다가 그냥 코대답을 한다.

그러자 안에서

『여보서요』

하고 때꼰한 원장 부인의 목소리가 들린다.

『예』

원장은 안해의 목소리를 듣자

『그럼 내 안에 잠깐 다녀나오지』

말이 떠러지자 벌떡 이러선다.

16

『네―』

남표와 간호부가 그편으로 고개를 돌려 답인사를 하니 원장은 가죽 스리퍼를 끌고 복도를 울리며 들어간다.

원장이 나간 뒤에 실내에는 단 두 사람뿐이었다. 간호부는 남표와 책상을 사이로 마주 앉았다. 그는 간얄픈 한숨을 내쉬며 두 다리를 책상 밑으로 뻗어본다. 종일 서서 잔심부름과 종종걸음을 치기에 다리가 뻣뻣한 모양이었다.

『선생님 오늘은 퍽 고되셨죠?』

그는 지금 무심코 다리를 뻗다가 남표의 구두에 발끝이 다은 듯한 바람에 얼른 그 발을 옥으리며 이런 말로 무안을 때웠다.

『뭐― 내야……경아 씨야말로 고단하시겠쇠다』

남표는 그제야 펜을 놓고 허리를 펴며 경아를 마주본다. 흰 옷 속에 가리운 경아의 단정한 용모는 언제 보아도 시선을 끌게 한다. 그것은 천사와 같이 고상해 뵈인다.

남표는 기지개를 켜고 나서 담배 한 개를 끄내문다.

『오늘은 웬 환자가 그리 많대요― 수술까지 하게 되구요』

경아는 남표의 날카로운 시선을 피하며 그러나 상냥한 목소리를 끄내였다.

『그래야만 병원이 번창하지 않습니까 활인적덕4)을 많이 하구요』

『그야 그렇지요만……호호』

경아는 남표와 시선을 마초며 한손으로 입을 가리고 웃는다.

『그런 걸 일거양득이라거든요. 꿩 먹구 알 먹구 하는……』

남표도 경아의 웃는 속을 알고 마주 미소를 건늬였다.

『그런데 지금은 여자가 퍽 잘생겼지요. 병만 나었으면 좀 입뿌겠어요』

---

4) 사람의 목숨을 살리어 음덕을 쌓음. 活人積德.

『글세요』

『남 선생이 결혼을 하신다면―

그 여자를 어떻게 보서요 반하시겠어요』

경아는 입속으로 망상거리든 말을 마침내 이렇게 부르짖고는 우슘을 참지 못하며 제풀에 무안을 타서 귀 밑까지 새빨개진다.

『난 결혼을 않기로 했으니까요』

남표는 한대중5) 무심한 표정으로 대꾸한다.

『만일 결혼을 하신다면……』

『건 나두 모로지요― 그때 가보기 전에는… 허허허』

남표는 자기의 싱거운 대답에 웃음이 터저 나왔다.

『아이 참 선생님은……』

경아는 공연한 말을 했다 싶어 오히려 무색한 표정을 짓고 있는데 이때 별안간 키 작은 간호부가 뛰여 들어오며

『손님 오섰세요』

하고 남표에게 전갈을 한다.

『나한테?』

남표는 의자에서 벌떡 이러서 나갔다.

약국에서는 이군이 그저 약을 짓고 있는지 약병을 다루는 소리가 달그락달그락한다.

남표가 현관으로 쪼처나가 보니 웬 양복 청년이 손가방을 들고 대문 안에서 서성인다.

그는 누군지 몰라서 가까이 마조쳤슬 때 저편에서 먼저

『아―남군 이게 얼마만인가?』

하고 한손을 내미는데 그는 천만뜻밖게도 유동준(柳東俊)이가 아닌가.

─────────

5) 전과 다름없는 같은 정도.

『아니 자네 이게 웬일이야?』

남표는 손을 마주 내밀며 잠깐 흐리멍텅하게 있었다. 그들은 마치 두상을 얻어마진 때와 같이 일순간 망연히 서로 처다 볼 뿐이다.

『내가 자네를 찾어와야 만나지 그렇지 않고서야 만날 수 있는가 허허허』

유군은 언제나 다름없이 사람 좋은 웃음을 걸걸하게 웃는다.

남표보다도 키는 좀 더 커 보이나 그리 호리호리하지 않은 중육(中肉)의 건장한 체격이다.

만일 남표를 담집질(膽汁質)의 튼튼한 체격과 예지적(叡智的)인 총명을 가진 사람이라면 동준은 다혈질(多血質)의 열렬한 감정과 욱하는 뚝심과 아울러 약간 싱거워 보이는 성정을 가졌다 할까. 그러나 그는 무슨 일을 한번 붓들면 끈닥지게 나가랴는 직심(直心)이 있고 둔감하다.

이런 사람은 과욕(寡慾)하고 야심이 적은 대신 자기의 분수 밖을 결코 넘어서지 않는다. 그 때문에 행로(行路)는 탄탄(坦坦)하야 일생을 평온(平穩)무사하게 지낼 수 있다. 따라서 그들의 생활엔 굴곡이 적으나 소규모의 성공을 할 수 있다.

그에 비교하면 남표는 태풍(颱風)과 싸우는 거험(巨艦)과 같다 할까. 그의 호방(豪放)한 성정과 군세인 정의감(正義感)은 어떠한 위험(危險)이라도 돌파하며 전진하랴는 기개와 투지(鬪志)가 만만하다. 그것은 다른 무엇보다도 그의 형형(炯炯)한 안광(眼光)이 증명하였다.

『좌우간 올라가세 - 어서!』

남표는 동준의 억개를 밀어 올렸다.

『응 그런데 자네는 지금 밧부지 않은가? ……뭣하면 이따가 다시 만나기로 하지』

동준이 이렇게 사양을 하니

『아니 괜찮어 - 지금은 환자두 없으니까…… 자 올라오게』

남표는 손가방을 빼서 들고 자기가 앞서며 동준을 안내한다.

『그럼 잠깐 실례할까』

이에 동준은 모자를 벗어들고 남표의 뒤를 따라가며 병원의 구조(構造)를 두루 살펴본다.

남표가 낯서른 손님을 끌고 들어서자 간호부 신경아는 의자에 앉았다가 한 옆으로 비켜선다. 그는 경이의 눈으로 두 사람을 눈질하였다.

『자―이리로 안께― 그런데 자네는 삼년 전이나 별로 틀리지 않았네그려』

하고 남표는 동준의 얼굴 모습을 다시 들어본다. 그는 오래간만에 만나는 동준을― 더구나 락락한 이역(異域)에서 뜻밖에 만나보는 기쁨이 자못 우정(友情)을 벅차게 한다.

『틀리지 않은 게 뭔가?…… 전보담 많이 늙었지 자네야말로 내가 상상한 것 보담은 신관이 축나지 않았는데……』

한 손으로 턱을 만지면서 허허 웃다가 동준은 간호부를 힐끗 도라본다. 그는 지금 들어오다가 이 미모의 간호부에게 시선이 끌리였든 것이다.

경아는 그들의 수작을 한 옆에서 가만이 듣고 섰다가 동준이 처다보는 바람에 시선을 피하며 고개를 숙이였다.

『자―담배 피우게― 그런데 대관절 웬일인가?』

남표는 오히려 가라앉지 않은 반가움에 들썽이는 마음으로 담배를 끄내서 자기도 한 개를 피어 물며 친구에게도 권한다.

『난 그저 담배를 안 피운다네』

『참 자네는 담배를 않 피웠지. 자네야말로 만년불변일세그려』

『뭐―그런 것도 아니야. 사람이 용열해서 그렇지. 허허』

하고 동준은 여전히 수염도 없는 아래턱을 문지르면서 다시 옆눈질을 하는 바람에 경아는 고만 약국으로 다러났다.

『그런데 웬일인가?』

남표는 담배를 피우면서 고대 뭇든 말을 다시 되푸리한다. 동준은 지금 경아가 나가든 문을 바라보다가 이편으로 얼굴을 돌리며

『왜 나는 만주에 못 올 사람인가』

하고 싱글벙글한다. 그는 동작이 느린 만큼 말하는 소리도 굼띄게 들리었다.

『아니 그렇다는 건 아닐세만은 자네를 이런 데서 만나기는 참으로 의외가 아닌가』

『응 건 그렇지만……대관절 재미는 어떤가?』

동준은 다시금 방안을 휘─둘러본다.

『뭐 재미랄게 있는가. 내야 언제나 룸펭 생활이지』

그러자 약국에서는 간호부들의 명랑하게 웃는 웃음소리가 들려온다.

『재미가 매우 좋은 것 같은데─병원두 이만큼 큼직하구!』

동준은 눈을 한 번 끔쩍하며 의미 있는 웃음을 껄껄 웃는다.

그는 그 전이나 다름없이 작난꾸레기의 짓구진 롱담을 끄내려는 것 같다.

『에 이 사람─시럽슨 소린 말게』

남표는 그의 눈짓을 알어채자 이렇게 점잔은 태도를 보이었다.

『건 농담일세만은─이 사람 그렇게 무신할 수가 있나? 난 자네가 어디 있는지 모르구 있다가 최근에 알었기 때문에 통신두 못했네만은─』

동순은 비로소 정색을 하며 남표의 무신을 야속한듯이 책망한다.

『물론 그랬을 줄 아네. 자네한테 책망을 들어두 싸지만은 그러나 내 생활이 어디 정상적(正常的)이었어야 말이지……신신치 않은 소식은 구태여 전하기두 싫구 그래서 난 일체 아무데두 편지를 않기루 하였었네』

남표는 자못 감개무량한 듯이 대답한다.

『그러나 자네가 여기로 들어온 뒤부터는 착심을 하였다며─ 소문을 듣기에도 공부를 열심으로 한다기에 난 여간 고맙게 생각하지 않었었네』

『뭐 공부래야 변변할 께 있겠는가. 다만 전처럼 방종한 생활을 안할 뿐이지』

『아니 참 자네가 그런 말을 하니 말일세 풍편으로 이따금 자네의 소식을 들을 때마다 나는 여간 걱정을 안 했었네ㅡ. 자네가 조선 안에 있는 것만 같아도 그새 한 번 찾어 봤겠지만 상거가 워낙 멀고 보니 그럴 짬두 없구⋯⋯그래서 늘 속으로만 궁겁게 생각했었는데 작년 가을에 이군이 만주 시찰을 왔든 길에 우연히 신경역에서 자네를 만났다며?⋯⋯ 난 그래 이군 편에 비로소 자네 주소를 확실히 알 수 있었지』

동준은 가으루 병을 끄내서 두세 알을 입안에 넣고 씹는다.

『응 그랬지⋯⋯이군을 만나서 하루 저녁을 가치 놀았지ㅡ 이군두 매우 출세한 모양이데그려』

남표는 빙그레한 미소를 띄우며 동준을 처다본다.

『뭐ㅡ그런 셈이지⋯⋯우리 동창들은 다들 자리를 잡지 않었는가』

『결국 하나만 이렇게 령락이 되었네그려⋯⋯ 자네두 물론 자리가 잡혔겠지ㅡ 그저 모교의 부속 의원에서 근무하는가?』

『아냐ㅡ난 거번에 평양으로 와 있게 되었네⋯⋯그래서 거기 와 있는 동안에 기어코 자네를 심방하자 별느고 있든 차에 마침 할빈까지 출장을 올 일이 생겨서 나두 의외로 일즉 찾게 되었네⋯⋯ 그러나 지나간 일은 막설하구 지금부터라두 뭐 늦일 것은 없으니까 속히 시험 준비해 보지 그래』

『이 사람 뒤늦게 시험은 치러 뭘 하겠나. 나는 의사 면허장을 바라구 공부는 하구 싶지 않네』

남표는 미고소를 띄우며 피우든 담뱃불을 재터리에다 부벼 끈다.

『그럼?⋯⋯』

동준은 잠깐 움찔하며 놀낸다.

『난 해동이나 되거든 농촌으로 깊숙이 들어가 보겠네ㅡ어쩐지 도회지가 싫여!』

남표의 얼굴에는 부지중 침울한 기색이 떠올으며 동준을 마주 쏘아본다.

생각밖에 남표의 말을 들은 동준은 다소 실망한 표정을 지었다. 그는 이 병원에 장근 일년을 있다 하고 또한 지금 서로 수작하는 동안 이젠 완전히 착심한 줄만 알았는데 의외에 다시 지금 말을 들어보니 남표는 여전히 객기를 띄고 있는 것 같다. 그러면 예의 그 상처가 아직도 아물지 못한 까닭일까?…… 개인 하늘에 별안간 거먹구름이 떠도는 것처럼 동준의 흉중에는 일말의 불안이 없지 않았다.

잠시 침묵이 흐른 뒤에

『농촌은 웨?……』

하고 동준은 나즉이 물어 보았다.

『뭐 별 목적이야 있겠나— 기위 여기까지 들어왔으니 두루 구경이나 다닐겸 농촌에도 가보자는 게지.……자네야말로 시험 준비를 해서 이 삼년 안에 파스 된다 하세. 나한테야 뭐 그리 신통할 건지가 있겠나! 내가 재산이 있으니 곧 개업을 하겠는가. 자격이 있으니 의학 박사가 되겠는가. —설 개업을 한다기로 또 그게 뭐 그리 장할 것 [있]겠나— 기껏해야 그저 돈푼이나 버는 것밖에 더 없지 않으냐 말야』

하고 남표는 약간 흥분이 되였음인지 의자에서 이러서며 팔장을 낀다.

『그야 그렇지만 ……』

『이렇게 말하는 나를 자네는 또 어떻게 생각할른진 모르네만 그래서 나같이 무자격한 의학도는 차라리 농촌으로나 들어가 보는 것이 좋지 않을까 하는 생각이 최근에 들기 시작했네— 역시 방랑 생활에 불과한 들뜬 생각인지는 모르지만……』

남표는 자조(自嘲)하는 미소를 띄우며 방안을 왔다 갔다 하다가 자기의 의자로 도루 와서 팔짱을 끼고 앉는다.

『뭐 자네 생각이 정히 그렇단 바에야 한번쯤 가보는 것도 좋겠지만— 그러나 지금 자네도 말한 바와 같이 농촌에 들어 간다구 자네의 생활이 안정될 것두 아닌즉 그렇다면 구태여 촌으로 들어갈 며리도 없지 않은가.

하다면 말일세……자네두 방랑 생활은 그만저만 해 두구 인제부터는 자리를 잡두룩 해 보는 것이 좋지 않을까 난 자네를 이번에 만난 김에 진정으로 그런 충고를 하고 싶으네』

동준은 차차 진중해지며 우정으로써 진심을 털어놓는다.

한동안 잠자코 있든 남표는 두 손으로 깍지를 껴서 팔꿈치를 책상 위로 세우며

『물론 자네의 충고도 지당한데 그러나 내 생활에 안정을 얻지 못한 것은 다만 물질적 토대를 의미함이 아닐세. 그보다도 나는 정신적으로─ 아직 생활의 방향을 못 정하고 암중모색(暗中摸索)을 해 온 셈이니까 인제는 농촌으로라도 깊숙히 들어가 보자는 게지 뭐 나 역시 한갓 방랑하기 위한 방랑 생활을 언제까지 되푸리하잔 것은 아니니까─』

『허허─이사람 도회에서 못 찾인 생활을 더구나 농촌에 가서 어떻게 찾겠나』

동준은 남표의 지금 말을 듣자 일소(一笑)에 부치러든다.

『아니─난 결코 그렇지 않은 줄 아네─. 만주는 광대한 농업국이 아닌가』

남표는 단연히 동준의 말을 부정하였다.

『그러나 내 생각 같애서는 자네는 우선 가정을 돌보는 게 급무일 것 같으네. 부모님 편으로도 그렇겠지만은 자네로만 보드라도 언제까지 혼자 도라다닐 형편이 못되지 않었는가─. 자네는 결혼을 해야만 생활이 안정될 줄 아네』

『결혼? 난 결혼은 할 생각이 없네』

남표는 또 다시 흥분된 태도로 의자에서 이러나 왔다 갔다 한다. 동준은 그의 표정을 우두커니 살피다가 재차로 의외인 듯이 놀내며

『아니 자네는 그저 선주를 못 잊는가?』

하고 마주 시선을 노리였다.

『고건 또 무슨 소린가?』

『무슨 소리라니 그러기에 자네는 결혼을 않는다는 게 아닌가 선주가 하르빈 있다든데 언제 만나 보았나』

『흥! 난 전연 모르네 얼토당토 않은 소리는 하여 듣기두 싫네』

남표는 더욱 불쾌한 태도를 지으며 외면을 한다. 그 바람에 동준은 일 없이 오직 남표의 옆얼굴을 곁눈질로 쳐다볼 뿐이였다.

岐路

　이튿날 아침에 동준을 하르빈으로 떠나보낸 남표는 하숙으로 돌아와 누었다.

　병원에는 하숙 주인을 시켜서 몸이 아푸다고 전화를 걸었다.

　어제 밤에 동준은 남표와 가치 잤다. 그들은 초저녁에 거리로 산책을 하다가 남표의 하숙으로 돌아와서 밤중까지 이야기를 하였다.

　술잔도 논아 보았다. 오래간만에 농담도 서로 했다. 동준은 언제나같이 짓구진 작난을 좋아해서 색시들을 웃기였다.

　그러나 남표는 어쩐지 전과 같이 속정이 붙지 않는다.

　그가 동준을 서운하게 느낀 것은 두 가지의 원인이 있었다. 동준은 제 말에도 생활의 근거를 잡었다는 것이다. 과연 그는 물질의 토대가 잡히고 그만큼 정신의 주택(住宅)을 신축(新築)한 모양이다. 따라서 그는 생활이 안정되였다 할 수 있는데 그 대신 그는 고정(固定)된 생활이였다. 그가 다시 더 나갈 수는 없어 보인다.

　조고만 달팽이집과 같이 오직 개인적으로 안온하게 살 수 있는 따스한 행복감 저 혼저만 안전하게 살려는 그런 달팽이집으로 어느듯 동준은 자기의 주택을 찾어든 모양 같었다.

　그는 어제 밤에도 점두록 자기의 눈치를 보아가며 설교를 하지 않었든가.

　지금은 시대가 달러지고 현실이 거창해졌으니까 모름직이 거기에 보조를 마추어서 착실하게 생활의 근거를 잡어야 한다는 것이였다. 물론 그 말은 지당하다. 하지만 그 말을 실천하는 데 있어서는 크고 적은 한계가 또한 얼마든지 있을 수 있다.

한데 그보다도 남표는 동준이가 자기를 오해하는 태도가 더욱 불유쾌하였다. 그는 마치 선주(善周) 때문에 자기가 만주로 뛰여온 줄만 아는 모양이다. 그리고 지금도 선주를 못 잊어서 번민하고 있는 줄만 안다.

어제 저녁에도

『이번에 하르빈엘 가게 되면 난 선주를 만나볼까 하는데 자네는 혹시 부탁할 말이 없는가?』

하고 정색한 얼굴로 처다볼 때는 가슴이 섬뜩하였다.

(이 사람이 누구를 놀리는 셈인가 정말루 남의 속을 모르는가?)

그때 남표는 속으로 이런 생각이 들며 괴이쩍게 마주 처다보았지만 실상인즉 그것은 조롱도 아니오 모르는 것도 아니라 애오라지 오해(誤解)에서 나온ー 동준으로서는 진정의 말이 아니였든가 싶다. 그는 자기의 생활을 표준하잔 것이었다.

사람은 누구나 생활에 따라서 사상과 감정이 달러진다. 동준이도 제 생활이 안온하게 정착되였으니까 이제는 그와 가장 친한 친구인 남표까지도 자기 생활 권내(圈內)로 끄러드리자는 수작이였다.

그런데 남표를 대해 보니 그전과 다름없이 여전하게 들떠있다. 그것은 선주에게 실련을 당한 까닭이라고 아주 정말 오해를 하고 있는 모양이 아닐까.

『이 사람아 선주 말은 왜 작구 하는가 난 그 여자를 잊어버린 제가 벌써 오래인데』

그때 남표는 동준의 말이 성을 낼 만한 건지도 못 되여서 이렇게 묵살해 버렸다.

그래도 그는 고지번석하게

『그럼 왜 자네는 지금껏 번민하고 있는가? 자네가 지금두 도회가 싫으니 농촌으로 들어가구 싶으니 하는 것이 내 생각에는 선주한테서 받은 타격이 컸든 까닭이라고 보구 싶으네 – 그래서 난 자네에게 더욱 속히 결혼을 하라는 걸세』

동준이의 이와 같이 간곡한 충고는 마치 완고한 부형의 말과 같이 들리였다. 따라서 그는 동준과 이론적 투쟁을 한다든가 언쟁을 하고 싶지도 않었다. 다만 그는 동준이가 불과 삼 사 년 동안에 참으로 무척 변해졌구나 하는 – 그것은 그전을 회고할수록 더욱 허무감과 쓸쓸함을 느끼는 동시에 동준의 말과 같이 과연 시대가 매우 달러졌다는 새삼스런 생각에 은근히 놀래였을 뿐이였다.

하긴 남표가 선주한테 실연을 당한 것이 전혀 아무런 타격이 없었든 것은 아니다.

물론 한때에는 무등 괴로워하기도 하였다.

그러나 그는 실연 독배(毒盃)를 마신 뒤에 인생의 커드란 체험을 해 보았다. 그것을 자기의 일개인적 견지에서 볼 때에는 물론 불행이였고 참패자라 할 수 있다. 하나 그와 동시에 선주라는 한 여성(女性)을 통해서 무한한 인정을 체득(體得)할 수 있었다. 누구나 우라끼리6)를 당한 때의 고통은 크다. 더욱 남표와 선주와의 사이는 그것이 심각하였다. 그것은 보통의 실연과는 경우가 달렀기 때문이다. 따라서 다만 그렇게만 생각한다면 선주는 지금 원수처럼 밉다.

하나 그는 생리적으로 매친 감정 – 선주에게 대한 한은 임의 푼 지가 오래다. 그는 연애가 인생의 전부가 아니라는 것을 깨다렀다. 동시에 그는 자기가 먼저 진정하게 사러야겠다는 결심이 앞섰다.

생활을 찾자 – 사실 그는 그 뒤로 이런 슬로간을 내걸고 발버둥쳤다.

그가 만주로 들어온 것은 막연하나마 실상인즉 남몰래 이런 야심을 품었기 때문이였다.

---

6) '배신'을 뜻하는 일본어. 裏切り(うらぎり).

그런데 친구들은 오히려 자기를 오해하는 모양 같다. 제일 가까운 동준이부터 그렇다면 다른 사람들은 더 말할 나위가 없지 않으냐.

그러나 도리켜 지나간 시절을 생각한다면 감회가 무량하다. 동준이와는 한 시굴에서 어려서부터 소학 동창생이였으니 더 할 말이 없지만은 선주와의 관계만 해도 남달은 결합이 있었든 것이다.

남표가 선주를 알기는 중학 삼년 때부터였다.

그때 동준은 선주의 집에서 그의 동생을 가르치는 가정교사로 있었다. 동준은 남표보다 한 살 위였다.

남표는 하숙에 드러 있었다. 그는 시간의 자유가 있기 때문에 동준이가 있는 선주의 집을 자주 찾어갔다.

선주의 집은 가회정이다. 안국정에 있는 남표의 하숙과는 상거가 그리 멀지도 않었다.

그래서 남표는 동준을 자주 찾어 갔었고 그런 발련으로 자연 선주[7]와도 알게 되었다.

선주의 집은 큰길에서 과히 멀지 않은 옆 골목의 중ㅅ대문을 달은 제법 큰 집이였다. 그러나 동준은 사랑방에 있었기 때문에 들창문을 똑똑 뚜드리면 언제든지 만나볼 수 있었다.

이렇게 찾기가 편리한 까닭에 남표는 동준과 자주 만났다.

대문을 들어서면 바로 동준의 방으로 통한 분합문이 있었다.

남표와 동준은 그때도 남다른 우정으로 추축[8]하였다. 그들은 하로만 못 만나도 서로 찾어올 만큼이었다.

그들이 친한 사인 줄은 마침내 선주의 집에서까지 알게 되었다. 남표는 선주를 알게 되자 더욱 동준을 자주 찾어단였다. 그는 동준이를 다리(橋)로 삼고 차차 선주를 만나보는 기회를 삼었다. 동준은 그들의 사이를 가

---

7) 원문은 '동주'.
8) 친구끼리 서로 오가며 사귀는 일. 追逐.

깝도록 힘썼다.

선주는 그때 열 너덧 살의 한참 천진난만한 소녀의 태를 가졌었다.
. 그 역시 동생을 따라나와서 동준이한테 배우기도 하였다. 성격이 명랑
한 선주는 어려서부터 붙임성이 있었다. 그래 그는 동준이를 따르게 되고
남표와도 친하게 되었는데 한해 두해가 지나갈수록 그는 차차 처녀꼴이
박히었다.

그대로 남표는 선주의 집에 발걸음이 갖게 되었다.

따라서 그는 연문이 높아가고 뒤를 따르는 남학생들이 적지 않았으니
더구나 한집에 있는 동준이나 서로 친히 알게 된 남표일까부냐?

어느 틈에 그들은 서로 사랑하는 사이가 되었다.

만일 동준이도 그 무렵에 미혼자(未婚者)였다면 그들은 복잡한 삼각관계
에 빠졌을는지 모른다.

그러나 다행히 동준은 그때 벌써 장가를 든 뒤였다. 그는 중학 이년 때
에 부모의 강권으로 조혼을 하였었다. 아니 그것은 이중의 불행이였을지
도 모른다. 하여튼 그런 관계는 동준이로 하여금 자제(自制)할 수 있게 하
였다. 그는 자기에게 그와 같은 장해가 있음으로 하여 선주를 단념하고
말았다.

원래 분수를 밝힐 줄 아는 동준은 그 테 밖을 넘어설 생각은 없었다.
그것을 무리로 넘[어]서는 때는 오직 파멸이 있을 뿐이라는 것을 자각하
였기 때문이였다.

따라서 그는 언제든 불가능한 일에는 손을 대지 않기로 한다. 위태로운
일—미덥지 못한 일—그는 매사에 이런 점이 있나 없나 우선 그것부터
앞뒤로 재여 본다. 그래서 그 일이 떳떳한 동시에 또한 가능한 범위에 속
하여야만 비로소 착수하는 터이였다.

이러한 동준은 오늘날까지 남보다 뛰어나게 비범한 일은 한 가지도 못
하였지만 그 대신 실수하는 율(率)은 적었다. 그는 소극적이나마 중용을

잘 직힌다 할까 어떻든지 극단(極端)을 싫여했다. 그는 위로 작구 올라 가랴는 야심이 없는 동시에 또한 아래로 떠러질 위험성도 없었다.

지금 동준은 어느 한계에 딱 서고 말었다. 그래서 평범하고 불철저하다는 평판을 받거니와 동준이 자신으로 본다면 이것을 수심정기(守心正氣)[9]라 할 것이다.

이런 사람을 선의로 해석해서 도덕군자라 할는지. 그러나 선주는 미지근한 생활을 싫여했다. 하믈며 그와 일생을 가치할 남편이랴. 너무 소극적이요 평범하였기 때문이다.

만일 그렇지만 않었다면— 더구나 한집에 조석으로 대하는 동준이와는 한층 더 친밀해질 수 있었을 것이다. 그는 동준이를 다만 점잖은 오라버니와 같이 대하였다. 그 이상 다른 우정을 느껴보지 못하였다.

한데 남표는 그와 달렀다. 남표는 우선 첫인상부터 날카라운 기피를 느꼈지만 또한 장중한 묵에가 있는 것은 어딘지 모르게 존경을 받게 한다. 그리고 쾌활한 남재[의] 기상은 여성의 시선을 끌게 하였다. 더욱 명랑한 성격을 가진 선주에겐 남표의 처신범절까지 마음이 쏠리였다.

그는 사령이 좋고 언변에 능하였다. 그런데도 열정적이요 재기환발한 리지(理智)의 섬광(閃光)이 비최였다.

남표가 동무들과 둘러 앉어서 리론 투쟁을 하는 자리에는 참으로 장엄한 광경을 전개했었다.

그야말로 청산유수와 같이 리로(理路)가 정연(整然)한 어감(語感)은 듣는 사람이 황홀한 경지(境地)로 끌려 들어가서 마참내 무아몽중이 되게 한다.

남표는 언제나 그들의 총중에서 우이를 잡고 있었다.

이에 차츰 선주는 남표에게 정이 붙기 시작했다. 남표도 선주의 아리따운 용모와 명랑한 성격을 좋아했음은 물론이었다.

---

9) 천도교에서, 항상 한울님의 마음을 잃지 않으며 도(道)의 기운을 길러 천인합일에 이르고자 하는 수련 방법. 원문은 '守心正己'.

이래저래 그들은 서로 련모의 정이 남몰래 싹트게 되었는데 그것은 남표가 선주의 집에 있게 됨으로써 더욱 템포를 빨르게 하였든 것이다.

동준은 그 무렵에 건강이 좋지 못해서 한동안 정양할 필요가 있었다. 따라서 가정교사의 직업을 쉬게 되었는데 동준이가 고만두자 그 뒤를 이여서 남표가 들어갔다.

남표는 가정교사로서도 동준만 못지않게 잘 가리쳤다. 그의 능한 언변은 아이들까지 잘 알어듣도록 하였다.

선주의 집에서도 남표가 비범한 인물인 줄 알었다. 그리고 선주와 좋아하는 눈치를 채자 그의 신분을 뒷조사도 해 보았다.

과연 그는 아직 미혼자요 또한 행세하는 집안이였다. 그런 줄을 알게 된 선주의 집에서는 그가 ××의전을 졸업하는 봄에는 선주와 성례를 가추자고 아주 정식으로 약혼까지 하였든 것이다.

그런데 남표는 뜻하지 않은 불행으로 한 해 봄이 남은 학교를 중도에 고만두었으니 그의 불행은 차치하고 그야말로 전공이 가석이다.

그 뒤 시골로 내려가서 잇해 만에 올라와 보니 뜻밖에 선주마저 다른 남자에게로 가지 않었든가!

이에 그는 모든 것이 절망이였다. 그가 다시 서울로 올라 올 때는 전비[10]를 깨끗이 청산했음은 물론이요 착실히 학업을 계속해서 일후의 성공이 있기를 바랐다.

그것은 선주와 결혼을 함으로써 새 생활에 희망을 부치고 재출발의 깃발을 날리자는 것이였다.

그런데 천만뜻밖에 선주는 자기를 기대리지 않고 약혼을 파의한 것이다. 그때 남표는 선주를 얼마나 원망하였든가!

참으로 그는 선주가 배반할 줄은 몰랐다. 설사 그전에 친하든 동무 중

---

10) 이전에 저지른 잘못. 前非.

에는 의를 끊을 사람이 있을지라도 선주만은 그렇지 않을 줄 믿었었다.

배신을 당한자의 쓰라림— 그 고통은 당해 보지 않고서는 모른다. 그것은 저편에 대한 신뢰가 크면 클수록 반비례로 타격이 더한 것이다. 세상에는 배반을 당하고 실망락담하여 일생을 그릇친 사람이 얼마든지 있지 않으냐! 더욱 그것은 혈기 미정한 청년남녀에게 그렇다. 그들은 실연의 독배를 마시고 아까운 청춘을 제 손으로 죽이는 것이다.

남표도 그때 일시의 감정으로는 자살의 충동을 받았다. 그러나 그는 냉정히 머리를 시키였다.

가만히 다시 생각해 보자. 그것은 선주만 탓할 일이 아니였다. 책임은 자기한테도 있었다.

만일 그런 화액이 없었다면 선주도 변심했을 리가 없지 않은가 남표는 이렇게 자신을 반성해 보았다. 남을 원망하기 전에 자기의 과실을 뉘우쳤다. 그것이 자기의 과실로 생긴 바에야 그 책임을 논아저야 할 것이다.

이렇게 생각한 남표는 선주를 원망하지 않았다.

도리혀 세속적 안목으로 볼 때 그들의 취한 태도는 정당하지 않었든가.

남표는 그 뒤에 선주를 한번 만나 보았다.

그때 선주도 그런 말을 했었지만 그 집에서는 자기의 성공을 바랬고 출세하기를 믿고 있었다 한다.

그것은 그들의 일가문의 명예를 위해 또 선주의 남편으로는 그와 같은 신랑을 골르지 않고는 안되였다.

더욱 선주는 그 집의 고명딸이였다. 선주보다도 그런 생각은 그의 부모와 일가친척이 더했을 것은 물론이다.

허다면 남표와 같이 일조에 생활을 파괴하고 장래의 히망까지 수포로 도라가게 한 자에게 약혼을 하였다고 언제까지 그것을 지켜야 할 것이냐?

물론 세상에는 그만한 신의를 지키는 사랑도 없지 않을 것이다.

남표는 은근히 선주가 그런 사람이 되여 주기를 바랐다. 그런 기대를 가지고 올라온 것도 사실이었다. 하나 선주는 역시 평범한 여자에 불과하였다.

이상이 없는 그 역시 부세[11]의 영화와 명예를 존중하였다. 호화로운 환경에서 자라난 선주는 그러한 생각이 또한 무리가 아니였다.

다만 남표는 선주를 잘못 본 눈이 서글펏을 따름이다.

결국 그는 인간을 전적(全的)으로 믿었든 자기의 어리석음을 뉘우쳤다. 신이 아닌 인간에게는 누구나 결함이 있는 줄을 알어야 한다. 동시에 인간은 그의 총명과 로력과 수양 여하로서 항상 전진할 수도 타락 무능할 수도 얼마든지 있을 수 있다. 인간의 결점과 장[점]은 마치 광석과 같이 섞여 있다. 그러면 선주는 어떠한 광석이였든가? 작자는 우선 그것을 분석해 보기로 하자.

선주를 광석에 비교한다면 마치 풍광이 명미한 산천에 로두에 드러난 금광과 같다 할까. 탐광가(探鑛家)는 이 산에 무수히 들어 왔건만 하나도 원맥을 발견하진 못하였다. -

그런데 남표가 광맥을 찾었을 때 그는 얼마나 환히 작약하였든가.

그는 일변 광석을 캐보았다. 형산백옥이 물각유수라고 이 광산은 남표에게 그의 연한 살과 뼈를 드러내 보였다. 로두를 파보니 과연 건등에 도금이 내발렀다.

금은 육안으로도 보이였다. 노다지다! 노다지다!…….

마침내 그의 광산은 노다지 광산으로 소문이 굉장했다.

그것은 보는 사람마다 이 광산을 탐내게 하였다. 남들까지 이렇게 욕심을 내고 남표를 부러워할 적에야 당자인 그로서는 얼마나 좋았을 것이냐. 그는 정말 노다지를 만난 줄 알었다. 그리고 그는 이 광산으로 하여 뒷날 큰 성공을 하리라 믿고 있었다.

---

11) 덧없는 세상. 浮世.

그런데 정작 개광을 해 보니 금은 건등에만 내발린 허풍선이 광석이다. 그것은 깊이 파들어 갈수록 금의 함유량(含有量)이 적어졌다.

일상 노다지광이란 게 믿없지가 못하다 한다.

노다지 금광은 의례 건등에만 붙는 수가 많고 속으로 들어갈수록 금이 없다는 것이다.

원체 천지 이치가 그럴 것 아니냐. 천리가 공평하다면 어듸나 일단일장이 있어야 할 것이지 한곳에만 알토란이를 모짜리 붓듯 했을 리치가 없겠다.

그럼으로 노다지광은 건등에서 수를 보지 못하면 예기했든 바와는 딴판으로 강목을 치는 수가 많다든가.

그런데 이 광산이 명색은 노다지광이건만 건등에도 그리 금이 많지 못하였다. 금인 줄 알고 분석을 해 본 결과는 주석, 운모, 아연, 흑연, 은, 동, 묵철, 만강 등의 왼갖 잡석이 다 섞여 있다.

그것도 어떤 함유량의 퍼센테지가 채산에 마즐 것 같었으면 좋겠는데 아직 이 광산은—몇 천 년 뒤에는 모르지만 현재로는 잡광으로도 쓸 소용이 없었다.

하다면 금광으로도 희망이 없고 잡광으로도 소용이 없는 이 광산을 장차 무엇에 쓰리?

그래서 남표는 강목을 톡톡이 쳤다. 실로 부끄러운 일이였다.

하나 내력을 따저 본다면 당초에 그가 광업가로 등장하기가 잘못이다. 그는 결코 투기사업을 할 인간이 못된다. 그가 투기사업을 하기에는 너무도 심지가 고결하고 사교적 처세술이 부족하다. 이런 사람이 투시사업을 하다가는 번번이 실패를 당하고 말 것이다. 그는 상구도 글방 도련님¹²⁾이였다.

따라서 그는 농사를 짓든지 한평생을 조촐하게 선비로 살아야 할 사람

---

12) 원문은 '도년님'.

이다.

남표가 자기 자신을 이렇게 반성해 보았을 때는 과연 남몰래 얼굴을 붉히였다.

만일 선주를 허울좋은 노다지광과 같다면 자기는 무테테한 철광이 아니드냐. 아니 그것은 철광도 못되고 산속에 처박힌 이름 없는 거문 바위가 아니드냐−. 이런 바위와 노다지 광석과는 실로 천양지판이라 할 것이다.

과연 이 뒤로 장차 어떻게 살아야 할 것이냐 아여 다시 탐광가는 되지 말자고 그는 이렇게 결심하였다.

투기적 광산은 깨버리자!

세속적 허영심은 떨어버리자.

오직 진실하게 일생을 살아가 보자. 그것은 일평생을 희생해도 좋다. 왼통 자기의 진심과 정열을 바처서 할 일이라면 그는 결코 어떠한 일짜리라도 사양치 않을 결심이 생긴다. 만일 그렇지 않고서는 그의 생활의 재출발이나 갱생할 도리가 없었다. 진실된 의미에서 사실 달리는 도리가 없었기 때문이다.

그러면 장차 무엇을 해야 할까?⋯ 그 뒤로 그는 몇칠을 두고 생각해야 도무지 푸랑이 서질 않는다. 그래 그는 막다른 생각으로

『예라! 만주나 들어가 보자!』

하고 실로 막연히− 하루밤새에 마음을 작정하고 그 이튿날 봉천13)행 급행차를 표연히 잡어탔다.

---

13) 지금의 심양.

意中人

저녁 때 경아는 남표를 그의 하숙으로 찾아갔다.

오늘이 일요일이라 전례대로 병원은 오후에 쉬었다.

원장은 점심을 먹은 뒤에 가족을 이끌고 나섰다. 그는 일요일 오후마다 교외 산뽀를 빼놓지 않고 단였다.

그는 아까 경아보고도 가치 가자는 것을 골치가 아푸다는 핑계로 고만두었다.

그래 그들은 꼬마 간호부만 다리고 나섰다.

하긴 경아도 이따금 야외의 바람을 쏘이는 것이 몸에 좋을 상싶었다. 더구나 병원 속에 가처서 날마다 환자들과 시달리는 간호부의 직업을 가진 사람으로는 적당한 운동이 필요할 것이다.

한데도 경아가 원장 부처를 안 따라간 데는 그럴 만한 까닭이 있었다.

경아는 원채 그들을 좋와하는 편이 아니였지만 그보다도 창피를 당하기가 싫였든 것이다. 그들은 어듸로 가든지 의례껀 보따릴 늘리랴 한다.

그것은 마치 『조쭈』14)나 하인처럼 남의 눈에 띄여서 따라 단이기가 여간 불쾌하지 않었다. 그래 경아는 싫여하는 내색을 보이니까 심하게는 않지만은 꼬마 간호부는 부엌일까지 식히였다. 하긴 그는 아직 나이가 어린 탓도 있었지만은.

경아는 오늘 아침에 남표가 병으로 못 나온다는 말을 듣고 은근히 격

---

14) '하녀'를 뜻하는 일본어. 女中(じょちゅう).

정되었다. 웬일인지 몰라 종일 궁금하였다.

마침 자기가 전화를 받게 되었든 까닭에 처음 병보를 들을 때는 여간 놀래지 않었다. 그래 무슨 병환이 밤새에 나섯느냐고 무러본즉 뭐 대단치 않고 감기가 드신 것 같다 해서 저윽이 마음을 놓았었다.

그래도 그는 어쩐지 궁금한 생각이 종시 가시질 않었다.

불현듯 그는 문병을 가보고 싶었으나 한번도 혼자는 찾어간 일이 없었든 만큼 덜석 용기가 나지 않었다. 그러든 차에 낮 우편이 왔다. 마침 남표한테도 조선에서 온 편지 한 장이 배달되였다. 본집에서 온 편지다.

그 순간 경아는 어떤 생각이 머리를 스쳤다. 그는 남표의 편지를 몰래 잡어 감추었다.

그리고 퇴근 시간이 되기를 고대하다가 지금 집으로 도라가는 길에 그것을 전하는 척하고 남표의 사[관]을 찾어 온 것이였다.

마침 일이 잘 되느라고 그 편지에는 지급(至急) 도장이 찍히였다.

경아는 일변 편지를 끄내서 남표의 앞으로 놓으면서

『급한 편진 것 같기에 가지고 왔어요- 어듸가 편치 않으시기에 벼란간……』

하고 안심찮은 표정으로 훌터본다. 그리고 조심스레 쪼구리고 앉었다.

『네- 고맙습니다-뭐 일부러 안 가저오서두 좋으신걸』

남표는 불안스런 태도로 편지를 받어 본다. 그것은 부친의 하서였다.

『가는 길에 잠깐 들렸는데요 뭐……혹시 병환이 대단하신지두 모르구 해서… 드러 누시지요』

『아니 괜찮습니다. 어제밤에 고향 친구와 늦게까지 앉었었드니 그래 감기가 드렀는지 몸이 좀 불편해서……오늘 매우 밧부섰죠? 나도 안 가구 해서……』

『뭐 별로 밧부진 않었어요 뭐-환자가 어제처럼 만친 않어서요. 어제 그 여자가 입원을 한 외에는』

『아, 그 환자가 입원을 했어요?…… 편히 앉으시죠 방석을 까시구』

남표는 방석을 경아 앞으로 밀어 놓는다.

『네, 좋습니다. …그만 가야죠』

경아는 가라앉찌 않은 자세로 머뭇머뭇하다가 방석을 잡아다린다.

『못처럼 오섯는데 좀 놀다 가십시요. 밖알이15) 매우 춥죠?』

『네, 좀 추어요 바람이 불고요』

경아는 남표와 눈을 마초다가 시선을 피한다.

남표는 화로를 경아의 앞으로 떠밀며 자기도 화로 갓으로 다가앉었다. 그는 기침을 두어번 하고 나서 숫불에 담배를 부처 문다. 힌 바지저고리를 입은 것이 더욱 깨끗해 보였다.

『저— 어제 오신 그 손님이 고향에서 드러오신 친구서요?』

경아는 그제야 치마를 휩싸며 자리를 편히 앉는다.

『네—그렇습니다. 어려서부터 한 동리 간에 자라든 소학 동창이니까요』

남표는 담배재를 화로 안에다 털며 흡연한 연기를 내뿜는다.

『그럼 퍽 반가우시겠어요. 더구나 이런 데서 만나보시는 것은……』

경아는 영채 도는 눈때로 열끼 있게 할끗 흘긴다.

『네—더욱 그 친구와는 친하게 지내든 사이였스니까요』

남표는 엷은 미소를 지으며 마주 시선을 쏘아본다.

『그분도 의학을 공부하셨나요……』

경아는 호기심이 나서 다시 묻는데

『의사랍니다—. 지금 평양 자혜의원에서 근무를 하는데 이번에 하르빈까지 출장 온 길이라나요』

『아 그러세요… 그분두 의사시군요』

의사16)래[는] 말에 경아는 은근히 반가워하는 모양이였다.

---

15) 원문은 '밖알이이'.
16) 원문은 '의사의'.

『××전을 우등으로 졸업한 수재랍니다』

남표는 경아가 감심해 하는 눈치를 보자 이와 같이 대꾸하면서 빙그레 웃었다.

『네- 남 선생님도 그 때까지 단이섰드면 가치 졸업을 하섰겠지요』

『물론 그랬을 것입니다.』

경아는 그 말을 듣자 심중으로 못내 가석히 생각하였다. 그러나 어찌 생각하면 그리된 것이 다행인 것 같기도 하였다. 웨 그러냐 하면 남표가 만일 학교를 제대로 졸업하였든들 만주로 이렇게 왔을 리가 없기 때문에 그렇다면 이 역시 어떤……하다가 경아는 얼굴을 살짝 붉혔다. 그리고 심중으로 자기를 꾸짖었다.

『고만……저- 내일은 나오시죠?』

경아는 자리를 뭉칫뭉칫하며 또다시 이러나랴 하는데

『네-웨 좀 더……』

남표는 경아의 눈치를 본다.

『저 때문에 안 보시잖어요- 급한 편지 같은데-』

경아는 해족이 미소를 띄운다.

『뭐 상관 없습니다』

『안 보시면 가겠어요……』

『아 그러십니까. 그럼 잠깐 실례할까요』

남표는 편지 봉투를 뜯었다. 그 안에서 인찰지에 먹으로 쓴 한문 편지를 끄내 들었다.

그동안 경아는 다정히 꾸러앉어서 아미를 숙이였다. 방안은 괴괴한데 오직 차 주전자에서 물 끓는[17] 소리가 들릴 뿐이다.

남표는 편지를 다 보고 나서 접어 치우자 경아에게 차를 따러서 권한

---

17) 원문은 '끓르'.

다. 자기도 찻종을 들고 마시면서.─

그러자 잠시 동안 무엇을 생각하는 것처럼 한 곳을 응시하다가

『뉘동생이 쉬─결혼을 한다는군요』

혼저말처럼 중얼거렸다.

『네─그러서요. 그럼 퍽 기쁘시겠어요』

경아는 별안간 반색을 하여 남표를 처다본다. 그는 어쩐지 남표와 단둘이 앉았었기가 좌석이 서먹서먹하든 차에 이 새로운 화제에 마치 구원을 얻은 듯이 명랑해졌다.

『그럼 고향엘 나가서야겠군요─날짜가 언젠데요』

『이 달 스무날이라지만 어듸 나갈 수가 있나요』

남표는 무심히 대답한다.

『웨 못가서요─스무날이면 넝넉히 대 가실 수 있잖어요』

경아는 의아해서 남표를 쏘아본다.

『네 시간이야 넝넉합니다만 나가면 다시는 못 들어오게 됩니다.─집에서는 한사코 붓들테니까요』

『네!』

경아는 별안간 고개를 숙이였다. 그는 어쩐지 가슴이 뛰는 고동을 느끼였다.

『안 가시면 댁에서는 퍽 섭섭해 하지 않겠어요─ 다른 때와 달러서─』

『그야 나두 그렇습니다만……』

남표는 나직이 한숨을 쉬였다. 문 밖에서는 바람소리가 높이 들린다.

새로운 화제를 붓들고 한참 꽃을 피워 보랴든 경아는 인해 고만 생각이 꺾기구 말었다. 그것은 경아도 남표의 지금 심정을 대강 짐작하였기 때문이다.

이에 그들은 서로 야릇한 감정으로 시무룩하니 있게 되자 경아는 다시금 자리가 불편해졌다.

그래서 그는 막 도라갈 생각이 드렀는데 그 때 마침

『표군 있나』

하고 누군지 방문을 뚝々 뚜드린다.

『어서 오게』

뒤미처 방안에 나타난 사람은 ××신문 지국 기자 윤수창(尹秀昌)이다.

그는 남표를 이렇게 불러온다. 하긴 표군이란대도 틀린 말은 아니였으나 그는 남표의 일홈만 따서 불른 것이 아니다. 남표는 원체 눈이 예리하게 생겼다. 그리고 그의 일홈이 표범 표짜의 음(豹)과 같다는 의미에서 표군(豹君)이란 별명을 붙인 것이다.

이렇게 불러 보니 미상불 그럴 상싶기도 하다. 남표의 장골로 생긴 체격과 정기 있는 두 눈은 흡사히 범과 같은 위엄이 있다. 그래서 그들은 남방의 호랑이가 북국으로 제 고장을 잘 찾어왔다고—남표가 만주로 들어온 것을 잘 생각한 일이라고 성명점(姓名占)을 해가며 짝짜꿍을 놓았는데 물론 그 장본인은 다시 묻지 않어도 윤수창이였다.

그는 남표를 표군이라고 말로 불를 뿐[만] 아니라 편지를 쓸 때에도 남표(南豹)라고 썼다.

하나 남표는 그의 하는 짓을 다만 허영수로 돌릴 뿐이였다.

윤수창은 지금도 이런 생각으로 우선 농담을 걸고 대드러 본 것인데 뜻밖에 신경아가 있는 것을 발견하자 움찔해서 놀래였다.

『아니 선생은 왠일이십니까?』

그는 무렴한 듯이 이렇게 부르짖으며 화로쩐으로 앉는다.

『병환이 나섰단 말을 듣고 집에 가는 길에 잠깐 들렀댔어요』

경아는 다소곳하니 자리를 비키며 대답한다.

『네 그러서요—나두 아침에 전화를 걸었더니만 자네가 결근을 했다기에 궁금해서 쪼처 온 길일세. 아니 어디가 아퍼서 못 갔었나?』

수창은 걸걸한 목소리로 수끼 좋게 떠들면서 남표를 도라본다.

『뭐 괜찮에-몸이 좀 찌뿌두하기에 드러 누었었네-』

남표는 찻종을 새로 끄내 놓고 수창의 목스로 따르랴 하는 걸

『고만두게. 내가 따러 먹지』

윤군은 주전자를 가로채서 제가 따러 마신다. 그 꼴이 우수워서 경아는 고개를 숙였다.

『뭘 어제 밤에 늦도록 도라 단닌게지 고향에서 어떤 친구가 왔었다며?』

수창은 의미 있게 눈웃음을 처 보면서 더운 차를 마신다.

『거리에서 늦인 게 아니라 집에서 늦어 잤더니만-』

『술들 자셨을 것 않야-오래간만에 만났으니……』

『어듸- 그 친구두 술을 못하는 축이거든』

남표는 화젓갈로 화로 안에 널려 있는 담배꽁초를 끌터 내고 재를 얌전히 따독대 놓는다.

『그런가. 난 혹시 탈선이나 않었는가 염려했었는데-허허허』

『이 사람-시럽시 굴지 말게』

남표도 마주 웃었다.

『하긴 자네가 요새는 얌전해졌으니까 그럴 리는 없지만 [판독불가] 익자삼우요 손자삼우라구……친구에 따러서는-허허허』

수창은 연신 너털웃음을 치며 이여증을 까는데 경아는 그 꼴이 우수워서 다시 외면을 하였다. 그러자 그들의 대화가 새로 시작되기 전에 경아는 얼른 이러섰다.

『웨 제가 오자 바루 가시랴니까?』

경아가 이러선 것을 보고 수창이 이렇게 타내는[18] 것을

『여적 많이 놀았어요 그러면 실례하겠세요』

하고 경아는 재빨리 몸을 빼처 나왔다. 대문 밖 큰길거리로 나서니 마음

---

18) 타내다. 남의 잘못이나 결함을 드러내어 탓하다.

이 가뜬하다. 그는 비로소 안도의 숨을 돌려 쉬었다.

경아가 도라간 뒤에 방안의 분위기는 갑재기 달러졌다. 남녀의 장벽으로 가렸든 것이 일순간 없어지고 별안간 남성적 우정에서 안옥하게 주객은 마주 처다보고 앉었다.

그래서 수창은 기탄없는 소리를 막우 짓거려대는데— 그는 흡사히 목욕탕에 들어간 때와 같은 벌거벗은 감정으로 날뛰었다.

『자네는 참 행복한 사람이네……하건만 어째서 그럴까?』

수창은 두 다리를 철썩 버리고 앉으며 남표를 뚜러지게 바라보다가 한 눈을 찌그려 감는다. 그리고 허허허……웃는 것은 마치 실설한 사람의 돌발적 발작과 같다. 만일 그의 소성(素性)을 모르는 사람이 지금 옆에 있다면 그는 소스라첬을 만큼 하는 짓이 괴상해 보였다.

『미친 사람 같으니—』

남표는 수창의 표정을 눈치 채자 여전히 무관심한 태도로 점잖게 타내였다.

『아니 이 사람아 내가 미쳤는가?……자네가 이상한 사람이지. 누가 보든지 벌써 눈치를 다 채게 되었는데 자네는 웨 갖다 받히는 떡도 안 받는 거냐 말아! 이 사람아 그 여자가 어떤 여자인지 알기나 아는가?……신경19)에서만두 여러 남자가 너두나두 걸어보아야 한눈 한번 안 팔든 그런 여자야— 그만큼 유명하구 쌀쌀하구 매서운 여자거든……한데 자네한테는 어째서 그러턴지……자네 혹시 지남철을 남 몰래 가졌는가? 무슨 쪼간인가? 응 하하하하……』

수창은 또 한바탕 웃어 재키다가 사래를 들러서 킥々한다.

남표는 그대로 아무 말이 없다. 그는 비시감치 누어서 천정만 처다본다.

『아니건 농담일세만은 그런 게 아니라 정말로 자네는 남의 속을 몰러

---

19) 만주국의 수도로 지금의 장춘을 이른다.

주는 게야. 나 같으면 벌서 약혼을 했든지 결혼을 했을 걸세ー흥 어떤 사람은 꽃 같은 여자가 먼첨 반해서 골치만 앓아도 문병을 오는데ー 원 나 같은 놈에게는 액구눈이 게집도 안 걸리니…이래서 세상은 고루지 못한단 게야……하긴 내가 못난 까닭인진 모르지만……그런데 여보게ー그 여자가 간호부를 왜 단이는지 자네 아는가?』

수창은 별안간 정색을 하며 남표를 도라본다.

『그 여자가 누구야!』

남표는 짐짓 딴청을 보였다.

『아니 참 경아 씨랄 걸 잘못 했네.……이렇게 존칭을 하란 말이지 허허허……경아 씨가 웨 간호부를 단이는가 하면 그것은 자네와 같은 배우자를 골르자는 심쏙이었다네ー. 이 사람 안 그런가 내말을 들어봐요…현대와 같이 복잡한 세상에서 여자가 남편을 잘 골르기란 난사 중 난사거든ー그것은 데빠트[20]에서 물건 골르기와는 딴판이니까 말야ー여보게 사람이란 것과 속이 달러서 한 두 번 보아서는 모르지 안나. 남의 말만 듣고는 더욱 그렇구 그중에도 얼빠진 청년 남자들한테는 깟댁하면 속아 넘끼가 쉽단 말이지ー기혼자가 총각이라 속이구 임질 매독 환자가 건강한 체 속이구……그 외에도 별별 농간이 다 많은데 만일 간호부와 같은 직업을 가지고 널리 여러 방면의 손님을 대해 보면 그런 염려가 없을 것 아닌가. 안 그러냐 말야 이 사람아 나두 뉘동생이 있다면 간호부를 드려 보내고 네 맘대로 남편을 골르라 내맛겨버리겠네ー하하하』

『아니 자네 어떻게 남의 속을 그리 잘 아는가』

『웨 몰라. 그래두 신문 기잔데 에헴!』

수창은 큰 기침을 하며 팔자수염을 쓰다듬는다. 그는 담배 한 대를 피여 물고 나서 화제를 바꾸었다.

---

20) 백화점.

ㅡ지금까지 그는 한 바퀴를 휘ㅡ도라 왔다고 시인 조두원(趙斗元)은 어디서 만나고 문명서원(文明書院) 주인 강석주(康錫周)와 양약국을 하는 박인용(朴仁用)은 오늘도 여전히 고객이 많아서 세월이 좋더라는 등ㅡ그런데 자기는 진종일 『다네』21)를 구하러 도라다니느라고 다리가 아퍼 죽겠는데 점심도 변々이 못 얻어 먹었다고 혼자 한탄 겸ㅡ오늘 하루동안 지나온 보고를 언제와 같이 한바탕 느러 놓았다. 그리고 저믈게야 저녁을 가치먹고 돌아갔다.

　어두어 오는 방 안에서 남표는 불도 안 켜고 드러 누었다.

　그는 고대 저혼자 한참 떠들다 도라간 수창의 목소리가 그저 귀에 쟁々 하다. 그리고 그의 요두전목22)을 하며 수선을 떨던 꼴이 눈있에 어른거린다.

　그는 언제나 다름없이 어린이와 방불하였다. 비록 나이는 늙을지라도ㅡ마음은 한결같이 동심을 가질 수 있는 사람이었다.

　언뜻 보면 첫 인상이 누구나 그를 왁살궂고 감때 사납고 심청 있는 불량한으로 금을 지기 쉬우나 실상 알고 보면 매우 단순한 호인 축으로 손꼽을 수 있는 위인이다. 다만 그는 너무 덤벙대고 일을 조화하기 때문에 자칫 잘못 허방에 빠지고 탈선을 곳잘 한다.

　이런 사람은 누가 옆에서 잘 부뜨러주면 유선형 기관차와 같이 일직선으로 통쾌하게 궤도(軌度) 매진 할 수 있다.

　그런데 남들은ㅡ아니 그와 갓갑다는 친구까지도 그를 다만 허황한 인간으로 돌리고 단점만 처할 줄 아럿지 반면의 장점을 발견해주랴는 진정을 보이지는 않었다.

　따라서 그와 비교하면 시인 조두원이나 책장사 강석주는 소인 타입에 불과하였다. 그들은 탈선을 안는 대신 위인이 잘고 상스러웠기 때문에ㅡ.

---

21) '특종(特種)'을 뜻하는 일본어. とくだね. 원문은 '진종일진『다네』'.
22) 머리를 흔들고 눈을 굴린다는 뜻으로, 행동이 침착하지 못함을 이르는 말. 搖頭轉目.

오직 약국하는 박인용이가(그가 남표를 대동의원으로 소개하였다.) 사람이 좀 뜸직하였으나 그 사람도 이지음엔 버쩍 돈 맛을 아는 것 같아서 비위가 들맞는다.

(어떠튼지 그 사람들은 제각금 제 궤도를 걸어갈 사람들야 그중에서 수창군은 몇 번인가 허방에 빠지구 탈선을 하면서도……그러다가 죽을 거야……한데 정말 경아는 윤군의 말과 같을까?……)

별안간 남표의 눈에는 경아의 환영이 어르댄다. 아까와 같이 그는 화로를 사이에 두고 단정하게 앉았다.……

경아가 자기를 따르는[23] 눈치는 남표 역시 모르진 안는다. 그러고 그가 간호부라는─아직 구습에 저즌 사람으로는 창피하게 알고 있는 직업에 있으면서도 결코 한 눈을 팔지 않고 조출한 처신을 갖는 것이라든지 또는 그의 용모가 단정한 품이 마음에 들지 안는 배도 아니다. 그러나 남표는 지금까지 경아를 사랑하는 누이와 같이 대해왔지 그 이상을 초월한 적이 없었다. 그것은 무슨 자제(自制)해서 그런 것이 아니요 선주한테서 받은 상처로 일제의 여자를 저주하라는 미움도 아니였다.

따라서 남표가 경아를 심상히 대해 왔든 만큼 경아도 자기를 그렇게 아는 줄만 아렀다. 그 역시 아직 처녀의 순정을 가지고 자기를 대하는 동시에 남자와의 고결한 우정을 느낀데 불과할 것이라는 추칙이 있었을 뿐이였다.

그런데 아까 윤군의 말을 들어 본 즉 경아는 자기를 유달리 생각한다니 정말일까?

그런가 하니 어쩐지 경아의 태도가 요지음 달러진 듯도 하다. 그는 언제나 자기와 단둘이 있을 때는 무슨 말을 할뜻할뜻 하다가도 주저하면서 몸조심을 각금하였다. 여자의 참 말은 눈으로 말한다드니 그도 그런 것일

---

23) 원문은 '따른는'.

까?…….

아니 그것은 지나친 생각이라 하더라도 사실 남표는 경아의 내력이라 든가 가정 형편은 잘 모른다. 그것은 확실히 자기보다는 수창군이 더 잘 알 것이다.

그것은 하필 신문기자래서가 아니다. 원체 그는 발이 넓고 남의 일을 천작하기 조화해서 소식통(消息通)으로 자타가 공인(共認)하기 때문이다─.

그러면 과연 경아는 결혼의 상대자를 구하랴고 간호부를 단이는 것일 까? 안이라면 집안이 구차해서 단이는 것일까?

하나 남표는 경아의 생각으로 끝까지 골돌하지 않었다. 웨 그러냐 하면 바른 사실이라 하더라도 그는 경아에게 대해서 아무런 딴 맘이 없었기 때 문에.

지금 남표의 생각은 집에서 온 부친의 편지로 옴기고 그 편지에서 다 시 누이의 얼골로 옴기였다.

학교24)를 겨우 마춘 뒤의─그때 열 너덧 살 먹었든 그 애가 벌서 시집 을 가다니─하는 놀나움과 동시에 그는 얼마나 숙성하고 신랑 재목을 어 떻게 생겼을가……. 또는 그의 혼인이 장래 행복할 것인가 어떨 것인 가?……하는 모든 상렴이 마치25) 구름피듯 머리속에 떠올랐다.─

---

24) 원문은 '확교'.
25) 원문은 '상렴마이치'.

決心

  남표는 그 이튿날 일즉이 출근을 하였다.

  병원의 현관 안을 드러서니 경아는 벌써 와서 종종걸음을 치다가 남표와 마주쳤다.

  『좀 어떠세요?』

  경아는 남표가 나온 것을 은근히 반겨하며 먼저 인사를 한다.

  『네 괜찮습니다―. 선생님 나오셨나요』

  남표는 모자를 버서 들고 답례하며 마루위로 올라섰다.

  『안에 게서요』

  경아는 상냥히 대답하자 진찰실로 드러간다. 남표는 그 뒤를 따러 드러가서 외투와 모자를 의거리에 걸고 도라섰다.

  실내는 벌써 깨끗하게 정돈이 되였다. 남표는 까운을 가라입었다.

  그는 자기의 책상 앞으로 가서 설합을 빼보다가

  『그적 그 환자가 입원을 했다지요?』

  경아의 편으로 시선을 돌리며 묻는다.

  『저―여자 환자 말이여요. 어제 나제 입원했어요』

  『어듸 병력지 좀 보혀주시죠』

  『네―』

  경아는 재발르게 몸을 움지겨서 다나26) 안에 싸아둔 카르데를 끄내였

---

26) '선반'을 뜻하는 일본어. 棚(たな).

다. 그중에서 몇 장을 뒤적거리다가 한 장을 찾어 들고 도라와서 남표에게 내민다.

남표는 그것을 받어 들고 한참 동안 드려다 보더니만

『소변검사는 해 보았나요』

『하섰나 바요』

『네—』

남표는 그길로 2층 병실을 향하야 올라갔다. 그는 우선 새로 입원한 환자실로 발길을 옮기였다.

어제 하루동안 안 와 본 그들이 모다 궁금하였지만 그중에도 그는 새로 입원한 그 여자의 증세가 매우 위중했든 만큼 먼저 보고 싶었든 것이다.

그래 노크를 하고 드러가 보았다.

병상에 반드시 누었든 젊은 여자는 자는 듯이 눈을 감았다가 인끼척에 놀래여 번쩍 떠본다. 그는 여전히 중태에 빠저 있었다.

『선생님 인제 나오십니까? 어디 편치 않으시다더니만……』

그적게 가치 왔든 중노인이 환자의 옆에 앉었다가 반가히 이러나 맞는다.

『네 괜찮습니다. 좀 어떠십니까?』

남표는 우선 환자의 앞으로 가서 진맥을 하고나자 혀와 눈을 자세히 드려다 보았다. 환자는 그대로 신음하며 힘없는 눈으로 흘려본다.

『선생님 나오시길 퍽 고대했답니다—원장 선생님은 혼자 밧부시기 때문에 미처 손이 못 도라가시는 모양입지요. 그래서 참……어제 밤에도 이애는 잠 한잠 못 자구 꼬박 새웠답니다. ……원장 선생님 말씀은 괜찮다구 하시지만 대관절 어떤 증세온지 사람이 잠을 자구 무엇을 좀 먹어야 살질 않겠습니까』

딸의 병을 걱정하는 아버지는 다시금 초조한 생각이 드러서 어쩔 줄을 모르며 한숨을 짓는다.

『네 미안합니다—제가 어제 몸이 좀 괴로워서 못나왔습니다……잠슷는 건 어떠시죠? 아주 못 자십니까』

남표는 팔장을 끼고 한 옆으로 비켜서서 그 남자를 처다본다.

『뭐 미음 물을 먹는 체 하지요만 아니꼽다구 그것두 몇 수깔 안 받어 먹는군요』

『잘 알겠습니다. 과히 염려마십시요- 지금 곧 자세히 진찰을 해 보겠습니다』

『네 좀 잘 보아 주십시요』

그 남자는 황감한 듯이 두 손을 맛잡고 허리를 굽힌다.

남표는 그 방을 나와서 총총히 아래층27)으로 내려왔다.

이 환자는 전일보다도 중태에 빠졌는데 어째 지난밤에 내버려 두었을까?……진찰실로 들어가 보니 원장은 그저 안 나왔다. 남표는 불현듯 어떤 공분이 치미렀다.

『간밤에두 술자셨나요?』

남표는 경아에게 시선을 쏘며 볼먹은 소리로 묻는다.

『아마 그래섰나바요……』

경아는 웬일인지 몰라서 가슴을 두근거리며 긴장된 남표의 얼굴을 질려서 처다보고 있었다.

『신상! 5호실 환자를 진찰할텐데 지금 곧 준비해 주시요. 에 또 그러구…』

남표는 잠깐 무엇을 생각하다가 아까 보든 병력지를 다시 들고 드려다본다.

『웨 그 환자가 대단합니까?』

경아는 조심조심 불안한 태도로 묻는다.

『네-어제밤에도 잠 한잠 못 자구 괴로워했다는데-이런 치료 방식으

---

27) 원문은 '아레층'.

로는 병만 점점 더치게 할 것 같군요』

『네……』

경아는 더욱 망단한 표정을 지을 뿐이다.

『숙직 간호부가 없었던가요?』 남표는 의아해서 경아를 다시 도라본다.

『웨요 이상(꼬마 간호부)이 있었겠지』

그러자 꼬마 간호부가 약국에서 들어오며

『오하요 고사이마스』[28]

남표에게 공손히 허리를 굽힌다.

남표는 인사 대답은 할 생각도 않고 그에게 무서운 시선을 마주 쏘며

『5호실 환자가 어제밤에 어땠었오?』

『웨 어떼요?……』

남표의 무서운 시선에 질려서 그의 대답은 음치러저 드러간다.

『용태가 어땠었느냐 말요』

『대단해졌나바요』

『그래 어떻게 했나요?……』

『어떻게는……제가 어떻게 할 수 있어야죠……알지 못하는 주사를 놓아 줄 수도 없고요』

꼬마 간호부는 가늘게 몸이 떨리였다.

『그럼 웨 나한텐 기별도 않는단 말요』

남표의 목소리는 더한층 거치렀다. 그는 차츰 성이 나서 코가 벌름벌름한다.

『그런 생각은 있었지만두……편찮어서 못 나오신 선생님한테 오시랄 수두 없구 원장 선생님은 초저녁에 나가서서 밤중까지 안 들어오시구 그러니 저 혼자 어떻게 할 수가 있어얍지요』

---

28) 일본식 아침 인사말. おはようございます.

꼬마 간호부는 무정지책을 듣는 것이 야속한 것처럼 이와 같이 변명을 한다.

『그럼 위급한 환자는 어떻게 할까요. 병원에서도 응급치료를 못 받을찐댄 뭘 하러 입원을 식히겠오─당초에 입원할 필요가 없지 않어요』

『물론 그렇습니다만─원장 선생님께선 일직 들어오신다 하시며 또 밤에는 별일이 없겠다 하시기에 저두 안심하구 있었지요. 그런데 밤중에 별안간 깨우러 왔겠지요. 열이 높다구요…그래 어름찜질로……』

『아니 그때까지 원장은 안 들어오셨단 말인가요?』

『새벽에 오셨나바요……그렇지만 취해서 도라오시기 때문에……』

꼬마 간호부의 말문이 코스소리로 막키자 남표는 더 추궁하지 않었다. 그는 긴장했든 태도를 늑구어서

『이번 일은 그렇다구 이담엔 주의를 하시요─환자가 있는 병원에 숙직 의사가 없대서야 말이 되나……내가 앓는다 하더라도 그런 경우에는 불르러 보내시요』

남표는 이렇게 준절히 두 간호부를 처다보며 타일는다.

『녜─』

두 여자는 고개를 다소곳하였다. 그들은 기가 눌렸다.

『신상은 그럼……. 이상은 ×× 주사약을 얼른 가저오시요』

그말이 떠러지자 꼬마 간호부는 약국으로 종종걸음을 처 나가고 경아는 까스의 시위치를 틀고 [물]을 끓이였다. 남표가 긴장한 바람에 그들도 따러서 긴장하였다.

이렇게 세 사람이 한참 부산하게 서드러서 5호실 환자를 다시 진찰한 뒤에 여러 개의 주사를 놓아주고 내려왔다. 남표가 지금 막 처방을 고처 쓰랴 하는데 그때서야 원장 부인이 빠꼼이 문을 열고 드려다 보다가

『남 선생님 일직 나오셨군요─난 오늘도 못 나오시면 어쩌나 했드니……』

『밤새 안녕하십니까』

남표는 무심히 답인사를 한다.

『그런데 원장께선 아직 안 이러나섯는데 남 선생께 부탁을 하시래서……그리고 5호실 환자를 우선 좀……』

원장 부인의 말이 채 떠러지기 전에

『벌써 가봤습니다』

남표는 대답하면서도 의서(醫書)를 펴들고 페지를 연신 뒤적인다.

그는 여전히 골난 사람 같었다.

『남 선생님 난 무서워』

지금 막 내려온 꼬마 간호부는 경아와 함께 복도에서 이런 말을 소곤거리며 웃다가 원장 부인이 나오는 바람에 약국으로 쫓겨갔다.

그는 남표한테서 또 무슨 사단을 만날까 보아서 슬슬 피하여갔다.

지금 약제사와 그들─세 사람은 여자 환자를 화제의 중심으로─ 꼬마 간호부가 어제밤의 경과를 자못 놀라운 표정으로 눈찟코찟을 해가며 이야길 하는데 그것은 남표가 성을 내고 야단을 첬는 만큼 그의 말에도 긴장미를 더하게 하였다.

남표는 원장 부인이 나간 뒤에 혼자 잠작히 생각에 골돌하였다.

그는 지금 여환자의 병증을 연구하자 함이였다. 그래서 왼정신은 오직 그 한 점에 집중되여 있었다.

그는 우선 응급치료로 강심제와 해열제 주사를 놓고 닝겔 오백 크람을 놓게 하였으나 아직 확실한 집증(執症)을 못하였기 때문이다.

『신상!』

별안간 그는 경아를 불렀다.

『네!』

뒤미처 경아가 뛰여 들어온다.

『5호실 환자의 소변을 좀 받어 오시요. 닝겔은 끝났지요』

『네』

경아는 또 2층으로 종종걸음을 쳤다.

조곰 뒤에 경아는 소변을 받어 왔다. 남표는 즉시 소변검사에 착수했다.

해가 높아 오면서 환자가 들어오기 시작한다. 그러나 재래 환자는 간호부들에게 왼통 내맡기였다.

그가 소변을 검사한 결과는 약간 담즙(膽汁)이 비처 보인다. 이것은 확실히 간장질환(肝臟疾患)인데 그래서 원장도 십이지장충이라 했는지도 모르나 단순한 황달이 아닐까.……

『아니 혈구(血球)를 검사해 보자!』

펻뜻 그는 이런 생각이 재차 들자 남표는 혈구 게산기와 채혈증을 가지고 5호실로 올라갔다. 그리고 경아는 준비했든 오벡트쿠라스와 주정면 등을 가지고 그 뒤를 따러 올라갔다. 그는 병실로 들어가서 채혈침으로 환자의 귀를 뚫고 피를 빼내왔다.

남표는 그것을 유리쪽에 여러 개를 무처 가지고 현미경으로 연신 드려다 보았다.

한편으로 혈구 게산을 하고 한편으로는 표본을 만드러서 정밀히 검사한 결과 그는 마침내 혈구가 증가된 것을 알 수 있었다.

이에 그는 마치 발명가가 어떤 새 힌트를 얻은 때와 같이 무아몽중 날뛰였다. 그는 책을 뒤지고 카르데를 다시 드려다본다. ─현미경 속을 다시보고 소변 검사를 또 다시 해 보고……

(간장 천자29)를 해 볼 필요가 있다. 만일 농집이 나온다면……올치 되었다!)

그는 생각이 여기까지 미치자

『천자 준비……(穿刺準備)─』

---

29) 몸의 일부에 속이 빈 바늘을 꽂아 체내의 액체를 뽑아 내는 것을 의미하는 의학 용어. 穿刺.

하고 벌떡 이러섰다. 경아는 한 옆에서 역시 등대하고 섰다가 말이 떠러지기 무섭게 기구를 챙기였다.

두 사람 긴장한 표정!

남표는 경아보다 먼저 2층으로 뛰여 올라갔다. 5호실 환자는 매우 피곤한 모양같다.[30] 남표는 또 다시 맥을 집허보고 환자의 기색을 살피였다.

간호부가 들어오자 그는 즉시 천자를 시작했다.

간장 부위를 천자해 보니 과연 농집이 주사기를 통해서 올라왔다―.

마침내 그는 상당한 분량의 농을 빼내게 되었는데 이에 그는 다시 더 의아할 수 없는 어떤 확신을 얻었다.

그는 간호부에게 에매진 주사를 놓도록 명령하였다.

남표는 아래층으로 나려왔다. 그가 다시 의학책을 뒤적여서 발견한 병명은 다음과 같았다.

―아메바성(性) 간장농양(肝臟濃瘍)―.

이때 학적신념(學的信念)에 빛나는 열정이 그의 형형한 두 눈에 불타올렀다. 그는 무한히 기뻤다. 그것은 한 사람의 생명을 건지는 거룩한 기쁨이였다……

5호실 환자를 예진한 병력지를 들처보니 그는 약 한 달 전에 이질을 알코 나섰다는 것이 쓰여있다 그 뒤로 그는 왼편 옆구리가 아푸고 간간 오한과 열이 왕래했었다 한다.

그러면 이 증세로 이질을 알코 난 뒤에 딴 증후가 아닐까.

그는 필연코 아메바성 적리를 알코 난 뒤에 아메바성 간장농양을 유발(誘發)한 것이다. 원장은 이 점을 미처 못 생각한 것이 아닐까.―이질을 알코 난 것은 깜박 잊지 않었든가.

남표는 이렇게 집증을 하고 나니 다시 더 의심할 여지가 없었든 것이다.

---

30) 원문은 '모양갔다'.

이에 자신을 얻은 그는 5호실 환자에게 에메징과 닝겔, 포도당 주사를 매일 놓게 하고 강심제와 해열제를 간간 적당히 놓도록 시키였다.

그것은 이렇게 치료를 하면 불과 삼주일 이내에 환자는 완치돼서 퇴원할 수가 있게 된다.

그런데 만일 오진을 하게 되면 생명을 뺏기고 말 것이다. 과연 집증을 잘못해서 병을 더치는 경우가 얼마든지 있다. 하긴 그것은 비단 집증 뿐이 아니다. 의사의 부주의와 치료를 등한히 해서 시기를 놓치는 수도 있다. 응급치료를 할 때에 내버려 두어서 병세를 항진시키고 생명을 위험케 하는 례도 얼마든지 있을 것 아니냐.

그렇게 생각하니 과연 가슴이 떨려진다. 의사의 책임이 중대함을 새삼스레 느끼게 한다.

어제 하루 동안 누었든 것을 그는 못내 후회하였다. 사실 그가 출근만 하였다면 5호실 환자는 어제 밤에 그러한 고통은 안 받게 했을 것이다. 밤 동안에 집증을 했던지 설사 집증은 못했을지라도 우선 응급치료는 했을 것 아닌가. 환자의 원기라도 붓드러 주었을 것이다.

그런데 자기는 약간의 감기 기운으로 하루를 쉬었다. 의사와 환자의 관계는 이와 같이 중대한 결과를 가져온다. 의사의 일순간은 환자의 일생을 좌우한다. 마치 환자는 법에 매인 죄수와 같이 의사에게 매였다.

몸뿐 아니다. 마음도 매였다. 법이 공명해야만 죄인을 바른길로 인도할 수 있듯이 의사도 투철해야만 환자를 잘 다룰 수 있다. 그럼으로 의사는 항상 환자의 곁을 떠나지 않아야 한다. 그 역시 몸으로나 마음으로나ー.

따라서 자고로 의업을 인술(仁術)이라 하였다. 이 세상의 모든 직업을 천직이라 할 수 있거니와 그 중에서도 의사의 직업이야 말로 천직(天職) 중의 천직이 아닐까!

한데 우선 자기부터 의학도의 양심을 저버리는 때가 많다. 환자들은 자기와 같은 미미한 존재도 한울처럼 믿지 않느냐? 그들은 오직 주치의에게 생명을 내맷긴다. 그리고 생명의 다음 가는 귀중한 금전을 보수로 밧친다.

그들은 존귀와 빈부를 물론하고 모다 선생님으로 의사를 떠바뜬다. 귀중한 금전을 지불하는 외에 사회적 존칭까지 겸해서 밧친다.

이것은 대체 무슨 까닭이냐? 의사는 실로 귀중한 생명을 좌우할 수 있는−아니 그것은 병고에서 신음하는 인간을 사경에서 구해낼 수 있는 신성한 천직을 가졌기 때문이다.

누구나 의학도적 양심으로써 이같이 생각한다면 과연 그는 자기를 어떻게 알 것이냐! 그는 무시로 반성하고 날마다의 일상생활을 엄정히 비판해야 될 것이다. −오늘은 어떤 환자에게 잘못된 행위가 없었든가. 몰라서 실수한 것은 차치하고 알고서도 태만하고 부주의한 것은 없었는가. 그래서 그는 임상의 경험으로써 병리를 연구하고 책에서 얻은 바 학리로써 또한 임상에 대한 새 지식을 체득하는 그 가운데 이론과 실천을 통일하는 부단한 학적 연구와 아울러 충실한 임상적 치료를 통해서만 비로소 모든 환자에게 그는 한 사람의 의사로서의 자격을 가졌다 할 것이다. 그래도 소위 천병만약이라는 각양각색의 병자에게는 오진을 하기 쉽고 혐오(嫌惡)를 느낄 수 있겠거든 하물며 의업을 한 개의 영업 수단으로 안다면 그야말로 언어도단이 아니냐. 실로 의사는 사회적 책임이 크다. 그들은 사회의 공기(公器)이기 때문이다. 더욱 현하와 같은 비상시국에 있어서랴.

그러나 이것은 한 개 이론에 불과한 말이 아닐까. 남표도 지금은 이렇게 충실한 생각을 하고 있지만 그리고 그는 누구 앞에서나 당당히 주장할 수 있는 말이라고 자신하는 바이지만−, 이 양심의 광명은 마치 구름이 해빛을 가리운 듯 현실적 주위를 둘러 볼 때는 어디서나 그의 생각과는 정반대의 현상과 부드치게 한다.

도리혀 현실은 충실한 의학도적 양심을 우활한 공상이라 하지 않는가. 그래 그는 뒤통수에 손가락질을 받으며 그들의 총중에 싸이지도 못한다. 아모리 훌륭한 일자리에서더라도 권위가 없으면 신망을 못 받는 것이다.

일개 무명한 의학도가 아모리 의사의 천직에 충실하랴 한들 사회에서 그를 알아주지 않는 바엔 무슨 소용이겠느냐. 그는 기껏의 의졸개로써 도리혀 영리적 의료기관에서 고용인과 같은 품파리를 살 뿐이다.

그래서 그들은 너두나두 우선 자신지책[31]부터 강구한다. 의사도 먹어야 산다. 남과 같이 먹고 살자면 역시 남과 같은 처세술에 밝어야 하고 남과 같이 영리하게 세상을 이용해야 된다.

그래서 그들은 우선 학벌을 얻고 『가다각기』[32]의 사회적 지위를 얻고 자본을 대어서 개업을 시작하지 않느냐. ─이렇게 하여 몇 해 동안에 성공을 하게 되면─즉 돈을 벌게 되면 그때는 왼천하가 내 세상 같다.

비록 진실한 의사로서의 속은 빈탕이라 할지라도 그는 일류 명사와 교제를 할 수 있고 그대로 돈은 잘 벌어진다. 소위 명까를 얻은 뒤에는 환자가 문 앞에서 장을 서서 너무 많은 것이 도리혀 귀찮을 지경이다.

이렇게 되면 돈이 있으니까 얼마든지 조수를 쓸 수 있고 간호부를 둘 수 있다. ─그리고 자기는 얼마든지 몸이 편할 수 있다. 마치 주식회사의 사장과 같이 그는 원장이라는 직함으로 뽑낸다─. 당세 유명한 장짜이긴 제나나나 일반이 아니냐고!

그렇다면 사실 자기와 같은 말째 의학도는 그야말로 죽도 밥도 아니었다. 이건 충실한 의사도 못되고 입신양명한 성공자도 아니다.

기껏 남의 병원에서 조수 노릇을 하는 남이 보기에도 일개 고용인의 월급쟁이에 불과하다.

이럴진대 자기도 차라리 의사 시험이나 치러서 개업을 하든가 그렇지 않으면 아여 딴 곳으로 방향을 전환함이 좋을 상싶다.

남표도 미상불 한때는 변호사가 되고 싶었다.

그것은 시골에서 다시 서울로 올라왔을 때 뜻밖에 선주한테 배반을 당

---

31) 자기 한 몸의 생활을 꾀하는 계책. 資身之策.
32) 어떤 사람의 사회적 지위나 직함 등을 뜻하는 일본어. 肩書(かたがき).

하든 그 무렵이었다.

그는 물론 의학에도 취미가 있었지만 법학 역시 적지 않은 흥미를 느꼈었다. 그의 총명한 두뇌는 [법]리적 연구를 능히 할 수 있었고 그의 능한 변설은 족히 변호사로써 출세할 수 있겠다는 자신을 가졌었다. 그것은 친구들까지도 그 방면으로 권고하는 사람이 있었든만큼ㅡ.

그러나 그는 법학은 마침내 단념하고 마렀다.

그것은 양심적으로 빛어볼 때 이제까지 닦어 오든 의학을 내던지고 법조계를 지망한다는 것은 마치 입신양명을 목적하는 개인적 공명심에 취한 것 같었기 때문이다.

더욱 선주에게 실련을 당한 그로서는 무명하기 때문이라는ㅡ그래서 자격지심으로 마치 저 이수일이가 심순애에게 금전으로 복수를 하랴는 것처럼 자기는 공명을 세워보겠다는ㅡ그와 같은 느낌이 있었든 까닭이다.

하나 그것은 임의 지나간 이야기에 불과하다. 자기는 참으로 어떻게 앞길을 열어가야 할 것인가 생각할수록 그는 전도가 망연하였다.

그러나 충실한 의학도의 자각을 가졌다면 또한 어떻게든지 자기의 생활은 개척해 나갈 수 있을 것 아닌가.

매사가 다 그러하다. 자기를 희생하는 고귀한 정신으로 로력하는 사람에게 앞길이 열리지 않는 법은 없다. 그것은 형극(荊棘)이라도 뚫고 들어가고 어떠한 난관이라도 돌파할 수가 있다.

하다면 오늘날 자기 자신도 깨다름이 부족했었고 따라서 생활이 허랑하지 않었드냐. 투철한 자각 밑에서 견실한 생활력을 가진 사람사람 일진댄 무슨 일을 못하며 어듸 가선들 못살 것이냐.

만일 의사를 아까 말대로 천직 중의 천직이라 하고 그래서 사회적 책임이 크다 할 진댄 우선 자기부터 그와 같은 철저한 인식이 필요하다. 또한 그것은 행위를 통해야 될 것이다. 그는 모름직이 남을 비방하기 전에 자신을 먼저 반성하지 않으면 안 된다.

아니 그것은 자각 없는 의사보다도 알고서 행치 않는 그 사람이 더 나쁘다. 무지몰각한 모리배는 차라리 돈이나 벌랴는 욕심으로 그런다면 오히려 수긍할 수 있겠다. 이건 그렇지도 못하고 말로만 큰 소리를 치면서 혼자 비분강개한들 무슨 소용이냐.

더욱 현 시국 하에서 이기주의적인 낡은 사상을 떠러버리고 정말로 나라를 위하는 의료보국(醫療報國)을 투철히 할 생각만 있다면 어듸를 가기로니 자기의 일자리가 없을 것이냐. 그리고 또한 그만큼 희생적 정신을 가지고 충실히 일할 것 같으면 누가 그에게 세 끼니의 밥을 앳[을] 것이냐. 일하는 사람에게 밥이 없을 린 없다.

한데 너나없이 먼저 먹기를 생각하는 것은 남보다 뛰어나게 잘 살어보자는 수작이다. 그것은 여전히 부귀의 영화를 누려보자는 사치한 생각이다. 자기도 아직 이와 같은 허영심을 버리지 못하였기 때문에 도회에서 빙빙 돌지 않는가. 문명의 혜택을 받지 못하는 궁향벽촌엔 살기 싫고 없어도 도회인으로 양복신사와 억개를 견주어 보자는 뱃심이다. 그리하여 도회에서 도회로 굴르기를 마치 길까의 조악돌이 뭇발길에 채여가듯이 지금껏 룸펜 생활로 동서표박함이 아니었든가.

과연 자기가 의학도로써의 철저한 자각이 있다면 마땅히 선구자적 정신을 발휘해야 할 것이다. 문화의 수준이 높고 문명의 혜택이 많은 도시보다는 도리혀 농산어촌의 무의촌(無醫村)에 할 일이 많지 않으냐. 진정한 의료보국은 이런 곳에서 의미가 있을 것이다. 생활 정도가 야튼 그들은 위생사상이 전혀 없다. 따라서 그들은 상약을 무지하게 써서 귀중한 생명을 뺏기고 병신이 되지 않는가. 또한 생활이 빈약한 만큼 그들은 비싼 약을 쓸 수 없거니와 의료시설도 없다.

그러면 이와 같은 대다수의 환자가—무지하고 빈궁하고 의료기관이 없는 속에서 오직 원시적으로 상약을 써 보다가 죽으면 죽고 살면 살기로 모든 것을 운명에 맡겨 버리는데 의사의 필요를 이외에 더 요구할 곳이 어듸 있느냐. 실로 의학도의 큰 사명과 역활은 이런 곳에 있다고 볼 것이다.

하나 오늘날까지 자기부터도 이런 곳은 염두에 두지 않었다.

그것은 출세할 수가 없기 때문이요 돈을 못 벌고 고생만 사야 되기 때문이요 무지한 그들과 같이 저급한 생활을 해야 되는 박구어 말하자면 개인주의적 사상에 아직도 저진 때문이다.

너나없이 그것은 딱한 일이였다. 아니 누구보다도 자기 자신이 딱하였다. 도회지야말로 자기와 같은 무자격자는 편요치 않다. 도회에는 유명한 의학박사들이 많으니 그들에게 맡겨도 훌륭히 해나갈 것 아닌가.

그럼으로 궁벽한 시굴이야말로 자기와 같은 의학도가 필요하다. 정작 필요한 곳에서 오라는 덴 안 가고 필요치 않은 도회지 병원에서 덧부치 조수 노릇을 하며 월급 푼어치를 받어 먹고 지내온 것은 이 무슨 가긍한 꼴이냐. 남표는 이렇게 생각할수록 마침내 자기 증오를 절실히 느끼지 않을 수 없었다.

五號室患者

원장은 거의 열한 시나 되여서 진찰실로 나왔다.

마침 외래 환자를 진찰하고 끝난 때였다.

『남군! 밧부지 않었오?』

『네 별일 없었습니다』

남표는 허리를 굽히여 인사를 하였다. 원장은 자기의 의자로 가서 주저 않는다.

그는 얼굴이 부숙부숙하고 수면 부족으로 눈알이 벌개졌다. 뿌둑뿌둑한 얼굴을 두 손으로 문질르고 나서 하품을 연신 하는 것을 보면 아직도 피곤이 덜 풀린 모양 같다.

『5호실 환자를 진찰해 보았소?』

『네!』

『간 밤엔 좀 더했다지』

원장은 선하품을 하며 담배를 한 개 부처문다.

『네 열이 몹시 나구 밤새도록 못 잣답니다』

『어째 그랬을까?……어제 낮에는 괜찮었었는데……』

원장은 혼자 말처럼— 그러나 미안한 듯이 어물거린다.

『지금 간장천자를 했습니다』

『천자를……』

남표의 이 말에 원장은 깜짝 놀래며 처다본다.

『네—. 엿주어 보기 전에 제 맘대로 한 것은 죄송하오나 아침에 부인께

63

서 늦게 이러나실 것 같다 하시기에 우선 혈구 검사를 해 보온 즉 백혈구 수가 증가 되고 간장부에 동통이 있는 것 같드군요─환자는 근자에 적리를 앓은 일도 있다는데 암만해도 의심이 들기에 혹시 간장농양이나 아닌가 싶어서 그래 간장 천자를 해 보니까 과연 상당한 분량의 농집이 나왔습니다』

남표는 원장 앞에 서서 이와 같이 근엄한 태도로 경과보고를 하고 나자 5호실 환자의 병력지를 찾어다 보인다.

원장은 그것을 받어 들고 한참동안 드려다 보더니만

『아! 그럼 십이지장충은 아니었군』 한다.

『아닙니다. 아메바성 간장농양으로 확진을 얻었습니다』

『음─그래』

원장은 연신 고개를 끄덕인다.

『환자는 약 1개월 전에 아메바성 적리를 앓고난 모양이온데 그 뒤에 아메바성 간장 농양을 유발하지 않었는지 싶습니다』

남표는 겸손한 태도로 환자의 병력을 다시 설명하였다.

『아 그렇다……근자에 적리를 앓은 일이 있었다?』

원장은 비로소 의혹이 풀린 듯이 얼굴에 화기를 띠운다.

『남군 매우 수고했오─어듸 좀 올라가 볼까』

『천만에 말슴을 ─그럼 가 보시지요』

원장이 청진기를 들고 이러서자 남표와 간호부도 따러 나섰다.

이때 5호실 환자는 얕은 잠이 드렀는지 그들이 들어와도 모르는 모양 같었다. 그의 머리마테 앉었는 중노인이 언제나 다름없이 이러나서 맞는다.

『좀 어떠신가요?』

『네─이젠 그만합니다』

원장과 부친의 목소리에 환자는 그제야 약간 놀라운 듯이 눈을 떠본다. 그는 목전의 광경에 놀래였다. 원장과 조수와 간호부 세 사람이 죽─느러선 것을 발견하고 은근히 겁을 먹었든 것이다. 또 무슨 주사를 놓지 않으랴 하는 불안을 느끼었기 때문이다.

원장은 청진기를 환자의 흉부에 대보았다. 그리고 간장 부위와 흉부를 대강 타진해 본 뒤에 가만가만 눌러 본다.

환자가 원장의 손끝이 다을 때마다 눈쌀을 찌푸리매

『여기가 아푸지요 여기는? 조곰! 또 여기는? 네 좋습니다』

하고 고개를 두어 번 끄덕여 보이는데 그는 매우 기분이 좋았다.

『이젠 괜찮겠소이다. 오늘 밤은 잠도 잘 자게 될 테니까 아무 염려 마시지요』

원장은 아주 확신을 얻은 듯이 이와 같은 말로 환자와 그의 부친을 도라보며 위로한 후에 가만가만 적은 소리로 간호부에게 무슨 주의를 식킨다.

『아 그렇겠습니다. 고름을 빼냈으니까 인젠 괜찮을까요』

『네 그렇습니다』

원장이 점두하며 도라서자 남표와 신 간호부도 그의 뒤를 따러나왔다. 다시 진찰실로 나려오자니 그동안에 새로 온 환자가 드리 밀려있다. 그래 그들은 시방 한참 분주하였다. 그들 중에는 가진 환자가 섞겨 있었다.

그날 밤에 남표는 병원에 늦도록 있었다.

그는 중병 환자가 드러오면 의례히 늦게 있었다. 어떤 때는 간호부와 함께 밤을 새우기도 하였다. 하긴 보통 때라도 저녁을 먹고 나면 병원에 가고 싶었다. 그동안에 환자 중에는 무슨 이상이 없는가 두루 궁금한 생각이 드렀기 때문이다.

아니 설령 그런 일은 없다 하더라도 병원으로 마음이 쏠렸다. 그래 그는 마치 저녁 바람에 산뽀를 나오듯 병원으로 마실 나간다.

사실 그는 다른 데로 산뽀를 가는 것보다 병원이 오히려 나었다. 그전에 방탕히 놀 때에는 저녁마다 술을 먹기에 밤을 새웠지만 인제는 그 세계와는 거리가 멀었다.

입원 환자 중에는 야비한 인간이 없지 않았다. 그들은 병중에 있으면서도 간활한 수단을 부린다. 그런 인간은 대개 도회지에서 달어빠진 위인들이다. 소위 산전수전을 다 겪은 영악한 소시민들이다.

허나 그들이 한편으로는 미우면서도 또한 칙은한 생각이 들게 한다. 그들도 환자이긴 일반이다. 남표는 특별한 볼일이 없는 이상 거의 저녁마다 입원 환자를 올라가 보았다.

병실마다 노크를 하고 들어가서 가지각색의 병을 앓는 그들에게 저녁 인사를 하며 그들의 얼굴을 다시 보는 것도 우선 마음이 가뜬하였다.

그들도 남표가 찾아 온 것을 다시없이 반기였다. 그들은 생명의 구세주와 같이 대하였다. 그는 불과 한 두 마듸의 말로서 환자들을 위로할 수 있었다. 의사가 정신적 위안을 환자에게 주는 영향은 다 그들이 자기의 말 한 마듸에 위안을 받고 생명의 희렬을 느낄 때 남표도 얼마나 그들과 가치 즐거워하였든가.

이렇게 이삼 분씩 혹은 사오 분씩 지체하면서 그들의 하소연을 듣고 때로는 청년 환자와 농담을 주고 받으면 시간 가는 줄 모르게 경과하는 수가 많었다.

지금 남표는 2, 3층의 환자를 일일히 들어가 본 뒤에 맨 내종으로 5호실 환자를 찾어 보았다.

그가 5호실 환자를 맨 끝으로 찾인 까닭은 다름 아니라 나종에 이 병실에서 천천히 시간을 보내자는 생각으로였다.

하긴 5호실 환자는 새로 입원을 하였고 또한 위중하기도 하다. 그러나 그는 멀리 북만 농촌에서 왔다는 점에서 남표의 호기심이 끌리였다.

5호실 환자는 낮에보다도 행결 생기가 있어 보인다. 남표가 들어서니 환자는 두 눈을 똑바로 뜨고 누어서 그의 부친과 무슨 이야기를 하고 있는 중이였다.

『좀 어떠시죠?』

남표는 환자의 옆으로 가서 서며 친절히 물어 보았다.

『괜찮어요』

여자 환자는 미소를 띠우며 가늘게 대답한다. 처음 듣는 그의 말이었다.

『아까 주사 마지셨죠?』

팔장을 끼고 서서 남표는 다시 물어 본다.

『네— 여기 좀 앉으십쇼—주사도 맞고 지금 약두 먹었답니다』

환자의 부친인 중노인이 의자를 내밀며 앉기를 권한다.

『네— 인제 차차 나실테니 아무 염려마시요』

남표의 이 말을 듣는 그들은 매우 기뻐하는 모양 같다.

노인은 연신 고개를 숙이며

『참 이번엔 선생님 은혜가 태산 같습니다. 이 애가 살어난다면 그것은 오직 선생님의 은혜니까요』

『천만에 말슴을 다 하십니다』

『아니 정말로 그렇습니다. 참 이번에 멀리 오기를 잘 했습죠』

부친은 그 딸을 바라보면 서로 눈빛이 빛나는 시선을 마춘다.

『네 오시긴 잘 했는데 댁 근처에는 병원이 없습니까?』

남표는 차차 노인의 말에 끌리었다.

『한 십리 밖에 양약국은 있습지요만 아직 병원이라곤 없답니다.』

『그건 대단 불편하시겠습니다. 댁에서 사시는 정안둔(正安屯)이란 동리는 몇 호나 되는데요?』

『띠염띠염 있습니다만 만인 부락과 합치면 무려 수백 호가 훨신 넘겠지요』

『그런데 아직 병원 하나가 안 생겼어요?』

남표가 의심스레 물으니

『네 워낙 촌이니까 장사꾼 외에야 누가 살러 들어옵니까.

그래서 의사 양반들도 이런 대처에나 자연이 있게 됩지요』
하고 노인은 다시금 쓸쓸히 웃는다. 남표는 그 말을 들으니 가슴이 뻐근
하였다. 농촌의 현실은 과연 그런 것일까?―

　로인은 담배를 피우며 다시 이야기를 잇대인다.
　『내가 처음 들어갔을 때만 해도 불과 몇 십 호 안 되든 곳이 농장이 개
척됨을 따라서 차첨 홋수가 늘렀습죠― 당초에는 인가도 희소한 편―한
황무지였든 것이』
　『네 댁에서 들어가신 지는 지금 몇 해째나 되시는데?』
　남표는 노인의 이야기에 차차 흥미를 느끼었다.
　『한 십 년 되나 보외다. 이 애가 여나문 살 먹어서 요만했었으니까요』
　노인은 병상에 누은 그 딸을 가리치며 다시 그 때의 키를 손으로 재여
보인다.
　『십 년 전이라면 물론 그러시겠습니다. 고향이 어듸시랬지요』
　『충청도올십니다』
　『그럼 농사만 지십니까? 또 무슨 다른……』
　『네 좀 앉으십시요. 농사는 자식이 짓습니다. 그래서 늙은 내외는 한
옆으로 음식점을 하구 있습죠』
　『네―그러십니까. 그동안 돈이나 많이 버르셨나요』
　남표는 웃음의 말로 물어 보았다.
　『어듸 돈을 벌기가 그리 쉽웁습니까. 그저 한편으로 농사를 지니까 먹
구 살 걱정은 없습지요』
　『그런데 이번에 비용이 많이 나서 안되셨군요』
　『네 아닌 게 아니라 그렇습니다만은 죽을 사람을 살렸다고 생각하오면
그까진 돈 몇 백 원이 하상 무엇입니까. ……참 선생님이 계신 이런 병원
으로 찾어 오기가 천만다행입지요. 하긴 우리 동리에서 한 오십 리 밖게
년전에 새로 생긴 병원이 있어요 그래 이웃 사람들은 그리로 가보라 합듸

다만 기왕 병원으로 갈 바에야 좀 더 큰 병원이 났지 않을까 해서요 그래 어차피 비용이 들기는 일반인즉 좀 더 들일 작정을 하고 이렇게 참 선생님을 찾아오게 되었답니다. 아마 운수가 페일나면 자연히 연때가 만나부지요……하하』

하고 노인은 매우 좋아하며 웃는다. 그는 아직 오십 안팎으로 뵈이긴 하나 체격이 튼튼해서 오히려 장년을 능가할 것 같다.

『하여간 큰 병원으로 오신 것만은 잘 하셨습니다. 설비가 부족한 병원은 치료하는데 있어서도 부족한 점이 많으니까요』

남표는 친절히 그의 말을 응대하였다.

『네 그래서 참 이렇게 불원천리하고 왔습니다. 좀 앉으실 걸……』

노인은 종시 미안스런듯이 남표를 처다본다.

『아니 괜찮습니다. 고만 내려가 바야죠』

『밤에도 쉬시지 않구 이렇게 근심을 하시니……너무도 참 고맙습니다』

노인은 진심으로 거듭 사례한다.

『저야 뭐 이런 일이 직업이 아닙니까』

남표도 마주 웃었다.

『그렇지만 아무리 직업이라도 제시간 외에 더 일하고 싶어 할 사람이 몇이나 되겠습니까 다아 그저 제 몸이 편하기를 위주하겠지요』

노인은 다시금 감탄한 듯이 남표를 한동안 처다본다.

『저는 심심해서 병원으로 마실을 온답니다. 저녁을 먹고 나면 그동안에 병원 일이 궁금해서 자연 오고 싶어요』

『저런—암 그러서야지 하지만 보아하니 지금 한창 시절이신데 친구들과 놀러단이실 데도 좀 많으실 것 아닙니까 그런데—』

『전 놀러단일 줄도 모른답니다』

남표는 여전히 팔장을 끼고 노인과 마주 향해 섰다.

『아니 약주도 못 하시나요』

『네 잘 못 합니다』

『허－그럼 공부만 열심히 하시는군』

자못 놀라운 듯이 노인은 고개를 끄떡이며 감탄하는 표정을 짓는다.

『뭐 그렇지도 못합니다만……』

그동안에 환자는 두 사람의 대화를 잠작히 듣고 있다. 그 역시 남표를 이따금 곁눈질하는 것은 은근히 감심하는 눈치 같았다. 그리고 부친과 시선을 마주칠 적마다 그는 미소를 먹음었다.

『고만 실례하겠습니다. 안녕히들 주무십시요』

남표가 인사를 하며 물러서자

『네 그럼 안녕히 가십시요』

노인의 말에 환자도 머리를 처들어 나가는 남표에게 무언의 인사를 하였다.

그 이튿날 저녁때였다. 남표에게 전화가 왔다고 꼬마 간호부가 통기를 한다.

약국으로 가서 전화를 받아 보니 그것은 동준이가 건 전화였다.

『아니 윤군이야? 거기가 어딘가』

『난 지금 오는 길일세－. 그런데 자네 좀 나올 수 없겠는가』

『어듸로?』

『여긴 정거장 부근인데 요담차로 불가불 떠나야겠기－찾어 갈 새가 없어서 전화를 거네－. 시간이 있거든 잠간만 나오게－××로』

『아니 ×× 말이지?. 그럼 곧 나감세』

남표는 수화기를 걸고 돌아서 나왔다. 그는 원장에게 전화가 온 사유로 잠시 외출할 뜻을 말하였다.

『그럼 갔다 오시요』

원장은 흔연히 허락한다. 그가 남표에 대한 신망은 이번 온 5호실 환자로 인하야 더욱 두텁게 되었다.

남표는 그길로 윗옷을 가러입고 총총히 나갔다. ××점 안으로 들어서니
유동준이 혼자 앉어 차를 마시며 기다리다가

『남군! 여기 있네』

하고 두어 걸음을 마주 나와서 손을 내민다.

남표는 동준과 의자 위로 마주앉었다. 동준은 일변 차를 청하였다.

『대관절 어디서 오는 길인가? 할빈서 인제 오나』

『응— 예정보다 일정이 하루가 늦어저서 오늘 안으로 곧 나가야 되겠
네—그렇지 않으면 좀 더 천천히 놀다 가도 좋겠지만……』

동준이 우선 자기의 사정부터 하소연하는 것은 더 붓잡진 말어 달라고
미리 예방선을 치는 것 같다.

『아 그런가』

『그래 찻시간까지 저녁이나 가치하면서 미진한 이야기나 하고 싶어
서……자넨 다시 안 들어가도 무관하겠지?』

『웨— 좀 들어가 봐야겠어 새로 입원한 환자가 있어서』

남표는 5호실 환자가 마음에 씨였다. 그는 권연 한 개를 끄내서 손톱으
로 적기며 대답한다. 여급이 차 한잔을 받혀다 놓는다.

『그럼 어쩔까? 곧 들어가 봐야만 하겠나?』

남표의 말을 듣자 동준은 가벼운 실망을 느끼며 처다본다. 남표는 차를
마시다가

『뭐—한두 시간 쯤은 상관없겠지』

『음—그럼 되었네. 멀리 갈 것 없이 여기서 그냥—』

동준은 남표의 기색을 살피다가 여급에게 음식을 주문하니까

『사아 도—조!』

하고 그는 우선 그들을 조용한 방으로 안내하는 것이였다.

『이번 길에 선주를 잠깐 만나 보았네.

—그런데 자네의 안부를 대번 무르면서 매우 애달파하는 기색을 보이

드라니……』

두 사람은 방석을 깔고 식탁을 향해서 마주앉자 동준이 우선 이렇게 입을 연다. 남표의 눈치를 슬슬 보면서.

『뭐 애달기는-』

남표는 그 순간 떨븐 표정을 짓는다.

『아니 선주도 매우 후회하는 모양이데- 분명한 의사 표시는 않데만은……더구나』

『그까진 소리는 고만 두고-자네 볼일은 잘 보았나?』

『음- 그랬서……한데 자네는 정말로 오지 농촌엘 들어가 볼 생각인가?』

동준은 남표의 눈치를 보다가 정중히 묻는다.

『가보겠네』

남표는 그대로 침착히 대답하였다.

『그럼 어데 작정한 곳이 있긴 한가?』

『아직 정한 데는 없네만은』

『한다면 막연히 들어 갈 순 없지 않은가?』

『물론 다소 고생은 각오할 생각일세』

『남군! 정히 자네가 그렇게 결심하였다면 내 한 곳 소개해 볼까?』

『어듸 그럴만한 곳이 있나?』

『응 있어! 이번에 하르빈에서 우연히 친구를 만났는데 자네 말을 미리 해두었네-. 나구 가치 있는 이택호(李宅浩) 군을 자네두 짐작하는지? 그 사람이 북만 신가진(新家鎭)에서 개업을 하는데 적당한 사람이 있다면 하나쯤 소용되겠다는 말을 하네』

『글세. 만일 그 근처로 가게 된다면 한번 만나 보지』

남표는 종시 어리뻥뻥한 태도로 응수하였다. 동준은 속으로 남표의 그와 같은 태도를 약간 섭섭히 느끼였다.

두 사람은 간단히 저녁을 먹고 나왔다. 동준이가 떠날 차 시간이 얼마 남지 않았다.

그들은 큰길거리로 나섰다.

『역에까진 전송을 못 나가겠네. ─ 그럼 잘 가게』

남표가 갈림길목에 도착하자 걸음을 멈추며 이렇게 작별 인사를 하니

『나올 것 뭐 있는가 어서 들어가 보게』

하고 동준이 마주 악수를 청한다. 그들은 잠시 손을 맞잡고 흔드렸다.

『어디를 가든지 소식이나 전해 주게』

동준의 끝으로 하는 부탁이다. 그는 어쩐지 눈물이 글성해졌다.

『음 그러지』

남표는 그 길로 도라섰다. 그 역시 서급흔 생각이 없지 않어 있었다. 어떤 야릇한 감정이 치민다. ─ 그것은 쓸쓸한 우정이였다. 한편 섭섭하면서도 어쩐지 우울한 기분을 자아낸다.

그러나 지금 남표는 그런 생각에 언제까지 억매여 있지는 않었다. 그는 허튼 생각을 씹어 삼켜 버리고 병원으로 다시 들어갔다.

5호실 환자는 어제밤보다도 매우 원기가 도라나 보였다. 그는 어제밤에 잠을 잘 잤다 한다. 작금의 남표는 이 5호실 환자에게 오직 왼정신이 쏠리였다. 그에게 전 신경을 썼다.

지금도 그는 이 환자를 보기 위하야 동준과 총총이 작별하였다. 만일 그렇지 않었다면 그는 응당 역두에까지 전송을 나갔을 것이다.

병원에는 신경아가 그저 있었다. 그가 오늘밤 숙직이라 한다.

『선생님 진지 잡수셨세요』

경아는 남표의 인끼척을 듣고 반갑게 나와서 맞는다.

『네 5호실 환자가 그동안 별 이상 없습지요』

남표는 진찰실로 드러서자 난로 앞으로 교의를 다가놓고 앉는다.

경아도 난로 안에 석탄을 한두 삽 퍼느면서

『아무 일 없었어요』

마주 상냥히 대꾸했다.

『주사는 어제대로 노았지요』

『네!』

남표는 비로소 안심하는 표정을 짓는다. 그는 체온 검사표를 드려다보
고 나서 벌떡 이러선다.

그길로 옷을 가러 입고 2층으로 올라갔다.

『어서 오십시오』

딸을 간호하고 있는 로인은 언제와 같이 반기며 맞는다. 그는 병원에서
아주 쓰끼소에33)로 있다싶이 하였다.

남표는 환자의 집맥을 해 보고 머리를 만저 보았다. 열도 그리 없는 것
같었다. 환자는 열끼 있는 눈알을 굴리는 것이 행결 생기가 도는 것 같다.

『어듸 불편한덴 없으시죠?』

『괜찮어요』

『뒤도 편하십니까?』

『네!』

『그럼 좋습니다』

남표는 로인의 옆으로 가서 마주 앉었다. 그는 로인과 이야기를 하고
싶었기 때문이다.

아까 동준이가 소개한 이택호는 북만 신가진에서 개업하고 있다 한다.
그러면 같은 현(縣)에 있는 신가진과 정안둔(正安屯)은 얼마 사이나 상거가
되는가. 남표는 고대 진찰실에서 이 방 환자의 병력지를 보다가 그의 주
소를 다시 드려다 보든 기억이 난다.

『영감님! 정안둔서 신가진이 몇 리나 되나요?』

---

33) '곁에서 돌봐주는 일 혹은 그런 사람'을 뜻하는 일본어. 付添い(つきそい)

『한 오십 리 됩니다. 웨 신가진에 누가 사십니까』

로인은 자기 근처의 지명(地名)을 뭇는 바람에 반가운 생각이 더 퍽 났다.

『네- 아는 분이 그곳에 살어서요』

『아 그러서요 뭘 하시는 분인데요』

『역 의사인데요 병원을 내고 있답니다』

남표가 이렇케 대답하였다.

『아 그러십니까 그럼 바로 그 병원입니다그려. 내가 저 애를 다리고 갈라다가 고만둔 병원이 바로 신가진이였었는데요』

하고 로인은 딸을 도라다 보며 자못 신기해 한다.

『네-어적게 말슴하시든……저도 소식만 들었지 아직 가보진 못했습니다만』

남표는 빙그레 웃으며 그들을 둘러 보았다.

『한번 와 보십시요-신가진은 매우 좋은 곳입니다. 차차 대처로 발전하니까요』

『네 그런가요』

『거기까지 오시거든 부듸 우리 고장도 들러 주서요-정거장에서 것는데는 불과 십리 밖에 않되니까요』

하고 로인은 거듭 간청하기를 마지않는다.

『물론 거기까지 간다면 찾어 뵈옵지요』

남표는 이렇게 말하니 그들 부녀는 매우 기뻐하였다.

『그럼 언제쯤 드러오실 기약이 있으십니까?』

로인은 다시 뭇는다.

『글세요 보아서 여름 안으로 한 번 가볼까 합니다』

『아 그러신가요 그때쯤이면 여행하시기도 대단히 좋겠습니다. 그럼 부듸 한번 찾어주십시요』

『네 감사합니다』

남표는 로인의 말을 듣는 가운대 언듯 어떤 계획의 힌트를 붓잡었다.

그는 도시에 염증이 나서 장차 농촌 생활을 해 보겠다 하였지만 그것은 실로 막연한 생각으로서 어떻게 실천을 밟어나가야 할는지 전혀 암중모색과 같었다.

그런데 동준이가 이택호를 소개하자 또한 이택호의 개업지 신가진이 바로 이 5호실 환자가 사는 정안둔과 오십 리 상거에 있다 한다.

하다면 이택호와 이 5호실 환자의 발련으로 농촌 생활을 계획할 수 없을까? 남표는 부지중 이런 생각이 드렀든 것이다.

신가진은 전면으로 ××에 통한 광야가 망망한 대해와 같이 일망무제한데 좌우로는 먼 산이 하눌갓으로 뺑-둘러막은 들 가온대 있는 정거장이라 한다. 따라서 그곳은 목재와 농산물의 집산지로서 장차 대처로 발전할 여지가 있다 한다.

그것은 근년에 부설된 ××선 지선(支線)이 드러온 관계도 있지만은 또한 우하(牛河)란 강물이 수륙의 운수(運輸)를 겸하게 하여 교통이 편리한 까닭도 없지 않다 한다.

로인은 지금도 이런 말을 하며 신가진은 장래 유망한 곳임으로 병원 하나를 더 낸대도 재미를 볼 수 있을 거라고-마치 남표가 그 지방을 시찰하랴는 목적은 병원자리를 듯보랴는 것인 줄로 아는 모양이었다. 그것은 남표로 하여금 미고소를 하였다.

신가진은 그 일경의 미간지 만여 쌍이 개척되는 날에는 장래 대도시로 발전하게 될 것이라는 것이었다.

그러나 남표는 신가진보다도 정안둔에 목표를 두었다.

5호실 환자는 그 뒤로 나날이 소생되여 갔다. 병줄 놓아가는 대로 그는 원기가 생기였다.

인제는 자기 혼자 거동을 하며 죽을 먹기 시작한다. 남표는 한결같이 치료를 극진히 하였다. 그는 주치의(主治醫)로서의 역할을 맡어 했다. 원장이 그에게 내맷겼든 때문이다.

남표는 이 환자를 자신 있게 맡어 보았다. 동시에 그는 주의를 게을리 하지 않었다. 바쁘지 않은 때는 주사도 손수 놓고 간호부들에게는 이 환자를 특별히 부탁하였다.

그는 낮에도 틈나는 대로 찾어와서 환자의 용태를 삷여보고 저녁마다 마실을 와서는 그들을 정신적으로 위로 하였다. 이렇게 날을 거듭할수록 병인은 나날이 회복되어 간다.

그리하여 5호실 환자는 필경 예정과 같이 입원한지 한 달 이내에 거의 치료할 수 있었다.

어느듯 5호실 환자의 퇴원 날짜가 도라왔다.

그들 부녀는 이날 얼마나 기뻐하였든가! 그러나 그날의 기쁨은 남표에게도 그들만 못지 않었다. 한 사람의 생명을 위경에서 구해냈다는 기뿐 일−그것은 이해관계와 감정을 초월한 실로 의사가 아니고서는 실감을 느끼지 못할 즐거움이었다.

드러올 때는 피골이 상접해서 형해만 걸렸든 5호실 환자가 불과 한 달에 그처럼 병줄을 놓고 신관이 달려졌다. 그것은 마치 고목(古木)이 새봄의 정기를 타고 다시 살어난 때와 같다할까? 오늘날 의학의 발달과 남표의 학도적(學徒的) 정열은 이 여인으로 하여금 인간의 새봄을 다시 맞게 하였다. 더욱 그는 방년이 스물 한 두엇의 아리따운 여자가 아닌가.

이날− 그가 퇴원을 하든 날은 왼 병원 사람들이 모다 기뻐했다. 다른 입원 환자들은 그의 퇴원을 부러워하고 병원 직원들은 그의 건강을 축복해 주었다.

남표는 이날 기분이 좋아서 저물게 하숙으로 도라왔다. 저녁을 먹고 나니 벌써 떠난 줄만 알었든 그들− 5호실 환자가 그의 부친과 함께 찾어왔다.

『아니 웬일들이십니까?』

남표는 일변 놀래며 그들을 방안으로 안내하였다.

『네 떠나기 전에 인사나 여쭈랴구요……그런데 선생님은 약주도 못하신다니 이거 원 어떻게 합니까』

하고 로인은 자못 섭섭해한다.

『뭐 괜찮습니다. 아여 그런 생각은 마십시요』

『이거 변변친 않습니다만……』

하고 이때 5호실 환자는 흰종이로 싼 과자 상자를 남표의 앞으로 공손히 내민다.

『아니 뭐 이런 것을 다아 사오십니까』

남표는 의외인 그들의 후의를 사례하였다.

『이 여름 안으로 신가진을 오시거든 꼭 한번 찾어주십쇼. 오셨다는 기별만 하시면 모시러 나가겠습니다』

『선생님! 그래주세요』

그들 부녀는 이와 같이 루루히 진정으로 간원하는데

『네 꼭 찾어가 뵈옵지요』

하고 남표는 그들의 충정에 은근히 감심하였다.

어느덧 4월도 중순이 지나간 봄기운이 차차 지터가는 시절이였다. 날과 달이 주야로 간단없이 박뀌는 대로 치운 나라 만주도 겨울의 동결(凍結)에서 풀리여 차차 봄철을 맞어오는 중이였다.

그러나 겨울과 여름이 기른 대륙의 기후는 봄과 가을이 매우 짧었다. 그래서 짧은 봄과 가을은 어느 틈인지 모르게 여름과 겨울로 비약(飛躍)하여 지루한 한서(寒暑)를 다시 겪게 한다.

지금이 마침 그와 같은 환절기(換節期)에 놓여 있다.

남표는 5호실 환자를 떠나보낸 후로 어쩐지 마음이 허전하였다.

그와 동시에 그는 무시로 그들이 생각킬 때마다 그들의 사는 북만 농촌이 그리워졌다.

신가진과 정안둔에 대한 그 로인의 이야기도 새 기억을 이르킨다. 그는 이와 같이 차차 마음이 끄리였다.

마침내 그도 어떤 결심 밑에서 이택호한테 편지를 써 부쳤다.

그것은 유동준 군의 소개로 근일 중에 귀지를 방문하고 싶다는 사연으로 미리 선통을 해 보자든 것이였다.

편지를 써 부치고 나서 남표는 후회하였다.

만역 거절을 당하면 어찌할까 하는 한 줄기 불안이 있었기 때문이다.

그러나 그는 다시 자기의 약한 마음을 꾸지졌다. 언제는 남의 도움을 바라고 드러갈 생각이었든가.

설영 이택호가 없드라도 그는 예정을 변경하지 않을 결심이였다.

이렇게 작정을 하고 나니 그는 마음이 가뜬하다.

인제는 오직 떠날 준비가 남었을 뿐이다.

어느 날 떠날까……기왕 떠나기로 작정한 바에는 하루라도 속히 떠나고 싶었다.

그러나 혹시 이택호에게서 무슨 기별이 있지나 않을까? 만일 오지 말라는 편지가 온다면 그 편지를 받기 전에 불쑥 찾어 갔다가 창피를 할는지도 모른다.

이에 그는 떠나기를 주저하였다. 그것은 좌우간 편지 올 동안만 기다려보자는 생각으로였다. 이럭저럭 몇일을 더 지체하였다. 그는 편지 답장이 여의치 못하면 정안둔으로―5호실 환자 집을 직접 찾어가 볼 결심을 하고 있었다.

그런데 하루아침에는 병원으로 가 보니 과연 이택호에게서 답장이 왔다. 신경아가 그 편지를 받었다가 준다.

남표는 궁금하든 차이라 그 즉시 피봉을 뜻고 보았다.

편지 사연은 극히 간단하였다. 자기도 유군한테서 그런 소개를 받었다하며 만일 들어올 생각이 있거든 하루 속히 오라는 것이었다.

어찌 될는지 하회가 미심하든 중에 뜻밖에 이런 답장을 받어보는 남표는 기분이 매우 유쾌하였다.

그는 마음이 들성하여 몸이 공중에 뜬 것 같다.

『선생님 북만에도 아시는 의사가 게서요?』

신경아가 무슨 눈치를 채었는지 남표를 처다보며 뭇는다.

『예 있읍니다』

『그 전엔 없다구 하시드니……』

경아는 미심한 듯이 눈초리에 갈구리를 만든다.

『요지음에 새로 알었답니다』

남표는 마주보며 웃는다. 그는 경아의 천진스런 표정이 남몰래 귀여워 보인다.

『녜……』

『그런데 난 일간 신가진으로 떠날까 합니다.』

무두무미에 이 말을 들은 경아는 마치 경풍하는 사람처럼 놀래며 부르짖는다.

『신가진이 어듸야요?』

『지금 이 편지가 신가진에서 온 겐데요—곳 들어오라는 독촉이군요』

남표는 담배를 부처물고 서성인다.

『아니 별안간 웬일이서요?』

경아는 마주 처다보다가 고만 자기도 모르게 눈물이 핑—도라서 머리를 숙이였다.

『별안간이 아니라—전부터 자리를 뜰 생각이 있었지만 기회가 없어서 여적 머물러 있었든 것이랍니다……그러나 정작 떠나게 되고 보니까 섭섭한 생각도 없지 않군요』

남표 역시 감회가 없지 않어서 방안으로 왔다 갔다 하였다. 그는 지금 조용한 틈을 타서 누구보다도 먼저 경아에게 떠나게 된 사정을 고백하였든 것이다.

　그러나 경아는 그대로 머리를 떠러트린 채 아무 말이 없이 앉았다.

　그는 가슴속이 복잡하였다. ─그날 저녁 때 남표는 원장한테도 이택호의 편지를 내뵈고 일간 떠나갈 뜻을 선언해 두었다.

羣像

　남표가 떠나든 전날 저녁이다.―

　××정에 있는 그의 하숙에는 몇몇 친구들이 찾어와서 주인도 없는 빈 방을 지키고 있었다.―

　그날도 남표는 다저녁 때까지 대동의원에서 어제와 다름없이 조수(助手)의 일을 돌보고 있었다. 환자가 오는대로 병력을 쓰고 진찰을 거들기도 한다. 주사를 놓고 치료를 해 주었다. 원장이 없을 때는 그가 신구 환자를 도맡어 보기도 하였다. 원장이 바뿔 때에는 입원환자의 회진(廻診)을 단이고 그와 함께 수술을 하기도 하였다.

　그래서 그는 가까운 친구들한테 부원장(副院長)이란 별명까지 듣게 되었다.

　사실 그는 부원장의 구실을 톡톡히 하고 있는 셈이였다. 그것은 원장 역시 그렇게 아는 모양이였다. 원장이 외출하고 없을 때는 병원 일을 왼 통 맡다 싶이 하였으니까―

　그것은 비단 왕진을 갈 때뿐 아니다. 밤저녁으로 그는 놀러 나가기가 일수였다.

　원장은 거의 저녁마다 술을 먹는다. 낮에도 친구가 찾어 오면 그들을 붓들고 바둑을 두다가 저녁술로 반주를 시작한다.

　집에서 먹다가 부족하면 손들을 끌고 거리로 나간다.

　그렇게 되는 때에는 밤을 새고 새벽녁에 눈이 쾡해서 도라온다. 그는 술뿐 아니라 마짱도 좋아하였다.

　그와 늘 추축하는 패가 따로 있었다. 외면상 그들은 모두 훌륭한 신사다. 그는 가끔 이들-표면적 신사들과 얼리였다. 그리하여 밤을 새워가며 유흥을 하기에 열중하였다-백 의사도 그것을 무상 만족으로 느끼는 것 같았다. 원래 그는 ××전 출신에 불과하다. 그것도 벌서 근 이십 년 전이 아닌가. 남표와 피차간 실력을 따진다면 일 년 쯤 더 배운 것뿐이였다. 그는 학교를 나오는 길로 어느 개인병원에 한동안 조수로 있다가 바로 서울서 개업을 하였다. 물론 그는 돈을 벌자는 목적으로-.

그런데 경성에도 박사 의사가 풋덕풋덕 나오기 시작했다.

백 의사는 그때 선견지명(先見之明)이 있었든지 고만 만주로 보찜을 쌌다-사변 전이다.

과연 그는 때를 잘 탄 셈이였다. 그가 만주로 처음 드러왔을 때는 조선인 의사로서 거의 독무대였다. 그만큼 자리를 쉽게 잡어서 지금과 같치 성공을 하였는데 대동의원은 신경에서도 번화한 ××정 네거리에다 버젓하게 3층 양옥을 신축하지 않었는가.

이에 그는 ×전 의학사요 대동의원 원장이라는 가다각기로 뽑낸다. 아니 그런 것보다도 그는 실제로 다년간 임상(臨床)의 경험이 많은 것을 남몰래 자랑한다. 옛말에도 의불삼세면 불복기약(醫不三世不服其藥)[34]이라 하였다. 그런데 자기는 태 십수 년의 경험을 루정하였다. 인제는 경력이 환하여서 어떤 환자라도 결코 실수하는 일은 없다는 것이다.

이묵이가 오래 묵으면 용이 된다든가-. 그도 이러케 자부심을 가지고 있다. 인제는 박사가 부러울 것도 없었다. 웨 그러냐 하면 그들보다도 오히려 돈을 잘 벌기 때문이다. 어쨌든지 성공만 했으면 고만이다. 돈 벌 생각으로 개업을 한 이상 그 목적을 달성 했으니 고만 아니냐는 것이 그의 주장이였다.

하나 이것을 남표의 안목으로 본다면 그는 철저히 타락한 의사였다. 의

---

34) 삼대 동안 계속하여 의료에 종사한 경험과 식견이 풍부한 의사의 약이 아니면 복용하지 아니함.

사가 임상의 경험만으로 족하다는 것은 마치 농사 개량을 할 줄 모르는 무지한 농군과 같다 할까 병리(病理)를 학문적으로 연구할 줄 모르는 의사는 투철한 의사가 될 수 없을 것이다.

따라서 그는 일종 엉터리『야부의사』35)에 불과하였다. 남표가 이 고장을 속히 떠나고저 하는 원인 중의 한 가지는 실상 백 의사의 이와 같은 인술(仁術)의 본래 사명(使命)에 어긋난 태도에도 없지 않았다.

그날 저녁 때 남표가 위층 병실로 회진을 올라가 보니 환자들은 제각금 석별(惜別)의 인사를 끄내였다.

『남 선생님 정말로 내일 떠나십니까?』

일호실에 누은 늑막염 환자가 우선 섭섭한 표정으로 말을 묻는다. 그는 건성 늑막염으로 피골이 상접하게 말럿다. 지금도 그는 수척한 얼굴로 반뜨시 누어서 남표를 힘없이 처다본다.

『네―좀 어떠서요』

남표는 빙그레 웃으며 환자의 바른 손을 쥐고 맥박을 짚었다.

뒤미처 간호부가 까제깡36)을 들고 들어선다.

『그만합니다만……선생님이 가신다니 대단 섭섭하군요― 저의 환자들은 어쩌라구 기어히 떠나십니까』

청년 환자는 야속한 표정으로 눈물이 글성해서 다시 지□ 떠보며 가만가만 말한다.

『뭐 내가 없드라두 새로 좋은 조수가 오겠지요. 그리구 여기 신 간호원이 있지 않습니까』

남표는 진중한 목소리로 환자를 위로하며 쾌활히 웃어 보인다. 그리고 간호부가 받드러 주는 소독면으로 싼 주사침을 받어서 환자의 팔에 정맥 주사를 놓는다.

---

35) '돌팔이 의사'를 뜻하는 일본어. やぶ医者(いしゃ).
36) '거즈(Gaze)를 담은 금속 용기'를 뜻하는 일본어. ガーゼ缶(かん).

환자는 혈관을 찾는 바늘 끝에 찔리우자 잠시 눈쌀을 찌프린다.

『아이그 제가 무슨……』

이때 신 간호부는 살짝 귀밑을 붉히며 웃는다. 그 역시 남표가 떠나는 데는 은근히 서운한 정을 느끼었다.

이렇게 10호실까지 회진을 마치고 도라나오는데 뒤를 따르는 간호부가 지금 막 3층 계단을 내려드듸랴는 남표의 등뒤에서

『선생님!』

하고 열싸게 부르짖는다.

『네?』

남표가 홱 도라서 보자니 간호부는 로대[37] 편으로 나가며 시선을 도리 킨다. 그는 웬일인지 몰라서 두어 걸음 따러가보았다.

『선생님 내일 꼭 떠나서요?』

신 간호부는 로대로 나가는 문설주에 붙어 섰다가 실심한 음성으로 나직이 뭇는다.

『네 떠나기로 했습니다』

남표는 여자의 목덜미와 옆얼굴을 곁눈으로 보았다. 그리고 담배 한 개를 부처 물고 흡연을 길게 하여 내뿜었다. ─눈 아래로는 시가지가 즐비하게 깔리었다. 대동대가의 큰 길이 훤─하게 내다보인다. 태양은 몬지에 어린 듯이 광채를 잃고 바람은 이따금 공중에 파도를 친다.

두 사람은 잠시 동안 아득한 지평선을 마주보고 서 있었다.

『몇 시 차로 가서요?』

여자는 남표를 힐끗 처다보다가 그의 시선을 피하듯이 발끝을 굽어본다.

『식전 첫차로 떠나겠습니다』

『그럼 저두 정거장에 나가겠어요』

---

37) 난간뜰. 발코니. 노대(露臺).

『뭐 나오실 것 없습니다―추신데 고만 두십시요』

남표는 진정으로 사절하고 싶었다.

『그래두 너무 섭섭해서요……』

『아니 나오시진 마십시요―가서 바로 편지를 드리죠』

여자는 잠자코 고개를 숙인다― 남표는 그길로 아래층 층층대를 걸어 내려왔다―

여자는 길게 한숨을 내쉬였다……사실 남표는 누구나 전송을 나올까바 일부러 새벽차로 떠나자는 것이었다. 언제부터인지 그는 도시 사람들이 싫어졌다. 그래 그는 혼자 생각하고 혼자 것는 것이 제일 좋았다. 그것은 낮보다도 밤이요 번화한 거리보다는 호젓한 들길이였다.

그러나 신경에서 일 년 동안―아니 대동의원에서 날마다 대하는 신경아(申瓊娥)―(간호부)만은 그렇지 않으니 웬일일까? 그는 본래 천성이 참하지만 언제나 변함없는 마음씨를 가졌다. 첫째 말이 적고 품이 있는데 게다가 자색까지 겸비한 색씨였다. 지금도 그는 길둥근 얼굴에 약간 수태[38]를 먹음고 서늘한 눈매로 할끗이 치떠보는 표정은 무에라 말 할 수 없는 인격미를 나타내였다. 그런데 그의 애수를 띈 얼굴은 참아 볼 수가 없든 것이다.

원장 내외가 저녁을 가치 하자고 부뜨러서 남표는 할 수 없이 저물도록 있었다.

그들은 청요리를 식혀온다 새로 음식을 작만한다 자못 관대하는 모양이었으나 남표는 어쩐지 그런 음식도 구미에 댕기지 않었다.

경아도 저녁을 가치 먹었다. 남표는 식사가 끝나자 인해 자리에서 일어났다. 그가 웃층 환자들에게 작별인사를 치르고 나려와서 주인 내외한테 고만 가겠다한즉

---

38) 부끄러워 하는 태도. 羞態.

『어―참 남군이 떠난다는 것은 대단히 섭섭한 일이요. 그럼 아무쪼록 잘 가서 성공을 하기 바라오― 그리고 만일에 말야 일이 여의치 못해서 고생이 되는 때는 조곰도 개의치 말고 다시 와두 좋겠지― 우리 내외는 언제든지 남군을 환영할테니까― 허허허……』

하고 원장은 가장 선심이나 쓰는 것처럼 호의를 표시한다. 그러나 남표는 그의 인색한 성질을 잘 아는지라 지금 말이 결코 자기를 위하는 진정에서 나온 말이 아닌 줄은 뻔―히 잘 알고 있었기 때문에 조곰도 고맙게 들리지가 않았다.

있는 사람은 매사에 자기 표준인 것 같다. 그들은 동정을 할 때도 제게 유익이 없는 일에는 안 한다. 지금 원장도 겉으로는 동정하는 척하지만은 실상인즉 조수로 더 부려 먹었으면 하는 딴 뱃장이 있기 때문이 아닐까.

『암 그 다 일을 말씀이예요……부듸 평안이 잘 가시구 무엇하거든 가 보서서 바로라도 [다]시 오서요. 참 남 선생과는 한 집안 식구 같이 조석으로 대하다가 별안간 훌쩍 떠나시면 얼마나 섭섭할는지 모르겠어요』

안주인 역시 정이 뚝뚝 떳게 말한다.

뚱뚱한 사내와 강파른 여자의 이 집 내외간은 누구나 보기에 대조가 선명한 것이 특색이였다. 아무렇던 그들은 서로 잘 만났다. 주부는 살림을 영악스레 하고 주인은 병원을 잘 해나간다.

그들은 육체뿐만 아니였다. 둔중하고 음성이 탁한 남자의 언동에 비해서 여자는 간사하고 수다를 떠는 것이 역시 좋은 대조라 할까.

『저 같은 사람이 어듸 성공할 수가 있겠습니까― 그럼 안녕히들 계십시요』

남표는 손가방을 들고 현관을 내려섰다.

그는 고대 들은― 그중에도 밖갓 주인의 성공하란 말이 자못 불쾌하게 들려서 이렇게 대꾸하였다. 그들의 성공이란 말을 묻지 않아도 돈을 벌라는 의미였기 때문에―

『원 천만에─남군의 자격만 가지면 어듸를 가든지 성공을 할 수 있겠지……그런데 남군은 꼭 한 가지 병통이 있어─그것은 어듸구 꾸준이 못 백여 있는 조급증이란 말야. 참 피차간 흉허물이 없으니 말이지만……허허허』

하고 원장은 벌써 건아하게 취해서 너털웃음을 웃는다.

『그야 뭐 아직 젊으시니까 그렇겠지요』

안주인은 중년을 접어들었건만 몸치장과 애교는 젊은 여자 이상 가게 마음을 쓴다. 그는 지금도 연신 남편을 할긋 할긋 처다보며 아양을 떨었다.

『그럼 아무쪼록……』

『평안히 가시구……각금 편지라두 하서요』

남표는 등 뒤로 이런 인사를 받자 다시 도라서며 모자를 벗었다.

그때 경아도 마주 공손히 머리를 숙이었다 그는 대문 앞 길거리까지 나와서 멀리 바라보고 있었다.

남표는 한참을 걷다가 골목길로 꼬부러질 때 언뜻 도라다보니 경아가 그대로 섰는 것이 보이었다.

경아는 남표의 그림자가 골목 안으로 사러지자 그제야 자기도 병원으로 들어갔다. 그는 어쩐지 실심해지며 자기도 모르게 한숨이 흘러나왔다.

『아 나두 남자나 되였드면……』

그는 입 속으로 이렇게 부르짖어 보았다.

남표는 그 길로 사관39)으로 도라왔다.

그런데 방문을 열고 보니 자기가 도라오기를 기다리는 몇몇 친구가 둘러 앉었다가

『아! 인제 오나』

하고 일제히 환성을 질른다.

---

39) 하숙. 舍館

그들이 모혀 온 것을 보니 필시 송별연을 열어 줄 눈치 같다. 남표는 속으로 귀찮은 생각이 들었으나 참아 그들을 그냥 가라고 박절하게 쫓일 수는 없었다.

××일보 지국 기자 윤수창(尹秀昌)은 언제 보아도 기운 좋게 잘 떠든다. 그래 그는 윤바람이란 별명을 듣는다. 지금도 무슨 이야기를 하다 말었는지 실내가 진동하도록 와작직걸하였다.

『이거 실례했네－언제 오섰나?』

남표가 주인의 체면을 차리며 이렇게 인사를 하고 들어서자니

『실례는 우리가 정작 했네－주인두 없는 방에 가택침입을 하였으니』

하고 윤군은 여전히 입심을 부리기 시작한다.

『아따 이사람－법률 문자를 그렇게 흡피 써서 되겠나』

『그럼 윤바람인데－에헴－』

그들은 서로 보며 웃었다.

만주란 원래 대륙적 풍토라 바람이 거세고 벌판이 넓직하다. 그러게 옹졸한 사람도 만주 땅을 밟게 되면 다소간 풍을 끼게 되는데 더구나 걸걸하고 황색이란 소리를 듣는 수창이와 같은 사람은 말할 것도 없지 않으냐. 그것은 윤바람이란 별명부터가 나변40)의 소식을 짐작하게 한다.

그 외의 세 사람은 양약국하는 박인용(朴仁用)과 시인 조두원(趙斗元)－그리고 문명서원(文明書院) 주인 강석주(康錫周)였다.

『그런데 윤군은 무슨 얘기를 하다 말었는가－참 저녁들을 어떻게 하구?……』

남표는 오바와 모자를 벗어 걸고 방문 앞 책상 옆으로 벽을 기대앉으며 좌중을 획 둘러 보는데

『이까지 바람둥이 자식 말을 타낼 것 뭐 있는가－작년 여름에 조선 나

---

40) 어디 혹은 그곳. 那邊.

갔든 그 얘기를 또 하는 거야……』 조선은 별장과 같이 각금 나가서 쉬여나 도라올 곳이지 답답해서 도무지 살 곳은 못된다구 시인 조군이 이렇게 윤군을 씩 까실르며 달게 웃는다.

그 바람에 여러 사람은 일시에 윤수창을 처다보며 우숨통이 버러지게 되었다.

방 안에는 담배 연기가 자옥하다. 화로 갓으로 둘러앉은 세 사람은 저마다 담배를 피우고 있었다. 남표도 담배 한 개를 끄내서 화로불에 부처 물었다.

담배꽁초가 화로재 속에 수두룩이 씨러졌다.

『아따 그 자식 저는 누구만 못하게 만주 바람을 안껬는데―이 자식아 난 그래두 말로나 하지만 네가 쓴다는 소위 그 시쪼각이란 거야말로 웬통 서백리아 바람까지 몰아오지 않었늬?―아 망망한 평원광야! 바다와 같이 넓은 대륙! 구름은 파도처럼 물결을 치는데―

동천에선 해가 뜨고

서천에선 달이 뜨고……

아니 뭣이 어째? 하하하하……그러면서 누구보구 이눔아 바람둥이란 말이 나오느냐 말야』

윤군은 지지않고 마주 대거리를 하러 덤비는데

『이 자식아 서천에서 달이 뜬단 게 어디 있어? 백제 자식이 제 자작대로 씨부렁거리면서 남한테 둘러씨우기는……』

하고 조두원은 불쾌한 듯이 기색을 변한다.

그들은 친하면서도 서로 앙숙이었다. 대수롭지 않은 일에도 서로 트각태각하기가 일쑤였다.

조군은 시인이라고 뽐내며 윤군을 일개 부량한으로 깔보았다. 그런가 하면 윤군은 네까진 게 시인이 무슨 얼어 죽을 시인이냐. 네나 내나 룸펭이긴 일반이요 그렇게 친다면 오히려 나만도 못하다는 뱃심을 내밀고 있었다.

그래 그들은 서로 충돌이 자졌다.

윤군은 지금도

『아니 그런 귀설은 없든가……있으나 없으나 그렇지 뭐야. 네까긴 시가 그게 시야? 그 알량마진 시를 그래두 신시(新詩)라지……이놈아 정말 시는 한시(漢詩)란다.─너두 자미의 한시 한 귀를 들어 볼련?』
하고 대가리에서부터 몽둥이로 패듯 하였다.

그러니 조군이 또한 가만이 있을 리 없었다. 그도 마주 물고 차는데

『얘─듣기 싫다. 넌 한시에 미친 자식 안야─그나마도 제가 지었다는 글은 한 귀두 없군 밤낮 남의 글만 외우는 자식이 주제에 큰 소리는 저 혼자만 하겠다.』

조군이 이렇게 종애[41]를 골려주니 윤군은 고만 성이 나서 때를 세우며 제목을 질른다.

『이 자식아 내가 한시를 왜 못 지여. 예전에 진 것은 죄다 잊어버리구 지금은 질 새가 없어서 안 짓는 게지─그 자식이 남을 업스녁여두 참…… 기맥키네』

『하하하……짓기는 잘 하는데 겨를이 없어 못 짓는구만』

『그렇다 이놈아 어쩌란 말야』

『아니 저녁들이나 먹구서 이러나? 식전이면 시장들 할텐데─』

남표는 두 사람의 대화가 차차 험악해 감을 보고 슬그머니 말참례를 시작했다. 그들을 그냥 두었다가는 언쟁이 버러질 위험이 있기 때문에─

『웨 저녁 안 먹었으면 자네가 밥 사줄려나?』

『사 주지─아니 정말이면 밥을 식힐까?』

『뭐 그만두게……지금두 달래 그 말이 난 게 아니라 자네가 오지(奧地)

---

41) 남을 놀리어 악을 올림.

로 들어간다는 화제에 끌려서 나 역 부지중 한 말이거든— 자네가 도회질 싫다구 신가진으로 간다지만 만주 구석두 하향 벽지에는 답답해서 못 견딜텐데 어떻게 백여날려구 자네가 간다는지— 미구에 또 도라 우편 앞으로나 하지 않을까 내 모른다구 우린 고대 그런 얘기를 하고 있었다네—. 건 막설하구 이렇게 앉었을께 아니라 고만 이러서 보자구 정작 저녁을 먹어야지』

하고 수창은 갑자기 시장끼가 드러서 좌우를 도라보며 눈치를 살핀다.

『글세 가 보자구— 남군 이러나게』

여적 아무 말 없이 두 사람의 입씨름하는 꼴을 빙그레 웃고 보든 박인용과 강석주가 먼저 이러서며 남표를 재촉한다.

『난 저녁을 먹었는데……』

남표가 이렇게 사양을 하니까

『아따 이 사람아 저녁을 먹었으면 술두 못 먹는단 말인가 워낙 잘 되였네. 빈속에 먹으면 휘질텐데 미리 속을 멕궈야지—. 오늘밤에 두 분 장괘[42]가 한턱을 톡톡이 낼 모양이신데 어듸 남군 덕택에 고주가 되도록 한번 먹어보세』

윤군이 따러 이러서며 잘 오바를 입은 두 사람을 등분해 본다.

『아따 그 자식 바랄 속은 ……누가 너한테 한턱을 낸다더냐?』

강석주가 농쪼로 받으니

『그렇기에 누가 나한테 낸댓느냐 원—. 영감들은 다 당대에 한 목 가는 실업가구 상업가가 아니신고?……또 나 같은 놈 한잔 사 주기로 어떨 것 있는고. 그야말로 구우일모(九牛一毛)요 백미에 뉘[43] 골르기지……허허허허』

『자식 수다하기란……영감은 별안간 웬 영감야』

---

42) 돈 많은 사람을 뜻하는 말. 장궤(掌櫃)
43) 쓿은쌀 속에 등겨가 벗겨지지 않은 채로 섞인 벼 알갱이.

이번에는 박인용이가 핀잔을 주었다. 그래도 수창은 여전히 느물거린다.

『장괘는 누구나 양반이요 영감이거든』

『아니 히니꾸⁴⁴⁾냐?』

『이 세상 현실이 다 그렇지 않은가』

『현실이라……허허허』

그들은 서로 웃고 바라보며 방문을 열고 나갔다.

어느덧 밖갓은 캄캄해지고 길거리에는 전등불이 찬란히 켜졌다. 찬바람이 썰렁하게 온 몸으로 음습한다. 그들은 모다 외투의 에리를 축켜세우고 종종걸음을 쳤다. 전보때가 잉-하고 운다. 이 땅의 봄추위는 아직도 풀릴랴면 먼 것 같았다.

남표는 맨 나중으로 그들의 뒤를 따러나갔다. 그는 지금 그들의 허튼수작과는 정반대로 딴 세계를 혼자 소요(逍遙)하고 있었다.

하긴 그 역시 한때는 그들과 똑같은 분위기에 휩싸혀 지냈다. 아니 그 때는 오히려 자기가 한술을 더 떳는지 모른다.

그래 그는 밤낮으로 그들과 얼려서 술추념을 하기에 신경 바닭이 좁다고 헤매며 마굴을 찾어 단였다. 군자금이 떠러지면 집으로 전보를 치고 친구들한테도 구걸을 하였다. 그리하야 돈이 생기면 그들은 호기 있게 할빈까지 원정을 가기도 하였다. 그때 그는 룸펭으로 지낼 때였다. 그는 아편굴에 누어서 연관⁴⁵⁾도 빠러 보고 도박장과 땐스홀에도 남만큼 출입을 해 보았다.

그러나 그는 다만 타락을 즐기여서 방탕한 것은 아니였다. 같은 방탕이라도 동기와 종류가 다르다. 그는 너무나 번민이 컷든 때문이다. 그것은 자기로서도 어찌할 수 없는 심정을 것잡지 못하야 발작적으로 이러나는 발광이였다. 어떻게 참을 수가 없다. 이렇게 너무 괴로울 때 그는 술로나

---

44) '빈정거림'을 뜻하는 일본어. 皮肉(ひにく).
45) 담뱃대. 煙管.

울분을 떨구랴 한 것이다.

미상불 술이란 좋은 것 같고 술친구는 정다웠었다. 하나 그것은 또한 그때뿐이 아니든가. 실로 깨고 나면 허망한[46] 일이었다. 그래 깨면 또 먹는다. 깰 만하면 먹고 취해서 자면 또 술이 깬다. 따라서 그들은 깨기가 무섭게 취하려 들고 곧장 취하면 무아몽중에 깨 버린다. 이것이 소위 모주꾼의 일과(日課)였다.

물론 그들은 볼일을 다본 산 유령(幽靈)과 같았지만은—. 그럴수록 알콜의 중독은 몸에 배어서 먹을수록 인음증[47)이 생겼다. 마침내 모주꾼은 모히[48] 환자와 같이 중독이 된다.

남표도 한때는 그와 같은 위험에 빠졌었다. 지금 이들과 친교를 맺게 된 것도 실상은 그 무렵이었다. 윤군은 그때도 벌써 중독이 되었다. 이 선배가 남표를 그 방면으로 지도한 셈이다. 그는 아직 이 고장에 발이 서투른 남표를 이끌고 향락가를 골고루 안내했다.

실로 그때 한동안은 누가 멕히느냐는 최고조에 달하였다. 만일 남표가 의학도(醫學徒)로서의 양심과 지성이 없었다면 그도 윤군과 같이 중독자가 되여 버렸을는지 모른다. 남표는 어느 틈에 건강이 몹시 상하였다. 그의 장대하든 몸집은 남이 보기에도 딱할 만큼 수척해졌다.

어느 날 하루아침에 그는 무심코 거울을 드려다보다가 소스라처 놀랬다. 그는 단연히 마귀와 투쟁하기를 결심하였다. 그는 자기보다 심한 윤군도 가치 떼기로 했다. 윤군은 마치 물귀신과 같이 끌고 들어가려는 것을 남표는 됩다 그를 육지로 끌어올리기에 죽을힘을 썼다. 그는 점진적으로 지구전(持久戰)을 싸워왔다. 그러나 현실은 여전히 악착하였다. 아니 그는 멀정한 정신으로 볼 때 더한 것 같았다. 자기가 혼몽 중에 있을 때는

---

46) 원문은 '허멍한'.
47) 술을 마시기 시작하면 자꾸 마시려고 하는 버릇. 引飮症.
48) 아편의 주성분이 되는 알칼로이드를 뜻하는 모르핀(morphine)의 일본식 표현. モルヒネ.

이런 줄 저런 줄 모르고 있으니 오히려 모든 것이 아랑곳없어 보였다. 하지만 성한 정신으로 주위를 둘러볼 때는 그렇지가 않았다. 그는 결코 자기 한 몸이 쫓기는 생활의 고통을 못 견듸여 함이 아니다. 오히려 악한 현실이 자기에게 책임감이 있는 것과 같이 가책(苛責)의 고문을 당하였기 때문이다.

과연 자기는 어찌 살 것인가? 그런 생각을 하면 또다시 마취제로 정신을 흐리고 싶다. 정신 없이 한세상을 살고 싶다. 아니 세상을 모르고 죽고 싶다.

남표는 이와 같은 생사관두(生死關頭)에 서 있었다. 죽고 사는 게 문제 아니다. 죽으면 어떻게 죽고 살면 어떻게 사느냐가 문제였다. 그래 그가 일시는 자살까지 하려고 극약을 준비해 두었든 것을 내버렸다.

그러나 그는 성격상 안전한 중간길을 걸을 사람은 못 되였다. 그것은 더욱 그의 지성(知性)과 양심이 꼬댁인다. 이와 같은 내면적 투쟁은 모히를 공연히 떼였다는 후회를 하게도 하였다. 그는 결코 만주로 돈버리를 온 것은 아니였기 때문이다.

이래저래 남표는 자기증오(自己憎惡)를 느끼였다. 그것은 염세주의(厭世主義)의 세례를 받게 하고 마침내는 모든 사람이 싫여졌다. 그중에도 더욱 도회 사람들을!……

그가 방종한 생활에서 발을 씻고 대동의원으로 다시 취직을 한 후부터는 그전에 친해졌든 술친구가 가장 밉게 보였다. 술도 게집과 같다. 서로 친할 때는 무등 좋았지만 한번 틀리게 되면 눈꼴도 보기 싫은 게 아닐까. 아니 그전에 취중에나 현실과 타협하잔 것이 이제는 깨여 보니 현실이 다시 미워졌다. 말하자면 결국 그는 방탕한 생활 속에서도 그의 번민은 구제할 길이 없었든 것이다.

그 이튿날 새벽에 남표는[49] 예정과 같이 찻시간을 대여서 정거장으로 나갔다.

어제밤에 남표는 그들과 함께 술자리에 어울리였었다. 그러나 어설피 삼차회를 따러 단이기만 하였지 그들처럼 통음하지는 않었다. 그것은 비단 몸을 돌볼 생각으로만은 아니다. 그가 술을 정침50)한 줄은 그들도 잘 알기 때문에 강권하지 않었지만 먹고 싶지가 않었든 것이다.

『남군이 근랜 퍽 변해졌어……그 사람이 무슨 번민이 있는가?』

『번민이 있으면 먹든 술을 끊을까-오히려 더 먹을 테지 허허……』

『웨 실련을 했다든데-』

『그건 벌서 그 전 말이지-아마 공부를 할려구 술을 아주 끊으려는가 보데』

『그럼 의사 시험을 치러 볼 셈인가. 아무튼지 결심은 무서운 사람야』

『암-술보다도 이걸 끊는 걸 보게』

『그 바람에 윤바람이 덕 보았지-너 남군 아니면 깍정이가 되었을지두 모르지 안니』

『아닌게 아니라 그러이. 남군 덕을 보다마다……』

『그런데 웨 도회지는 싫다 할까?』

『그것은 식그러워서 그러는 게지』

『응 그럼 한적한 시굴로 도회의 유혹이 없는 곳을 골러 가자는 것일까』

『물론 그럴 것이네-남군이 과단성이 있는 사람이니까』

『암-그렇게 놀길 좋아하든 사람이 일조에 몸조심을 하는 것 보게』

그들은 어제 저녁에도 남표가 도라오기 전에 그의 사관에서 이렇게 뒷공론을 하였었다.

그들은 이만큼 알어 주었다면 남표 자신으로야 더 할 말이 없었다. 그는 사실 그들과 자리를 가치 해야 아무 흥미가 없었다. 다만 그전에 친했든 정실관계에 끌릴 뿐이였다. 그는 술자리가 조곰도 그전처럼 유쾌하지

---

49) 원문은 '남표은'.
50) 일을 하다가 중도에서 그만둠. 停寢.

않었다.

사람은 심경의 변화란 게 무서운 줄 안다. 어제까지 좋와하든 것도 오늘은 악행 같이 미워한다. 하나 그것은 번연히 그른 줄을 알면서도 평시의 타성(惰性)에 질질 끌리는 것이다. 그렇게 되푸리를 하는 중에 세월은 덧없이 흐르고 속절없이 일생을 무의미하게 마추는 것이 않일까.

남표는 지금도 이런 생각을 남몰래 하며 대합실 안을 건일었다. 그럴수록 그는 자기의 지난 일이 우수웠다. 참으로 그때는 무엇에 홀렸는가 무슨 혼이 씨웠든가.

새벽은 아직도 미명(未明)의 박암(薄暗)속에 둘러쌓였다. 대합실에는 승객이 그리 많지 않었다. 머리를 따느린 만인과 전족을 한 만인 여자 외에 양복쟁이 몇 사람이 난로 주위로 둘러 앉었다.

실내는 난로를 피웠건만 구내에서 드리치는 바람이 몹시 춥다. 남표는 외투의 에리를 축켜 세우고 뺀취에 걸터 앉었다. 그는 은근히 아는 사람이 없는 것을 다행하다 싶었다. 그런데 별안간 누가 발밑을 딱 막아서며

『선생님 벌써 나오셨세요』

하고 애뛴 목소리를 질르는데 처다보니 뜻밖에도 그는 경아였다.

『아니 웬일이십니까?』

남표는 마치 놀랜 사람처럼 멀거니 그를 응시하였다.

『뭬 웬일이라서요ㅡ. 어저께도 나온다고 말슴드리지 않었어요』

경아는 거침없이 말을 받으며 시선을 쏜다. 그는 아무도 수상쩍게 아는 사람이 없는 만큼 남의 이목을 끄릴 것 없이 맘 놓고 수작을 하려는 것 같다. 혼이 새침한 사람이 어느 고비에 가서는 대담한 행동을 하는 수가 있지 않은가. 경아도 지금 그런 태도를 취하는 것 같었다.

『그렇지만 치운데 뭘 하러 나오셨나요』

남표는 이렇게 불안스런 표정을 보였으나 속으로는 그가 나온 것을 은근히 고맙게 역였다. 비록 잠시나마 대합실의 지루한 시간과 고적하든 것

을 그와 만남으로써 잊을 수 있었기 때문에ㅡ.

『뭐 춥잖아요ㅡ산뽀 겸 선생님의 떠나시는 게나 볼려고요』

경아는 언 땅에 구두발을 굴르며 상냥히 말한다. 검정 털외투에 목도리를 둘는 스타일은 병원에서 보든 간호부의 흰 옷과는 다른ㅡ날씬하고도 폭은한 느낌을 주는 자태였다.

『너무 고맙습니다.ㅡ이리로 앉으시죠』

『네!ㅡ아직 시간이 머렀나요』

『네 한 이십 분 남았나 봅니다』

경아는 한손에 들었든 상자 보통이를 빈 자리에 놓고 남표의 옆으로 나라니 걸터앉었다.

『저ㅡ이번에 가시는 데서는 물론 오래 계시겠지요』

잠시 후에 경아는 다시 묻는다.

『건 가봐야 알겠어요』

무슨 의미로 뭇는지 모르는 불안에서 남표는 잠깐 의혹의 눈을 떠보다가 대답한다.

『가서서 좋은 일자리가 생기거든 저두 좀 가치 있게 해주서요』

경아는 시선을 마초다가 걸상 밑으로 고개를 숙인다.

『뭐 하향 벽지에 경아 씨가 오실만한 좋은 일터가 있겠습니까』

『웨 저는 그런 데를 못 가서 사나요』

경아의 목소리는 조곰 떨리여 나왔다.

『아니 뭐ㅡ그렇다는 말슴은 아닙니다만ㅡ』

남표는 경아가 다소 실죽해 하는 눈치를 보자 대답을 슬쩍 돌리였다. 그 바람에 경아는 다시 웃는 표정을 띄우면서

『선생님이 참 뜻밖에 떠나시게 되니까 저 역시 어째 마음이 수선해졌어요. 저두 아마 쉬ㅡ고만 두어야 될까바요』

하고 잠시 동안 실심한 태도로 말끝을 막는다.

『웨 그러서요 댁두 가까운 만큼 좋지 않습니까』

남표는 담배 한 대를 피여 물었다.

『그렇지만 뭐 앞으로 히망이 있어야죠― 배울께 더 잇어요 무슨 재미가 있겠어요……』

경아는 싯분듯이 입술을 약간 빗죽여 보인다. 그것은 물론 지금 있는 병원이 맛득지가 않다는 표정이였다.

『그럼 병원이 실증 나섰으면 고만 결혼을 하는 게 좋지 않을까요』

남표는 문득 자기도 모르게 이런 말을 하였다. 그래 저편에서 어찌 들었는지 모르는 불안에서 말끝을 흐리며 □리해 버렸다.

『누가 병원이 실증나서 그러나요― 지금 있는데가 그렇단 말슴이죠』

경아는 다소 무색한 듯이 별안간 고개를 푹 숙이며 부끄러워한다.

『네―그 점은 나두 잘 알겠습니다만은……』

하고 남표는 드리 마셨든 담배 연기를 길게 내뿜었다.

『잘 아시면서 뭘 그러서요― 저두51) 공부를 더 하구 싶어서요……』

여자는 약간 야속하다는 말씨로 배았는다.

『네……』

『선생님께선 어서 공부를 힘쓰서서 시험에 파쓰해 주서요……그리구―』

경아는 무슨 말을 더 있대랴다가 주저하면서 다시금 머리를 숙인다. 바람결에 향유(香油) 냄새를 지척에서 풍기면서―.

『글세요― 나 같은 사람이 의사될 자격이 있을른지요― 자신이 없습니다』

남표는 문득 자조(自嘲)에 가까운 미소를 입 가장자리로 먹음어 보인다.

『자신이 웨 없어요―. 남 선생님은 공부만 하시면 훌륭히 성공하실 걸요』

---

51) 원문은 '전두'.

경아는 재빨리 격려하는 말로 부르짖었다.

그러나 남표는 경아의 (성공)이란 말에 고만 불쾌감을 느끼였다. 그것은 어제 저녁에 병원에서 들든 원장의 (성공이)란 그 말과 똑같은 어감으로 들렸기 때문이다.

그러면 이 여자도 자기를 그렇게 보는가?—하고 그는 날카라운 일별을 던지면서

『성공을요?—성공을 한들 뭐하나요—기껏 의사가 되는 것 밖에 더 있겠습니까』

『의사가 되서서 개업을 하시면 좋지 않아요』

경아는 남표의 시선을 피하면서 가만이 속은거린다.

『개업을 해서 돈을 벌라는 말슴이죠』

남표의 웃음은 비양으로 변해가는 과정에서 사라진다.

『웨 돈뿐이겠습니까—』

『그럼 박사가 되라는 말슴인가요?』

『네— 돈두 버시구 박사가 되시면 더 좋지 않아요. 호호호』

마침내 경아는 실소하지 않을 수 없었다. 그는 황까취⁵²⁾로 입을 가린다.

『싫습니다. 난 그럴 자격두 없지만은—』

남표는 약간 퉁명스럽게 대꾸하였다.

『웨요?』

경아는 우숨이 쪽 들어갈 만큼 은근히 놀랜다.

『돈만 아는 사람이 될까바서요』

『의사가 된다구 다 그러실라구요—그런 사람이 따로 있지요』

『건 모를 일이죠— 사람이란 누구나 유혹에 빠지기 쉽고 환경의 구속을 받으니까요』

---

52) '손수건'을 뜻하는 일본어. ハンカチ.

『그렇지만 설마 선생님이야……』

경아의 목소리는 애원하는 듯 실음이 없이 들렸다. 그는 마치 무엇에 실망한 사람처럼ㅡ.

『나도 아직 내 맘을 몰르지요』

『아이참 선생님두……전 어듸까지 그런 부탁을 드리구 싶은데요』

마침내 경아는 울상을 짓고 부르짖는다.

『하여간 고맙습니다ㅡ. 나 같은 사람에게도 그런 부탁을 하시구 싶다니』

남표는 여전히 동일한 어조로 비양하듯 말한다.

『아이참 작구만 그리서ㅡ』

경아는 더욱 안타까운 모양으로 조바심을 쳤다ㅡ. 대화는 여기에서 중단되였다.

그것은 차ㅅ시간이 가까워지기 때문인지 승객들이 차차 모혀들 때 실내가 혼잡하기 시작하였음으로ㅡ남표는 뺀취에서 이러났다. 경아도 그의 뒤를 따라 이러서며

『시간이 거전 되었나보죠?』 팔뚝 시계를 드려다 본다.

『네!』

그러자 미구하여 개찰구 앞에는 승객들이 죽 느러서기 시작한다.

남표도 트랑크를 들고 그들의 열(列)에 끼여 섰다. 경아는 그제서야 손에 들었든 보재기를 남표의 앞으로 내밀면서

『이거 변변치 않습니다만 받어주서요』

한다.

『아니 뭘……그런 걸 다아 사섰나요. 고만두시죠』

남표가 않 받으랴 하니까

『아니예요……차안에서 심심하신데 잡수서요』

경아가 한사코 주는 바람에 받었다.

그러자 개찰구의 문이 열린다. 승객들은 움지기기 시작한다. 앞에 선 사람이 나가는 대로 남표는 발을 옴기였다.

『안녕히 가서요』

『네―그럼……』

남표가 개찰구를 빠저나가는 것을 보자 경아는 고만 고개를 폭 숙이고 도라섰다. 그는 눈물이 핑 도라서 그 자리에 더 있을 수가 없었든 것이다.

再出發

　남표는 다행히 복잡한 차중에서도 한 자리의 공간을 잡을 수가 있었다. 그것은 중간차의 왼편 좌석으로서 전진(前進)하는 창밖을 내다볼 수 있게 전망이 좋았다. 하긴 삼등차에 무슨 전망차가 붙었으랴만은 그래도 외게를 내다보는 시원한 맛이 있었다.

　실경에다 트렁크와 보재기를 싫고 모자와 오바는 갈구리에 벗어 걸었다. 급행차 안은 스팀이 들어와서 그대지 춥지는 않았으나 성애가 낀 유리창에 서겹창을 닫었는데도 찬기운이 숨여든다.

　자리를 정돈하고 깡뚱하게 몸을 차리고 나니 인제는 마음이 가뜬하였다. 그는 숨을 돌려 쉬이자 우선 담배 한 개를 피여 물었다. 담배 맛은 이런 때에 알 수 있었다. 무심코 천정을 바라보노라니 담배 연기가 공중으로 설여 올라간다. 올라간 놈은 사러지고 새 연기가 꼬리를 잇는다.[53] 그것은 간단없이 사러지고 피여 올르기를 연속부절한다. 그리는 대로 남표가 들고 있든 담배는 빨간 불 속으로 타드러가며 힌 재가 되여 떠러진다. 문득 그는 유전(流轉)의 법측(法則)을 이 조고만 순간에도 볼 수 있는 것 같었다.

　생여일점 부운기 사여일점 부운멸(生如一點浮雲起 死如一點浮雲滅)[54]

---

53) 원문은 '교리를 있는다'.

54) 서산대사가 지었다고 전해지는 선시(仙詩)의 한 구절. 원문은 '삶이란 한 조각 뜬구름이 생겨나는 것이요(生也一片浮雲起) / 죽은음 한 조각 뜬구름이 스러지는 것이라(死也一片浮雲滅) / 뜬구름 자체는 본디 그 실상이 없는 것이니(浮雲自體本無實) / 생사의 오고감이 또한 이와 같도다(生死去來亦如然).'

과연 불가(佛家)의 말과 같이 살고 죽는 것은 저 구름이나 이 연기처럼 이러났다 꺼지는 것과 같다 할까? 그러면 지금 사러진 이 연기는 어디로 가서 흔적도 없이 되는가? 그것은 영영 아주 없어저 버린 것일까……

남표는 다시금 피여 올르다 사라지고 사라지는 뒤를 있대이는 연기를 무심이 처다 보다가 그의 시선은 은부지중 실경에 언친 자기의 트렁크에 머물렀다. 트렁크 위에는 경아가 선사한 책보가 가만이 놓여 있다.

그는 불현듯 경아의 생각이 떠올랐다. 경아는 아까 울고 돌아서지 않었든가.

참으로 그것은 알 수 없는 일이였다. 경아는 웨 자기를 보내며 울었을까?……웨 일부러 이 치운 새벽에 역두까지 전송을 나왔을까?—혹여 그는 다만 우정(友情)에서 잠시 이별을 아껴함이었을까? 그렇지 않으면 정말 자기를 못 잊어서 그러함일까?……—

그와 동시에 그는 또한 선주(善周)의 생각이 떠올랐다. 그러자 그들은 쌍나라니 나타난다. 선주와 경아의 대조되는 두 모습이 눈앞에 어른거리였다. ……하나는 요염한 육향을 발산하는 여자. 하나는 안존하고 청초한 순결을 보이는 여자. —이 두 여성은 마치 필림처럼 선명하게 심안(心眼)에 지나간다.

생각하면 선주와 자기는 무슨 인연이 맺었든가. 아니 그것은 전생의 무슨 업원(業怨)으로 악연(惡緣)이 맺었든지 모른다.

자기는 만주 벌판으로 이렇게 굴러다닌다. 일 년 남짓한 신경이 실증나서 지금도 떠나는 길이 아닌가 어언간 이 땅에 발을 드려논 지도 벌서 삼년이 지났다. 그때 봉천으로 떠나오든 날 그 전날 까지도 그런 생각이 없었다. 그 이튿날 불시로 그런 생각이 드러서 동서변통 차비를 만드러 가지고 길을 떠났다.

자기는 그때 무엇때문에 만주로 뒤여 들었든가. 그것은 지금도 잘 모른다. 그 까닭을 모른다. 다만 막연한 생각으로— 답답한 서울을 뛰여 나왔든 것뿐이였다.

남표는 오히려 그 때 생각이 나면 우울하였다. 아니 그것은 지금도 그때나 마찬가지의 경우로서 역시 마찬가지인 이 길을 떠나는 것이 아닐까.

남표는 그것을 실련한 까닭이라 한다.

하나 그는 결코 그렇지가 않었다. 그까진 실련쯤은 문제가 않된다. 이성과의 접촉은 그가 처음이 아니였고 따라서 다만 그 점으로 본다면 오히려 심상한 일로서 아리고 쓰릴것이 조곰도 없었다.

차가 ○○역을 떠난 뒤였다.

남표는 경아에게서 아까 받은 책보를 내려 끌러 보았다. 기차는 한대중으로 넓은 들판을 기운차게 내달린다.

네모가 진 종이상자 속에 든 것은 쪼코렛트가 분명하였다. 그런데 조고만한 또 한 개의 얄분 상자가 언친 것은 무엇일까.

처음에 남표는 그게 무엇인지 알 수 없었다.

그래 의심이 나서 윗뚜껑을 열고 보니 거기에는 비단 손수건이 착착 개켜 있었다.

남표는 부지중 미소가 떠올렀다. 그는 그것을 남몰래 가만히 펴보았다.

거기에는 명주실로 수를 놓았다. 그리고 무슨 글자를 잘게 새겼는데 너무 획이 가느러서 육안으로는 좀체로 알어낼 수가 없었다.

그래 그는 궁금하였다. 무슨 글자를 새겼을까?……아니 그는 그것보다도 이렇게 잔글씨를 어떻게 새겼을까 하는 −그의 솜씨가 더한층 놀라운 일이어서 은근히 가슴을 뛰였다.

차는 파도 같은 그믐을 헤치며 한결같이 들판으로 달린다. 아직 해는 뜨지 않았다. 그러나 동쪽 하늘이 점점 틔어지며 아침놀이 곱게 물드러 온다.

미지에 넓은 들 위로 붉은 해가 솟아오른다. 그것은 마치 망망한 바다 위로 떠오르는 태양과 같이 장엄한 광경이였다. 새날이 대지(大地)에 밝어

오고 이 명랑한 아침에 스피트를 내는 기차를 잡어 타고 장차 새 생활을 향하여 재출발의 먼 길을 떠난다는 생각은 흡사히 전장에 나가는 병사와 같이 비장한 느낌이 없지 않었다. 그는 눈을 감은 채 팔장을 끼고 한동안 있었다.

그런데 차가 어디쯤 왔는지 별안간 해빛이 눈부시게 유리창으로 비춰는데 웬 여자가 남표의 자리 옆까지 와서 딱 발을 멈춘다.

『남표 씨!』

마침내 그 여자는 이렇게 불렀다. 아리따운 목소리였다.

그 바람에 남표는 명상에 잠겼든 두 눈을 번쩍 떠 보았다.

이게 웬일이냐? 그 여자는 선주다.

남표는 지금도 눈을 감고 있는 중에 경아와 선주의 두 모습이 어른거리든 중이었다. 그런데 뜻밖에 실물인 선주가 눈앞에 섯다는 것은 이야말로 꿈인지 생신지 분간을 못 할 지경이었다.

그래 남표는 마치 꿈이 아닌가 하고 한동안 멀거니 처다볼 뿐이었다.

그러나 그것은 불행히 꿈이 아니다. 그는 역시 현실적 인간인 선주가 분명하였다.

선주는 아까 꿈에서 보든 모양 같이 빙그레 웃고 섯다. 그는 자리가 있으면 남표의 옆에 앉고 싶은 생각이 있는 듯 주춤거린다.

『선주! 웬일요』

그 순간 남표는 얼결에 마주 부르짖었다. 그와 동시에 하마트면 벌떡 이러날 번 하도록 그는 자기도 모르게 충동을 받었다.

문뜩 그 생각이 들자 남표는 얼굴이 확근해진다. 그는 아까까지도―선주를 심중으로 공상할 때 자못 멸시하는 태도로써 늠늠하게 대할 것처럼 느꼈었다. 그래서 혹시 만나드라도 인제는 아무러치 않으리라고―저와 나와 아리고 쓰릴 것이 무엇이냐고 아주 장담을 했었는데 지금 뜻밖에 딱 마주처 보니 별안간 가슴이 뛰며 알지 못할 어떤 힘에 눌리고 마렀다. 이

것을 일은바 여자의 매력이라 하는가? 사실 그는 오래간만에 보는 선주가
― 원수같이 미우면서도 꿈에 밟히고 생시에 못 잊어 하던 선주가 전과
같이 요렴한 자태도 홀연히 나타나는 일순간! 그는 마치 화약(火藥)과 같
이 흉중을 폭발케 하는 무엇이 있었다. 이 정염(情炎)의 불이 타올르는 찰
나에는 남표는 말고 누구라도 다소의 동요가 없을 수 없다. 그러기에 미
인을 경국지색이라 하지 않는가.

『조선으로 나가는 길예요. 아까 신경서 타시는 것 같기에 어느 찻간에
계신가 하구 지금 살피든 차에……』

하고 선주는 여전히 웃고 섯다. 만일 이 때 선주의 태도가 조곰치라도 교
만한 구석이 보였다면 남표는 응당 끌리지 않았을 것이다. 그는 그 순간
성난 사자와 같이 두 눈을 부릅뜨고 감히 범접지 못할 위엄을 보였을 것
이였다. 그러나 선주는 어듸까지 영리한 여자였다. 그는 남자를 굴복시키
는 비방을 누구보다도 가지고 있었다. 이런 때 여자의 무기는 눈물이 아
니라 웃음이다. 그리고 애연히 수심을 띠운듯한 그의 유화한 자태 그것은
또한 약자의 강점(强點)이였다.

『그럼 선주 씨도―신경서 타섰군요』

복잡한 감정이 마치 어름이 맞부드처 깨진 것처럼 녹아버린 남표는 마
침내 이와 같은 응대를 예사로 하게 되었다. 그것은 참으로 자기도 모를
이상한 일이였다.

그것은 마치 남표가 아니라 딴 사람이 자기 몸에서 퉁겨진 것 같은 그
와 같이 야릇한 생각이 들기도 한다. 어떤 것이 정말로 자기인지 모르겠다.

『―어제 신경으로 와서 볼일을 보느라구 하루 밤을 자게 되었세요……
아직 아침을 안 잡수섰을텐데―그럼 식당으로 가실까요?』

남표는 그의 말을 거절할 용기가 없었다. 아니 그보다도 여적 순탄히
수작을 부치다가 갑자기 사양을 하기도 열쩍었다. 그것은 또한 자존심을
상하는 것 같은 생각이 없지 않았다.

또한 남달리 아기뚱한 선주에게 한 손을 접히는 것 같기도 하였기 때문이다.

그래 그는 선주와 가치 식당차로 들어갔다.

물론 돈은 자기가 낼 작정을 하고 ─.

『참 이렇게 만나 뵐 줄은 몰랐어요. 대관절 어듸로 떠나시나요?』

선주는 앞서 거르면서도 이렇게 묻는데 그는 매우 쎈치해 보인다.

『북만으로 들어갑니다』

하고 남표는 남표대로 가슴을 울렁이였다.

(이 계집애가 무슨 말을 하려고 식당으로 구태여 가자는가?)

그는 이런 불안이 없지도 않았다.

사실 선주는 어제 아침에 하르빈에서 신경으로 떠나왔다. 그러나 그는 무슨 특별한 볼일이 있었든 것은 아니다. 또한 조선으로 나갈 일도 없었다. 그의 행동을 그의 남편 백기천(白基千)의 안목으로 본다면 순전한 기망우레55)에 불과하였다. 아니 그것은 순간적 발작이였다. 히쓰테리다.

그는 각금 이런 짓을 곳잘 한다. 흔이 유한매담에겐 이런 증상이 누구에게나 있는 것이다. 그들은 별안간 답답증이 날나치면 불시로 여행을 간다고 나선다. 온천으로─금강산으로─그렇지 않으면 하이킹을 간다고 나선다. 그들은 산을 탈 줄도 모르면서─가다가 다리가 아퍼서 못 걷겠다고 돌처슬 때는 공연히 생짜증을 부리며 남편을 들볶는다.

대개 이런 류의 남자들은 여자의 그런 짓을 귀여운 응석으로 받는 법이다. 그래서 그들은 여자가 하자는 대로 한다.─고양이의 눈과 같이 무시로 변하는 여자의 마음을 사기 위해서 그는 밋이라도 씻길 것처럼 꽁무니를 쪼처 단인다.

생각하면 세상에 이같이 못나고 불상한 인간이 없겠는데 그래도 그들

---

55) 변덕스러움. 氣紛れ(きまぐれ).

은 날 보라는듯키 도리여 자랑거리로 삐기지 않는가.

『나는 이렇게 동부인을 해서 다닌다고―』

그러나 선주는 다만 그런 것만은 아니였다. 그는 남표와 조용히 한번 만나보고 싶었든 것이다.

거번에 뜻밖게 동준이가 찾어와서 남표의 최근 소식을 자세히 들을 수 있었다. 그러지 않어도 남표의 생각이 일상 가슴을 떠나지 않었다.

―그 뒤로 남표는 어찌 되었을까? 이와 같은 궁금한 마음이 항상 그의 머리에 잠겨 있었다.

더욱 남표가 만주로 떠났다는 말을 듣고는 궁금증이 더하였다.

그리고 남표가 만주로 들어가서 타락이 되었다는 소문이 들릴 때는 은근히 가슴이 아퍼서 어떤 책임감을 느끼는 괴로움이 일시적이나마 없지 않었었다.

선주의 이 같은 번뢰는 그가 결혼한 뒤로 더한 것 같었다.

그는 돈 많은 남자와 결혼을 하면 무상의 행복이 있을 줄 알었다.

그런데 막상 결혼을 하고 보니 처녀 시절의 공상과는 딴판이다.

―결혼이란 누구나 다 이런 것일까!―그것은 지극히 평범한 것이였다. 미리 그런 줄 알었드면 당초에 고만두니만 못하다는 후회가 난다. 만일 물늘 수 있는 일이라면 당장에 물르고도 싶흘만큼―.

한데 그것은 지금 남편인 백기천이란 사람이 지극히 평범한 이유에도 있다. 그가 신수는 멀쩡해 보이는데 아무 것도 이렇다 내세울게 없다. 한 가지 돈 잘 쓰는 게 희떠웁긴 하나 그것도 처음 말이지 인제는 시들하다.

돈이란 것도 귀한 줄을 알고 써야 좋은 게지 흔전만전 언제나 쓰게 되면 도리혀 천한 것이다. 선주는 이제 돈에도 물리였다. 호강도 시들하다. 고량진미도 늘 먹으니 맛이 없다.

돈을 바라고 결혼한 선주가 돈에 실증이 났다는 것은 모순된 일이다. 하나 선주는 사실 그렇다. 그는 어려서부터 호강으로 자라났기 때문에 돈에 대한 부자유를 도모지 모른다. 그러니 실증이 날 수 밖에.

그는 갈수록 권태를 느낄 뿐 남편이 보기 싫고 돈에 물리였다.

다만 그는 문학에 취미를 부치고 무료한 시간을 그날그날 보내는 때가 많았다.

그가 만주로 들어온 동기도 실상은 이 권태증이 폭발된 때문이였다.

시집은 종로에서 큰 포목상을 한다 그래 그는 만주로 진출하자고 남편을 꼬인 것이다.

다만 장사속으로 따진다면 봉천이나 신경이 났겠는데 그는 하르빈으로 좌처를 정했다. 그 역시 권태에서 오는 기하라시56)를 하잔 심속이다.

이렇게 만주로 들어 온 그는 은밀히 남표의 동정을 살피였다. 그는 동준이가 자기 남편과 안면이 있는 관계로―그것은 백기천이가 성병으로 입원을 했을 때였다. 그와도 연락을 취하게 되였었다. 남표가 지금도 인생을 비관하고 있다는 말을 거번에 동준이한테 들었을 때 그는 마치 자기 때문이라는―남표가 드르면 분개할 일이였으나 그와 같은 책임감을 느끼게 되였다.

그 때 동준이 역시 걱정을 하며 남표가 기어코 농촌으로 들어갈 결심이란 말과 마침 신가진에서 개업하는 친구 이택호를 아까 만났기에 남표를 소개하였다는 말을 하였을 때 선주는 반색을 하며 좋아하였다. 그리고 그는 옛날의 애인을 위해서 이렇게 부르짖었다.

『그럼 잘 되었군요 되도록 그리로 가게 해주서요. 그렇지 않고 또 다시 방랑하게 되면 어떤 고생이 있을지 모르잖어요』

그 뒤였다. 선주는 신경의 어떤 아는 사람과 연락을 취하여 남표의 동정을 살피였다.

그래서 그가 오늘 신경을 떠난다는 말을 듣고 어제 낮차로 쪼처 온 것

---

56) '기분전환'을 뜻하는 일본어. 氣晴し(きばらし).

이다.

그는 여관에서 하루 밤을 잤다. 식전에 역으로 나와 은신을 하고 있었는데 뜻밖에 웬 젊은 여자가 단 한 사람 남표의 전송을 나온 것은 누구일까?

선주는 남표의 뒤를 따라서 어금지금 차를 탔다.─그는 이렇게 미행(尾行)을 한 것이다.

두 사람은 한편 구석 식탁을 마주 향해 앉았다. 뽀이가 오자 화식으로 아침을 주문했다.

당초에 선주가 남표를 미행하잔 목적은 그를 동정하는 마음에서 위로의 말을 해 주자 한 것이다. 그런데 차를 타기 전 일순간에 그의 생각은 표변하였다. 그것은 고대 남표를 전송 나온 그 여자를 목격하였기 때문이다.

그 여자는 자기보다도 애젊은 아리따운 용모를 가졌다. 아무 상관없는 자나가는 여자라도 자만심이 강한 선주로서는 시새운 생각이 들겠거든 함을며 그런 여자가 남표를 보내기 위해서 첫새벽부터 전송을 나온 것이랴. 그는 모욕을 당한 때처럼 여간 자존심이 꺾기지 않았다.

대체 그는 누구일까? 보아하니 심상한 사이가 아닌 것 같다. 그렇다면 더욱 질투심이 난다. 마치 고것은 그 여자가 남표를 뺏어간 것 같은 시기의 감정이 내솟는다.

물론 남표와 자기와 지금은 아무 관계가 없다. 상관이 없는 바에야 그들의 관계를 아랑곳할 게 무엇이냐 하겠지만 그러나 남표는 옛날의 연인이다.

그 옛날 연인은 오히려 자기 때문에 상처를 입고 있지 않으냐 그는 실련의 비애를 느끼며 만주 벌판으로 굴르지 않느냐.

그래서 자기도 만주를 구경할 겸 뒤를 따러 들어오고 할 수 있으면 그의 앞길을 도아주자는 생각을 가졌었다.

그런데 지금 남표는 어떤 여자와 연애를 하고 있는 것 같다. 그 여자가 누구인진 차차 알 수 있겠지만 아무래도 심상한 관계가 않인 상싶다.

하다면 남표는 아까 그 여자와 장차 만나기 위해서 지금 신경을 떠나는 것이 않일까?

선주는 차차 이런 억칙이 들자 심술구진 본성이 울컥 치밀었다. 그는 요새 할 일도 없고 심심하든 차에 마침 좋은 일이 생겼다 싶게 직구진 작란을 치고 싶었다.

『그럼 지금 신가진으로 가시는 길인가요?』

무슨 말부터 끄내야 할는지 모르는 선주는 가슴을 설넹이다가 먼저 침묵을 깨치였다.

『네―그것은 어떻게 아셨나요』

남표는 약간 의외에 놀라움이 섞인 듯한 눈빛이 빛난다.

『동준 씨한테 들었세요……거번에 찾어 오섰을 때 그런 말슴을 하며 신가진 병원으로 남 선생을 소개하셨다기에 저두 잘 하섰다고 찬성했댔어요. 막연히 오지 농촌으로 들어가섰다가는 공연히 고생만 하실 것 같어서요』

『네―』

남표는 덤덤한 표정으로 듣고만 있었다. 무료하다

선주는 남표의 눈치를 보다가 다시 말을 잇대인다.

『그래 아까 처음엔 어듸로 가시는지 몰라서 은근히 염려했었는데 지금 신가진으로 정말 가신다는 말슴을 들으니 저까지 안심이 되는 것 같은……』

『고마운 말슴이군요』

두 사람의 시선은 전광과 같이 맛부디첬다. 남표는 담배를 퍽퍽 피운다.

남표의 무서운 시선을 피했든 선주는 다시 할끗 처다 보다가

『참―저는 인제 남편이 있는 몸으로서 이렇게 만나 뵙는 것도 례가 아닐른지 모르겠습니다만은― 우연히 만나게 된 이 자리인 만큼 저 역시 평

소에 생각했든 말슴을 엿줍고 싶어서요……(이 때 선주는 또다시 남표를 할끗 처다 본다) 그러니 지난일은 깨끗이 잊어버리시고……뭐한 말슴으로 그것은 일시적 악몽(惡夢)을 꾼 셈만 지시고―아모쪼록 이번에 가시거든 착심을 하서서 공부에 힘써 주세요―제가 진심으로 선생에게 바라는 바는 그뿐이여요』

이렇게 말하는 선주의 목소리는 차차 떨리기 시작했다.

『뭐 인제 와서 그까진 소리는 되푸리하지 맙시다. 그보다는 선주 씨의 신혼생활이 얼마나 재미가 있으신지 그런 말슴이나 들려주시죠』

선주의 말이 점차로 자기의 신변을 침로하자 남표는 이와 같이 떠다곤졌다. 그러나

선주는 남표의 말을 히니꾸로 씹어 삼켰다.

『그렇지만……전 들은 말이 있어서 언제구 한번 만나 뵐 기회가 있으면 그 말슴을 엿줍고 싶었세요―아여 저 때문에는……그런 소문이 다시 들리지 않도록 해주세요! 저는 진심으로 남표 씨의 행운을 빌고 있겠어요』

마침내 선주는 손수건을 꺼내서 눈물을 닦는다. 그는 결혼의 환멸을 느낄수록 지금 이 자리가 □스러웠다. 그리고 남표의 히니꾸가 가슴에 못을 박었다.

『흥! 행운―내야 말로 선주의 행복을 축수하고 십소』

씹어 배았듯 남표는 안광을 빛내며 여자를 노려보았다. 선주는 그대로 운다.

『남표 씨……아여 그런 말슴은? 제가 지금 행복한 줄 아시나요……꿈에도―』

『그까진 소린 말고 우리 밥이나 먹읍시다』

이 때 마침 뽀이는 밥상을 날러왔다. 남표는 피우든 담배 토막을 재터리에 북북 문대서 불을 끄고 상을 앞으로 닦아 놓았다.

밥을 먹을 동안 그들은 아무 말을 안했다.

두 사람은 서로 야릇한 감정을 가슴속으로 제각금 느끼었다.

밥을 먹고 나서 상을 물린 뒤에 그들은 찻잔을 하나씩 사이에 놓고 있었다. 정말로 싸운 사람들처럼 서로 딴전만 보았다.

고만 자리를 이러서랴 할 무렵에 선주가 다시 말을 끄낸다. 그는 속으로 토라졌다. 눈찌가 쌍큼하니 올라가도록…….

『아까 한 말슴은 제가 잘못했는지 모르겠세요 만일 노엽게 생각하셨다면 용서해 주세요……그렇지만 저는 결코 남표 씨의 행복을 방해하자는 야심은 □□□□□□□□□□□□□□□□□□□□[57] 할지언정!』

이렇게 말하는 선주는 야무지게 말끝을 맺고는 손수건으로 코를 풀고 다시 입 가장자리를 닦는다.

『뭐……두 분이라니?』

남표는 선주가 또 무슨 말을 끄내는가 해서 듣고만 있다가 엉뚱한 이 소리에 펄쩍 뛰였다. 참으로 그의 말은 수상하지 않은가.

『그렇게 놀래실 건 없지 않어요 온 세상이 아는데요』

슬적 외면을 하며 선주는 몸을 틀어 앉는다. 그는 차차 독기를 발산하였다.

『아니 무엇을 안단 말요? 덮어놓고……』

갈수록 까닭모를 소리다. 대체 이 여자는 무슨 앙심을 가졌기에 싸움을 걸 것처럼 대드는가.

『나두 남의 말로만 들었다면 전수히 믿을 수는 없겠지요 그렇지만 내 눈으로 똑똑이 본 바에야 이 눈을 의심할 순 없잖어요……그런데 속이실 건 뭐 있나요. 시침을 떼시면 누가 모를 줄 알구요-흥!』

선주는 불타는 증오감에서 야멸치게 뇌작어린다.

『선주! 이건 다 무슨 소리야. 객적은 이따위 수작을 부칠랴구 나를 만

---

57) 한 행의 절반 정도가 인쇄가 흐려 판독되지 않음.

나러 왔오』

남표는 더 참을 수 없어서 노기를 띠운 목소리로 꾸짖었다.

그는 자리에서 벌떡 이러섰다.

『잠깐만 앉으서요』

이렇게 간청을 한 뒤에 선주는 다시 말을 이여서

『그야 제게는 아무 상관이 없겠지만 번연히 아는 일을 속이러 드시니까 말이지요. 내가 무슨 방해나 놀랴는 것처럼 오해를 하시니까—그렇지 않다면야 남표 씨가 그 여자와 연애를 하시거나 결혼을 하시거나 내게 무슨 상관이 있겠어요』

『그 여자라니?』

남표는 마침내 애매한 이 말의 출처를 캐볼려고 다시 주저 앉었다.

『공연히 왜 이러세요. 꼬토릴 캐러 덤비시면 누가 못 댈 줄 알고요』

선주는 그대로 미고소를 하며 마주 눈총을 쏘아 본다.

『어듸 대보라구—그 여자가 누구야?』

『대라면 못 댈가 봐요—아까 정거장에 나왔든 그 여자는 누구에요? 아니 그래도 그 여자를 모르시나요?』

이 말을 듣든 남표는 그 순간 마치 머리 속에서 폭탄이 터지는 것 같었다.

『선주! 넌 악마다!』

남표는 이렇게 부르짖고 다시 자리에서 이러섰다.

『악마라두 좋아요! 웨 누가 그짓말 했나요 그 여자가 누군진 나도 잘 알어요……도라서며 울기까지 하든 그 여자를 글세 남표 씨는 웨 숨기러 드세요……두 분이 결혼을 하신다면 나는 진정으로 행복을 빌텐데요……』

나가다가 다시 도라 선 남표는 두 주먹을 쥐고 선주의 앞으로 대드렀다.

『엣기 패심한 년! 그 여자는 간호부다! 대동의원의 간호부다!』

남표는 분이 북바처서 숨이 턱 마키는 목소리로 다만 이렇게 부르짖을 뿐이였다.

『누가 간호분 줄 몰르댔나 뭐―그래서 지금 떠나든 것까지두―그 여자와 신가진에서 만나자는 약속으로―어듸 더 속일 수 있거든 속여봐요』

선주는 앙큼하게 이와 같이 한 손을 남겨집허 보았다.

『옛기 드러운 것 같으니 넌 매춘부다』

하고 남표는 분낌에 선주의 가슴 위로 주먹을 내밀었다.

그 바람에 선주도 발딱 이러나며

『칠테면 처요! 매춘부도 좋다! 악마도 좋다!』

마주 입을 옥물고 대드렀다.

이때 만일 옆에서 누가 이 광경을 목도하였다면 두 사람의 모양이 여간 수룽하지 않었을 것이다. 그러나 다행히 식당 안에는 아무도 없었다. 그것은 워낙 그들이 식당에를 맨나종으로 들어갔었기 때문이다.

뽀이가 게산서를 가저 오자 남표가 그것을 선주의 손에서 쑥 뺏었다. 뽀이가 돈을 받어가지고 도라설 때 남표는 이렇게 부르짖었다.

『더러운 네 돈으론 안 먹는다』

『흥!』

선주도 샐죽해서 도라섰다. 기차는 여전히 소음을 내며 달린다. 덜커덩 덜커덩 레루에 갈리는 쇠박퀴 소리는 마치 성난 맹수가 몸부림을 치며 다러나는 것 같다. 뒤미처 기관차는 빽々―소리를 질렀다.

차는 또한 정거장에 도착하였다.

두 사람은 각々 제자리로 도라와서 앉었다. 선주는 얄구진 웃움이 떠올랐으나 남표는 생각할수록 맹랑한 거조를 당한 것 같었다.

참으로 이 무슨 뜻밖게 사단일까? 운명의 악희는 뜻하지 않은 장소에서 뜻하지 않은 원수를 만나게 하야 역시 뜻하지 않은 연극을 꾸미게 한 것이 아니냐?

아까 선주를 처음 만났을 때는 이럴 줄은 모르고 어떤 기대를 가지고 있었다. 그런데 운명의 신(神)은 역시 웬수는 웬수를 더 만들게 하였다.

과연 웬수는 웬수밖게 될 게 없다. 그렇다면 애당초에 선주에게서 어떤 기대를 바랐다는 것이 자기의 잘못이 아니었는가.

결국 그것은 의지가 약하기 때문이다. 자기는 오히려 선주를 못 잊었든 것이 아니냐? 남표는 이와 같이 자책이 느껴지자 자기의 못생긴 육체를 물어뜯고 싶었다.

웨 좀 더 굳세게 못 대했든가? 남표는 두 손으로 머리를 부둥켜 안고 속울음을 남몰래 울었다.

더욱 그는 지금 새로운 생활을 목적하고 재출발의 길을 떠나지 않는가 원대한 이상을 품고 자기만은 장도(壯道)에 올은 듯이 뽐냈는데 일개 아녀자로 해서 비록 잠시라도 기개 굽혔다는 것은 어리석은 거조냐.

남표는 이와 같이 생각할수록 자기 증오를 느끼는 동시에 어떤 새로운 결심이 치바쳤다.

그것은 당초에 신가진으로 가기를 잘못했다는 생각이었다 신가진은 유동준의 소개를 받은 곳이 아닌가. 그만큼 자기는 그들을 의뢰한 것이 첫 번부터 틀린 생각이엿다.

만일 이번 길의 방향이 신가진이 아니요 다른 곳이였다면 선주도 자기를 그와 같이 □□해 하지는 않었을 것이 아닌가. 이제 생각하면 신가진은 동준이와 선주가 서로 의론하고 소개를 해주자는 약자에 대한 동정이 아니었든가 그들은 자기가 물질적으로 고생을 하는 것을 마치 그것이 불행인 줄만 알고 동정심에서 은혜를 입히잔 것이였다. 괫씸한 사람들이다.

그러나 인제 생각하면 그들만 책할 것이 아니다. 웨 그들의 힘을 빌었드냐. 그들의 소개로 신가진엘 간다는 것은 역시 그전 생활을 되푸리하는데 불과하다. 남의 병원에서 조수로 있기는 어듸나 마찬가지가 아니냐. 비록 신가진은 농촌이라 하드라도 자기의 하는 일은 역시 신경이나 일반일 것이다.

촌사람이라고 자기 맘대로 약값을 들 받을 수도 없을 것이요 더구나 약을 거저 주지도 못할 것이다.

그러기로 말하면 도리혀 그들의 궁상을 보는 것이 안타까울 뿐이다. 이와 같은 현실에서 무슨 큰 포부가 세워질 것이냐.

하긴 낯선 시골로 무턱대고 들어갔다가 아무 연줄도 없으면 일자리를 못 붙들고 테58) 밖게서 고생만 할 것 같기 때문에 동준의 소개를 얻어 보잔 것이다.

그러나 결국 그런 생각이 자기의 일신지책부터 강구하자는 것 아닌가. 동준의 호의를 저바리지 않는다는 것은 자기 역시 그들의 생각과 똑같은 까닭이다 웨 자주자립의 정신을 못 가졌든가? 신생활을 개척하는 개척정신은 결코 그런 것이 아니라 비록 고생이 되드라도 만난을 무릅쓰고 돌진해야 된다. 아니 그것은 자고로 특별한 일을 하는 사람은 첫출발부터 특별히 진출해야 된다. 그는 반드시 천신만고 그의 목숨을 걸고 싸워 나갈 군센 의지력과 각오가 있어야 할 것이다.

그런데 자기는 남보다 출중한 일을 해보겠다면서 첫출발부터 몸이 편하고 안전한59) 직업장소를 구해 간다 할진대 이것이 무슨 특별할 께 있으며 그런 데서 무슨 출중한 역활을 할 것이냐!

남표는 이와 같이 자신을 엄격히 비판하자 문득 목적지를 변경할 생각이 든다.

신가진으로 갈 것이 아니라 바로 정안둔으로 가자− 원래 그는 신가진보다도 정안둔에 마음이 끌리였다. 그것은 5호실 환자를 연상하기 때문이였다.

그래서 그는 신가진으로 첫출발을 드려놓자는 것도 실상인즉 장차 정안둔에다 목표를 삼자는 것이었다.

하다면 구태여 남의 도움을 입어서 신가진을 칠 것이 무엇이냐. 의료기

---

58) 테두리.
59) 원문은 '안저한'.

관이 아무 것도 없다는 정안둔으로 직행해서 순전히 황무지를 개척하는
데 더욱 커다란 의의가 있을 것이다.

그랬으면 선주한테 창피한 조소를 당했을 리도 없었을이요 또한 스사
로 물어본대야 양심에 꺼리낄 점도 없겠다. 다만 한 가지 미안하기는 실
신을 하게 된 이택호였다.

그러나 그것은 별로 큰 문제가 아니다. 어떤 사정으로 못 가겠다면 고
만이 아니냐고.

남표는 이와 같이 마음을 결정하자 정안둔으로 직행하기로 하였다.

이택호에게는 도착한 뒤에 편지를 띄우기로 하였다.

『그렇다 정말로 새길을 밟자!』

그는 입 속으로 부르짖었다. 기차는 또 한 정거장을 지금 떠났다. ―

남표가 정안둔 역에 나리기는 그날 다 저녁때 해가 거의 넘어가려 할
무렵이었다.

정거장에는 재목이 산데미처럼 쌓여있다. 북만의 구석진 이 고장은 기
후도 신경보다는 추운 듯하다. 황혼을 재촉하는 저녁볕 사이로 쌀쌀한 바
람이 부러오는 데 일모도궁(日暮道窮)[60]한 나그네와 같이 남표는 외로운
그림자를 따러서 정거장 밖그로 걸어 나왔다.

역시 황량한 벌판이었다. 다만 동북으로 있는 잔산단록(殘山短麓)이 산악
지대와 멀리 연한 것은 마치 이곳의 지형이 동북만의 지경(地境)을 일운
것 같다.

남표는 쓸쓸한 거리를 지향 없이 걷고 있었다.

어듸로 가야 할까?……날은 저무러 가는데 향방을 모르겠다. 그는 문득
마음까지 쓸쓸하였다.

정안둔은 여기서도 십 리 상거에 있다 한다. 정거장거리는 산 밑으로

---

60) 날은 저물고 갈 길은 막힌다는 뜻. 원래 한자는 '日暮途窮'임.

조고마한 저자를 이루웠다. 그는 지금이라도 정안둔을 찾어 갈려면 못 갈 것은 아니였으나 다 저물게 구태여 그럴 며리도 없을 것 같어서 아무데서나 하로밤을 자고 가기로 하였다.

재목은 여기저기 공지마다 드라쌓였다. 그것은 산이 가까운 이 지방의 특색이었다.

남표는 그길로 여관을 찾어 갔다.

정거장에서 마주 뚫린 큰길거리로 주욱 나가니 좌우로 초라한 상점이 듬성듬성 벌려있다. 우선 청요리집이 눈에 띠인다.

조선인 음식점은 거기서도 한참 나가서 변두리로 붙어있었다.

초가집인데다가 안방과 건넌방을 좁은 뜰팡을 통해서 마주 부처 지였다. 만주 농촌에서 흔히 볼 수 있는 국수집.—

이 집에서도 소주와 국수를 팔고 간혹 타관 손님이 찾어 오면 재워 보내기도 하는 주막(酒幕)의 역활을 하고 있었다.

남표가 들어가니 영감내외는 흔연히 맞이면서 우선 안방으로 안내를 한다.

그들은 남표의 행색이 첫눈에 보아도 촌사람이아니라는 느낌이 들자 특별한 대우를 하고 싶었든 것 같다.

『저 방을 치우기 전에 우선 이리로 들어앉으시지. 그런데 저녁 진지두 잡수서야 할까리오?』

어디 사투린지 모를 말을 쓰는 노파가 남표를 처다보며 우선 이렇게 묻는다.

『네 밥을 지을 수 있겠습니까』

『그럼 어떻게 하□……뭐 반찬이 있어야 손님이 자실텐데—』

『아따 시장하실테니 있는 대로나 얼른 차려다 드리구려. 대관절 어듸서 오시는 손님인가요?』

하고 밖갓 영감은 담배때를 들고 방으로 들어 온다. 영감마님이 둘 다 오십이 넘어 보인다.

『신경서 오는 길입니다』

『아이구 멀리서 오십니다그려.……아니 손님두 농장 시찰을 나오셨습니까?』

영감은 미리 짐작으로 이렇게 운을 단다. 그는 정안둔을 찾아가는 양복쟁이가 간간 있었기 때문에 남표도 그런 손님이 아닌가 해서 지레짐작으로 말을 부쳐 본 것이었다.

『아니 그런 것은 아니올시다만ー』

5호실 환자의 부친ー그는 확실히 정해관(鄭海寬)이였다.ー그도 음식점을 한다면 역시 이 집과 같은 것이 아닐까. 그리고 이 집과는 서로 잘 아는지도 모르겠다는 생각에서 그 집 내력을 묻기 시작했다.

『저ー 정해관 씨를 아십니까?』

『정안둔 정해관이 말입니까』

『네ー』

『알다 뿐입니까. 오전에도 그 영감이 나오셨는데요. 인제 보니까 그 댁으로 가시는 손님이신가보군요』

하고 영감은 반가운 표정으로 웃는다.

『네. 여기까지 온 길에 잠간 만나뵈올까 해서요』

『참 그 영감은 여기 들어와서 성공하셨지요. 불과 기년에 형세가 벗석 늘었는데 운수가 터질려면 제절로 되는가 부죠[61] 하긴 딸의 병으로 돈 백원이나 손해가 났나 봅디다만 그것도 죽을 병을 고쳤으니 잘 된 셈이지. 그런데 대관절 손님께서는 그 영감댁과 어떻게 되십니까?』

『뭐 되지는 않습니다』

그러자 저녁상이 드러왔다. 물고기 반찬과 풋고추조림 장찌개 무김치

---

61) 원문은 '부조'.

등이 구수하게 농촌의 풍미를 띠운 것이 우선 구미를 담기게 하였다.

남표는 밥 한 그릇을 다 먹었다.

주인내외와 이야기를 하다가 남표는 자기 처소로 자러 들어갔다.

그동안에 불을 땐 아랫목이 뜨뜻하였다. 이곳은 나무가 흔하기 때문에 그들은 연료에 푼푼한 모양이었다.

음식솜씨를 보아서 안주인의 깔끔한 성미를 알 수 있었다. 비록 초가집일망정 도배장판을 한 것이 과히 누추하지도 않았다.

아까 밧갓주인이 등피를 닦거 끼운 람포등이 윗목 벽 위로 철사줄에 매달렸다.

남표는 우두머니 남포등을 처다보았다 그는 오늘 지나온 일을 생각하니 모든 것이 꿈과 같았다.

어제까지 번화한 신경에 있다가 갑자기 이곳으로 와 있게 된 것은 마치 먼 섬 속으로 귀양을 온 것처럼 호젔한 느낌이 난다.

과연 이 북만의 외진 구석으로 첫발을 드려 놓은 자기는 천애의 고객(天涯孤客)처럼 세상과는 영영 등진 것도 같았다. 외로운 등불이 그림자를 비최인다. ……

그러나 한편 다시 생각하면 오늘부터 맛보는 이 고독(孤獨)은 자기의 새 생활을 시작하는 재출발의 기점(基點)이라 할 수 있지 않을까 그는 도리혀 무한한 위안과 새 희망을 붓잡어 보고 싶었다.

안주인이 갖다 준 요는 요잇을 새로 잇은 정결한 것이었다.

남표는 아래목이 너무 뜨거워서 요를 깔고 그 위로 누었다.

진종일 기차에 시달린 몸은 식후의 피곤과 겹처서 뇌곤하였다. 그러나 잠은 좀처럼 올 것같지 않았다.

그는 무료히 혼자 앉어서 담배를 피우기 시작하였다.

밤이 깊어갈수록 주위는 더욱 괴괴해진다. 오직 정거장에서 기적 소리가 별안간 귀창을 울리며 야밤의 정적을 깨칠 뿐이었다.

초저녁이 지나서 술꾼들의 한 패가 모여 드렀다. 그들은 안방을 점령하고 한참동안 떠들석하게 직거려댄다. 주인내외는 머슴과 셋이 덤벼서 그들을 대접하기에 분주히 들랑거리였다.

그들은 지금 국수를 눌르는지 불을 때는 장작 타는 소리와 국수틀의 삐걱거리는 소리가 부엌에서 들려온다.

술꾼들은 거리의 장사꾼과 목재소의 사무원들인 것 같다.

그들이 한동안 떠들다가 도라간 뒤에는 집안이 다시금 조용하였다.

『손님 국수 좀자시랍니까』

안주인이 남표의 방문을 빠꼼이 열고 고개를 드리민다. 그는 국수를 새로 눌렀기 때문에 물어 보고 싶었든 것이다.

『아니 생각 없습니다』

『저녁진지도 어설피 자셨는데 좀 자서 보시지.……약주나 한잔 자시면서』

밖갓영감까지 방으로 들어와서 내외가 번가러 권하는 데는 끝까지 그들의 호의를 막을 수 없었다.

또한 한편으로 식욕이 당기지 않는 것도 아니었다. 그는 오늘 차 안에서 뜻밖게 선주를 만나게 되야 충돌을 이르킨 뒤로는 흥분된 나머지에 점심을 먹을 생각조차 없어저서 비여때렸다.

『그럼 술은 먹을 줄 모르니 국수나 조곰만 주십시요』

남표가 이렇게 대답하니 주인내외는 매우 기뿐 안색으로 처다본다 영감은 고대 그□들과 한잔 했는지 얼굴이 불콰한 게 기분이 유쾌한 모양 같다.

조곰 뒤에 안주인은 더운 국에 국수를 마러 왔다. 그는 남표가 술을 못한다함으로 냉면보다는 온면이 나슬 상싶어서 식성을 마처 온 것이였다.

영감은 남표에게 술을 권하였으나 한잔 밖게 마시지 않었다 그래 그는 매우 서운한 듯이 자기 혼자 따루어 마시였다. 그는 국수도 안 먹고 매운 고주조렁을 오득오득 술안주로 깨무러 먹었다.

미상불 국수장국은 맛이 있었다. 그래서 남표는 국수 한 그릇을 남기지 않고 다 먹었다. 내외는 손님이 달게 먹는 것을 보고 여간 좋아하지 않는다.

『손님 고단하실텐데 고만주무시죠……』

안주인이 상을 물려 내가자 영감도 한 대를 피여 물고 나간다.

『네 안녕히 주무십시요』

남표는 털담요를 끄내려고 트렁크를 열었다. 문득 그는 경아의 선물이 생각나자 쪼코렛을 두어 개 끄내 먹었다. 두 여자의 환영이 다시금 생각킨다. 선주는 지금 어데 가 있을까? 차 안에서 다툰 뒤로 그들은 다시 안 만났다. 선주는 그길로 조선으로 나갔는지 몰은다. 속담에 웬수는 외나무다리에서 만난다고 참으로 오늘 이 차 속에서 그를 만나게 된 것은 여간 공교롭지가 않었다.……이야말로 마귀의 시험이 아닌가 그는 잠이 안 오는 대신 별 생각이 다 든다.

正安屯

정안둔은 정거장에서 서쪽으로 십 리를 나가는 들 가온데 있는 개척촌이다.

송화강 지류인 우하(牛河)가 동북편 산 밑에서 정거장 뒤를 휘─둘러 흐르다가 서남간의 큰 들 속으로 빠져 나갔다.

정안둔 농장은 상류(上流)에서 보똘을 내고 이 강물을 잡어 넣어서 논을 풀기 시작하였다.

만주의 하천(河川)은 어디나 물이 흐리다. 이 강물도 홍수가 난 때와 같이 흑탕물이 언제나 흘렀다.

그것은 만주의 기후가 건조성(乾燥性)을 띠운 탓이라 한다. 그래서 모래흙의 유실(流失)이 많고 물속에는 알카리성의 물질─특히 소다의 함유량이 많기 때문에 물 위에 떠도는 진애(塵埃)의 침전(沈澱)을 방해하게 된다는 것이다.

그런데 토양의 성질을 두 가지로 대별(大別)해 본다면 첫째는 눈강(嫩江) 송화강 요하(遼河) 등 연안에 발달한 충적평야(沖積平野)라 할 것이요 다른 하나는 건조성 기후가 많은 곳의 사구(砂丘)가 발달된 초원(草原)이다. 이것은 대흥안령산맥(大興安嶺山脈)의 동쪽일대에 있는 평원이라든가.

이 가운대 전자 즉 충적평야는 만주의 일은바 곡창(穀倉)으로서 농업 생산의 중심지대를 일운 터인데 이 평야는 모래알 속에 황토(LOESS)가 섞겨저서 두레는 수 메돌62) 내지 수십 메돌이나 된다는 것이다. 다소간 알카리성을 [띠]운 게 특증이라 하겠으나 농작물은 이 성질에 도리어 대두와 꼬량 등이 적당해서 좀처럼 다른 땅에서는 볼 수 없는 것이라든가.

그러나 초원 지방은 건조성 기후에 지배되어서 매년 일정한 기간(期間)을 두고 또한 일정한 계절풍(季節風)이 불기 때문에 모래알이 심하게 이동(移動)된다. 따라서 도처에 사구를 맨들고 불모지지(不毛之地)로 되어 일부분에 겨우 화본과 식물(禾本科植物)과 기타 난쟁이 풀을 발육식힐 뿐 경작에는 부적당하다는 것이다.

게다가 지표에는 왕왕 소다와 식염이 드러나기 때문에 보통 식물은 전혀 자라나지 못하게 한다.

그렇다면 정안둔은 역시 충적평야에 속한 옥토라 하겠는데 그것은 누구보다도 이 고장에 입식한 농민들이 잘 알 것이다.

정안둔이 수전농장으로 개척되기는 물론 만주사변 이전인 몇 십 년 전이였다.

당초에 이곳으로 개척민이 이주할 그 때에는 논이라고는 한 바미도 구경할 수 없었다.

옛날의 만인들은 논농사를 질 줄 몰랐다. 그들은 한전(旱田)에만 전력을 드리여서 오직 전곡(田穀)을 거두는데 농경의 기술을 연마해왔다.

따라서 강펄의 습지와 소택(沼澤) 부근의 광활한 공지(空地)는 영년(永年)의 황무지로 질펀히 묵어 자빠졌다.

하긴 더욱 그 때 쯤 지광인희(地廣人希)[63]한 그들에게는 한전(旱田)만 풀랴 하여도 미간지가 많었기 때문에 논은 풀 줄도 몰랐지만 풀 필요가 없는지 모른다.

하여간에 반도의 농민이 이 고장으로 들어와서 볼 때 그들은 누구나 우선 수전 개척의 욕망이 있었을 것이다.

한데 만인의 지주들은 수전 개척의 이익을 모른다. 그뿐 아니라 그들은

---

62) '미터(meter)'의 일본식 발음. メートル.
63) 땅은 넓으나 사람 수가 적음.

물을 싫어하는 습관이 있었다.

그래서 입식한 개척민들이 논을 풀게 해달라고 무수히 간청해 보았것만 그들은 좀처럼 허락하지 않았다. 그것은 만일 강물을 끄러 대서 앞뜰을 논으로 만든다면 이 일경은 왼통 물나라가 될 터이니 그렇지 않아도 대홍수를 만나는 해에 물난리를 겪든 생각을 하면 오히려 지긋지긋한데 일부러 물난리를 겪게 하는 게 말이 되느냐고—경험이 없는 그들의 대답은 이와 같이 우직하였다. 역시 무리가 아니다.

이에 이주민들은 할 수 없이 처음에는 한전을 부쳤다. 만인 지주들은 수전을 푼다는 데는 땅을 주지 않았으나 한전을 개척한다면 소작을 빌리었다 한다.

그럭저럭 시대의 변천이 그들을 각성식힌 점도 있었겠지만 그 뒤 어느 해에 권덕기(權德基)라는 서북 사람이 이 고장으로 들어오게 되었는데 그는 다소 식자가 있는 동시에 사교방면에 능한 수단을 가졌다.

그가 이 마을로 가족을 다려다가 정착을 하게 되자 개척민의 선구자로 활동하기 시작했다. 그는 첫째 방언에 능통하기 때문에 만인들과 능난히 교제할 수 있었다. 그래 그는 만인의 유력자와 교제를 하기 위해서 일부러 아편을 먹기까지 하였다는데 마침내는 그들에게서 수전 개척의 승락을 얻어내고 말았다 한다.

대개 그 무렵의 만인 부유계급에서는 누구나 아편을 먹는 것이 일상생활상 큰 습관이였기 때문에 그들과 접근하려면 역시 아편을 먹을 필요가 있었다 한다.

이 권덕기의 이야기는 남표도 들어서 안다. 그것은 물론 5호실 환자의 부친 정해관 노인에게서 들은 일이다.

지금도 남표는 권 씨의 일화를 단편적으로 기억하면서 길을 걸었다—

그는 어제밤에 숙면을 한 만큼 맘이 것분하고 머리가 깨끗하였다. 식전에 이러나는 길로 세수를 하고 나서 문밖을 건일었다. 아침해가 동산위로 떠올른다. 신선한 대기는 호흡을 부드럽게 함을 따러 기분을 유쾌히 하였다.

아침까치가 뒷산 나무 숲사이로 날르며 지저귄다. 새날의 햇빛은 연하(煙霞)가 아득한 넓은 들판을 훤−하게 비최였다. 오늘도 일기는 쾌청이다.

남표는 조반 후에 바로 길을 떠났다. 주인 [내]외가 국수값을 안 받으려는 것을 억지로 내주었다.

그 대신 그들은 남표의 가방을 머슴을 식혀서 지워 보냈다. 남표는 짐꾼을 얻어 달래 보았으나 그럴 것 없이 자기 집 사람을 다리고 가라는 것이었다. 일꾼이 귀한 이 지방에서는 짐꾼을 사기도 그리 손쉽진 못했다.

정거장 옆으로 철뚝을 넘어가니 철교 밑을 빠저 흐르는 우하(牛河)가 넓은 강펄을 차지하고 흙탕물 속에 드러누었다. 해방된 지 얼마 되지 않는 강물은 아침 햇빛에 부옇게 빛난다. 펄 안에는 참참한 개숲버드나무 숲이 마치 적은 섬(島)처럼 여기저기 담물저 섰는데 그 사이로 강물은 바다와 같이 갈래갈래 물길을 따라서 흐른다.

버들가지에는 아직도 움이 트지 않었다. 연강 일대에는 무수한 늪이 있고 갈밭이 욱어졌다. 공중으로 쭉−쭉− 뻗어올라간 백양나무와 양버들이 듬성듬성 언덕 위로 섯는 것은 수해를 막기 위하야 방천식목(防川植木)을 한 것일까.

남표는 짐꾼이 길을 인도하는 대로 뒤에서 따러가며 좌우의 경치를 둘러보았다. 차차 걸어나갈수록 들 안은 점점 넓어진다. 앞으로 나갈수록 평야가 전개되는데 뒤를 도라보면 지나온 정거장이 아마득하였다.

강은 어듸로 꼬리를 감췄는지 멀리 남쪽에서 서기한다. 그것은 파도와 같은 구릉(丘陵) 속에 몸둥이를 가리운 때문이었다.

강이 안 보이는 대신 꼬량밭이 좌우로 개간되었다. 길은 이 밭 사이로 쭉 곳게 뚫리였다.

양편 길 옆에는 똘이 팽기고 거기에는 잔버들이 숲을 이루웠다. 해동머리에 아직 땅 속이 덜 풀린 길은 지표가 갈러지고 물컹물컹한 것이 마치 고무장판을 밟는 것 같으나 여전히 속은 딱딱하였다 그것은 발바당을 마치게 하야 걸음거리가 거북하도록 속은 그저 꽁꽁 얼었다. 해가 높이 솟아 올르는 대로 차차 따스한 양염(陽炎)을 토해낸다. 이 지음의 일중(日中)은 제법 따듯해졌다. 아침저녁으로는 오히려 살랑한 냉미(冷昧)를 끼언 따가도. —

구름 한 점 없이 깨끗한 하늘이 지평선까지 푸르게 개인 것은 자못 흉중을 상쾌하게 하였다. 그 위로 홍옥(紅玉)과 같은 태양이 눈부시게 서기하지 않는가.

정안둔이 가까우면서부터 수로(水路)를 끄러드린 한 갈래의 봇물길이 내다보인다. 그 앞으로 개간한 것은 질펀한 수전이었다.

남표는 우선 논을 보는 게 반가웠다. 동시에 그는 선구자적(先驅者的) 개척민이 다시금 생각킨다.

참으로 그들이 여기에다 농장을 풀 때의 신고와 노력이 얼마나 컸슬 것이냐. 그것은 문짜 그대로 피와 땀의 결정(結晶)이었다. 그들은 원시적 자연과 싸흐고 비적의 박해와 구동북 군벌시대의 무리한 압제 밑에서 근근히 생명을 부지해 가면서도 일야자자 오직 개척사업에 종사하고 있었다.

지금은 저와 같이 문전옥토가 되었지만 개척 전 그 당시에는 이들도 아까 지나며 보든 강펄과 같은 것이 아니었든가. 그것은 버들숲과 갈대밭이 아니였으며 또한 잡초가 자못 성한 황무지거나 소택(沼澤)이 무수한 저습지대(低濕地帶)이었을 것 아닌가.

그러면 이 들안에 수전을 개척하기 위하야 십 리 밖에서 물을 끄러드리고 지형을 정리해 만든 오늘과 같은 양전옥토가 된 것은 실로 그들의 신고가 얼마나 컸을 것이냐.

그 중에도 남표는 권덕기 노인의 일화(逸話)가 불현듯 생각난다.

그는 참으로 선구자적 투지를 가지고 일생을 개척사업에 바쳤다 할 수 있다. 남표는 지금도 권 노인을 생각하는 중에 문득 자기자신을 그와 비교해 보았다. 권 노인은 수십 년 전에 여기로 들어와서 수전을 처음 개척한 선구자다. 그러면 지금 자기가 여기로 들어오는 목적은 무엇일까. 그는 농토를 개척하였으나 자기는 농민의 머리를 개척하는 문화적 사명을 수행해야 된다.

사실 개척사업은 그들의 정신과 병행(倂行)해야 비로소 완성할 수가 있을 것이다. 그렇다! 자기는 농민의 생활을 개척하자! 그는 이렇게 부르짖었다. 제이대의 선구자!

이 지방은 산이 가까워서 재목이 흔하였다. 그것은 주민들로 하야금 주택을 짓기에도 매우 편리하게 하였다.

그러나 만주사변 이전에 비적이 횡행하기는 다른 데보다 심했다 해도 과언이 아닐 것이다.

그들은 동북산악지대에 소굴을 두고 마치 맹수처럼 주야로 출몰하였다. 하긴 그 당시 치안이 유지되지 못했을 때에는 도처에서 비화(匪禍)를 입게 되었지만 산간벽지에는 그들의 발호가 우심하였다. 그 때는 이곳에 철도가 드러오지도 않았었다. 따라서 교통이 불편하고 인연이 희소한 일개 한촌에 불과하였든 것이다.

그러면 당시의 주민은 선인이거나 만인 부락을 물론하고 양민들이 비적을 막기 위하야 또한 얼마나 큰 노고와 희생이 있었든지 모른다.

그들은 비화를 막기 위해서 집단부락을 만드러 갔다.

치안 유지를 위해서는 허터저 있는 인가를 한곳으로 모이게 하고 주위를 뺑―돌려가며 토성을 쌓는 방비를 하였다. 성에는 동서남북으로 사대문을 내였다.

그들은 토치카를 두 구석에 만들어 놓기도 하였다. 이 토치카에는 토성을 지대고 사격을 할 수 있게 총구멍을 뚫어 놓는다. 네 구퉁에다 토치카를 안 만드는 것은 액내끼리의 혼잡을 피하기 위함이였다.

이와 같은 집단 농촌을 건설한 부락에서는 무장한 자경단을 조직하고 주야로 순경을 돌게 함은 물론이였다.

그러나 워낙 비적떼가 많은 대부대가 습격해 올 때에는 백주에도 어찌할 수 없었다.

악독한 비적들은 선인을 인질로 잡어가는 일이 종종 있었다.

정안둔에서도 그런 화액을 입은 사람이 있었는데 권덕기 노인은 어떻게 하면 비적의 그런 버릇을 방비할까하고 남몰래 은근히 연구해 보았다.

이에 한 꾀를 얻은 그는 만인 부락 중에 미리 선전을 해 두었다 한다.

그것은 만일 비적이 드러와서 반도 농민을 인질로 다시 잡어가는 때에는 만인 부락에 불을 질러서 전멸을 식히겠다는 일종의 시위이였다.

사실 불을 지르기는 누구나 쉬운 일이 아닐 수 없다. 하지만 권 노인은 무슨 심사로 이와 같은 악독한 짓을 한다했는가. 그것은 만인들을 미워한 까닭도 물론 아니였다.

그는 전자에 말한 바와 같이 교제수단으로 만인 부락의 유력자와 친밀한 우정을 맺고 있었다.

따라서 처음엔 강경히 듣지 않은 그들을 설복하야 순탄히 수전을 개척하게 된 바에는 그들과도 아무런 반감이 있을 턱 없었다. 그들은 서로 다 같은 부호로서 지주와 소작관계를 맺고 개척사업에 종사할 수 있었든 것이다.

그러나, 밀집한 만인 부락 중에는 약간의 불량분자가 아주 없긴 않었다. 그들은 은밀히 비적과 연락을 취하였다. 그들은 비적에게 내통을 해 주고 다소간 뇌물을 먹었다.

이런 눈치를 잘 아는 권 노인은 은근히 그들 불량분자를 방화로써 위협하자는 것이였다.

이렇게 한번 혼뜨검을 내준 뒤로는 아주 그런 일이 자최를 감추었다. 만일 비적이 들어와서 전과 같이 선농을 잡아가려 할 때에는 만인 주민들은 모두 발벗고 나서서 간절히 빌기를 차라리 인질을 하려거든 우리 만인으로 하여 달라하였다.

웨 그러냐 하면 선농이 잡혀가는 때는 그들이 우리에게 보복을 하기 위하야 이 동리에 불을 질를테니 그러면 우리들은 전부 멸망할 뿐 아니냐고!

이 말을 듣게 된 비적들은 잔인한 그들에게도 한 줄기 인정이 솟아났다. 그것은 잔약한 선농을 한두 명 잡아감으로써 왼동리를 멸망에 빠지게 하는 적악이 다시없기 때문이었다. 그들을 잡아간다고 몇천 금이 쏟아져 나올 것도 아니다. 그러면 억하심정으로 동포양민만 못살게 굴 것이냐는 생각이 아마 있었든지 모른다.

하여간 권 노인은 이와 같은 묘책으로 비적의 화를 막아냈다는 것이다.

남표는 5호실 환자의 부친—정 노인에게서 그 얘기를 들었을 때도 은근히 감심하였다. 그러나 지금 이 고장을 친히 와서 목격하매 그의 개척정신의 비범함을 엿보고 또한 그의 발자취가 역력한 이 농장을 살펴들 때 그런 늣낌은 더욱더 간절하였다. 동시에 남표는 비록 지금은 왕도락토[64]의 안전농촌이 건설되는 과정이라 그 시대와는 천양지차가 있다하겠지만 이들을 다시금 문화생활로 끌어올리는 건설사업은 역시 황무지를 개척하는 이상의 개척정신이 필요하지 않을까하는—자기자신에 대한 일종의 불안이 없지도 않았다. 그는 자기의 사업에도 무수한 난관이 잠복해 있슴을 직각할 수 있었기 때문에—.

남표는 지금 이와 같은 생각을 하면서 한 걸음 한 걸음 정안둔이 가까워짐[65]을 바라보고 걸었다.

마을집들은 남향하야 들 가온대 언덕 위로 앉었다. 그 앞으로는 꽤 초간[66]하게 상거를 두고 행길이 가로 뚫였는데 거기서 또 한참을 내려가면

---

64) '왕도(王道)에 의해 통치되는 평화롭고 즐거운 땅'이라는 뜻으로 '오족협화(五族協和)'와 더불어 만주국의 국가이념이었다. 王道樂土.

65) 원문은 '집'.

66) 한참 걸어가야 할 정도로 거리가 조금 멀다는 의미. 稍間.

만인 부락이 행길 좌우로 거리를 일우웠다.

행길 밑은 초원(草原)이 깔려 있다. 그다음 지형이 차츰 낮어지면서 일면이 즐펀한 논들이었다.

동북 편에는 먼산이 연봉을 지여 하늘갓을 병풍처럼 둘러 막고 섰다. 정면으로 넓은 평야가 지평선까지 아득하게 끝없이 내다뵈는 조망(眺望)은 자못 숭엄한 느낌을 갖게 하야 누구나 경탄하지 않을 수 없었다.

그런데 우하의 한 줄기 강물은 서남간으로 길게 꾸불텅거리며 흘은다……산과 들 물과 나무를 동시에 볼 수 있는 정안둔! 남표는 우선 이 단초치 않은 자연의 배치에 이 고장을 듬직히 생각할 수 있었다.

마을 어구에 학교가 있다. 이 학교도 권 노인이 창설한 것이라든가. 학생들은 수업 중인지 운동장에는 하나도 보이지 않는다.

정결하게 소제를 한 넓은 마당 뒤에 초가로 아담하게 지은 교사(校舍)였다. 마당 이쪽에는 국기(國旗) 게양대의 높은 기때가 쪽 곳게 서 있는 것까지 촌학교로서는 제법 탐탁해 보인다.

이 동리도 토성을 뺑- 둘러쌓고 간간히 총구멍을 뚜러놓았다. 그리고 담 밖그로는 웅뎅이를 깊이 파고 그 밖게는 철망을 돌려쳤다. 말하자면 겹성을 싸놓은 셈이었다.

남문(南門)으로 들어서니 큰길이 쪽 곳게 북문으로 통하였다. 그 좌우로 주택이 벌려섰는데 중앙에는 다시 동서대문으로 통한 큰길이 가루놓였다.

앞에 가든 짐꾼이 서문 가까히 어떤 집으로 쑥 들어서더니

『영감님 계신가요. 손님 오셨세요』

한다. 口형(形)으로 지은 집이 이 마을에서는 제법 큰 집 축에 드는 것 같다.

『아- 문서방 나왔는가 손님이 어데서……』

이 집 주인영감이 방문을 열고 내다보는데 그의 등에서 식구들도 누군지 모르는 눈총을 쏜다.

『여기 계신데요- 손님 들어오십시오』

짐꾼이 도라보며 선통을 하는 바람에 남표도 마당 안으로 들어섰다.

그러자 주인영감이 버선발로 마루 밑까지 뛰여 나오는데 그는 과연 5호실 환자의 부친—정해관이 분명하였다.

『아니 선생님 이게 웬일이십니까?』

그는 이렇게 부르짖으며 남표의 손목을 덥석 붓잡는다.

『네 그동안 안녕하셨습니까』

남표는 마주 손목을 잡으며 반가운 인사를 하였다.

『신가진에 오셨군요. 그럼 왜 통기를 미리 하시잖구……자— 방으로 들어가십시다. 여보— 신경 남 선생님이 오셨소』

정 노인은 어쩔 줄을 모르고 쩔쩔매다가 이렇게 소리를 지르는데 그제야 안주인이 눈치를 채고 허둥지둥 나와 맞는다.

그동안에 짐꾼은 가방을 마루 위로 올려놓았다. 주인은 가방을 방으로 드려놓으며

『자— 어서 올라오서요』

남표를 연해 재촉하는데 남표는 짐꾼에게 일원 지폐 한 장을 끄내주면서

『수고하셨소. 이거 약소하나마 담배나 한 갑 사 피시오』 하니 짐꾼은 또 안 받겠다는 것을 억지로 주느라고 한참동안 싱강을 하였다. 그것을 보자 주인은 또 자기가 줄테니 내버려두라는 것을 남표는 기어히 자기 돈으로 주었든 것이다.

『그럼 안녕히 계십시오 영감님 전 가겠습니다』

짐꾼은 돈을 받더니만 그길로 빈 지게를 둘러메고 나서며 인사를 한다.

『아 잘 가소』

『자 올라갑시다』

짐꾼이 나간 뒤에 남표는 마루에 올라앉으며 구두를 버섰다.

『대관절 신가진엔 언제 들어오셨습니까』

방으로 들어와 앉자 주인은 다시 의아한 듯이 남표를 처다본다. 그들은

참으로 남표가 이처럼 속히 찾을 줄은 몰랐다. 남표는 주인내외의 지재지 삼[67) 권함에 못 익여 아랫목으로 앉았다.

『한동안 쉬여볼까하고 아직 신가진엔 안 갔습니다. 그래서 댁구경두 할 겸 바루 이리로 왔습지요』

『아 그러십니까. 건 잘하셨습니다. 그럼 한동안 집에서 쉬시지요』

주인은 그 말에 매우 좋아하는데

『참 그러지 않어도 집에서는 선생님이 한번 찾어오시기를 여간 기다리지 않었습니다. 선생님의 은혜는 뭐라고 말슴 드릴 수 없는데요』

그제야 안주인도 새잡이로 옷깃을 바로 하며 치사한다.

안주인은 오십을 바라보는 역시 노경에 드러섰으나 아직 피부가 윤택하고 상냥스럽게 생긴 얼굴 전형이 젊어서는 꽤 어엽분 인물 측에 들었을 상싶다.

남표는 그를 자세히 처다볼수록 그 딸의 모습이 떠올랐다 5호실 환자는 외탁을 해서 인물이 잘난 것 아니든가.

『원 천만의 말슴을 다 하십니다 참 그 뒤에 따님의 건강은 어떻습니까?』

남표는 주인내외를 번가러보며 5호실 환자의 안부를 물었다. 그가 안보임으로 잊어버리였다가 안주인의 치하하는 말을 듣자 이지음 건강이 어떠한지 불현듯 궁금한 생각이 들었든 것이다.

『선생님이 잘 고처주신 덕분으로 기 애는 아주 무병해졌답니다. ─아니 애들은 어딀 다 갔는가?』

영감은 마님을 도라보며 무슨 눈치를 한다.

『마실을 갔나부 내 불러오지요』

안주인이 자리에서 이러서며 다시

『선생님 편히 앉으시요─ 방이 누추합니다만.』

---

67) 두 번 세 번이라는 뜻으로, 여러 차례를 이르는 말. 至再至三.

하고 막 나가려 하는데

『어머나!』

별안간 열싸게 부르짖는 고흔 목소리가 마당에서 들인다.

누구일까?

『오 — 오는구나 난 지금 불르러 갈랬더니⋯⋯신경 남 선생님이 오셨다』

거무하에 방안으로 들어서는 여자는 5호실 환자였다. 그는 과연 혈색이 좋아졌다.

『선생님!』

그는 너무 반가운 나머지에 고만 기가 질린 모양이다. 한 마듸를 겨우 부르짖고는 머리를 숙여 예를 한다. 부지중 눈물이 핑 — 도라서 그는 어쩔 줄 몰랐다.

남표는 정중하게 머리를 숙이였다.

그러자 이 집 아들과 며누리가 뒤쪼차 들어왔다. 그들은 제각금 반가운 인사를 남표에게 하는데 이 간 방이 그들먹하도록 안팍식구가 뺑 돌러 앉었다.

그들은 이와 같이 둘러앉어서 남표를 넋없이 처다본다. 여인들은 곁눈질을 하며 남자들은 정면으로 쏘아보는데 점두룩 치사만 하는 것은 도리혀 면구할 지경이였다.

그들은 누구나 모두 수더분하고 순후한 인품이 있어 보인다.

『자 — 이렇게들 앉었을 게 아니라 뭘 좀 자시도록 점심 준비를 하라구⋯⋯그런데 선생님은 약주를 안 자신다니 별안간 대접할 것이 있어야지』

영감이 이렇게 말하니 안주인이 재빨리 이러서며

『참 약주를 못 잡수신다지⋯⋯그럼 국수를 좀 눌를까요?』

하고 영감의 눈치를 본다.

『아니 절노 해서는 아무 것도 하시지 마십시요 이 동리엔 여관이 없습니까?……그럼 천천히 정거장으로 도루 나가겠습니다』

남표가 이러서랴 한즉 주인은 깜짝 놀래서 옷자락을 붓들며 『가시다니 원 별 말슴을 다 하십니다. 이 동리에 음식점이라고는 제 집 밖게 없다고 전자에도 엿줍지 않았습니까.……못처럼 오섰는데 묵어 가서야지 그냥 가시다니 될 말입니까—여보 어서 국수나 눌르시요』

이렇게 만류하자 좌우의 여러 식구들도 모두들 그게 될 말이냐고 한사코 붓잡어 앉힌다.

남표는 할 수 없이 도루 앉었다.

『그러지 않어도 선생님이 한번 오시면 억지로라도 며칠간 유하시게하구서 동리 사람들의병을 보아주십사 할 생각으로 미리부터 별르단 차이랍니다.……저 애 신병을 고치고 와서 선생님 말씀을 햇디니만 그 선생님이 언제 오시느냐고 모두들 지금 고대하는데요! 참 선생님의 성화는 마치 화타편작이와 같이 낫는데요』

『그렇구 말구요……동리 사람들은 제가 존 병원으로 갔어두 죽지 않으면 못 고치고 그대로 도라올 줄만 알었었대요. 그런데 말쨩하게 새사람이 되여 온 것을 보고 여간들 신기해하지 않었나바요—』

모두들 죽었든 사람이 다시 사러왔다구 야단이겠지요……』

5호실 환자—아니 이 집 딸은 이렇게 부친의 말을 부축인다.

그동안에 다른 사람들은 죄다 나가고 오직 부녀만 남표를 접대하기 위하야 앉어 있었다. 뒤미처 밖게서는 녹말을 가는 매똘 소리와 불을 때는 소리가 들리며 음식을 작만하느라고 그들은 설떨하였다.

『좀 드러누십시요……선생님 고단하실텐데—』

딸도 그길로 행주치마를 두루고 나갔다.

남표가—이 집 딸의 죽을 병을 고쳤는데 그 의사가 지금 이 집을 찾저 왔다는 소문은 금시로 왼동리에 쫙 퍼졌다. 그들은 이 말을 듣자 너두나 두 앞을 다투며 냉면집이 터지도록 안팍그로 모혀들었다. 마을에서는 이

집을 냉면집이라고 부른다.

그들 중에 혹은 와서 인사를 청하기도 하였고 혹은 자기의 신병을 의론해 보고 싶은 사람들과 또는 다만 남표라는 사람이 대관절 어떻게 생겼기에 병을 그렇게 잘 고치나하는 일종 호기심에 끌려서 구경 온 사람들도 있었다.

여인들은 참아 방으로는 못 들어오고 밖게서 안식구들과 문답을 하였다. 그대로 주인 모녀가—그중에도 그 딸이 남표의 인물을 설명하였다. 이웃 여자들은 이날 낮부터 매똘질 소리를 듣고 쪼차왔다. 그래 그들은 점심맥이를 작만하는데 같이 시중을 드러주며 주인모녀와 이야기를 자못 희한하게 듣고 있었다.

그바람에 애나—(이 집 딸)는 더욱 신이 나서 5호실 환자로 신경대동의원에 입원했든 묵은 이야기를 또 한바탕 자초지종 강을 하였다. 그것은 그 병원 원장도 모르는 자기의 병을 쪽지개로 집듯이 집어내서 신통하게도 병을 고쳐냈다는 말과 남 선생은 다만 약을 잘 쓸 뿐만 아니라 저녁마다 병원으로 마실을 와서 환자들을 정신적으로 위로해주는 그만큼 정성스럽고 친절한 의사라는 것을 호들갑스럽게 이야기를 하였다. 어떻든지 아무도 모르는 내 병을 침으로 배를 찔러서 간이 곰긴 것까지 신통하게 알어낸 양반이라고—.

그들이 이 집 식구들한테 이 말은 귀가 젓도록 무수히 들어왔다. 그러나 지금은 그 용하다는 의사 남표란 인물이 방안에 앉았다는 사실이 여러 번 듣든 말도 다시 실감을 내게 해서 그들을 더한층 놀래도록 하고도 남을 지경이였다.

별안간 종소리가 땡땡 들린다. 학교에서 점심시간에 치는 하학종이였다. 남표가 몸시게[68]를 끄내보니 과연 오정이였다.

---

68) 몸에 지닐 수 있게 만든 작은 시계. 회중 시계.

그러자 미구해서 학교 선생 현림(玄林)이가 들어왔다. 그는 이 집 아들 경한(慶漢)이가 불러왔다.

마을에 점잖은 손님이 올 때에는 그들은 언제든 현 선생을 불러대였다. 그것은 그들이 선생을 공경하자는 마음에서도 그렇지만 또한 손님을 접대할 수 있는 가장 적임자가 그밖게 다시없는 까닭인 점도 있었다.

그런데 이 집과는 특별한 인연이 따로 있다. 현 선생은 함경북도 태생이라한다. 그는 사오 년 전에 이곳으로 단신이 들어왔는데 조선에서 중학을 졸업한 그때는 이십 안쪽의 소년이였다. 원래 문학에 뜻을 두고 일시는 경성에 유학을 하랴 하였었다. 그게 뜻과 같이 되지 않으므로 그는 고향으로 도라왔다가 다시 두만강을 건너서 간도일대를 헤매였다 한다.

그는 이와 같이 방랑생활을 시작했는데 마침내는 북만으로 발을 드리민 것이 정안둔까지 굴러왔고 여기서 고만 자리를 잡게 되었다 한다.

그는 지금도 문학을 공부하고 있다. 문학 중에도 소설을 연구한다는 것이다. 작가를 지망하는 그는 북만 농촌 생활에서 개척문학을 해보자는 남다른 자부심을 가지고 있었다. 그것은 위대한 이 자연을 배경으로 광활한 대지(大地)를 개척하는 농민문학은 그들 개척민과 함께 생활을 가치 하는 작가라야만 역시 위대한 문학을 산출할 수 있다는 것이 그의 생각이였다. 그래서 실상인즉 그도 이 지방까지 들어왔다.

그의 이 같은 포부는 조선 안에 있는 기성작가가 기차로 한번 휘둘러보고 가서 만주농촌을 소설로 써갈기는 무모한 태도를 비웃었다. 아무리 재간이 있다한들 그와 같은 창작태도에서 어떻게 산 작품이 만드러질 것이냐고!

이만큼 위인이 진실한지라 첫눈에도 인상이 좋게 보여서 마을사람이 그를 붓잡게 되였다 마침 그때 전에 있든 선생이 고향으로 나가려고 후임을 구하든 중에 그가 들어왔었기 때문에ㅡ.

그런데 차차 지나볼수록 그는 과연 위인이 비범하였다. 은근히 그의 인물을 탐내든 정해관은 그를 사위로 골르고 싶었다. 그때는 애나도 그한테 배우고 있었다.

애나가 국민우급학교[69]를 졸업한 후에 연기가 차면 그와 성례를 가추기로 하였다. 그런데 우연히 병이 나서 백약이 무효함으로 부득이 혼인도 연기하게 되였다. 그들은 오직 딸의 병을 고치기에 진력하였다. 그러자 이봄에 그가 신경으로 가서 남표를 주치의로 고질의 중병을 완전히 치료하고 도라왔으니 또한 현림이의 기쁨도 무한이 컸을 것은 물론이였다.

『신경서 손님이 오셨다구요?』

지금 마당 안으로 들어선 현림은 이렇게 부르짖으며 마루로 올라섰다.

현림은 방안으로 들어서자 누구의 소개를 기다릴 것도 없이 남표에게 무릎을 꿇고 절을 하며

『선생님 성화는 많이 들었습니다 전 현림이올시다』

하고 성명을 통하였다. 남표는 그가 누군지 몰랐다가 마주 인사를 하는데

『우리 학교 선생이람니다』

주인영감이 현림을 다시 소개하였다.

『네 그러십니까? 얼마나 수고를 하십니까』

하고 선생이란 말에 남표는 흔연히 응수하였다.

『뭐 수고할 게 있습니까 그저 아이들과 함께 놀구 지냅니다』

현림은 이십오륙 세가 되어 보이는 날신하게 생긴 청년이였다. 미목이 청수하고 어딘지 모르게 청강한 맛이 든다.

『편이 앉소―오늘은 아이들이 다 왔든가』

주인영감이 무르니 현림은 자리를 고쳐 앉으며

『네―죄다 왔습니다』

---

69) 만주국의 초등교육은 4년제의 초급소학교와 2년제의 고급소학교 과정으로 이루어져 있었는데, 초급소학교는 국민학교, 고급소학교는 국민우급학교(國民優級學校)로 각각 명칭이 변경되었다.

하고 한손으로 아래턱을 만진다.

『학생이 몇 명이나 됩니까?』

남표는 현림에게로 시선을 돌리며 물어본다.

『한 오십 명 됩니다』

『그럼 직원은 몇 분이신데요』

『현 선생이 혼자 도마터서 가라친답니다』

주인영감이 웃으며 남표를 처다보는데

『아니 건 매우 고되시겠는데요 - 전 학급을 혼저 담임하시기는……』

남표는 그의 교무(教務)가 수월치 않음을 자못 동정하기 마지않었다.

『암 - 고되다 뿐이겟습니까 - 그러오나 학교의 재정이 넉넉지 못하니까 어듸 선생을 더 초빙할 수가 있어야죠……그래 참 현 선생이 교장 겸 교사 겸 소사 겸 모두 한 몸으로 겸임을 하고 있답니다 하하하……』

정 노인은 이렇게 말하며 파안일소를 한다.

『하하하……참 그러시겠군요』

『촌학교는 거의 다 그렀습니다.……참 남 선생님은 말슴은 높이 들었삽는데 이런 궁벽한 촌을 멀리 찾어와 주시니 대단 감사합니다 그리지 않어도 선생님이 언제쯤 오시겠는가 저의 측은 퍽 기다리고 있었습니다』

현림은 말을 마치며 상냥히 웃는다.

『웨 현 선생두 무슨 신병이 있는가 남 선생님을 기다린다게 하하하……』

정 노인이 농쪼로 웃으니

『네 - 저는 아무 병두 없습니다만 학생들의 건강진단을 이 기회에 해보구 싶어서요 어떷습니까? 선생님 수구가 되시겠지만 좀 보아 주십시오』

『네 좋습니다 참 정선생을 우연히 신경서 만나뵈옵게 되였는데 그전부터 북만 농촌을 한번 구경하고 싶든 차에 이번에 쉬는 틈을 타서 갑자기 찾어 왔습니다 뭐 아는 것은 별로 없습니다만 건강에 대한 것은 누구시든지 상담해주십시오』

『대단 감사합니다』

현림은 공손히 머리를 숙인다.

『아니 남 선생님은 못처럼 휴양하시는 틈을 타 오셨다는데 벌서부터 병 타령이니 이러다간 병쟁이싸개를 만나시지 않을까 하하 원ㅡ』

『하긴 그두 그렀습니다』

해서 그들은 또 일시에 웃었다.

방에서는 이와 같이 담소가 자약한데 밖에 있는 안식구들은 먹이를 차리느라고 한참 신하였다.

그러자 미구해서 점심상이 들어왔다. 먼저 겸상을 남표와 현림의 앞으로 갔다놓는다. 어느 틈에 그렇게 차렸는지 상위에는 산해진미가 그득하다. 닭고기장국에 국수를 말고 그 위에 게란부침과 실고초로 고명을 언졌다. 도야지고기와 부어조림 그리고 누루미산적 두부부침이 있었다.

그담으로는 주인부자의 상을 역시 겸상으로 차려온 뒤에는 맨나종에 고부와 모녀의 것을 겸상으로 차려들고 윗목으로 들어왔다.

『아무 맛은 없습니다만 만히 좀 잡서주요』

정 로인의 인사말에 여럿이 따라서 권한다. 남표는 너무도 융숭한 대접을 받는 것이 도리여 불안하다. 그러나 지금 이들과 한 식구처럼 느러니 앉어서 음식을 같이 하며 순후한 농촌의 풍정을 느껴보는 것은 전에 업는 경험으로서 자못 친애의 정이 간절함을 무지중 느끼게 하였다. 그들의 생활은 도시와 달러서 참으로 평민적이였다.

남표는 그 점이 제일 좋았다.ㅡ그는 점심을 먹은 뒤에 바람을 쏘일 겸 현림을 따라서 학교로 같이 나갔다.

남표와 현림이가 나간 뒤에 안식구들은 먹은 상을 치우기에 부산하다. 그리고 즉시 그들은 오늘 저녁에 대접할 음식을 다시 작만하기 시작하였다.

그것은 남표가 술을 못 먹는 대신 떡을 해주고 싶었든 것이다. 그 생각은 애나의 모녀에게도 있었는데 정 노인이 먼저 입 밖으로 내여서 불시로 서들게 되였다. 그래 한편에서는 떡방아를 뺏꼬 한편에서는 고물거리의 콩팟과 녹두를 가느라고 부산한데 이웃집 여인들이 마실을 오는 대로 그들 일을 거들었다. 집안은 별안간 떠들썩하니 왼통 벅석을 놓는대 그것은 참으로 무슨 큰 잔치를 배설하는 큰일 치르는 집과 같았다.

사실 이 집 식구들은 이번 일 같이 경사스런 일이 다시없었다. 다 죽어가는─아직 출가도 못 식힌 과년한 그 딸을 천행으로 살리게 된 것은 남표와 같이 성질 침착한 양의(良醫)를 만나기 때문이였다.

그런데 그 의사─남표가 차저 왔으니 그들은 무한히 기뿐 동시에 그를 위해서는 아까움이 없이 무엇이라도 성의를 다하고 싶었다.

『저녁에는 동리 사람들도 청해야할 테니 무에든지 넉넉히 하소. 음식이란 논아먹는데 맛이 있는 게라오.』

영감은 지금도 이렇게 특별한 부탁을 하였다.

『네 걱정 마시요 그럼 동리 어룬들까지 대접하랴면 술을 좀 더 사와야 할 텐데요』

안주인의 이 말에

『암─더 사와야 하구말구……애 경한아 넌 자전거를 타고 누구랑 정거장에 나가서 술을 사오너라 그리고 고기가 있거든 소고기랑 좀 사오너라』

영감은 쇠때로 궤문을 열더니만 수제 금고를 끄내서 그 안에 기피 두었든 지페 십 원짜리 두 장을 끄내준다.

여러 가지 의미에서 그들은 모모한 동리 사람들에게도 벌써부터 대접할 생각이 없지 않았다. 그러나 무슨 명목이 없이 떨썩 음식을 차리기도 무엇해서 지금까지 그냥 있었든 것이다.

하긴 앞으로 애나의 혼례가 업는 것은 아니다. 그때는 참으로 있는 힘을 다해서 마지막으로 딸을 여의볼 작정이다. 그러나 지금은 뜻밖에 남의 사가 이렇게 속히 찾어왔으니 그를 위하야 동리 사람들과 한 좌석의 즐거운 자리를 베푸는 것도 이 기회에 매우 좋겠다는 생각이 누구에게나 있었든 것이었다.

그래 그들은 제각금 신이 나서 음식을 준비하는 중이다.

남표는 현림과 같이 학교로 나가보니 벌서 아이들은 점심을 먹고 와서 운동장이 좁다고 가루 뛰고 모루 뛰고 한다.

여생도는 한쪽으로 몰켜서서 땅뺏기와 줄넘끼를 하며 재깔거린다.

교실 안을 드려다 보니 넓은 마루에 걸상과 책상이 두 줄로 나라니 벌려있다. 오른편 정면 벽 위에는 칠판이 걸리고 그 옆으로 지도를 걸어 노았다. 마루 깨끗하게 청결이 된 걸 보면 현 선생의 깔끔한 성정을 엿볼 수 있었다.

교실 옆으로 사무실 겸 현림의 거처하는 방을 부처 지였다.

이 방에는 윗묵 벽에 시게를 걸어놓고 그 밑에 책상을 노았다. 책상 위에는 교과서와 백묵통 수판 잉크병 필통 등의 학교 용품이 벌녀 있고 큼직한 종이 놓여있었다.

이편 구석으로 책궤가 노히고 그 위에 이불을 개켜 언졌다.

의복과 모자는 아래묵 말코지에 걸었다.

남표는 현림의 안내로 학교 안꽉글 한 박퀴 휘—도라보고 방안으로 드러왔다.

『이 위로 앉[으]십시요. 방이 좀 추운가 봅니다』

하고 현림은 불이나케 요를 내려서 아래묵으로 깐다.

『뭐 고만두십시요. 춥지 않습니다』

그들은 요 위로 마주 앉었다.

『전 담배를 피울 줄 모르기 때문에 손님 대접을 할 줄도 모른담니다.』

남표가 담배를 끄내니 현림은 급히 성냥갑을 찾어다가 불을 그어주며 미안한 웃음을 웃는다.

『원— 천만에……참 이런 데 계시면 수양이 잘 되시겠습니다』

『네─거저 공기 하나 좋은 것이 도회지보다는 났다 할는지요』

『공기뿐 안이라 만주로서는 특이한 만큼 경치가 좋습니다』

남표는 고대 운동장에서 내다보는 압들의 전망이 기억난다. 시계가 한 시를 치자 현림은 방문을 열고 종을 흔드렀다. 그러자 뒤미처 학생들이 와─하니 교실 안으로 드리밀린다.

『잠간 실례하겠습니다』

현림이 교수를 하러 백묵을 들고 나가자 남표도 교수를 견학하러 그의 뒤를 따러나갔다.

하학을 한 뒤에 그들은 앞들로 산뽀를 나섰다.

일기는 오후에도 청명하였으나 차차 볏발이 얄버지면서 찬바람이 분다.

학교 엽 길까으로 깊은 우물이 있다. 여인들은 벌써 저녁물을 길느라고 두레박질을 밧비 한다. 치마저고리를 입은 그들이 물동이를 이고 가는 것을 볼 때 마치 고향에나 온 것 같이 정이 끌린다. 분홍저고리에 감장치마를 입은 젊은 여자도 있다.

『현형은 지금 혼자서 게십니까?』

뒤를 따러가든 남표는 이렇게 말을 끄냈다.

『네 혼자 와 있습니다』

현림은 고개를 도리켜 대답하고는 남표와 나라니 것기를 시작한다.

『오신 지가 여러 해 되섰다면 웨 아직 이사를 하시지 않습니까』

『네 이사할 생각은 벌써 붙어있었습니다만 부모님이 고향은 안 떠나시겠대서요……대단이 완고한 로인들이람니다.』

하고 현림은 빙그레 웃는다.

『아─그래서요! 고향에서두 농사를 지시나요』

『아니요 장사를 하신답니다』

남표는 비로소 현림에 대한 의혹이 풀리였다. 그러나 역시 현림의 장래 일이 궁금하다. 그는 앞으로도 이런 생활을 계속할 것인가. 그렇지 않으면 얼마동안 있다가 실증이 나게 되면 고향으로 도라갈 생각인가.

『농사를 지여 볼 생각은 없으신가요』

그래서 남표는 이렇게 무러보았다.

『웨요―농사는 지금도 짓는 셈이람니다. 학교 소용의 토지가 얼마간 있는데 그중에서 선생이 지여 먹으라는 목슬 붙이고 있담니다. 선생 월급 이 박해서 그것만으로는 부족하다구요』

『아 그러신가요……퍽 재미있겠습니다』

『뭐―시간도 없지만은 농사를 질 줄 아러야죠. 그래서 논농사는 대부 분 학부형이 지어주는데 저는 애들과 채소를 각귀 보는 것 뿐입지요. ……그러나 앞으로 가정을 일우게 되면 본격적으로 농사도 해볼 작정입 니다』

남표를 도라보는 현림은 자못 앞으로 생활에 대한 어떤 신렴을 붙잡은 듯이 인광이 빛났다. 그는 자못 만족한 모양이었다.

『건 매우 좋은 생각이시군요』

남표도 그의 말에 공감하였다.

『―드르섰는지 모르오나 애나는 장차 제 안해가 될 사람이올시다. 진 즉 결혼을 했을 것이온대 신병으로 말미암아 아직 못하고 있었든 중입니 다. 그런데 천행으로 이번에 병을 고치게 된 것은 선생님과 가트신 고명 한 의사를 만나뵈온 덕택인 줄 암니다. 그만큼 서로서로 선생님의 은혜는 이즐 수가 없습니다.』

현림은 조용한 틈을 타자 또다시 치하의 말을 진심으로 하는데

『뭐 천만의 말슴을……나을 때가 되였으니까 자연 나섰겠지요』

이와 같이 겸사를 하는 중에도 남표는 은근히 새 사실에 놀내였다. 그 는 애나가 출가를 한 줄만 아렀는데 여적 미혼 중이라는 것과 더욱 그의 약혼한 남자가 현림이라는 것은 이번에 여기 와서 처음 들었기 때문이다. 왼편 언덕 위로 펼처 나간 한전(투田)일대는 군대군대 거름을 내였다. 거름

덤이에서 간간 풍겨오는 냄새가 바람결에 훅훅 마터진다. 농사철이 가까워지는 기미가 어딘지 모르게 떠돈다.

건너다 보이는 앞들에는 해방된 논물이 가득 차있다. 그것은 마치 강물처럼 바람에 출렁인다. 물속에 비친 해가 길게 파문을 이르키며 금속과 같이 빛난다.

큰길로 내려서니 만인가로 통한 탄탄대로가 마주 뚫빈다. 넓은 들은 끗없이 지평선에 다었는데, 하루 길을 재촉하는 태양이 지금은 서천에 걸리었다. 멀리 강펄 저편으로 잡초가 무성한 황무지가 망망한 초원을 이루어 파도처럼 펼처나갔다.

남표는 넓은 들안은 돌러볼수록 무한한 희망이 떠오른다. 참으로 이들을 완전히 개척하야 문화적 농촌을 건설한다면 얼마나 이상적일 것이냐?

두 사람은 한동안 말이 없이 것는데 별안간 등 뒤에서 누가 부르는 목소리.

『선생님!』

하고 뒤여오는 소년은 일성이였다.

『선생님 어듸가서요?』

그는 한다름에 뒤여와서 현림의 옆으로 가까이 선다.

『거저 산뽀 나왔어 이 선생님께 인사 엿쳐라. ─작년 졸업생인 허일성이랍니다』

이 말과 동시에 일성이는 남표 앞에 공손히 머리를 숙이였다.

『아 그럽니까, ─잘있었나』

『네……』

일성이는 열 육칠 세나 되여보이는 매우 영리학 생긴 소년이다. 남표는 첫눈으로 그의 인상이 좋았다. 그들은 만인 거리까지 한 바퀴를 휘─ 도라왔다.

이날 밤에 정 노인의 집에서는 마실꾼들이 꾸역꾸역 모여들었다.

그들 중에는 저녁마다 마실을 오는 본전꾼도 있었지만 특별히 초대를 받어 온 사람까지 있었다.

남표의 숙소는 아랫방을 깨끗이 치우고 해지기 전에 불을 집혀놓았다. 그러나 이 방은 드럽필 염려가 있을 뿐 아니라 동리 사람들이 모혀들면 자리가 좁을 것 같어서 안방으로 좌석을 정하였다.

안식구들은 저녁상을 치운 후에 여전히 잔치를 차리기에 분주하였다. 부엌에도 남포등을 켜놓고 부치개질을 하였다.

마을 사람들은 들어오는 대로 남표에게 인사를 한다. 그들은 모다 일면이 여구한듯이 반갑게 대하였다.

맨나종에 김 주사와 허달(許達)이가 들어왔다. 김 주사는 이 마을의 둔장이요 허달이는 일성이의 형이다.

김 주사가 들어올 때 좌중은 모다 이러나서 그를 마젔다. 정 노인은 그를 상좌로 모시고 남표에게 인사소개를 하였다. 허달이는 현림이가─일성의 형이라고 소개하였다. 일성이는 먼저 와서 윗묵 구석으로 앉었다.

정안둔을 개척한 권덕기 노인은 만주사변 통에 어듸로 갔는지 지금것 행방불명이 되였다 한다. 일설에는 그 통에 죽었다는 말도 있고 일설에는 비적에게 붓들려 갔는데 아직 생사를 모른다는 말도 있다.

하여간 그 때 통에 이 동리도 충화[70]를 당하고 주민들이 제각금 풍지 박산을 하였다. 그래서 다시 안 도라온 사람이 여러 집 있었는데 권 노인도 그 중에 끼었였든 것은 물론이다.

하다면 그 집 역시 비적의 해를 입은 것이 아닐까. 웨 그런고 하면 권노인은 정안둔에서 가장 비적에게 미움을 받은 한 사람이였기 때문에─.

사실 비적들은 권덕기를 무서워했다.

그것은 정안둔을 조직적으로 무장을 하기도 하였지만은 일본 영사관과

---

70) 일부러 불을 지름. 衝火.

교묘히 연락을 취하면서 기민한 활동을 하였든 까닭에 비적들도 만만히 습격을 못해 왔었다. 그들은 은근히 겁내기를 만일 섯불리 대들었다가 토벌대에게 역습을 당하면 큰일이라는 불의의 위험을 느끼였든 것이다.

권덕기는 은밀히 사방으로 심복을 느러놓아서 비적의 행동을 무시로 염탐하였다. 그래서 비적이 어듸쯤 온다면 미리 연통을 받고 일변 방비를 하기에 유루 없는 준비를 다 할 수 있었다 한다. 그의 이와 같은 조직적 활동에 감심한 부락민들은—나종에는 만인들까지도 그의 지휘를 자원해서 받을 만큼 주민들이 일치단결할 수 있게 되였다.

이에 비적들은 궁여지책으로 만인 부락의 불량분자와 내통을 해가지고 좀도적과 같이 숨어들어 왔다. 그리고 들에 나간 농군들을 인질로 잡아가기 시작했다.

이와 같이 간악한 행동에는 권덕기도 속수무책이였었는데 그는 여러 날을 두고 대책을 강구해낸 것이 만인 부락을 방화로 위협하였다는 것이다.

지금도 주인 영감은 김 주사를 제 이대의 둔장이라고 소개하면서 권노인의 이야기를 하였다.

남표는 권 노인의 이야기를 들을 때마다 새로운 감격을 느끼였다. 참으로 그는 얼마나 훌륭한 인물[71]이었든가.

『암 권덕기 선생의 은공은 선만인 간을 물론하구 누구나 잊을 수 없겠지. 만일 그분이 없었드면 정안둔의 오늘날이 없었을는지 모르니까—』

김 주사는 주인영감의 말에 이렇게 맛장구를 쳤다.

『권 노인은 기운도 장사였다면서요?』

권덕기를 아직 못 본 근년에 들어온 순규(順奎)가 호기심이 나는 듯이 묻는다.

『힘도 물론 세였지. 그러니까 길을 잘 걸었지—하루 이삼백 리는 무려

---

71) 원문은 '일물'.

히 걸었다니까……』

『아이구 그럼 장사루군요』

하고 순규가 하품을 치며 놀랜다. 그 바람에 좌중은 모다들 웃었다.

『선생님! 저는 배가 곱흐면 속이 쌀쌀 씨리다가 밥을 먹을라치면 또 헛헛증이 나서 배가 불러도 더 먹고만 싶으니 그게 대체 무슨 병이랍니까?』

이야기가 중단되자 잠시 침묵이 흐르는 틈을 타서 오 서방이 이런 화제를 끄냈다.

『글세요ー역시 위장병에 속한 증세겠지요』

남표가 고개를 도리키며 대답하는데

『그것 뱃속에 거지가 드러앉인 게지』

허달이 이 말에 좌중은 또 오 서방을 처다보며 웃어댔다.

『옛기 사람! 어른한테 까불지 말아』

오 사방은 무류한 듯이 얼굴을 붉히며 마주 웃었다.

『여보소들 지금 이 자리에서는 병 이야긴 그만들 두소ー병 의론은 내일이구 언제 날짜를 정해놓구서 일일이 보아주도록 하고 오늘밤은 재미있는 이야기나 해서 멀리 오신 손님을 위로해 드려야 할 것 아닌가』

주인영감은 오 서방의 쑥스러운 병 이야기가 나오자 이렇게 좌중을 견제하였다.

『암 그렇구말고요. 이 좌석은 남 선생을 환영하는 석상인데 병 의논이 어듸 당했는가 원』

김 주사 역시 주인을 도라보며 그 말에 찬성한다.

『뭐 천만의 말슴을……병 이야기도 좋습니다. 여러분께서만 관계치 않으시다면ー』

남표는 오 서방이 머쑥하니 핀잔을 맞는 게 미안스러웠다. 사실 오 서방은 한편 구석에 찡겨 앉어서 다시 찍 소리를 못하며 여러 사람의 눈치만 본다.

이 사품에 좌석은 잠시 무료해졌다.

『어듸서 뚱딴지 같은 병은 얻어가지구 멋퉁일[72] 먹는담─ 그럼 오늘 밥은 현 선생이 한턱을 내서야겠수다』

순규는 무료해진 좌석을 꾀매려고 화제를 박구며 현림을 처다보고 웃는데

『벼란간 한턱은 웬 한턱………』

현림이 의아한 태도로 대꾸하며 마주 처다본다.

『암 한턱 할 조건이 있구말구요─정작 손님을 반가워하실 양반은 현 선생님밖게 더 있어요─이 댁에서 병원에 가실 때에 얼마나 남모르는 가슴을 죄이섰는데─』

『하하하……참 그러섰지……그 뒤 퇴원해온다는 기별이 있을 때는 또 얼마큼 좋아서 날뛰였는데…』

허달이와 오 서방까지 현림이를 씨까실르며 놀리는 통에 그들은 또 한바탕 짝짜꿍을 놓았다.

『암─좋으시다말다 현 선생이 복이 있느라구 이 댁 따님두 병을 고치구 이웃사람인 우리들까지 마음이 유쾌하지 않소─그런데 그 난치의 고질을 고처주신 의사 선생님이 찾어오섰으니 현 선생의 처지로는 한턱은 않구 두 턱 세 턱을 하신대두 오히려 부족하시겠소』

여적 말이 없이 담배만 피우고 앉었든 방 첨지가 말참례를 하면서 재미있게 웃는다.

『참 정 생원 댁 일은 생각할수룩 히한하단 말이야……』

『그래서 참 손님이 오신 게제에 만단하신 여러분과 변변치 않은 음식이라두 논아볼까 해서요……이 역시 또 한 마을 여러분의 염려해주신 덕택인 줄 압니다.』

---

72) '멋퉁이'는 '꾸지람'을 뜻하는 방언.

주인영감은 김 주사의 말에 겸사해서 대답하였다.

『아저씨 그럼 남 선생님이 오신 김에 아주 혼례식을 갖추시는 게 어떻겠습니까ㅡ 가을까지 국수를 언제 기다려요』

순규의 농담에 방중은 또다시 짜그르 웃는데

『참ㅡ 그래서두 좋지 않을까 농사일을 시작할려면 아직 짬이 있은즉 그 안에 성례를 하신대도 무방하겠지』

방 첨지가 정색을 하며 주인의 동의를 구해본다.

『하지만 창졸간에 어듸 그럴수야 있나요. 또 기 애로 말해두 퇴원한지가 얼마 안 된 만큼 아직 깨성⁷³⁾이 들 된 것 같구』

『그건 여기 의사 선생님이 계신데 진찰해 보시면 아실 것 아닌가요』

『아따 그 사람ㅡ 자네는 국수를 얻어먹기가 장가 들 현 선생보다도 더 바쁜가?』

『하하하ㅡ 미상불 그렇다니 가을까지 목이 말러 어떻게 기다리라나』

순규의 익살에 그들은 또다시 우슴통이 터졌다.

술상과 떡상이 드러왔다. 특히 남표는 술을 못 먹는 대신 감주 떡 그릇에다 따로 담어서 차려왔다.

『자ㅡ 그럼 잡수십시다……』

주인영감은 먼저 남표에게서부터 음식을 차례로 권하자 좌중은 제가끔 수저를 들었다.

아랫목엔 노축으로 돌려안고 윗묵에서는 젊은패들이 딴 상으로 편을 갈렀다. 윗묵에 경한이가 주인 노릇을 하며 그들을 대접하였다. 그들은 이렇게 술을 논으며 음식을 서로 권하는데 밖에서 벼란간 떠드는 소리가 왁자하다. 경한이가 문을 열고 내다보니 그들은 박만용(朴萬用)이와 배상오(裵相五)의 두 사람이었다.

---

73) 원기가 회복됨. 소복(蘇復).

『아주머니―글세 우리끼리 한잔만 따로 주세요……좁은 방에 드러갈 껀 뭐 있습니까』

그들은 벌서 어디서 먹었는지 취한 음성인데 만방으로 술을 달라고 조르는 중이었다.

『드러가두 괜찮어요[74]―손님한테 인사두 엿줍구』

『만용이 드러오게―배 서방 같이 드러오세요』

경한은 그들을 불너드렸다.

『좁은 데 실례할 것 있나요 인사는 천천이 엿줍지요』

그들은 여전이 싱갱이를 하고 섰다. 만용이는 마당에다 가래침을 퉤―퉤―뱃는다.

만용이는 이 근처에서 유명한 불량청년이였다. 배상오는 술 좋와하기 때문에 언제나 그를 따러단였다. 그래서 두 사람은 단짝으로 지내는데 상오는 만용의 부하격이라 할까 그만큼 한손을 접히고 있었다.

그들은 한여름 동안 농사를 부지런이 짓는다. 남만큼 억척으로 지으니 남만큼 수확이 있었다. 그러나 그들은 가을 바심[75]이 바뿌게 곡식을 실고 대처로 나갔다. 그것을 한꺼번에 죄다 파러서는 흔전만전 써버린다. 수백 석을 기차로 실어갔다.

하르빈은 의례 유흥도시로 유명하다. 그런데 그때만 해도 가을철에는 촌사람들의 가을수입을 노리는 미곡상과 뿌로커의 중간 롱락이 많다. 요리집과 마굴의 유혹의 손이 백주에도 그들을 유혹하였다.

이 도시의 마수들은 서로 연락을 취하야 순박한 농민의 주머니를 귀신 도 모르게 털었다.

이와 반면에 도시생활의 허영을 꿈꾸는 촌사람 중에는 우선 구두와 양복을 새로 마추어서 신사의 복장부터 차린 뒤에 요리집 출입을 시작한다.

---

74) 원문은 '괜차어요'.
75) 타작.

그래서 그들은 주색잡기에 빠져서 필경은 벼 판 돈을 탁탁 털어 바치고 빈손으로 도라가는 수가 흔이 있다.

말하자면 만용이도 그와 같은 위인인데 그러나 근자에 와서는 그가 도회로 벼를 팔러 나가드라도 결코 부가비를 잡혀서 바보구실은 하지 않었다.

몇 차례 경험으로 인제는 이력이 환하게 낳다할까. 그는 도회의 불량배한테도 속아 넘어가지는 않었다. 비로소 그는 돈 쓸 줄을 알었다. 본시 부량성을 다소간 띄고 있든 그는 도시적 공기에 접촉됨을 따러 그의 본성을 발휘하게 되였든 것이다. 촌부랑자는 도회에서도 부랑성을 발견할 소질이 있었다.

하나 그는 권 노인이 있을 때에는 방랑한 생활을 못하였다. 그때는 아직 나이가 어린 관계도 있었지만 그 앞에는 감히 그런 짓을 못하였다. 그것은 비단 만용이 뿐만 아니라 누구나 다 이랬었으니까 말할 것도 없지만은-.

따러서 노인이 지금까지 있었다면 그는 마음을 잡었을는지도 모른다. 하긴 그렇게 말하면 하필 만용이만도 아니겠다.

사람은 누구나 한 가지씩 쓸모가 있는 것이다. 그것은 바보천치가 아닌 담에 그러하고 어떤 악인이라도 그렇다 볼 수 있다. 다만 문제는 그런 사람들을 어떻게 감화를 식히느냐? 아니면 어떻게 쓸모를 찾게 할 것이냐가 문제인 것이다.

그럼으로 이런 사람들 우리가 흔이 인종지말이라고 타매하는 사람들도 위대한 인격 앞에는 머리를 숙이고 진정으로 심복한다. 어시호 그들도 인간성을 발휘식혀서 사회적으로 유용한 인물이 만드러지는 것이다. 마치 그것은 양공(良工)을 만나면 썩은 나무라도 유용한 목재를 만들 수 있듯이 -인재를 양성함에도 기술이 필요하다.

만용이는 한참 싱갱이를 치다가 경한이가 붓잡어드리는 바람에 윗방문으로 들어왔다. 그의 뒤를 따러서 상오도 들어왔다.

『여러 존장님 날새 안녕하십니까』

그는 이렇게 인사를 하는데 특히 남표에게는 번접스럽게 여러 말을 느러놓는다.

『멀리 오신 손님에게 실례가 많습니다. 전 이 동내 사는 박만용이란 하찮은 사람이올시다 선생 성화는 벌써부터 높이 듣조았습니다』

『원 천만의 말슴을—』

하고 남표도 성명을 통하였다.

『그런데 재미있게 노시는데 저의들로 하야 흥치가 깨지도록 된 것은 대단히 죄송합니다. 용서하십시요』

그는 다시 머리를 꾸벅꾸벅 아래목으로 대고 꾸푸린다. 하는 것이 다소 거상에 벗어 보이나 술 취한 사람을 타낼 것이 없어서 누구나 잠자코 있었다.

『만용이 우선 한잔 먹게』

경한이가 술을 따러서 권하니 만용은 그제야 허리를 펴고 잔을 받는데 손을 간우지 못하도록 흔들려서 술이 찔끔찔끔 업질러진다 만용은 그대로 잔을 드러 마시고는 진저리를 친다.

사실 그들이 들어오자 좌석은 버슴하게[76] 틈이 벌어졌다. 그 대신 여러 사람들은 한동안 음식을 먹기에 잠잠하였다.

이 때 남표는 속으로 가만이 생각했다. 만용이란 사람은 생기기도 감때가 사나워보였지만 여간 행낙이 아니라는 느낌이 든다. 앞으로 일을 하는 데 있어서는 누구보다도 만용이가 방해인물이라는 것을 그는 직각적(直覺的)으로 인식할 수 있었다.

이튿날 식전에 남표는 일직이 이러났다.

어제밤에 그는 주인의 환대와 마을사람들의 환영을 진심으로 고맙게

---

76) 어수선하게.

받을 수 있었다. 하긴 만용이가 대드러서 좌석은 일시 재미가 없으나 그들도 나중에는 기분이 나서 노래를 부른다 춤을 춘다 장관이였다—

만용이는 노라 본 장단이있어서 술석에는 제법 얼리었다. 어제밤에도 그는 춘향가의 한 대문을 과히 서틀르지 않은 솜씨로 어사의 흥내를 내였었다.

남표가 기침을 한 줄 알자 식구들은 차례로 문안을 나갔다.

애나까지 아침을 짓다 말고 방문을 열어보며 인사를 한다. 남표는 그가 현림의 약혼자라는 점에서 더욱 경애할 수 있었다. 그는 진심으로 그들의 행복을 빌고 싶었다.

남표는 집밖으로 한 바퀴 도랐다. 갓으로 날이 밝는 대지는 검푸른 장막 속을 틔여온다 멀리 내다뵈는 강펄에는 아침 안개가 자욱하게 마치 띠를 펼친 것처럼 일직선으로 금을 그었다.

들 가온대 앙당한 가지가 첩첩한 느릅나무 고목 밑에는 조고맣게 지은 만인 신사(神社)가 보인다. 고목나무 상가지에는 까치집이 언처 있다. 두 마리의 까치가 이 가지애서 저 가지로 날르며 지저귄다.

동쪽 한울이 점점 틔여지며 분홍빛으로 물드러지는데 먼 산의 윤곽이 고흔 선을 것고 높이 솟았다.

해는 그 위로 떠올를 듯이 언저리가 붉으래해 진다. 신선한 공기가 부드러운 물결을 치며 살 속으로 숨여든다. 참으로 상쾌한 아침이다.

마을의 이 집 저 집에서는 아침 연기가 떠올른다. 참새 한 떼가 망루 위에서 짹짹거리다가 들판으로 푸루룽 날러간다 새들도 새날을 기뻐하며 아침 산뽀를 가는 것일까!

뉘집에서

『엄매—』

하고 송아지 우는 소리가 들린다 뒤미처 어미소가 『엄매—』하고 대답한다. 소 역시 반가운 인사를 주고 받는 것일까—

농촌의 아침은 어듸를 보나 화평하였다.

남표는 사방을 홀린 듯이 둘러보다가 담배 한 대를 피우며 집으로 도라왔다. 세수를 하고 방으로 들어와 앉었다.

면경과 빗을 끄내려고 가방을 열었다. 그는 언듯 생각이 나서 과자상자를 집어냈다. 여기로 곳장 올 줄 알었으면 신경에서 무슨 선사품을 사올 것을 잘못했다는 생각이 든다. 그는 아무 것도 주인집에 내놀 것이 없어서 경아에게서 받은 쪼꼬레트를 끄낸 것이었다.

그것을 안주인에게 내주니 불안스레 두 손으로 받어 다시 마루 위에 놓는다.

부엌에서 며느리가 쪼처나왔다. 그들은 평생 처음 보다싶이 하는 이 고급과자를 끄내 보았다.

그들의 눈에는 먹는 것보다도 빛갈이 좋아보였다. 울긋붉긋한 색종이로 싼 과자는 마치 장난감같이 눈을 홀린다. 과자를 끼운 옆으로 푸른 종이실로 틈바구니를 멕구었다 상자는 나무로 짠 것 같이 튼튼하고 □담스러웠다.

대개 이 황홀한 자는 값이 얼마나 되는가.

『방으로 가지고 들어가거라』

『네-』

메누리는 그것을 마치 보물처럼 들고 들어갔다.

식구들은 그것을 한 개씩 돌려가며 집어서 맛을 보았다.

『얼네 과자 속에 술이 들었네』

애나가 신기해서 부르짖는데

『정말! 술과자로구나』

하고 그의 부친까지 히한히 웃으며 과자 속의 술을 홀짝 마신다.

『참 별한 과잘 다 보겠다-애 고만 두었다가 옵바랑 현 선생도 맛 좀 보여라』

이렇게 말하며 모친은 과자상자를 뺏어다가 장 속에 감추었다. 아침을 먹기 전에 영감은 다시 남표의 방으로 나왔다.

『웬 술과자를 다─사오셨습니까……먹기는 잘 먹었습니다만』

하고 주인은 고마운 치사를 한다

『원 변변치 안습니다……』

그는 술과자란 말에 속으로 웃었다. 그러나 주인의 생각에 자기 집에는 어린애가 없는 줄을 알고 특별히 술과자를 사온 줄만 알았다.

이때 현림은 아침을 먹으러 왔다. 경한이는 학교로 식전 마실을 갔다가 지금 함께 오는 길이였다. 현림은 학교에서 거처하며 밥만 이 집으로 먹으러 다닌다.

現實과 理想

식후에 조용한 틈을 타서 남표는 정 노인에게 흉중을 헤쳐 보았다.

『올에 농사를 짓는다면 농토를 구할 수 있겠습니까?』

그는 이렇게 말을 끄내 보았다.

『그야 구할 수 있겠습죠 – 웬 농사는요?』

하고 주인은 자못 의아한 눈치로 반문한다.

『제가 농사를 지여 볼 생각이 있어서 그럽니다.』

남표의 대답은 정중이 나왔다.

『아니 선생님이……』

종시 주인은 의심하는 태도를 변치 않고 남표를 똑바로 처다본다.

『네 – 제가 농촌 생활을 하고 싶습니다.』

남표는 잠깐 말을 끊었다가 다시 사정을 설명하기 시작하였다.

『이번에 신경을 떠난 것은 당분간 몸을 쉬랴 한 것이오나 무슨 병이 있어서 그런 것은 아닙니다. 당초에 만주로 들어올 때부터 저는 농촌 생활을 해 보고 싶었습니다. 만은 이곳 사정을 잘 모르는데 그 때는 누구 아는 사람도 없고 해서 자연 봉천 신경 등의 도회지로만 돌게 되었습니다. 그래서 언제나 기회를 엿보와 오든 터인데 뜻밖게 귀지(貴地)를 와보니 제가 생각한 농촌으로서는 가장 적합한 지대라 하겠습니다. 댁에서는 저를 은인처럼 아시는 모양이오나 제야말로 선생님을 만나뵈였기 때문에 이 정안둔을 알게 되었으니 선생이야말로 저의 목적을 달하게 하신 은인이라 하겠습니다.

그래서 인제 말슴이올시다만은 실상인즉 신가진으로 먼저 가려다가 댁이 가깝게 있는 줄안 정안둔이 어떤가 싶어 이리로 먼저 왔습니다. 물론 신가진에 있더라도 댁에는 한번 차저뵈러 오겠지만 만일 정안둔이 제 맘에 드는 때는 신가진은 고만둘려고요 — 말하자면 두 곳에서 적당한 장소를 골르려고 선생님 댁을 찾어온 것입니다. 그런데 과연 여기는 신가진보다도 위치가 좋습니다. 신가진은 역시 시끄러운 도회지드군요 기차로 지나며 잠시 보았습니다만……』

주인은 남표의 말을 끝까지 듣기에 잠착하고 있었다. 그동안 그는 담배만 피웠었다. 그의 표정은 여러 번 변하였다. 남표와 말을 다 듣고 나서 그제야 수긍되는 일색으로 반가운 웃음을 지으며

『선생님이 농사를 지신다면야 땅이 없어 못 지시겠습니까 — 그렇지만 이런 궁촌에 와 계시면 어듸 돈을 버실 수야 있겠습니까 — 대처와 달러서요』

하고 약간 의외인 표정으로 남표를 다시 처다본다.

『저는 돈을 벌자는 생각으로 정안둔에 살겠다는 것은 아니올시다』

남표는 웃으며 대답하였다.

『그럼 무슨 목적으로 사실려고?』

『먼저 말슴드린 바와 같이 저두 농민생활을 해보구 싶어서요』

『하하하……그렇지만 선생님이 어떻게 손수 농사를 지실 수야 있겠습니까 — 바루 남을 주어서 시키신다면 모르지만』

남표가 자기도 농민이 되겠다는 말에 주인은 다시 의심스런 눈치로 말한다.

『물론 지금 당장은 될 수 없겠지요 — 그래서 처음에는 밭농사로 간단한 원예(園藝) 같은 것을 해보구 싶습니다』

『하지만 그까지 소채나 심거서 무슨 수입이 있겠다고요……』

주인영감은 점점 수긍할 수 없는 듯이 자기 의견을 주장한다.

『글세─무슨 수입을 바라고만 해보겠다는 것이 아니니까요─제 취미가 그런 데 있어서 시작해 보려는 것이올시다만』

이밖게 남표는 더 설명할 말이 없었다. 주인영감은 한참 무엇을 생각하는 모양이더니 별안간 머리를 번쩍 처들며

『선생님』

하고 크게 부른다.

『네』

남표는 그가 무슨 말을 하려고 서드는지 몰라서 잠시 어리둥절한다.

『그러실 것 없이 이 앞 정거장에다 병원을 내십시요─참 그게 제일 좋은 수올시다』

영감은 별안간 무릎을 탁 치며 좋아한다.

『………』

『선생님은 역시 병원을 내서야만 그게 정업(正業)이지 농사를 지시다께 말이 됩니까─아니 병원을 내시구서두 여기쯤은 농사를 지실 수도 있습니다. 정 농사가 소원이라시면 ─허허허.』

여적 말해본 정이 없이 자기 말을 몰라주는데 남표는 문득 실망낙담하였다. 그는 너무 기가 막켜서 뭐라고 대답할 말이 없었다.

남의 속은 모르고 영감은 남표가 아무 대꾸를 않으니까 자기 의견에 솔깃한 모양으로 알었든지 다시 신이 나서 말을 잇대인다.

『선생님이 병원만 내신다면 미상불 재미를 보실 것입니다. 여기가 신가진만은 못할는지 모르겠습니다만은 그 대신 선생님에게는 도리여 유리할는지도 모릅니다. 아니 정녕코 유리할 것입니다 웨 그런지 아시겠습니까?』

『모릅니다』

남표는 힘이 없이 대답하였다.

『웨 그런고 하면 신가진에서는 아직 선생님의 명까를 누구나 모르지 않습니까? 그리구 거기로 가신다면 남의 병원에 가치 계시게 될 테니까

아무리 영업이 잘 된다 할지라도 두 목스로 난우면 옹골차지 못할 것 아니에요. 비단 그뿐 아니라 동업이란 일상 결과가? 어떻게 친하시진 모릅니다마는 세상 인심이란 그렇지 않은 것이랍니다. 상담에 똥 누러갈 때 맘달르고 누구 와서 달르다고요─ 허허허』

영감은 다라 드러가는 담배대를 빠느라고 잠시 말을 끊었다가

『그러나 이 앞 정거장에다 병원을 내신다면 그건 선생님이 단독으로 하시는 유익점이 있을 뿐외라 선생님의 명까는 벌써 이 근처에서 죄다 알구 있으니까요……일상 무슨 일이나 다 그렇지만 한번 명까를 얻게 되면 성수가 터지는 법입니다. 누구나 일평생 사는 동안에 그런 기회가 몇 번 없는 것이온대 소위 운수니 재수니 하는 것도 별 게 아니라 이런 기회를 잘 붓잡는 것이라고 저는 생각합니다. 그러면 지금 선생님도 장차 성수가 틔일랴고 저 같은 사람을 만나서 명까를 얻으시게 되고 또한 여기까지 찾어오셨은즉 이게 다 우연치 않은 기회로서 피차간 좋은 일이 앞으로 생길 조짐인가 봅니다. 그러나 속히 서드러서 병원을 내시도록 하십시다. 만일 준비가 부족하시다면 저라도 다소간 도아드릴 힘이 있으니까요…… 비용 걱정은 조금도 마시고요……여기도 농장이 개척되는 날에는 차차 대처로 발달할테고한즉 앞으로 병원 하나쯤은 조만간 생기게 될 것입니다. 그런데 명까를 얻으신 선생님이 선착수를 하신다면야 재미를 보시구 말구요─ 건 내라도 보증하겠습니다.─ 땅 집구 해염치긴데요……그리고 제가 그동안 얼마나 선생님의 선전을 해논 지 아십니까? 우선 어제 저녁만 보십시오. 아마─이따쯤은 차차 병자가 모여들 것입니다. 선생님께서는 골치가 아푸시겠지만은……하하하…………』

주인 영감은 장황하게 횡설수설하는 말을 여기까지 겨우 끊인다.

그러나 그의 생각에는 참으로 다시없는 묘안이였다. 사실 남표가 개업을 하기만 하면 몇 해 안 가서 목돈을 잡을 것 같다. 그만 못한 지금 정거장에서 양약 봉지를 놓고 파는 약장사도 차츰 셈평이 페여서 장사가 잘

되는 모양인데 일홈난 의사가 병원을 내게 된다면 이 근처의 환자는 모도 그리로 밀께 아닌가 이런 기회에 자기는 돈을 대고 남표는 의사 노릇을 해서 두손이 맛게 되면 피차간 좋은 운수가 생길 것이라는 것을 그는 조금도 불안을 느끼쟎고 내다볼 수 있었다.

그것은 더욱 남표가 병원 낼 돈이 없는 줄을 짐작하고 있었기 때문이다.

미상불 그는 영리(營利)에 남다른 안식(眼識)을 가지고 있는 것 같다. 그는 오늘날까지 이런 기회를 눈치 있게 잘 붓드러서 그 때마다 성공을 하지 않았든가. 남표가 보기에도 그의 처세철학(處世哲學)은 훌륭히 일가(一家)를 이룬 것 같다.

그러나 남표는 지금 그의 말을 쫓아서 돈 한 가지를 벌 욕심으로 소위 인술(仁術)을 팔기 위하야 병원을 내야 할 것인가? 그것이 이 집 주인의 관대한 호의를 저버리쟎는 보람일가? 또한 자기가 5호실 환자의 그의 말 마따나 금세의 화타와 편작이 같은 의술로써 죽을병을 고처주었다는—재생지 은인에게 대한 앙갑품(報酬)이라 할까……

하나 또한 만주 벌판까지 굴너와서 자수성가를 한 정해관의 안목으로 볼 때 이것은 다시없는 그의 이상(理想)이였다 임의 낡은 시대에서 오십 평생을 사러온 그에게는 금전만능의 사상이 없을 수 없었다. 더구나 그가 지금 차차 발전해가는 과정이랴! 개인주의적 소유욕은 농촌에도 뿌리깊이 박히였다. 완고한 구사상은 그들에게도 세멘트 콩푸리트와 같이 구더저 있다. 이 화석(化石)을 깨치기는 참으로 황무지를 개척하는 이상의 힘이 들 것 안인가!

남표는 지금 이런 생각을 하며 아까지 푸란[77]을 세웠든 새 생활의 희망이 여지없이 깨지는 의외의 놀라움에 부드쳤다. 더욱 그것이 주인 영감에게서 제일착으로 깨칠 줄은 정말 몰랐다. 현실의 와중(渦中)을 헤엄처

---

77) 플랜. 계획.

나가기란 참으로 여간 용이치 않다는 것을 그는 새삼스레 깨닫고 다시금 놀래였다.

주인 영감은 할 말을 다 하고 나서 남표의 대답을 기다리는 모양으로 연해 눈치를 보는데 그는 매우 심기가 좋은 것 같다.

그런 면에 남표는 실심한 태도로 침묵을 직히다가

『그러나 저는 지금 여러 가지 사정으로 개업은 못하겠습니다』

하였다.

『네?』

영감은 깜짝 놀낸다. 남표의 이 말은 그야말로 천만의외였기 때문이다.

『어째서요?』

그는 한 거름을 닥아 앉으면[서] 재차 묻는다.

『저는 아직 의사의 자격을 못 갖었을 뿐외라 설영 가졌다 하드라도 개업할 의사는 없습니다』

남표는 말하기가 거북하였으나 사실을 속일 것도 없어서 솔직히 고백하였다.

『아니 의사의 자격을 못 가지셨다니 그럼……』

주인영감은 웬 영문을 모르고 두리번ㅅㅅㅅ하는데 그의 눈 속에는 실망하는 빛이 역력히 보이였다.

『네……아직 의사의 시험을 안 치렀기 때문에 영업을 목적하는 개업의사는 될 수 없습니다』

『그럼 의사 시험을 치르시면 될 수 있겠지요』

일루78)의 히망을 붓들랴는 듯이 영감은 초조해 묻는다.

『네―시험에 합격되면 개업할 수 있습니다 의사 면허장을 얻게 되니까요』

---

78) 한 오리의 실이라는 뜻으로, 몹시 미약하거나 불확실하게 유지되는 상태를 이르는 말. ―縷

『네－알겠읍니다. 그럼 선생께서도 시험을 치르시지 안쿠……지금이라도 치르시면 될 것 안입니까』

영감은 남표가 훌융한 의사의 자격을 가진 줄 알았다가 그렇지 않다는 말에 진가를 의심할 만큼 놀내였었다. 그만한 의술을 가지고 웨 여태 면허장을 안 얻고 있었든가! 이런 추측은 그가 자격 부족으로 시험을 못 치른 게 아니라 어떤 사정으로－아니 그의 엉뚱한 생각이……이를테면 지금도 이곳에서 농사를 짓고 싶다는 그런 망상에서 일부러 시험을 안 치른 까닭이 안일가 싶었다. 웨 그러냐 하면 남표만 못한 의술을 가진 사람들도 버젔하게 대처에서 큰 병원을 내고 있는데 그가 의술이 부족해서 시험을 못 보았다고는 생각되지 않았기 때문이다.

『시험을 치를랴면 못 치를 건 없겠지요. 얼마동안 시험공부를 하면 될 터이니까요……그러나 저는 의사가 되랴는 목적보다도 아까 말슴드린 바와 같이 농민생활을 하고 싶습니다』

『아니 건 어째서 그러실까요 선생 같은 훌융한 재주를 가지시고 농민생활이 소원이란 것은 암만 해도 몰를 소린데요』

영감은 머리를 좌우로 흔들면서 종시 괴이쩍게 역이는 모양 같다.

『네－저두 원래 시굴농촌에서 생장한 만큼－아마 그래서 그런진 모르나 하여간 농민생활에 취미가 붙는 것을 어찌합니까』

다른 말로 주인을 이해시킬 수 없는 줄을 짐작한 남표는 이렇게 답하며 강잉히 웃어보였다.

『하지만 건 외도올시다 아니 농사 질 사람이 없어서 누가 선생님더러 농민이 되시라겠습니까……하하 원 천만의 말슴을 다 하시는군!』

영감은 기가 막킨 듯이 웃는다. 참으로 그는 별란 사람이 엉뚱한 말을 듣는가 싶었다.

『그거야 농사 질 사람이 없어서 제가 대신 짓겠다는 건 물론 아닙니다』

『한다면 구태여 좋은 재주를 썩이시고 농사꾼이 될 게 뭐 있읍니까－

사람이란 누구나 곧을 따라 해야 될 것입니다. 그게 원래 정도(正道)니까요[79] — 벌써 농사꾼은 어려서부터 타고 나는데요 그러기에 사농공상 간에 사람마다 각각 제 길을 밟는 게 안임니까? 농사꾼도 엇박이[80]는 되지 못한담니다. — 아니 농사 짓긴 누구나 다 — 쉬운 줄 아십니까? 하하하 — 』하고 주인은 다시 크게 웃는다.

『네 매사를 물논하고 잘 배워야 되겠습죠 — 그래 저두 지금 배우랴고 한답니다』

『글세 배우신 재주를 내버리고 웨 서투루게 새잡이로 배우려 들 건 뭐 있습니까……선생님 그러지 마시고 정말 시험을 안 치르섰다면 제집에서 시험공부나 빨리 하십[시]요 그래가지고 우리 정거장에다 버젓하게 병원을 하나 내보십시다. 꼭 성공을 하실테니 — 』

어듸까지 그는 자기와 같이 돈버리를 하고 싶은 모양이다. 남표는 이 영감의 끈닥진 이욕(利慾)에는 정말 머리를 숙일 만큼 놀내었다.

남표는 자리를 고처앉으며

『네 — 그처럼 생각해주시니 대단 감사합니다. 그러나 저 역시 의술을 버리자는 생각은 결코 아닙니다. 저 같은 사람이라도 필요한 경우에는 지금이라도 환자를 보아드리겠습니다. 그리고 의사의 자격이 꼭 필요하게 된다면 물론 시험을 빨리 칠 마음도 있습니다.……하지만 제가 이 북만으로 드러온 목적은 농촌생활에 있으니까 우선 농사를 지여보고 싶다는 것 뿐임니다.

『아 — 그러시다면 심심푸리로 소채나 각궈 보시겠다는 말슴입지요. 그것쯤야 조곰도 어려울게 없습니다.』

『네 — 우선 그런 정도로 말슴임니다』

『하하 — 좋습니다. 땅은 얼마든지 있습지요. 진작 그렇게 말슴하실 게지

---

79) 원문은 '정도요(正道)니까'.
80) 한군데에 붙박이로 있지 못하고 갈아들거나 이리저리 움직이는 상태. 또는 그런 일이나 사물.

더퍼 놓구 농사만 지시겠다니까 어듸 그 속을 알 수 있습니까─ 하하하─』

주인은 비로소 의혹을 풀고 쾌활한 우슴을 터친다.

남표는 주인의 양해를 갓갓으로 얻은 줄 알게 되자 은근히 마음을 늣구었다.

그동안 남표는 영감의 심리를 충분히 엿보았다. 지금 주인의 생각에는 남표가 농민이 되겠다는 것은 천만부당한 소리요 마을사람들에게 무료로 병을 고쳐준대도 그것은 찐덥게 알지 않을 것 같다. 도리어 그는 무슨 턱으로 그들을 거저 고쳐줄 것이냐 하는 괴이쩍은 생각을 갖게 할 것뿐이겠다.

이와 같은 심리를 엿본 남표는 고지곳대로 자기의 본심을 터러 보여야 아무 소용이 없을 것을 뻔히 알 수 있었다.

이에 그는 임기응변의 수단을 쓸 필요를 느끼였다. 일을 착수하기 위해서는 그럴 수밖게 별 도리가 없었다.

『아시다싶이 의사시험은 책만 읽어서도 아니 됩니다. 그것은 병자를 많이 다스려본 임상(臨床)의 경험이 있어야 됩니다 더구나 이 만주는 조선과 달러 독특한 풍토병이 따로 있는 만큼 그 방면의 연구가 필요하게 되는데 ─그러자면 우선 간단한 치료실을 설비하고 찾어[오]는 환자를 진찰해 보아야 되겠습니다』

남표는 인제 이론을 떠나서 실천적으로 사무적 타합을 하기 시작했다.

『네 당연하신 말슴인 줄 압니다 옛말에 의불삼세면 물복기약이라 하였는데 물론 병자를 많이 다루어 보서야겠지요─벌써 많이 경험을 하섰겠지만─』

주인은 첫 마듸에 공명하는 것부터 아까와는 아주 딴판으로 대한다.

『네─ 그러자면 불가불 제가 거처하는 방에다가 설비를 해야만 여러 점으로 편리하겠는데 어떻겠습니까? 댁에서는 매우 괴로우시겠지만 하숙비를 정하고 두어주실 수 없겠습니까……이 윗방을 치료실로 꾸미고 있었으면 제게는 십상 좋겠습니다만은……』

남표가 이렇게 말하고 주인의 눈치를 슬적 보니

『하숙비라니 될 말슴입니까 그런 말슴은 아여 마시고 집에서 되는대로 가치 게십시다 그리고 윗방은 물론 쓰서도 좋습니다』

주인은 흔연히 대답한다.

『대단 감사합니다. 그렇지만 하루이틀이 아닌 터에 장구한 동안을 두고 페를 끼칠 수야 어듸 있습니까. 많이는 못 드리드라도 식비를 정해 주서야만 제 맘에 미안치가 않겠습니다』

사실 남표는 밥값을 안 내고 남의 신세를 지기는 실였다.

『-네 그건 추후에 정한대도 급하지 않으니까요……밥값을 받아야 할 경우에는 안 받지 않습니다. 저는 원체 음식점 영업을 하는 터이니까…… 하지만 선생님도 너무 성급하십니다. 아니 하루두 안 지나서 밥값 말슴을 하시니 허허……』

『저 역시 잠시 단여갈 손이라면 이런 말슴을 안 엿줍겠습니다』

하고 남표도 마주 웃었다.

『그럼 오늘은 뭘 하실까요……심심하신데 해쌀이 퍼지거든 우리 들 구경이나 나가실까요? 선생님이 부칠 만한 농토를 듯보기도 할 겸……』

『네- 좋습니다 한데 그보다도 지금 정거장 약국에를 먼저 나가야겠습니다』

『약국에는 웨요?』

『이따라도 환자가 오게 되면 치료를 해주어야 할 터인데 제게 있는 약으로만은 안 될 것 같습니다. 부속품을 사기도 해야겠고요』

『네- 그러시다면……다리가 아푸시거든 래일 아침에 나가시죠』

『아니 괜찮습니다』

남표는 그 길로 의복을 가러입고는 책보를 끄내들고 나섰다.

『혼자 가시기가 적적하시면 집의 애랑 가치 가시지』

『아니 그럴 것 없습니다. 댁에서도 일을 보서야지요』

『요새야 뭐 일이 있습니까』

그러든 차에 일성이가 마실을 왔다. 그는 남표에게 자기도 몰을 어떤 호기심이 끌리였다.

그는 남표에게 아침인사를 반가히 한다.

『마침 잘 오는구나ー너 지금 아무 일 없지』

『네!』

『그럼 이 선생님 모시구 정거장에 좀 갔다오너라 뭐 들구올 물건을 사시거든 가지구 오구』

『네』

일성이는 좋아라고 남표를 따라나선다.

『그럼 가치 가볼까ー』

남표는 귀여운 듯이 일성이를 마주 보며 밖으로 나왔다.

『늬 집에서 찾거든 내가 말해줄테니 그냥 가거라』

정 노인이 이런 말까지 미리 일러서 일성이를 곳장 가게 하였다

『네ー 단녀오겠어요』

일성이는 앞을 서서 겅충겅충 뛰여간다.

큰 길거리로 나서자 그는 남표가 오기를 기다리고 섰다.

『네 일흠이 일성이랬지?』

『네』

『올에 몇 살인가』

『열 일곱 살입니다』

『집에서 농사를 짓는가』

『네ー』

남표는 일성이와 나라니 걸으며 이런 대화를 교환하였다.

『공부를 더 하구 싶지 않은가』

『하구 싶습니다만』

하고 일성은 얼굴을 붉히며 웃는다.

남표는 심중으로 일성이를 점찍어 놓았다.

장차 치료실을 내게 된다면 조수격의 제자 한 사람이 필요하다. 그러면 일성이를 제자로 삼을 수 있다면 좋지 않을까.

그도 집에서 노느니보다는 심심치 않게 일자리를 붓들 수 있다.

그 대신 그에게는 의학을 가라처 주자―그리고 마을의 환자를 치료해 가며 위생관렴을 보급시킬 수 있다면 참으로 얼마나 좋을 것이냐!

이런 생각이 들자 남표는 슬그머니 다시 무러 보았다.

『너 의학을 공부하구 싶지 않으냐?』

『학교두 안 다니구 어떻게 할 수 있는가요』

일성이는 남표의 말을 의심스레 반문한다.

『학교에 단이지 않고 독학(獨學)으로도 할 수 있거던 열심으로 공부를 하기만 한다면』

담표가 빙그레 웃으며 처다보니

『네!』

일성이는 반색을 하며 좋아한다. 그러나 그는 참으로 그럴 수가 있는가 싶은 반신반의한 눈치로 남표의 기색을 살핀다.

『나하구 가치 있을래……그럼 공부할 수 있을테니』

『네― 그래 주서요. 선생님이 가리처 주신다면……』

일성이는 비로소 학교에 안 다니고 의학을 공부할 수 있다는 남표의 말을 믿을 수 있었다.

과연 그는 마을에 돌팔이 의원 하나도 없는 것이 답답하였다. 누구나 갑작이 병이 나면 정거장 약국으로 쪼처가야 한다. 그렇지 않으면 상약을 구하려고 사방으로 쩔쩔 맨다.

그런데 만일 자기가 의학의 지식을 얻는다면 참으로 얼마나 히한한 일 일 것인가. 그는 마치 장님이 눈을 뜬 때와 같이 별안간 광명이 비처온 것을 남몰래 기뻐하였다.

『부모님이 허락을 하실까?』

『전 염려 없어요―선생님과 가치 있게만 된다면……』

『그럼 내일부터라도 가치 있어보자―요새는 농사철도 아니니까 너두 별일 없겠지』

『네……』

일성이는 한참 공상을 하면서 걷다가 궁금한 그 속을 암만해도 더 알구 싶어서 질문의 화살을 던졌다.

『선생님……그렇지만 저같이 아무 것두 모르는 사람도 정말 의사가 될 수 있는가요?』

『암― 될 수 있지 않구……공부를 해서 의사 시험을 잘 치르면 되는 거야』

『네― 시험을 보는 군요』

일성이는 그 순간 의사가 되겠다는 결심을 단단히 하였다.

지금 그는 뜻밖게 선생님을 만나게 된 것을 은근히 좋아하며 장래 생활을 무지개같이 황홀이 그리우는데 남표는 남표대로 또한 새 생활의 풀란을 구상하기에 바뻤다. 그 역시 일성이와 같은 좋은 제자를 손쉽게 얻었다 싶어서 못내 기뻐하였다.

남표는 길을 걸으며 다시 궁금해본다

―자기는 마을 환자들을 무료로 치료해 줄 생각이다 이것은 개업 의사가 아닌 만큼 치료비를 받을 수도 없지만은 당초의 목적이 아니기 때문이다.

그러나 또한 언제까지 무료봉사만 할 수도 없을 것 아닌가. 차차 소문이 퍼지면 수많은 환자가 드리 밀릴는지 모른다. 그러면 치어오는 환자는 모조리 상대해야 할 것이다. 누구는 보아주고 누구는 그냥 가랄 수는 없다.

또한 그들 환자는 극빈한 처지만도 아닐 것이다. 상당히 생활의 여유가 있지만은 근처에 병원이 없기 때문에 급한 병으로 찾어 오게 되는 수도 있을 것이다. 혹은 왕진을 청하는 경우도 없지 않을 것 같다.

만일 그런 자옥[81]에 그들이 치료비를 내려든다면 어찌할까?

하긴 자기 수중에는 지금 수백 원의 현금을 가졌다. 필요에 의해서는 집의 돈을 갖다 쓸 수도 있겠다. 하지만 자기의 생활이 현재 아무 수입이 없는 만큼 제한 없는 환자를 언제까지 무료로만 취급하려다가는 얼마 못 가서 고만두게 되지 않을까.

그렇다면 당초부터 무슨 자선사업이나 하랴는 것처럼 무료봉사를 한다고 떠들 께 아니라 실비치료(實費治療)를 중심으로 하고 적빈자에게만 무료로 하는 것이 가장 이상적이 아닐까.

이렇게 한다면 양편이 서루 찡찡할 것도 없고 또한 당국에게 저촉될 점도 없겠다.

그러면 그 방법은 어떻게 하는 것이 가장 간편하고 좋을 것이냐?……

남표는 여기까지 생각이 미치자 다시 연구해본다.

앞서 가는 일성이는 허공을 처다보며 휘파람을 불었다. 그는 기분이 매우 좋아서 몸이 건공 중에 뜬 것 같다.

(실비를 받는 것은 좋으나 그 돈을 자기가 받어서는 안되겠다. 더욱 현금을 받기는 곤란하다. 남의 돈을 맡으면 자연 축내기가 쉬웁고 그것을 간수하기도 힘이 들꺼다. 웨?─여러 사람의 돈을 목목스로 따로 장부를 꾸며야 될 것이니 환자가 많으면 많을수록 회계가 복잡해서 필경은 그 돈을 처리하기에만도 한 사람의 사무원이 필요하게 될 것이 아니냐?……

그렇다 절대로 현금을 맡어서는 안되겠다……)

이와 같이 작정한 남표는 별안간

『옳다 좋은 수가 있다』

하고 자기도 모르게 소리를 질렀다.

---

81) 형편이나 처지를 뜻하는 방언.

『치료비를 내는 환자마다 약국에다 구좌(口座)를 만들면 될 것이 아니냐!』

지금 이 묘책을 터득해낸 남표는 일각이 바쁘게 약국 주인을 만나고 싶었다. 그래 그는 마치 잊었든 보물이나 생각이 난 때처럼 다름질을 쳐서 일성이를 쪼처갔다.

『너도 약국 주인을 알겠구나』

『네 잘 알어요』

『그 분이 집에 있을까. 지금 가서 꼭 만나야 하겠는데』

『아마 있겠지요 가개를 볼테니까요』

『그분은 약만 파는지. 혹은 주사 같은 것도 놓는지 모르나?』

『주사는 더러 놓나바요─ 그렇지만 학교공부는 안 했나 바요』

일성이의 말하는 눈치로 보아서 약국 주인은 별로 대스롭지 않은 존재 같었다.

『아─ 그렇다! 그럼 얼는 가자구─혹시 어듸 출입을 하였다면 내일 또 와야 할테니까……』

남표는 일성이를 빨리 가자 하였다. 그러나 일성이는 그런 염려가 조곰도 없는 줄을 잘 아는데 남표가 너무 서둘르는 것이 어째 이상스레 보이였다.─그는 동리 간에 마실을 가지 않었으면 언제나 가개를 직히고 있었기 때문에─.

하나 일성은 남표의 말에 욱이지 않었다. 무슨 일로 그러는지 그 역시 궁금한 생각이 드러서 남표만 못지않게 마음이 급하였다.

그래 그들이 한 다름에 쪼처가 보니 다행이 약국 주인은 일성이의 예측과 같이 쓸쓸한 가개를 혼자 직히고 있었다.

먼첨 일성이가 유리창문을 열고 들어서니

『너 웬일이냐? 누가 또 알는 게로구나』

주인은 으레 그렇거니 하는 지레짐작으로 놀라운 듯이 묻는다.

『아니요-손님을 모시구 왔어요』

일성이는 엉뚱한 대답을 하며 도라보는데 남표가 뒤미처 가개 안으로 들어스며 열리였든 창문을 닫는다.

『어떤 손님?……』

약방 주인은 일성이에게 다시 묻다가 그 순간 남표의 시선과 마주쳤다. 그는 남표를 매우 괴이하게 처다본다.

『처음 뵙겠습니다. 뭐 약품을 좀 사러왔는데요』

남표가 모자와 외투를 빗어들고 인사를 거니 방안에 앉었든 주인은 마주 답례를 하면서 그제서야

『네 좀 드러오십시오』

한다. 아직 사십은 못 되었는데 키가 작달막하고 뚱뚱하게 생긴 몸집이였다. 키에 비교하면 얼굴은 제법 큰 편인데 그것이 약간 기형(畸形)인 듯한 인상을 주는 것은 크기가 크기 때문일가.

피차간 성명을 통한 후에 남표는 화로불에 담배를 부처 물며

『이즈음 재미가 좋으십니까』

하고 저편의 눈치를 살피였다.

『뭐 재미랄 게 있습니까……이와 같은 벽지인데요』

주인은 겸사하듯 말한다. 명함에 쓰인 것은 조면식(趙冕植)이라 하였다.

『천만에- 북만주로서는 매우 위치가 좋습니다 그런데 돌연한 말슴이 올시다만 선생께 한 가지 청탁할 일이 있는데요』

남표가 이렇게 말을 끄내니 주인은 자리를 고처앉으며

『네……무슨 밀슴인데요』

『다른 게 아니라 저도 의학 방면에 다소간 종사한 경험이 있는데요-이번에 우연히 정안둔에 와서 당분간 있어볼까 합니다. 그러나 무슨 개업을 하랴는 것이 아니라 농촌생활을 해가면서 앞으로도 공부를 하고 싶은데-그러자면 이웃간의 환자를 자연 접촉하게 될 것 같습니다』

『물론 그러시게 되겠지요』

주인은 그제야 남표의 화제의 의미를 짐작한 듯이 의아한 표정이 사라지며 동의하는 태도를 보인다.

『아시다싶이 그러자면 약은 선생 댁에서 사다 쓰겠습니다만 약갑을 내겟다는 환자한테는 실비만 바더야 하겠는데 그렇다구 제가 그 돈 받기는 여러 가지 사정으로 곤란이 있습니다……거기 대해서 선생은 좋은 생각이 없겠습니까?』

남표는 자기의 의견을 말하는 것보다도 이런 경우에는 먼저 저편의 의사를 존중하는 게 좋을 상싶었다.

『글세요……그런 경험이 아직 없는데요. 어떻게 했으면 좋을지……』

주인은 창졸간 당하기도 하지만 사실 그런 경우는 여적 생각해 본 일이 없었기 때문에 자기로서는 무어라고 대답할 거리가 없었다.

『네― 하긴 그러실 줄 아는데 저는 잠간 이런 생각을 해 보았습니다. 아까 드린 말슴과 같이 제가 갑슨 받지 못할 사정인 만큼 선생께서 그 돈을 바드시면 어떻겠습니까』

『어떤 조건으로요?』

『전 이럭게 했으면 좋겠습니다. 좀 귀찬킨 하시겠지만 카―드를 준비해두었다가 제가 치료한 환자가 약갑슬 내려오거든 그 돈을 받으시고 카―드에 기입하시면 어떻겠습니까― 그리고 저와의 약갑 회게는 따루 하시기로 한다면……』

『아니 그럼 환자가 내는 약갑슬 저더러 적어 두란 말슴인가요?』

『네 그렇습니다. 선생이 일일이 카―드에 올리시고 맡어 두시면 저는 그 속에서 약갑의 실비를 제해나가겠습니다. 하였든 저는 실비 이상은 한 푼도 안 받을 작정이니까요』

『아 알겠습니다. 그럼 좋도록 하시지요』

주인은 이래저래 제 장사가 되는 만큼 조곰도 거절할 머리가 없었든 것이다.

이리하여 남표는 우선 약품과 부속품을 사고 몇 가지 의료 기구를 주문한 뒤에 일성이와 같이 도라왔다.

그보다 먼저 마을사람들은 아침에도 하나둘씩 마실을 왔다.

정해관은 남표가 나간 뒤에 일변 집안 식구들에게 남표 의론하든 말을 일장설화하였다.

그들은 누구나 남표가 잠시 단이러 온 줄로만 믿고 있었다. 그는 며칠간 유하다가 신가진으로 떠날 줄 아렀는데 지금 듯박에 여기서 머물너 있겠다는 데는 제각금 늘내지 않을 수 없었다. 놀라운 동시에 반가웁다. 그 중에도 더욱 기뻐하기는 5호실 환자─애나였다.

『아니 정말이서요? 남 선생님이 이 동리서 사신다는 것이……』

그는 부친에게 진가를 캐어본다.

『안이면 약국에를 웨 불이나케 쪼처가겠니……저 윗방 치료실로 쓰겠다구 약품을 사러갓단다』

『남 선생님이 정말 사시기만 한다면 이 근처 병인들은 죄다 보러올텐데 뭐─』

그들은 모두가 좋아하였다.

이럴 판에 마실꾼들이 꾸역꾸역 드러오자 정해관은 또 한바탕 그들에게 설명하기를 시작하였다.

마을사람들도 이 집 주인의 말을 듯고 모두 다 히한하게 생각하였다. 그리고 그들 역시 과연 남표와 같은 용한 의술을 가진 사람이 한 동리에서 사러준다면 얼마나 좋을 것이냐 하는 생각이 저마다 없지 않았다.

하긴 그들은 지금까지 신의(新醫)를 그리 대단치 않게 역이였다. 만일 애나의 묵은 고질을 고처주었다는 실지증명이 없었다면 누가 뭐라고 떠든대도 믿지 않았을 것이다.

그러나 한 가지 이상한 일은 그런 고명한 의사가 어찌하여 이런 궁벽한 촌구석에로 찾어 와 살겠다는 것일까?

정 로인도 그 점은 자신부터 수긍하기가 곤란하였지만 남표란 사람이 원래 비범하기 때문에 남이 감히 못하는 엉뚱한 짓을 곳잘 해왔다고 그럴 사하게 치켜세울 수밖에 없었다. 그는 정말로 인술(仁術)을 베풀랴고 우리 동리와 같은 무의촌(無醫村)을 찾어왔다고-그렇지 안으면 무엇이 답답해서 아무리 농사를 짓고 싶다하기로서니 이런 데를 찾어왔을 것이냐는 것이었다.

미상불 들어보면 정말인 것 같기도 하다, 이에 그들은 남표를 차차 신뢰할 마음이 생기게 되였는데 그것은 또한 현림을 생각해 보아서 역시 동류(同類)가 안인가 싶었다.

몇 해 전에 현림이가 정안둔에 드러왔을 때도 마을사람들은 그의 행동에 매우 주목하였다. 그는 문학을 공부한다는데 마을사람들은 도무지 그의 말을 이해할 수가 없었다.

글공부를 한다면 엣날은 글방(書堂)에를 단여야 하고 지금은 학교엘 단여야 할 것 아니냐 그런데 이건 아무 것도 없는 농촌으로 드러와서 농사꾼밖에 없는 촌사람들은 상대하여 무슨 공부를 한다는지 모르겠다.

하나 그는 자기 공부는 농민들 속에다 뿌리를 박어야 되는 거라고-그래서 일부러 궁벽한 농촌을 찾어왔다는 것이다. 참으로 모를 소리다.

그 뒤로 현림은 낮으로는 아이들을 가리치는 교편을 잡고 밤저녁에는 학부형들을 찾어단이며 사실 그들과 같이 한통속으로 지나는 것이였다. 그런 때는 어느 모로 드러보아야 별다른 점을 찾어 볼 수 없었다. 그는 그들과 같이 허튼 소리를 하고 서로 작난을 하며 텁텁하게 놀었다.

어떤 때 그가 혼저 있는 방문을 열어보면 책상 앞에 단정히 앉어있다. 그런 때는 독서를 하지 안으면 무엇을 정신없이 쓰고 있었다. 혹여 그 점이 다르다면 다르다할까!

그래 그들은

『현 선생 글공부는 어떻게 되었소. 어듸 미천 좀 봅시다』

할나치면

『내 공부는 아직 멀었서』

하고 그는 빙그레 우슬 뿐이였다.

『그럼 그 공부는 부지하세월이군』

이렇게 놀릴라치면

『먼저 사람 공부를 해야지 사람두 되기 전에 글공부만 잘하면 뭘 하겠소』

하고 그들은 의미 모를 말을 이렇게 하였다.

현림의 글공부는 이와 같이 마을사람들의 소문을 끄러서 그가 정말 사람 공부를 하는지 글공부를 하는지 모르게쯤 되였다.

그는 지금도 그렇다 하겠는데 하여간 사람만은 착실하다. 과연 사람 공부를 잘하는가 싶었다. 웨 그런고 하면 그는 아직 총각이건만 주색에 눈 뜨지 않고 담배도 안 피우는 아주 얌전둥이다. 이에 그들은 현림이의 문학공부의 생활을[82] 몽롱하게나마 감독(感得)할 수 있었다.

그런데 남표는 의학을 공부한다하며 이 마을로 드러왔다.

오늘날 그가 드러온 경로는 현림과 거의 방불하지 않은가 그도 현림과 같이 혼자 드러오□ 현림은 문학을 한다는데 그는 의학을 한다. 현림은 선생질을 하는 한편 문학을 한다 하면 남표는 농사를 지으면서 의학을 연구한다. 두 사람은 똑같은 총각이요 연기도 상약하다. 그러면 이 두 사람의 하는 짓이 똑같다 엉뚱하게 보이질 않는가! 마을사람들은 누가 먼저 말한 일도 없이 제각금 이런 생각을 속으로 하면서 왕년에 현림이 처음 드러올 때 광경을 연상(聯想)하였다. 그들은 참으로 가련한 생각을 금할 수 없었다.

---

82) 원문은 '생활를'.

동시에 그들은 마치 업83)이나 드러온 것처럼 은근히 좋아하였다 그것은 이 마을이 잘 될라고 아마 그런 사람들이 제발로 걸어서 청하지도 않었는데 드러온 것이라고ㅡ.

참으로 그들은 현림이가 드러온 뒤로 얼마나 동리에 유조했든가 만주 사변 통에 비적의 화를 만난 이 동리는 하루밤 사이에 거진 쑥밧이 되다 싶이 하였다. 그나 그뿐이냐 왼동리를 리ㅡ드하든 권덕기 로인까지 행방불명이 된 뒤에는 사실 중심인물이 없어저서 마침 대들뽀가 부러진 집과 같이 엉성하게 되었다. 그래서 사람들은 한참 당년의 신흥 기분으로 개척정신이 빛나든 시절을 옛이야기처럼 이야기하면서 마을의 장래를 우려하지 않었든가.

그런데 뜻밖에 현림이가 드러왔다. 그때 그는 아직 어리었지만은 위인이 진실하기 때문에84) 차차 마을사람들에게 신임을 받게 되었다. 그가 장성함을 따라서 마을도 부지중 커나갔다. 그의 존재는 비단 학교를 잘 돼게 할 뿐 아니라 마을 전체에까지 조흔 영향을 미처 갔다.

하긴 만용이 일파의 부량청년이 없는 바 아니나 만일 현림이가 없었다면 그의 패악은 지금보다도 훨신 우심했을 것이다.

이렇게 생각해 볼 때 마을을 위해서는 누구보다도 그가 가장 없지 못할 인물이었다. 지금 그는 동중85)의 대소사를 물론하고 참석하지 않을 수 없게 되었다. 둔장의 비서 격(格)인 동시에 마을의 중심 청년이었다.

한데 만일 지금 그런 인물이 또 하나 생긴다면 어찌될 것이냐? 그들이 일심동력(一心同力)하게 되면 사반공배(事半功倍)의 역할을 할 것이다.

두 사람의 힘이 합치는 때는 두 사람 이상의 힘이 난다,

그들은 지금두 인물을 이와 같이 심중으로 그려보며 장래를 촉망하는

---

83) 한 집안의 살림을 보호하거나 보살펴 준다고 하는 동물이나 사람.
84) 원문은 '대문에'.
85) 동내(洞內). 한 동네 전부. 洞中.

기대가 자못 적지 않은데 거의 한낮 때나 되여서 남표는 일성이와 함께 책보와 종이로 싼 것을 한 뭉텅이씩 들고 온다.

『아니 선생님 어디 갔다오십니까』

『선생님 지금 오십니까』

그들은 일제히 뜰 아래로 내려서며 드러오는 남표에게 인사를 한다.

『네 밤새들 안녕하십니까』

남표는 모자를 벗으며 그들에게 모두거리로⁸⁶⁾ 답인사를 하였다.

『방으로 좀 드러오십시요』

남표는 먼저 자기 방으로 드러가서 웃옷을 벗어 걸고 짐을 참겨놓는데

『그게 다 무엇입니까? 어듸 구경 좀 할까요』

하고 여러 사람들은 참으로 무슨 구경거리나 생긴 것처럼 고개를 빼들고 넘실거린다. 둔장과 영감 외에 몇 사람은 방으로 드러와 앉꼬 남어지 사람들은 방문 밖으로 둘너섰는데 그들은 거진 다 어제밤에 모혔든 축이였다.

남표가 짐을 풀르고 한 가지씩 물건을 끄내노차 그들은 모다 신기한 듯이 호기심에 끌리는 시선을 물품 위로 집중하였다.

---

86) 따로따로 하지 않고 한꺼번에 몰아서

行動의 世界

　그 이튿날부터 남표는 진찰을 개시했다. 윗방에다 간단한 치료실을 만들고 의병과 의료기구를 정돈해 노았다.

　붕대와 까제를 담은 유리 항아리 빈셋도 가위 등의 간단한 외상(外傷)을 치료하는 기구 물론 이런 것은 그가 청진기와 함께 전부터 있든 것을 이번에 가지고 온 것이다.

　그는 어제 낮부터 일성이와 함께 의료실을 꾸미기에 여러 시간이 걸리였다. 먼저 널판을 구해다가 윗목 벽으로 실경87)을 맨들어 세웠다. 그것은 서가(書架)와 겸용(兼用)해도 좋을 만큼―사실 한편 공간에는 의서(醫書)를 끼우기도 하였다.

　그들이 저녁까지 치료실을 만드러 놓았을 때 이 집 식구들도 번갈러 드려다 보며 호기심을 느끼였다. 그중에도 애나는 자기도 한 추념을 들고 싶었다. 그는 이 아이들 솟곱질 같은 것이 한편으로 신산스러우면서도 재미88)있어 보임은 웬일일까.

　『선생님 신경에서 큰 병원에 계시다가 꼬마 병원이 쓸쓸하시잖어요』

　그가 이렇게 롱담으로 무르니

　『그래두 난 이 병원이 좋습니다. 내일부터 개원을 할테니 보십시오』

　남표는 자못 만족한 듯이 팔짱을 끼고 방안을 둘러보았다. 참으로 그는

---

87) '시렁'을 뜻하는 방언. 물건을 얹어 놓기 위하여 방이나 마루 벽에 두 개의 긴 나무를 가로질러 선반처럼 만든 것.
88) 원문은 '제미'.

로빈손 쿠르소가 천애고도(天涯孤島)에서 신천지(新天地)를 발견한 때와 같이 이 한 간 방에다 새 생활을 건설하는 첫걸음을 떼놓은데 커다란 희망을 붙었다.

『아주 훌륭한 병원이 되었습니다』

현림이와 허달이도 드려다보고 추워준다.

『네― 이제 주문한 물품이 마저 오면 그대로 대강 설비는 될 것입니다.』

남표는 자못 긴장한 표정으로 대꾸한다. 무슨 큰일이나 시작한 것처럼 한눈 한 번 안 팔고 덤비는 것이 어른답지 안케 우스웠다. 그러나 그의 이와 같은 정열이 남달리 비범함이 안일까? 현림은 손아래인 약간 어린 티가 보여서 그런지는 모르나 나이에 비하여 로숙한 듯하다. 그것이 억지로 점잔 빼는 것 같아서 도히혀 걸맞지 안케 보이는데 남표는 그와 반대로―마치 커다란 어린애라 할까? 그는 신경에 있을 때보다도―대동의원에서 볼 때보다도 젊은 틔가 있어 보인다.

그럼 그는 촌으로 오면서 갑작이 어린애가 되었을까. 그렇지 않으면 신경에서는 일부러 점잔한 체를 하였을까?―애나는 혼저 이런 생각을 하며 속으로 웃었다.

아침부터 환자는 찾아오기 시작한다.

그들은 오늘부터 병을 본다는 소문을 듣고 밤새기를 기다려서 찾어온 것이다.

일성이는 부모한테도 허락을 맡았다고 조반을 먹기가 받부게 뛰여왔다. 그 역시 뜻밖에 새로운 일자리가 생긴 것을 기뻐하였다. 장래에 의사가 될 수 있다는 희망은 참으로 꿈에도 생각지 못하였기 때문이다.

환자 중에는 외과(外科)환자가 대부분이였다. 생인손을 알는 사람 동상(凍傷)으로 발꾸락이 부어터진 사람 가래톳이 서고 종기를 알는 사람 연장에 다친 사람 피부병을 알는 사람―.

그런가하면 감기약을 어드러 온 사람 설사약을 어드러 온 사람 어제밤에 술을 몹시 먹었더니 골치가 독기로 패는 것처럼 아프다고 쫓어 온 사람 누구는 변비증이 오래 되었는데 좋다는 약 다 해도 보아도 안 나으니 웬일이냐는 등 누구는 속아리가 고질병이 되었는데 그런 병에는 무슨 약이 제일 좋으냐는 등— 심지어 티눈은 어떻게 떼고 사마귀는 어떻게 빼야 되느냐고— 대수롭지 않은 병까지 상담하러온 사람이 있었다.

남표는 그대로 일일이 수응하였다. 개중에는 무슨 시험을 해 보라는 것처럼 엉뚱한 말을 묻기도 하였으나 남표는 조금도 불쾌한 기색이 없이 여일히 친절한 대답을 하였다. 그는 차례로 진찰을 하고 일일히 치료를 해 주기에 분망하였다. 간호부가 해 줄 것도 혼자 맡어하자니 두 사람 목 세 세람 목 일을 해야 한다. 그래도 일성이가 수종을 들기 때문에 그는 한결 손이 쉬운 것 같었다.

이날 종일 진찰을 하고나니 마을 안의 환자는 거진 다 보게 되었다. 하긴 아직 병을 숨기는 사람과 젊은 여자들은 부끄러워 오지 않었다. 그래서 정작 따저 보면 환자 중에 든 사람은 남자들과 로인들의 일부분에 불과한 셈이다.

남표는 쉬일 틈도 없이 하로해를 밧분 중에 넘기였다. 그래도 별로 피로한 줄을 모르겠다. 도리혀 그는 유쾌한 기분에서 탄력 있는 육체의 긴장미를 늣기였다. 그것은 대동의원에서 남의 조수 노릇을 하며 도시 환자를 상대하든 때와는 근본적으로 모든 점에 달른 바 있었다.

치료를 바든 환자들은 의례히 약값이 얼마냐고 물었다. 그리고 돈을 꺼내려 드렀다. 그때마다 남표는 미소를 띠우며

『고만 두십시요— 약값은 안 받습니다』

하였다.

그러면 그들은 의례히 놀래며

『아니 될 말씀인가요?…바드서야지……롱담은 마시고 얼마입니까?』

마치 부러 놀리는 줄로만 알고 여전히 지갑을 꺼내드는 것이였다.

『정말 안 받습니다. 뭐 제가 병원을 개업한 것이 아니니까요』

남표는 정색을 하며 사절을 할라치면 그제야 그들은 더 욱이지 못하고 자리를 물러서면서

『하지만 어듸 됐습니까』

하는 태도는 역시 불안스런 모양이였다.

『뭐 좋습니다……그까진 약값이 몇 푼이나 된다고요』

남표는 사실 약값을 바들 만한 거리도 못 되였다. 아직 주사약이 없고 약품도 미비한 것이 많기 때문에 중병 환자는 치료를 못 하였던이다.

사실은 그렇지만은 남표가 약값을 안 받는다하니까 마을사람들은 여간 고맙게 생각지 않는다. 지금 세상에 누가 공으로 약을 써 줄 사람이 있겠는가! 우선 정거장의 약국집만 보드라도 알 수 있다. 그는 거저는새례[89] 외상만 달래도 눈살을 찌푸리었다.

그날밤이였다. 주인영감은 마실꾼이 다 도라간 뒤에 밤참으로 국수를 눌느라 하였다. 그리고 식구끼리만 조용하게 모여 앉인 틈을 타서 남표에게

『아니 선생님은 약값을 도무지 안 바드시니 어쩌랴구 그러시나요?』

하고 괴이쩍게 묻는 것이었다.

『뭘 몇 푼 되어야죠』

남표가 빙그레 웃으니

『그래두 이담부터는 바드서야 합니다. 무슨 턱으로 선생님이 약값을 부담하십니까. 병을 고처주시는 것만두 고마운데요』

주인은 자못 맛당치 못한 듯이 정색하며 충고한다.

『네ー차차 실비로 받겠습니다』

『그러면 선생님한테 무슨 수입이 있어야지……댁에서 돈을 갖다 쓰시기 전에는……』영감은 남표의 사정이 딱한 듯이 처다보다가

---

89) 그저는새로에. '새려'는 '커녕'을 의미하는 방언.

『그러지마시구 올부터 논농사를 지시게 하십시다』

『논농사는 제가 할 줄을 모르는데요』 남표가 이렇게 말하니

『남을 식혀선 짓거던요……돈이 있거든 땅을 사시든지 그렇지 않으면 소작을 얻드라도 대엿 쌍만 짓는다면 선생님의 생활비는 넉넉할 겝니다. 그렇게라도 생계를 마련하구 계서야지 이건 아무 수입이 없이 거저 지낸대서야 말이 됩니까─선생님 댁이 얼마나 부자신지는 모릅니다마는 허허허』

영감은 말을 끝이고 웃는데 남표도 가만이 생각해 보니 과연 그 말이 옳은 것 같었다.

『땅은 살 수가 있습니까?』

『있다 뿐인가요?─신푸리90)를 할 황무지를 사신다면 지금도 몇 푼 안 될 것입니다. 한 쌍에 이십 원씩이면 살 테니까……그렇게 선생님이 농사를 지신다면 동리 사람들은 약값대신 일을 해 드릴테니 참 그게 좋은 수 올시다.』

하고 영감은 참으로 좋은 수를 생각해낸 듯이 무릎을 치며 기뻐한다.

『그렇게는 땅 살 돈은 있습니다만……』

『그럼 되었군요. 땅을 사십시다.』

마침내 그들은 땅을 사기로 결정하였다.

동리 중의 환자를 다 본 뒤에 남표는 전부터 언약한 학생들의 건강진단을 하기 시작했다.

토요일 오후였다. 하학을 한 뒤에 현 선생은 학생들에게 점심을 먹고 한 시까지 다시 모이라하였다.

시간 전에 남표는 조수 일성이와 같이 학교로 나갔다. 일성이도 예방의(豫防衣)를 만드러 입고 약가방을 들였다. 학생들은 그가 색다른 옷을 입고

---

90) 신풀이. 한 번도 파헤친 적이 없는 그대로의 굳은 땅이나 밭을 새로 논으로 만듦. 또는 그 논.

점잖을 빼는 것이 우스워서 모두들 처다보며 킬킬댄다.

그래도 일성이는 모르는 척하고 시침을 떼었다. 학생들은 그 꼴이 더 우스워서 손가락질을 한다. 짜장 그는 의사나 된 것처럼 뻐긴다고—

아닌 게 아니라 일성이는 자기도 장래 의사라는 자부심을 가지고 남몰래 기뻐하였다. 동시에 의사는 점잖게 행동을 가져야 한다는 생각이 무의식 중에 드렀다. 그것은 우선 남표의 행실을 보드라도 그렇다 싶었다.

오늘 아침에 그는 이 옷을 입고 득순(得順)이 앞을 뽐내고 지나왔다. 그는 마치 나 보라는 드키 점잖게 기침을 하며 걸었다. 득순이는 처다보고 빵긋 웃는 태도가 전과 달른 것 같았다.

—득순이는 일성이가 사랑하는 이웃 간의 색씨였다. 그도 일성이를 싫여하지는 않았다. 하나 어딘지 모르게 그는 일성이를 깔보았다. 그것은 무슨 인물이 못났다는 게 아니라 너두 별 수 없는 농사꾼이라는 안하무인의 당돌한 태도였다. 따라서 그는 일성이와 같은 농사꾼 안해가 되기는 싫었다. 그는 적어도 중학교를 졸업한 선비 남편을 골르고 있었다. 득순이의 이와 같은 눈치를 일성이가 모를 리 없었다. 남에게 지기 싫은 일성이는 어디보자고 속으로 별렀다. 그는 자기도 어떻게든지 출세를 하겠다고.—

그런데 뜻밖에 그 기회는 오지 않았는가! 일조에 그는 남 의사의 조수(助手)가 되였다. 그리고 장래는 자기도 의사가 될 수 있다는 확신을 가지게 되였다.

자기도 의사 선생님 될 수 있다는 생각은 얼마나 기뿐 일이냐?. 그때는 모든 사람이 우러러 보고 『선생님』이란 존칭을 바칠 것이다.

그래서 그는 지금 입은 예방의를 마치 의사의 제복(制服)처럼 웃즐게 생각하였다. 동시에 그는 누구보다도 득순이에게 자랑하고 싶었다.

인제도 네가 나를 깔볼테냐 이 하얀 의사 옷을 보아라—하는드키 그는 예방의를 입고 단였다.

『언제 조용히 만나거던 한번 물어보겠다. 지금도 나를 깔볼테냐고 그리고 정말 내가 싫으냐고도 계집애가 얼마나 도도한가 두고 보자-』

그는 이런 생각을 남몰래 하며 가슴을 쥐었다.

남표가 학생들을 진찰하자 학부형들도 구경을 나왔다. 이날은 애나까지 와서 남표의 수중을 드려주었다.

그는 병원에 있어 본 만큼 대강 매듭을 알 수 있었다.

남표는 청진기를 들고 차례차례 한 사람씩 진찰을 해본다. 학생들은 일렬로 들어서서 순번이 오기를 기다렸다. 그들은 앞에 사람이 진찰을 끝내기 전에 웃통을 벗고 섯다가 대드렀다. 어떤 애는 모가지에 때가 새까맣게 쪘다.

현림은 그들을 지휘하고 섯다가

『저 눔 바라. 때가 논 서 마지기 거름은 하겠다.』

놀림을 받은 애는 부끄러워서 얼굴을 처들지 못한다. 그 바람에 장내는 웃음통이 터졌다.

그들 중에는 부스럼과 종기를 앓는 아이도 있었다. 그런 아이에게는 애나와 일성이가 고약을 발러주고 붕대로 처매였다. 일성이는 눈썰미가 있기 때문에 붕대 감는 법을 벌서 배웠다. 그는 제법 익숙하게 손을 놀렀다.

그는 그동안에 약 이름을 외우고 남표에게 빌린 의학책을 공부하였다. 과학의 새로운 세계에 눈을 뜬 그는 쉴 틈만 있으면 책을 파고들었다. 남표는 오늘도 해가 지도록 진찰에 [골]몰하였다.

마을의 환자를 거진 다 보고나니 남표는 다시 숨을 돌리게 되었다. 삼사일 동안을 참으로 논코뜰 새 없이 날뛰였다.

학생 중에 기생충이 있는 아이는 대변을 검사해 보고 횟배를 앓는 아이는 회충약을 주었다. 일성이는 현미경을 들여다보고 여간 신기해하지 않었다.

아니 그것은 일성이뿐 아니다. 현미경을 처음 보는 사람들은 모다 조화

속이라고 혀를 빼물며 경탄하였다.

이 현미경은 신경에서 사둔 것이다. 실물보다 일천 배나 커보인다는 것이다.

틈이 나자 남표는 주인 영감과 전부터 마추었던 들구경을 나섰다. 먼저 앞들의 농장을 둘러보고 수로(水路)를 따라서 강까로 나갔다. 그들은 미간지를 사기 위하여 물길이 좋은 데를 답사하랴한 것이다.

『여기다 논을 풀면 한 쌍에 여댓 단씩 소출이 날 겝니다. 그러니 염녀 마시구 우선 몇 쌍만 사십시다. 땅은 내가 사드릴테니.』

영감은 남표를 도라보며 눈앞에 내다뵈는 황무지를 가르친다.

강기슭으로 연한 일련의 광야에는 잡초가 무성한 초원에 깔리였다. 갈 차게 욱어진 풀들은 마치 잘 된 곡식처럼 바람에 나부낀다.

『아니 그럼 이런 땅을 웨 여적 묵여 둔답니까? 진즉 개간을 하지 않구……』

남표가 미심스레 무르니 영감은 부지중 한숨을 내쉬이며

『홍! 그러기에 말이지요……아까운 땅이 많이 묵구 있습지요. 지금까지는 할 수 없이 묵힙지요. 보시다싶이 질펀한 강펄이 아닙니까?……여기는 지형이 높으니까 수해를 면할 수도 있지만은 홍수가 터지는 해는 이 근처가 왼통 바다와 같이 된답니다.』

과연 그의 말을 듣고 지형을 살펴보니 그럴 상싶다. 제방공사라고는 도무지 손을 대지 못한 것 같다.

영감은 비탈진 언덕 위로 올라서서 멀리 내다뵈는 강펄을 다시 가리치며

『이 들 안을 왼통 개척하자면 우선 치수공사를 시작해서 수부터 막어 놓고 볼일이지요. 그러자면 공사비용이 엄청나게 많이 들테니 여간 자본으로는 갱심도 못할 형편이거던요……그래 참 지금까지는 강변이 멀은 이 지경에 보ㅅ물을 겨우 대 가지고 수전을 푼 것이 아닙니까』

『여기는 보ㅅ물을 뚫을 때에 원주민과 충돌되지 않었든가요』

『웨 안 그럴 리 있겠어요. 사변 전의 처음 서슬에는 만인들의 반대가 대단했었지요. 저 밭 사이로 보똘을 팔 때에 그들은 무슨 큰일이나 날 것처럼 오해하구 떼를 지어 모여와서 방해를 했습지요……노인과 여자들은 보똘 속에 주욱 드러누어서 못 파도록 회방을 놓구요』

『하하― 그래 어떻게 되었습니까?』

남표는 호기심이 나서 뒷말을 채치었다.

『참 그 때 일을 생각하면 기가 맥히지요. 그렇게 여러 날을 두고 생각을 하는데 권덕기 씨 수단으로 간신히 무사하게 되였지요……그와 같이 시비가 이러나자 권덕기 씨는 보똘 파든 것을 일단 중지를 식히고 만인 지주에게 다시 호소를 하였지요. 당초에 수전을 개척하기 시작한 것은 지주들의 승락을 받고 하였지만 정작 보똘을 못 내게 하기는 만인 작인들이 아니겠습니까? 그러면 그들을 이해식히기는 누구보다도 그들의 지주밖에 없거던요. 그때는 관가에 진정한대도 소용 없었고 또 워낙 거리가 머러노니까 나와보지도 않습니다. 권덕기 씨는 참 일꾼이였지요. 그런 것을 일일히 지주를 쫓아다니며 설복한 결과 나중에는 그들이 나와서 군중을 이해시키지 않었겠습니까? 어떻든지 그분은 만어까지 능통하기 때문에 그 당시에도 지주들의 설명을 뒤이어서 일장연설을 간곡히 하였구려! 그는 눈물을 흘리며 주먹으로 땅을 치면서 이건 결코 우리 선농만 살랴는 욕심이 아니요 만인 동포와도 서로 잘 살자고―아깝게 묵이는 옥토를 개척하차는 것인즉 조곰도 오해치 말구 장차 결과를 두고 보라고―그래서 참 그들두 숙으러졌읍니다.』

영감은 당시의 광경을 회상하니 실로 감개무량한 듯이 다시금 한숨을 짓는다.

『아― 여기도 그와 같이 초기 개척의 빛나는 역사가 있었군요』

남표는 사방을 둘러보며 공명되는 감격을 느끼었다.

해가 중천에 떠오르며 풍세는 강해진다. 무성한 풀섶은 별안간 광란(狂

亂)이 난 것 같다. 그것은 마치 폭풍을 맞난 밀림(密林)과 같이 와삭와삭 몸부림을 치며 강펄 저편까지 파도를처나간다……

영감의 말과 같이 이 돌안을 왼통 개척하자면 실로 수백만 원의 대자본이 필요할 것 같다. 그것은 강기슭에 큰 제방을 길게 쌓고 관개 설비를 완전히 해야만 될 것이다. 따라서 대자본가나 어디 회사의 힘이 아니고는 좀처럼 못할 일이다.

그러나 지금 남표는 그런 것을 공상할 때가 아니다. 그보다도 그는 자기의 할 일이 따로 있었다.

우선 그는 자기도 농민의 한 사람이 되는 동시에 그들의 생활수준을 문화적으로 향상식히고 싶었다.

그들에게 지식을 넣어주고 과학정신을 배양식히자면 부지중에 그들이 감화해야 된다. 그것은 어떤 힘으로 강제해서도 안되고 무위이화(無爲而化)로 불언실행(不言實行)이 있어야한다.

저— 나폴레옹의 위대한 통솔력은 무엇이었든가? 그의 명령 일하에 수만 장병이 수족과 같이 활동한 것은 무엇이 어떠한 곤란에 부디쳐도 조곰도 불평이 없이 열광적으로 식복한 것은 무슨 때문이었던가! 그것은 오로지 나폴네옹 자신이 언제나 진두에 서서 병졸과 함께 기거(起居)를 같이 하고 신고(辛苦)를 같이 한 자기희생(自己犧牲)이 있기 때문이다. 만일 이 정신이 없었다면 아무리 나폴네옹의 위력이라도 그들을 심복케는 못했을 것이다.

그것은 비록 적은 일이라도 동일한 이치로 볼 수 있다. 지금도 농촌을 계발하랴면 그와 같이 헌신적 노력이 있어야할 것이 아닌가.

남표의 그런 생각은 현림과 손을 맞잡고 야학을 시작할 필요를 느끼게 하였다.

농한기를 이용해서 청년남녀의 야학을 지도하고 그와 동시에 위생 관념을 보급 선전하면 효과가 클 것이다. 그것은 간간히 강연회를 열어서 귀로 듣게 해도 좋겠고 현미경과 같은 것을 이용하여 판단한 실험으로써 병균을 증명해 보여도 좋을 것이다.

그리고 현림은 작가를 희망하는 문학청년이다. 그의 예술적 정열이 과학의 냉철과 조화(調和)하여 그것이 생활화(生活化)할 수 있다면 농촌의 문화는 자연히 향상될 것이다.

남표는 지금도 광활한 미간지를 바라보며 심중으로는 이와 같은 복안을 구상하였다. 그는 농장의 개척보담 정신의 미간지가 광야와 같이 심안(心眼)에 드려다보였다.

남표는 이런 궁리를 남몰래 하며 주인영감과 함께 들에서 도라왔다.

빈방에서 혼자 잠착히 의서를 외우든 일성이는 애나가 드러오는 바람에 중단을 하고 의약에 관한 이야기에 신이 나서 도란거렸다.

그들은 치료실로 올라가서 약병을 점고해 보다가 지금은 벼룩을 잡어 놓고 현미경 속을 드려다 보며 킬킬대였다. 거기에 애나의 올케까지 쫓아 나와서 세 사람이 짝자꿍을 놓았다. 그들은 마치 벼룩 한 마리가 돼지색기처럼 크게 보인다고 야단들이였다. 그담에 일성이는 주사침으로 피를 뽑아서 유리쪼각에 무쳐놓고 드려다 보았다. 육안으로 안 보이는 혈구(血球)가 마치 팟알 만큼 널려 있는 것이였다.

일성이는 백혈구와 적혈구의 성능을 그들에게 설명해 들리였다. 그것은 물론 남표에게서 이 며칠 동안에 배운 지식이었다. 이럴 판에 그들은 남표의 목소리를 듣고 깜짝 놀래서 방문 밖으로 뛰여나왔다.

『그 방은 뭣하러 드러가느냐 원─선생님두 안 계신데』

주인영감은 그들을 꾸지즈며 마당 안에 들어섰다.

『아니에요─ 일성이가 공부하는데 구경해봤어요』

일성이도 마주 나와서 그들을 영접하였다. 그는 짜장 작난을 치다가 들킨 아이처럼 머주하니 얼굴을 붉히였다.

『아무두 안 왔었나』

남표는 혹여 어디서 환자나 찾어오지 않었는가 싶어서 이렇게 물으며 아래방으로 드러섰다.

『아니요』

대답을 하고 나자 일성이는 윗방으로 올라가서 아까 읽든 책을 다시 읽기 시작했다. 그는 치료실을 참참이 공부하는 자기방으로 사용했다.

남표는 옷을 벗고 앉어서 담배 한 대를 피웠다.

『이택호에게 편지를 쓰자!』

이런 생각을 하고 편지를 쓰랴다가 고만두었다. 그것은 편지보다도 내일 찾어가서 만나보고 싶었기 때문에ㅡ.

그는 이택호도 만날 겸 여기서 구할 수 없는 약품을 사오고 싶었다. 그리고 이택호가 사람이 무던하다면 자기의 하는 일에 이해를 해줄 뿐 아니라 다소 편의를 얻을 수 있다는 희망을 가졌든 까닭이다.

그래 그는 그 이튼날 아침차로 불야불야 신가진을 향하여 길을 떠났다.

일성이는 정거장까지 가방을 들고 전송을 나왔었다.

이택호가 신가진에 병원을 낸지는 불과 이 년이 못된다. 그런 만큼 아직 자리가 덜 잡혔다하겠지만 그는 장래에 대한 기대가 없지 않었다.

사실 신가진은 유망한 신흥도시에 속한다. 장차 이 들안의 미간지가 개척되어서 수전을 전부 풀게 된다면 신가진은 북만에서 또 하나 유명한 곡창(穀倉)으로 될 것이 아닌가. 따라서 신가진은 농산물[91]과 목재의 집산지로서 일대 발전과 비약이 있을 것이다.

그것은 지금도 앞길이 내다보인다. 신가진의 호ㅅ수는 다달이 느러간다. 호ㅅ수가 느는대로 인종도 느러갔다. 그만큼 병원을 찾어오는 환자 수도 느러간다.

처음 병원을 냈을 때는 한산하기가 짝이 없더니만 차차 환자가 부러서

---

91) 원문은 '동산물'.

지금은 심심치 않을 만큼 되었다.

그러나 신가진은 아직도 시굴 냄새가 난다. 주위에는 농촌부락이 둘러 있는 초라한 소도시에 불과하다.

따라서 그는 환자 중에도 부근 일경의 촌사람들까지 상대하게 되었다. 그만큼 자기 혼자 병원을 맡어 보기는 왕진(往診)은 말고라도 어떤 때는 바쁠 지경이였다.

그럴 때마다 그는 조수의 필요를 느끼였다. 만일 조수를 두었다면 모든 점에 편리할 것 아닌가. 하긴 그때선 인건비(人件費)가 더 들겠지만 그것은 또한 벌충할 수 있다. 병원만 잘 되여 간다면 그까진 한 사람의 보수(報酬) 쯤 문제가 아니다.

하여간 조수가 필요하다. 더욱 이곳에서 근거를 잡기로 한다면 하루바삐 병원에 널리 선전해야 되겠다. 지금은 자기 혼자 독무대로 있다하나 장래까지 보증할 수는 없다. 차차 대처로 발전함을 따라서 동업자(同業者)가 생길는지도 모른다. 아니 그것은 조만92)을 모르는 일이다. 올해 안으로 들어올른지 그것을 누가 보증하랴!

헌데 그는 거번에 잠깐 하르빈에 갔다가 우연히 유동준을 만나서 남표의 말을 들었다. 그 때 속으로는 얼마나 반가웠든가.

사실 만주에서는 사람을 구하기가 힘든다. 더욱 기술자에 있어 그러하다. 그때 그는 동준이에게 사람이 적당하다면 틀림없이 쓰겠다고 부탁하여 두었든 것이다. 그 뒤 아무 소식이 없어서 은근히 궁금하였다. 그는 웬일인지 몰라서 혹시 안 오는 사람이 아닌가 하고 의심이 났던 차에 마침 남표에게서 먼저 편지가 왔다. 만일 그렇지 않았다면 그는 동준에게 무러볼 생각이였는데. 그래서 택호가 남표의 편지를 받었을 때는 여간 기뻐하지 않었다.

---

92) 이름과 늦음을 아울러 이르는 말. 무晩.

『여보 우리 조수가 온다는구려』

하고 그는 안해에게 남표의 편지를 보이기까지 하였다.

『우리 조수가 누구에요?』 안해는 덩돌하니 편지 봉투를 받아 보다가

『저 신경서 오겠다는 그이 말인가요』

『그래! 유동준 군이 하르빈에서 소개한 사람이 바로 남표란 그 분이야』

택호는 그때 안해에게 이렇게 설명하며 웃는 낯으로 처다보인다.

『아이 잘 되었군요. 그렇지만 당신도 못 보셨다니 사람이 대관절 어떠한지……』

안해는 덩다러 좋아하다가 남표의 위인을 몰른다는 점에 약간 불안이 있는 것 같았다.

『그건 유 군이 소개하였으니까 별□년 없겠지』

택호는 사실 다른 누구보다도 동준의 소개를 진득이 믿을 수 있었다.

『그럼 인제 당신은 거듸러거리게 되셨소……조수를 부리고 뻐길 판이니까』

안해는 롱죠로 말을 걸며 그 남편을 알[93]이 나서 마주 본다.

『아무럼 조수라 하기로 유 군의 친구라는 걸 그럴 수야 있는가』

『하지만 조수는 조수지 뭐야요』

『그야 그렇지만－』

『그이는 일부러 이런 시굴로 찾어 드러온다면서요. 그럼 촌으로 왕진이나 자주 보내시구려 당신 신역이 좀 덜 고달테니』

정말 그들은 조수 한 명을 고빙함으로써 신역도 덜고 테밖에 돈까지 한 목 버러보자는 우렁 속 같은 심산이 따로 있었다.

멀리 신가진까지 와서 새로 개업한 젊은 의사 부처는 이와 같이 장래의 성공을 바랄 수밖에 없었다. 그들은 어떻게 해서던지 이 지방에서 동

---

93) 야살스럽게 구는 짓.

업자가 생기기 전에 남먼저 지반을 닦어 놓고 보자는 것이었다.

이날도 그들은 점두룩 남표의 이야기를 하면서 기다리는 중이었다.

오후쯤 올른지도 모른다고 그들은 기적 소리를 들을 때마다 생각을 하였다. 그러나 아무소식이 없으니 웬일인가?

그런데 다 저녁 때나 되여서 택호가 안으로 들어와 쉬고 있을 때 순자는 웬 낯모를 손님이 찾어왔다고 연통을 한다. 내객의 명함을 받어보니 그것은 분명한 남표였다.

남표는 차에서 내리는 길로 곳장 병원을 찾어갔다. 정거장 밖게는 양차와 마차가 느러섰다. 그는 마차를 잡어탔다.

정안둔과 신가진은 한들 속으로 통하였다.

더욱 신가진은 주위로 넓은 들이 삥 둘러있는 만큼 망망한 광야가 하눌갓에 연한 거 같었다.

우하진(牛河鎭)을 비켜놓고 시가지가 일직선으로 벌려 있다. 과연 이 강펄의 좌우 미간지를 전부 개척한다면 신가진은 유수한 지방 도시로 발전될 수 있겠다.

신가진 병원은 조고만 2층집이다.

만인의 장사하든 집을 사서 임시병원으로 꾸며 쓰는 것 같다.

그가 명함을 드려보내고 잠깐 서 있자니 미구에 주인 이택호가 나온다.

『아 지금 오섰습니까. 어서 들어오시죠』

하고 그는 우선 남표를 안방으로 안내한다.

『네』

남표는 그가 인도하는 대로 뒤에 서서 들어갔다.

택호의 안해 경자(慶子)는 허둥지둥 방안을 치우다가 한편 구석으로 비켜선다.

『자 이리로 앉으시죠』

택호는 일변 방석을 내밀어 남표에게 우선 자리를 권한다. 그리고 안해

를 도라보며

『인사 엿주라구-요전에 오신다는 남 선생야……』

『아-그러십니까? 안녕히 오셨습니까』

경자가 반색을 해서 인사를 하니 주인은

『내 안해올시다』

남표에게 소개를 하고는 다시 안해에게 무엇을 부탁하는 눈짓을 한다. 이때 네댓 살 먹은 어린아이는 낯선 손님을 실죽하니 한편 구석에서 바라보고 있다. 그는 한 손가락을 입에 물고 섰는 것이 첫눈에 아둔한 인상을 준다.

『그런데 몇 시 차로 나리셨나요. 전보를 치섰드면 마중을 나갔을 걸 이렇게 오실 줄은 몰랐습니다』

화로 옆으로 주객이 마주 앉자 택호는 불안스래 말하며 담배를 끄내 핀다.

『담배 부치시죠』

『예 있습니다. - 차에서 내리는 길로 곳 찾어왔습니다』

남표도 담배 한 개를 부처 물었다.

『여기는 초행이실텐데 멀리 오시느라구 얼마나 고생되셨습니까』

그동안 경자는 부엌에도 나갔다 들어와서 분주히 차를 만드는 중이였다. 그들은 남표가 신경에서 곳장 오는 줄 알고 있는 모양이였다.

주부는 차 두 잔을 갖다놓고 다정히 남표를 위로한다.

주인내외는 삽십 전후의 매우 영리하게 생긴 사람들이였다.

택호는 남자답게 틀 진 구석이 없는 대신 상냥한 품이 마치 여성과 같었다. 그런데 그의 안해는 초면에도 벌써 번접스러 뵈는 것이 친한 사이에는 여간 수선을 떨지 않을 것 같다.

그는 지금도

『신경 같은 데 게시다가 이런 데를 와 보시니 퍽 쓸쓸하시지 않어요.

여기는 아무것도 보잘것 없는 촌구석이랍니다』

『뭐-한적해서 매우 좋겠습니다』

『그런 점은 있습지요만……』

경자는 어린애에게도 차물을 사시로 퍼먹이며 말참견을 꾸준이 한다.

『참 신경이나 하르빈에 있다가 갑자기 이런 지방에 와 있으면 처음엔 무척 답답하드군요. 그러나 얼마쯤 지내보니 어수선하지 않구 한적한 정취에 오히려 그런 점에선 안정된 생활을 할 수 있는 것 같은 차차 그런 생각이 들기도 하니까요.』

하고 택호는 안해와 남표를 웃으며본다. 그는 마치 자기의 말에 동의를 구하려는 것처럼-.

『네 그러실 것입니다. 이런 데는 더욱 공기가 좋고 강물과 산을 보는 운치도 있으니까요』

『그렇지만 너무 단조하여서……전 지금두 어떤 때는 답답해 못 견듸겠는데요』

『이보다 더한 촌에서두 살라구』

택호가 웃으며 말하니

『건 농사꾼말이지요』

하고 안해는 톡 쏘아 부친다.

『하하하 농사꾼은 사람아닌가』

택호는 별안간 너털웃음을 웃고 나서

『참 거번에 유 군을 우연히 하르빈에서 만나게 되자 남 형 말슴을 물었기에 미리 부탁은 해두었습니다만 이렇게 속히 오실 줄은 믿지 못하였었군요. 하여튼 인제 오셨으니까 한동안 고생을 하실 셈치고 우리 가치 계서봅시다』

그는 이렇게 말머리를 슬적 돌리였다.

이 말을 듣자 남표는 속으로 고소하기를 말지 않었다.

『네 그 점은 나 역시-』

하고 남표도 정중히 말을 건넛다.

『전부터 한적한 시굴에 가보았으면 하는 생각이 있던 차에 마침 유 군이 그런 말을 하기에- 뭐 별로 아는 것도 없지만 당돌히 편지를 드린 것입니다만』

『원 천만의 말슴을……남표 씨의 성화는 유 군한테서 일직이 들었습니다』

택호는 매우 기분이 좋아지며 응대한다. 그는 안해를 도라보며

『여보 남 선생이 시장하실텐데 속히 점심을 짓게 하오』

『네 참-』

경자가 발닥 이러선다. 그는 그들의 이야기를 듣노라고 해 가는 줄도 모르고 앉었었다.

『아니 점심은 고만 두십시요. 인제 바로 나가 봐야겠습니다』

남표가 이렇게 말하니

『원 별말슴을 다하십니다. 반찬은 없드라도 집에서 한 때 자서야지……여기는 여관도 드실만한 곳이 없답니다』

하고 경자는 상긋 웃으며 쳐다보다가 행주치마를 두르고 부엌으로 급히 나간다.

그는 미구에 간호부 겸 조쭈인 순자(順子)를 불러서 일변 찬거리를 사러 저자로 내보내고 손수 밥을 지을랴고 부산하였다.

『어머니 나두 갈테야』

아들 영식(英植)이 순자를 따러간다고 나선다.

『오냐 그럼 따러가거라』

순자는 영식이와 가치 바구니를 들고 나갔다.

『점심이 늦겠다 속히 단녀와요』

경자는 그들을 내보낸 뒤에 밥을 지으면서도 귀로는 방안의 이야기를

들으려고 열심이였다. 그는 간혹 말소리가 잘 안 들릴 때에는 불을 때다 말고 문틈으로 엿을 들었다.

『대관절 재미가 어떠신가요』

남표가 물으니

『네 그대로 저……』

하는 말눈치가 영업이 잘 되는 모양 같다.

남표는 그들을 더 크게 실망을 식히고 싶지 않아서 솔직하게 실대로 고백하자하였다.

『그런데 한 가지 미안한 말슴을 들여야하겠는데요』

남표가 이렇게 화제를 돌리니

『네 무슨?』

주인은 별안간 안색이 별해지며 질겁해 묻는다.

『제가 지금 오기는 신경서 바로 오는 게 아니라 정안둔까지 먼저 갔다 가 오늘 잠간 선생을 뵈러 왔습니다』

『정안둔에는 어째 가섰든가요?』

주인은 더욱 의심스런 태도를 짓는다.

『마침 차안에서 아는 사람을 만났는데 그분이 정안둔에 산다고 제발 가치가자고 끌기에 부득이 심방을 가게 되었든 것인데요—가서 본즉 위 치가 매우 좋아서 제가 농촌생활을 목적한 바로서는 가장 적당한 장소인 거 같기 때문에—그래 선생께는 미안한 말슴이올시다만은 저는 당분간 그곳에 눌러 있어볼까 하였습니다』

남표는 비로소 자기가 북만으로 들어오케 된 동기와 목적을 대강 설명 한 후에 주인의 양해를 구하였다.

그러나 주인 이택호 내외는 그가 조수로 온 줄만 믿다가 뜻밖게 이 말 을 듣고 보니 그들의 실망은 여간 크지 않았다. 마치 무슨 사기나 당한 것처럼 안색이 질리어서 한참동안 주인은 아무 대답이 없다.

『그럼 정안둔에서 장차 개업을 하시겠다는 말씀인가요?』 직업적 시기심에 불타는 듯한 눈알을 번쩍이며 이택호는 퉁명스럽게 한 마듸를 쏜다.

『아니요⋯⋯전 아직 면허장도 없을 뿐더러 개업의가 되구 싶지는 않습니다』

『하다면 다만 농민의 지도자가 되시겠다는ㅡ 환언하면 농촌운동을 하시겠다는 말씀인가요?』

이렇게 말하는 택호의 입가에는 비양94)하는 미소가 살짝 지나가며 경련을 이르킨다.

그 말은 확실히 불유쾌하게 들리였다. 그러나 남표는 자제하고 장엄히 겸손한 태도를 지으면서

『뭐 그와 같은 외람한 생각으로가 아니라 제자신의 생활을 반성하고 바로잡기 위해서 그래볼까 합니다』

『무론 그것도 좋겠습니다만 의사의 직분을 가졌다면 환자를 치료하는 게 목적이 아닐까요』

주인은 여전히 반박하는 태도였다.

『네⋯⋯그래서 아는 대로는 치료도 해볼까 합니다⋯⋯물론 약값은 받지 않을 생각입니다만 그 고장은 약국도 변변치 않아서 약을 구비하기 어려운데 앞으로 선생께서 많은 편의를 보아주시고 잘 지도해주시면 감사하겠습니다』

남표의 말이 떨어지기 전에

『건 못하겠소ㅡ 내가 무슨 약장산가요』

주인은 별안간 불쾌하게 내부치며 자리를 도라앉는다. 그때 부엌에서 또 바가지를 내브치는 소리가 들린다.

『참! 별꼴을 다 보겠군!』

---

94) 얄미운 태도로 빈정거림.

뒤미처 여자도 악을 썼다.

남표는 주인의 태도가 일변한데 놀래였다.

아무리 이해관계가 붓는다 할지라도 자기 집을 찾어 온 초면객에게 이와 같이 괄세하는 법이 있는가. 그들은 마치 무슨 구걸을 하러 온 사람에게 모욕을 줄 때처럼 금시에 냉정해졌다.

『못하겠으면 고만두시죠― 실례하겠습니다』

남표 역시 불쾌한 기색을 띄우며 일어서랴한즉

『그럴 말로면 뭣하러 찾어온 게요? 노형이 일부러……누구를 놀리자는 셈이요』

택호는 발끈 성이 나서 표독한 눈매로 쌕을 먹고 대든다. 부엌에서는 그대로 기세를 올린다. 그것은 확실히 악의를 품은 감정의 폭발이였다.

『사과하러 왔오』

남표는 그들의 꼴이 같지 않어서 헤식은 대꾸를 하였다.

『흥 사과―』

택호는 다시 뇌까린다.

『웨 그러십니까? 당치않다는 말슴인가요』

나가려든 걸음을 멈추고 남표는 도루 주저앉었다. 그는 주인의 너무나 의외의 냉대에 분기가 치밀었든 것이다. 그래서 한번 시비곡직을 철저히 따저보기로 하였다.

『다시 무를 것 없지 않구― 어린애 작난처럼 그게 다 무슨 짓이란 말요』

주인의 태도 역시 점점 강경하게 나온다.

『이 선생!』

남표는 이때 엄숙한 목소리로 부르며 얼굴을 마주 향하여 앉었다. 동시에 날카라운 시선을 주인에게 던지며 다시 입을 열었다.

『선생은 나를 조수로 쓰시기가 그리 소원이신가요?』

생각밖게 남표의 말이 대단히 점잖게 나오는 바람에 부지중 택호도 욱했든 감정이 스러지며 부드러운 안색으로 고친다.

『뭐 소원이랄 것은 없지만 한번 결정한 이상에는 그대로 시행하는 것은 떳떳치 않겠오』

『네 그것은 옳은 말씀이올시다. 정히 그렇게 생각하신다면 댁에 있어도 무방하겠지요. 그러나 미리 한 마듸 물어볼 말씀이 있습니다. 당초에 유 군에게서 어떻게 소개를 받으셨든지요?』

남표가 이렇게 질문의 첫 화살을 던지니

『어떻게 소개를 받다니요?』

하고 주인은 여적까지 공세를 취하든 자세가 갑작이 수세로 변한 듯 어리둥절한다.

『다만 조수로써 소개를 했든가 그렇지 않으면 제 목적이 따로 있다는 농촌생활의 의미를 포함해서 소개했든가 그 말씀이올세다』

『네― 그것은……』

창졸간 생각지 못한 꼬투리를 캐는 바람에 주인은 얼떨떨해서 대답에 궁하였다.

그는 참으로 무슨 말을 해야 자기에게 유리할지 알 수 없었기 때문이다. 벌써 그 눈치를 채자 남표는 일각을 유예치 않고 날카롭게 저편의 급소를 찔렀다.

『만일 유 군이 일개 조수로써 소개하였다면 그것은 내 의사를 전연 무시한 소위로밖게 볼 수 없은즉 전연 문제가 되지 않습니다. 따라서 유 군이 그렇게 무모한 행동은 않었을 것입니다. 웨 그러냐 하면 당초에 유 군이 먼저 선생을 소개하기를 신가진으로 가면 자네의 농촌생활의 목적을 일울 수가 있다 하였지 내가 먼저 유 군에게 청한 일은 없었거든요…… 거기 조수 생활을 위주한다면 신경 같은 도회지가 낫겠지 뭘러로 시굴로 떨어지겠습니까?―』

남표가 이와 같이 차곡차곡 따져나간즉 주인은 그래도 어리팽팽한 듯이 갈피를 못 차리고 있다가 『그래서요?』 한다.

『하다면 선생께서는 제가 북만으로 들어오게 된 동기와 의사를 대강이라도 짐작하셨을 터인데 그런 이해(理解)가 조곰도 없으신 것 같은 것은 다소 섭섭한 생각이 없진 않습니다. 오늘날 선생은 초면이올시다만은 그것은 유동준 군을 위해서 그렇다는 것입니다』

남표는 여기까지 말을 끊고 추연한 기색을 지었다. 그는 사실 주인이 이러할 줄은 몰랐었다. 유 군이 소개한 만큼 그래도 진실한 의사인 줄로만 알았다.

주인은 그동안 애꾸진 담배만 연신 피우고 앉았다가 남표가 말을 끝내고 처다보자 어색한 변명을 하기 시작한다.

『네- 그런데 유 군이 소개하기로 역시 조수로였지 무슨 다른 의미를 포함해서 들은 기억은 없는데요……다만 신경은 너무 번화하고 소란하기 때문에 조용한 시굴을 히망하신다기에 그럼 나 있는 신가진도 좋지않을까 해서 피차간 말이 된 것인데- 지금 형의 말슴을 들어보니 그사이 말의 외착이 심한 것 같군요. 그러기에 중간소개란 것은 일상 불분명해서 믿없지가 못한 줄 알면서도-』

하고 주인은 유 군의 말을 믿었든 것이 공연한 시럽슨 일이였다는 듯이 은근히 탄식하였다.

『그런 소개를 도모지 안 받으셨다면 그것은 유 군의 독단이요 잘못이올시다. 만일 그렇기로 말한다면 선생 댁을 찾아왔다 할지라도 결과는 마찬가지로 되였을 것입니다. 저는 조수로서의 취직보다도 농촌생활에 치중하고 싶었는데 그래서 실상은 선생의 지도를 받어 보자 했든 것이올시다……그런데 선생은 다만 조수 한 사람을 채용하실 생각이였다면 이 사람의 의사와는 서로 틀리는 점이 있으니까 더 말슴 드릴 여지가 없겠지요. 그럼 고만 가겠습니다』

하고 남표는 다시 자리에서 이러났다.

『아니 더 이야기나 하시구 천천히』

주인은 미안한 듯이 처다보다 마주 이러서는데

『뭐 고만 가 바야겠습니다.』

남표는 그길로 모자와 가방을 들고 나섰다.

『그럼 어듸 가시겠습니까』

『정안둔으로 가겠습니다』

부엌에서 여태 문 틈으로 엿을 듣든 경자도 쪼처나오며 불안스런 인사를 하였다. 그는 사교적으로 건성이나마 점심을 자시고 가라고 만류해 보았지만 남표는 물론 그런 눈치를 먼저 채였을 뿐더러 먹을 턱도 없어서 그대로 고사하였다.

이에 그들은 할 수 없이 남표를 문밖까지 전송하였다. 그들은 정안둔에 오래 있게 되거든 다시 놀러오라고 부탁까지 하기를 잊지 않었다.

그러나 방안에 들어와 생각하니 허망하기가 짝이 없다. 일껀 조수가 새로 왔다고 그들은 아까까지도 좋아서 뛰지 않었든가. 그중에도 경자는 그를 친절히 대접한다고 순자를 식혀서 색다른 반찬꺼리를 사다가 정성껏 점심을 짓는 중이였다. 그런데 뜻밖에 사단이 버러저서 그와 다투고 헤지게 되다니 이 어찌 꿈에나 생각했든 일이냐.

그런 생각이 들수록 경자는 분해서 못 참겠다. 그는 일껀 품안에 기여든 산양을 노쳤다는 후회가 든다. 그리고 그것은 남편이 너무 성급히 구러서 일을 그르쳤다는 칭원이 덮치였다.

『당신은 너무 당끼[95]해서 못써요 웨 좀 더 성미를 눅이지 못한단 말요……저편의 말을 다 들어본 뒤에 책을 잡어두 되지 않어요……이건 드리닷든 길로 모라세우기만 하니……』

---

95) '성마름. 급한 성질'을 뜻하는 일본어. 短氣(たんき).

『뭘 알지두 못하고 그래 벌써─제 생각과는 다르다는걸!』

『그렇지만 당신이 처음부터 괄대를 안했다면 그 사람의 생각두 달러졌을는지 모르잖우……그저 당신은 너무 고지곳대루 말씀하는 게 별통이야 ─ 좀 둘림성이 없구 그 사람은 말솜씨가 좀 변변합되까!』

『고만둬! 다 틀린 일을 가지고』

택호는 화가 나서 벌떡 이러났다. 그는 그렇지 않아도 화가 뜨는데 안해까지 지청구를 하는 것이 속이 상했다.

남표는 그길로 큰거리를 찾어 나왔다. 이택호도 역시 범용한 의사라는 생각은 그도 박 의사와 같이 돈만 벌기 위해서 개업하지 않었는가 하는 새삼스런 실망을 느끼게 하였다. 동시에 그는 어듸를 가나 현실이 그와 같다면 그들의 행위가 오히려 정당하고 령리하지 않을까 하는 회의(懷疑)가 앞을 선다. 그만큼 그는 자기의 못난 짓을 비웃고 싶었다.

그는 갈피 없는 상염에 허매이며 허전한 다리를 힘없이 걸어갔다.

그러나 그는 다시 마음을 돌려먹고 약국을 찾어 갔다. 어듸 누가 지나 해보자고?

남표는 저녁때 도라오는 길로 경아에게 편지를 쓰기 시작했다. 신가진서 사온 약과 기구는 조곰 전에 일성이와 가치 치료실에다 정돈하였다. 치료실은 차차 병원같이 한 가지씩 면목을 가추어졌다. 그것은 누구보다도 기뻐하기는 일성이였다. 그는 이 치료실이 병원의 면목을 세워갈수록 자기도 차차 한 거름씩 의사의 자격이 가추어지는 것 같은 직감(直感)을 느끼였다. 그것은 자기도 모르게 웃줄한 생각이 든다.

남표는 지금 복잡한 감정이 고조(高潮)에 달하였다. 그래 그는 점심을 먹었지만 배곱흔 생각도 잊어버렸다.

그는 택호에게서 받은 충격이 너무나 컷섰기 때문이다. 절망과 히망을 넘나들다가 마침내 새로운 결심 하에서 용맹심을 떨치고 이러난 남표였다.

그러나 그는 이 새로운 희망이 용소슴치는 감정을 자기 혼저만 부둥켜 안끼는 너무도 답답하였다. 누구한테나 그것을 쏟아놓지 않고서는 도무지 견딜 수가 없었다. 누구한테 이 통정을 해 보았으면 좋을까……여러 번 생각하든 끝에 그는 경아를 골랐든 것이다.

경아는 지금 자기의 소식을 기다리는지 모른다. 아니 그는 은근히 고대하고 있을 것이다. 웨 그런고하면 그가 정거장까지 새벽바람에 전송을 나왔을 때 자기는 도착하는 길로 편지를 한다 하지 않었든가.

비단 그런 약속은 없었다하더라도 한 장의 편지쯤 안부를 전할 만도 하다.

그러나 그보다도 경아에게는 특별히 감사해야 할 일이 있다. 그것은 만일 그때 경아가 정거장까지 전송을 안나와주었다면 오늘보다도 더 불쾌하게 이택호와 충돌을 했을지는 모르기 때문이다. 아니 충돌은 다음날 일이요 자기는 그 집에 붓잡혀서 조수로 혹사(酷使)를 당하다가 나중에 참따 참따 못해서 그들과 다투고 갈렸을 것이 뻔한 일이였다. 만일 그렇게 되였다면 자기의 목적은 하나도 일우지 못하고 역시 신경서와 같은 조수의 생활에서 허덕거리다 마렀을 것이 아니냐?

웨 그러냐 하면 차중에서 선주를 만나기는 일반이라 하더라도 경아의 전송을 보지 않었다면 그가 자기를 오해하지는 않었을 것이기 때문이다. 선주는 경아의 전송을 발견함으로써 쓸데없는 오해와 질투심을 가지게 되였다. 그래서 뜻밖에 식당차에서 히비극의 일막을 연출하기까지 하였으나 지금 가만이 생각해 보면 그야말로 전화위복이 된 셈이다. 따라서 만일 그날 경아가 등장을 안했다면 히비극은 생기지 않었을 것이요 그리 되였다면 자기도 곳장 신가진으로 이택호를 찾어 갔을 것 아닌가.

그때 자기는 선주를 만났기 때문에 마음을 돌려먹게 되였고 선주는 또한 경아를 발견하였기 때문에 그와 같은 감정을 폭발식혀서 연극을 꾸민 것이니 실로 자기의 오늘날 생활이 있게 한 것은 오직 경아로 말미암아서 발단이 된 것이다.

그러나 남표는 한 편으로 다시금 미안한 생각이 없지 않았다. 경아와 자기와의 사이에는 조금도 모호한 점이 없었는데 선주한테 그런 오해를 받게 된 것은 역시 자기의 불찰이 아닐까!

사실 경아에게는 감사한 동시에 미안스런 마음을 것잡지 못하게 한다. 선주는 무슨 심사로써 끝끝내 자기를 못 견디게 굴고 심지어 아는 여자에게까지 당치않은 질투와 오해를 품고 있을까.

그렇다고 그는 그런 사정을 경아에게 터놓고 할 수도 없었다.

그래 그는 사과 겸 감사 겸 편지를 쓰기 시작한 것이다. 실로 그는 이 불과 며칠동안에 여러 가지 상상도 못했던 경난을 치렀다. 현실은 얼마든지 가능하고 또한 실천에 있어서는 그와 반대인 가능성(可能性)이 있다는 것을 깨다를 수 있게 하였다.

그러나 또한 그것은 위대한 실천을 통해서만 될 수 있는 일이다.

행위(行爲)는 이와 같이 존귀하다.

존경하는 경아 씨!

어느듯 신경을 떠나온지도 일주일이 가까워옵니다. 그동안 댁내 제절이 두루 안녕하신지요?

이곳은 신경보다 기후가 좀 더 치운 것 같습니다. 아니 훨신 달르지 않을까요? 신경은 지금쯤 나무 싹이 텃겠지요? 그런데 여기는 아직 감감한 것 같습니다. 겨우 아퀴가 트기 시작한다 할는지요. 따라서 조석으로는 몹시 치웁습니다.

그러나 봄은 완전히 봄입니다. 나날이 일기는 달러지는 것같습니다. 그것은 무엇보다도 땅이 풀리기 시작하며 하늘갓의 고흔 놀과 먼 산의 선명한 윤곽이 그런가 합니다. 참으로 이곳은 경치가 좋습니다. 도무지 신경서는 볼 수 없는 풍광이 명미합니다. 우하(牛河)의 큰 강이 흐르는 망망한 광야가 전면으로 전개되고 동북면의 원산(遠山)이 천변(天邊)으로 둘녀섰는 경개는 참으로 장엄하기 짝이 없습니다. 이 산용수자(山容水姿)가 유현한

창공을 이고 대지(大地)위에 펼쳐 있는 광경은 실로 무엇이라 형용키 어려운 자연의 웅대한 배치올시다. 낮에는 여기에 태양이 빛나서 삼나만상이 눈앞에 벌려있고 밤에는 별과 같이 창망한 하늘을 밝히여 신비의 꿈나라를 이루워 있습니다.

경아 씨! 여기가 어딘지 아시겠습니까. 아마 경아 씨는 신가진으로 아실는지 모릅니다만은 그러나 신가진은 아니올시다.

하긴 이리로 먼저 올 줄은 나 역시 의외였습니다. 그날 차안에서 갑작이 심경의 변화를 이르켜서 이곳으로 직행하게 된 것입니다. 실로 우연한 동기에서 목적지를 변경하였지만 그 말슴은 지금 하고 싶지 않습니다. 하여간 그런 줄만 아시고 여기는 신가진보다 훨신 좋은 지대라는 것만 말슴드리겠습니다.

경아 씨!

그러면 여기가 어디인지 인제는 그것을 가르켜 드릴 순서인가 합니다. 경아 씨는 정안둔을 짐작하시겠는지요? 만일 정안둔이 상막하시다면 5호실 환자를 아시겠습니까?…… 이곳은 바로 5호실 환자가 사는 정안둔 그곳입니다. 나는 그날 신가진을 비켜놓고 이곳으로 직행해서 5호실 환자의 부친-정 로인을 찾어왔습니다.

그 뒤는 매일 바쁘게 지났습니다. 사실은 그래서 편지 쓸 사이도 없었습니다. 웨 그리 바뻤느냐고 묻지 마십시오! 나는 여기에 온 뒤로 생활이 홱 변해졌습니다. 앞으로 풀랜을 세워야 할 것과 우선 제일보를 시작하고 있기 때문이외다.

나는 지금 5호실 환자 - 정 로인의 집에 유하고 있습니다. 아래윗방을 따로 쓰는데 윗방은 벌서 간단한 치료실로 만드러 놓았습니다.

그리고 소년 조수(助手) 한사람을 이곳 학교의 작년 졸업생 중에서 골렀습니다. 이 소년은 참으로 영리합니다. 장래에 유망한 의사가 될 줄 알고 그의 전도에 촉망을 가집니다.

경아 씨!

처음 내가 찾아왔을 때 이 집 식구들이 얼마나 반가워 한 줄 아십니까? 그중에도 5호실 환자의 부녀는 경아 씨의 안부도 무르면서 지금까지 대동의원 이야기를 한답니다.

그날밤 저는 왼동리 사람들을 모아다가 잔치를 벌리고 환영했답니다. 이 동리는 오륙십 호나 되는 포실한 농촌이올시다. 송화강의 전설이 있고 역사가 빛나는 개척촌입니다. 앞들에는 수적을 개척한 농장이 해마다 넓어진다 합니다만은 아직도 미간지가 수천 쌍이 묵어 있습니다.

경아 씨!

나는 벌써 마을의 환자를 치료(무료, 혹은 실비로) 하기 시작하고 한편으로는 올해부터 농사를 지을 준비를 차립니다. 앞들에다 신풀이를 할 작정이요 밭농사로도 소채를 가꿔볼까 합니다. 이만큼 생활을 창설하자니 그동안을 자연히 바쁘게 지냈습니다.

경아 씨!

그런데 5호실 환자가 누구와 약혼한지 아십니까? 우리는 그때 기혼자로 잘못 알고 또한 경아 씨는 나한테 농담을 하신 일이 있지 않습니까? 내가 결혼을 한다면 그런 여자와 않겠느냐고- 지금 그는 아주 건강해졌습니다만은 그때까진 병으로 결혼을 못하고 있었답니다. 약혼자는 이곳 학교 선생-현림이라는 문학청년이외다. 아마 이 가을 안으로 그들은 화촉의 경사를 이루겠지요. 남자도 매우 똑똑한 전도가 유망한 청년이올시다. 나는 지금부터 그들의 장래를 축복합니다- 그러면 우선 이만……남어지 말슴은 다음날로 미루겠습니다.

그 이튿날 남표는 이 편지를 일성이를 식혀서 우편으로 부쳤다.

두 女子

이야기는 잠깐 그 전으로 옮아간다.

그날 선주는 기차 안에서 남표와 다툰 뒤에 어찌 되었든가. 물론 남표를 다시 만날 필요가 없었기 때문에 작별인사를 나누지도 않았었다.

그는 남표가 응당 신가진으로 갔으려니 하고 그길로 ○○역에서 기차를 바꿔 타자 신경으로 다시 도라왔다.

하긴 그가 이런 일만 없었드면 곳장 조선으로 나왔을는지 모른다. 그러나 그는 종시 남표 전송 나올 그 여자의 일이 궁금해서 견딜 수 없었다. 대체 그 여자는 누구이기 때문에 새벽녁혜 남의 이목을 숨기고 전별을 나왔으며 그들은 무슨 관계가 밀접해서 그와 같이 간간한 이별을 아끼었든가? 선주는 그 생각을 할수록 안타까워서 발길을 다시 돌린 것이다.

그리고 그는 남표의 하든 말을 되색여보았다. 남표는 자기더러 뭐랬든가?

『너는 악마다 매춘부다!』

『악마도 좋다? 매춘부도 좋다!』

그때 자기는 이렇게 반항하였다.

과연 그는 누가 악마인지 캐여보고 싶었다. 그 여자가 악마인지 자기가 악마인지 어디 보자는 뱃심이 생기였다.

이에 그는 일전에 드렀든 여관으로 다시 드러서 하루밤을 쉬인 뒤에 그 이튼날 감기가 드렸다는 핑게로 대동의원을 찾아갔다.

선주의 생각에 제일 먼저 의심나기는 그 여자가 간호부나 아닌가 싶었기 때문에― 그렇다면 우선 대동의원부터 정탐해 볼 필요가 있었든 것이다.

그는 택시를 잡어 타고 병원 앞에서 내리자 신래환자(新來患者)처럼 진찰을 청하였다.

너무 일직 갔었기 때문에 원장은 아직 안에서 안 나왔다 한다.

『이리로 드러오서요……』

키 작은 간호부가 진찰실로 안내한다. 그러자 다른 간호부가 드러왔다.

『하하이……여자구나―』

눈치 빠른 선주는 벌써 그의 용모를 눈역여 보고 아러낼 수 있었다. 그는 복색은 딴판으로 틀렸지만은 스타일이라든가 걸음거리가 분명히 어제 식전에 신경역에서 보든―남표를 전송하든 그 여자였기 때문이다.

그가 진찰권을 무러서 쓰기 시작한다.

『성함이 누구서요?』

『이선주―착할 선짜, 두루 주짜에요』

『네! 년세는 며치시죠?』

『스물 셋입니다』

선주는 경아의 시선이 올 때마다 적개심(敵愾心)에 빛나는 일별(一瞥)을 던졌다. 경아는 선주를 모를 뿐 아니라 일개 환자로서 취급하는 만큼 그런 생각은 조금도 없었으나 요염한 그의 용모가 비단옷에 휩쌓인 스타일이 자못 놀나울 만큼 시선을 끌게 하였다.

『어디가 아푸서요』

『감기가 들었는지 목이 좀 아푸고 기침이 납니다』

『그럼 잠깐만 기다려주서요. 원장선생이 곧 나오십니다』

경아는 진찰권을 다 쓰고 나자 그것을 책상 옆에 올려 놓고 의자에서 이러나 나간다.

선주는 사실 감기 기운이 조곰 있었다.

그는 어제 돌처오는 바람에 기차여행의 피곤이 있을 뿐 아니라 야기[96]

를 쐬였기 때문에 촉상97)을 한 것이다.

그래 지금도 기침이 나와서 두어 번 켁々 하였다.

이때 비대한 원장이 까운을 입고 드러왔다. 경아도 그 뒤에 따러왔다.

원장은 이 성장한 여자에게 홀린 듯이 유면98)으로 흘려보다가

『이리로 앉으시죠』

하고 청진기를 끄내든다. 그동안애 경아는 선주의 윗옷을 벳기여 진찰 편의를 거드렀다.

원장은 대강 청진을 해 보더니 청진기를 거둔다. 그는 목 안을 드려다보고 이마를 만저보더니만

『뭐 대단치 않으신 것 같군요』

하고 빙그레 웃는다.

『그래도 목이 아픈데요. 혹시 기관지염이 안될까요?』

『뭐 그렇게까지는……약을 드릴테니 자시지요』

원장은 더 진찰해 볼 것 없다는 듯이 처방을 쓰기 시작한다.

『저— 입원할 병실이 없습니까?』

이때 선주는 이렇게 무르며 애교 있는 눈매로 원장을 처다보았다.

원장은 멀정한 이 여자가 입원을 하겠다는 말에 웬일인지 놀나서 마주 처다보다가

『병실은 있습니다만은……』

『그럼 입원수속을 해주십시요—여관은 시끄러워서 도무지 잠시도 안정할 수가 없으니까요 며칠 동안이라도 입원을 하구 십습니다』

『정 그러시다면 좋습니다』

원장은 그제야 괴이쩍은 시선을 선주에게서 떼였다.

---

96) 밤공기의 차고 눅눅한 기운. 夜氣.
97) 찬 기운이 몸에 닿아서 병이 일어남. 觸傷.
98) 곁눈질. 流眄.

『몇 동이 비었습니까. 될 수 있으면 조용한 방이 좋겠는데요』

『넘녀 마십시요 특등이 있습니다』

원장은 이 호화롭고 미모를 가진 여자에게 적지 않은 흥미를 느끼였다. ―

그렇기로 말하면 며칠은 말고 몇 달이라도 입원을 해주었으면 하는 이욕이 남몰래 머리 속에 떠올렀다.

『신군 특호실로 입원 수속을 해드리지』

원장이 이렇게 명령을 내리자 경아는 마치 대기하는 자세로 섰다가 그 말이 떠러지기 전에 대답을 하며

『이리 오서요』

하고 선주를 다리고 나갔다. 그들은 약국으로 드러가서 입원 수속을 마친 뒤에 3층 특등실로 올라갔다.

『금침은 어떻게 가져오시게 됩니까?』

경아는 병실로 드러서자 약병을 탁자 위로 놓고 오홋이불을 새로 끄내서 갈며 선주에게 묻는다.

『네 이따 여관에서 가져오기로 했습니다. 그래 핸드빽만 들구 왔어요』

특호실은 과연 한적하고 드높아서 안계가 좋았다. 이 병원에는 둘도 없는 제일 좋은 병실이라 한다.

선주는 원래 사치를 좋아하기도 하였지만 특히 조용한 방을 청하기는 경아와 비밀한 이야기를 하고 싶었기 때문이다.

그러나 그는 입원하자마자 닷자곳자로 그런 말을 내기가 무엇해서 기회를 엿보고 있었다.

그 대신 그는 경아의 눈치를 살피였다. 그는 남몰래 경아의 인물을 여러모로 뜨더보았다. 자기는 결코 이런 여자의 타입을 좋아하지 않는다. 경아는 어디까지 정적(靜的)이요 얌전한 구석이 있다고나 할까! 이런 여자를 이른바 청초한 동양적 숙녀의 전형이라 할는진 모르나 그만큼 능동적인 활달한 기상이 없지 않은가.

그러나 경아가 단정한 용모와 결곡한 성미를 가진 것은 확실히 자기와 상반되는 절대적 존재라고 할 수 있다. 이 점이 저편의 장ㅅ점이라 할 만큼ㅡ. 그래서 남표는 이 여자한테 반한 것이나 아닐까?

선주는 지금도 이와 같은 생각을 하면서 경아의 인물을 비판적으로 뜯었다부첬다 꼬나보았다.

그럴수록 그는 경아가 알미웠다. 그는 어떻게든지 이 여자를 주물러서 속을 뽑아내러 드렀다.

『이 위로 들누십시요ㅡ이불이 아직 안와서 쓸쓸하시겠어요……』

경아는 우선 병원 소유의 얇은 요를 벳드 위로 펴고 뼈대를 갖다 놓았다.

『뭐 괜찮습니다. 인제 가저올 텐데요』

속으로는 미운 생각이 들건만은 되도록 선주는 상냥한 태도로 대하였다.

『객지에서 병환이 나서서 안되었습니다. 곧 나시긴 하시겠지만두……』

『뭐 대단치 않은 병이니까요ㅡ 그렇지만 잠시라도 폐를 끼쳐 미안한데요』

선주는 일부러 능청을 떨며 애교를 피우는데

『원 천만의 말슴을 다 하서요』

하고 경아도 상냥히 마주 우섰다. 그의 옥 같은 닛속이 다시금 선주를 놀래게 하였다. 자기의 닛속도 저와 같을까?

경아가 방안을 정돈하고 나가랴하니

『저ㅡ 밤저녁에는 누가 게신가요?……숙직하시는 분이……』

『네 오늘밤엔 제가 숙직이여요』

『아 그럼 잘됐군요……누구 찾어 줄 사람두 없구 심심한데! 틈 있는 대로 자주 와주서요』

『네! 그러겠습니다』

경아는 상냥히 대답하고 나간다.

그날밤에 선주는 경아를 조용히 만나서 남몰래 흉중에 품었든 비밀의 열쇠로 말문을 열었다.

그는 낮에 여관에서 가저온 비단 이부자리에 담요를 깔고 고무 풍침(風枕)을 기대여 비시감치99) 반쯤 누었다. 그리고 여관집 사람을 식혀서 사온 과실과 고급과자를 산같이 싸놓은 탁자 위에서 이것저것을 아낌없이 권하며 경아를 관대하는 것이었다.

경아는 선주가 실상은 딴생각이 있어서 일부러 술책을 쓰는 줄은 모르고 부지중 정에 끌리여 그의 환심을 샀다.

보아하니 그는 귀부인과 같이 몸치장을 하고 인물이 또한 잘생겼다. 물론 그는 전형적 신녀성으로 학식도 풍부한 것 같다. 그것은 그의 박식을 증좌하는 언변과 아울러 현대적인 태□의 술어(術語)를 다분히 쓰고 있는 것을 보아서—

또한 그가 첫인상부터 선주를 좋아하기는 무엇보다도 겸손한 태도였다. 흔히 경험하는 바 돈 있고 지식이 있는 사람들 중에는 남녀를 물론하고 교만하기 쉽다. 그들은 남을 깔보는 우월감을 가지고 있었다. 더구나 자기와 같이 직장에 있는 여자한테는 멸시와 하대를 하랴는 사람이 적지 않은데 이 부인은 언사부터 공손하여 조곰도 그런 티가 없는 것을 보고 은근히 감복하였다.

경아가 이와 같이 생각할수록 그는 참으로 높은 교양(教養)을 쌓었나 보다고 더욱 존경하는 마음이 생기게 하였다. 누구나 인격을 높이는데 있어서는 다만 학식만 있어서도 안된다. 그것은 지식 이외에 인간적으로 교양을 쌓아야 된다고—.

우선 남표부터 실례로 처들 수 있다. 그이는 조곰도 남을 하대하지 않는다. 그렇다고 결코 무능해 보이지는 않었다. 무능하기는커녕 어딘지 모르게 위신을 감추고 있지 않었든가.

---

99) 얼마간 기운 듯하게. 비시감치.

그럼 이 여자도 그와 같이 고상한 인격을 가추었는가 싶다.

『자 잡수서요- 인제 별일 없으시죠?』

선주는 경아 앞에 과자상자를 내밀며 연신 권한다.

『네』

경아는 두 가지 의미로 대답하고 나서 종이로 싼 과자 한 개를 집었다.

『퍽 고되시겠어요……낮에 종일 일하시구 밤에두 수직100)을 하실랴면-』

선주도 과자를 집어서 종이로 싼 것을 벳기며 동정에 넘치는 말을 한다.

『뭐- 괜찮아요 인젠 익숙해서요』

그동안 종이를 벳긴 과자를 경아는 입으로 가저가며 웃어보였다.

『그래두……참 저녁은 어떻게 하셨나요. 안 자셨으면 무엇을 좀 식혀
올까요?』

『아니요- 먹었세요……숙직하는 날은 의례 여기서 먹는답니다.』

경아는 질색을 하며 저편의 호의를 고사하였다.

『아 댁이 멀어서 자시구 올 틈이 없을테니까-』

『네!』

선주는 두어 번 점두(点頭)를 해 보이다가

『댁에는 부모님이 다아 생존해계신가요?』

『어머님 한 분만 계서요』

착은이 대답하는 경아는 선주의 시선을 피하며 아미를 숙인다. 그는 참
으로 조용하였다.

마치 산속에 드러앉은 잠잠한 호수(湖水)와 같다 할까?……그으기 빛나
는 눈매까지도 그러하다.

『네! 그럼 동기간은 몇 분이신데요?』

선주는 약간 놀나운 표정으로 다시 묻는데 그의 목소리는 금속성을 내

---

100) 건물이나 물건 따위를 맡아서 지킴. 또는 그런 사람. 守直.

면서 뎅-하니 울린다.

『옵바와 손아랫동생이 하나 있어요』

『네- 실례입니다만 오라버님께선 뭘 하시구……』

『□□□□□□ 단이시요』

『아 그러시군요……가정이 퍽 재미스러우시겠어요. 물론 신상께서두
결혼을 하셨겠지-』

『전 아직 안 했어요』

경아는 별안간 얼굴을 붉히여 새침해 웃는데

『아니 정말이서요』

하고 선주는 은근히 놀래는 척 하였다.

대륙의 봄밤 □변으로 짧른 것 같다. 밤이 차츰 깊어지는 대로 주위는
괴괴해졌다. 가두의 소음도 인제는 안 들리고 황황한 전등불만 별바다와
같이 불야성을 일우었다.

두 여자는 한동안 침묵을 직히고 이 야반의 정적에 귀를 기우렸다.

『그럼 약혼을 하셨겠지 언제 결혼을 하시겠는지 청첩을 빼노시면 안됩
니다.』

선주는 사과를 한 쪽 참칼로 마저 벳겨 먹고는 아까와 같이 비시감치
누으며 웃는다. 그는 진저리를 치면서--.

『아이……약혼두 안 했는데요』

경아는 더욱 면괴해할 뿐이였다.

『그러실 리가 있나요 결혼하실 연기가 지나신 것 같은데……』

이때 선주는 날카라운 시선으로 경아에게 눈총을 쏘았다.

『뭐 아직……』

경아는 선주의 이 질문에는 참으로 뭐라고 대답할 말이 없었다.

사실 그는 자기가 생각해도 혼인할 연기는 아직 늦어진 감이 없지 않
었다. 하긴 지금도 약혼만 하였다면 그리 초조할 것은 없었다. 그렇다고

혼처가 없는 것도 아니다. 청혼은 몇 해 전부터 사방에서 드러오고 신경
바닥만 해도 유명무명의 청년들이 직접 간접으로 청을 넣었다.

하건만 그는 도모지 맘드는 곳이 없었다. 맘에 없는 혼인은 차라리 안
하는이만 못하다고――옵바와 어머니가 말슴하는 자리까지 내박쳤다.

그래 요지음 어머니는 은근히 걱정하기를

『네가 저러다가는 시집두 못가구 노처녀가 될려나부다―혼인이란 농사
와 같어서 때를 놓지면 낭패란다.……너무 골르다가는 넘고 처저서 안되
는 번인데 웬 고집인지 난 모르겠다』

그럴 때마다 경아는

『아이 어머닌 인제 이십 남짓한 제 나이가 웨 늦었다구 그러시우 삼십
전후에 시집가는 정말 노처녀두 있는걸』

하고 웃었다. 그럴나치면

『흥! 그런 미친년들은 말해 뭘하게―과부가 아닌 담에야 삼십까지 뭘
하러 늙는단 말이냐』

모친의 이 말슴에는 과연 일리(一理)가 없지 않었다. 그러나 역시 그는
마음에 없는 혼인은 정말 하고 싶지가 않었다.

그것도 상대되는 남자가 전연 없다면 모르겠다. 그렇다면 통혼처에서
가장 합당한 자리를 골러서 정할 수 없겠다. 하나 경아는 벌써 남몰래 후
보자를 물색해 놓았다. 물론 그 남자는 자기의 심중으로만 점을 찍은 것
이다. 아직 저편의 동의는 못 얻었으니 결혼이 될는지 그것은 모른다.

하나 임의 그런 남자를 심중에 두고 있는 만큼 다른 사람은 눈도 거들
떠보이지 않는 것을 어이하랴. 그것은 자기 맘으로도 실로 어쩌지 못하는
감정이었다.

『내가 암만해두 상사병에 걸렸지……이야말로 가다꼬이[101]가 아닌가?』

---

101) '짝사랑'을 뜻하는 일본어. 片戀(かたこい).

경아는 어느때 자기 맘을 이렇게 물어보고 남몰래 자조하기도 하였다. 그러나 그런 생각이 들수록 그 남자에게 향하는 마음은 더욱 강렬해질뿐이었다. 지금도 경아는 그 남자의 생각이 문득 나서 선주의 질문에 대답을 주저하였든 것이다. 참으로 그 남자와 약혼을 할 수 있다면 하는 생각이 전기처럼 가슴 속으로 흘렀다.

약빠른 선주가 경아의 이런 눈치를 모를 리 만무하다. 그는 벌써 자기의 예칙이 드러마진 것을 보자 악마의 웃음을 속으로 웃었다. — 경아는 확실히 결혼 문제로 괴로운 모양이다. 그가 약혼을 하였다면 그 문제로 괴로워 할 리가 만무하지 않흐냐? 필경 어떤 남자를 런모하는 것 같은데 아직 약혼까지는 이르지 못하기 때문이 아닐까?

그러면 경아가 사랑하는 그 남자는 누구이냐? 그는 물론 남표일 것이다. 그는 이렇게 답안을 내리기에 주저치 않았다.

하나 선주는 이 이상 경아의 상처를 더 건디려서는 안되겠다는 생각에서 이날밤에는 고만 수궁하자 하였다. 그동안 밤도 늦었다. 경아는 선주의 방에서 물러나왔다.

그 후 사흘 뒤 — 선주가 퇴원하든 전날 밤이였다. 그동안에 그들은 아주 숙친하게 되었다.

선주는 경아가 모르게 꼬마 간호부와도 친하였다. 따라서 경아의 내막을 이 여자한테서 자세히 들을 수 있었다. 그는 그에게도 친절히 굴었기 때문에 묻지 않는 말을 들을 수까지 있었다.

선주가 돈 많은 환자라는 바람에 원장 부인까지 그의 병실을 위문하였다. 원장 부인은 원 능청이어서 남의 비위를 잘 마추었다.

『오늘은 퍽 바뿌섰지?……수술환자까지 있어서요』

선주는 경아와 향하여 앉자 우선 이렇게 화제를 끄내였다. 병상 옆으로 의자를 놓고 마주 앉아서 경아는 선주의 수중을 들어주었다.

『네 좀 바뻤서요』

『그런데 이런 큰 병원에 웨 조수 한 사람이 없을까요?』

선주는 의아한듯이 경아를 처다보며 묻는다.

『요전까지 있었는데 그 분이 나간 뒤에 아직 대신을 못 구했답니다』

사실대로 경아는 고백할밖게

『아 참 그전에는 있었지요……아까 이상한테 나두 들었는데……그분
이 퍽 무서웠다며요?』

하고 선주는 호기심을 띠우며 웃는다.

『후……너무 점잔해서 이상은 그러는가 바요』

경아는 마주 웃으면서도 남표를 은연중 변명하였다. 선주는 그 눈치를
채자 속으로 비우스며

『얼마나 점잔키에 이상은 그런 말까지 지여냈을까. 어듸 출신인 누구인
데요?』

사실 선주가 남표의 말을 물었을 때 꼬마 간호부는

『먼점 있든 조수는 어찌 무서운지 몰라요』

하고 혀를 내둘렀었다.

『×전엘 단인 남표 씨라구요』

선주의 묻는 말에 경아는 무심히 대답하였다.

『아니……그분이 남표 씨?……』

벼란간 선주가 소소라처 놀래며 눈을 크게 뜨고 묻는 바람에

『네 남표 씨예요……잘 아서요?』

경아도 마주 놀래며 반색을 하였다.

『잘 알다말다요……우리 집 사랑양반과 죽마고우인데요』

선주는 경아가 어쩌나 보느라고 일부러 거짓말을 꾸며냈다.

『아 그러세요……그럼 여기 계신 줄 몰르섰든가요』

반신반의한 생각에서 경아는 선주를 처다보며 묻는다.

『네 요전에― 오래간만인데 뜻밖게 기차안에서 만났섰지요……신경에

서 떠난다기에 그런 줄로만 알았지 여기 있었든 것까지는 묻지 않았지요……신가진으로 가는 길이라든데』

『그럼 이 병원에 있다가 바로 떠났는가요?』

『네 그랬어요……그때 신가진으로…』

경아는 뜻밖에 선주의 입에서 남표의 말을 들으니 여간 기쁘지 않았다. 더욱 그의 남편과 친한 친구라는데는 마치 남표를 대한 것같이 은근히 반가웠다. 그래 그는 가라앉지 않는 감정에 들떠서 가슴이 두근거렸다.

『아 그랬었군요……그분이 바로 여기 있었군……난 그때 신경 어떤 병원에 있다가 재미가 없어서 북만으로 들어간다기에 그저 그런 줄만 알았더니』

선주는 경아의 몸 다는 표정 위로 시선을 쏘면서 잔인하게 윙을 까기 시작하였다.

『네. 그러시군요……저 댁 선생님께서도 의학교 출신이십니까?』

경아는 그들이 얼마나 친한지 알고 싶어서 다시 물어보았다.

『아니 중학까지만 가치 단이시고 전문서부터는 갈렸다니까요……집의 양반은 법전을 나왔답니다』

경아는 더 묻고 싶은 말이 많았으나 참아 못 묻고 저편의 눈치만 안타깝게 보고 있었다.

선주는 벼란간 표정을 살짝 고치며

『당신은 그분을 사랑하시지요?』

하고 눈웃음을 친다. 그것은 칼날같이 섬뜩하게 경아의 가슴을 찔렀다.

『네!………』

일순간 그는 정신이 앗질해지며 어쩔 줄을 모르도록 놀래였다.

『남표 씨를 사랑하시지요?』

여전히 선주는 악마와 같이 잔인한 눈웃음을 치며 시선을 쏘는데

『제가 무슨………』

경아는 기가 질려서 말을 못하고 머리를 폭 숙이였다. 아지 못할 눈물이 핑—돌며 가슴이 펄떡펄떡 뛴다.

『웨 속이서요—나두 다아 들어서 아는데요』

선주는 우선 이렇게 한 마디로 경아의 목덜미를 눌러놓고 나서 잠시 말을 끊었다가

『남표 씨를 나두 그때 여러 해 만에 만났기에 그동안 가정형편을 물어봤더니만 아직도 결혼을 안 했다 하며 자기는 결혼문제 같은 것은 염두에 두지두 않는데 신경서 가치 있던 간호부가 귀찮게 구러서 지금 북만으로 떠난다구 그러드군요……그 여자가 자꾸 약혼을 하자구 졸른다구……그래 내말이 그래두 좋지 않으냐 했드니만 아여 그러지 말라는구려……그렇다면 그 여자가 누구일까요?……설마 꼬마 간호부호부는 아니겠지요……이상은 남표 씨를 무섭다구 혀를 내둘른다니까……』

선주의 이 말은 한 마듸 한 마듸 경아의 명문을 찌르는 것 같았다. 참으로 이야말로 청천벽력이 아니냐!

『아……』

경아는 별안간 울음이 왈칵 나와서 흙흙 느끼여 울었다.

설마 남표 씨가 그런 말을 하였을까? 더구나 친구의 부인한테 그런 말을 하였을까? 그는 지금까지 남표가 그와 같이 경박한 남자인 줄은 몰랐는데 이런 말을 들으니 기가 막킨다.

그러나 가만이 들어보면 전혀 터문이 없는 거짓말 같지도 않았다.

우선 선주는 차안에서 만났다는 사실부터 정말인데다가 자기가 은근히 남표에게 애정을 표한 것이 또한 사실이라 할진댄 양심에 물어보아도 그것을 부정할 수는 없지 않으냐! 그런데 선주는 뜻밖게 두 번째 쇠공이로 정수리를 내려팬다.

『그날 정거장에 전송까지 나가섰지요? 그래두 그 여자가 당신이 아닙니까?』

『아 아……』

경아는 대답대신 울음을 속구쳤다.

선주는 이와 같이 경아를 단번에 까러엎쳤다. 그는 마치 보라매가 까토리를 잡아놓고 하나 하나 산 털을 뽑으며 정복자의 쾌감을 느끼듯이 남모르는 승리감에 자기 만족을 느끼였다.

『신상! 울지 말구 고만 이러나우- 누가 와서 들으면 수상히 알테니……물론 당신의 사정이 매우 딱해서 나 역시 동정이 갑니다만은 안 되는 일을 억지로 하자면 일도 안 되고 당신의 전정만 그릇칠 것 아니요……당신은 그야말로 하쓰고이¹⁰²⁾로 남표 씨를 정말 사랑하는진 모르지만 저쪽에서 싫다는 걸 부득부득 덤빌 께야 뭐 있겠어요……어듸 세상에 남자가 그이 하나뿐인가요』

『………………』

경아는 여전히 정신없이 느끼였다.

『당신 아직 남표 씨가 어떤 인 줄을 모르구 그저 정에 날뛰지만 그분한테 실련을 당한 여자가 당신 하나인 줄만 아시나요- 우선 내가 알기만두 네댓 손가락을 꼽을 수 있는 걸요……실상은 그이가 만주로 뛰여온 것도 그 성화를 받기 싫여서 왔는데 당신이 또 그런다면 그는 다시 몽고사막으로 쫓겨갈는지 모르거든요……호호호 자 고만 이러나시고……그분은 아여 단념하시요……난 무슨 남표 씨만 위해서가 아니라 우선 당신의 장래를 생각해서 진정으로 하는 말이외다』

선주는 이렇게 말하면서도 속으로는 남몰래 웃었다.

이윽고 경아는 눈물을 거두고 일어났다. 그는 일순간 마음이 확 달러졌다. 지금까지 들은 선주의 말이 모다 절절히 옳은 것 같았다.

믿지 못할 것은 정말 남자의 마음이라 할까. 남표가 여태껏 편지 한 장

---

102) '첫사랑'을 뜻하는 일본어. 初戀(はつこい).

이 없는 것만 보더라도 박정한 그 속을 알 수 있었다.

경아는 머리를 처들고 일어나 앉자 우선 선주를 똑바로 쳐다보고 나서 『감사합니다! 그처럼 일깨워 주시는 말씀은 무엇이라구……남표 씨가 그런 분인 줄은 전연 몰랐세요—그렇지만 제가 그분을 귀찮게 군 일은 한 번도 없었는데 입 밖에 낸 일두 없었세요……그저 제 마음속으로 그분을 존경하고 좋게 생각했었든 건 사실이였습니다만—아니 사모하는 마음까지도……그러나 지금 선생님의 말씀을 듣고 제 잘못을 인제 알겠어요……』

경아는 마침내 양심의 괴로움을 참을 수 없어서 선주 앞에 솔직히 자백하였다.

일상 마음이 고든 사람은 제 잘못을 깨다른 때 그것을 누구 앞에서나 토하기를 끄리지 않는 법이다. 항차 지금과 같이 그를 위해서 진심으로 충고를 하는 선주의 말을 듣고 깊이 감동한 이때의 경아일까부냐. 그는 사실 순진한 처녀였다.

선주는 자기의 계획이 순순하게 성취된 것을 은근히 기뻐하였다. 동시에 고지식한 경아가 속아 떠러진 꼴이 여간 재미가 있지 않었다.

대신 전에 기차 안에서 꾸미든 연극은 결국 남표한테 자기가 지고 만 셈이다. 하지만 그때도 통쾌하기 짝이 없었다. 그때는 자기도 흥분했었지만 남표의 몇 배 더 괴로워하는 그것이 재미있었든 것이다.

그런데 지금은 완전한 승리를 얻었다. 경아는 지금 자기 앞에 존재도 없이 굴복하고 있지 않은가. 그것은 먼저번에 남표한테 당한 복수를 다하고도 오히려 남을 만하였다.

그래 선주는 양양한 의기로 다시 훈게하기를

『물론 잘 생각하셨세요……일상 남자의 생각이란 여자와는 다르니까요……그건 신상이 이런 데 게시니까 내가 말씀드리기 전에 많은 경험을 해 보셨겠지만—여자란 누구나 꼭 한 성질이 되어서 한번 맘이 내키면 그만 죽자꾸나 하구 그걸 직혀 나갈려구만 들지 않습니까? 그래서 여자를 편성이라 하는데 그것은 과연 장ㅅ점두103) 되는 동시에 단ㅅ점두 된다고 볼 수 있겠지요. 그러나 남자는 그와 달러서 아무리 결곡한 남자라도 그렇지가 못하단 말씀이외다. 그들은 어디까지 가면적104)이요 생각하는 범위가 넓습니다. 더욱 여자한테 대하는 감정과 태도는 오랜 습관으로 인해서 누구나 우월감을 가지고 있습니다. 우선 정조 문제를 두고 보더라도 그렇지 않습니까』

『네……』

경아는 고개를 숙이며 가늘게 대답하였다.

『그렇다고 난 무슨 남표 씨만 험뜻자는 말은 아니여요. 일을테면 대다수의 남자가 여자에게 관심을 가졌다는 한 례(例)를 처든 뿐인데요……그렇키로 말하면 남표 씨는 남자 중에서 가장 점잖은 분인지두 모릅지요. 그렇지 않어요?……사실 그분은 유위105)한 청년이랍니다. 지금부터라도 공부를 힘쓰기만 하면 앞으로는 훌륭한 재목이 될 것입니다. 그러니까 당신께서두 그분을 단념하셔서 그분의 진정을 막지 마세요……남자들은 여자 때문에 일을 망친다 하지 않어요? 그런 원구를 듣지 마셔야 합니다. 그것은 당신 혼자 불명예가 아니라 우리 여자─윈 인류의 절반을 차지한 여자 전체의 불명예가 아닙니까!』

『네! 잘 알겠세요』

경아는 더욱 감동하며 목멘 소리로 대답한다.

『그렇다구 남표 씨를 웬수로 아시란 건 아닙니다. 그분을 존경하는 건 좋습니다. 다만 서로 한계를 직혀서 불합리한 애정에 끌리지 말라는 것뿐입니다.─자 인제 그런 말씀은 그만두시구……우리 다른 얘기나 하십시

---

103) 원문은 '장점ㅅ두'.
104) 속마음을 감추고 거짓으로 꾸미는. 假面的.
105) 능력이 있어 쓸모가 있음. 有爲.

다』

선주는 여기서 말을 끊었다. 밤은 어느 때나 되었는지 주위가 괴괴하였다.

그 이튿날 선주는 예정과 같이 일직이 퇴원을 하였다. 그가 떠날 때에
도 경아에게는 특별히 대하였다. 그리고 혹시 하르빈에 오는 일이 있거든
한번 찾어 달라는 부탁까지 하였다.

선주를 떠나보낸 뒤에 경아는 망연자실하였다. 실로 어제밤에 당한 일
은 꿈인지 생시인지 모르겠다. 그는 마치 여호한테 홀린 것처럼 갑재기
자기의 정체를 붓잡을 수 없게 하였다. 경아는 하루밤 동안에 아주 중병
을 앓고 난 사람처럼 몰골이 틀리였다. 그도 그러할 것이 그는 어제밤에
잠을 한 숨 못 잣다. 밤새도록 숙직실에서 울며 세웠다.—

실로 곰곰이 생각할수록 기가 막킨다. 그것은 무슨 남표한테 실련을 당
한 것이 분해서가 아니다.

차라리 실련이라도 톡톡이 당했다면 오히려 덜하겠다. 이건 그렇지도
못하면서 은근히 남의 속을 터지게 하지 않는가. 그는 인간적으로 치욕을
당한 것이 무엇보다도 분하였다. 누가 언제 약혼을 하자고 졸랐으며 못
살게 굴었기에 할 수 없이 이곳을 떠났다는 것인가. 어느 때 단 한번이나
마 있었기에 말이다. 그런 기억은 꿈에도 없었다. 다만 자기는 마음 속으
로 그리워했을 뿐이다. 그런데 그는 선주와 얼마나 친한 사인지는 모르나
백제 그런 그짓말을 터무니없이 지여내서 하였을까?……남표는 의사다.
그는 렌도겡106)으로 살 속의 뼈를 드러다 보듯 자기의 마음 속을 드려다
보고 한 말이였든가?……

설영 그렇다 하더라도 양심이 없는 부량청년이 아닌 바에는 그런 말을
함부루 제삼자에게 할 순 없겠다. 더구나 여자한테는 농담으로라도 참아
못할 일이다. 하긴 오늘날까지 남표를 인격자로 대해 왔었고 또한 지금까

---

106) 뢴트겐(Röntgen). 엑스선.

226

지의 언어행동을 비춰볼 때 조금도 상없이 군 일이 없지 않었든가?——그런 점으로 따저 본다면 선주의 말에 어떤 의심이 없지도 않었다.

그러나 또한 다시 생각하면 그것이 남자의 여자에게 대한 상통수단인지도 모른다. 선주의 말마따나 남자들은 아무리 점잖어도 여자 앞에서는 한 겹을 가리고 있는 것이 아닐까! 참으로 모를 것은 사람의 속이라 하였다. 만일 이 때의 경아가 남녀 간의 교제에 대해서 다소라도 경험이 있었다면 선주의 말을 비판적으로 분석할 수가 있었을 것이다. 동시에 그는 그의 말에 모순이 있고 부자연스런 점을 발견하야 어떤 눈치를 챘을 것이다.

그러나 경아는 아직 그런 방면에 너무도 소매하다. 그는 비록 병원에 있으면서 □인을 많히 해왔으나 천성이 안존한 만큼 몸가짐을 삼가고 있었기 때문에 다른 일에는 매우 영리하면서도 그 방면에는 소매하였든 것이다.

하긴 그 역시 선주의 말에 한 가닥 의심이 없지 않었다. 혹여 선주도 남표에게 실련을 당한 여자가 아니든가. 그는 지금도 선주의 말을 기억한다.

——자기가 아는 것두 그런 여자가 네댓은 된다고— 그러면 선주도 그들 중에 한 여자가 안이였든가. 그런 의심이 들기도 한다. 선주야말로 남표에게 정말 실련을 당했는지 모른다고—.

그래서 그는 오전에 기차안에서 남표를 뜻밖에 극적 상봉(劇的相逢)을 한 마당에 상구도 미련이 남은 선주는 싸홈 걸고 덤비려나 않었든가. 그 때 설왕설래에 남표도 자기 말을 끄내서 선주를 더욱 면박을 주었는지는 모른다고!.

하나 또한 그렇다 하더라도 그것은 선주만의 모욕이 안이다. 선주는 물론이요 자기까지 망신을 당한 셈이다. 남표는 그때 이렇게 웨쳤는지 모른다.—너 같은 것들은 두 줄로 역겨와야 하나도 내 눈에 안 든다. 지금 신경에서도 약혼을 하자는 간호부가 있지만은 한번 거들떠보지 않었다고 —. 그래서 분이 난 선주는 그 여자가 누군지 들렀다가 뜻밖에 자기가 그 간호부인 줄을 알자 같은 운명의 길을 밟으랴는 자기에게 진정에서 우러 난 하소연 겸 충고를 한 것이 안이냐고!

이렇던지 저렇던지 경아의 바든 타격은 크다. 그는 참으로 어찌해야 좋을는지 압길이 캄캄하다. 마치 그것은 어둔 밤에 혼자 등불을 켜들고 가다가 별안간 불이 딱 꺼져서 허전한 때와 같었다.

그날은 일요일이다. 경아는 초침한 얼굴을 들고 오정 때에 집으로 도라왔다.

『아니 네가 웬일이냐! 지난 밤에 어듸를 알었니?』

어머니는 경아가 하루밤 동안에 몰골이 홱 틀린 것을 보고 깜짝 놀래며 뭇는다.

『아니요』

경아는 딱 잡어 떼고 마렀다. 그러나 그의 목소리는 시름 없이 들렸다.

『그럼 왜 몰골이 저렇게 틀렸단 말이냐?』

어머니는 더욱 의아해한다.

『밤을 새워서 그래요』

『밤을 왜 새윗니?』

『중병환자가 있어서요』

경아는 이밖게 다른 말로 꾸며낼 수는 없었다.

이 말을 들은 모친은 더 추궁하지 않는다. 그 대신 그는 실음 없이 한숨을 내쉬며 담배대를 들고 앉는다.[107]

『어듸 고되여서 그 짓을 해먹겠늬— 그러기에 인제 고만두구 시집이나 가라니깐……』

이렇게 말하며 담배를 부처 문 모친은 슬쩍 경아의 눈치를 보는 것이였다.

---

107) 원문은 '않는다'.

『시집은 아무듸나 정하두 않구 가는게요? 어머닌 툭하면 시집만 가라
시게』

경아는 그렇지 않어도 남모르는 서름에 속이 상해 죽겠는데 어머니의
덩다러서 처드는 이 말에는 고만 더 참을 수 없어 감정이 폭발했다.

느닥 없는 폭백108)에 어머니는 찔끔을 하듯이 처다보다가

『웬 야단이냐. 그러기에 지금이라두 정하면 되지 않늬!』

『정하긴 어듸로 정해요? 듯기 싫대두 밤낮 그런 소리만……』

『듯기 싫거든 고만두랴무나……』

모친은 다시 한숨을 지으며 도라 않는다.

생각하면 모친도 불상하였다. 그는 오늘날까지 자기네 삼남매를 과부의
몸으로 키우고 가라치기에 얼마나 고생을 하섰든가. 인제는 늙으실 말량
에 남과 같이 효성은 못 해드릴망정 그러지 않어도 외로운 마음을 구태여
상하게 할 것까진 없는 일이였다. 그것은 경아도 잘 안다.

어머니는 십 년 전에 아버지가 도라가신 뒤에 많지 못한 유산을 물려
바든 것을 가지고 규모 있는 살림을 하여 왔다.

그러나 이번 일은 사랑하는 어머니한테까지 참아 고백하지 못할ー오직
남몰내 안타까운 가슴을 태울 수밖에 없었다.

그런 생각은 오늘이라도 병원을 고만두고 어듸로 멀리 다러나고만 싶
었다. 아무도 모르는 산 속으로 드러가서 실컷 맘놓고 우러 보기나 하고
싶다.

만일 남표가 가까히 있기만 하면 그는 당장 쫓아가서 무릅마침109)이라
도 하고 싶었다. 이런 모든 갈피 없는 생각은 참으로 어찌해야 좋을런지
안절부절을 못하게 한다.

---

108) 성을 내어 말함. 暴白.
109) 두 사람의 말이 서로 어긋날 때 제삼자를 앞에 두고 전에 한 말을 되풀이하여 옳고 그름
　　을 따지는 일. 무릎맞춤.

그날부터 경아는 풀끼 없는 사람이 되었다. 그는 먹어야 음식이 맛이 없고 자리에 누어야 잠이 냉큼 오질 않는다. 일을 하다가도 공연이 한숨이 쉬여지고 혼자 있을 때는 실음없이 턱을 괴고 앉아서 먼곳을 바라보는 것이였다.

그는 자기가 생각해도 참으로 실련을 당한 여자 같았다.

그럴수록 나날이 몸은 축가고 식구들은 그대로 걱정하는 빛이 보인다. 어머니뿐 아니라 옵바와 올케까지 그들은 은근히 염녀하기를 마지 않었다.

어느날 조용한 때 옵바는 경아를 불러 앉이고

『너 무슨 번민 있니?』

하고 물었다.

『아니요』

『그럼 왜 얼골이 저러냐』

『아마 봄을 타서 그런가 바요』

경아는 그때도 이렇게 속여 넘겼다.

『그러지 말고 딱한 사정이 있거든 말을 해라. 오래비한테까지 [숨]기일 것은 뭐 있느냐』

옵바는 진정으로 달래였다.

『사정은 무슨 사정이여요-옵바두 참!』

그때 경아는 강잉이 웃으며 이렇게 대답하였다.

『글세- 아무 일도 없다면 모르지만 어째 요새는 네가 달러진 것 같아서……』

그만 윈집안 식구까지 눈치를 채게 되었다.

그는 병원엘 나가기도 싫여졌다. 병원에 있으면 더욱 남표의 생각이 떠오르기 때문이였다. 그러나 당장 나오게 되면 집안에 가처있어서 아무런 할 일이 없을 뿐더러 무료한 시간을 보내는 중에는 속절 없는 수심만 더할 것 같았다.

그 외에도 식구들은 좋은 기회를 붓들었다고 시집을 가라고 졸를 것 아닌가.

하긴 남표가 그와 같이 경박한 사람이라면 다시 더 바랄 것 없이 단념해도 좋겠다―인제는 그 전에 가졌든 생각을 끊겠다고 임의 선주의 앞에서 결심하지 않었든가!

하다면 권에 못 익이는 척하고 집에서 식히는대로 적당한 혼처를 선택해 가는 것이 이 마당에 상책일는지 모른다.

그러나 경아는 당초부터 마음에 없는 결혼은 하고 싶지가 않었다. 그뿐 외라 외골수로 남표를 그리움이 골몰했든 만큼 이번에 바든 타격이 자못 컸었다. 그것은 실로 천만꿈밖에 일로서 자다가 뒤통수를 어더마진 것처럼 불의에 상처를 입었다.

물론 그 역시 남표와 꼭 결혼을 하게 될 것을 믿고 있었든 것은 아니다. 자기도 그런 말을 입 밖에 낸 일이 없는데 황차 남의 속을 어찌 알 것이냐. 다만 경아는 전과 같이 그를 존경하고 정신적 사랑을 변치 않었으면 하였다. 그것은 안타까운 심정일는지 모른다. 하건만 아직까지는 그 이상을 더 생각한 적이 없었다.―마음 속 깊이 그를 련모하고 있음은 사실이다. 그것은 자기도 모르게 가슴 속에 감추어 있는 구슬과 같은 비밀이였다. 따라서 가사 그와 결혼을 하게 된다 해도 그것은 먼 장래의 일이였다. 지금은 그리 서둘고 싶지도 않었다. 피차간 생활의 기초를 잡은 뒤에 마음의 결합이 긴밀해질 때 자연히 문제는 해결될 것이 아니냐고― 그동안 그는 처녀의 선물을 참으로 보물처럼 비밀히 간직해두고 싶었다.……

그런데 어찌 뜻하였으랴! 싸고 싸두었든 진주알이 땅바닥에 굴를 줄을― 그는 과연 진주와 같은 사랑을 깨트리고 날마다 처량한 시간을 보내였다. 하루밤 동안에 그의 세계는 홱 변했다. 상전이 벽해가 된다더니 과연 그런가부다. 어제까지는 □□에 빛나든 천지는 갑재기 암흑에 둘너쌔운 것 같었다― 모든 것이 시들하고 귀치 않다. 눈에 뵈는 것 귀로 듯는 것이 하나도 좋은 것이 없었다. 광명은 암흑으로 – 히망은 절망으로 – 동경(憧憬)은 허무(虛無)로 – 일순간 천지가 뒤밖귀였다. 그만큼 그는 어서 죽고 싶었다. 참으로 이게 웬일이냐?…….

병원에 있을 때는 하루해가 지루한대다가 남표의 생각이 더욱 작렬하였다. 오히려 그전에는 그렇지 않았는데 생각을 말자든 지금이 더하였다. 단렴할랴면 할수록 그이의 생각은 더해진다.

무서운 것은 더욱 다 뵈인다고 그와 같이 끊으면 끊으랴 할수록 그의 이상은 더욱 똑똑해졌다.

죽은 사람은 정을 끊느라고 시간이 흐르면 망각(忘却)의 심연(深淵)으로 빠저버린다. 그러나 사러서 생리별은 생초목에 불이 붓는다 하지 않는가. – 경아는 남표의 손때가 무든 그릇을 만질 때마다 그의 환영이 무시로 떠올라서 견딜 수가 없었다. 전일과 같이 그의 목소리가 들린다.…… 그의 웃음소리. 말소리. 숨소리. …… 그리고 그가 웃을 때의 입모습과 성날 때의 무서움과 일할 때의 점잔음이 눈앞에 어른거리였다.

이렇게 하루해를 지루하게 가까스로 넘기고 집으로 도라와서 자리에 누으면 또한 꿈자리가 뒤숭숭해서 악몽을 훝어 깨기가 빈번하였다.

하루한날 아니고 참으로 그는 어찌해야 좋을런지 모른다. 날이 지나갈수록 결심한 것은 소용없이 번민만 더하여 갈뿐이다. 그것은 자기로서도 어찌할 수 없는 – 마치 불가항력에 눌려서 불의애 횡액을 당한 때처럼 꼼짝을 할 수 없었다.

그런데 하루는 병원에를 나가보니 천만뜻밖에 남표에게서 편지 한 장이 날러왔다. 그때 경아는 아연실색하도록 – 한동안은 편지를 뜻어 볼 경황도 없이 놀랬었다.

사실 경아가 남표의 편지를 바더든 순간에는 일희일경 마음을 것잡지 못해서 마치 실성이나 한 사람처럼 정신의 착난을 이르켰다.

선주의 말과 같이 이 편지가 절연장(絶緣將)인가 그렇지 않으면 반가운 소식을 전하는 안부인가? 남표가 그때 정거장에서 마지막으로 작별인사를 할 때 드러가는 길로 바로 편지를 하겠다든 말을 경아는 지금도 기억한다.

그러나 그의 편지는 엽서도 안이였다. 두툼한 봉지를 부친 것은 어떠한 내용일까? 그것은 절연장이 분명한 것 같다. 만일 안부편지를 하였다면 봉서라도 간단한 사연이 안일 것인가.

그래 경아는 그 즉시 편지를 뜻어볼 용기가 나지 않었다. 만일 그렇다면 차라리 안 보니만 못하다는 생각이 든다. 그런 생각은 그 당장 편지를 찌저버리고 싶었다. 하나 또한 무슨 사연인지 궁금해서 읽어보지 않고는 그럴 수가 없었다.

이렇게 두 가지 생각에 날뛰든 경아는 얼른 편지를 품 속에 감추워 두었다. 그는 누가 눈치를 챌까보아서 지금은 사실 읽어볼 틈이 없었든 것이다.

그날도 경아는 숙직이였다. 그래 그는 밤들기를 고매하였다. 이날과 같이 시간이 지루한 때는 없었다. 참으로 일각이 삼추같이 더듸 감을 한탄할 만큼—.

이럭저럭 날이 저물고 밤이 되였다. 그는 전보다 일직이 입원환자들의 체온 검사를 마치고 숙직실로 드러갔다. 누가 지금 드러올 리도 없었건만 그는 방문을 안으로 잠구었다. 그는 그제야 품 속에 감추었든 남표의 편지를 끄내 들고 전등불 밑에서 다시 안팍그로 뒤적여보았다.

이때 별안간 경아는 소리처 놀내며 피봉을 뜻으랴든 손을 움추렸다. 그것은 다시 놀나운 새 사실을 발견하였기 때문이다.

그는 지금까지 남표는 신가진에 있는 줄만 알었다. 그런데 봉투 안쪽에 남표의 주소를 씨운 곳은 신가진이 안이라 정안둔이였다. 그럼 그는 신가진엔 안 갔고 정안둔으로 갔는가? 정안둔? 정안둔이란 데가 어떤 곳일까?…

그 순간 경아는 떨리는 손으로 봉투를 뜯고 편지를 끄내들었다.

존경하는 경아 씨—

첫 장을 펴서 보니 허두에 이와 같은 문귀가 써 있음은 웬일이냐……
그때 경아는 실로 여광여취하여 혼령이 공중에 뜬 것 같았다. 그는 편지
를 읽어내려 갈수록 의외의 감격을 느끼었다.

그것은 천만다행이라 할는지 뭐라 할는지 모르나 확실히 절연장은 아
니다.

경아는 남표의 편지를 다 읽고 나서 다시금 의혹의 안개 속에 쌓히지
않을 수 없었다. 그는 기차 안에서 심경의 변화로 목적지를 변경하였다
했는데 그것은 무엇을 의미한단 말일까? 그리고 그 말은 지금은 하고 싶
지 않다고까지 부언(附言)하였음은 웬일일까?

더욱 히한히 생각되는 것은 지금 남표가 있는 정안둔은 바로 5호실 환
자가 사는 동리라 한다. 도무지 이 어찌 된 일인지 모르겠다.—

기차 안에서 심경이 변했다는 것은 확실히 선주를 만나본 것을 암시(暗
示)한 것이였다. 그러나 문맥을 통하여보면 조곰도 자기를 뜻한 곳은 없
다. 뜻기는커녕 도리어 다정한 리즘이 흐른다. 도리여 그는 같이 있을 때
보다도 편지가 더욱 정이 붓게 한다. 경아는 그 점에 은근히 놀내였다. 참
으로 그가 이렇게 고상한 편지를 쓸 수 있을 줄은 몰랐기 때문에—.

그러면 이 일이 어찌된 셈이냐? 선주에게 듯든 말과는 아주 딴판이다.
선주의 말과 같을진댄 그의 편지는 응당 절연장이여야 한다. 그런데 이
편지는 절연장이 안임은 물론 어떻게 보면 러부레터 같기도 하다. 아니
그것은 지나친 말이라 하더라도 확실이 호의를 표한 것임엔 틀림없었다.
그는 편지를 다시 읽어보았다. 암만 비판적으로 뜨더 보아야 걸리는 구절
이 하나도 없다. 그것은 왼지면에 우정이 넘치는 정찰이였다.

일순간 그는 선주한테 속았구나 하는 생각이 번개치듯 하였다.

경아는 다시금 반신반의하여 어느 편이 옳은지 모르겠다. 만일 선주가

거짓말로 속였다면 그는 무슨 까닭으로 그런 짓을 하였을까. 자기를 그와 같이 속임으로써 무슨 잇속이 있을 것이냐?…… 그것이 또한 이해하기 곤란한 점이었다.

그렇다면 오히려 남표에게 모호한 구석이 있지 않을까. 그는 지금 어떠한 계책으로 자기를 농락하랴는 수단이 안일까! 하나 또한 그런 것 같지도 않으니 도무지 알 수 없는 일이었다.

이렇게 갈팡질팡 허매든 경아는 마침내 남표에게 편지를 쓰지 않고는 견딜 수 없었다. 하긴 선주가 그저 있다면 당장 쫓아가서 무러보고 싶었으나 그는 벌써 하르빈으로 떠났을 테니 그럴 수도 없었다.

경아는 일변 책상을 닥아놓고 편지 쓸 제구를 끄내놓았다. 그리고 무릎을 꿇고 앉어 복잡한 상렴(想念)을 가다듬기 위하여 두 손으로 이마를 집고 두 눈을 꼭 감었다……실로 만감이 교집한 가슴 속은 마치 여울물처럼 소용 들며 물결을 친다. 그 순간 전기가 통한 듯이 왼몸이 찌르르하며 감격에 넘친 눈물이 팍 쏟치는 것이었다.

선생님!
뜻밖에 주신 편지는 감사히 받자와 읽었나이다. 더욱 농촌생활을 동경하시든 선생님의 이상(理想)적 사업이 뜻과 같이 착착 진행되어간다 하오니 듯자옵기 매우 반가웁나이다. 저는 그동안에 변함없이 지낫사오며 또한 집이 무고하오니 이 모다 선생님의 원념지덕[110]인가 하나이다.

선생님! 그러나 저는 지금 선생님에게 대하와 무슨 말씀을 드려야 할는지 모르겠습니다. 그런 생각은 차라리 편지를 올릴 필요도 없겠다고 몇 번이나 쓰기를 중지하였습니다마는 저로서도 어찌할 수 없는 힘에 끌리워 다시 이 붓을 드나이다.

---

110) 멀리 떨어져 있는 사람의 신상을 생각하거나 걱정해 준 덕분. 遠念之德

선생님! 저는 너무도 억울한 말씀을 듣고 있습니다. 제가 언제 선생님에게 약혼을 하자고 졸났아오며 선생님이 신경에서 못 백여내시도록 귀찮게 군 일이 있습니까? 그래서 신경을 떠나셨다니 선생님! 정말 제가 그런 적이 있었습니까? 아니 단 한 번이라도 그런 적이 있었습니까? 생시는커녕 꿈에도 그런 일이 없었는데 청천벽력도 유만부득이요 실로 창피해서 참아 못 옮길 말이오나 너무도 억울하옵기에 들은 대로 전합니다. 이 어찌 살이 떨리고 피가 끓토록 애매한 사람에게 음해를 하심이 안일까요…….

선생님!

선생님의 편지에도 기차 안에서 심경이 변하여 목적지를 변경하였다는 것은 무슨 말씀인지요? 그리고 그 까닭은 지금 말하고 싶지 않다는 그 말씀은 또한 무슨 의미신지 저 같은 아녀자의 좁은 소견으로는 도저히 이해하질 못하겠나이다. 저는 오늘날까지 선생님을 인격자로 존경하여 왔사옵고 의학계의 진실한 선생님으로 모셨을 뿐이온데 뜻밖에 그런 말씀을 간접으로 듣자오니 실로 놀라옵고 분한 마음 영천수가 안이라도 귀를 씻고 싶었나이다.

선생님은 그 여자와 어떠한 관계가 있삽기에 결백한 제 몸에게까지 루를 끼치게 하셨나이까? 기차 안에서 만나셨다는 그 여자를 선생님은 저한테 속이시지 않었나있까?

아! 그 여자에게 듣든 말을 생각하면 지금도 치가 떨려서 무에라 형용할 수 없나이다.[111] 그런데 뜻밖게 선생님의 편지를 받자와 뵈오니 이 어찌 또한 말의 외착이 그대지 심하든지요.

그 여자가 전하든 말과는 아주 천양지판[112]이오니 그 속이 어찌 될 일이온지 다시금 의심이 없지 안나이다. 그러나 여러 말씀할 것 없이 이 모

---

111) 원문은 '업나니다'.
112) 천양지차. 하늘과 땅 사이와 같이 엄청난 차이. 天壤之判.

다 저의 불찰이라 믿사옵고 수원수구를 않겠나이다.

　다만 정안둔은 5호실 환자가 사는 곳이라 하옵고 그 댁에서 저의 안부를 무르셨나니 감사합니다.

　선생님!

　그러면 이 편지는 선생님과는 마지막 통신이 될는지도 모르오니 기리 안녕하시며 선생님의 장래 생활에 광명이 빛이기를 끝으로 비올 뿐 이만 알외나이다. (추고 답장은 애여 하시지 마옵소서)

　× 년 × 월 × 일　　　　　　　　　　신 경 아 올 림

남 선 생 님 전

滿人農家

그 뒤 남표는 신경에서 선주와 경아가 자기를 중심으로 야릇한 사단이 생긴 줄도 모르고 새 생활의 풀랜을 차근차근 세워나가기에 골몰하였다.

그는 잠시도 놀지 않고 이 일 저 일에 분주하였다.

정안둔에 신의(新醫)가 드러왔다는 소문은 자연 인근 동에까지 널리 퍼지게 되였는데 그런 소문이 날수록 남표를 찾어오는 환자들노 느러갔다.

그는 안면이 넓어짐을 따러서 중병환자의 왕진(往診)을 받기도 하였다.

그런 때는 일성이가 더욱 뽑낸다. 그는 참으로 조수가 된 것처럼 가방을 들고 먼저 나갔다.

어느날 오후에 그들은 만인 부락으로 왕진을 가게 되였다.

그는 진가(陳哥) 성을 가진 이 근처에서는 자작 겸 소작인 대농가(大農家)라 한다.

그가 사는 진가문은 만인 거리로부터 다시 서쪽으로 초판하게 떠러저서 비탈진 들판 속으로 수십 호의 촌락(村落)을 일우었다. 이 마을은 몇 십년 전에 진가의 조부가 처음 드러와서 토지 개척한 것이 시초라 한다. 만주의 농촌에서 보(保) 갑(甲) 패(牌)라는 것은 행정조직체로 되었지만 둔(屯)은 자연부락(自然部落)이라는 것이다.

일성이는 이 집 식구들을 잘 안다. 지금 심부름을 온 사람은 그 집 동생인데 그의 형수가 어제부터 아이를 비루건만 도무지 난산이기 때문에 할 수 없이 왕진을 청하러 왔다 한다.

일성이는 만어를 곳잘 함으로 그 말을 통역해 들리였다.

『아 그런가. 그럼 곧 가바야지』

남표는 그 말을 듯자 즉시 왕진 갈 준비를 차리였다. 일성이는 그대로

『지금 곧 선생님과 갈테니 먼저 가시오』

한즉 그는 연진

『쎄! 쎄!』

하면서 절을 꾸벅꾸벅하고 도라갔다.

그 집은 토담을 뺑 성 쌓드시 높이 둘어치고 굉장히 넓은 터전에다가 대를 맨드렀다. 문 안에는 무서운 삽살개가 직히고 섯다가 으르렁거리며 짖고 대든다. 일성이가 앞어 드러가며

『칸주! 칸주!』

하고 큰 소리를 지르니 아까 그 사람이 쫓아나와서 개를 꾸짖고 영접해주었다. 개는 안문을 드러서서도 두 마리씩 버티고 있다. 안마당은 굉장히 넓은데 한편 구석에는 만주 말이 마구간도 없이 대여섯 필이 주욱 매여 있다.

그 옆에 공지에는 중년 여자와 젊은 여자 두 사람이 매갈이질을 한다. 그들은 아마 저녁거리를 작만하는 모양이었다.

아까 그 사람이 뭐라고 소리를 지르자 주인 되는 형이 나와서 정중하게 인사를 한다. 그리고 그는 어서 들어오라는 신용을 하며 초조하는 기색을 띄웠다.

남표는 그 즉시 캉으로 들어갔다. 캉은 부엌으로 길이 통하였다.

우선 들어서면 토방이 있는데 좌우로 솟아 걸렸다. 한편으로 헛간 안의 깊숙한 구석에는 콩깍지와 수수때 등의 검부나무가 수북하게 산 같이 쌓였다. 캉으로 통한 문은 휘장으로 가리웠다. 그 안에는 응접실 같이 꾸민 방이 있고 그 다음은 좌우로 또 방이였다.

이 방이 주인부처의 거처하는 방인 모양인데 산모는 지금 마주 통한 이 방 한 쪽에 누어서 고민하는 중이었다. 주인은 그 안해를 가리치며 연

신 남표를 처다보는 것이었다.

그러나 산모는 인제는 용을 쓸 기운도 없이 지쳐서 느러졌다. 남표는 그 즉시 일성이를 통역으로 준비를 시작했다. 우선 더운 물을 떠오래서 대야에 소독물을 타게 하였다. 그는 팔둑까지 올려것고 손부터 깨끗이 씻었다.

그리고 식구들을 내보낸 뒤에 산모에게 먼저 강심제의 주사를 놓아주고 회전술(廻轉術)로 분만(分娩)을 식히기 시작했다.

산모는 그대로 가만히 누었다. 한참동안―그리자 방안에서는 별안간 간난아이의 울음소리가 요란히 들리였다.

남표는 기계의 준비도 없었지만 그것의 필요를 그대지 느끼질 않었다. 아니 도리혀 기계를 사용하는 데는 위험성이 있는 줄을 잘 알기 때문이다. 분만술에 기계를 쓰는 것은 여간 정밀히 주의를 하지 않으면 안 된다. 기계 소독을 깟딱 잘못 했다가는 도리혀 큰일을 저질르는 수가 있다. 그런데 의사들이 흔히 기계늘 쓰랴는 이유는 무엇일까. 물론 다 그렇다는 것은 아니나 그들 중에는 딴 야심이 있기 때문이였다.

간단히 말하면 그들은 돈을 더 받기 위한 수단인 것이다. 우선 기계의 설비가 구비하다면 남이 보기에도 신뢰를 더하게 하지 않는가 그래 그들은 기계의 조화속을 놀래게 되는데 그 틈을 타서 의사는 분만료를 다액으로 많이 청구할 수가 있다. 그러나 만일 기계를 사용치 않고 맨손으로 분만을 식힌다 해 보라 비록 그 결과가 기계 이상 훌륭한 경우라 할지라도 그와 같이 청구할 염치가 없을 것 아닌가. 그것은 의사도 그러한 동시에 환자 편에서도 멀정한 도적놈이라 할 것이다. ―짜장 기계 속이 멀정한 조화를 부린 줄은 모르고―

그야 어떻든지 남표는 지금 맨손으로 회전술을 써서 난산으로 고통하는 산모를 훌륭하게 분만을 식혀 놓았다. 그것은 참으로 기계를 사용한 이상의 효과를 나타낼 수 있었든 것이다.

밖게서 동정을 살피든 이 집 식구들은 별안간 아이의 울음소리가 들리자 일제히 방으로 뛰여 들어왔다. 그들은 어인 영문을 모르고 모다들 두 눈을 크게 뜨고 놀래였다.

그런데 산모는 벌써 아이를 나놓고 정신이 도라서 누어있었다. 이 얼마나 신기한 일이냐? 하루 왼낮을 두고 아이를 비루어도 못 낳고 그렇게 산고민[113] 하든 이가 남표의 손이 가자 대번에 순산을 하게 한 것이다.

지금 그들은 이 거동을 보고 누구나 기적 같이 놀래였다. 더욱 아이의 부친은 너무도 히한해서 어쩔 줄을 모르고 있었다. 아이는 게다가 아들이였다.

남표는 이때 아이를 준비하였든 목욕물에 씨꺼서 강보로 싸서 눕히였다.

이런 광경을 처음 보는 만인들은 모다들 혀를 내들르며 놀래였다. 그들은 서로들 처다보며 수군수군하였다.

남표는 산모의 뒷갈마리까지 다 하고 나서 그제야 소독수에 다시 손을 씨섰다. ─일이 끝난 줄을 눈치 채자 그들은 서로 앞을 다투어서 그에게 치하의 인사를 한다. 그들은 연신 절을 꾸벅거리며

『쎄! 쎄』

소리를 연발하는 것이였다. 더욱 주인은 아들을 나어서 매우 좋은 모양이였다.

그는 일변 남표를 안내해서 응접실로 인도하였다.

식구들도 제각금 허터저 나갔다. 산모는 한 사람의 여자에게 간호를 맡기는 모양이였다. 그리고 다른 사람들은─주인의 명령을 따러서 움지기는데 그들은 무슨 손님 대접할 거리를 준비하고 있는 것 같었다.

주인은 차를 내오고 과자를 권하며 천천히 쉬여가기를 청하였다.

세 사람은 마주 앉어서 차를 마섰다. 방안을 둘러보니 벽에는 주련을

---

113) 원문은 '신고민'.

써 붙이고 안쪽으로는 세간사리가 차곡차곡 포개놓였다. 조선 반다지와 흡사한 윤이 흐르는 나무궤짝이 있는가하면 그 위에는 마치 골동품과 같은 청동 그릇이 언쳐 있다.

남표는 담배를 한 대 피우고 나서 고만 가겠다고 이러섰다. 주인은 두어 번 만류하다가

『그럼 왕진료가 얼마요』

하고 묻는다.

『부요! 부요!』

남표는 한 손을 내저으며 약국으로 전하라는 표 한 장을 써주었다. 그 표는 실비로 주사약값을 적은 것이다.

일성이의 통역으로 내막을 자서히 듣고 나서야 주인은 또다시 놀라운 눈을 크게 떳다. 남표가 나오자 그들은 큰길까지 전송을 나왔다.

며칠 뒤에 진가문에서는 특별히 남표를 초대하였다.

그날은 마침 일요일이었다. 진 씨 집에서는 남표를 주빈으로 둔장 김주사와 정해관과 현림을 청하였다.

이날이 무슨 날인지는 모르나 남표는 만인 농가의 생활풍속을 견문(見聞)하고 싶어서 반일을 허비하기로 하였다.

남표의 일행이 들어서자 주인 진 씨는 마당까지 내려와서 반가히 영접한다. 주객은 우선 차를 마시며 담화를 교환하였다.

『부인의 건강이 요지음 어떡하십니까?』 남표가 현림을 통역으로 하야 물었을 때

『네 고맙습니다 선생의 덕택으로 산모와 어린 애기 모다 잘 있습니다』

주인은 연신 남표에게 치사를 올리며 절을 하는 것이었다.

사실 그는 남표의 의술에 감복하였다. 구습에 젖인 만인들 역시 신의를 도무지 믿지 않았다. 더구나 조선 사람의 의사를 그들이 신용할 리 없었다.

그러나 진 씨의 집에서는 워낙 그 안해가 난산일 뿐 아니라 남표의 소

문은 진가문에까지 퍼져서 그들도 잘 듣고 있었다. 누구나 절박한 때의 감정은 평소의 사소한 구애를 교계치 않는 법이다. 그런 때는 그런 것 [저]런 것을 따질 여유가 없었다. 전자에는 의사가 없었으니까 생각도 못할 일이었지만 지척에서 남표라는 존재를 뚜렷이 알게 되고 그가 또한 고명하다고 들리는 데는—평상시와 달러서 중병환자를 가진 사람으로서는 한번 시험해 보지 않을 수 없을 것이다.

한데 과연 신의를 보인 결과는 의외에도 훌륭하였다. 게다가 비용까지 쇠통 안 드러서 거저나 다름없으니 누구나 환자의 입장으로서는 그 이상 더 바랄 것이 없었다. 그래서 진 씨는 남표를 다시없이 감사하고 그의 의술을 은근히 감복하였든 것이다.

옆집은 륙칠십 쌍의 밭농사를 짓는다는 대농이다. 오십 정보 내외의 토지를 경작한다면 조선에서는 대지주의 위치를 차지할 수 있을 것이다. 그러나 이 집은 자기의 토지의 삼분지 이나 가졌으면서도 손수 농사를 짓고 있는 농민들이다.

만주의 종래 농업은 언뜻 보면 태고쩍의 농경법을 고대로 직혀온 것 같은 원시적의 유치한 농구를 사용하고 있는 상싶다. 그것은 마치 조선과도 흡사한 점이 있다.

그러나 그들의 간단한 농구는 극히 조잡한 것 같으면서도 실상은 매우 연구한 독창적인 것이였다. 그것은 이 땅의 토지의 성분과 대륙적 기후에 적합하도록 다년간 경험을 쌓아오는 중에 부단히 연찬 개량한 각종의 발달된 농구이기 때문이다. 그들은 자연환경(自然環境)에 적응(適應)하도록 농경기술을 연마해왔다.

만주의 기후는 사월 하순 즉 지금으로부터 오월에 들어서는 기온이 급격 높아진다. 그래서 육, 칠, 팔, 석 달 동안은 조선과 같은 위도지방(緯度地方)보다도 훨신 온도를 보이는 것이다.

하다가도 구월이 되면 기온은 갑작이 내려서 구월 □순에는 눈이 오는 곳도 있다. 이와 같은 온도에는 강우량(降雨量)에도 변화가 없지 않다. 만주는 우량이 극히 적어서 일 년 중에 오륙백 미리에 불과하다. 그것도 식물의 성장이 가장 왕성할 칠, 팔월(만주의 우기(雨期)) 두 달 동안에 ─ 년 우량의 절반이나 쏟아진다. 그래서 만주는 비가 적지만은 농사철에만 오기 때문에 곡식이 잘 된다는 말도 있다. ─ 소위 아세아 건조지대(亞細亞乾燥地帶)에 속하는 특수적 성질은 만주로 하야금 풍양한 농업국을 만들게 한 것이었다.

기후의 내용 지표는 기온 강우, 습도, 풍향, 풍속, 운량(雲量) 일조(日照) 증발(蒸發)이라 하겠는데 습도, 운량, 일조 등은 거의 강우량의 변화분포와 병행되는 것이 일반이요 증발량은 기온과에 밀접한 관계가 있다. 일월은 최저기온 칠월은 최고기온이다. 따라서 봄과 가을이 없다.

요새로부터 기온은 급작이 높아지는데 이 때문에 겨울에서 여름에로의 급속한 템포를 볼 수 있다. 그리고 겨울동안의 토지가 깊이 동결되는 것은 물이 적은 만주 토지에 실로 지하저장(地下貯藏)을 하기 위한 것으로서 여름철에 극히 적은 우량이 농사철에만 오는 것과 흡사한 대조라 할까 ─

실로 만주의 농구는 이와 같은 자연적 조건의 산물이라 한다.

남표는 이와 같은 만인의 농사 이야기를 듣고 나서 실지 농구를 구경하기로 하였다.

남표의 일행은 주인을 따라서 밖으로 나왔다. 오후의 햇빛은 따끈하게 정수리로 내리쪼인다. 우선 그들은 농작물의 저장소를 보았다.

시─쓰(蓆子)114) 웬창쓰(圓倉子)115) 띄또(地窖)116) 등은 만인 농가의 이채를 보인다. 움은 소채 등속을 묻는 것인데 땅 속으로 구멍을 파놓은데 불

---

114) 중국식 돗자리.
115) 벽돌을 둥글게 쌓아올린 뒤 그 속에 곡식을 보관하는 창고.
116) 땅을 파고 위에 거적 따위를 얹어 비바람이나 추위를 막아 겨울에 화초나 채소를 넣어 두는 곳. 우리의 움과 비슷함.

과한 극히 간단한 것인데도 영하 삼, 사십 도의 치운 겨울로부터 봄까지 이 속에다 묻어두고 끊이지 않게 채소를 먹을 수 있다 한다.

아직은 들일을 시작하지 않았슴으로 헛간에는 여러 가지 농구가 마치 농구점과 같이 쌓여있다. 이것들은 수확용(收穫用)과 축양용(畜養用)과 운반용이 있는데 그 총수는 실로 육십여 가지나 된다는 것이다.

그중에서 제일 중요한 몇 가지를 들어보기로 하자.

첫째 리-짱—117) 이것은 조선의 쟁기와 같은 것인데 종류가 여러 가지 있으며 구조도 매우 복잡하다.

둘째 체로118)란 것 낫과 같은 것인데 김을 매고 잡초를 깎기에 편리한 것이다.

셋째 컨쓰 이것은 땅을 다지는 것으로서 나무나 돌로 맨든 커다란 로-라이다. 돌로 맨든 것은 시토컨쓰(石頭輥子)라 하고 나무로 맨든 것은 무로컨쓰(木頭輥子)라 한다.

이상의 쟁기는 소나 말에 끌리워서 밭을 갈게 되는데 만주의 농업은 이경중심(犁耕中心)의 농업이라 해도 좋을 만큼 중요한 역활을 한다는 것이다.

여기 땅은 흙이 매우 차지기 때문에 보습날이 큰 것은 두 관이나 된다. 이런 쟁기는 말 세 필이 끈다 한다. 하긴 두 필 혹은 한 필이 끄는 것도 있는데 농가에는 적어도 대소의 쟁기가 네 가지는 있다 한다.

쟁기의 다음으로 중요한 것은 제초기구인 체로이다. 잡초가 무성하야 땅 속의 수분을 빠러 헤치게 하는 것은 메마른 땅을 경작하는 곳에서 특히 주의할 일이라 아니할 수 없다. 따라서 만주와 같이 건조한 토지에서는 제초가 경작 작업 중에 또한 중요한 부분을 차지하고 있다. 그럼으로 만주에 체로와 같이 우수한 제초기가 발달되였다는 것은 우연한 일이 아니라 한다. 실로 만주의 농민은 제초에 비상한 고심을 하므로 다대한 비

---

117) 중국식 쟁기. 犁杖.
118) 중국식 낫. 鎌刀

용을 드리게 된다. 꼬량밭은 네 번이나 김을 매는 것이 보통인데 거기는 풀 한 포기도 볼 수 없이 깨끗하게 맨다는 것이다.

그 다음 컨쓰는 더욱 중요한 농구이다. 이것은 무게가 십 관 내지 십오 관이나 되는데 가러 논 밭두둑 위를 즘성으로 끌게 해서 흙덩이를 내리 눌르는 것이다. 이것은 대개 춘기파종기에 하게 되는데 어째서 이런 짓을 하느냐 하면 만주는 건조가 심하고 비가 적게 오기 때문에 작물을 파종할 지음 싹이 나오도록 하는데 필요타는 것이다. 종자가 싹을 티우는 데는 다량의 수분이 필요하다. 따라서 이런 경우에는 어떠한 방법으로든지 토양 중에 수분을 준비하지 않으면 종자는 말러버리기가 쉽다. 그러면 그 수분을 어데서 구할 것인가. 그것은 먼저 말한 바와 같이 동기(冬期)의 토양 속에는 수분이 동결(凍結)하여 저장되어 있는데 봄에는 그게 녹아서 지중(地中)에 그대로 섞겨 있기 때문에 그 수분을 이용할 수 있다. 그밖게는 물을 구할 도리가 없다. 그런데 건조가 심한 봄철이므로 토양 중에 용해(溶解)된 물도 지표(地表)의 가까운 부분에 있는 물은 즉시 증발(蒸發)이 되기 때문에 없어저 버린다. 따라서 이용할 수가 있는 수분은 땅 속 깊이 드러 있는 것뿐이다.

농작물이 싹이 나서 성육(成育)이 된 뒤라면 절로 뿌리를 깊이 박어서 수분을 빠러 올릴 수 있지만은 지금 갓 파종을 해서 싹을 틔울 때는 건등에까지 수분이 있서야 하겠는데 지하수를 제 힘으로 이용할 수는 없다. 여기에 인공수단으로써 수분을 상측까지 끄러올리는 것이 컨쓰 작업이라 한다. 실로 이와 같은 농경법은 만주가 아니고 볼 수 없는 현상이였다.

남표는 농구를 두루 살펴보고 주인의 안내로 정원을 한 바퀴 도라서 다시 방으로 들어왔다.

『그런데 댁에서는 농사를 많이 지시는 것 같은데 일년 품꾼이 얼마나 듭니까?』

만인의 농사를 참고로 잡고자 구체적 수짜를 알고 싶었다. 그래 그는 현림을 통역으로 하고 주인에게 물어보았다. 주인의 대답을 요약하면 다음과 같다.

이 집에는 주인 형제와 머슴 일곱 명이 있는데 따―소쥬(炊事夫)와 따―징띄(夜警)가 그 중에 포함되었습으로 실상 들일을 나가는 사람은 다섯 밖게 안 된다는 것이다.

그 이외 날품꾼은 일 년 동안 연 인수로 이백수십 명을 사용한다.

밭일을 나가는 다섯 사람이란 다음과 같이 구별된다. ―즉 따―토듸, 토판쯔, 켄소듸 따―판라―쓰, 판라―쓰 등이다. 그밖게 쇼판라―쓰, 쓰팔마―듸 등이 있으나 이것은 아이들임으로 한 사람 목의 일꾼이 못된다.

그런데 수확 때에 대체에 켄쓰듸는 육 묘(畝) 따―판라―쓰는 사 묘 판―쓰는 삼 묘를 제각금 베일 수 있다 한다. 쓰팔은 돼지모리 콴마―듸는 마부다.

남표는 이 말을 듣고 나서 가만히 생각해 볼 때 북만주의 농업에 있어서도 품꾼(고농雇農의 노동력勞働力)을 사 쓰는 것이 얼마나 많은가 느껴진다. 사실 농자 중에 현금지출의 십분 칠팔이 품싹이라 한다.

이것은 흡사히 조선 분산 농업에서도 볼 수 있는 마찬가지의 현상과 같다 할 수 있지 않을까. 아무리 자작농이라 할지라도 품싹을 많이 지불하는 농사라면 실수익이 적을 것이다. 소위 조선의 머슴 제도라는 것이 역시 이와 같은 것으로서 일년내 그들의 치닥거리를 하고 나면 남는 것이 없다는 게 재래 조선농가의 현상이다.

그러면 머슴꾼은 주인보다 생활이 나아지느냐 하면 결코 그렇지 못하다. 물론 개중에는 착실한 사람도 있겠지만 그것은 극소ㅅ수인 몇 사람에 불과할 것이다. 그들은 대개 미실미가한 독신이다. 따라서 자연 생활의 안정을 얻지 못하고 허랑한 마음에 들뜨기가 쉽다.

그래서 색영(年金)을 받는 그날로 도박과 주색으로 일년내 버러 모은 목돈을 하로밤 사이에 까불리고 다시 또 다음해 머슴사리를 하게 되는데 이렇게 일평생 동안을 머슴으로 늙어 죽는 사람도 허다한 사실이 아닌가?

결국 이 머슴제도는 과거 어느 한 지대에 있어서는 생산력을 발전식혔다 하겠지만 오늘날 현상으로 볼 때에는 두 편에 다같이 불리한 영향을 미치게 함이 없지 않을까 한다.

지금 남표는 그런 점으로 미루어 볼 때 만주의 농업에도 공통한 폐단이 있지 않은가 싶었다.

동시에 만주의 농업을 완전히 발전식히자면 농경기술을 급히 개량하지 않으면 안되겠다는 생각이 든다. 종래 선농은 수전 개척에 명예로운 선구자적 역활약을 해왔다. 그것은 역사가 증명한다.

그러나 정말 개척민으로서 진실한 사명 띄고 입식(入植)한 것을 깨닫는다면 농경기술의 개량과 기계에 의한 능률을 내지 않고 종래와 같이 고식적 방법으로만은 소기의 목적을 달하지 못할 것이다. 그래서는 자가노력(自家勞力)에 의한 자립(自立)의 목표를 세울 수 없다. 웨 그러냐 하면 고농(품꾼)을 많이 쓰기 때문이다.

그러자 얼마 뒤에 음식상이 드러왔다. 남표는 만인 농가에서 음식을 먹어보기는 이번이 처음이다. 그만큼 그는 호기심이 없지 않았다. 먼저 도야지고기 요리와 몇 가지 술안주로 술을 드려왔다. 주인은 손님에게 술을 골고루 권한다. 술은 배갈이었다. 남표가 술은 못한다는 말을 듣고 주인은 잠시 서운한 표정을 지었다.

주인은 특히 밥을 짓게 한 모양이다. 뒤미처 밥상이 나오는데 밥은 보통밥이었다.

그리고 반찬으로는 첫째 탕인데 건데기는 푼조쓰(粉條子)와 나물. 그 다음은 달걀붙임과 짠무김치충장이다. ─이날 파는 짤르지 않고 긴 놈을 통채로 내왔다. 그것을 손으로 것꺼풀을 벗겨서 된장을 찍어는 데는 야취가 있어 보인다.

이런 음식은 진기할 뿐 아니라 구수하니 맛이 있다. 손들은 누구나 잘

들 먹었다. 주인도 한 자리에서 가치 먹으면서 은근히 만족한 모양으로 여러 사람을 둘러보았다.

그들은 밥을 먹으면서도 다시 담화를 계속하였다.

『선생님을 위해서 아마 밥을 지었나 봅니다. 만인들은 쌀을 매우 귀중히 아니까요』

『암 그렇지요』

하고 둔장은 정해관의 말을 받으며 마주 웃는데 주인이 무슨 말인지를 몰라서 덩둘한 표정으로 좌중의 눈치를 본다. 그것은 현림이 통역해 돌리니 그는 그제야 여러 사람을 따러 웃는 것이었다.

『사실 이 탕을 보십시오. 돼지기름으로 만드렀는데 이것은 특별히 우대하는 손님이 아니면 쓰지 않는다거든요. 흔이 만인 농민들까지도 돼지를 무시로 상식하는 줄 아는 모양인데 그것은 사실과는 정반대랍니다. 보통 그들은 음력으로 정월 설에 팔월 추석 오월 단오의 세 명절 외에는 돼지를 먹지 않는답니다』

하고 정해관이 남표를 도라보고 설명한 뒤에 다시 만어로 통역을 해서 동의를 구하니 주인은 연해 고개를 끄덕이며 그렇다는 뜻을 표하고 웃는다.

저녁을 먹은 뒤에야 이 집 식구들은 얼굴을 보이기 시작한다. 아직 스물도 못 되여 보이는 따―스푸는 생김생김이 매우 영리해 보인다. 그는 이 집의 쿡으로서 오늘 저녁의 음식도 그가 맨든 것이었다.

현림은 그에게 말을 걸었다.

『당신 학교에 단겨 보았나?』

『아니요』

이렇게 대답하는 그는 별안간 실죽한 표정을 짓는다. 정해관과 김 주사는 술이 얼근히 취해서 담배를 피우며 주인과 무슨 이야기를 주고받는다.

그동안 시무룩하니 서 있든 소년은 어째 □분 듯이

『나두 학교 공부를 해서 책을 읽을 줄 알었으면 이런 일은 안하게 됐겠지요. 그리고 돈만 있었다면 물론 공부하였겠지요.』

하고 볼 먹은 소리로 퉁명스럽게 내뱉는다. 그는 자기의 그렇지 못했든 환경을 오히려 가석히 아는 모양 같았다.

그는 요리집에서 일년 동안 견습을 하고 따—스프가 되었는데 지금 일백 삼십 원의 년급으로 이 집에 쿡으로 와 있다 한다.

조금 뒤에 주인집 아이들이 놀러 나왔다. 계집애는 귀고리를 달았다.

그것은 생후 일 개월쯤 지난 뒤에 돗바눌로 귓밥에 구멍을 뚫는다 한다. 거기에다 짧은 실을 꿰매 둔다. 다시 한 달쯤 지나서 실대신 귀고리를 매단다는 것이었다.

여아는 팔찌도 끼었다. 그것은 순은으로 만들었다. 이들 남매는 부친의 품으로 앵기여서 귀엽게 응석을 하며 논다. 그러나 여자들은 누구 하나 얼찐을 않았다. 그들은 방안에 드러앉어서 칸이 막힌 커—튼을 떠들고 반쯤 얼굴을 내밀어 본다. 양반의 집구석 부인과 같이 그들도 내외를 한다.

예전 만인의 여자들은 시집을 갈 때 남편과 조약을 맺는다든가 그것은 첫째 일을 식히겠느냐 안 식히겠느냐는 점인데 만일 일을 안 식힌다는 조건으로 결혼을 한 후라면 비록 생게가 곤궁하드라도 그 남편은 그 안해에게 일을 안 식힌다. 따라서 여자는 가만이 앉어서 놀고 먹는데 남자는 밥을 짓고 자기의 빨래는 물론 안해의 빨래까지 해준다는 것이다.

그들은 여러 가지 이야기를 하다가 고만 자리를 헤지기로 하였다. 남표는 주인에게 후대를 받은 것을 치사한 뒤에

『누구든지 병이 나거든 보내 주시요. 그리고 만일 중병환자가 있는 때는 곧 기별을 해주시면 왕진을 해드리겠습니다.』

하고 진정으로 말하였다.

『매우 고맙습니다. 그러나 미안해서 어찌 선생님께 다시 청할 수 있어야지요』

주인은 웃으며 이렇게 대답하는데 무엇이 미안하냐 한즉 일전에 그 안

해를 분만시킬 때 주사약값을 내려 남표의 전표를 가지고 정거장 약국에 무러보니 불과 얼마만밖에 안 되더라는 것이었다.

『아 그것 말인가요 주사는 병원에서 마지면 한 대에 몇 원 씩 되지만 주사약값은 불과 얼마큼도 안 되는 것이랍니다』

남표의 이 말을 듣고 놀래기는 비단 주인뿐 아니라 남표의 일행이 다 같이 놀래였다.

일행이 문밖으로 나서자 주인은 따라나오며 그들에게 다시 놀너오시기를 지재지삼 당부한다. 그리고 그는 어디까지 뒤를 쫓아온다. 고만 드러가래도 듣지 않고 그는 멀리 묘(廟)앞까지 배웅을 나왔다.

묘 안을 드려다보니 그것은 토피－즈(土壁子)의 조고만 당집이다. 거기에는 토지지위(土地之位) 석불전지위(石不全之位) 산신지위(山神之位) 등을 먹으로 쓴 목패(木牌)가 나란이 서있을 뿐이다.

이 당집에 위해 안친 신(神)은 용왕 충신(虫神) 마신(馬神) 호신(狐神) 우신(牛神) 토지의 신이라는데 특별히 제사를 올리는 게 아니라 개인이 참배할 뿐이라 한다.

그들이 들 가운데로 나왔을 때도 해는 아직 서천에 걸려있다. 한낮에 더웁든 것과는 판이하게 선선한 냉기가 넓은 들안으로 몰려든다. 그것은 마치 조수물이 밀려든 때와 같었다.

『아니 그래 주사약이 정말 그렇게 싼 겐가요?』

앞으로 것든 정해관이 벼란간 남표를 도라보며 새삼스레 뭇는다. 그는 아까 남표한테서 듣든 말이 마치 고□가 안들린다는 표정으로－

남표는 뒤에서 현림이와 같이 걸어오다가

『네 정말입니다. 그건 웨 무르시나요?』

남표는 도리혀 이 식상한 사실을 새참이로 뭇는 것이 이상스러워서 정로인을 마주 처다보며 웃었다.

『웨 그러타니요－대동의원에서 선생님이 주사를 노시지 않었습니까?』

『놓았습니다』

『다른 이는 말구 우선 내 딸한테도 노셨지요?』

『그렇습니다』

『그러면 다같이 선생님이 놓아주신 주사가 어째서 신경에서는 당사향 같이 비싸고 여기서는 똥값 같이 쌉니까?』

말을 마치자 정 로인은 제풀에 기막힌 웃음을 하하 웃는다. 이때 김 주사는 어안이 벙벙해 서 있고 현림은 빙글빙글 웃으며 두 사람을 번가러 본다.

『네─그 까닭은 아주 간단합니다.─주사도 똑같고 놓기도 제가 놓았지만 신경에서는 병원에서 놓는 주사요 여기서는 의사가 아닌 개인이 실비로 놓는 때문이올시다. 따라서 병원 주사는 당사향 같이 비싸지만 실비□ □□□맞는 주사는 똥값과 같이 싸지요.』

하고 남표도 낄낄 웃었다. 그 바람에 여러 사람도 일제히 실[소]하였다.

『아니 그럼 병원이란 멀정하지 않습니까─우리 애나는 선생님께서 정작 병을 고쳐 주셨는데 만일 여기서 그 애 병을 보셨다면 그때만큼 돈이 안 드러두 고쳤을 것 아닙니까』

『건 물론입니다.』

남표는 액색한 표정으로 대답하였다.

『아─ 저런 일 봤나!』

정 로인은 새삼스레 그 때 일이 가석한 것처럼 부르짖는다.

『대관절 병원 비용이 얼마나 드렀었나요?』

김 주사가 정 로인을 도라보며 웃는다.

『얼마가 무엡니까! 입원료만 하루에 육 원씩인데 주사값 약값과 치료비를 합하면 근 이십 원씩 비용이 났습니다. 그래 그렇게 삼 주일 동안을 있었으니 그 돈이 얼마입니까?─안팍 노자까지 처서 오백 원두 더 드렀습니다』

정 로인은 기가 막힌 듯이 김 주사에게 하소연을 한다.

『하― 그러니 여간 사람이 어디 병원엘 갈 수 있겠소』

김 주사도 동감해서 대꾸한다.

『암만요― 그래서 병원만 내면 모두 다 수가 나는 것 아닙니까? 선생님!』

정 로인은 다시 남표를 도라보며 질문한다.

『물론 그런데요―불량한 의사는 약값을 비싸게 받기도 합니다. 선생께선 약주를 좋아하시니 말씀인데 병원두 술집과 같다고 볼 수 있겠습죠 같은 술을 팔드라도 장소와 설비가 좋은 곳은 술값이 많은 게 아닙니까······ 그와 같이 병원은 설비가 훌륭하기 때문에 자연 치료비를 많이 받게 되는 거랍니다』

남표는 이와 같이 정영감에게 병원의 내막을 다시 설명해 돌리었다.

그들은 한동안 말이 없이 길을 걸었다.

정 로인은 한동안 무엇을 생각하다가

『그런 줄은 나도 대강 짐작합니다만은 하나 너무 심하지 않습니까? 이렇게 말씀하면 선생님은 나를 돈만 아는 인색한이라고 흉보실는지 모를 뿐 외라 나 역시 죽을 자식을 고쳤는데 그까진 돈 몇 백 원이 하상 무엡니까?―그런 생각을 하며 오백 원 말구 오천 원이라도 싸고 돈 많은 사람은 오 만 원을 내놓는대도 싸다 하겠지요? 안 그렇습니까 선생님!』

『네 그렇습니다』

『그러나 문제는 그게 아니라 선생님께 있습니다 병원이 문제가 아니라 선생님이 문제란 말씀이[외다]』

하고 정 로인은 다시 남표를 처다보며 의미 있는 웃음을 띄인다.

『문제가 제게 있다니요?』

남표는 무슨 말인지 몰라서 잠간 덩돌하니 처다보았다.

『아니 선생님은 여태 그걸 모르고 게십니까? 무엇인고 한즉 정작 내 딸의 중병을 고치신 분은 선생님이 아니신가요! 그건 사실이 증명하지 않습니까?』

『네……가사 그렇하다면−?』

『그러면 말입니다. 정작 환자의 병은 선생님이 고치셨는데 오 백 원의 치료비는 병원에서 받지 않았습니까?』

『그렇습니다』

『그런데 선생님의 월급은 얼마나 받으셨는지요? 선생님은 대동의원에 조수로 게셨다니까 물론 동업을 하신 건 아니겠지요?』

『네 조수로 있었습니다……월급이야 어디 몇 푼 됩니까』

남표는 비로소 정영감의 뭇는 말을 아러 듣고 부지중 얼굴을 붉히였다.

『하하− 그러니 말슴이올시다 정작 중병은 선생님이 고치시고 돈은 딴사람의 주머니로 드러가구요……』

정로인은 다시 어이없는 웃음을 처티는데

『그야 어디− 세상에는 그런 일이 허다하지 않습니까! 또한 저는 돈을 벌자는 생각이 아니였으니까요』

『하지만 지금 세상은 돈을 버러야 한답니다−선생님두 병원을 내시기만 하면 당장에 저들과 같이 생수가 날 것이 아닙니까?−요전에도 그런 말슴을 드렸지만 어서 의사시험을 치르시고 면허장만 받으십시요. 그럼 뒤에는−』

정 로인은 남표로 하여금 사실 하로밧비 병원을 내게 하고 싶었다. 그러면 수가 나기 때문이다. 그러나 남표는 그의 이 말을 듣든 순간 문득 허망한 생각이 들며 정 로인의 얼굴이 다시 처다보인다. 그래 그는

『제가 어디 그럴 수가 있나요』

하였다.

『웨 없어요. 선생님이 병원만 내신다면 꼭 성공하십니다』

정 로인은 연신 자신만만한 소리로 뽑낸다.

『선생님! 선생님은 아까 무슨 말씀을 하신지 기억하십니까?』

별안간 남표는 정색을 하며 반문하였다.

『아까 무슨 말—을요?……』

이번에는 정 로인이 덩둘해서 말귀를 못 채인다.

『선생님도 아까— 제가 여기서 따님의 병환을 보았드라면 오 백 원의 큰 비용이 안 드렀을 것이라구 그 돈을 아까워하지 않았습니까』

『그……그……그렇습니다』

정 로인은 돈으로 책을 잽히는가 싶어 얼굴을 붉히며 말을 더듬는다.

『그렇다면 지금도 따님과 같은 환자가 이 근처에 얼마든지 있을 게 아닙니까?……저는 저 한 사람의 이익보다도 많은 환자의 편에 서서 의사노릇을 하고 싶습니다』

남표의 이 말에는 세 사람이 다 감심하였다. 그중에는 제일 감동되기는 현림이다.

사실 정 로인은 개인주의적 자기 분열의 모순을 폭로하였다. 그러나 그는 무의식적이었다. 그는 자기 딸이 병이 있을 때는 환자의 편을 들다가도 인제 남표와 함께 병원을 내서 돈을 버러볼 욕심이 나서 금방 병원 편을 드는 것이였다.

아니 이와 같이 낡은 생각을 가진 사람은 비단 정 로인뿐 아니리라. 남표는 다시금 이와 같이 생각할 때 서글흔 마음이 눈앞에 있는 넓은 들과 같이 텅 비였다.

그들은 제각금 어떤 생각에 골몰하며 그길로 집으로 도라왔다.

이상의 쟁기는 소나 말에 끌리워서 밭을 갈게 되는데 만주의 농업은 이 경중심(犁耕中心)의 농업이라 해도 좋을 만큼 중요한 역활을 한다는 것이다.

試鍊

　남표가 만인 산부인의 난산(難産)을 주사 몇 대와 맨손으로 분만(分娩)을 쉽게 시켰다는 사실은 □□ 그를 의사로서 고명한 성가(聲價)를 내렸다.

　그래서 한 동리 간은 물론이요 인근처에서까지 남녀로소의 환자가 날을 따라 찾아오는 수효가 많□□□ 그와 동시에 남표는 그들을 치료하기에 자연 바쁜 시간을 보내게 되었다.

　더욱 그들은 약값을 얼마 안 받는다는 점에 남표의 인끼를 늘리였다. 의술이 고명할 뿐외라 약값이 무척 싸다는 소문이 났기 때문이다. 아니 그들은 의술이 고명한 것은 둘째 문제다. 첫째 약값이 싸지 않으면 신의를 볼 수 없었다. 그래 그들은－그들 중에도 가난한 촌사람들은 아무리 병이 중한 경우에도 신□□ 생각은 여적까지 새삼 못했었든 것이다.

　□□ 이 고장에는 병원도 없지만은 설영 근동에 의사가 있다 하더라도 여간 행세로서는 그 치닥거리를 못할 것 아닌가. 우선 그것은 정 로인 집 딸 애나를 두고 보면 알쪼이다. 그는 신경으로 가서 오래 □□을 고쳤지만 병원 비용이 오백 원이나 들었다 한다. 물론 있기만 하면 돈 문제를 교계할 자옥이 아니다. 다행히 그 집은 돈이 있기 때문에 큰 병원을 찾어갈 수 있었고 그래서 남표와 같은 고명한 의사를 만나게 되여서 그 딸의 중병을 완치한 것이 아니든가!

　그러나 적빈한 환자가 그런 경우를 당했다면 어찌될 것이냐? 그들은 신경은 고사하고 이웃간에 화타나 편작이 같은 의사가 있더라도 병원비용을 판출119)치 못하는 이상 진찰을 어찌 받을 것이냐! 그들은 아픈 식구가 번연히 생명이 위독한 줄 알고 또한 당장 병원을 찾어가서 그 고명한 의사의 치료를 받게 하면 고칠 줄까지 잘 알고 있지만은 문제의 돈 한 가지가 없기 때문에 눈 뻔히 뜨고서 살릴 사람을 죽이는 수가 종종 있다. 이것이 오늘날까지의 현실이었고 그들의 악착한 운명이었다.

그래 속수무책한 그들은 애오라지 단말마적 초조와 절망과 낙담이 있을 뿐이다. 만은 무지한 그를 무력한 그들은 발버둥치고 용을 쓰면 쓸수록 마치 함정에 가친 즘생과 같이 자기생명의 파멸을 촉진할 뿐 아니였든가!

그것은 생각다 못한 그들은 돈이 안 드는 상약을 쓰다 쓰다 안되면 인제는 인력으로는 도저히 어찌 할 수 없는 일이라 단렴하고 오직 천지신명께 발원축수하여 운명에 맡겨버리는 것이다.

그들이 푸닥거리를 하고 뭇구리120)와 점을 하는 것은 결국 그들의 생활의 절박감에서 쫓겨온 무지한 타력 발원121)이 아닌가한다.

따라서 유식자는 그들을 타매할 게 아니라 그들의 생활을 동정해야 할 것이다.

그런데 정안둔에 남표가 들어온 뒤로 그의 치료를 받어 본 환자들은 누구나 놀래지 않을 수 없었다. 그는 분명히 신의라는데도 약값이 무척 싸서 한약이나 매약보다도 돈이 들지 않으니 웬일인가? 그것은 남표가 아직 의사의 면허장을 타지 않고 정식으로 개업을— 병원을—내지 않기 때문이라 한다.

그러면 그는 돌파리 의원인가? 하나 또한 돌파리 의원은 그야말로 선무당이 사람 죽인다고 엉터리없이 돈을 잡어떼는데 남표는 그렇지도 않으니 더욱 이상한 일이라 하였다.

---

119) 돈이나 물건 따위를 변통하여 마련하여 냄. 辦出.
120) 무꾸리. 무당이나 판수에게 가서 길흉을 알아보거나 무당이나 판수가 길흉을 점침.
121) 부처나 보살에게 소원을 비는 일. 他力發願.

남표가 치료비는 한 푼도 받지 않고 지금껏 치료를 해왔건만 그들은 아직 그 속을 몰랐기 때문이다. 웨 그런고 하면 그들의 상식으로 따저볼 진댄 이 세상에는 도무지 그런 일이 있을 수 없었기 때문이다. 한데 웬일이냐 하루는 뜻밖에 정거장 순경청에서 남표에게 즉시 출두하라는 호출장이 나왔다. 그날 남표가 불려 간 사실은 미구하여 그가 돌팔이 의원질을 하다가 때갔다는[122] 소문을 일경에 전파하였다.

뜻밖에 호출을 만난 남표는 웬일인지 몰라서 잠시 불안을 느끼였다. 그러나 자신을 반성해볼 때 조곰도 겁날 일이 없었기 때문에 그는 태연자약한 태도로 오라는 시간에 출두할 수 있었다.

수부(受附)에 호출장을 드리밀고 낭하에 섰노라니 미구해서 규지[123]가 들어오라고 부른다.

실내에는 경위 이하 경관 사오 인이 근엄하게 앉아서 사무를 보고 있다. 남표는 규지의 안내로 부장─주임 책상 앞에까지 와서는 공손히 머리를 숙였다.

이때 주임은 남표의 호출장을 받어 놓고 있다가 힐끗 처다보더니만

『거기 앉으시요』

한다. 그는 위풍이 있고 점잖어 보인다.

『네!』

규지가 의자를 가저다가 놓아주자 남표는 주임을 향하여 마주 앉었다. 주임은 연필을 들고 앉아서 먼저 성명과 주소를 물어본 뒤에

『본적지가 어듸요?』

『경상도 ××군 ××면 ××리 ××번지올습니다』

주임은 그대로 받어 쓴다.

『여긴 언제 들어왔소?』

---

122) '죄지은 사람이 잡혀가다'라는 뜻의 속된 말.
123) 잔심부름을 하는 사람. 급사. 사환. 給仕(きゅうじ)

『한 삼 주일 됩니다』

『여기 오기 전에는 어데 있었소?』

『신경 있었습니다』

『거기서는 뭘 하고 있었나요』

『대동의원 조수로 있었습니다』

『음—그럼 여기에 무슨 목적으로 들어왔소?』

주임은 날카로운 시선을 쏘며 다시 뭇는 거조가 심상해 보이지 않는다.

『네— 목적은 별게 아니라 농촌생활을 전부터 해 보고 싶었습니다』

『농촌생활?—어째서 그런 생각이 드렀든가』

주임은 더욱 의아한 태도로 처다보며 담배를 부처 문다.

『뭐 특별한 이유는 없습니다. 그저 저 역시 농촌생이니만치 농촌에 취미가 있었기 때문입니다』

그동안 주임은 담배를 피우며 침착히 남표의 말을 듣고 있다가

『음 그렇다……학교는 어디를 단겄소?』

하고 다시 심문을 계속한다.

『××전문을 단겄습니다』

『졸업은 했는가?』

『사학년까지 다니다 말었습니다』

남표가 이 말을 하자 주임은

『음— 그래……』

하더니 책상 앞에 놓인 붉은 줄로 인쇄한 페지에다 다시 연필로 무엇을 끄적인다.

『의사의 면허짱을 가졌는가?』

『없습니다』

『안 가졌다!』

『네』

『그럼 의사시험을 보긴 했었나?』

『아 안 보았습니다』

『앞으로는?……』

『공부하는 중이올시다』

이때 부장은 쓰든 연필을 책상 위에 놓고 두 손을 들어 팔짱을 낀다. 그리고 그는 자세를 고치여 의자 등에 허리를 쭉 펴서 기대면서 남표를 똑바로 처다보다가

『그[대]의 일신상에 관한 문제는 타낼 게 없지만 그러나 일껀 공부하든 학교를 중도에 퇴학한 것부터 [가석]한 일이 아닌가. 한데 그 뒤에 의사시험두 안 치러보구 만주까지 와서(어디?) 신경 대동의원에서 조수로-겨우 있다가 단지 농촌생활을 하기 위해서 또 여기로 들어왔다는 것은 대체 무슨 의사인가?……』

이렇게 묻는 데는 미상불 대답할 말이 없었다. 동시에 남표는 그와 같은 자기의 과거를 도리켜볼 때 사실 불철저하고 고식적 생활에 방황한 것이 새삼스레 뉘우처진다. 그래 그는 자기도 모르게 이러한 대답을 하였다.

『실련을 당했습니다.』

『아 그런가. 그대는 실련을 당했는가. 그래 인생을 비관하구 학교두 다니다 말았는가?……아하하하……』

주임이 이렇게 말하며 실소하는 바람에 좌우에 앉었든 사람들도 일제히 남표를 바라보며 웃었다. 남표는 면구스런 생각에 재절로 손이 머리 위로 올라갔다.-

주임은 다시 근엄한 표정을 지으며

『그런데-그대는 지금 의원질을 하고 있다지?』

『아닙니다』

『아니라니-정말인가?』

『□□ 실은 의원질을 한 게 아니오라 찾어오는 환자를 거저 치료해주

었습니다』

『거저라니 무료로 치료해주었단 말인가?』

『네……처음에는 무료로 하옵다가 환자도 많아지고 또한 그들이 기어코 약값을 내겠다기에 실까만 내게 하구 치료해주기로 하였습니다』

『무슨 소리야? 그대는 약갑슬 받고 환자를 다룬다는데ㅡ!』

별안간 주임은 딱 얼느며 남표를 무섭게 처다본다.

『천만에ㅡ그런 일은 절대 없습니다. 만일 제 말을 의심하시거든 당장 지금이라두 조사를 해 보십시요』

사실 남표는 단 한 번도 그런 일이 없었기 때문에 자신을 가지고 답변하였다.

『어듸로 조사를 해 보란 말야?』

『우선 이 앞 양약국으로 조사를 해 보서도 아실 줄 압니다ㅡ제가 약값을 직접 바든 일은 없으니까요』

남표의 이 말에 주임은 더욱 의아해하는 태도를 지으며

『약국에서 어떻게 그대의 행위를 아는가?』

『네 그건 이렇게 약국과 거래를 트고 있습니다』

남표는 즉시 환자가 내는 돈은 자기가 받는 것이 아니라 양약국 조 씨한테 환자마다 카드를 만드러 놓고 약갑의 실까(實價)만 받게 한다는ㅡ그래서 환자□□ 더 내는 돈이라도 그 □은 약국에서 맡어 놓고 남표는 약을 갓다 쓰는 대로 실비만 제하게 해서 계산을 마츤다는 것을 사실대로 자세히 설명해 들리었다. 주임은 그럴 듯이 듯고 있다가 한참만에

『정말 그랬는가』

하고 다시 한번 뒤를 다진다.

『네 어듸라구 거짓말로 엿줍겠습니까』

『그러나 들리는 말에는 돈을 받고 의원질을 한다든데……』

이 말을 들을 때 남표는 기가 막혔다.

『건 잘못난 소문이올시다』

『소문이 안이라-그렇게 말한 사람이 있어!』

『네?』

남표는 사실 억울하여서 분한 마음을 참을 수 없었다. 그래 그는

『누구입니까?』

하니 주임은 그 대답은 않고

『그대의 행위는 조사해 보아야 알겠지만 하여간 면허장이 없이 의원질을 한 것은 잘못이 아닌가!』

하고 다시 처다본다.

『네-그렇지만 제가 무슨 돈을 받고 의사질 한 것이 아니니까요……다소 의학을 아는 관계로 이웃 사람들이 찾아와서 병을 보아달라는데 고칠 줄 알면서 못 한달 수가 없어서 한두 명을 치료해 주기 시작한 것이 차차 소문이 나서 근동 사람들까지 찾어오게 된 것이올시다……그런데 돈을 바더 먹고 의원질을 했다니-건 너무도 억울하지 않습니까?……만일 당국에서도 저를 그렇게 의심하신다면 지금부터라두 일제로 누구든지 치료는 않겠습니다』

남표는 분지도에 격앙한 태도로 이렇게 말하였다.

『아니 당국에서는 그대를 의심하는 게 아니라 그런 말이 들리니까 뭇는 것인데-대관 정안둔에는 누구의 발련으로 오게 되었지?』

주임은 부드러운 말씨로 다시 뭇는데 비로소 남표는 5호실 환자와 알게 된 전말을 자세히 설명하고 지금도 그 집에 있다는 것을 사실대로 고백하였다-그제야 주임은 웬 편지 봉투를 내보이며

『이 필적을 알겠소?』

하는데 남표는 아무리 뜨더 보아야 몰을 글씨다.

『모르겠습니다』

『그럼 고만 가시요-일부러 오시게 해서 미안하오』

남표는 그 길로 나오며 별 생각이 다 들었다. 그것은 분명히 누가 투서를 한 모양 같은데 까닭 없이 자기를 모해한 사람이 대체 누구인가?

남표가 순경청으로 불려간 뒤에 그동안 주인집에서는 왼식구가 불안한 중에 쌓여있었다.

그 소문은 자연 왼동리에 퍼져서 마을 사람들도 하나둘씩 정해관의 집으로 모여들었다.

『무슨 일로 남 선생이 불려갔나요?』

그들은 저마다 이렇게 무러보는 것이었다.

『글세 웬일인지 모르겠는데—』

정해관도 이와 같이 대답할 뿐 그들은 면면상고 서로 처다보았다.

『뭐—별일 안이겠지요 낯모르는 사람이 처음 드러와 있다니까 거저 한번 조사할 필요로 그러는게지요』

현림이도 쫓아와서 궁금히 섰다가 이렇게 말하였다.

『아마 그렇겠지—그런데 웨 여적 않올까?……』

정해관은 만일을 몰라서 그 아들과 일성이를 정거장으로 보내였다.

그런데 한나절이 거진 되도록 그들까지 도라오지 않는 데는 더욱 궁금증이 났다.

남표는 그런 줄을 모르고 문밖으로 나오는데 행길까에 쭈구리고 앉었든 그들이 반색을 해서 이러선다.

『선생님 인저 나오십니까?』

『아니 웬일들이야』

남표는 빙그레 웃으며 그들을 향하여 걸어왔다.—경한이는 자전거를 타고 왔다. 그는 집에서 궁금히 알렴으로 먼저 간다고 타고 가고 그 뒤에 남표와 일성이는 걸어서 드러왔다.

마을 사람들은 경한이의 선통을 듯고 그제야 제각금 헤터졌다.

『그러면 그렇지 별일이 있을 것 있는가 현 선생 말과 같이 한번 조사를 해본게지』

　그들은 이렇게 안심할 수 있었다.

　하나 남표는 집에 도라와서도 그 생각이 들 때마다 맹낭하였다. 어떤 작자가 터문이 없는 거짓말로 자기를 모함하였을까. 남표는 이 마을에 드러온 지도 얼마 안 되지만 누구를 물론하고 미웁게 보인 일이 없다. 혹시 시기를 하는 사람이 있었다면 박만용이나 안일까?……그러나 그로서 자기와는 아무런 접촉이 없었는데 어찌된 일이냐?

　남표는 이와 같은 의심이 들자 주인 영감을 조용히 불너 안치고 비로소 자세한 내용을 이야기한 후에

　『그러나 인제부터는 아무의 병두 치료해주지 못하겠습니다. 백주에 돈을 바더 먹고 의사질을 한다니 너무나 기맥힌 일이 안입니까!』

　『아니 누가 그런 짓을 하였을까』

　영감은 그 말을 듯자 대경소괴하여 어인 영문을 모르는 모양 같다.

　『누군진 모르지만 아마 제가 하는 일을 방해하랴는 심사인가 봅니다.……』

　남표는 실심한 태도로 힘없이 대답하였다.

　『천만에 ― 선생님을 해치려 들 사람이 이 동리에야 누가 있겠습니까』

　사실 그러하다. 남표의 하는 일을 반대할 사람이 누구며 또한 그럴 만한 트집이 조금도 없지 않은가?

　『그래도 모르지요 ― 타동 사람이야 더구나 모를 일 안입니까』

　『그 그렇긴 한데요……』

　정해관은 이 말을 들은 뒤에 둔장 이하 모모한[124] 동리의 중심인물과 빈번히 상의하였다. 그중에는 현림이와 허달이도 끼였었다.

　『암만 생각해 보아야 그런 짓을 할 사람이 없을 것 같은데 ― 참으로 괴

---

124) 아무아무라고 손꼽을 만한. 또는 그만큼 저명한.

이한 일이군……그러나 만일 본동 사람의 소위라면 그자의 짓이 안일까
요?』

허달이가 이렇게 운을 떼자 둔장과 정해관도 고개를 끄덕인다.

『글세 그밖에 다른 사람은 치의할 테가 없으니까……』

『하지만 그 자식이 억하심정으루 그따위 낫분 짓을 하였을가』

허달이가 분개해서 주먹을 쥐니

『쉬-이렇게 아니라 그들의 행동을 염탐해 보자구……』

『안인게 아니라 요새 좀 수상치 않어요. 비슥비슥 베돌고 있는 것
이……』

그날부터 그들은 내밀히 박만용 일파의 행동을 조사하였다.

박만용은 이 지음도 배상오와 부터 단이며 술추렴을 하기에 골몰하였다.
그가 남표와는 아무런 이해관계가 없었다.

그러나 동리 사람들이 마치 생불이나 만난 것처럼 그를 떠바치는 것이
아니꼬아 보였다.

그런데 남표가 오든 날 밤에 정해관의 집에서 다른 사람들은 특히 청
하면서 자기만 빼놓은 것 같은 생각이 들자 그 뒤에는 앙앙불락하였다.
하긴 그날 밤에 자기도 한 좌석에서 놀기는 했지만은 그것은 마치 술을
사먹으러 갔다가 술을 안 주기 때문에 승강을 하다가 경한이가 끌어드리
는 바람에 권에 못 이겨서 드러간 데 불과하였다.

그때부터 배알이 꼴린 만용은 남표를 은근히 주목하였다.

그까진 자식이 하상 무엇이건대 선생님 선생님! 하고 존대를 바치는가?
의사도 못되고 기껏 조수로 있었다는- 어듸로 돌아단였는지 정체도 모르
는- 돌파리의원 같은 젊은 여석을 가지고 왼동리가 떠들썩하게 축켜세
우는 데는 기가 막힌다. 정해관은 제 딸을 고처주었다고 그런다 하지만은
다른 사람들은 멋도 모르고 춤을 추는 꼴이 가관이였다. 쾌씸한 일이다.

만용이의 이러한 심정은 남표의 명성이 높하질수록 더욱 시새웁게 만

들 뿐이였다. 그래 그는 주는 것 없이 남표를 미워했다. 남표의 명까가 나날이 높하질수록 만용은 자기의 존재가 점점 없어지는 것만 같았다. 그것은 은근히 자격지심과 불안을 느끼게 하는 시기심을 복바치게 하였다.

이에 그는 남표를 중상하기 시작하였다. 요지음 그가 날마다 술을 더 먹게 되는 것도 실상은 이와 같은 울분을 품었기 때문이다.

배상오는 전부터 그의 병정이지만은 그밖에도 술을 사먹이며 젊은 애들을 꾀이였다. 그는 은연중 액내[125])를 만드러서 자기중심의 당파를 꾸미랴는 게책이였다.

그러나 근동에서는 그의 소행을 잘 아는지라 술에 팔린 배상오와 같은 자 이외에는 누구 하나 그의 말을 고지 듯지 않는다. 그런 짓을 할수록 저편은 도리혀 멸시할 만큼 그의 인품은 떠러졌다.

따라서 정해관의 술집에도 만약 남표가 그 집에 있지 않고 그와 친한 사이가 안이라면 날마다 와서 술을 사먹으면 그를 중상하길 일삼아 했었겠지만 공교롭게도 그럴 수가 없기 때문에 그림자도 안 비쳤다. 그는 술이 먹고 싶으면 바더다는 먹을지언정 그 전처럼 먹으러 단이지 않았다.

이에 할 수 없이 그는 테밖으로 술을 먹으러 단겼다. 그는 만인 거리로 정거장으로 일부러 술을 먹기 위해서 날마다 출동하였다. 이웃 사람들은 요지음 그의 출입이 자진 것을 보고 의심하였다.

하지만 그는 원래 그런 인간으로 누구나 취급하였기 때문에 심상이 보았었다. 또 어듸 노름판이 버러저서 저자가 미처단이나부다― 고작 이밖에는 생각되지 않었기 때문에―.

그런데 어느날 그는 배상오와 같이 만인 거리에서 빼주[126])를 먹는 중이었다. 어느듯 거나하게 술이 취해서 말이 헤풀만큼 되였는데 별안간 만용은 상오의 엽구리를 툭 치면서

---

125) 같은 무리나 같은 동아리에 든 사람. 額內.
126) '배갈'의 방언.

『자네 그치가 왜 국수집에 눌너 있는 내막을 아는가?』

『몰라 아니 뭐 서로 잘 안다면서……』

『그러니 말이야!』

『신경으로 병을 고치려 갔을 때 애나가 그 있든 병원으로 입원을 했었다며?……』

상오도 만용의 새 화재에 흥미를 느끼었다.

『그래 그래!』

하고 만용은 연신 상오의 손등을 신이 나서 갈긴다.

『그런데 뭘?』

만용의 말 속에 감초인 어떤 의미를 알어내라고 상오는 애를 쓴다.

『뭐가 아니라 그 속에 알조가 있단 말야! 알어듯겄나』

『알죠?……』

상오는 다시금 정들해지며 두 눈을 크게 뜬다.

『하하하ー이런 멍청이 보았나……아니 그 속을 몰라?』

『몰라……하하하……이런 제기 애나를 보러 왔단 말야……그렇지 않으면 병원에 곱드랗게 있든 연석이 멀하러 하필 정안둔까지 멀리 오느냐 말야 안 그런가 이 사람아ー하하하……』

『글쎄 참ー그럴 법두 한데』

『안인가 두구보게나ー쉬……』

이때 별안간 방문이 살짝 열리며 한 발을 턱 드러놓는 사람은 허달이였다.

만용이와 상오는 마음을 썩 놓고 제멋대로 지거리다가 불의에 습격을 당하자 어쩔 줄을 모르고 얼골이 새빨□□ 처다본다.

『자……자네가 웬일인가? 어서 드러오게……』

만용은 자기의 □ 깐이 있는지라 그야말로 도적이 제발 저려서 떨리는 목소리를 간신히 끄내였다.

『자네들이야말로 이게 웬일인가! 대낮부터 매우 경기가 좋으네그려』 하고 허달은 증오의 감정을 잔뜩 품은 독기가 가득한 시선을 쏘았다. 그는 만용을 흘겨보며 천천히 앉았다.

이때 배상오도 허달의 시선에 부드치자 고만 얼굴을 푹 숙이며 죽은 듯이 처백혔다. 아니 그는 마치 고양이가 쥐를 노릴 때와 같치 발발 떨면서 죽여줍시오—하는 것 같었다.

『자—먹든 잔일세 우선 한잔 들게—우린 여태 먹었는데……뭐 안주 점 더 식힐까』

만용은 허달의 눈치가 벌써 심상치 않은 기세를 보임으로 술잔을 권하며 미리 손을 치기 시작했다. —허달은 정녕코 지금의 수작을 옆에 방에서 들은 것 같다.

『술보다두 자네한테 조용히 할 말이 있는데 내 방으로 좀 가세』

허달은 술잔을 탁 버리고 의자에서 벌떡 이러섰다.

『아니 이 사람이 왜 이래?……말은 무슨 말……』

만용은 떨리는 가슴을 진정하며 허달을 처다보는데 배상오의 고개는 더한층 숙여졌다.

『아니 못 가겠단 말야……이 색기야……』

허달은 두 주먹을 불끈 쥐고 성난 목소리로 딱 얼넜다.

『가긴 어딜 가……할 말이 있거든 예서 하□구』

만용은 벌써 일이 글은 줄 짐작하자 마주 대항하는 자세를 취하였다. 그러나 그의 목소리는 어딘지 모르게 공허하였다.

『예서 하라?……오냐 예서 해두 좋다』

허달은 만용이와 마주 다시 앉었다.

『아니 이 사람이……너무 취했구나!』

이 말이 떠러지기 전에 허달은 벌떡 이러서며 목아지가 홱 도라가도록 만용이의 뺨을 쳤다.

『앗!』

별안간 눈에서 불이 나자 만용은 한손으로 뺨을 어루만진다.

『이 색기야 누구보고 취했다니!―투서한 놈두 네로구나!』

허달은 재차 만용의 성한 뺨을 갈기였다. 철컥! 소리와 함께

『아이쿠!』

그 순간 만용의 두 뺨은 피가 매처서 갓득이나 붉은 얼굴이 더욱 새빨갛게 불켜 올렀다.

『이 자식아 아이쿠라니……투서한 놈이 네놈이지. 안□면 죽인□』

허달이가 주먹을 쥐고 다시 달려들자 만용은 몸을 피하며

『투……투서라니 무슨 투……투서야……』

하고 떨리는 목소리로 어물거린다. 이때까지 고개를 처박고 있든 상오는 어쩔 줄을 모르고 가슴만 뛰고 있었다. 그런데 형세는 차차 험악해서 자기에게도 불똥이 튀여올 것만 같았다. 이에 불안을 느낀 그는 슬그머니 꽁문이를 빼랴다가 허달이에게 고만 뒷덜미를 잡이었다.

『이 주책 없는 나빽이야 어듸를 나가는 거야!』

『안이 뇨요……난 아무 영문두 모르는걸!』

상오는 기절을 하며 고슴도치처럼 몸을 옴추린다.

『투서를 누가 했나―임자는 알겠지 어서 대라구』

『난……몰……몰라……』

『안 대면 임자두 때릴테야―공연히 매 맞구 대느라고 욕보지 말구 어서 대라구 만용이가 투서했지?』

허달이가 주먹을 둘러메고 그래드니 상오는 두 손을 처들고 제발 때리진 말라는 듯이 애원하다가

『그……그랬어……저 사람이……』

하고 손가락질로 만용이를 가르쳤다.

『물론 그럴 줄 알었다만 예이 나뿐 인간들 같으니……남 선생과 너희

가 무슨 웬수를 젓기에 백주에 그런 모함을 하늬!』

허달은 자기 분에 못 익여서 눈물을 먹음었다.

이날 허달은 점심 전에 들을 한 바퀴 돌아오다가 만인 거리를 지나가게 되었다.

행길까에 있는 만인의 음식점 앞까지 왔을 때 불현듯 시장끼가 들어서 요기를 하려 드러갔었다.

그는 만두를 주문하고 음식이 나오기를 기다렸다. 그런데 안쪽 방에서 누가 술들을 먹는 모양인데 잇다금 들리는 목소리가 귀에 익은 음성 같다.

허달은 가만히 한 귀를 기우러 보았다. 하지만 워낙 거리가 떠러저 있는 방이라 자세히 들리지 않는다. 그는 의심이 더럭 났다. 아직 한낮도 되기 전에 술을 먹는 자들이 대개 누구일까? 마침 차를 가저오는 뽀—이에게 무르니 아나나 달을까 박만용이라는. 만용이와 허달이가 한 동리에 사는 줄은 알기 때문에 무심코 일너주었다.

『아 그 사람들이! 난 누구라구……』

허달이도 무심히 대꾸하여 뽀이가 눈치를 못 채게 하였다. 음식을 가져오자 그는 얼는 먹고 나서 슬그머니 안으로 들어갔다. 인끼척을 내지 않고 발을 쥐여 걸었다.

방문 옆으로부터 서서 숨은 죽이고 엿을 드렀다. 그리고 문 틈으로 드러다보니 과연 만용이와 상오는 마주 앉어서 술을 마시며 허튼 소리를 하지 않는가.

그러지 안어도 허달이는 투서 사건이 생긴 뒤로 만용이를 주목하였다. 그자밖에 혐의 안 감으로 은밀히 뒷조사를 하는 중인데 뜻밖에 그들이 여기 와서 술을 먹을 줄은 몰랐다.

이에 허달은 그들의 밀담을 드러보자 한 것인데 필경 비밀의 열쇠가 손아귀에 잽혔다.

이때 허달은 만용이가 남표를 중상하는 말을 듯자 더 기다릴 것 없이 쪼처드러갔다. 드러가는 길로 덜미를 채보니 그들은 마치 현장에서 들킨 범인처럼 즉석에서 자백을 한다.

『투서는 그러쿠……너 지금 한 말은 무엇이냐』

허달은 다시 만용의 앞으로 도라서며 주먹을 내미렀다.

『지금 한 말이라니……누가 뭐랬기에……』

만용이는 기가 질려서 뒤를 사린다.

『너 지금 한 말이 있지! 상오보구 뭐랫는가?』

『뭐라긴 뭐뭐……』

『아니 또 이러기냐?……애나와 어쨌다는……』

『………………』

만용이는 다시 발목을 잡히자 말문이 막키었다.

『웨 대답이 없어?……너 지금 한 말이 틀림없는 사실인가. 증거를 대야 한다.』

『………………』

만용이는 그래도 대답이 없다.

『네 눈으로 분명히 보았나 그렇지 않으면 뉘 말을 들었나?……만일 안 대면 늬들을 동리에서 쪼차내게 할테다.……그래도 못 대[겠]니?』

이렇게 얼너메우자 만용이는 뒤가 켕겨서 그제야 얼굴을 처든다.

『달이……』

그는 이렇게 떨리는 목소리로 불넛다.

『그래 어쨌단 말야!』

『잘못했네!』

만용이는 힘없이 대답하자 고만 머리를 숙인다.

『어떻게 잘못했다는 거야. 보았나?』

『보긴 뭘 보겠나ー거저……』

『그럼ー』

『거저 내 추측으로 한 말일세』

『옛기 고약한 자식 같으니!-사람을 그렇게 음해할 수 있는가?……아니 투서한 것도 부족해서 또 그런 소리까지 하는 거야?』

허달은 분기를 참지 못해서 다시 주먹을 둘너메는데

『아니 저 사람 큰일날 소리두 다 듯겠네-난 제눈으로 보구서 한 말인 줄 아렀더니-옛기 참!……』

상오가 벗적 드러서며 만용이에게 눈을 흘긴다. 그는 이때에 제 발뺌을 하자는 약은 수작이었다.

『이 구렝인 여적 숙덕댁구서 뭣이 어째 간나색기 도적놈두 의리는 있단다』

허달은 만용을 쥐여박으라든 주먹을 상오에게로 내리쳤다. 그는 너무도 비열하기 때문에!

『아이구……. 사람 죽네!』

한주먹에 상오는 비명을 지르며 쓸어졌다.

배상오가 큰 소리를 질르는 바람에 뽀-이가 웬일인지 몰라서 뛰여드러왔다.

『무슨 일이오?』

그는 눈이 희둥그레서 여러 사람을 번가러 본다.

『아무 것도 안야!』

허달이 만인에 이렇게 대답하고 나서 다시 만용이를 흘겨보며

『오늘 일은 누구한테도 말을 내지 마려야 한다. 만일 이 말이 새는 날에는 네게 먼저 불리할테니 그럴줄 아러야 해! 임자한테두 그러쿠!』

끝으로 배 [서]방에게 흘기든 눈을 떼자 그는 음식값을 뽀-이에게 지갑에서 끄내주고는 그길로 휭-하니 뛰여나왔다.

큰길거리로 나서자 그는 비로소 긴장이 풀리는 숨을 들러 쉬였다.

그러나 그는 다시 생각할수록 맹낭한 소리를 드른 것 같었다.

지금 만용이는 단지 저 혼자의 추칙이라 하였지만 가만이 생각해 보면 그런 수도 족히 있음즉한 일이다. 남표는 웨 하필 정안둔으로─그중에도 애나의 집엘 찾어와 있는 것일까?……허달이는 아직 남표의 심경을 모르는 만큼 이와 같은 어떤 의심이 없지 않었다.

따라서 만일 자기의 추칙이 아닌 만용이의 추칙이 사실로 드러맞는다면 어찌 될까?……그것은 정말로 여간 큰일이 아니다.

그때 남표의 존재도 없어지려니와 애나와 현림의 관계도 끊어질 것이다. 그러면 왼동리가 식그러울뿐 아니라 만용이 패가 큰소리를 치며 뽑낼 것 안인가.

이와 같은 불안에 싸힌 허달은 이 일을 어찌 했으면 좋을는지 몰라서 남몰래 궁리를 본다.

하긴 탄로가 나지 안을 바에는 자기도 비밀을 직히면 그만이다. 만용이는 뜻밖에 투서 사껀에 발목을 잽히게 되었으니 제 몸 위해선들 못할 것이다. 배상오 역 그러하다. 하건만 모른다. 누구나 청년남녀 관계를 어찌 보증할 것이냐. 자기가 비밀을 직힌 때문에 도리혀 그들의 사이를 밀접하게 할 수 있었다면 본의 안인 역효과를 낼 것뿐이다. 그것은 비밀을 직힌 보람도 없이 큰 일을 버러지게 할 뿐 안일까?…… □하다면 차라리 정 로인에게 귀뜸을 해서 애나의 결혼식을 속히 □드는 것이 났겠다. 더구나 남표와는 한 집 속에 있지 않은가. 지금 현재로는 현림이보다도 오히려 남표와의 접촉이 잦게 되었다. 애나는 신경에서 남표의 치료를 받고 병이 나섰다한다.

남표는 애나의 주치의다. 그만큼 그들은 친절한 동시에 애나는 남표를 은인으로 알고 있고 아니 그것은 애나뿐 아니다. 왼집안 식구가 모다 남표를 존경한다. 속담에도 미든 남게 곰이 핀다지 않는가. 사실 이런 자옥에 그런 소문이 들린다면 그것은 사실 유무간에 서로 창피한 일이다.

그렇기로 말하면 정 로인에게 말할 수도 없다. 그가 만일 왼식구와 의

논하고 꼬토리를 캐러들면 어찌할 것이냐?

허달은 이럴 수도 저럴 수도 없는 막다른 골목에서 헤매였다. 비밀을 지키자니 그들의 장래가 불안하고 비밀을 탄로하자니 무슨 사단이 버러 질는지 모르는 위험이 또한 가로놓였다.

이에 망단한 허달은 두루 생각한 [끝]에 우선 남표의 눈치를 한동안 두 고 보기로 하였다.

그래 만일 다소라도 애나한테 대하는 태도가 모호하게 뵈는 때는 시각 을 머믈느지 않고 넌짓이 귀를 울려주자는 것이었다.

세상에는 괴이한 일이 많다. 그러나 이러한 일일수록 남모르는 비밀에 끌리기 쉽다. 대개 범죄 사실은 그와 같[은] 경로를 밟지 않는가.

하여간 허달은 소문이 퍼지기 전에 자기 혼자만 미리 안 것을 다행한 일이라 하였다. — 비밀은 영원한 비밀 속에 파무드면 된다. 불행히 탄로가 된다 하더라도 그것은 남표한테만 알리면 고만이다. 마침내 허달은 이렇 게 마음을 작정하고 걸음을 빨리 걸었다.

그 뒤로 남표는 일체 환자를 안 보기로 하였다. 그것은 당국에서 조사 가 끝난 뒤에 자기의 애매한 행위가 깨끗이 변명되기 전에는 치료를 않기 로 결심하였기 때문이다.

그가 만일 애나와의 무근한 소리를 또다시 듯는다면 어찌 되였을까? 그것은 매약 행위와도 경우가 다르다. 매약행위가 증거가 뻔— 하기 때문 에 종내 사실대로 드러나게 된다. 그러나 남녀관계란 그렇지가 못하다. 그것은 단둘이 은밀한 가운대 매저지는 까닭이다. 더구나 한 집 속에 있 느니만큼 그들은 얼마든지 치의를 바들 수 있다. 그렇다고 버선목이 안인 바에 속을 뒤집어 보일 수도 없지 않으냐.

자고로 색정관계에 음해를 입고 원굴히 누명을 쓴 사람이 적지 않다. 악인은 남을 모해하랴 할 때 흔히 남녀관계로 음모를 꾸민다. 남녀관계란 어제나 남의 오해를 받기 쉽다. 동성(同性)끼리는 친할수록 우정을 타의해

간다. 그러나 이성(異性)에는－더구나 청춘남녀에게 있어서는 우정을 뒤여넘는 수가 있다. 피차간 그런 맘이 없다가도 어느 틈에 련모의 정을 느끼게 된다. 그래서 불의의 관계를 맺는 수가 있다.

그런데 남표는 이런 음해가 자기의 신변에 가까워진 줄도 모루고 있었다. 오직 그 속을 아는 사람은 허달이뿐이다.

허달은 그날 이후로 은근히 남표의 동정을 살피였다.

실상 사람의 생각이란 이상한 것이다. 남표는 그전이나 조곰도 다름없이 지나건만 어쩐지 허달의 눈에는 다른 것 같기도 하였다. 남표는 이지음 우울한 기분 속에 잠겨 있었다. 그것은 허달도 잘 안다. 그래도 그는 어떤[127] 남모르는 고민이 있는 것 같았다. 그의 고민이란 무엇일까?……허달은 자기가 색안경을 쓰고 보기 때문인진 모르나 그런 말을 안 드렀을 때와는 달리 생각이 든다.

한데 남표는 뜻밖에 충격을 또다시 당하였다. 설상가상으로 하필 이런 때에 겹칠 것이 무엇이냐?－남표는 경아의 편지를 바더 보고 한동안은 망연자실하여 등신처럼 멍－하니 앉아 있었다.

뜻하지 않은 또 한 가지 방해! 남표는 선주가 그럴 줄을 몰랐다. 실로 그는 몽상도 못한 일이였다. 그때 차안에서 우연히 만나서 히비극의 일막을 연출하기는 하였지만 그는 그때뿐인 줄만 아렀다. 이 위에 다시 무슨 일이 있을 것이냐 하였다. 더욱 그는 선주가 입원환자로 경아를 차저가서 알뜻한 복수를 할 줄이야 어찌 아렀으랴!

선주야말로 노갑이을[128]도 분수가 없다. 그는 무슨 까닭으로 경아에게까지 그런 짓을 하는 것일까? 참으로 우습고도 기가 막킨다.

인제 와서 무슨 연극이냐? 그는 마치 삼각관계나 되는 것처럼 일부러

---

127) 원문은 '어쩐'.
128) 갑에게서 당한 노여움을 을에게 옮긴다는 뜻으로, 어떠한 사람에게서 당한 노여움을 애꿎은 다른 사람에게 화풀이함을 이르는 말. 怒甲移乙.

쪼차단이며 몸부림을 치는 꼴이 가관이였다.

아니 참말로 경아를 사랑한다하자. 그러기로 제가 무슨 아랑곳이냐. 한데 경아의 편지 사연맛다나 약혼을 누가 하잿으며 그래서 경아가 귀찬케 굴기 때문에 그 성화를 받기 싫어서 지금 신경서도 떠난다는—멀정한 거짓말을 조작해서 깨끗한 경아에게까지 누명을 씨우게 하였다는 것은 참으로 얼마나 가증한 소위일까?

그때 차안에서 남표는 흥분한 끝에 주먹을 둘너메고

『너는 악마다……매춘부다……』

브르지졌지만 과연 그 말은 지금 생각해도 적절하다 싶었다. 그가 경아에게 한 짓은 정말 악마의 행위요 매춘부의 소위와 똑같지 안은가?……

남표는 이런 생각이 들자 불현듯 분기가 치바저서 살이 떨린다. 그는 선주가 지척에 있다면 당장 쫓아가서 박살을 내고 싶었다. 그는 자기와 무슨 웬수가 젓길내 끝끝내 성화를 대는가?……그와 동시에 경아에게는 무에라고 사과할 말이 없었다. 경아는 지금 얼마나 남몰내 괴로워할 것이냐고!

남표는 경아의 편지를 바더본 뒤로 더욱 남모를 번민에 괴로웠다.

그는 한편으로 선주의 소위를 미워하면 할수록 경아에 대하여는 끝없는 동정심이 간다.

과연 경아는 자기 때문에 중간에 끼여서 무슨 횡액이냐. 그런 생각이 들수록 남표는 민망하였다. 만일 일을 시작하지 않았다면 즉시 신경으로 가고 싶었으나 지금 형편으로는 그럴 수가 없었다. 따라서 그는 떼꿩에 노인 매와 같이 마음만 초조하였다.

선주를 미워하는 마음—경아를 동정하는 마음—두 가지 생각이 널뛰듯 하는데 게다가 만용의 일파한테 턱없는 중상까지 입게 되여서 이중삼중으로 비난을 받는 몸이 되였다.

어느 때—그는 모든 일을 거더치우고 다시 방탕생활로 뛰여들고 싶었다.

그렇지 안으면 고향이라도—. 하나 또한 무슨 면목으로 지금 고향인들 도라갈 수 있는가. 정말 그는 이럴 수도 저럴 수도 없는 신세가 되었다.

그럴수록 남표는 남모르는 고독을 느끼었다. 누구한테다 이 심정을 하소연할 곳이 없었다. 전과 같이 치료나 하게 되었다면 왼종일 환자들을 상대하기에 □□든 시름을 이즐 수 있겠는데 왼종일 아무 일도 않고 있자니 시간만 지루하였다.

이런 때에 오즉 그를 자위(自慰)할 수 있게 하는 유일한 방법은 경아에게 편지를 쓰는 것이었다. 그것은 자기를 위해서뿐이 아니다. 경아를 위해서도 그러하다. 어쩐지 그는 그러한 생각이 들게 된다.

경아는 답장을 말라고까지 끝에다 부언하지 않았는가. 그것은 하도 원억한 것을 한 탓으로 기가 질려서 한 말이겠다. 그렇다면 자기는 오히려 그의 원결을 푸러주어야 할 책임이 있다. 그는 자기 때문에 너무나 원통한 소리를 드러서 참으로 어쩔 줄을 모르는 심정이 안일까. 그는 지금도 날몰래 신세를 한탄하고 자기를 저주하는지 모른다. 사이지차[129]에 이— 사실은 유무간에 자기로서는 사과의 답장을 하는 것이 맛당하다 싶었다.

그러지 않어도 그는 경아에게 편지를 쓰고 싶었다. 먼젓번 편지 역시 그래서 쓴 것이다. 항차 이런 일이 또 있슴이랴.

그래 그는 자기의 처지를 호소할 겸 사과편지를 길게 썼다. 우선 그는 안부를 뭇고 미안히 된 사정말을 한 연후에 그것은 결코 자기가 한 말이 안이라는 것과 따러서 모든 말은 선주의 조작인데 다만 선주와는 오래전에 어떠한 관계로 알게 되었다는 것을 솔직히 고백하였다.

물론 이와 같이 무근지설로 중상을 입는 것은 애달분 일이라 하겠지만 그러나 세상에는 왕왕 좋은 일을 하는데도 오해를 임는 수가 업지 않다고 —그는 지금 자기가 당하고 있는 오해(투서사건)를 예증(例證)으로 들고 그

---

129) 일이 이미 이렇게 되었다는 뜻으로, 후회하여도 미치지 못함을 이르는 말. 事已至此.

내막을 자세히 설명하엿다.

그때 만일 남표가 허달이를 대신하야 만용의 말을 들었다면 그는 지금 자기도 그런 누명을 애매히 쓰고 있다는 사정을 견주어 말했을 터이지만—.

비록 그렇진 않다 하더라도 돈 한 푼 안 받고 무료로 환자를 치료했는데 돌파리의원질을 해서 영리를 목적한다고—한 동리 사람이 투서한 사실을 들어보라고—현실은 이처럼 냉혹한 것이라고—.

끝으로 그는 여름 동안에 한번 들러달라는 당부를 하였다. 정안둔은 북만에서 가장 경치가 아름다워서 여름 한철은 휴양하기가 좋은 곳이라는 것과 더욱 신경과 같은 복잡한 도회지에서 사는 사람은 공기 좋은 이런 시굴을 여행해 보는 것도 좋겠다는 말과 또한 5호실 환자—애나가 보구 싶어 한다는 말과 여기도 차차 일기가 따뜻해서 미구하여 여름이 오겠단 말과 그래서 농사일이 곳 시작되겠는데 자기도 황무지 몇 쌍을 사가지고 신푸리의 개간을 하겠단 말과 편지로는 자세한 말을 다 할 수 없은즉 한 번 찾아주면 당신의 오해가 모다 풀이도록—지금 한 말이 하나도 틀리지 안는 것을 증거를 세우겠다고까지 부언하였다.

어느날 밤에 남표는 자기 방에 혼자 드러누어서 시름 없이 잠을 허매었다. 그가 이지음 침울한 기분에 잠겨 있는 줄을 알자 마실꾼도 전처럼 모히지 않았다.

마치 그의 생활은 모닥불이 활활 타오르다가 별안간 툭 꺼진 때처럼 서린 연기가 자욱하게 주위를 둘러싼 것과 같았다.

남표는 가만이 생각해 보았다. 과연 이 불은 영구히 꺼질 것인가 그렇지 않으면 다시 정열의 불길을 속구처 볼 것인가?

애나는 남몰내 안타까운 가슴을 안고 있었다. 그는 남표가 하는 일에 은근 기대를 가졌었다. 만일 그가 남자의 몸이라면 적극적으로 그를 원조하고 싶었다. 자기에게 그런 힘이 없다면 일성이처럼 조수라도 되고 싶었다. 그런 뜻하지 않은 일로 그의 사업을 방해함을 볼 때 남표 자신만 못지 않게 애나는 무심한 세태를 한탄하였다.

그것은 어린 일성이에게도 그러하다. 그는 일껀 좋은 선생을 만나서 장래에 의사가 될 것을 확신하고 그래서 득순이한테까지 자신만만한 태도로 뽐내였는데 만일 남표가 치료소를 페지한다면 장내를 약속하든 의사의 꿈도 일조에 수포로 도라간다. 따라서 득순이 역시 자기를 그전처럼 대수롭지 않게 역일 것이 아니냐.

동리 사람들도 마찬가지로 실망을 느끼였다. 그전에 의사가 없을 적에는 아쉰 대로 그냥 지나왔지만 있든 의사가 갑작이 없어진 것 같은 지금에 있어서는 남표의 존재가 여간 그립지 않다. 그들 역시 남표의 결백한 사실이 하로밧비 드러나서 전과 같이 병을 보아주었으면 하는 히망이 저마다 있는 동시에 턱없이 혐의를 먹은 자를 은근히 별르고 있었다.

남포등 심지에 불똥이 앉으며 별안간 방안은 침침해졌다. 그러자 동창이 훤−해지며 달이 떠오른다. 밤은 어느 때나 되였는지 주위가 괴괴하다.

남표는 이러나 앉었다. 그는 담배 한 대를 피여 물었다. −

『그렇다−의사시험을 준비하쟈−』

남표는 마침내 이렇게 부르짓고 감었든 눈을 떴다.

이제까지 그는 의사의 자격을 형식적으로 갖고 싶은 생각은 조곰도 없었다. 아니 그는 도리혀 개업의를 멸시하고 싶었다. 의사의 자격을 가지라는 것은 결국은 돈을 벌라는 말이 안인가 그래 그는 의사시험을 치르라고 권고하는 말을 마치 장가들라는 것과 같이 우숩게 들어 왔다. 그들은 세속적 의미로 자기에게도 권함이 아닐까. −어서 장가를 들고 의사가 되여서 단락한 가정−소위 스위트·홈의 행복한 생활을 맛보란 것이 아니냐고!

그의 이와 같은 생각은 의사가 되지 않아야만 양심적 의학도로써 자기의 천직을 다 할 수 있으리라 하였다. −도시에로 집중하는 개업의를 보라! 그들보다는 의학도로써 무의촌(無醫村)인 이런 농촌에서 무슨 봉사를 하는 것이 얼마나 더 의의 있는 인술(仁術)의 본분(本分)을 나타내고 사명(使命)을 다 할 수 있는 것이냐고!

그런데 어찌 알았으랴! 이번에 당한 일로 보아서 그는 자기의 무모한 것을 깨달었다. 현실이란 과연 단순한 것이 아니다. 현실을 이상으로 높히는 □은 권위가 필요하다. 권위는 즉 힘이다. 힘이 업는 사람은 결국 아무 일도 못한다. 세상만사는 모두 힘으로 움지긴다. 아무리 좋은 일이라도 힘이 없으면 그 일을 성공하지 못한다. 실력이 없으면 정의도 일우지 못한다.

그렇다며 자기는 지금까지 세상을 모르고 함부로 날뛰지 않었든가! 의사시험을 안 본다고 여적 뻣땐 것은 무슨 고고한 정신이 안이다. 그것은 고생한 것도 아니고 다만 고집을 세운 것뿐이다. 일전의 주임 의사시험 한 번도 안 치르고 여적 무엇을 하였든가.……기껏 조수로 있다가 이곳으로 굴러왔다. 만일 자기도 의사의 면허장을 얻었다면 이번의 봉변도 안 당했을 것이요 또한 개업을 하는 중에 떳떳이 인술의 본령을 발휘할 수 있었을 것이다. 아니 인술은 그와 같은 합법적 권위 밑에서야 도리혀 널리 베풀 수 있다.

이렇게 결심한 남표는 방문을 열고 나갔다.

그는 달을 보고 싶었다.

모히 患者

그 이튿날 남표는 또다시 경찰서의 호출을 밧고 드러갔다. 무슨 일인지 모르겠다.

먼젓번의 부장 앞으로 가서 인사를 하니 주임은 서류를 침착히 뒤지다가 머리를 처들며

『음 그리앉으시오』 하고 의자를 권한다.

네 남표는 교의를 다가놓고 한옆으로 앉었다[130]

『좀 더 무러볼 말이 있어서 불넜소』

『아 그러십닛까』

남표는 공손히 머리를 숙이였다. 주임은 이제껏 참겨보든 서류를 한옆으로 치워놓고 남표를 똑바로 처나보며

『역시 먼저번의 투서에 관련된 말인데 그 뒤에 조사해 본 결과 그대가 비법행위를 하지 안은 것은 잘 알게 되였소. 그러나 무슨 이유로 누구가 그런 투서를 하였는지 혹시 그대에게 혐의를 먹을 만한 사람이 있었든가?』

『뭐−그렇게까지는 모릅니다만 투서한 사람이 누군지는 아렀습니다』

남표는 허달이한테 들었기 때문에 자신 있게 대답할 수 있었다.

『아 투서한 사람은 누군데?』

주임은 반색을 해서 무러본다.

『박만용이라는−바로 한동리에 사는 사람이올시다』

---

130) 원문에는 이 문장의 처음과 끝에 겹낫표가 사용되고 있음.

『박만용이─웅 그자가 웨 그런 투서를 하였을까?』

주임은 박만용의 일흠을 써놓고 다시 처다본다.

『그 사람은 모히 환자올시다』

남표는 분연히 대답하였다.

─남표가 환자를[131] 보기 시작한 바로 이튼날 식전이였었다. 아직 일성이도 오지 않고 남표도 그때 막 이러나서 방을 치우는데 만용이가 불숙 드러왔다.

『식전에 웬일이시요?』

수상해서 무러보니 만용은 윗목으로 쪽으리고 앉으면서

『제가 밤새도록 배가 아퍼서 혼났는데요. 그래 선생님께 보아주십사하고 왔습니다』

하고 지금도 배가 아픈 것처럼, 연신 눈쌀을 찡그러보였다.

『네 그러신가요─어듸 보십시다』

그 말을 듯자 남표는 즉시 만용의 앞으로 다가앉으며 우선 진맥을 해보았다. 맥은 여상하다. 머리를 만저보고 입안을 드러다보았다. 열은 조곰도 없었고 입안에도 설태(舌苔)가 끼지 않았다. 웬일일까? 그는 다시 위통을 벳겨놓고 청진기로 진찰해 보았다. 두러눕히고 배를 만저도 보았다. 아무리 진찰을 해야 병이 있는 거 같지 않었다.

급기야 여러 가지로 진찰해 본 결과 그는 아무 병도 없는 것이 판명되었다.

『이 사람이 꾀병을 하는구나 무슨 까닭으로 꾀병을 할까?』

속으로 의심이 들기 시작한 남표는 만용의 팔뚝을 수상이 보았다. 주사침 자리가 히미하게 흔적을 남기였다. 그순간 남표는 직각적으로 그가 모히 환자란 것을 깨닷게 하였다.

---

131) 원문은 '한자를'.

『당신은 위장병이 없소 아무 병도 아니니 약은 쓸 것두 없소』

남표는 준엄하게 이렇게 단언하자 물러 앉았다.

『네 아무 병이 없어요?……』

무슨 의미론지 만용은 되집허 물으면서 얼떨떨한 표정으로 처다보는 것이였다.

『위장은 아무렇지도 않소』

『그럼 잘 아시지 않습니까?……선생님! 그러실 것 없이 약을 좀 주십시요』

만용이는 금시 빌붓는 태도로 애원하듯 말하며 한 눈을 찌긋이 감는 것은 안타까운 제 심중을 알어달라는 눈치였다.

『못 하겠소!』

남표는 그순간 증오의 감정이 솟구처서 준절히 거절하였다.

『…………………』

만용은 그 말을 듣자 마치 의외인 것처럼 멀거니 처다보다가 제풀에 눙치면서

『뭐 못하실 것 있습니까 선생님!』 다시 빌붓는다.

『그러지 말고 병을 고치시요』

남표는 여전히 정색하며 대답하였다.

『흥!……좋습니다!』

한참동안 분이 나서 앉었든 만용이는 그길로 벌떡 이러나 나왔다.

만용이는 이때부터 앙심을 먹기 시작했다. 그런데 남표의 존재는 날마다 뚜렷해저서 윈동리 사람이 여간 받히지 않는다. 그런 일만 없었다면 그 역시 투서까진 안했을 것이다.

사실 그때 만일 남표가 자기의 청을 들어주었다면 그도 남만 못지 않게 남표를 추켜 올렸을 것이다.

그는 남표가 이 동리에 있게 되었다는 말을 처음 들었을 때 남모르게

은근히 기뻐하였다. 그가 경험한 바에 의해서 남표도 다른 의사와 다를 것이 없을 줄 알았었다.—아니 도리혀 그는 은밀히 어떤 목적을 달하기 위해서 구석진 촌락으로 일부러 들어온 것이 아닌가 싶었다.

그는 지금까지 부자유하게 흰 약을 구해서 군색히 사용하였다. 간혹 약국에서 주사 깨나 얻어 맞기는 하였다. 그러나 엔산 헤로인이나 코까인 같은 것은 값이 비쌀뿐더러 촌에서는 좀처럼 구하기가 극난하였다.

다행히 그는 아직 심각한 중독자가 아니다. 따라서 동리 사람들까지도 그가 숨은 아편쟁인 줄을 모른다. 하긴 한때 그런 소문이 돌긴 하였지만 그것은 가을에 벼를 팔러 하르빈으로 나갔을 때 작난 삼어 일시적으로 해본데 불과한 줄 알았다.

웨 그런가하면 그런 경험이 마을의 젊은 청년 중에는 누구나 대개 있었든 때문이다.

만용은 사실 마을에서 약을 구하지 못하기 때문에 인이 들릴 때는 무슨 볼일이 있다는 핑계로 성내엘 들어간다. 그는 술을 잘 먹고 노름을 좋아하기 때문에 며칠씩 묵어오건만 누구나 심상히 보아왔다. 또 어디 노름판이 버러저서 쪼처단긴 것이 아니냐고—고작 이밖게는 추측을 더 내리지 않았다. 아니 그는 워낙 주색잡기엔 상습자이였기 때문에 치지도외하였다는 것이 근사할는지 모른다.

그런데 뜻밖게 남표과 같은 신의가 들어와서 한 동리에 살게 되였다는 것은 얼마나 좋은 기회일까. 그는 남표를 연비로 하야 모히의 향락을 충분히 누리는 동시에 그와 손을 맞잡으면 일확천금을 할 수 있다는 일거양득의 관역을 노리였다. 세상에 이보다 더 좋은 일이 어데 있을까? 만용은 이렇게 저 혼자 생각으로 환희작약하였다.

하나 처음 만나는 남표에게 어떻게 제 속정을 통할 것인가. 그는 아직 남표의 인물을 모른다. 또한 그가 모히를 하는 줄은 이웃 간에도 잘 모르는 만큼 남표와도 비밀히 내통해야만 될 일이다. 이에 만용은 한 꾀를 생각한 끝에 그와 같은 꾀병으로 우선 수작을 부처본 것이었다.

한데 뜻밖에 예기했든 목적이 틀리고 말었다. 남표는 너무도 냉정하고 태도가 엄숙하였다.

그때 만용은 한편으로 실망낙담한 끝에 부지중 분기가 치밀었다. 피차 간 좋은 수가 있는데도 불구하고 일언지하에 거절을 당하였다. 그것은 생각할수록 분한 일이며 맹추 같은 남표의 태도를 이해할 수 없었다. 이에 그는 배알이 틀렸든 것이다. 물론 그 뒤로도 만용은 남표의 태도를 남몰래 살피였다. 한때는 오히려 그에게 희망을 부처 보았다. 하나 남표는 아모리 보아야 자기의 말을 듣지 않을 것 같어서 단렴하지 않을 수 없었다.

그에게 일누의 희망조차 없어질 때 만용의 취할 길은 무엇이였든가. 그는 오직 반감과 증오가 있을뿐—어떻게든지 그를 해치고만 싶게 하였다.

모히 환자의 심리—그들은 중독의 도ㅅ수가 높하질수록 무슨 짓이든지 수단방법을 가리지 않는다.

필경 그들은 이성을 잃게 되고 양심을 배반하게 된다. 그래서 처자를 팔어먹고 파염치한 행동을 하다가 종래에는 거지가 되여서 노방에 쓸어지고 마는 가련한 말로를 재촉할 뿐 아니든가!

만용은 아직 그렇게 되진 않었으나 그도 차차 같은 운명의 궤도를 밟어가는 중이다. 그 역시 양심이 마비된진 오래였다. 그는 남표를 먹을래야 다른 도리가 없고 보매 면허장도 없이 의사행위를 한다는—무근지설로 그런 투서를 한 것이다.

『그러면 투서한 범인은 잡어다 처벌을 할테니까 당신은 나가서 아무쪼록 전과 같이 거룩한 의료봉사를 하시오. 그러나 아무리 좋은 사업이라도 부자유한 제한 밑에서는 소기의 성과를 바랄 수가 없은즉 당신도 속히 의사시험을 파쓰하도록 준비하시는 게 좋을 것 같습니다. 그러시다면 관청에서도 당신의 장한 뜻을 갸륵히 알고 되도록 후원을 해드리지요』

부장은 남표가 전후 사정을 저저히 말하자 끝까지 감격한듯 듣고 있다가 이렇게 격려해준다.

『네 대단히 황송하옵니다. 만일 당국에서 그렇게까지 인정해주신다면 저도 미력(微力)하나마 성의를 다하와 존의를 봉행하겠습니다……그런대 특히 한 가지 청하올 말슴이 있는데요』

남표는 공손히 사례한 후에 자기의 소청을 부언하였다.

『무슨 청인가요?』

주임은 유쾌히 물어준다.

『다름 아니오라 이 관내에서 모히 환자를 근절하고 싶사온대 당국에서 철저히 취체만 해주신다면 중독자는 제가 맡아놓고 치료해 보겠습니다』

『아니 뭐 그야 어렵지 않지만은 취체만 해서 중독자를 없이 할 수 있을까?』

주임이 난색을 보이는 이 말에

『네 할 수 있습니다』

하고 남표는 자신만만한 태도로 대답하였다.

『어떻게?……』

『결국 중독자가 지금도 있게 된다는 것은 악질인 뿌로커들의 농간으로 약을 밀매하게 되기 때문이 아니겠습니까? 그럼으로 각 방면에 취체를 강화해서 약이 들어오는 길을 막아 버린다면 제아무리 중독자라도 약 한 봉지 침 한 대를 맛볼 수 없을테니까 그런 경우에 환자는 대개 의사를 찾아오는 법입니다. 그때 저는 중독성을 떼도록 책임을 지고 치료하겠습니다.』

『아 그런가……하지만 듣건대 중독환자를 치료하는 데는 특수한 방법이 필요하다는데 그 방법을 아십니까?』

주임은 다시 감심해서 남표를 처다본다.

『네 과거 어떤 기회로 지속수면료법(持續睡眠療法)을 모 전문대가에게서 체득한 일이 있습니다. 저도 그 방법으로 몇 번 치료해본 결과는 조금도 위험치가 않았습니다. 아시는 바와 같이 중독환자를 잘못 치료하다가는 실패를 보는 일이 종종 있으니까요』

『그렇지요 그렇지요』

주임은 연신 고개를 끄덕이다가

『에-그 방법은 대강 어떠한 것인데요?』

하고 남표의 말에 홍미가 있는 듯이 다시 묻는다.

『복약치료를 하는가요? 그렇지 않으면……』

『네-처음에는 주사를 놓아주고 약을 먹입니다. 그렇게 며칠을 계속하면 숙면기가 오는데 잠을 깨고 나면 맛치 무병한 사람이 잠을 잘 자고 깨난 때와 같이 완전히 고통을 모릅니다. 환자는 일주일간 숙면을 하는 동안에 중독성을 떼게 되는 것이올시다』

『아니 그럼 며칠 동안을 잠만 자게 됩니까?』

『그렇습니다-마치 죽었다가 다시 사러난 사람처럼 잠만 자다 깨나는데 물론 그와 같이 숙면을 식히는 처음 일주일간이 대단 어렵습니다』

『아 그렇겠군요-정말!』

『네-첫째 환자를 감검하고 며칠 동안은 의사가 환자의 옆에 붙어 있어가지고 불면불휴의 치료를 극진히 해야 되는데 그렇게 건강회복기까지 삼주일 간 완전치료를 받은 환자는 아까 말슴드린 바와 같이 잘 자고 깨난 때처럼 완전 무고통으로 중독성을 떼게 됩니다』

『아 그렇습니까……잘 알었습니다-그럼 당국에서는 철저히 후원할테니 아무쪼록 좋은 성과를 거두어 주시오』

『네……감사합니다』

그날 남표가 도라오기 전에 만용이는 검거를 당하였다.

남표가 만주로 처음 들어와서 한때는 방종한 생활을 했었는데 그 무렵에 그도 모히에 중독이 되었었다는 것은 전회에 이미 말한 바와 같다.

아편이 중국에 처음 수입되기는 명나라 성조(成祖)시대에 섬라-지금 타이국의 공물목록 중에 있었든 것으로서 황제에게 五十 근 황후에게 二

十 근을 헌상했든 것이 시초였다든가.

그러나 이것이 향락용으로 사용되기는 그 뒤 청조 건융 대에 때마침 병 앓든 한 여승이 우연히 발견하였다한다.

이 여승은 어떤 상인의 친척으로서 청상과부가 되자 입산수도(入山修道)를 하든 중에 불행히 그는 관절염으로 전신불구가 되였는데 상인 되는 친척은 그를 불상히 보다 못해 아편을 먹여 보았다 한다. 하긴 처음에는 작난으로 불을 켜본 것이 이상한 냄새가 남으로 그것을 흡연(吸煙)하였드니만 의외에도 도취(陶醉)가 될 뿐 아니라 병을 고친다는 것이다.

원래 중국에는 도교사상이 자고로 있어서 누구나 신선이 되는 것을 최고이상으로 삼어왔다. 그러나 신선이 되는 데는 여러 가지 난행 고행을 겪그면서 오랜 시간을 두고 상당한 수양을 쌓지 않으면 안 됨으로 속인으로는 도저히 오르지 못할 경지이다. 하다면 신선이 된 뒤에는 얼마나 좋은 것일까?

속인은 그 속이 궁금해서 알고 싶었다.

그런데 아편의 쾌감은 이상하지 않은가. 그것은 술과 성욕을 동시에 향락하는 이상으로 일층 독특한 쾌감을 만족케 해서 장차 조름을 청할 때에는 문득 황홀한 꿈나라로 들어가는 것 같았다.

저 유명한 서역 1839년의 아편전쟁은 이와 같은 마약으로써 중국을 영구히 자기 식민지로 만들랴든 앵글로색슨족의 포악성을 여지 없이 발휘한 것이 아니든가. 그들이 입으로는 인류의 문명을 부르짓고 문화를 선전하면서도 실상은 백주에 이와 같은 야만적 행동을 하야 무고한 이민족을 정신적으로 대량학살하였다.

사실 영국민이 끼친 아편의 해독은 중국의 상하층에 막대한 영향을 끼치게 하였다. 영국은 이와 같은 망국약을 지나 대륙에 대량으로 수입하야 그들의 정신을 마취식히면서 한편으로는 아편장사를 크게 하야 부국강병을 꾀하였다. 따라서 마약은 왼나라에 퍼지고 중독자는 날로 느러갔다.

물론 지금은 그렇지가 않지만은 만주사변 이전만 해도 대도회에는 아편굴이 어디나 있었다는 것이다.

─오전 세 시쯤 되는 밤중에 죽은 듯이 괴괴한 뒷골목의 어둔 길□를 수척한 남자가 창백한 얼굴로 절룸거리며 가는데 그는 수족이 척 느러진 송장을 한 어깨에 둘러메고 보기만 해도 무시무시한 광경으로 걸어가고 있었다.

행순 경관은 이 자를 체포함으로써 마굴의 정체를 알게 되었다. 따라서 가본즉 거기는 모든 희망을 잃고 오직 만약의 도취경에만 인생의 의미를 찾는 아편중독자의 낙원이였다. 날이 저물면 어디선지 모르게 수십 명의 아편쟁이가 떼로 몰린다. 그들은 한 방울도 못되는 아편의 매력에 홀려서 밤마다 이곳으로 모인다는 것이다.

그들은 극도의 중독자─거지와 쿠리가 대부분 아편을 못하는 자는 정맥주사를 맞는다. 그래서 하루밤을 황홀한 몽환경에서 밝히는데 돈이 떠러진 자는 주사침도 못 맞는다. 그런 자는 마굴의 낭하나 마당 모통이에서 금단증상(禁斷症狀)에 고민을 하는(중독자의) 단말마적 신음성을 밤새도록 질르면서 완연히 생지옥과 같은 처참한 광경을 나타내는데 극도로 영양불량에 걸린 자는 대개 그날 밤으로서 저승길을 떠나버린다. 마굴에서는 비밀이 탄로되기 전에 시체를 처치해야 되는데 그것은 아직 사러있는 놈에게 떠메다 버리게 한다. 참으로 괴기천만이고 모골이 송연치 않은가. 중독자가 겨울에 노상에서 강시로 죽은 줄 알었던 것이 그자의 자백으로 사체를 유기한 것이 판명되었다. 이 송장은 제가 죽기 조곰 전까지 다른 시체를 그렇게 운반하든 사람이다. 그도 『시체를 지고 가면 죽는다』고 끄리여 하였지만 한 방울의 마약을 얻기 위해서 송장을 지고 나갔다가 필경은 자기도 그처럼 죽어가는 가련한 인생들이었다. 그러나 또한 이런 마굴을 비밀히 경영하여 오직 돈 한 가지를 벌려는 모리지배도 있다는 것을 잊어서는 안 된다.

남표는 이와 같이 생각하자 자기의 과거가 다시금 뉘우쳐진다. 비록 일시적이나마 그 역시 중독자가 되었었다.

누구나 모히를 처음 시작하는 데는 방종한 생활에서부터 인연을 맺게 된다. 그들은 아편의 성능을 소문 듣고 일시 호기심으로 시험해 보기를 시작한다. 혹은 성적불만자가 아편의 위력을 빌어 조루를 방지하러 들거나 개중에는 위장의 고통자가 아편이 신약이란 말을 듣고 약을 써서 신통히 났는 일도 있다. 그들이 아편을 기호하는 최초 출발점은 대개 이러한 동기인데 처음에는 작난 삼어 시작한 것이 어느 틈에 저도 모르게 중독이 되여 버린다. 아편은 일종의 독약이다. 그것은 마비성이 고도로 강렬하기 때문에 처음 한두 번에 벌써 습관이 되고 만다. 그래서 일단 습관이 된 이상에는 차차 분량을 높여야 하는데 그들은 잠시 동안의 쾌감을 사기 위하야 생명을 턱없이 단축식힌다.

인간은 제각기 기질을 타고나기 때문에 선천적으로 체질이 약한 사람은 아모리 보약을 먹는대야 건강한 사람을 당할 수 없다. 그런데 아편에서 잠시 정력을 빈다는 것은 마치 고리대금의 빗을 쓰는 것과 같다할까. 본래[132] 수입은 없는데 남의 빗으로 지출만 과히 한다면 그 살림은 얼마를 못 가서 파산을 당할 것이다. 따라서 그것은 병적 현상 이외의 아무것도 아니다.

그러나 한번 중독이 된 뒤엔 의지가 박약한 인간들은 이론으로는 이렇게 잘 알면서도 용기가 없다. 그들은 인이 몰리기 전에는 양심을 건저 보려다가도 인이 몰리기 시작하면 할 수 없이 또 하게 된다.

그리는 대로 중독은 점점 더 심해간다.

남표도 처음에는 엔산 헤로인을 담배에 피워서 흡연을 해 보았다. 이 가루는 대단히 강렬한 마취성을 가졌다. 그 다음에 엔산 코까인을 섞어

---

132) 원문은 '볼래'.

썼는데 이것은 값이 또한 비싸다. 이것을 심한 중독자는 매일 오륙십 원 써야 된다.

모히 환자가 신체의 파멸은 둘재 치고 우선 경제적으로 이렇게 소비해서는 여간 큰 부자가 아닌 담에야 계속할 수가 없다.

이에 경제가 허락지 않는 사람은 할 수 없이 피하주사를 놓다가 중독이 심하면 정맥주사를 맞게 된다.

따라서 그들의 가는 길은 누구나 똑같었다. 처음 아편을 시작할 때는 돈이 있고 소량으로도 되였으나 도가 높하질수록 그대로는 만족할 수 없다. 그러나 대량을 쓰게 되면 신체에 이상이 생기는 동시에 직업을 버리고 가사를 모르게 된다. 그러면 수입이 두절되고 보니 그는 약값을 위해서 불의한 짓을 시작한다. 가재는 물론이요 처자까지 팔아먹는다. 결국 그것도 못하게 될 지경이다. 이렇게 되면 벌써 훌륭한 거지로 노상에 등장하는데 모조리 훔처 팔어서 모히로 바꾼다.

그리하여 겨울의 길거리 위에 알송장으로 쓸어저 죽는다. 슬프다! 인생 행로에서 이외에 더 비참한 운명이 어듸 있을까? 그들의 과거 중에는 명문거족의 후예도 있을 것이요 부자장자도 있을 것이요 또한 고관대작도 있을 것 아닌가?

그러나 다른 사람은 고사하고 우선 남북만주에 흩어진 반도인 중에도 그런 인간들이 얼마나 많었는가. 소위 일확천금을 몽상하고 만주로 뛰여들어온 악질의 뿌로카 중에는 알뜰한 아편쟁이가 적지 않었든 것이다. 그들은 음험한 수단으로 아편을 밀수해서 거만의 재물을 모으기도 많이 했다. 하지만 아편으로 일약 나리낑[133]이 된 그들은 역시 아편으로 몸까지 망처버리지 않었든가 한번 중독자가 된 그들에게는 아무리 석수[134]의 부라도 당할 수가 없기 때문이다. 하긴 그들이 제 몸을 망치는 것은 자작지

---

133) 벼락부자, 졸부. 成金(なりきん).
134) 곡식을 섬으로 센 수효. 石數.

얼135)이라 누구를 원망하고 하소할 것이냐만은 명예스런 개척민인 동포에게까지 일어탁수136)의 누명을 쓰게 하야 국가사회에 해독을 끼침이 적지 않음을 볼 때 유심자의 어찌 통탄사가 않일까부냐! 만주는 옛날 만주가 아니다. 오늘날 왕도락토를 건설하는 황국신민 중에는 이와 같은 정신적 타락자가 한 사람도 없어야 한다.

익자삼우요 손자삼우라 한다. 유유상종으로 사람은 남녀노소를 물론하고 걸맛는 축을 사귀려든다. 이것이 인지상정이다. 그래서 술 먹는 사람은 술친구를 노름꾼은 노름친구를 서로 사귀게 되는데 남표도 한때는 방탕생활을 만주에서 하게 될 때 주색에 침혹함을 따러 마츰내 아편중독에까지 빠지게 된 것이다.

하나 그가 만일 그전에 서울 있을 때 신경과 전문 대가 모씨에게서 모히 치료법을 배우지 못하였다면 그도 끝끝내 중독환자로 최후를 마쳤을는지 모른다.

그때 그는 어떤 환자를 모씨에게서 치료를 받도록 소개하였다. 그 환자는 남표와 한 동리에 사는 일가 사람인데 어러서부터 발날군이로 도라다니다가 역시 만주에서 아편중독의 선물을 받고 서울로 도라왔다. 남표는 가엽시 생각한 남어지에 모히를 구해 달라고 찾어온 그에게 준절히 책망을 한 후에 도리혀 아편을 끊으라고 강권하야 그전부터 명성을 듣고 있든 모씨한테 억지로 끌고 가서 치료를 받게 했다. 그때 남표는 그 환자를 마치 쓰끼소이처럼 간호하고 있었는데 자기도 의학을 공부한 만큼 치료 방법을 유심히 보고 습득한 바 있었다. 그는 모씨의 강의를 틈틈이 듣기도 하였다.

마침내 그 환자는 모 씨의 특수한 치료방법으로 3주일 만에 완전한 치료를 받고 건강한 사람으로 환고향해 나려갔다. 그 사람은 지금껏 재범

---

135) 자기가 저지른 일 때문에 생긴 재앙. 自作之蘖.
136) 물고기 한 마리가 큰 물을 흐리게 한다. 一魚濁水.

병자가 되진 않았다.

이린 경험이 있는 만큼 남표는 모히 환자의 치료에는 어느 정도까지 자신을 가졌었다.

그 뒤 만주로 드러와서 또 시험해 본 일이 있지만 급기야 자기가 중독 자로 될 줄이야를 어찌 아렀으랴.

하긴 그가 치료에 대한 경험이 있기 때문에 일부러 모험을 하는지도 모르지만 자기가 중독자이면서 제손으로 그것을 떼기는 여간 극란한 일 이 아니리라.

남표가 대동의원으로 취직을 하기 전에 한 무렵 윤수창이 패와 몰려단 였을 때다. 그들은 밤낮으로 아편의 도취경에서 인생의 쾌락을 느끼었다.

그대로 인은 작구 몰리는데 도수가 높아질수록 대량의 마약이 필요하 다. 그러나 룸펭 생활인 그들에게 날마다 쓸 돈이 어디서 생기랴. 친구한 테 구걸도 한두 번이요 집의 돈을 무제한으로 갖다 쓸 데도 없다. 이래서 는 큰 일이 아닌가.

대개 아편 상용자(常用者)는 먼저도 말한 바와 같이 점차로 분량을 느리 지 않으면 효과가 없기 때문에 중독이 극도로 심한 자는 매일 오전 두 시 아홉 시와 오후 두 시 여섯 시 열 시 열두 시의 여섯 번씩을 해야 된다. 만일 그 시간에 한 번이라도 걸느게 되면 금시로 사지가 뒤틀리고 심신이 몽롱해저서 기거가 여의치 못하게 된다.

그렇게 이삼 일 동안 흡연을 전혀 끊는다면 그는 필경 죽고 만다. 이 얼마나 무서운 마약의 성능이냐!

그런데 그때는 남표보다도 윤수창이가 중독이 심하였다. 마침내 남표는 최후의 결심을 하였다. 그는 이대로 나가다는 미구하여 비참한 중독자의 말로가 닥칠 줄을 깨다렀다. 따라서 그는 하루라도 더 중독[137]이 되기 전

137) 원문은 '중동'.

에 마약을 떼야겠다는 결심을 한 것이다.

이에 그는 자기보다도 먼저 윤 군을 치료하기로 하였다. 그때 남표는 한편으로 지독한 고통을 참을 수 없을 만큼 인이 몰릴 때는 자기 몸에 주사질을 손수 하면서 독방에다 수창을 감금해놓고 치료를 하기 시작했다. 그것은 참으로 생사를 결단하는 최후의 씨름이다. 만일 그가 완전히 치료가 안 된다면 자기도 같은 운명에 빠질 형편이었다.

하나 결심이란 말은 쉬워도 실행키는 곤란치 않은가. 더구나 자신이 중독자면서 동일한 환자[를] 치료한다는 것은 여간 견고한 의지의 소유자가 아니고는 될 수 없는 일이다. 이에 남표는 사생을 결단하며 삼주일 간을 싸워나갔다.

이와 같은 초인적 활동으로 윤수창은 마침내 완치를 할 수 있었다. ─ 동일한 방법으로 남표는 자기의 수면기에는 윤에게 치료방법을 지시하여 그가 대신 남표의 중독성을 떼주도록 한 것이었다.

주임이 만용을 취조해 본 결과는 과연 남표의 말과 같이 사실대로 자백하였다.

『네 이 놈 그럼 무엇 때문에 터문이 없는 거짓말로 남을 모해하러 드렀느냐?』

『네 그저 죽을 죄를 지였아오니 용서해주십시요』

만용은 땅바닥에 업드려서 머리를 쪼으며 애걸복걸한다.

『이놈─그따위 소리는 말구 이유를 대라 투서한 이유가 무엇이야?』

부장이 다시 추상 같은 호령을 하니 만용은 간이 콩만 해서 어쩔 줄을 모르며 사지를 벌벌 떤다.

『네─죽여주십시요!』

『너두 이놈 모히 환자지?』

『네?……』

만용은 잠시 미심한 태도로 처다보다가 주임의 시선과 부드치자 고개를 돌려 외면한다.

『아편쟁이가 아니냐 말야!』

『…………』

『이놈……』

『네……』

『네가 투서한 까닭은 아편을 사달나다가 네 말을 안 드르니까 거기에 반감이 생겨서 한 일이지!』

『네……그저 황송합니다』

『그러냐 안 그러냐 바른대로 말해!』

주임이 다시 얼느니

『그……그렇습니다』

만용은 사이지차에야 다시 더 변명할 여지가 없는 듯이 범죄경로를 시인한다.

『이놈! 죽일 놈 같으니……평소의 네 행동이 불량한 줄은 안다만은— 아편까지 하는 놈이—□□것만도 너는 법을 억인 놈인데 중독성을 떼여 주겠다는 고마운 의사에게 도리혀 앙심을 먹고 투서하다니……너 같은 놈은 사러서 소용이 없으니 맛당히 죽어야 한다. 감옥에 가서 썩어라!』

주임이 이렇게 선언하자 만용은 마치 사형선고를 받은 죄수와 같이 금시에 얼굴이 흙빛으로 변하며 고두백배 비러올린다.

『나리님 그저 죽을 줄을 모르고 죄를 졌습니다. 이번 한 번만 제발 용서해주십시요』

그는 두 손으로 싹싹 빌면서 이렇게 울음 섞인 말로 애걸하는 것이였다.

『안 된다 너는 여기 있어야만 아편두 뗄 수 있구 빗두러진 마음두 고칠 수 있으니까 넌 나가서는 안 된다』

주임은 다시 추궁하기를

『이 투서는 누가 썼늬 네가 썼느냐?』

『아니올시다……』

『그럼?』

『배상오라구 한 동리에 사는 사람이 썼습니다』

『배상오?……어째서 그 사람이 썼늬?』

부장의 시선은 이상히 빛났다.

『네 제가 써달라고 청해서 썼습니다』

『그 자두 모히 환자로구나』

『아니올시다』

『아니면 어째서 그런 짓을 공모했단 말이냐?』

『그런 게 아니오라 배가와 제일 친하옵기에 제가 술을 사주며 청한 것이올시다』

『어째서 네가 쓰지 않었느냐?』

『황송한 말슴으로 죄상이 탄로날까바 대신 씨웠습니다.』

『죽일 놈 같으니— 정말이냐?』

『네 바른대로 엿주었습니다』

『어듸 보자— 거짓말을 했다가는 네 죄가 더 할테니』

부장은 심문을 다 하고 나서 만용을 다시 가두었다.

만용은 기가 막혔다. 번연히 무고죄를 당할 줄 알면서 웨 그와 같이 어리석은 짓을 하였든가. 별안간 유치장 속에 드러앉어 보니 그는 지난 일이 새록새록 후회된다. 자기 때문에 애매한 배상오까지 잡혀올 모양이 아니냐고!

그러나 그 사람은 큰 죄가 없으니 용서를 받는지 모르지만 자기는 그렇지도 못 할 것 같으니 큰일이다. 만일에 정말로 증역을 살게 되면는 어찌할까? 그날 밤 만용이는 저녁도 못 먹고 밤새도록 남모르는 고민에 살이 깎이고 피가 말너 드러갔다.

그 이튿날 경관은 다시 배상오를 잡어왔다. 부장이 문초를 시작하자 그는 묻기도 전에 쏼쏼 분다.

상오는 만용이보다도 겁쟁이였다. 더욱 그는 이런 경난이 처음이다. 위인이 무능하여 다소 식자가 있으면서도 술을 좋아하는 탓으로 남의 꼬임에 잘 빠진다.

부장은 그에게 글씨를 씌워보니 투서 글씨와 부합하였고 만용이와 대질을 시켜보니 역시 두 사람의 말이 꼭 맞는다.

『그러나 너두 공범으로 죄를 범하였으니 법에 의해서 처벌을 받는 게 마땅하다. ─아무리 친한 사람이 꾀인다 하더라도 할 일이 따로 있지 까닭 없이 남을 음해할 수가 있단 말이냐! 더구나 낯살을 먹은 놈이……법이 무서운 줄을 모르는 너 같은 놈은 증역을 사려야 맛당한즉 그런 줄 알구 있거라』

부장이 준열한 훈계를 한즉 배상오는 참으로 인제야 죽나 부다구 두 눈을 뒤여쓰고 벌벌 떤다. 그는 금방 죽는 것처럼 몸부림을 치면 마치 어린애같이 엉엉 울었다. 증역을 살라는 말에 고만 앞뒤의 서름과 공포가 치바쳐서 그저 제발 살려주기만 애원하였다.

부장은 그가 저능한 인간인 줄은 짐작하였으나 본보기를 내기 위해서 우선 구류처분을 내리였다.

그동안 두 집에서 난가가 났을 것은 물론이다.

배상오의 집에서는 만용이를 원망하고 만용의 집에서는 은근히 남표를 청원하였다. 그들은 남표만 드러오지 않았어도 이런 일이 안 생겼을 것이라는─어디까지 남의 탓만 하러 드럿다.

그러나 마을 사람들은 모다 그 두 사람이 증계를 받게 된 것을 내심으로 고소하게 생각하였다. 그들은 맛당히 처벌을 당해야만 될 짓을 하지 않었느냐고!

그런데 하루가 지나고 이틀이 지나도록 잡혀간 사람들의 소식이 묘연하다. 그대로 두 집에서는 초조해서 어쩔 줄을 몰랐다.

마침내 그들은 번가라가며 남표를 찾어와서 사정을 하는 것이었다.

『어려우시지만 선생님께서 좀 수고를 해주십시요— 선생님이 드러가서서 잘 말슴하시면 관가에서도 용서하실는지 모르지 않습니까……다시는 그런 일이 없을 줄로 보를 서 준다면?……』

그들은 식구대로 찾어와서 이렇게 떼를 쓰는 것이었다.

『그렇지만 나라에서 법으로 다스리는 일에 내가 어떻게 그런 말을 외람히 엿줍겠습니까. 결코 몸수고를 애껴 하는 말은 아니올시다』

하고 남표는 그때마다 딱한 듯이 대꾸하였다. 그런 때에 주인영감은 물론이요 옆에서 듣는 이들은 모다 그들을 핀잔주었다.

『암—그렇다뿐입니까 공무사정인데 법에 사가 어데 있겠습니까 누구든 죄를 지었으면 벌을 받는 게 맛당하겠지요』

그러면 두 집 가족들은 저마다 울상을 해가지고 애오라지 신세를 한탄하며 물너섰다.

『아이구 세상두 야속하지—그 비러먹을 놈의 아편은 어데서 생겨나서 필경 이런 일을 당하다니……그러기에 곱비도 길면 발핀다구 제발 만류하였것만—숨어서 그 짓을 하다가 저 꼴이 안되었나……아이구 정말로 증역을 살러 가면 어쩐단 말이냐……어린 자식들과 농사철은 되어오는데……집안 식구는 어찌라구 이 지경이 웬일이란 말가……흐흙!……』

만용의 안해가 이렇게 울며 치마자락으로 눈물을 씻는데

『그래도 점득아버진 아편이나 하다가 그리 되었으니 덜 원통하겠지만 우리 집은 백죄 그런 일도 없이 남의 똥에 주저앉었으니 더 기막히지 안수—세상에 참 별일두 다 보구 살지』

하고 상오의 안해는 만용을 도리혀 원망하며 한숨을 내쉰다.

『뭐 쉬이 나오시겠지요……과히 염녀 마시고 기다려보십시다』

남표는 그들의 경상이 딱하여서 위로의 말을 진심으로 대꾸하였다.

『그렇기나 했으면 작히나 좋겠습니까만……』

두 여자는 눈물을 먹음고 도라갔다.

어느 날 밤에 남표는 정거장 역장의 집에서 급한 환자의 왕진을 받고 들어가게 되었다.

양차를 가지고 왕진을 청하러 온 역부의 말을 들어보면 바로 역장의 큰아들이 낮부터 복통이 나서 지금 위경에 있다 한다.

환자는 아침까지도 뭘정하였다는 것이다. 그런데 별안간 가슴이 아프기 시작했다. 그래 그는 아침 먹은 것이 체했나 해서 위산을 사다먹고 진정을 해 보았다.

그러나 통세는 점점 항진하면서 간흘적으로 복통을 이르켰다. 이렇게 될 줄 알았으면 진작 서드러서 신가진으로나 보냈을 것을 인제는 날이 저무렀을 뿐더러 환자를 움지기지 못할 형편이다. 이 지경이 되자 식구들은 더욱 당황한 중에 약국 조 씨를 청해다가 보이고 여러 가지 약을 썼다. 하나 병세는 조곰도 차도가 없었다.

식구들은 오직 망단하든 차에 부장이 소문을 듣고 문병을 왔다.

『아니 갑작이 자제가 웬일입니까?』

방으로 드러서니 식구들은 환자의 머리맡에 둘러앉어서 근심스레 앓는 사람을 직히고 있다가

『어서 오시지요……글세 무슨 병인지 모르겠습니다』

하고 역장이 먼저 반겨 맞는다. 옥상[138]은 방석을 갖다놓고 자리를 권하였다.

『낮부터 발병이 됐다지요?』

『네……별안간 저 꼴입니다』

부장은 환자의 옆으로 가까히 가서 맥박을 집허 보았다. 환자는 이따금 신음성을 질르며 고통을 못 이겨 한다. 그런 때는 몸을 뒤틀고 얼굴을 찡

---

138) 옥상 : 상대방의 부인을 말하는 일본어. 奧さん(おくさん)

그렸다.

　그는 불과 한낮밖에 안되었는데 몰골이 딴사람같이 축이 났다.

　『열이 좀 있군요』

　『네ー그러나 신열은 대단치 않은데요』

　옥상은 차를 내오며 대답한다.

　『그럼 무슨 병일까요……하여간 위장병이겠는데 급성인 것 같습니다』

　『네 그렇습니다』

　부장은 무엇을 생각하는 것처럼 잠착히 앉었다가

　『약국 조상을 불너다 보였습니까?』

　『아까 청해다 보였는데 뭐 잘 모르겠다든데요ー 고개만 좌우로 비꼬면서요』

　『하긴 그 사람은 약제사두 못되니까요……아 좋은 수가 있습니다』

　별안간 부장은 무릎을 탁 치며 처다본다. 그 바람에 주인내외는 눈이 번해서

　『무슨 수가 있습니까……막막한 이 고장에ー』

　『정안둔에 새로 드러온 의사가 있습니다. 그 의사를 불러봅시다』

　『정안둔에 의사가 드러왔어요?』

　역장의 내외는 마치 난파선이 구조선을 만난 때와 같이 기뻐하였다.

　『네ー자세한 말슴은 천천히 들으시고 우선 급히 사람을 보냅시다』

　『그럼 어떻게 하나ー 무엇으로든지 태워와야 할 터인데』

　옥상은 허둥지둥 자리에서 이러난다.

　『양차를 두 패 질러 보내시죠 아마 그 편이 제일 빠를 것 같습니다』

　부[장]의 이 말에 주인내외는 다시 반겨하며 동의한다.

　『참 그렇겠군요……그럼 임자가 나가서 불러오라구……차싹은 후히 준다구……』

　역장이 옥상을 식히는데

『그러나 밤이라구 잘 갈는지요……안 간다면 어쩌겠어요』

옥상은 만일을 염녀하여 나가랴다가 다시 주저하는 빛을 띠운다.

『안 가긴 뭘 안 가―돈만 많이 준다면 가겠지―』

『옥상! 고만두시지요 내가 불너서 보내겠습니다』

부장이 벌떡 이러서는 것을 보고

『아니 천만에……고만두고 앉으십시요』

역장은 부장의 옷자락을 부뜬다. 그러나 부장은 고사하며 밖으로 나간다.

『아이그 이건 너무 죄송한데요……그럼 수고 좀 해주십시요』

『네― 곧 다녀오겠습니다』

주인내외는 불안한 표정으로 부장을 문밖까지 배양하였다.

얼마 뒤에 부장이 다시 드러오는데 역부 이 군을 만나서 양차와 같이 보냈다 한다.

『아이그 대단 감사합니다』

역장과 옥상은 번가러 가며 고마운 치사를 한다.

『뭐 천만의 말슴을……』

부장은 환자의 옆으로 앉으면서 다시 용태를 살펴보는데 이때 별안간 앓는 사람은 몸을 뒤틀며 통성을 질는다.

『아니 지금두 배가 아픈가? 염녀말게―의사가 곧 올테니……』

부장의 이 말에 주인내외도 힘을 얻어서 앓는 아들을 만저보며

『그래 조곰만 진정해요……부장님께서 지금 의사를 불느러 보내셨으니까 인제 곧 왕진을 올꺼야!』

그러나 환자는 그들의 위로하는 말도 잘 들리지 않는지 연신 신음성만 내고 있었다.

『참 이런 때는 막막해 죽겠어요―그런데 지금 불르신 의사는 어떤 분입니까?』

역장이 아까부터 궁굼하든 말을 비로소 물으니

『네─참 잊었습니다 남 씨라구 이즈음 드러온 사람이 있습니다』

하고 부장은 투서사건에 관련된 남표의 내막을 그제야 자초지종 이야기
하였다.

『아 그렇습니까……아직 의사의 면허장은 없어두 큰 병원에 조수로 있
었다면 약국 조 씨보다는 훨 수완이 있겠군요』

역장은 남표가 의사의 자격이 없단 말에 다소 섭섭하였으나 그래도 신
뢰를 가지고 싶은 마음에서 이렇게 물어본다.

『네 그야 물론이겠습지요만 지금 와서 진찰하는 걸 보면 잘 알 수 있겠
지요』

그럭저럭 밤은 꽤 이윽한 모양인데 밖에서 두세두세하는 꼴이 양차가
도라온 모양이다.

미구에 심부름을 갔던 이 군이 뛰여드러오며

『의사가 오십니다』

한다.

『아 의사가 왔군요』

방안에 앉었든 사람들은 일제히 이러서서 가방을 들고 오는 남 의사를
영접하기에 왼정신이 쏠렸다.

『난상139) ─ 어둔 데 오시느라구 수고하셨습니다』

부장이 먼저 인사를 하자

『아……그간 안녕하십니까』

남표는 화복140)으로 박귀 입은 부장의 모습을 미처 못 알어 보다가 편
뜻 깨닷고 공손히 머리를 숙인다. 그 뒤를 따러서 역장 내외도 친절한 인
사를 하였으나 남표는 우선 환자를 보기가 급한 마음에서 간단히 대답하
며 방안으로 드러섰다.

---

139) 남표를 일본식으로 호칭한 말. 南さん.
140) 화복(和服) : 일본 옷.

급한 환자를 가볼 때는 어떤 의사나 다 그렇겠지만 착실한 의사일수록 그 점은 더 할 것이다. 사실 남표는 지금뿐 아니라 환자를 치료할 때는 왼정신이 그 한 일로 집중되었다.

지금도 그는 환자의 옆으로 앉아서 우선 집맥을 해 보았다. 그리고 전등불을 가까이 가져다가 입안을 드려다보고 눈알을 비처보았다. 눈빛은 좀 누른 것 같고 혀에는 백태가 끼었다.

그 다음에 그는 환자를 반드시 누히고 가슴을 눌러본다.

『어디가 아프시죠 여긴가요? 여기……배는 아프지 않습니까?』

환자가 지금까지는 통성을 연발하며 식구들이 묻는 말도 잘 대답하지 않더니만 의사가 진찰하는 줄 알자 비로소 안심된 표정으로 순순히 대꾸한다.

『처음엔 앙가심을 꼭꼭 찌르는 것 같더니만 차차 오장이 뒤틀리며 배가 아프기 시작하고 도무지 참을 수가 없이 결리고 아픈데요……네 거기올시다 게가 몹시 아픕니다』

환자는 퀭―하게 드러간 두 눈으로 남 의사를 지루떠보며 이렇게 대답한다.

『아 그러십니까? 염녀마시지요 우선 주사부터 마지십시다』

남표는 급히 가방을 끌르는데

『대관절 무슨 병이지요?』

『뭐 관격141)이 되신 것 같군요 위경련인데 황달기미가 좀 있어 보입니다만……』

『아 그런 걸 가지구……』

주인내외는 일시에 시선을 마추며 비로소 안심하는 숨을 돌린다.

남표는 가방을 푸러놓고 주사 놓는 도구를 급히 끄내였다.

---

141) 관격(關格) : 먹은 음식이 갑자기 체하여 가슴 속이 막히고 위로는 계속 토하며 아래로는 대소변이 통하지 않는 위급한 증상.

그는 우선 소독솜을 집어내여 두 손을 정하게 씻은 뒤에 주사침을 대에 끼워서 간음을 해 보고는 진통제와 강심제를 한꺼번에 놓아주었다.

그동안에 좌중의 시선은 일제히 그에게로 집중되었다. 그중에도 유심히 보기는 부장이었다. 부장은 차차 감심하는 표정을 짓는다.

과연 남표는 능난한 솜씨로 주사를 놓는다. 먼저 앰플 속에 든 주사약을 끄내들고 한번 밑으로 뿌린 뒤에 실톱으로 병목을 두어 번 쓰러서 한 손으로 제키니 똑 떠러진다. 그것을 방바닥에 세워놓고 주사침을 다시 소독한 뒤에 침 끝으로 약물을 빠러 올려서 빈 병을 만드렀다.

그 담에 그는 주사를 놀 때에도 혈관을 쉽게 찔너서 환자를 아프지 않게 능난한 솜씨를 보이였다.

『조곰 뒤에 이 약을 멕이십시요 그러나 황달기운이 비치니까 그 방면으로도 약을 써야겠습니다……』

남표는 벌서 그럴 상싶어서 소화약을 준비해가지고 왔다.

『기침은 하지 않습니까?』

『네 기침은 않습니다』

『내일은 소변검사를 좀 해 보겠습니다』

남표는 영양주사를 한 대 더 놓고 물너앉어서 주사도구를 참기 시작한다.

그는 아까 가방을 끌를 때 같이 이번에는 반대로 차곡차곡 물건을 참겨 넣기 시작한다. 그것을 순차로 가방 안에 정돈해 넣었다.

『인제 괜찮을까요?』

부장은 남표를 도라보며 뭇는다.

『네 염려할 정도는 아니나 괜찮겠습니다』

『아 그렇습니까! 매우 수고하셨습니다』

주인내외는 진심으로 그에게 감사의 뜻을 표한다.

『뭐— 천만에……그러나 진즉 서둘기를 잘하셨습니다.—오늘밤만 지났어도 환자가 무척 고통했을 번했습니다』

남표가 이렇게 자신 있는 말을 하니

『아니 정말입니까! 아― 그럼 부장님의 덕분으로 선생을 모셔오게 한 것인데 참 큰일날 번 했습니다그려』

하고 역장은 부장과 남표에게 다시 감사한 례를 한다.

『정말로 부장님이 안이고야 누가 알 수 있겠어요!』

옥상도 눈이 둥그래서 앗질한 놀라움에 어깨를 솟구쳤다.

그는 일변 더운 차를 다시 따루고 과자를 합에 담아 내놓았다. 그리고 연신 두 손님에게 권하였다.

『맛은 없습니다만 어서 좀 드십시요』

『네 먹겠습니다』

『완치를 하기까지 여러 날 걸릴까요?』

남표는 과자를 한 개 집으며

『뭐 한 주일 치료하면 낫겠지요……대개 급성에는 병세의 항진력이 강하니까 다른 부작용을 이르킬 위험이 있습니다. 그런데 이 병도 만일 담랑을 침범해서는 여간 위태로운 것이 안입니다만은 아직 같아서는 그렇게 염녀될 정도는 안이올시다……음식은 뭘 자셨나요?』

『병 난 뒤에는 아무 것도 안 먹었는데요 참 무엇을 먹게 했으면 좋을까요?』

『미움을 자시게 하든지 그렇지 않으면 사과집 같은 유동식물142)이 좋을 것 같습니다 그리고 배를 따스게 해주십시요 가이로143)를 하시는 것도 좋겠지요』

『죽은 어떻습니까?』

『아직 죽은 좀 이를 것 같습니다』

그러자 주인집에서는 어느 틈에 식혔는지 청요리를 한 상 드려왔다.

---

142) 식물(食物) : 먹을거리.
143) 품 속에 넣어 몸을 따뜻하게 하는 금속제 기구. 懷爐(かいろ).

『선생님 매우 수고하셨습니다. ─변변친 않습니다만 약주나 한잔 드시지요』

『미안합니다만 전 술을 못합니다』

『네 정말 못하십니까?』

주인은 섭섭한 표정을 짓는데

『남상 정말이신가요? 의사들은 대개 술을 잘 자시든데요─』

하고 부장도 의외인듯이 쳐다본다.

『그렇지만 제야 어듸 의사가 됩니까? 인제 공부하는 의학생인데요』

남표의 이 말에 그들은 일제히 웃었다.

『그럼 만두나 잡수십시요』

이튿날부터 남표는 날마다 왕진을 하였다.

남표가 일주일 동안을 성근히 치료한 결과 역장의 아들은 완전히 병줄을 놓게 되었다.

인제는 원기만 회복되면 고만이다. 그는 죽을 먹기 시작했다. 하긴 그동안에 몇 차례의 동통이 발작되었다. 한 번은 시장하다고 죽을 좀 과식하였기 때문이요. 또 한 번은 그래 겁이 나서 너무 굶었더니만 밤중에 그 증세를 이르켰었다.

마지막 날에 그들은 무수히 치하하며 사례금을 봉투 속에 너어 준다.

그러나 남표는 종내 고사하고 그전처럼 실비의 약값만을 양약국으로 전하게 하였다.

그날 남표는 도라오는 길에 부장을 찾아갔다.

남표가 명함을 드리밀자 그는 친절히 의자에서 이러나 마지며

『아 어서 오십시요 오늘두 왕진을 나오셨군요!』

일변 의자를 권하며 규지를 불너서 차를 가저오라 명하였다.

『네』

『어떻습니까. 얼추 나간답지요』

『네 오늘 와 보니 인젠 완전히 나은 것 같습니다. 그레 고만 손을 떼기로 했습니다』

『아 그렇습니까? 대단 감사합니다. 그동안 퍽 수고하셨지요』

부장은 마치 자기집 식구나 고친 것처럼 매우 좋아하는데

『원 수고랄께 있습니까 저 역시 임상 공부가 잘 된 셈입니다』

남표는 겸손히 대답하며 유쾌한 기분으로 미소하였다. 사실 그는 어떤 환자를 치료할 때나 그 환자가 완치될 때는 어듸다 비길 데 없는 희열을 느끼였다. 그것은 도무지 물질로서는 표현 할 수 없을 만큼 이해관계를 초월한 어떤 경지가 따로 있다 할까.

지금도 그는 그런 기분을 느끼였다.

『남 선생의 의술은 참으로 놀랬습니다. 아무쪼록 속히 의사시험을 치르신 뒤에 이 근처에서 개업을 해주십시요』

부장은 진심으로 치하하는 동시에 남표의 장래를 격려하였다.

『네ー감사합니다.……그런데 말슴 여쭙긴 황송하오나 저의 동리 두 사람은 그저 취조가 끝나지 않었습니까?』

남표가 이렇게 정중히 무르니

『뭐 취조는 대개 끝났습니다 웨 그러십니까?』

하고 부장이 되집허 무르며 처다본다.

『다름이 아니오라 그 두 집은 지금 방농[144]한 때에 여간 낭패가 아닐 뿐더러 식구들이 울며불며 저한테 와서 하소연합니다 사실 모든 것이 저 때문에 생긴 줄 아옵는데 그들의 죄에 경중은 모르겠습니다만은 웬만하면 특별히 용서해주실 수 없겠습니까……그들의 장래는 제가 전 책임을 지겠습니다』

남표는 진정으로 간원하였다.

---

144) 방농(方濃)하다 : 바야흐로 짙다.

『남 선생 때문에 생긴 일이라니 천만의……그럴 수가 있나요』

부장은 남표의 의사를 짐작하자 이렇게 대꾸하며 웃어 보인다.

『그렇지 안습니까 제가 이곳에 드러오지만 않았어도 이런저런 일이 없었을 것이요 설사 드러왔더래도 환자를 보지 않았으면 아무 일 없었을텐데 저 때문에 모든 사단이 생기고 보니 역시 책임감이 없지 안습니다』

『건 너무 지나치신 생각이십니다만 그렇지 않아도 배가는 일간 석방할까합니다』

『그럼 박만용은……』

『그 놈은 모히 환자뿐 아니라 소행이 매우 악독한 인물인 줄 알았으니까 좀 더 버릇을 가리처야 되겠지요』

부장은 금시로 엄숙한 태도를 보인다.

『그런데―죄송하오나 박가도 석방을 해주시면 제가 중독성을 떼주고 장래까지 책임을 지겠습니다. 그자보다도 가족이 불상해서 그럽니다』

『글세요― 건 단언할 수가 없습니다만 뭐 그리 오래 걸리지 않겠지요 그보다도 드러오신 김에 서장께 인사나 여쭙고 가시조』

『네― 감사합니다』

남표는 벌떡 이러나서 부장의 안내로 서장실에 드러갔다. 그가 명함을 끄내올리고 공손히 례를 하니

『아! 그렸읍니까? 거기 앉으시요』한다. 서장은 부장의 소개하는 말을 듣고 연신 고개를 끄덕하며 흔연히 남표를 대하는데 첫인상에 또 그는 매우 온후강직해 보이었다.

몇칠 뒤에 부장은 배가를 엄중히 설유해서 석방을 식힌 뒤에 박가를 다시 불너내서 문초를 시작했다.

박만용은 배가가 석방된 것을 보고 저도 노이나 싶어서 은근히 관대한 처분만 바라보고 있었다. 그런데 부장의 심문은 여전히 엄중하다.

『네 이 놈 그동안 네 죄를 생각해 보았느냐?』

『네 십분 잘못된 줄 깨다렀사옵고 차후는 다시 않기로 맹세하였습니다』

만용은 머리를 쪼으며 황감히 대답한다. 그는 그동안에 바짝 여웨서 광대뼈만 유난히 불숙 나왔다.

『무슨 말이냐……아편쟁이는 계집자식두 파러먹구 나종에는 도적질까지 하는 놈들인데……너두 나가면 또 하겠지 별 수 있겠늬!……그러니 너는 증역을 사러야만 완전히 아편두 뗄 수 있고 또 네 죄를 회개할 수 있을테니까 일간 감옥으로 넘어가거라』

만용은 이 말을 듯자 별안간 두 눈이 캄캄하며 정신이 앗질해진다. 그는 참으로 어쩌야 좋을는지 망지소조하여 두 무릅을 꿇고 없드리며 애걸 복걸한다.

『아이구 나리님 제발 이번 한 번만 용서하여주십시요……보시다싶이 저는 중독이 그리 심하지 않습니다. 인제 나가면 다신 모히를 않겠사오니……그저 살려 주십시요 만일 나가서 다시 또 하옵거든 그때는 감옥을 보내주신대도 한가를 않겠습니다』

부장은 잠시 침묵을 직히고 만용의 초조해하는 눈치를 살피다가

『그렇지만 지금 네 말은 당장 빠저 나갈 욕심으로 건성하는 것이다. 아니라면 네가 남 의사를 찾어가 꾀병을 하였을 때 떼 준다는 걸 웨 안 떼였느냐 말야……그렇지 않으냐 응?』

부장은 이렇게 딱 얼넜다.

『네……나리님의……말슴은……지당하올시다.……그러하오니 그때는 제가 아직 제 죄를 깨닫지 못하옵고 도리여 남 선생님을 해하려든 때가 아니오니까? 그때는 제가 환장한 놈이였습니다. 그러오나……지금은-그동안 이 안에서 고요히 생각해 보온 결과 제 잘못을 깨다렀습니다……인제 나가는 길로 남 선생을 찾어가서 잘못한 사죄를 하옵는 동시에 병을 완전히 떼여달라고 자청하겠습니다. 그때 떼주신다는 것을 인제야말로 진심으로 떼줍시사 하겠어요……나리님! 저는……제 죄로 죽어도 좋습니다

만은 무고한 처자식이야 무슨 죄가 있겠습니까?……제 잘못으로 그것들이 고생하는 게 불상해 죽겠습니다.……벌서 농사철은 당도했삼는대 올에 농사를 못 지으면 그것들이 유리개걸하지 않겠습니까?─나리님 그 점을 통촉하시와 이번 한 번만 제발 용서해주십시요.』

만용은 두 주먹으로 눈물을 이리저리 씻으며 울음 반 말 반으로 허회탄식 애걸한다.

부장은 그 경상이 가긍해 보였으나 짐짓 엄숙한 태도를 여전히 보이며 호령끼가 띄운 목소리로

『넌 이 놈 간사한 마음으로 네 죄를 불상한 처자에게 언턱[145]대서 동정을 사가지고 용서를 받자는 것이 안일까? 바른 대로 말해!』

『나리님 하누님이 내려다 보시는데 그럴 리가 있습니까! 차라리 용서는 빌지언정 어듸라고 무엄하옵게 그런 그짓말을 엿줍겠습니까!……』

만용은 칙은한 목소리로 이렇게 대답하며 다시 땅이 꺼지게 한숨을 내쉰다.

『정영 그럴까!』

『네 두 말이 있겠습니까!』

『음! 네가 정말로 그렇기만 하다면 나두 생각해 보겠다만은 암만해도 네 말이 고지 안 들린다 하긴 일전에 남 의사도 와서 그런 말을 하구 너를 용서해 달라더라만! 너는 좀 더 법이 무서운 줄을 아러야 할테니까 더 고생을 해 보아라』

부장이 이와 같이 말하자 만용은 더 졸르지 않었다. 그는 잠잫고 꿇어 앉어서 눈물을 텀벙텀벙 흘릴 뿐이었다.

『고만 드러가서 다시 더 생각해 보아라─법을 야속타고만 말구 네 죄를 생각해 보란 말이다』

---

145) 언턱 : 남에게 무턱대고 억지로 떼를 쓸 만한 근거나 핑계. 언턱거리.

그 뒤 사흘 만에 부장은 또 만용을 불러다가 양심을 무러서 서약을 받은 뒤에 그 이튿날 식전에 만용이도 석방을 하였다.

하 권

신푸리

만용이가 나오든 날도 마을 사람들은 요전에 주인영감의 소개로 남표가 매수한 진황지(陳荒地)를 신푸리하는데 출역을 갔었다.

땅 임자는 신가진에 사는 만인의 대지주다. 정해관은 자기도 그 집 밭을 어더 부치기도 하고 황지를 사서 신푸리를 하였기 때문에 서로 친분이 두터웠든 만큼 이번에도 여섯 상을 수월하게 사드렸다.

남표가 땅을 산다는 소문은 마을 사람을 기쁘게 하였다. 그것은 남표가 정안둔에 영주(永住)할 생각이 인제는 증거로 나타났기 때문이다.

그런데 뜻밖에 만용의 작난으로 남표가 죄없이 불려단이고 침울히 지남을 볼 때 그들은 은근히 이 고장을 떠나지나 않을까 해서 만일을 염려하였었는데 만용을 검거하기 전에 허달의 내탐으로 그의 음모로 알게 되고 그 뒤 만용의 검거로 남표의 무죄함을 알게 되자 남표는 다시 환자를 보기 시작했다.

어느듯 날세는 확 풀려서 땅 속까지 물컹물컹해진 것 같다. 비가 온 뒤의 행길은 곤죽같이 수령이 되였다가도 날이 들면 금시에 벗적 말러붓고 거센 바람에 몬지를 날리였다. 수령은 돌뎅이처럼 딴딴해졌다.

한데 어느 틈인지 모르게 검은 땅 위로는 풀닙이 솟아나오고 나무마다 새싹이 움을 터서 제법 커 올녔다. 그대로 한낮에는 몹시 더우며 온도는 날을 따러 높아갔다. 그것은 마치 땅 속에 가쳤든 지열(地熱)이 일시에 지상으로 속구친 것처럼 태양은 그 뒤에 다시 화염을 내리붓는 것 같았다.

벌써 만농들은 춘경을 마춘지 오래었다. 컨쓰로 지면을 다진 뒤에 파종을 하기 시작했다. 선농은 괭이로 논을 쪼았다. 그들은 한 달 동안을 두고 한 사람이 수십 두락씩 논을 파엎었다.

그러나 신푸리는 소시랑으로만은 할 수 없었다. 더구나 버들판 같은 험지에는 말 서너 필에 끌리는 장기를 쓰지 않으면 안 되었다. 그런 데는 먼저 버드나무를 대밑둥까지 배어내고 뿌리채 장기로 떠 어퍼야 된다.

다행히 남표가 산 땅은 그런 험지가 안이다. 거기는 저습하고 잡초가 무성하다. 농사철이 도라오자 마을 사람들은 제각기 들일이 없지 않으나 남표가 산 땅을 그저 둘 수가 없다는 공논이 돌았다.

그러니 그 땅을 공동 개간(開墾)하자고 서들기는 허달이와 현림이었다. 그들은 정 로인과 둔장 김주사를 권유하여 왼 동중에 물의를 이르켰다.

이 말이 한번 떠러지자 마을 사람은 누구 하나 반대하는 이가 없었다. 아니 그들은 도리혀 제 입으로 그 말을 설도하지 못한 것을 한할 만큼 진정에서 환영하였다.

남표가 이 마을에 드러온 지는 얼마 안 되나 그동안 마을 사람을 위해서 무료로 병을 고처준 경로를 생각해서도— 그런데 박만용 배상오 같은 한 동리에 사는 인간이 그를 도리혀 음해해서 투서까지 하였다는 연대책임은 미안한 생각이 들게 해서 그랫던지 누구나 그를 위해서는 자기집 일을 제처놓고 즐겁게 출역을 나가고 싶게 하였든 것이다.

그들은 더욱 마을의 장래를 위해서도 그러하다. 참으로 그들은 남표의 신세만 지는 것이 미안스러웠다. 하건만 만약 값을 안 받는 그에게 무엇으로써 신세를 갚을 것이냐! 그렇다고 환자가 생기면 안 보일 수 없는 사정이다. 정말 그들은 무슨 방법으로 그 공을 갚아야 할까 내심으로 저마다 궁리를 하였는데 남표가 농사지을 땅을 사 놓고 이제 임농은 하였는데 농군이 안인 그에게— 아니 마을의 고마운 의사인줄 잘 알면서 품꾼을 사서 농사를 지으라 할 수 있는가? 이거야말로 자기네의 로력으로써 그의 신세를 갚을 수 있는 좋은 기회라고—그래 십시일반으로 운력을 내서 남표의 농사를 지여 주자는 기쁜 마음이 누구에게나 울어나오게 되었다.

만주의 농업에 품싹이 많이 드는 것은 유명하다. 그것은 제초 작업에 더욱 우심한 터인데 원래 만주는 토지가 간조하고 우량이 적기 때문에 쉴 새 없이 김을 매지 않으면 곡식이 흡수 할 수분을 잡초에게 빨리기 때문이다. 그리고 수전의 기경지에는 피발(稗拔) 작업이 또한 중대하다는 것은 말할 것도 없다.

이날도 마을 사람들은 집집마다 한 손포씩 일을 나왔다. 배상오는 도라오는 날로 그 말을 듯자 하루를 안 빠지고 열심히 출역을 하였다.

주인집에서는 정 로인과 경한이가 두 손포씩 나왔다. 정 로인은 일하는 날마다 감독의 소임을 마터보았다. 하루 걸너큼 둔장도 나와서 일꾼들을 독려하였다.

첫날 그들이 남표의 산 땅을 신푸리한다고 정 로인 집으로 일꾼이 모였슬 때였다.

남표는 그것을 구지 만류하였다. 그러나 그들은 여출일구로 끝끝내 욱이였다. 그때 남표는 할 수 없이 그러면 품싹을 따져서 줄테니 받어 달라고 청하였다. 그 말을 듣자 일꾼들은 공론이나 한 것처럼 일시에 웃었다.

『아니 선생님! 선생님은 우리네 병을 고처 주시고 언제 약 값을 받으셨습니까?』

『글세 말이지!』

허달이의 이 말에 좌중은 일제히 동감한다.

『실비로 약값을 받지 않었습니까!』

남표가 정색하며 대답을 하니

『그러면 우리보군 밥값을 바드란 말슴인가요』

하고 순규가 깔깔 웃는다. 그 바람에 그들은 또 웃었다.

『선생님은 그저 가만이 게십시요- 십시일반으로 틈틈이 해드릴텐데- 누가 우리는 폐농하고 선생님 농사만 지여 드린답니까!』

『그럼요─ 그까진 논 대여섯 쌍을 며칠 가서 다 풀나고요……품싹이라니 어듸 당한 말씀인지 모르겠습니다』

『하하하……그 대신 동리 사람을낭 병이나 고처주세요─선생님 농사는 우리가 지여 드릴테니까요』

『암 그야 일을 말씀인가요! 선생님은 의술 공부나 투철히 해주서요 농사는 우리가 잘 질테니 하하하……』

그들은 이렇게 주고받기로 남표는 대꾸할 틈도 없이 직꺼리였다.

『웨 나는 농사를 못 짓는답니까─정작 내가 여기 온 것은 농민이 되려는 목적인데요』

말끝을 마추며 남표는 여러 사람을 둘러보는데

『그렇지만 농민은 차차 되시고 우선 의사부터 잘 되여주십시요─아니 농민은 누구나 다 쉽게 되는 줄 아십니까?』

허달의 말에 여러 사람은 또다시 홍소가 터졌다.

『그건 그렇습니다. 만주의 개척민이 되기는 여간 어렵지 않겠지요』

남표는 사실 그 말이 수긍되였다.

『자─그럼 일들 나갑시다』

허달과 경한이 선둥 나서자 일꾼들은 제각금 연장을 들고 일렬을 지여 들판으로 나갔다. 그날은 왼동리 사람들이 들끄러 나왔다.─로인과 어린이들은 구경 삼어 나오고 그들의 뒤를 따라서 개 몇 마리까지 쫓아 나왔다.

하학을 한 뒤에는 현림이도 나오고 선생을 따라서 학생들도 나왔다.

그리하야 일꾼들은 왼종일 모리쳤다.

─한편에서는 가래질을 하고 한편에서는 괭이로 지형을 골느고 또 한편에서는 곡광이와 삽으로 보똘을 파기 시작했다.

이렇게 한나절까지 두 참을 쉬여서 하다가 점심때에는 일손을 때고 마을로 도라와서 제각금 점심을 먹고 다시 나갔다.

과연 여러 십명이 일심으로 공동경작(共同耕作)을 하는 능률은 비상하였다. 하루 동안 한 일이 품꾼을 그만큼 사 쓰면 몇 일 동안 할 만큼 성과를 내었다. 군중의 운력이란 무서운 것을 그들은 비로소 깨다렸다. 그만큼 일꺼리146)는 벗적벗적 줄어간다.

인제는 보똘을 완전히 내고 논뚝을 뻥 둘너 싸올리면 고만이다. 지형은 벌써 고르게 골나 노았다.

만용이도 자진해서 일을 나왔다. 그는 왼동리에 미안을 끼친 만큼 남보다 몇 곱절 일하지 않으면 안 되겠다는 생각이 드렀는지 조곰도 몸을 사리지 않고 부지런이 일을 했다.

그날 만용이는 나오는 길로 집에 가기 전에 남표를 찾어 보왔다. 여러 날 만에 자유의 몸으로 풀린 기쁨은 참으로 무엇에 견주어야 할까?─저 공중에 날르든 새와 같이 그의 눈앞에도 광활한 천지가 가루 놓인 것 같었다.

그러나 도리켜 생각할 때 무슨 면목으로 마을 사람들을 대할 수 있는가? 아니 그보다도 남의사를 무슨 낯으로 본단 말이냐?……

그는 아까 부장의 훈계 하는 말이 기억을 이르킨다. 동시에 남표가 부장한테 자기를 석방해 달라고 간절히 청하였다는 것은 과연 정말일까?……그런 생각을 해서라도 그는 먼저 남의사를 찾어가자는 생각이 들게 하였다.

그가 정 노인집 문안으로 들어서니 그 집 식구들이 먼저 보고

『아니 인제 나오나 얼마나 고생을 했소』

안주인이 아른 체를 하는데

『저 때문에 얼마나 동중이 소란했습니까? …참으로 뵈일 낯이 없습니다.』

하고 만용은 모자를 벗어들고 공손히 머리를 숙이였다.

---

146) 원문은 '일꺼일'.

만용의 목소리를 알어듣고 안팎 방문이 열리였다. 정 노인이 문밖으로 나오자 만용은 그 앞으로 가서도 머리를 숙인다.

『잘못했습니다……아저씨 용서해 주십시요』

그 순간 정 노인은 미운 생각이 왈칵 드러서 만용을 흘겨보다가

『선생님한테 가서 비러라』

『네!』

그러나 만용이가 도라서기 전에 남표는 벌서 문밖으로 나와 섰다.

『아 언제 나왔소?-그새 매우 욕 보셨지요』

그는 만용을 보자 반가운 인사를 먼저 한다.

『지금 나오는 길이올시다.-선생님! 그저-제가 환장한 놈이었습니다……』

만용은 남표의 앞으로 와락 달려들더니 땅바닥에 두 손을 집고 엎드리며 흙흙 느껴 운다.

『아니 이게 무슨 짓이오? 이러나시요. 고만 이러나요』

남표는 만용의 한 손을 잡어 이르킨다.

만용이가 섧게 우는 것을 보자 이 집 식구들도 저마다 측은한 생각이 드러갔다. 영감 역시 고대 미웁든 마음과는 딴판으로-

『고만 이러나게……누가 허물이 없겠나 고치면 귀한 게지……인제 지난 일은 하여간에 앞으로나 다시 그런 일이 없도록 서로 잘 지내잔 말야! 알어 듣겠나?』

『네……』

만용이는 감히 얼굴을 처들지 못하고 머리를 숙인 채로 섰다.

『아니 지금 나오는 길이면 아직 집엔 안 들어 갔었나베』

안주인이 안심찮어 묻는 말에

『네- 지금 댁으로 곳장 왔습니다.』

『그럼 얼는 가봐야지……집에서들 얼마나 기다린다구……』

『뭐 천천히 가지요-인제 나왔는데 무슨 걱정이 있겠습니까! 그러나……』

만용은 다시 비죽비죽 울며 눈물을 이리저리 씻는다.

『만용 씨 이러실게 아니라 어서 댁으로 가시지요.-그동안 퍽 야위셨군요』

남표가 위로하는 말로 권고하자

『밥 좀 자시려나?-아직 식전일텐데-』

안주인이 부엌으로 들어가려는 것을

『아주머니 고만 두세요-밥 생각도 없습니다.』

만용은 고사하고 만류하였다.

『그럼 어서 집으로 가요』

『네! 온 것은 선생님을 찾어뵈려고요……선생님 노염이 들 풀리셨거던 이놈을 싫것 때려 주십시오……죽어도 아깝지 않은 불초한 이놈이올시다. 그리고 아편을 떼주십시오-아……아……』

만용은 마치 미친 사람처럼 주먹으로 제 가슴을 치며 몸부림을 하는데 경한이가 대드러서 그를 억지로 끌고나가 제집으로 돌려보냈다.

정거장 역장의 아들 병을 고친 뒤에 남표가 다시 환자를 보기 시작하자 일성이도 다시 조수 일을 보았다.

그래 그는 누구보다도 좋아하였다. 한동안 남표만 못지않게 우울히 지나다가 새 힘을 얻고 활동을 시작했다.

어느 날 오전에-남표는 들에 나가고 일성이만 치료실에 혼자 있었다. 안집에는 영감과 경한이가 일을 나가고 애나만 집에 있었다.

그 틈을 타서 애나가 그전처럼 놀러 나왔다. 어머니와 올케는 어디로 마실을 나갔다.

『조수님은 여전히 공부하시는군!』

애나는 언제나 일성이를 이렇게 놀리였다. 사실 일성이는 지금도 까운을 입고 점잖게 앉아서 의서를 잠착히 보고 있었다.

한동안 소란하게 지나다가 애나 역시 인제는 안도의 숨을 돌렸다. 그는 은근히 남표를 동정하였다. 뜻밖게 그런 일로 남표가 중상을 당했을 때 그는 참으로 얼마나 안타까워하였든가 남녀가 유별하매 그를 가까이 할 수나 있는가. 따러서 한 마디 위로는 해주고 부지럽시 혼자만 속을 태웠다. 오직 천지신명께나 남표의 무사함을 남몰래 빌 뿐이었다. 그리고 웨 자기는 남자로 못 태여났든가. 그것이 또한 철천지한 이였다.

그 언제 남표가 자기 방에서 고민하든 끝에 달을 따러 밖으로 나갔을 때였다. 애나는 그때 문 여는 소리를 듣고 가만히 나가 보았다. 남표는 우두커니 밖갓 마당 한가운데 서 있었다. 그는 말없이 달을 처다보았다…… 달빛에 비친 창백한 얼굴! 그의 표정은 다른 때보다도 침통한 느낌을 자아낸다.…… 그날 밤에 애나는 웬일인지 잠이 안와서 밤새도록 궁싯거렸다. 지금까지 그 기억은 이치지가 않도록…

그 뒤 투서 사건이 발각 나고 남표가 두 번이나 호출을 당했을 때 과연 애나는 남모르는 미운 총을 만용이에게 얼마나 견우었든가!

애나는 지금 이런 생각을 달콤한 과거에서 건저 보는데 일성이 보든 책을 덮어 놓고 빙긋이 웃으면서

『웨 또 심심하지요. 가만히 있는 사람을 놀리러들게』

『놀리긴 누가 놀려…… 그럼 임자는 조수가 아닌가?』

『조수는 조수지만 색기조수지』

『호호호……』

애나는 손으로 입을 가리며 점잔게 웃는다.

『그럼 색기조수! 득순이의 생인손은 웨 좀 못 고처준담』

『그 계집애가 고처달내야 말이지』

일성이는 분연히 퉁명스레 내뱃는다.

『웨 남의 색시 보구 계집애래― 어제두 보니까 대단하든데― 남 선생님

께 뵈래두 부끄럽다구 고개를 흔들겠지!』

애나의 정채 도는 눈동자를 굴리며 일성이를 치떠 보는 눈매가 아리따웠다.

『어듸 두고 보자지 - 제가 죽게 되여두 안 오나』

『그러지말구 네가 좀 약을 가지구 가서 치료해주려무나』

『홍! 내가 웨 몸달게 저를 찾어가. -환자가 의사를 찾어와야지 의사가 환자를 쪼처 단니는 법이 어듸 있어!』

『호호호…아-주 뻐긴다』

『뻐기지 않으면 그렇지 않구』

그들은 마주 처다 보며 재미나게 웃었다.

『근데- 조기 첫까풀을 발르면 생인손엔 선약이란다지만 여기 그런 것을 구할 수 있나……된장을 발렀다는데 손끝이 벙머느러지구 허-옇게 진물러서 아주 보기 숭하더라』

애나는 별안간 몸서리를 치며 양미간을 찡그린다.

『가만 내버려둬요……좀 더 고생을 해 바야지』

『요샌 배를 틀었는가-남말하듯 하게!』

『틀리긴 누가 틀려- 제가 먼저 샐쪽대니까 그렇지……』

『아 그래서…실상은 득순이두 임자를 좋아서 그러는 줄 모르구……』

『그럼 누나두 현 선생님께 그러는구려 하하하?……』

일성이의 말에 애나는 고만 얼을 먹고 머리를 푹 숙인다.

그는 귀밑이 새빨가토록 무안을 타서 한동안 얼굴을 들지 못하였다.

그러자 득순이가 마실을 왔다.

『언니 그 방에서 뭘 하우?』

득순이는 마당 안에 들어서다가 애나가 일성이와 치료실에서 방문을 열어놓고 마주 앉은 것을 보자 발길을 주춤하며 열싸게 부르짓는다.

『넌 왜 인제 오니. 좀 더 일즉 오잖구!』

애나는 득순이가 조금만 진작 왔어도 일성이한테 그런 무안을 안 당했을 것이라는 분한 생각에서 애꿎인 책망을 하였다. 그러나 득순이는 그들이 지금 무슨 수작을 하였는지 모르는 만큼 어리둥절해서

『누가 오늘 일직 온댔었나!』

하고 두 사람의 눈치를 번가러 본다. 일성이는 그들의 하는 꼴이 웃우워서 속으로 웃었다.

『고만두고 이리 와서 생인손이나 고처달내라―선생님이 안 계시니 부끄러울 것두 없지 않으냐』

애나는 그동안 골났던 것이 제풀에 풀리자 웃음이 터졌다.

『언니두 참……왜 성이 나서 그러우?』

『너 때문이지 뭐야……손은 밤사이 어떠냐?』

득순이는 본능적으로 처맨 손을 드려다 보며

『뭬 나 때문야! 가짓말두……』

『가짓말인가 일성이한테 무러보렴』

애나가 다시 웃는 바람에 일성이도 웃음을 터졌다.

『얼레 무슨 일들야……공연히 남을 가지구』

득순이의 덩돌한 표정이 일성이는 재미가 난다. 아침나절의 명랑한 용모가 그의 몸태와 아울러 고읍다. 약간 갸름한 얼굴이 두 볼에도 홍색을 띠우고 불거올렀다.

그리고 속눈섭이 기다란 그의 큼직한 두 눈은 언제나 정채가 돌며 매력이 있었다.

『조수―인제 환자가 왔는데 고처줘야지……왜 가만이 앉었는거야』

애나는 마치 아까 당한 복수를 하려는 것처럼 일성이를 놀리기 시작한다.

『고처 달래야 고처주지요』

일성이는 그대로 느글거린다.

『인제 보니까 여태 내 말들을 하구 있었나뵈 난 싫여!』

별안간 어떤 눈치를 채자 득순이는 실죽해서 도라선다.

『너보구 누가 뾰롱뾰롱하라듸!……그래서 일성이가 성이 났단다』

『누가 그래요. 뾰롱뾰롱했다구?』

득순이는 애나 앞으로 들처서며 다부지게 묻는다.

『조수님이 그러지 누가 그래』

그 말에 득순이도 일성이를 흘겨볼 뿐 아무 대꾸도 않는다.

『아니야…… 어듸 생인손이 어떤가 보자구!』

득순이가 차차 기뻐하는 눈치를 보자 일성이는 몸을 이르켜 득순이게로 갔다.

『싫여! 제까진게 뭘 아남!』

득순이는 실쪽해서 다시 도라선다.

『상전은 종만 업슨녀긴다구……저렇다니까 그래!』

그 바람에 머주해서 일성이는 얼없이 웃는다.

『그러지말구 애 어서 보여라―선생님은 부끄러워서 못 보이고 조수는 업슨녀겨서 안 보이구…… 그러면 네 병을 고칠 날이 언제냐?』

애나가 안타까운듯이 달래는데

『그까진거 죽으면 고만이지!』

득순이는 여전히 뾰로통해서 톡 쏘아부친다. 그는 공연히 성이 났다.

『저렇다니까…… 어디 두고 볼까― 얼마나 잘 죽나……』

그래도 일성이는 놀리는데

『아니 넌 또 뭣 때문에 성이 났니―아까는 나보구서 공연히 성이 났다더니』

애나가 어이없이 득순이를[147] 처다본다. 그 말에 별안간 득순이는 해해 웃으며 생인손을 밀었다.

---

147) 원문은 '득순일를'.

『진작 그럴 것 아니야!』

일성이는 즉시 득순이의 앓는 손을 골르고 핀셋트로 소독면을 찍어서 상처를 닥근 뒤에 약물 치료를 시작했다.

그 때 현림이가 인끼척도 없이 가만히 들어왔다.

현림이가 들어오자 득순이는 수집은 듯이 머리를 숙여 인사한다. 그러는 동안에 일성이는 놓았든 득순의 손을 다시 매만지며

『현 선생님 벌써 점심 잡수시러 오시나요』

물으니

『아니다―옷을 좀 가질러……』

하고 현림은 득순의 앓는 손가락을 드려다 보다가

『아이구 대단히 욕보는 걸―웨 진즉 와서 치료를 받지 않구』

『부끄럽다구 여태 안 왔다우』

애나가 말대꾸를 대신하자 득순이는 뱅글 웃기만 한다.

『뭐야―여학생두 내우를 하는가』

『누가 내우를 했어요 뭐……』

『그럼 부끄럽기는 뭐!』

『아이 몰라요……』

『하하하……』

현림이 너털웃음을 웃는데 이때 일성이는 애나에게 한눈을 꿈쩍하였다. 그것은 어서 가보라는 눈치 같다.

『무슨 옷을 드려요?』

『글쎄―들어가 찾어봐야지』

현림이가 먼저 안으로 발길을 떼놓는데

『누이 어서 들어가 보서요!』

하고 일성은 또다시 눈을 끔적인다. 그 바람에 애나는 얄미운 눈찌로 흘기다가 재발 도라서서 현림이의 뒤를 따러갔다.

안팎에는 두 사람씩 호젓하게 짝을 지었다. 일성이는 여전히 득순이의 앓는손에 약을 발르고 있었다. 먼저 이히지오-루[148]를 발르고 그 위에다가 붕산수로 온시뿌[149]를 하였다.

『이러면 안 곰길까?』

『곰기드라두 야치 곰긴단다』

그동안 득순이는 가만이 한 팔을 내밀고 있었다. 오직 두 사람의 숨소리가 나직이 서로 들릴 뿐!- 농촌의 오전은 지극히 한적하다.

이때 별안간-일성이는 붕대를 다 처매자 득순의 두 손을 덥석 쥐였다. 그리고 마치 열이 뜬 사람처럼 득순이를 똑바로 처다보며

『너 정말 싫으냐?』

득순이는 맥 놓고 섰다가 일성이의 돌발적 행동에 고만 가슴이 달싹하도록 놀래었다. 동시에 그 역시 불안한 눈매로 처다보았다. 일순간 시선과 시선은 번개처럼 부듸쳤다.……

『놔요! 얘……』

한참만에 득순이는 가늘게 부르짖었다.

『대답을 안 하면 안 놓겠다』

『…………』

득순이는 다소곳하였든 머리를 다시 처드는데 그의 입 언저리에는 엷은 미소가 떠올렀다. 아랫입술이 약간 내민 것은 조소에 가까운 웃음일까?………어쨌든 아기똥한 태도가-앙바틴 씨암닭이 성낸 때와 같이 약간 조를 빼는 수작이다.

『네가 도도한 줄은 나두 다 안다.』

일성이는 득순이의 이런 태도를 넘겨 집고 또 한 번 정통을 쏘았다.

---

148) 이히티올(Ichthyol) : 방부제, 진통소염제로 사용되는 황갈색의 액체. イヒチオール.

149) 온습포(溫濕布, おん-しっぷ) : 뜨거운 물에 적신 천이나 더운 물주머니, 불돌 따위를 사용하는 찜질. 더운찜질.

『피!……』

득순이는 입술을 빗죽하다가 두 팔을 흔들며 가만이 사정한다.

그러나 그는 억지로 손을 빼려고 용을 쓰진 않았다. 그는 과히 싫여하지 않는 모양일까? 만일 정말로 싫여한다면 소리를 질르든지 용을 쓰든지 얼마든지 방법이 있었기 때문에-.

『우리두 사이 좋게 지내작구나. 안방에서는 지금 재미있게 이야길 하지 않니?』

일성이는 차차 가슴이 뒤였다……눈앞에 단정히 섰는 득순이가 전에 없이 아리따운 자태로 보인다.

『애- 작갑스런 소리 마라! 창피하다』

득순이도 기탄없이 말을 받는다. 그 역시 어떤 남모를 고은 정서를 안꼬 있었다. 그런 증거가- 말과는 딴판으로 두 눈에 애교를 남실남실 실었다.

『정말-넌 내가 싫진 않지?』

일성이는 두 손에 힘을 주었다.

『아야……고만 놓래두』

득순이는 입을 딱 벌리며 엄살을 한다. 그 순간 일성이는 저편의 어깨에 손을 얹었다.

『아이 애가……』

득순은 모지름을 쓰기 시작한다. 그는 얼굴이 빨갛게 물드렀다.

『이따가 마실을 오지?』

『그래! 그래……』

누가 볼까바 득순이는 할 수 없이 가늘게 대답하였다. 일성이는 그제야 손을 놓았다. ………그러나 그들은 서로 처다보며 부끄러운 얼굴을 마주 붉혔다.

이때 안방에서는 현림이가 가방을 내려놓고 그 속에 든 옷가지를 뒤진다.

『내가 끄낼깨 – 그렇게 추실느면 옷이 구거저요』

애나가 보다 못해서 앞으로 대든다.

『구기면 어떤가! 얄분 샤쓰를 줘요』

현림이는 옆으로 물러 앉으며 웃는다.

『어떤 게 뭐야……어린애처럼 – 얄분 샤쓰는 춥지 않우』

마주 처다보자 애나도 해죽이 웃는다.

『낮에는 더워서 – 』

『이것 말이지?』

애나는 샤쓰 하나를 끄내놓는데

『응 그거야!』

현림이 샤쓰를 받어들고 보다가 둘둘 마러서 한옆에 놓는다. 애나는 그동안 끄내놓았든 양복과 속옷을 다시 채곡채곡 전과 같이 넣은 뒤에 가방 문을 잠것다. 그들은 서로 이마가 맛다을 만큼 가까히 앉었다.

『무거워서 난 못 언저요』

애나가 도라다보며 웃으니

『내가 언찌』

하고 현림이 벌떡 이러나서 가방을 장농 위로 얹었다.

인제 현림이 볼일은 다 보았다. 그는 고만 나가야 할 판이다. 그러나 나오고 싶지가 않다. 호젓이 단둘이 만난 기회에 그는 좀 더 이야기를 하고 싶었다. 하나 또한 무슨 이야기를 해야 할까? 그는 팔뚝시계를 연신 드려다 본다.

애나도 똑같은 생각을 남몰래 감추고 있었다. 그는 현림이가 인차 나갈 줄 알었는데 도루 앉는 것을 보고 은근히 놀래였다. 아니 그가 바로 나갔드면 서운했을 텐데 다시 앉는 것이 한편으로 정답기도 하였다만은 그 역시 단둘이 빈 방에 앉은 것은 어쩐지 무서웠다. 일순간 침묵이 흘르자 가슴은 더욱 뛴다. 그는 어떻게 몸을 가저야 할는지 차차 불안을 느끼게 한다. 그래 그는 몇 번째 현림과 눈이 마주쳤다가 시선을 피하였다. 그런데 현림은 한대중 자기만 쏘아보지 않는가.

『다들 어디 가셨오?』

한참만에 현림은 이렇게 묻는다.

『몰라요』

애나는 저고리 옷고름을 만지고 앉았다.

『건대 요샌 웨 한 번두 안 나오?』

『뭘 하러 나가요.』

할긋 처다보며 애나는 방끗 웃는다. 그의 웃는 표정이 전에 없이 애교를 띠여서 못 견딜 만큼 정을 끌게 한다.

『정말야?……』

『─공부하시는데 방해가 된다면……』

『그렇지만 난 당신과 이야길하는 시간이 가장 즐거운데』

『………………』

대답 대신 애나는 눈을 흘기였다. 그의 눈매에는 웃음의 광선이 빛나는 역시 얄미운 표정이였다.

『남 선생이 온 뒤로는 한 번두 안 나오지 않았나』

현림은 불을 토하듯이 다시 중얼거린다.

『그럼─한 집 속에서 빤히 보는 걸……어떻게……』

애나는 아미를 숙이며 안타까운 듯이 말을 받는다.

『─부끄러워서』

『…………』

『부끄럽긴 뭐─ 낼모레 결혼식을 할텐데─ 우리 그 땐 남 선생한테 주례를 서 달랄까?』

『아이 듣기 싫여요─ 어서 나가서요.』

애나는 어깨를 속구치며 짜증을 내였다. 그러나 현림은 하하 웃으며 별안간 애나의 무릎을 비고 벌렁 드러눕는다. 그 바람에 애나는 질색을 해서 몸을 빼려고 바둥거리며 톡 쏘았다.

『이게 무슨 짓야 어서 가시래두……』

『누가 안 나갈가바…… 대관절 몸은 인제 튼튼하지?』

『네!』

현림이 홀린 듯이 애나를 처다보는데 애나는 현림의 머리털을 되작되작 만지며 천연스레 앉었다.

그 때 별안간 밖게서 모친의 목소리가 들리는 바람에 그들은 깜짝 놀래서 이러났다. 똑같이 놀래긴 했으나 애나는 현림의 허둥대는 꼴이 더 한층 웃우웠다.

婦人夜學會

　낮에는 남자들이 개간공사에 바쁜데 밤에는 부인네가 야학을 하러 학교로 모여들었다.

　그것은 남표가 진[작]부터 현림이와 의논하든 것을 며칠 전에 시작한 것이다.

　일시 남표는 투서사건으로 낙심한 끝에 환자를 치료하든 것까지 중지하고 시름없이 지냈으나 인제는 운권청천[150] 광명한 새날을 만난 때와 같이 당초의 목적을 위하야 예정사업을 진행하게 되었다.

　그래서 그는 환자를 다시 보기 시작하고 황지를 사서 농사도 시작한 것인데 마을 사람들이 공동으로 신푸리를 해주는데 고마운 생각은 더욱 그의 목적한바 의지를 견고하게 하였다.

　그는 이 정안둔을 장차 훌륭한 개척촌으로 만들고 싶었다. 명실이 상부한 개척촌을 만들자면 그것은 농장만 개척하는 물질적 기초로만 되지 않는다. 그와 동시에 정신의 개척이 필요하다. 따라서 그들은 개척된 정신으로써 새로운 농촌을 건설해야 된다. 이 정신은 맛당히 모든 사업의 주심(主心)이 되어야 할 것이다.

　우선 의료사업(醫療事業)만 보더라도 다만 그들을 무료치료만 해서는 소기의 목적을 달할 수 없다. 그보다도 그들에게는 위생사상이 발달해야 된다.

　그런데 위생적 지식을 그들에게 보급시키자면 학문의 힘을 빌지 않으

---

150) 운권청천(雲捲晴天) : 구름이 걷히고 하늘이 맑게 갬. 원문은 '운권치천'.

면 안 된다. 그들은 황무지에서 해방되어야 한다. 오직 그것은 과학적 지식 이외에 다른 것으로는 될 수 없다. 따라서 그들에게는 한 사람도 무식군이 끼여서는 안 된다. 이 마을이 잘 되게 하려면 모든 사람이 다 같이 배워서 정신의 황무지도 동시에 개척하지 않으면 안 되겠다는 것이 남표의 주장이었다.

그래 그는 아직 농한기를 이용해서 부인 야학을 시작한 것인데 처음에는 몇 사람 안 오든 것이 차차 학생이 느러갔다.

그것은 남표와 현림이가 열심으로 지도한 관게도 있겠지만 그보다도 마을의 중견청년인 허달의 형제가 발을 벗고 나서서 충둥인[151] 보람이 크다 하겠다.

그런데 박만용과 배상오는 전보다도 겸연쩍은 듯이 겉으로 배회[하]는 것이 민망해 보인다. 그들은 언제나 소극적이었다.

야학에도 그들은 식구를 안 보냈다.

애나와 일성이는 야학 선생으로 나왔다. 그들은 부인들에게 우선 초보적인 국어와 산술을 가리쳤다.

그리고 남표와 현림이는 따로 과외 강화를 하였다. 현림은 문학 이야기를 남표는 과학 이야기를 하로 걸너큼씩 번가라 해주었다.

학생들은 저녁마다 그들의 이야기를 듣는데 다시없는 재미를 부치게 되었다. 어제까지는 분산적으로 제각금 헤저서 잡담으로 쓸데없는 시간을 보내든 그들이 야학을 시작하면서부터는 저녁마다 학교로 모여서 한편으로는 공부를 하고 또 한편으로는 유익한 이야기를 듣게 된 것은 참으로 얼마나 좋은 일이냐?……그런데 선생들은 한마디도 헛된 말은 들리지 않었다.

부인 야학이 재미있게 잘 되여 간다는 소문은 남자들까지 흥미를 끌게

---

151) 충둥(衝動)이다 : 어떤 일을 하도록 남을 부추기다.

하였다.

야학생은 저녁마다 부러갔다. 그 중에는 남녀로소가 다아 섞이였다.

그것은 미구하여 남반 여반으로 난우게 되었다.

마침내 학교는 마을 전체의 중심기관이 되었다. 그들은 주야학으로 모든 사람이 여기서 배우고 동중의 대소사도 학교에서 의논하게끔 되어 간다.

그들은 마실도 학교로 나오고 누구를 만날래도 학교로 찾어와야 할 만큼—

학교는 그들의 사랑과 같고 공청과 같이 되었다.

어느 날 밤에 남표는 야학의 첫 시간이 끝나기를 기다려서 부인들에게 위생 강연을 시작하였다.

어제 저녁에는 현림이가 문학 이야기를 들려주었다. 빠이코푸[152]의 소설—암호랑이(牡虎)[153]를 이야기하였을 때 그들은 모다들 흥미 있게 듣고 있었다.

그 중에도 여주인공인 나타샤가 남편과 단둘이 범 산양을 나갔을 때—동만 산악지대 로야령(老爺嶺) 산맥 밀림 중에서 산막(山幕)을 치고 사는 엽부의 산중생활의 한 토막인— 소위 수야(獸夜)의 장면도 무시무시한 광경이었지만 그들 내외가 큰 암호랑이를 만나서 미처 총을 쏘기 전에 호랑이가 먼저 사내를 업처 눌렀을 때 여자는 호랑이 입 안에다 총을 그대여 그남편을 사지에서 구해낸 것은 얼마나 장쾌한 무용담인지 모르게 하였다.

빠이코푸의 유명한 소설은 거개 동만의 위대한 자연을 배경으로 산양꾼의 밀림 생활과 산중의 용자인 호랑이 이야기가 많거니와 원시적 야만

---

152) 니콜라이 바이코프(Nikolai Apollonovich Baikov) : 러시아의 소설가·화가. 키예프 출생. 사관학교에 다녔으며, 1917년의 10월 혁명 때에는 백군(白軍)에 속하여 적군(赤軍)과 싸웠다. 그 후 전부터 자연조사에 종사하던 중국 동북지방으로 망명하여, 그 곳의 원시림을 소재로 독특한 동물소설을 쓰기 시작하였다. 대표작으로 『만주의 밀림』(1930) 『위대한 왕』(1936) 등이 있다.
153) 러시아 호랑이를 주인공으로 한 바이코프의 동물소설 『위대한 왕(Velikii Van)』(1936).

생활을 하는 그들은 도리혀 서양의 물질문명을 비판하는 동양적 의리를 가장 힘 있게 표현하였다.

그 중에도 처음에는 여자라고 늙은 산양꾼에게 멸시를 당하든 나타샤가 남편과 함께 범 산양을 가서 나중에는 불행하게 그 산애가 호랑이에게 물려 죽었을 때 그는 눈 쌓인 밀림 속으로 사내를 업고 밤을 새워가며 백 리나 넘는 산막길을 찾어 나왔다. 그동안 – 하로밤 하로낮을 그는 앞뒤로 쫓아오는 숭냥이 떼를 방어하며 머리를 베어서 바줄을 꼰 것으로 사내를 들처 업고 천신만고 최후까지 버티었다는 데는 여장부의 면목이 약동하였다. 얼마나 비장한 장면이냐!……

그 때 늙은 산양꾼이 나타샤를 쫓아갔든 산양개의 선통으로 숭냥이 떼가 삥 둘러싸고 처참하게 우는 구렁텅이를 쫓아가 보니 과연 기진맥진한 나타샤는 그와 같은 광경으로 남편의 시체를 직히며 한 옆에 같이 씨러저 있었다. 조곰만 늦게 갔어도 그들은 숭냥이 떼의 밥이 되였을 뿐 아니라 기한이 도골한 나타샤까지 이미 어러 죽었을 만큼 그는 명재경각이었다 한다.

그 뒤 나타샤는 남편의 유복자를 나어서 길를 때 하루는 비적 떼가 찾어 와서 호랑이 색기 한 마리를 주고 갔다.

그것은 나타샤의 여장부적 행적이 일경에 선전되자 비적의 두목이 그 소문을 듣자 호랑이 색기를 가지고 일부러 찾어 와서 선사를 한 것이었다.

나타샤는 호랑이 색기를 자기 아들과 함께 쌍둥이처럼 한쪽 젖씩 빨려서 키웠다.

그들은 마치 형제와 같이 함께 먹이고 한 침상 위에 재웠다. 그래서 그 아들은 잘 적마다 왕자(王子) – 호랑이 색기의 털을 만지며 자는 버릇이 생겼는데 왕자가 커서 제 어미를 찾어 나간 뒤로는 할 수 없이 고양이를 대신 길너서 같이 재우지 않으면 안 될 형편이었다 한다.

부인들이 이런 이야기를 들었을 때는 이상한 충격을 느끼였다. 더욱 그들은 여주인공의 늠늠한 기상에 감격하였다.

여자도 남자와 같이 위대한 일을 할 수 있다. 아니 이 여주인공은 남자로서도 누구나 하지 못할 대담하고 용감한 일을 그 남편을 위해서 실행치 않았는가.

현림은 그 점을 역설하였다.

그러나 그들이 더 한층 감격하기는 그 이야기가 바로 자기네의 집 근처에 있는 일이라고―아주 실감을 주기 때문이다.

그것은 허황된 옛날이야기도 아니요 어데 먼―딴 나라의 고담도 아니다. 그것은 바로 만주 땅인 이곳! 저―동편으로 처다보이는 산악지대에서 버러진 것이 아니냐? 지금도 거기는 이마에 왕대(王大)를 그린 거호(巨虎)가 서식하고 산막을 치고 사는 산양꾼이 범 산양을 해마다 할 것이 아닌가!

그들은 자기네도 나타샤와 같이 용감한 수엽 생활을 하고 싶었다. 아니 그러지는 못할망정 이런 평지에서도 만주 농민은 그와 같은 수엽 정신이 필요하다. 한서가 심혹한 대륙의 기후와 싸우고 미재한 자연과 싸우고 광막한 벌판에서 문명을 등지고 사는 그들에게는 남녀를 물론하고 누구나 거인(巨人)인 개척정신이 필요하다. 그들은 맛당히 옛날 장수와 같이 커다란 활동이 있어야 한다고…….

그런데 오늘 저녁 남표의 강연은 그와 같은 영웅적 무용담이 아니다. 그것은 문화적으로 또한 자기네 생활에 관계되고 즉감[154]되는 것이었다. 어제 저녁에 듯든 이야기는 주먹에 땀을 쥐고 야실야실한 무서움과 살이 떨리고 피가 끓게 하는 감격을 주었섰는데 오늘밤에 듯는 이야기는 침착하게 귀를 기우리게 하는―그것은 마치 인제까지 모르든 널분 딴 세상엘 드러가본 때와 같은 지식의 문을 열어준 것이다. 그들은 비로소 과학적 세례[를] 받어보고 부지중 경이를 느끼었다.

---

154) 즉감(卽感) : 당장 그 자리에서 느낌. 또는 그런 느낌.

이날 밤에도 야학생들은 한 사람도 먼저 가진 않았다. 그 중에는 로인들도 이야기를 드르러 와서 앉었었다. 먼저 가기는커녕 그들은 공부보다도 이야기에 더 재미를 붙이는 축까지 있었다.

남표는 하든 말을 계속 한다.

『……예 — 그럼으로 우리나라의 여성은 현모양처를 이상(理想)으로 삼는데 무엇보다도 여자는 모성(母性)으로써 가장 현량한 부덕을 가추어야 하겠습니다.

여러분께서도 잘 아시는 바와 같이 어느 나라고 간에 부국강병이 되려면 훌륭한 자녀를 많이 낳고 또한 잘 길러야 되는 겁니다. 이렇게 우량한 자녀를 많이 두려면 그것은 전혀 모성(母性)에게 달린 줄 압니다. 박궈서 말하면 훌륭한 어머니가 많어야만 훌륭한 자손을 많이 둘 수가 있다는 것이올시다.

그런데 우리나라는 다행히 출생률이 매우 좋다는데 그것은 독일이나 영국에 비하면 거의 배에 가깝다 합니다. 그래서 문명국으로서는 우리 일본이 제일 생산을 잘 하는 편으로 이것은 여러분의 매우 자랑꺼리인 줄로 생각합니다.』

이 말이 떠러지자 청중은 일제히 웃었다. 부인들은 외면을 하며 웃는다.

『그러나 다른 편으로는 또한 사망률이 적지 않다는데 이것은 내지보다도 반도인에게 그런 줄 압니다. 하옇든 사망률을 제하고서도 인구 증가률은 우리 일본이 세계 제일임은 틀림없다 합니다만은 세계 각국의 사망률을 차례로 보면 남미 치리 — 155)가 제일 많은데 일본이 제 육 위로 있다는 것은 유감이 아닐 수 없습니다. 인구 문제는 이와 같이 나라의 흥망이 달린 것이라 지금 한 부부 간에 네 사람 평균으로 낳는다면 하나씩 더 늘려서 오 명 평균으로 자녀를 생산하게 되여야만 우리나라의 인구 문제는 완

---

155) 칠레. チリ.

전히 해결된다 합니다.

한데 인구는 수만 많고 질이 나빠서는 역시 안 됩니다. 즉 건민(健民)이 되지 않으면 건병(健兵)도 될 수 없다는 것이올시다.

그러함에도 종래의 의학(醫學)이나 의사의 생각으로는 충분한 목적에 도달할 수가 없습니다. 지금까지는 병을 고치면 건강한 국민이 된다고 생각하였지만 의사는 도저히 병을 따러가지 못합니다. 이런 의미에서 오늘날 의학은 개인을 떠나서 국가 의학으로 발전하지 않으면 안 되겠다고까지 말하는 분이 있습니다.

그것은 병이 걸리지 않도록 우선 예방을 해야 됩니다. 즉 결핵 예방 도라홈156) 예방 암 등의 이러한 예방이란 것이 치료보다도 유효하다는 것을 깨닫게 되었습니다. 그런데 결핵의 예방이나 혹은 도라홈 예방이라는 것처럼 벌서 있는 병을 머리속에 생각해서는 때가 늦었습니다.

병이란 생각도 없이 국민의 건강 상태를 벗적 늘리도록 해야 됩니다. 즉 보건의학(保健醫學)이 되지 않으면 아니됩니다.

이런 길을 지금 독일서는 착착 진행 중이라 합니다. 내지의 어떤 의학 박사가 독일 이윈157)대학에서 소아과를 연구하고 있었는데 그 소아과에는 오전 중에만 외래 환자가 있어서 병을 보게 되었습니다.

그러나 오후 세 시부터는 모친상담소(母親相談所)라는 것이 있어서 어린 이를 다리고 오는 어머니가 많았다 합니다. 그 중에도 더욱 놀라운 일은 오전 중에 오는 환자 수효보다도 오후 세 시부터 튼튼한 자녀를 다리고 오는 어머니들이 몇 배나 더 많았다는 것이올시다. 남표는 잠시 말을 끊지고 좌중을 둘러 보았다.

청중은 잠착히 귀를 기우리고 있는데 남표는 다음 말을 이였다.

『그 때 독일 관리의 설명을 들어본 즉 지금 독일에 필요한 것은 건강한

---

156) 트라코마. トラホーム.
157) 비엔나. ウィーン.

집−건강원(健康院)이라 하였답니다. 이 건강원은 독일의 각처에 지금 설립되여서 국민을 정기적으로 진찰하기도 하고 모친상담소를 열어서 건강한 사람을 더욱더욱 건강케 하야 병에 걸리지 않도록 노력한다는 것이올시다.

또한 건민 운동의 목적을 달하기에는 임의 출생된 아이에게 손을 대는 것은 벌서 늦었다 합니다. 건강한 신체와 우수한 두뇌를 가진 애기를 낳는 것이 제일 근본적인 줄을 알게 되었다면 따라서 현금의 의학은 선천의학(先天醫學)−즉 낳기 전의 의학을 연구하여야만 된다는 것입니다. 다시 말하면 어떻게 해야만 즉 건강하고 머리가 좋은 애기를 낳을 수 있겠는가 그것을 연구하는 중이올시다. 이것이 선천의학−즉 현금의 의학을 한 걸음 전진해서 벌서 낳기 전으로 올라가 버렸습니다. 그것은 유전우생학(遺傳優生學)의 연구에 의해서 어떤 부부에게는 어떤 아이를 날 수 있는가 하는 연구를 해서 그들 부부의 배우(配偶)를 잘 선택하는 데서 우수한 아이를 낳도록 하자는 것입니다.

즉 유전결혼상담소란 것이 독일에서는 국민학교 한 구역에 하나의 비례로 생겨서 거기를 가보면 관활 안의 가족계도(家族系圖)가 적어도 삼(三)대까지−하라버지 때까지의 계통도면이 있어서 그들은 어떠한 사람이였다는 것을 쉽사리 알게 되는데 거기에 의사와 심리학자 두 사람이 있어서 당자의 신체는 의사가 보고 마음은 심리학자가 보아 가지고 서로를 이 결혼이 장래 좋은 아이를 낳게 할 수 있을 것이라는 판정(判定)이 붙으면 곧 증명을 해 준다 합니다. 그러나 이래서는 변변한 자식을 못 두겠다는 인정이 붙을 때는 법률로써 그 혼인을 금지시킬 수 있게 됩니다. 임의 결혼을 한 자에 대해서는 소위 단종법(斷種法)이란 것이 있어서 그 부부 간에 생산을 해서는 안 되겠다고 생각되는 경우에는 아이를 낳지 못하도록 단종의 수술을 강제로 하게 됩니다.

이 유전−유생학에서 생각해 보면 유전적으로는 모친 편이 부친보다도 더 많이 아이한테 피를 가지게 된다는 것입니다. 더욱 사내아이는 외탁을 많이 한다는 것이올시다. 그러면 생각해 보십시요 아드님은 아마 아버지보다도 어머니를 더 많이 닮는다 하고 따님은 아버지를 더 많이 닮는다는 것입니다. 물론 례외도 있습니다만 대체는 그렇다 합니다. 좀 우수한 아들을 낳게 하려면 우수한 어머니가 아니면 안 된다는 것이올시다.

예전부터 위인(偉人)의 뒤에는 어진 어머니가 있다 하지 않습니까? 이것은 주로 가정교육이 좋다는 방면으로만 생각하여 왔지만은 그보다도 선천적인 혈통 모친에게서 전해온 피 즉 소질이 좋으니까 좋은 애기를 낳게 된다는 것이올시다. 그럼으로 건민 운동이란 것도 결국은 모친이 근본이올시다. 모친이 건강하고 현철할 것 같으면 그 속에서 나오는 자녀 역시 그와 같은 훌륭한 천품을 타고날 것이 아니겠습니까?

다음은 어린이 보건 목표에 대해서 한 말씀 드리고저 합니다. 우리나라의 사망곡선을 보면 생후 일개월 이내에 제일 많이 죽는다 합니다. 삼개월이 지나면 차차 주러가나 다시 점점 느러가서 생후 구개월 십이개월 만이년에는 또 한 번 높아진다는 것입니다. 그래서 만 이년 만 사년 오년이 되면 훨신 적어저서 만 십년에는 제일 얕게 됩니다. 그 다음부터 또 다시 훨신 올라가서 팔십, 구십이 되면 더 많이 죽게 된다는데 그래서 이십년이란 것이 인간의 죽는 곡선을 써 본다면 영어와 U라는 글짜가 된다 합니다. 그 밑이 십년으로서 인간이 제일 죽기 어려운 건장한 시기라는 것이올시다.

독일도 역시 이 생후 일개월이란 것이 제일 많이 죽는데 그것은 우리나라의 절반 밖에 안 된다 합니다. 생후 구개월부터 만 이년이라는 마침 젖 떨어질 무렵에 많이 죽는 것은 우리나라에 특유한 것으로서 독일에는 없다 합니다.

그러면 결론으로 말슴드릴 것은 우리나라—그중에도 반도의 어머니들은 젖을 너무 오래도록 먹이기 때문에 유아의 사망률이 많게 됩니다. 즉

이유기(離乳期)가 너무 늦인 때문이라 할 수 있습니다.

한데 젖을 떼는 것은 만 일 년이 가장 적당하다는 것이올시다. 적당한 이유표에 의하면 생후 팔개월부터 구개월쯤 되면 차차 유동식물을 주기 시작해서 사 개월쯤 지난 생후 일년에는 완전히 젖을 떼는 것이 이상적이라 합니다. 물론 그것은 급작히 떼여서도 안 되는 것입니다. 우선 곰국이나 국물이든지 감자집[158] 찐 감자 같은 것을 차차 주는 것이 좋겠습니다. 어째서 애기들이 죽느냐하면 거의 소화불량이나 폐염(肺炎)에 걸리게 되는 때문이올시다.

어머니의 젖은 유아에게 제일 좋은 음식이올시다만은 생후 팔 개월부터 그 뒤로는 성분(成分)에 변화가 생기기 때문에 그것으로는 아이의 발육이 잘 되지 아니합니다. 이것을 1년 이후에도 계속해서 먹이면 아이의 발육은 정지되고 뼈가 물너저서 위장 기능의 활동이 약해지는 것이올시다.

그 때문에 여름에는 소화불량을 이르키기가 쉽고 겨울에는 또한 감기가 들기 쉬워서 폐염을 이르키게 되는 것입니다. 이와 같은 것을 안 이상에는 우리들은 어떻게 해서든지 이상적 이유법(離乳法)에 의하여 만 일 년에 젖을 떼는 것이 제일 필요하다고 생각합니다.

둘째 문제는 조기사망(早期死亡)이올시다. 즉 생후 일 개월 이내에 죽는 애기가 아직도 이십 만이나 된다면 이 또한 큰 낭비올시다. 사망율을 감소케 하는 대책으로서는 모친을 보호하는 이상 다시없을 줄로 생각합니다만은 첫째 짐작되는 것이 동양 여자는 구라파 여자의 체격에 비교해서 신체가 약하다는 점이요 둘째로는 생활 문화에 있어서 더욱 우리 반도인은 수준이 매우 얕다고 볼 수 있는 점이올시다.

그런데 조기 사망의 원인은 모체의 체격이 나뿐 데서 원인된다 하는데 동시에 우리의 모친들－그 중에도 특히 농촌의 어머니들이 너무 과도한

---

158) 감자즙(汁).

신역을 하기 때문이 아닌가도 생각되어 집니다.

그런 점에서 우리의 가정은 개량할 필요가 있다고 봅니다. 좀 더 가정의 주부든지 부인에게는 시간을 주지 않으면 안 되겠습니다. 시간이 있으면 편히 쉬는 게 좋습니다. 점심 뒤에 삼십 분이든지 한 시간이라도 낮잠을 잘 만큼 휴식 시간이 필요하다는 말씀이올시다. 분골쇄신 자기는 일을 해야겠다는 부인의 생각은 참으로 존경할 만합니다. 그러나 근원이 말러붙으면 큰일이올시다. 여러분의 신체를 귀중히 아껴 달라는 말씀이올시다. 가령 생선을 사게 되면 대부분은 아버지에게 드리고 남어지 꼬랑지와 대가리는 자녀에게 먹입니다. 그리고 맨 나중에 어머니는 뼉다귀에 살이 붙은 둥 만 둥 한 것을 빠러 먹든지 그나마도 차례가 안 오는 것이 보통이 아닙니까? 이래서는 건민 운동의 근본인 모친의 체위향상(體位向上)이 절대로 될 수 없는 것이올시다. 그것은 약해지는 것이 오히려 정당한 이치라 하겠습니다.

그럼으로 우리는 어머니들이 터지도록 먹어도 안 되겠지만 적어도 남자와 똑같이는 먹어 주어야 하겠습니다. 즉 충분한 영양을 섭취하는 것이 필요하다고 생각합니다.

그 다음에는 또 한 가지 체조를 하는 것이 좋습니다. 주부의 체조 - 이런 것은 꼭 해주시기 바랍니다. 체조는 학교에서만 하는 것이라든가 젊은 사람이나 할 것이라는 - 부인네는 살림사리를 하기 때문에 아침부터 저녁까지 일을 하고 또한 빨내와 물을 길으며 여러 가지 일을 하니 운동은 안 해도 좋다하지만 그러한 로동을 하는 사람이야말로 몸을 평균히 쓰는 유련체조(柔軟體操)가 필요한 것이올시다.

그러면 아무조록 시간을 보아서 라디오 체조라든지 다른 체조를 간단한 체조를 끄임 없이 내일부터라도 시작해 주시면 고맙겠습니다. 지금과 같어서는 도저히 여유 업다 하겠지만 시작이 반으로 하면 되는 것입니다. 우리의 가정생활에도 과학 문화를 좀 더 받어 드려야 하겠습니다. 의식주

부엌 의복 주택—이런 것을 합리화하야 무리를 덜고 그래서 간단히 함으로써 여기에서 부인들의 시간을 째내는 수 박게 없다고 이 사람은 생각합니다.』

『여러분! 그렇게 틈을 얻으시거든 먼저 낮잠을 자 주십시요』

이 말을 듯자 청중은 또 다시 대소한다. 그러나 남표는 여전히 정색을 하고 다음 말을 자신 있게 있대였다.—

『그 다음엔 체조를 해 주십시요 그리고 시간이 남거든 아무쪼록 좀 더 공부하십시요. 독서를 한 사람 말슴이올시다. 그래도 시간이 남는 분은 사회 사업을 해주서도 좋습니다. 오늘날은 남녀가 일치협력해서 고대 말슴드린 바와 같이 건민 운동의 근본되는 모친의 체격 건강을 좀 더 높여야 않겠습니까?

나는 지금 생활의 합리화라는 것을 말슴하였지만 의식주의 생활 문화를 향상시켜서 즉 가정을 가장 즐거운 인생의 안락처로 만들고 십습니다. 우리들은 어릴 때부터 밥을 먹을 때에 도란도란하게 되면 어른한테 꾸중을 들어 왔습니다. 그러나 외국인들은 이야기를 하면서 우스면서 즐거웁게 천천히 식사를 하지 안습니까? 우리도 그와 같이 여유 있는 식사를 하고 십습니다. 식탁에는 한 떨기 꽃송이라도 꼬저 놓는 여유를 가지고 십습니다. 이렇게 하는 것이 국민으로서—개척민으로서의 참된 가정이라고 볼 수 있지 안습니까?……

아침에는 일직이 이러나서 왼종일 빨내를 한다든가 잠시도 밥을 짓기에 부엌을 떠나지 못해서 가장이 일터에서 도라온 뒤에야 겨우 밥을 먹게 되는— 그나마 함께 밥을 먹으면서도 앉었다 섰다 물 심부름을 하다가 상을 물린 뒤에는 또 설거질을 하느라고 부엌으로 다시 드러가서 밤늦게까지 자수물의 손을 적시고 있습니다. 그동안 남편은 신문을 보다가 잠이 드러 버립니다.

이래서야 어듸 인간 생활에 대한 안락한 가정을 만들 수 없지 안습니까?

우리들은 지금은 생활을 문화적으로—일본 특유의 생활 문화를 여기서부터 연구하는 것이 가장 중요한 일이라고 생각하는 바올시다.

탄탄하게 얼거진 생활과 가정에 건전한 오락을 함께 하여 부부가 단락하게 가정을 결정하는 그것은 요리집에서 즐기는 게 아니라 가정에서 어버이와 아들이 함께 즐기는 건전한 오락인데—그리하여야만 명랑한 가정에서 명랑한 생활을 창조할 수 있는 것이올시다.

우리들은 괴롭든지 즐겁든지 역시 부모 형제 처자가 한 집 속에서 가치 하십니다. 이것이 동양 특유의 가족제도가 아니겠습니까? 그것은 도덕의 근본을 충효에 두기 때문이올시다.

그런데 자손이 있으면 귀찮다든가 돈이 안 모인다든가 하는 수작은 이야말로 개인주의적인 사상이라 아니 할 수 없습니다.

그럼으로 우리들은 집과 함께 자질과 함께 살면서 충군애국의 일본정신을 체득하지 않으면 안 될 줄 생각합니다.

그러면 여러분께서는 내일부터라도 위생관렴을 철저히 가지서서 음식과 거처를 가급적 청결히 하시는 동시에 아모쪼록 건전한 정신과 아울러 건전한 체격을 만드러 주시기를 이 사람은 간절히 바라오며 이것으로써 오늘밤 강연을 끝막겠습니다』

남표가 강연을 끝내고 연단에서 나려오자 청중은 장내가 진동하도록 박수를 울렸다. 그러자

『아니 낮잠을 자는 게 정말로 그렇게 몸에 유익하답니까?』

순규가 기다리는 것처럼 맨 처음에 무러본다.

『네 그렇습니다. 점심을 먹은 뒤에 한 잠씩 자게 되면 소화가 잘 된답니다.』

남표가 이렇게 대답하니 남자들은 중구난방으로 떠드러댄다.

『왜 우리 농군들도 여름에 들판에서 점심 먹구 낮잠을 한 잠씩 자지 안

나요……그렇게 자구나면 참 몸이 거뜬하구 먹은 게 살루 가지요』

『그렇구말구』

허달이의 말에 만용이도 맞장구를 친다.

『아주머님들 그럼 내일부터는 세상 없어두 낮잠을 한참씩 주무시게 합시다 우리집한테두 그렇게 시켜야겠군』

해서 그들은 또 한 바탕 우슴통이 터졌다.

『그리고 라디오 체조를 시작하십시다 그것을 조기회(早起會) 같은 것을 맨들게 해가지고 학교 마당으로 모여서 했으면 좋겠군요.』

허달 이외의 젊은 축이 이렇게 선동을 하자

『그게 좋겠는데요……그럼 야학생들은 다 나와야 합니다』

하고 현림이가 부인들을 둘너보는데

『아이구 ……체조를 어떻게 해여!』

부인들은 서로들 눈을 마초며 불안한 우슴을 웃는다.

『뭐 어려울 것 있나요……잠간 동안인걸……』

『대관절 시간은 몇 시로 할까요?』

허달이가 남표와 현림에게 문의하자

『요새는 다섯 시쯤이 좋겠지요』

『그럼 다섯 시 오 분 전에 종을 칠테니 정각까지 학교로들 나오십시요』

현림의 말에

『네 그렇게 합시다』

일동은 내일부터 조기회를 하기로 작정하였다.

남표는 그들이 정숙하기를 기다려서 다시 이러나며 뭇기를

『지금 제가 말슴드린 중에서 혹시 무러 보실만한 의심나는 점이 있거든 누구시든지 질문해 주십시요……그밖에라도 위생 문제에 대해서나 병에 대해서 무러 주시면 제가 아는 대로는 자세히 상의해 드리겠습니다』

하였다. 그러나 좌중은 괴괴하니 누구 하나 뭇는 사람이 없다.

『아주머님들 어서 무러주십시요－오늘밤은 부인네들을 위한 강연이 니……』

누가 이런 말로 충동이자 별안간 저쪽 구통이에서 한 여자가 벌덕 이 러섰다. 그는 활발하게 말을 끄내는데 의외에도 순규의 안해 박성여였다.

『집에 끝헤 애가 올에 세 살이온대 그저 젖을 떼지도 않었습니다.…… 그런데 아까 선생님 말슴을 듯사오니 만 일 년 이상 젖을 멕이면 아이 신 상에 해롭다 하셨는데 지금두 뗄 수가 없으니 어찌합니까?』

『네－ 앉어서 말슴해주십시요……댁에 애기를 세 살까지 젖을 멕이시 는 것은 대단 좋지 못하십니다. 물론 세 살이나 된 애기라면 벌서부터 밥 을 먹기 시작하였겠지만 그러나 완전히 젖을 떼는 것이 좋습니다.』

『그렇긴 한데요 멕일랴니까 어디 잘 먹어지요－그래 안 먹고 보챌 때 니 젖을 달나고 졸늘 때는 할 수 없이 젖을 빨리게 됩니다……』

『그러니까 아기들 멕일 음식을 따로 만드러 주서야 합니다. ……하긴 이런 농촌에는 우유라든지 생선이라든지 과자 같은 것을 살 수가 없고 또 한 가난한 집안에서는 돈이 없어 못 사는 수도 있겠습니다만은 하여간 우 리의 가정에서는 아기네에 대해서는 너무나 무심한 것 같습니다. 그것은 재래의 습관상 어린이들은 하찮게 역여오기 때문에 그들의 음식과 거처 에 등한하여서 어린이의 방이라든지 어린이의 음식을 따로 만들지 않고 어른들과 같이 한 방에서 한 상에서 거처 음식을 하고 지납니다만 할 수 만 있으면 그들 한 사람 목의 인간으로서－ 아니 도리혀 그들에게는 어른 이상으로 마음을 써야 하겠습니다. 그런 의미에서 특별히 젖을 떼여야 할 애기에게는 애기의 음식을 따로 만들 필요가 있습니다. 아이들이라고 하 찮게 보아서 아무렇게나 멕이기 때문에 애기도 젖을 오래도록 먹는 폐단 이 없지 않은가 합니다. 물론 다아 그러시다는 것은 아니올시다만은 아까 말슴드린 바와 같이 부인들은 부모와 남편을 제일 공경하는 남어지에 자 기도 굼주리고 따라서 어린 애기들한테까지 그 영향이 미치는 줄 압니다.

한데 물론 거기에는 남자들도 책임을 가져야 할 줄 압니다. 즉 모친과 아기를 위하는데 있어서는 남자들이 협력하지 않으면 안 될 줄 압니다. 중이 제 머리는 못 깎는다고 누구나 제 몸을 제가 위하기는 좀 곤란하니까요』

『하하……그럼 내일부터는 우리 안해도 잘 위해야 되겠군요』

허달이가 이런 말을 해서 좌중은 폭소하였다. 허달의 안해도 오늘밤에 야학을 왔다가 남편의 이 말을 듣고 귀밑이 빨가토록 무안을 탔다.

사실 그들은 남표의 말이 구절구절 옳은 것 같이 들었다.

그들은 오늘날까지 너무도 재래의 습관에만 저저 왔다. 현대와 같이 문명한 새 시대에 살 것만은 그들의 머리는 완고하기가 짝이 없었다. 머리가 완고한 만큼 그들의 생활도 날거 빠졌다.

여자는 살림사리나 잘 하면 고만이다. 그래서 그들은 공부도 소용 없고 옛날과 같이 침선이나 잘 하면 고만이라 하지 않는가.

여자는 이와 같이 사회적으로 야튼 지위에 있고 또한 습관적으로 자기를 비판하기 때문에 그들의 생활수준은 좀처럼 향상되지 못한다.

물론 그들이 자기희생을 애끼지 않고 가정을 위하야 헌신하는 것은 좋다. 하긴 그 점이 동양 여자의 미덕이라 할는지도 모른다.

그러나 여자도 인구의 절반을 차지하는 국민의 일분자요 사회의 성원인 만큼 그들에게도 중대한 책임이 있다. 아니 도리혀 그들이야말로 가정에 있어서는 주부로서 자녀에게 있어서는 모친으로서 남자 이상의 중대한 역할을 해야 된다.

부인들도 잘 먹어야 한다는 것은 무슨 입사치를 하란 말이 아니다. 그리고 부인에게 휴식시간을 주라는 것은 또한 무슨 게으름을 피우며 놀고 먹으라는 말이 아니다. 그것은 유한매담을 가리친 말이 아니라 과로하는 농촌부인을 표준으로 한 말이다.

따라서 그들이 영양을 섭취하는 것은 그들의 건강만을 위함만 아니라 그보다도 그들의 건강은 둘이 낳는 자녀—제 이 세 국민에게 건강을 끼치자는 목적이다.

같은 이치로 그들이 정신수양을 하는 것도 그들의 지식을 높이자는 것뿐 아니라 그보담도 그들의 인격과 교양을 높여서 자녀의 가정교육에 유조한 효력을 걷우자는 것이 근본 목적이다.

이와 같이 생각한다면 부인으로서 특별한 자각이 누구에게나 있어야 할 것이다. 그들은 맛당히 자기의 직책과 사명을 깨다러야 한다.

그런데 아직도 자기를 하찮은 여자로 살고 아무렇게나 자녀를 키우고 있다면 그것은 도모지 인간의 본분을 모르는 가련한 여자라 할 수 밖게 없다.

더구나 이런—만주까지 멀리 고향을 떠나와서 개척민이 된 이상에는 더욱 철저한 자각이 있어야 되지 않을까?

개척민은 검소하고 부지런하고 뜻이 굳고 근기가 강해야 할 것은 물론이다.

그러나 그들도 인간다운 생활을 바라고 그런 희망을 품고 만주까지 들어온 것이다.

이와 같은 농촌에는 오락이 없어도 좋고 내외간 의만 좋으면 고만이라고 할는지 모르나 그것은 참으로의 인간 생활이 아니다. 농민은 어째서 다른 사람보다도 저급한 생활을 해야만 되는가? 다른 사람들에게 허락되는 생활적 욕구라면 농민에게 있어서도 마찬가지여야 할 것이다. 그런데 남들이 하면 보통으로 볼 것도 농민이 하면 사치로 아는 것은 웬일인가. 농군이 양복을 입었다고 변으로 아는 것보다는 농군도 양복을 입을 만큼 되였다면 그것이 얼마나 고마운 일이겠느냐고 차라리 기뻐해서 좋을 것 아닌가.

그렇다면 우리들은 더욱 분발해서 물심양면으로 건전한 생활을 개척해야 된다.

그래서 이 만주 농촌으로 하야금 왕도락토를 건설하야 문화 수준을 향상하지 않으면 안 된다. 이 만주의 천여의 보고는 우리들에게 문을 열어놓았다. 우리는 황은을 감사하는 동시에 그와 같은 개척 정신으로써 농촌 문화를 창조하지 않으면 안 된다. 남표는 이와 같은 의미로 다시 부언해 말을 하였을 때 좌중은 감격한 듯이 가슴을 치바치는 열정을 안꼬 있었다.

開拓者

　남표가 정안둔에 들어온 근본 목적은 자기도 농민이 되여 보겠다는 생각으로 그래서 일변 농사도 시작한 것이나 그는 다만 재래식 농경법으로 거저 생계의 기초를 세우자는 이기적 타산에서만 출발한 것은 물론 아니다.

　그보다도 남표는 농촌 개발에 힘을 써서 자기가 사는 동리는 명실이 상부한 모범적 개척촌을 만들고 싶은 야심이 있었든 것이다.

　그런데 이 마을엘 들어와 보니 아직도 농사를 개량할 점이 많은 것 같었다. 한전(旱田)은 말할 것도 없고 수전만 하더라도 완전한 농장을 만들자면 오히려 초창기에 있는 것 같다. 관개의 설비라든가 제방공사와 같은 큰 역사는 고만둔다 하자. 우선 제각기 농사를 짓는 방법부터 여전한 재래식이 아닌가.

　첫째 정조식(正條植)[159]을 한 논이 거의 없는 것은 벼그루를 보아서 족히 알 수 있다. 따라서 모짜리는 아여 할 생각부터 안 먹었든 모양이다.

　그들은 여전히 개간답에도 산종을 하고 있다. 남표는 이와 같은 형편을 볼 때 한심한 생각이 없지 않었다. 동시에 그는 자기의 결심을 굳게 하였다.―그것은 금년에 짓는 농사는 개량식으로 해 보겠다는―그래서 자기가 산 땅은 농사시험장(農事試驗場)으로 사용(使用)하겠다는 작정을 남몰래 하였다. 그것은 올 농사를 낭패해도 좋다. 하여튼 농촌을 개발하려면 우선 농경법부터 개량하지 않으면 인되겠다는 신렴에서 실행해 보자는 것

---

159) 못줄을 대어 가로와 세로로 줄이 반듯하게 모를 심는 것.

이였다.

그래 그는 밤 저녁의 시간을 이용해서 농업에 관한 책을 우편으로 사다가 읽었다. - 그것은 신경에 있는 친구 - 문명서원 주인 강석주에게 참고될 만한 농림 서적은 신구간을 물론하고 많이 사 보내 달라고 편지로 주문한 책이 며칠 걸러큼씩 우편으로 배달되었다.

과연 농민들은 보수적 사상이 견고하다. 까치집은 천 년 전에도 오늘과 마찬가지의 까치집 밖에 못 짓는다. 그것은 본능으로만 살려는 개량을 할 줄 모르기 때문이다. 농사도 머리를 쓰지 않고는 아무런 발전을 못시킨다. 농민들은 실지의 노동은 저마다 잘 하지만 한 사람도 농사 개량에 착안치 않기 때문에 재래 농촌의 굴레를 못 벗는다.

우선 황지 개간의 소위 신푸리에는 대개 두 가지 방법이 있다 한다. 하나는 풀등거리가 있는 생판을 잘 갈아서 심그는 것과 다른 하나는 그냥 풀논에다 벼씨를 막우 뿌리는 방법이다.

따라서 풀논은 당년에 수확하기가 매우 힘든다는 것이다. 그것은 벼가 늦게 되기 때문에 영글기 전에 서리를 맞는 까닭이다. 그럼으로 이런 이치를 잘 아는 농민은 황지 중에도 아주 나쁜 땅에다가 못 먹을 셈 치고 시험해 본 것이다.

그런데 재래의 농가 중에는 황지판의 좋은 것을 만나면 덮어놓고 욕심만 부렸다. 나종 생각은 미처 못하고 풀논을 전문으로 했다가 중간에 물 곤란을 당하던지 그렇지 않으면 실렴160)이 못 되여서 그 해 일 년은 헛농사를 짓고 만다. 풀매기에 부채만 잔뜩 지고 나가 잡바지는데 이것이 소위 『황』을 그린다는 금점꾼의 강목과 같은 다분히 위험성을 띤 투기적 농업이다.

그러면 풀논은 어떤 곳에 할 것인가? 첫째 물을 언제나 자유로 쓸 수

---

160) 실렴(實稔) : 곡식알이 여물고 익음.

있는 판이래야 모든 잡초를 물로 잡을 수 있다. 둘째는 논뚜둑을 물이 새지 않게 높게 쌓아만 물 곤란을 안 받는다. 그것은 풀밭에다 논뚝을 만들기 때문이다.

따라서 나무뿌리들은 모조리 패내여만 하는데 논뚝을 만드는 데에는 가을이나 그렇지 않으면 풀싹이 나오기 전인 해동 후가 좋을 것은 물론이다.

풀논에 벼를 심그는 방법은 아주 간단하다. 보통 산종보다는 사오일간 일러야한다. 그리고 삼 활 이상을 더 뿌려야 한다. 웨 그러냐 하면 풀논 벼는 늦게 될 염려가 있다. 일직 심어야만 수확을 바랄 수 있고 또한 풀을 깎을 때 벼씨를 밟게 된다. 벼씨가 뵘으로써 잡초를 잡을 수 있으니 씨가 드물면 풀 세력이 강대한 동시에 드문 벼는 길차게 되기만 하다가 결국 늦되어 미숙하는 까닭이다.

남표는 신푸리가 끊이자 일변 개량식 모짜리를 암구기 시작했다.

모짜리를 시험한다는 말을 듣고 마을 사람들은 놀래였다.

『모짜리는 안 해두 벼만 잘되는데 공연한 품만 그 땅에 더 드리지 않겠어요』

그들의 이론은 이러하였다. 마치 만주 농사는 조선과 달러서 모짜리를 안 하는것이 특수 사정인 것처럼 말하는 것이였다.

『그 대신 지심을 매는데 산종은 품이 많이 들지 않습니까. 대개 한 쌍을 한 번에 매는데 몇 명이나 품이 들지요』

남표가 이렇게 무르니

『글세요……한 삼십 명 가량 들 걸이요』

『이 사람아 돌피판으로 말하면 삼십 명의 갑절도 더 들 것일세』

그들은 이렇게 대답하였다.

『그러면 제초만 치더라도 이종이 났지 않습니까.―이종은 한 번 매는데 불과 육칠 명 품이면 넉넉하다니까요』

『그럴가?……』

남표의 말에 그들은 다시금 서로 도라보며 미심해하는 눈치를 띄운다.

그러나 그들도 조선 내지에서는 저마다 모짜리를 하였고 이종으로 벼를 심어왔다. 다만 그들은 우선 품이 더 드는 모짜리를 할 것 없이 산종을 해도 벼가 잘된다는 재래의 관렴으로 조잡한 방법을 고대로 직혀왔었다.

그들은 수지의 계산이 없이 농사를 짓는다. 따라서 어느 방법이 유리한지 모르고 수입지출의 손익을 볼 줄도 모른다.

한데 남표가 모짜리를 시험하는 것을 보자 그들은 일변 놀랍고 또한 호기심이 없지 않았다. 아니 그것은 다른 사람이 그런다면 무관심한 태도로 조소를 했겠지만 남표가 책으로 연구한 것을 이론적으로 토론을 해가며 열심히 구는 데에는 누구나 귀를 기우리게 하였든 것이다.

모짜리를 앙구든[161] 날 ─ 그 날 일꾼으로는 만용이와 허달이와 경한이가 나섰다. 모짜리의 밑거름으로는 구벽토를 내고 썩은 볏겨를 밑판에다가 한 켜씩 깔게 하였다.

특히 볏겨를 밑바닥에 깔게 한 것은 남표가 책에서 배운 지식이다. 이날은 남표도 아침부터 들에 나와서 감독 겸 일을 보살폈다. 그것은 이다음에 모를 찔 때 살이 보드러워서 모뿌리가 손쉽게 떼여지도록 함이였다.

모판은 줄을 띄워서 장방형으로 하고 한 판마다 네 귀로 보똘을 주워서 한 자 간격을 내였다. 그래야만 거름을 주기도 편리하고 간혹 돌피가 섞기드라도 모를 다치잖게 뽑아낼 수가 있다.

일꾼들이 가래질을 하여서 우선 모판을 만들고 보똘을 주워올린 뒤에 소시랑과 괭이를 들고 판을 골르며 모짜리를 앙구는데 남표는 뚝 위로 앉어서 담배를 피우고 있었다.

『하긴 남만주엘 가 보면 거지 반 모짜리들을 한다네만은……벼가 훨신 더 잘 되어야만 이렇게 한 보람이 있을 건데 ─ 선생님 그렇지 않습니까?』

---

161) 앙구다 : 모판 자리 따위에서, 흙을 보드랍게 하여 고르게 깔다.

만용이가 오히려 미심스런 듯이 이렇게 말하며 주위를 둘러본다.

『염녀 없어요─이종이 휠신 벼가 잘 될테니 두고 보시요』

남표가 어디까지 자신 있게 말하였다.

『하하……그렇기로 말하면 작키나 좋겠습니까?……내년엔 너두나두 모짜리를 할텐데요』

『그렇게들 하시라구 내가 먼저 시험을 하지 않습니까?』

남표도 만족한 듯이 따러 웃었다.

어느듯 해가 높이 올르매 바람이 살낭살낭 부러온다. 넓은 들 위에는 일면으로 새봄을 맞는 신생의 기분이 떠올랐다.

그러자 마을로 통한 소로길을 일성이가 줄다름처 오는 것이 보인다. 그 뒤로 웬 양복쟁이가 천천히 따러나온다.

『선생님 손님 오섰어요』

가까히 온 일성이는 헐금씨금하면서 이렇게 귀뜸한다.

『어디서?』

남표가 벌떡 일어나며 고개를 도리키는데

『남 군 얼마만인가?』

하고 저편에서 휘적휘적 오는 양복쟁이는 의외에도 윤수창이였다.

『아니 윤 군 이게 웬일인가?』

남표는 윤수창이가 찾어올 줄은 천만꿈밖임으로 이렇게 손을 맞잡고 반가움을 못 익였다.

『자네야말로 웬일인가? 난 자네가 신가진에 있는 줄만 알었었는데……』

윤 군은 언제나 유둘유둘한 태도로 남표를 바라보며 싱끗 웃는다.

『자─이리로 좀 앉게……그런데 내가 예 있는 줄은 어떻게 알었는가?』

『웨─난 소문두 못 듣는 줄 아나………벌써 뉴─쓰는 듣고 있었다네』

윤수창이 마대 위로 자리를 잡고 앉는다.

『강한테 드른 걸세그려─그 사람한테 책을 주문했드니만』

남표가 이렇게 말하며 웃으니까

『흥! 그 전에 벌써 알았다네-자네는 나한테 엽서 한 장이 없었지만……』

『그 전이라니……누구한테?』

그러나 윤수창은 말하기를 회피하며

『누구든지 웨 궁금한가?』

하고 의미 있게 다시 씽긋이 웃어 보인다. 사실 남표는 그 속이 궁금하였다. 그가 신경으로 편지하기는 문명서원 이외에는 신경아밖에 없었는데 강한테 듣기 전에 예 있는 줄을 알았다면 그럼 신한테서 그 말을 들었을까?……혹은 여전한 작난꾸레기라 심청으로 건성 넘겨 집고 한 말일까?

그러나 남표는 좌석이 조용하지도 못한 만큼 그 말은 더 묻지 않고

『대관절 어딜 갔다 오는 길인가 난 아무한테두 알리지 않으랴고 일부러 소식을 끊고 있었네만은……하여간 자네가 찾어 온 것은 대단히 고마웁네』

남표는 반가운 우정에서 솔직한 감정을 고백했다.

『물론 그러시겠지……나 역시 지나는 역로에 자네가 여기에 있단 말을 듣고 잠간 만나보자고-자네는 편지두 않데만은 참아 과문불입할 수가 없어서 ……』

윤수창은 여전히 느물거린다.

『하-자네는 내가 무신한 것을 종사책망하는 모양일세만은 난 사실 누구한테도 한동안은 존재를 알리고 싶지 않었네』

『그렇다는데 이사람 변명할 것 뭐있는가! 하하하……』

윤수창은 한바탕 웃고 나서

『건-그런데 이 모짜린 아주 개량식일세그려……뉘 집 농사를 자네는 감독하는 셈인가?』

『내 농사일세』

남표가 무심히 대답하자니

『뭐 내 집 농사?……』

윤수창이 진가를 의심하는 것처럼 놀라운 눈을 크게 뜬다.

『자네 그동안 이살했는가?』

『아니 이사는 웬 이사―』

『그럼?』

『나 혼자는 웨 농사를 못 짓는단 말인가』

『그야 그렇지만……』

윤수창은 종시 의아한 것처럼 이번에는 일꾼들을 도라본다. 마침 일꾼들도 손 떼고 쉬는 참이 되었다. 그들은 논물에 손을 씻고 뚝으로 나앉어서 담배를 피우다가

『선생님께서 올부터 농사를 시작하섰는데 개량식으로 모짜리를 시작하신답니다』

하고 만용이가 말참례를 하였다.

『아니 정말인가? 그럼 좋은 재료를 얻었구나』

윤수창은 별안간 무릎을 탁 치며 저 혼자 즐거한다.

『좋은 재료라니?』

남표가 괴이쩍게 처다보며 무르니까

『난 이번에 북만 농촌을 실지 답사하려 출장을 나왔는데―이 정안둔에 자네 같은 청년 의사가 드러와서 농사 개량을 시작한다는 것은 우리 같은 신문기자에게 좋은 재료가 아니고 무엇이겠나. 그야말로 독구다네162)지― 하하하―』

말을 마추자 그는 한바탕 너털웃음을 웃는다.

『그럼 손님은 신문사에서 오섰습니까?』

---

162) '특종(特種)'을 뜻하는 일본어. とくだね.

『네!』

『어디서요?』

『신경서요!』

『아— 그러십니까!』

이번에는 세 사람의 일꾼들이 모다 윤수창을 처다보며 놀낸다.

『인사를 하시지— 이분은 신경에 있는 ○○신문사 기자이시구 또 이분들은—』

하고 남표는 경한이와 허달이와 만용에게 모두거리로 인사를 시키였다.

그들이 인사를 하고 나자

『농촌 시찰을 나왔으면 사무를 봐야 할 것 안인가— 우선 농장부터……이게 지금 내가 사서 신푸리를 한 것일세—들구경 안 가보랴나?』

남표가 궁둥이를 털고 일어서니

『아 그런가. 모두 몇 쌍인데?』

하고 윤수창은 담배를 피우며 마주 일어선다.

『여섯 쌍이라네』

남표는 윤수창을 안내하며 앞들로 나간다.

『여섯 쌍이라……그런데 신푸리를 했다며 모짜리는 웨 하는가?』

『이종(移種)을 해 보랴구……』

『이 근방은 대개 산종을 하지 않는가』

『그러기에 이종을 시험해 보랴는 걸세……산종은 처음엔 간단하고 품이 안 들지만 그 대신 제초 때에 대단히 힘이 들고 품이 많이 든다니까……』

『음! 그런가』

윤수창은 자못 감심한 듯이 주위를 둘러본다. 그들은 천천히 발길을 떼놓으며 강펄을 향하여 걸어 나갔다.

발밑에는 연한 풀싹이 우긋하게 돋아 나온다.

군대군대 늪이 있는 보똘 옆에는 백양나무와 잔버들이 간간 수풀을 이루어 섰다. 습지의 물이 없는 곳에는 이름도 모를 노란 꽃이 피고 창포가 핀 곳도 있다.

　　그런 데는 양초가 쪽－깔리기도 하여서 마치 청금단을 펼친 것처럼 아름다운 경치를 이루었다.

　　저편 둠벙깟으로는 백화나무가 열을 지여서 느러선 것이 초행객의 시선을 껀다.

　　넓은 평원의 아득한 지평선 위로 떠도는 구름짱은 벌써 여름 기분이 농후하게 한다. 구름 밑에 깔린 초원은 음지와 양지를 연신 뒤박궈 놋는다.

　　『거기 참 경치가 좋으네그려……』

　　수창은 좌우의 경치를 둘러보며 부지중 감탄한다.－우하의 강물이 초원을 가로 뚫고 흐르는데 들길은 태양에 번득이며 백금색으로 빛난다.

　　『인제 와 봤으니 종종 놀너오게』

　　『그러지』

　　윤수창은 남표를 도라보다가 웃으며

　　『참! 잊었네 신경아 씨가 자네한테 안부를 전하네』

　　『언제 만났었나?』

　　남표는 무심히 대꾸하는 것처럼 무러본다.

　　『웅－며칠 전에 대동의원으로 어떤 환자를 다리고 간 일이 있었는데 그때 경아 씨를 만났었지……그래 내가 이번에 북만으로 출장을 나가는데 어쩌면 자네를 찾어 볼 것 같다고 말했더니만 신상이 여간 반가운 내색을 보이지 않겠지 허허……』

　　『미친 사람!』

　　남표는 수창의 말을 일소에 부치러 든다.

　　『또 미친 사람이라……그러지말구 내 말을 들어 봐요……아니 자네두 편지를 하였다면서?』

윤수창은 예의 걸끼를 불꾼 내며 벗적 기승을 부린다.

『안부 편지야 못할 거 있나』

『그럴는지도 모르지만……아니 물론 그렇겠는데 나보구 이 근처를 지나거든 꼭 좀 들러 달라구 신신 부탁을 하데나……그래서 나 역시 될 수 있으면 꼭 들려오마구 그랬지』

『신신부탁은 무슨 신신부탁』

『허허―이 사람은 종시 내 말을 못 믿어하는군 ……내가 그렇게 실없이 보이나……』

『아니믄 뭐야』

남표는 반신반의하는 표정을 짓는데

『정말―아니라면 성을 갈구 맹세를 하겠네………그런데 신 양이 그전만 못한 건 웬일이라나?……자기 말에는 봄을 타서 그렇다구 하데만은……』

수창이 다시 의미 있게 쳐다보며 웃는다.

이런 때에 그는 시침을 뚝 떼고 능구렝이처럼 딴청을 쓰는 버릇이 있었다.

『내가 알 수 있는가』

『하하하하……』

별안간 수창은 요두전목을 하며 한참을 웃었다. 그리고 그는 이런 말을 끝으로 부쳤다.

『자네 때문야!』

농장을 한 바퀴 휘도라서 그들은 마을로 들어왔다. 일꾼들도 그 뒤에 들어왔다. 남표는 도라오는 길에 학교로 들어가서 현림이에게도 윤 군을 소개했다.

그리고 세 사람이 같이 주인집을 가서 우선 술을 좋아하는 윤 군에게 맥주를 권하고 곧 이여서 오찬을 준비하였다.

윤수창은 남표의 방에서 하루밤을 쉬게 되었다.

그동안에도 마을의 환자들이 찾아 오면 남표는 어느 때든지 일일히 응급치료를 해주었다.

윤수창은 남표의 간단한 치료실을 보고 또한 조수 일성이와 함께 무시로 환자를 치료함을 볼 때 은근히 감심하기를 마지않었다.

그런데 남표는 인근 동의 환자를 다룰 뿐만 아니라 한편으로 농사개량을 하고 또 한편으로 현림과 함께 학교를 중심으로 하여 부인야학과 위생강좌 등 문화사업에까지 힘을 쓰고 있다는 것을 그날 밤에 마을 사람의 입으로 자세히 들었을 때는 더욱 놀래였다.

둔장 이하로 동중의 모모한 분들은 이날 밤에도 마실을 와서 먼데서 온 손님을 위하여 특별한 음식으로 관대163)하였다. 그들은 윤수창이가 신경에서 온 신문기자일 뿐 아니라 남표의 친구인줄 알자 더욱 관대할 생각이 있었든 것이다.

그리고 남표가 드러온 지는 불과 얼마 안 되였지만 그동안에 그는 마을의 대소사를 위해서 많은 활동과 공적을 내었고 그만큼 이 동리는 앞으로 훌륭한 개척촌이 될 수 있는 기초가 잡혀서 왼 동리 사람이 큰 희망을 가지고 그의 지도 밑에서 일심협력한다고―남표의 공로를 입에 침이 없이 치사하였다.

그 말 끝에 만용이가 별안간―

『그런데 윤 선생님 이런 일이 또 있었습니다』

하고 화제를 돌리는데 좌중은 그가 무슨 소리를 하랴고 그리는지 몰라서 모다들 눈이 둥그래서 처다보았다. 만용이도 엔간이 술기운이 도랐다.

『무슨 일인데요?』

윤수창은 영문을 몰라서 반문하는데

---

163) 관대(寬待) : 너그럽게 대접함. 또는 그런 대접

『다른 게 아니라 남 선생님께서는 그와 같이 장한 뜻을 품고 이 고장엘 드러오섰는데……그런 은공은 모르고 도리여 투서를 한 놈이 있답니다그려-저 남 선생님이 돈을 벌 욕심으로 몰래 돌파리 의원질을 한다구……』

만용은 여전히 남의 말을 하듯이 손가락질로 신용을 해가면서 열에 뛰여 큰 목소리를 질르는데 방중은 누구 하나 개구를 못하고 괴괴하니 죽은 듯하다. 그는 마치 신이 올른 사람과 같았기 때문에

『하……』

윤수창이도 방안의 공기가 심상치 않은 듯 해서 불안한 표정으로 눈치를 살피였다.

『선생님! 그런 놈은 죽여 맛당합지요?……네?』

『아니 어디 사는 자가 그랬는데요?』

『바로 이 동리에 사는 놈이 그랬답니다.-그런데 그놈이 그저 살었세요……내쫓이래두 동리 어룬들이 안 내쫓이세서……남 선생님두……용서를 하시구요……』

벌써 젊은 축들은 한편에서 웃음을 참느라고 킬킬대는 소리가 들리는데

『네?……』

윤수창은 여전히 어리둥절해서 좌중을 이리저리 둘너본다. 그는 뭐라고 말하기가 거북한 모양으로

『선생님! 그런데 그 놈이 누군지 아시겠습니까?……편쟁이여요』

『편쟁이라니?……아편쟁이말이지!』

윤수창은 까닭을 모르는 만큼 정색을 하고 앉아서 만용이와 수작을 부친다. 그 꼴이 또한 웃으워서 좌중은 더 참지 못하고 웃음통을 터치고 말었다.

『네 아편쟁이가 그랬어요』

『암- 그럴테지 난 누가 그랬다구……그까진 아편쟁이야 말할 것 있소 - 제 계집 자식두 파러먹는 놈들인데……』

수창은 동중의 다른 누가 그랬는지 몰러서 그러면 매우 유감이라고 생각했었는데 그자가 아편쟁이란 말에 안심을 하며 유쾌히 웃는다.

『선생님! 그런데……그……그 아편쟁이가……바로 이 놈인 줄 아십시요……이놈이올시다! 이놈이여요……아 엉 엉―』

만용이가 별안간 주먹으로 앙가심을 탕탕 치며 엉엉 우는 바람에 윤수창은 고만 또다시 놀래지 않을 수 없었다. 그러나 방안의 다른 사람들은 웃을 수도 없어서 저마다 침통한 기색으로 잠시 침묵을 직혔다.

처음에 그들은 만용이가 술이 취해서 횡설수설하는 줄 알고 누구나 그의 주사를 잘 아는 만큼 타내지 말고 내버려두자 한 것인데 차차 말을 들어보니 그는 다만 건주정이 아니였다.

생시에 먹었든 말이 취중에 나온다고 그는 그 때 일이 양심에 가책이 되여서 지금 그와 같이 폭발된 것이 아닐까.

사실 만용이는 진정에서 나오는 것처럼 부끄럼을 무릅쓰고 몸부림을 처가면서 우는 데는 아까까지 웃든 사람들도 웃을 염의지 않지 못할 만큼 엄숙한 장면을 만들어 놓았다. 안식구들까지― 웬일이 났는지 몰라서 모두들 쫓아 나왔다.

『만용이 고만 이러나게 이게 무슨 짓인가?』

허달이가 달려들어서 붓들어 일으키며 만류하였다.

『고만 진정하게― 벌써 지나간 일을 뭘 새잽이로 끄낼 꺼 있는가』

둔장과 정 로인도 그러지 말라고 권고하였다. 그러나 만용이는 여전히 침통한 태도로―

『아닙니다. 선생님! 제 죄는 제가 잘 압니다……죄를 진 놈은 그만치 벌을 받어야 하지 않겠습니까?…… 그래 전 윤 선생님께 이런 사적을 고대로 신문에 내주십사고… 윤 선생님은 신문사에 계시다니까요… 흐! 흥……』

『원― 별 소릴 다 하시는구려. 그만 일어나서…… 술이나 더 한잔 하십시다.』

남표는 여적 점잖고 있다가 핀잔하듯 그 말을 타내였다.

『암- 그야 될 말인가요…… 피차간 화해가 된 일인데요.』

현림이도 한 팔을 거드렀다.

그런데 이번에는 윤수창이가 뜸하니 입을 함봉하고 있더니만

『만용 씨!』

하고 감개무량한 표정으로 부르지 않는가.

『네?-』

이제껏 고개를 숙으리고 앉았든 만용이는 누가 부르는지 몰나서 얼굴을 처들며 두리번거린다.

『만용 씨가 그런 말슴을 하시니 말인바-나 역시 이 남 선생께 똑같은 죄를 진 일이 있습니다.』

수창은 이렇게 말을 끄내자 침울한 기색으로 한숨을 내쉰다.

『아니 이 사람은 또 무슨 소리야.』

남표는 좌석이 그러지 않어도 만용이로 하여 버슴이 된 것을 불유쾌하게 역인 만큼 어떻게 기분을 전환하고 싶었는데-그래서 술이라도 다시 청할까 한 것인데 뜻밖에 수창이가 딴 소리를 또 끄내는 바람에 고만 질색을 해서 타내였다.

『남 군 가만 있게…… 꼭 한 마디만 하고 말텔세.』

『윤 선생님 정말이십니까? - 똑같은 죄를 지섰다니요?…』

그러나 이 때 만용이는 윤수창의 이 말을 반신반의하여 놀라운 눈으로 처다보면서 진가를 무러본다.

『예! 정말 그랬습니다. 당신과 같은 나 역시 아편쟁이였습니다……』

뜻하지 않은 이 말에 좌중은 또다시 놀래서 덩둘하니 모다들 있을 뿐이다.

『윤 군! 취했네그려. 쓸데없는 소리는 고만두래두.』

남표가 이렇게 제지하는데도 윤 군은 여전히 말을 계속한다.

『─ 남 선생이 만주로 처음 들어왔을 때 나는 이 분을 봉천서 만나게 되였지요……나는 그때 발써 중독자가 되였었는데 남 선생과 술자리를 몇 번 같이 한 것을 기회로 삼어가지고 나는 차차 남 선생을 유인하기 시작했습니다…… 나는 그 때 처음 들어오신 남 선생을 각 방면으로 구경을 식혀드린다고 ─ 나중에는 아편굴로 모시고 갔었지요. 그래 차차 아편 동무를 삼게 만들어서 필경은 똑같이 중독자가 되였었습니다.』

『네?…… 정말입니까?』

좌중은 모다 고지가 안 들였다. 두 사람이 그런 중독자였다면 어떻게 지금 저렇게 멀정하냐는 생각에서─

『사실입니다. 이따가 남 선생한테 직접 무러 보십시요』

『그럼 그 뒤에 어찌 되였습니까?』

여러 사람들은 수수걱기 같은 이 사실에 모다들 흥미를 느끼며 수창이에게로 시선을 집중한다.

『참─그건 어려운 고비를 익였지요─ 그야말로 재생지인(再生之人)이라 하겠는데 그 중에도 나는 남 선생 때문에 다시 사러나서 갱생의 은혜를 입게 되였습니다』

하고 윤수창은 비로소 자초지종을 서서히 이야기하였다.

좌중은 그 말을 듣자 모다들 놀래며 남표를 다시 처다본다. 남표는 과거에 그러한 인물이였든가 하다면 그는 어떻게 자기도 아편을 떼고 남까지 그것을 떼여주었을까?……이러한 의문이 저마다 없지 않었다.

그러나 그중에도 제일 충격을 받기는 만용이다. 그는 참으로 감격에 벅차오르는 가슴을 안고 남표에게 무수히 절을 하면서

『남 선생님! 정말로 그런 일이 있었습니까?…그럼 저두 얼른 중독성을 떼여 주십시요! 네…』

『건 염여 마서요……한 삼 주일만 전치를 하면 나실테니까 우리들도

그렇게 떼였답니다』

윤수창이 자신 있게 대신 대답을 한다.

『사실 그런 일이 있었습니다만……만용 씨는 중독이 대단치 않으니까……언제 한가한 틈을 타서 떼여드리지요』

하고 남표도 그제서야 윤수창의 말을 긍정하였다.

『고맙습니다─대단 고맙습니다』

만용은 다시 절을 꾸벅꾸벅 하였다. 그들은 남표가 본시 점잖은 선비로만 알고 있었는데 윤수창의 말을 들으니 그의 과거가 평탄하지 않았을 뿐외라 일시는 누구만 못지않게 방종한 생활을 해서 주색에 침혹하고 모히 중독자까지 되였다는 것은 참으로 놀라운 사실인데 그렇게 타락했든 이가 다시 갱생의 길을 밟어서 지금과 같은 훌륭한 사람이 되였다는 것은 더욱 신기한 기적이라 할 수 있지 않을까 이에 그들은 더한층 남표에게 대한 신뢰를 깊게 할 수 있었다. 웨 그러냐면 남표는 그와 같이 산전수전을 다 겪고 난 출중한 인물이었기 때문에─

그래 그들은 유쾌한 기분으로 다시 남표를 대하였다. ─윤수창은 말을 시작한 김에 과거의 경험담을 모조리 털어 놓았다. 그것은 비단 자기의 신상담뿐 아니라 남표의 그것까지도 통트러 하였기 때문에 남표는 면괴해서 참아 들을 수 없는 장면까지 있었다.

하나 악의 없는 그의 솔직한 고백은 듣는 이로 하야금 도리여 호감을 갖게 하였다. 그들은 조곰도 남표의 인격을 그 때문에 깎거내리고 싶지는 않었다.

『그러기에 사람이란 과겁164)을 많이 해야 되는 거지…마치 사람이란 누구나 처음에는 망망한 대해에 일엽편주를 떼워 놓은 것 같은데 만경창파와 싸워 가면서 배를 저어 가지 않으면 목적지에 달할 수가 없는 것과

---

164) 과겁(過怯) : 지나칠 만큼 겁이 많음.

마찬가지로 사람두 거친 세상의 물결에 부닥처보지 않구서는 인정세태를 잘 알지 못하거든…따라서 박물군자란 건 문견(聞見)이 많은데서 세상이치를 환-하게 아는 법인데……

말하자면 남 선생께서도 벌써 그와 같은 경지를 밟어 보신 경란이 있기 때문에 오늘날 정안둔까지 또 들어오신 게 아닐는지?……그렇지 않습니까? 윤 선생!』

하고 둔장 김 주사가 취안이 몽롱해서 윤수창을 처다보며 동의를 구한다.

『네-그렇습니다-영감의 말슴이 매우 지당하신 줄 압니다.』

사실 마을 사람들은 여태까지 남표의 근본을 몰랏다가 윤수창의 말을 듣고 비로소 그가-남선 지방의 행세하는 가문에서 태여난 씨가 있는 집 자손인 줄도 알게 되었고 그의 부친 남 주사는 인근 읍에서 한학자로도 유명할 뿐만 아니라 의술이 또한 고명하였기 때문에 옛날 구한국시대에는 의관까지 지낸 일이 있었다는-그래서 남표는 시대의 변천을 깨닫고 서울로 도망하야 중학교를 단이게 되였는데 그의 부친 역시 처음에는 반대를 하였다가 친히 서울로 올라와서 보고는 그 아들에게 신의학까지 공부를 식히게 되였다는 것이다.

좌중은 그의 말을 듣자 일변 놀라웁고 일변 반가운 마음에서 모다들 남표를 칭송하기 마지 않었다.

그 이튿날 윤수창은 정안둔을 떠나서 일로 신경으로 직행하였다.

그는 귀사(歸社)하는 즉시로 농촌 답사기의 기사(記事)를 썼다. 그중에도 특히 정안둔은 특별한 취급을 하야 산단누끼[165]로 아래와 같은 제목을 붙여서 대대적으로 계재하였다.

北滿의 處女地 正安屯

---

165) 특정한 기사를 크게 다루기 위해서 신문 지면을 3단 정도 사용하여 제목을 뽑아 편집하는 일. 三段拔き.

一醫學靑年을 中心으로

洞民이 一致協力 農事改良에

이러한 제목 밑에 정안둔이 개척된 역사와 지대를 설명하고 제일의 개
척자 권덕기 노인이 만주사변 통에 실종을 한 뒤에 마을은 중심 인물을
잃고 나서 한동안 침체했었는데 현림이가 그 뒤로 들어와서 학교를 지도
한 뒤로 신흥 기분을 띄여 오든 중에 이번에는 남표가 제이의 개척자로 등
장하여서 한편으로는 농사개량과 농경법을 연구하야 북만의 모범적 농장
을 개발할 계획을 세우는 동시에 한편으로는 무료 진찰소를 만들고 인근
동의 환자대중에게 의료 봉사를 겸하고 있다는 것을 자상히 기록하였다.

물론 그들의 인물은 익명으로 숨기였다. 이것은 남표의 부탁이 있었기
때문이다.

그러나 남표의 거취를 아는 사람이 이 기사를 읽는다면 그가 누구인
줄은 대개 짐작을 할 수 있었다.

따라서 신경아도 이 기사를 첫날 아침에 읽고 대번에 알아 내였다.

그런데 저녁 때 윤수창은 병원으로 찾어왔다.

『선생님 언제 오셨세요!』

경아는 윤수창을 반가히 맞으며 응접실로 안내한다.

『일전에 왔습니다』

『윤 선생님이 도라오신 줄은 저도 알았세요』

경아는 수창이가 끄내여든 담배에다 성냥불을 그어대며 친절한 태도를
보인다.

『네? - 어떻게요!』

『오늘 아침에 선생님이 쓰신 기사를 보았세요』

경아가 이렇게 말하며 웃으니

『아! 벌써 읽으셨군요……그럼 제 말슴은 더 듣지 않으셔두 되겠습니

다. ……남 선생은 그와 같이 잘 있으니까요』

하고 수창은 경아를 마주 보며 싱글벙글한다.

『정말로 그런 사업을 하고 계신가요?』

『그럼요─참으로 훌륭한 사업을 착수하고 있는데요……위치도 매우
좋구요……이 여름에 한번 가 보시지요……』

『글세요……』

『가시면 남 군두 대단 반가워 할껍니다』

『…………』

경아는 이 말을 듣자 가만이 아미를 숙이며 남몰래 귀밑이 붉어진다.
윤수창은 그 눈치를 보자 은근히 속으로 간지러웠다.

사실 경아는 윤수창이가 도라오기를 날마다 고대하였다. 한편으로 그가
남표를 만나고 와서 어떤 보고를 할는지 모른다는 불안을 느끼기도 하였다.

한데 그를 만나기 전에 우선 정안둔에 대한 기사를 읽어보고 있을 때
그는 얼마나 남몰래 기뻐하였든가. 우선 정안둔이란 제목이 눈에 띄우자
그는 단숨에 내리 읽었다. 과연 그 기사는 남표의 행동을 소상히 보는 것
같았고 또한 그것은 자기가 기대했든 바와 같이 남표의 편지 내용과도 흡
사한 것이였다.

그렇다면 지금 윤수창의 말도 다만 농담이 아닌 것 같았다.

하나 그는 남표의 말을 자세히 물어볼 용기가 나지 않았다. 처녀의 순
정은 작고만 부끄럼을 타게 한다.

하나 또한 궁금한 일이 여간 많지가 않았다. 대관절 남표는 지금 혼자
있으며 선주와는 그 뒤에 어떠한 통신이 있었든가?……5호실 환자가 학
교 선생과 약혼하였다는 말은 요전 편지로 들었지만 자기의 결혼 문제는
한마디도 들을 수 없는 것이 이상하지 않은가. 하긴 윤수창이가 여름에
한번 가보라는 말에 어떤 암시가 없지 않은 듯하나 그는 차마 다저 물어
볼 수가 없어서

『어듸 갈 틈이 있어야죠』

하고 마주 웃어 보였다. 그때 바로 원장이 나와서 그들은 대화를 중지하
였다. 윤수창은 원장을 따러서 진찰실로 들어갔다. —

獨木橋

그날 밤에 경아는 밤새도록 달뜬 생각에 남모르는 속을 태우고 있었다. 그는 금시라도 정안둔엘 가 보고 싶다.

하나 남북천리에 낙낙히 서로 떠러저 있으니 수월하게 찾어갈 길이 못 된다.

경아는 곰곰이 생각하든 끝에 마침내 옵바에게 심중을 고백하기로 하였다─그 이튼날 저녁 때 옵바가 퇴근할 시간을 앞질러서 그는 몸이 아푸다고 병원에서 조퇴를 하였다.

그 길로 발범발범 옵바의 마중을 나갔다. 부지중 한 발 두 발 걸은 것이 어느듯 ○○ 앞에까지 갔을 때 저편에서 마주 오는 한 사람은 분명한 그의 오라버니다.

『옵바! 지금 나오세요?』

『넌 어딜 가니?』

그들이 서로 마주쳤을 때 이렇게 물었다.

『난 옵바 마중 나왔세요』

경아는 전에 없이 상냥한 표정을 짓는데

『마중……?』

하고 키가 후리후리한 옵바는 수상한 눈치로 경아를 처다본다.

『옵바─내 저녁 사 드릴게 저기 청요리집으로 가실까요?』

『왜 별안간 청요리가 먹구푸냐』

『네!』

경아는 대답을 하고 나서 입을 가리며 웃는다.

『그럼 가자꾸나―요리는 내가 살테니』

『아니 저두 돈 있세요』

경아는 한드빽을 추실러 보인다.

『난 오늘 출장비를 탔단다』

그들은 마주 웃으며 저편 길까에 있는 청요리집 이 층으로 올라갔다.

『넌 뭘 먹을내?』

뽀―이가 차주전자를 들고 와서 한 곱부씩 곱부를 부서서 따러 놓고 섰을 때 옵바는 이렇게 묻는 것이였다.

『난 만두를 먹을테야―옵바는?……』

『난 술이나 한잔 할까 뻬주 있지』

『있습니다』

뽀―이가 대답하자

『그럼 술안주 몇 가지와 술 하구 만두 하구 얼른 드려와요』

옵바가 요리를 식히니 뽀―이는 그 길로 층대를 굴르며 내려간다.

『넌 사이다나 한 병 먹지?』

『싫여요―난 더운 차를 먹겠어요』

경아가 찻잔을 들고 마시자 옵바도 찻종을 마주 든다.

두 사람은 잠시 차를 마시며 침묵을 직혔다.

『그런데 네가 오늘 웬일이냐?』

한참 만에 옵바는 경아를 다시 처다보다가 이렇게 말문을 연다.

『뭐 웬일이예요……』

경아는 수집은 태도를 지으며 옵바를 흘겨본다. 사실 그는 아까부터 말을 끄내고 싶었으나 뭐라고 할는지 몰라서 멈칫하고 있었는데 옵바가 먼저 묻는 것은 벌써 어떤 눈치를 챈 것 아닐까.

『무슨 할 말이 있거든 어서 하려무나』

옵바가 진중한 태도로 다시 묻는 바람에 경아도 부지중 옷깃을 염의고 아미를 숙이였다. 그는 설레는 가슴을 겨우 진정하였다. 그리고 용기를 내여서 옵바를 할끗 처다보며

『전―병원을 한동안 쉬고 싶어서……』

말끝을 채 마치지 못하고 고개를 다시 숙인다.

『그 말 뿐이냐?』

『저―그리고 여행을 가겠어요』

『어듸로?』

『북만으로요……』

『북만 어듸?……』

『정안둔!』

경아의 목소리는 차차 가느드래졌다.

옵바는 한동안 잠착히 앉어서 담배만 피운다. 그는 무슨 생각을 하는 것 같었다. ……그동안 경아는 옷고름을 만지작거리며 은근히 가슴을 조리였다.

『넌 인제야 그런 말을 하지만은 난 벌써 짐작이 있었다. 실상인즉 네가 말하지 않았기 때문에 나 역시 지금껏 주저하였든 것이다. 그러나 네 말은 들어 보아서 너의 결혼 문제두 해결해 보자 한 것인데 ……물론 병원을 쉬는 것은 찬성한다만은 ……정안둔 무슨 일로 간다는 것이냐?』

하고 옵바는 날카로운 시선을 경아에게로 쏘았다.

경아는 옵바의 묻는 말에 잠시 주저하다가

『거긴 병원에 가치 있든 조수가 가있는데……몸두 쉬일 겸 한 번 놀러 가 보려구요……』

『대동의원에 조수로 가치 있든 사람이면 남 씨라는 이 말이지?』

하고 옵바는 의미 있는 미소를 입술 위로 띄운다.

『네……』

『남 씨는 거기서 뭘 하는데?』

『한편으로 농사를 지으며 간단한 치료소를 내고 있대요』

『그 사람은 지금 의사가 아니라며?』

『네ㅡ그래서 시험 치를 준비두 하는 중이래요』

경아는 요전에 남표의 편지 사연에서 본 대로 말하였다.

『네가 만일 그 사람이 꼭 맘에 든다면 그럼 내가 먼점 가서 만나보는 게 어떻겠니?……당자끼리 직접 만나는 것보다는 그렇게 하는 편이 피차 간 났지 않을까?』

옵바는 경아를 원로에 혼자 보내기를 다소 끄려하는 눈치로 말한다.

『옵반 잘 아시지두 못하시면서?……』

경아는 그의 노파심이 속으로 웃우웠다.

『그야 상관있나ㅡ나는 다른 사람두 아니요 바루 네 오라버니까 아주 까놓고 혼담을 걸어 보자꾸나ㅡ그래서 저편에서도 의합하게 생각한다면 약혼을 한대두 무방하겠지』

『뭐ㅡ누가 혼담을 하러 가는 겐가요……저두 아직 그런 생각은……』

경아는 옵바가 눈총을 쏘는 바람에 얼굴을 붉키며 시선을 피하였다.

『어떻게 된 셈이냐ㅡ어물어물 할 것 없이 바른대로 말을 해라ㅡ그 사 람두 너를 좋아하는 사이냐? 그렇지 않으면……』

하고 옵바는 퉁명스럽게 따지러든다.

『몰라요!』

그 바람에 경아의 목소리도 날카롭게 떨려 나왔다. 사실 그는 조곰만 더하면 울고 싶었다.

『모르다니!……만일 저 사람의 속을 모르구 너 혼저만 생각한다면 아 무 일두 안 되지 않으냐』

옵바는 다시 눙친다.

『전 그런 의미로 간다는 게 아니라니깐……』

옵바의 몰이해한 데 경아는 정이 떠러진다. 그는 그래 샐쭉해졌다.

『그런 의미가 아니라면⋯⋯다만 교우(交友)관계란 그 말이지?』

『⋯⋯⋯⋯⋯⋯』

『건 말이 안 된다. ─ 남녀 관계가 다만 교우 관계로만 끄친다는 것은⋯⋯』

『그이는 아직 독신주의를 주장해요』

배알이 틀리자 경아는 마주 기탄없이 말대꾸를 하였다.

『독신주의?⋯⋯⋯건 무슨 이유로?⋯⋯⋯⋯』

『사업을 위해서⋯⋯⋯⋯』

『그럼 결혼은 않는단 말이지?』

『건 몰라요!⋯⋯⋯당분간은⋯⋯⋯⋯』

『그런데?⋯⋯』

『저두⋯⋯기다려보겠어요』

『만일 그 사람이 끝끝내 않는다면?⋯⋯⋯』

『그래두⋯⋯⋯전⋯⋯⋯』

『아니 무엇 때문에 그 사람에게 골몰하는 거냐? ─ 너는 어머니를 위해서도 얼른 결혼을 해야 할 처지인데─』

옵바는 언성을 높이며 불쾌히 부르짖는다.

『그렇지만⋯⋯전 아직 결혼은 하구 싶잖어요』

『그것은 나 역시 네 맘을 몰르는 바 아니나⋯⋯대관절 저 사람이 독신 생활을 한다는데 네가 구지 그한테만 마음을 둘 것이 없지 않으냐?』

『옵바⋯⋯웨 그런지 저두 제 맘을 모르겠세요⋯ 그이는 인물보다두 고상한 정신이⋯⋯옵바 이 기사를 읽어 보섰세요?』

하고 경아는 품속에서 윤수창이가 쓴 어제 신문의 『기리누끼』[166]를 그제

---

166) 신문을 오려낸 것.

야 끄내 놓았다.

옵바는 그것을 집어 들고 한참동안 내리 보았다. 그가 기사를 다 읽고 났을 때 뽀-이는 음식을 드려온다. 그러나 두 사람은 한동안 말이 없이 우두커니 앉았다.

『아! 그러냐……그렇다면 나두 너를 위해서 어머님께 잘 말슴드려 보마!』

『………………』

경아는 무언중에 머리를 숙여 감사한 뜻을 표했다.

사실 경아는 남이 보기에도 병색이 완연하게 얼굴에 내배였다. 그는 봄을 타서 그렇다지만 모친과 옵바는 심상치 않은 경아의 신심을 은근히 염려하였다. 그는 확실히 신경쇠약에 걸린 것 같았다. 그러나 요전까지 건강하든 사람이 무슨 까닭으로 별안간 신경쇠약증에 걸렸는가?.

그것은 어떤 남모르는 고민을 감추고 번뇌하기 때문이다. 하다면 이십 전후의 과년한 처녀에게 있을 법한 번민이란 무엇이랴? 그것은 묻지 않아도 청춘의 고민일 것이다.

이런 기미를 대강 눈치 채고 있든 모친은 다시 그 아들한테 경아의 심중을 자세히 듣고 묵인하는 태도를 취하였다. 그것도 경아가 허랑한 게집애라면 못 믿어워서 단속을 각별히 하겠지만 이제까지 간호부의 생활을 여러 해 단였어도 한 번도 추잡한 의문이 돌진 않았다.

그런데 만일 저를 더뜨렸다가 그의 결곡한 성미에 무슨 큰일이나 저질르면 어찌할까? 모친은 그와 같은 두려운 생각이 없지 않었었다.

경아는 모친의 양해를 받게 되자 즉시 병원으로 가서 몇 달 동안 휴가를 청하였다. 그는 만일 원장이 허가를 않는다면 고만둘 작정까지 미리 하고 있었다.

원장이 그 말을 처음 들었을 때는 사실 놀래였다.

그러나 경아의 신색이 좋지 못한 줄은 누구보다도 그가 더 잘 안다.

『제가 쉬기 때문에 병원에 지장이 계시다면 저는 고만두어두 좋사오니 다른 사람을 채용하시면 어떻겠습니까?』

경아는 그때 원장이 다소 난색을 띄우는 것을 보고 이렇게까지 결의를 표시한즉

『뭐 그럴께야 없지 않은가……그럼 신 군이 쉬는 동안에는 임시로 아무나 쓸 터이니 아무쪼록 속히 건강을 회복해가지고 다시 출근을 하도록 하소』

하고 원장은 호의로 승락하는 것이었다.

『대단 감사합니다』

『언제부터 쉴 터인가?』

『병원에 상치만 없다면 내일부터라두……』

『물론 쉴 바에는 하루바삐 쉬는 편이 좋겠지……그럼 내일부터 안 나와두 좋으니까 잘 요양을 하도록……』

『감사합니다』

경아는 원장에게 다시 머리를 숙이였다.

원장이 이와 같이 순순하게 승락한 데는 물론 이유가 있었다.

경아가 간호부로서 보통 여자라면 그 역시 구지 붓들지는 않았겠다. 그런데 경아는 인물 뿐만 아니라 머리가 총명하고 행동이 민첩하였다. 거기에 품행이 단정하고 직무에 충실하여서 남보다 갑절의 능률을 내니 여러 가지로 병원에는 유익한 점이 있었다.

사실 다른 간호부들을 쓰는 것보다는 경아 하나를 쓰는 편이 오히려 나을 형편이니 대동의원 원장이 경아를 안 놓으려고 선심을 쓰는 것도 결코 무리가 아닌 줄 안다.

경아는 병원에서까지 원대로 되었으니 인제는 길 떠날 준비밖게 남은 것이 없었다. 길이 가깝다면 그날로 떠나고 싶은 생각이 든다. 그러나 초행일 뿐 아니라 정거장에서도 십 리 상거를 걸어간다니 젊은 여자의 혼자

몸으로 아무 기별 없이 떠날 용기가 나지 않았다.

그래 그는 남표한테와 5호실 환자에게 각 봉으로 안부 편지를 쓰고 이삼 일 내로 이번에 쉬는 틈을 타서 한 번 놀러 가겠다는 사연을 끝으로 적었다.

경아가 애나한테까지 편지를 쓴 것은 다른 이유가 아니다. 물론 남표를 만나러 가는 길이였지만 은근히 겸연쩍은 생각이 있었기 때문이다. 더구나 남표가 애나의 집에 있는 줄 알면서 그한테만 기별을 하면 그 집에서 섭섭히 알 것 아닌가. 그래서 피차간 원만히 알도록 애나한테도 만나고 싶어서 놀러가는 것처럼 두 사람을 똑같이 대접하자는 의미에서 영리한 꾀를 쓴 것이였다.

남표는 경아의 편지를 뒤이여서 오늘 온다는 전보를 받고 차 시간을 마추어 정거장으로 마중을 나갔다.

그는 경아가 이렇게 속히 올 줄은 몰랐다. 밤차를 탄 경아는 이튿날 낮에 내리게 되었다. 애나도 경아의 편지를 받어 들고 여간 기뻐하지 않았다. 그것은 그의 부친 정 노인도 마찬가지로 기쁘게 하였다. 그래 그들은 경아를 대접할 음식을 작만하기에 또 한바탕 부산하였다.

하긴 애나도 남표와 가치 정거장까지 마중을 나가고 싶었다. 그러나 그는 다시 생각하고 고만두었다. 첫째는 남표와 가치 간다는 것이 열적을 뿐더러 또한 그들에게 어떠한 방해가 될는지도 모르기 때문이다.

차 시간이 임박하자 남표는 구내로 들어갔다. 시굴 정거장에는 승객이 그리 많지 않았다. 아까 대합실에서 기다릴 동안 그는 역장한테 인사를 갔었다. 역장은 남표의 방문을 여간 반겨하지 않았다. 남표에게 일변 담배를 권하고 차를 대접하게 하였다.

『자제는 그 뒤에 건강합니까?』

『네─고맙습니다. 선생의 덕택으로 잘 나었습니다』

남표가 묻는 말에 역장은 이와 같이 대답하며 좋아한다.

신경서 이담 차로 오는 손님을 마중 나왔다고 남표가 대합실로 돌처나오려 한즉 역장은

『아―그러신가요……그럼 예서 기다리시지요……천천히 이야기나 하시다가―』

하고 역장은 구지 만류하면서 입장권도 그 안으로 끊어오게 하였다.

남표가 레루를 건너 저 쪽 플랫트홈에 가서 잠시 서성이였다. 미구하야 기적소리가 들리며 순식간에 차가 들어온다.

남표는 객차의 칸칸을 보살피며 내리는 승객들을 주목하였다.

경아는 중간 차를 탔다. 그가 손가방 한 개와 책보를 양 편 손에 바뜰고 나리는 것을 발견하자 남표는 그 뒤로 뛰여갔다.

『경아 씨!』

남표가 이렇게 외치자

『선생님!』

하고 경아는 너무두 반가운 남어지에 어색해서 어쩔 줄을 모른다. 그는 눈물이 핑―돌며 고개를 숙이였다.

『자 짐은 날 주시고 어서 나가시조』

『무겁잖어요……제가 가지고 가겠어요』

남표가 손을 내미는 것을 경아는 안 줄라고 사양한다.

『그럼 가방을……』

남표는 가방을 빼서 들었다.

『오시기에 매우 피로하셨지요?』

『괜찮아요……』

경아는 어쩐지 남표를 처다볼 용기가 안 난다. 그가 차 안에서는 여러 가지로 공상이 많었었다. 남표를 만나면 첫째 어떤 태도로 어떻게 인사를 해야겠다는 생각까지 하고 있었다. 그런데 급기야 마주 딱닥드려보니 아무 생각도 들지 않고 거저 가슴만 울넝이믄 웬일일까?……

그는 사실 밤새도록 덜그렁대는 찻소리와 몸이 흔들려서 그러지 않아
도 잠이 않왔지만 장차 남표를 만날 일이 여러가지로 불안을 느끼게 하였
다. 첫째 남표는 자기가 찾어 온 [것]을 반가워할 것인가 아닌가? 그거부
터 의심난다. 그리고 전보를 쳤지만 정거장에 아무도 안 나왔으면 어찌할
까?

물론 대낮이니 저물어 간대도 못 □ 것은 아니지만은 초행길에 젊은
여자로 혼자 나선 행색을 남들이 어찌 알까 하는-쓸데없는 걱정까지 겹
처 나는 것이었다.

그래서 그는 공연히 나섰다는 후회가 나기도 하였는데 의외라 할는지
당연하다 할는지 남표가 친히 영접을 나온 데는 한편으로 반가우면서도
한편으로는 부끄러웁기도 하다. 웨 자기는 전보를 치지 않고 혼자 찾어갈
생각을 못했든가?……그랬으면 남표는 자기의 활발한 태도를 보고 참으
로 놀랬을 것이 아니냐고-. 그러나 또한 남표 일부러 마중을 나온 것을
보면 그렇게 안 한 것이 오히려 여자의 조졸한 행실 같이도 생각되었다.

남표는 정거장 밖으로 나오자 경아를 도라보며 물었다.

『어디서 좀 쉬여 가실까요? 고단하실텐데』

『아니요』

『시장하시지 않습니까?』

『아직……차 안에서 먹었세요』

『그럼 마차를 타고 직행하시죠-애나 씨가 기다릴테니깐요』

『네……』

경아가 가늘게 대답하자 남표는 마차를 세운 앞으로 성큼 가면서

『마쳐!』

하고 목소리를 질른다. 그러자 마차 앞턱에 걸터앉었든 만인 차자가 채축
을 들고 일어서며 타라는 신용을 한다.

『자 타시지요』

남표는 경아가 먼첨 올라타기를 기다려서 자기도 그 옆으로 타자 방향을 외쳤다.

『쩡앙둔!』

차자는 남표의 목소리를 알어 듣자 긴 채쭉을 휘둘느며

『이엿……위－ㅅ 위……』

소리를 질는다. 그러자 마차는 역전의 광장을 카부를 돌아서 울퉁불퉁한 거리를 떨떨거리며 굴너간다.

정거장 거리를 나와서 철도 뚝을 건너가기까지 그들은 잠잠히 있었다. 철뚝을 넘어서면 넓은 벌판은 망망한 초원을 전개하였다.

차차 정거장이 멀어지며 주위는 괴괴해졌다. 횡등그렁한 들 속에 오직 차자의 말 모는 소리와 공중으로 채쭉을 휘둘느는 휘휘 소리가 들린다.

그동안 남표는 담배를 피우고 있었다. 경아는 초행객의 호기심으로 주위를 자못 유쾌한 듯이 둘너보았다. 남표도 기분이 좋았다.

『병원은 어떻게 하시구 오셨습니까?』

『얼마동안 쉬기로 하였세요』

『녜……참 거번에는 여러 가지로 실례가 많았습니다.』

『뭐 천만에……별안간 찾어와서 도리혀 미안스러워요……』

경아는 얼굴을 붉히며 가만히 대꾸한다.

『아니 잘 오셨습니다. 마침 쉬시게 되였다면……』

『녜……그래서 애나 씨두 만나볼 겸－또 경치가 좋다기에……윤 선생님두 그러시겠지요!』

『아 윤 군을 만나섰습니까?』

『녜! 일전에 병원으로 찾어 주섰세요……그래 불현듯 오구 싶기에 편지를 드렸세요』

하고 경아는 방끗 웃으며 대화의 실마리를 푸러 놓는다. 마차가 덜컹대는 대로 두 사람의 몸은 서로 부디쳤다 떠러졌다 하였다.

『그럼 한동안 노시다 가시조』

『뭐 곧 가야겠어요……참 만주로서는 매우 경치가 좋은데요!』

『네! 저기 보이는 강은 우하라는 송화강의 지류랍니다.』

남표는 손을 처들어 서남간으로 번쩍이는 강물을 가리처 보인다.

『네!……』

경아는 남표가 가리치는 편으로 고개를 도리켜 감심한 듯이 바라본다.

『아까 기차로 지나오든 그 강물인가요?』

『그렇습니다……그 강의 상류지요』

『강물보다도 저 산을 보니까 반가워요』

경아는 손수건으로 입을 가리며 웃는다. 그 때 두 사람의 시선이 마조 첬다.

『나 역시 신경에서 처음 와 볼 때 그랬습니다.……정안둔에서 먼 산의 윤곽을 바라보는 조망(眺望)도 좋습니다.』

『네……』

차차 경아는 감탄하기 시작한다.

『저 강물을 대여서 농장을 푼 겁니다.─바로 저기가 정안둔이요 그 앞 들이 논을 푼 겝니다』

하고 남표는 또 다시 전면을 손으로 가리첬다. 마차는 그동안에 들 한가 온대로 드러섰다. 뒤를 도라보니 정거장이 멀리 놓여 있다. 좌우로 벌려 있는 한전에는 새로 파종한 곡식들이 파릇파릇 새싹을 토하였다. 참 근감 하다! 경계표(境界標)로 심은 실버들이 일렬로 쭉 빼친 것이라든가 그 사이 로 이따금 푸른 옷운 입은 만인의 농부가 섰는 것은 유장한 전원의 풍취 를 자아낸다.

어느듯 마차는 정안둔 마을 앞에 다었다. 마차가 정거하는 것을 보자 학생들이 우─쪼처나왔다. 아까부터 망을 보든 애나와 정 노인도 뒤미처 쪼차나왔다.

『아이구 이게 누구시요?』

애나는 경아 앞으로 가까이 오자 그의 두 손을 덥석 잡고 반가워서 어쩔 줄을 모른다.

『녜—그동안 건강하셨세요!』

경아도 마주 손을 잡고 명랑한 우슴을 웃었다.

『신 선생! 참 어려운 출입을 하셨습니다. 멀리 오시느라구 얼마나 고생을 하셨습니까?』

하고 정 로인은 애나보다 몇 거름 떨어저 오면서 인사를 한다. 그 바람에 경아는 애나의 손을 얼는 놓고 정 로인 앞으로 마주 가서

『선생님 안녕하셨습니까?』

하고 공손히 머리를 숙이였다.

『녜……댁에도 다들 안녕하신지요—자 어서 드러 가십시다』

부친의 지휘를 받자 애나는 경아의 짐을 대신 뺏어 들고

『어서 들어가세요……우리 사는 덴 이렇게 궁벽한 촌이랍니다』

하고 경아를 재촉한다.

『녜!……아주 경치가 좋은데요……』

경아는 홀린 듯이 다시 주위를 둘너본다. 젊은 두 여자의 꽃다운 인물은 청량한 일광 아래 이채(異彩)를 띄웠다.

그들이 드러가자 마을 사람들도 하나 둘씩 예서제서 나오며 호기의 눈으로 바라본다. 학생들은 옹기중기 그 뒤를 따러간다. 그 중에도 여학생들은 끼리끼리 귓속말로 속은거다.

『애—입부지?』

『우리 동리엔 저런 인물 없겠다』

『그럼—신경서 온다든데』

『남 선생님과 어떻게 된다니』

『몰나………』

『저- 간호부라면서?……』

『참 그러태-남 선생과 한 병원에 같이 있었다드라!』

그동안 남표는 마차 싹을 치러주느라고 뒤에 처저 있었다. 나종에 드러가니 주인집에 마을 여자들이 벌서 마당에 갓득 몰켜 섰다. 그들은 마치 신부나 구경 온 것처럼 역시 경아의 인물평을 하느라고 이 구석 저 구석에서 수군거린다.

애나의 모친과 그의 올케 고부간은 점심을 준비하기에 부억에 있다가 손님을 맞는다. 그들은 경한이와 국수를 눌너 놓고 어제부터 두부를 한다 누루미를 붙친다 별식을 작만하였다.

애나는 대충 인사가 끝난 뒤에 경아를 다리고 안방으로 드러갔다. 이웃의 젊은 여자들도 방으로 하나둘 들어가서 경아를 둘너싸고 늘어 앉었다. 그들은 신경서 왔다는 이 먼 데 손님을 자못 흥미 있게 뜨더보았다.

경아는 흰 저고리에 감장 치마를 입고 머리를 틀어 올였다.

그리고 호사를 한 것은 아니나 옷이 몸에 꼭 맛고 청소한 자태가 마치 한 송이 백합꽃과 같이 고상한 품격이 있어 보인다.

마실꾼들이 도라가자 식구끼리 점심을 먹게 하였다. 아래에는 주인 영감인 부자와 남표 현림이 넷 겸상으로 상을 받고 윗목에서는 안식구들이 경아를 주빈으로 하야 또한 한 상 머리에 둘너 앉었다.

『참 먼저번에는 이외에 남 선생님이 찾아오서서 이렇게 아주 잘 살게 되였는데 오늘 또 신 선생까지 찾아주시니 감사한 말슴은 무에라 엿줄 수가 없습니다. 인제는 우리 소원을 푸렀습니다. 어떻게 하면 두 분을 우리 집으로 모실 수 있을가 했었는데… 그러나 사는 것이 오즉잔어서[167) 변변히 대접두 못 해드리는 것은 미안합니다만- 별안간 어떻게 할 수 있습니까?……

---

167) 오죽잖다 : 예사 정도도 못 될 만큼 변변하지 아니하다.

『……변변치 못한 음식이나마 만히 잡수시고 편이 쉬다가 가실 밖에……』

주인 영감은 술을 좋아하는 만큼 우선 반주를 한잔 들고 기분이 조아서 느러놋는다.

『아버진 가시는 말슴은 벌써 하서요!』

애나가 부친을 도라보고 웃으며 타내니까

『하하……그럼 선생님두 여기서 사시지』

영감은 파안일소 유쾌히 웃는데

『그러서요. 남 선생님이 개업을 하시거든 신 선생님두 우리 병원으로 오서요』

해서 좌중도 모다 명낭한 웃음을 웃었다.

사실 애나의 지금 한 말은 경아의 심중을 꿰뚫은 말이다. 남표가 장차 면허장을 얻은 뒤에 이 마을에서 개업하게 되고 그래서 남표는 의사로 자기는 간호부로 병원을 해나간다면 참으로 그것은 얼마나 행복한 생활일까!

그러지 않어도 그는 남표한테 대동의원에 같이 있을 적부터 의사시험을 치르라고 여러 번 권고하였다. 그런 때마다 남표는 일소(一笑)에 부치러 드렀섰다. 그는 진심으로 한 말이였다. 그것은 다만 남표의 전정을 위해서만이 안이다. 만일 남표가 의사가 되여서 병원을 내게 된다면 자기도 그와 함께 있을 수 있다는 히망을 가지기 때문이였다.

그런데 그 히망은 차차 실현성이 띄여졌다. 남표는 정말로 시험 준비를 하고 있지 않은가!

점심을 먹고 나서 경아는 남표 치료실을 구경하였다.

대동의원에 비교한다면 마치 어린애들 소꼽질과 같으나 그만큼 또한 재미스런 구석이 있어 보인다. 도리혀 이런 촌락에는 큰 병원이 아울리지 않을 것 같었다.

『어떻습니까? 이게 우리 병원이올시다』

남표가 먼저 방으로 드러서며 이런 말을 하고 웃으니 경아도 그 뒤를 따러가 실내를 둘너 보면서

『매우 좃습니다. 퍽 재미있어 보힙니다.』

해서 그들은 마주 웃었다. 애나는 밖에서 드려다 보고 일성이는 한편 구석에 양수거지를 하고 섰다.

그러자 윗머리의 성배 할머니가 손자를 업고 드온다.

『선생님! 애 좀 보아주세요— 간밤에 자고 나더니만 목이 아푸다기에 보니까 이렇게 부었세요. 아 몽우리가 드렀나바요』

하고 열일곱 살 먹은 사내애를 방안으로 내려 놓는다.

이때 경아는 마침 문 바로 가까히 섰다가

『어듸 이리 와 봐요』

하고 비슥비슥 낯이 서러서 처다보는 아이를 남표의 앞으로 세워놓고 아픈 데를 만저보다가

『볼거리가 안닌지 모르겠어요』

한다.

『그렇군요……약 발너주게 가만 있거라』

남표[가] 진찰을 하고나서 선반에 있는 약을 끄낸다.

『제가 발너줄까요?』

경아는 호기심이 나서 자청하였다.

『옷 버리실나구— 그만두시지……』

『괜찬어요』

경아는 남표에게서 약병을 바더노차 즉시 소매를 거더올리고 나서 환자의 귀밑으로 약을 발너주었다. 그리고 붕대를 끄내서 유지 위로 까제를 덥고 익숙한 솜씨로 머리와 목을 감어 매주었다.

어느 틈에 주인 영감 내외도 나와 방안의 모양을 드려다보다가

『아니 두 분이 치료하시는 것을 보니 마치 신경 대동의원에 게실 때와 똑같은 생각이 납니다그려』

영감이 감탄하듯이 말하는 바람에 경아는 부지중 얼굴을 붉히였다.

『그러치요! 아버지……』

애나도 덩다러서 좋아한다. 그러나 경아는 부지중 직업의식에 열중하여서 남표에게 무러본다.

『물약이 있습지요』

『네 ― 지금 만들지요』

남표가 약 두 병을 만드러 놓차 경아가 그것을 다시 받어서 로파에게 내주면서 『이건 메기시구 이 약물론 양추를 하세요 ― 큰 병이 양추약이여요 ― 밖구시면 안됩니다. ― 그러고 내일 또 오세요』

복잡한 큰 병원에서 하든 버릇으로 그는 단숨에 주서 섬기는데 로파는 어리둥실해서 입을 딱 벌리고 처다보기만 한다. 그런데 로파는 아래윗니가 몽탕 빠진 합죽할머라 그것이 여간 우수워 보이지 않었다.

경아는 여러 사람이 로파를 웃는 줄은 모르고 무심히 한 자기 말이 나종에 생각해도 안 되여서 외면을 하고 도라섰다. 그는 마치 정말 간호부처럼 행동한 것이 자기간에도 무안하였다.

『일성이 넌 아직 멀었구나……』

정 로인이 이런 말까지 하자 경아는 더욱 불안하였다. 사실 일성이는 감복한 듯이 넉 없이 경아를 쏘아보았다.

이렇게 환자를 치료하고 나서 그들은 학교를 구경하러 나갔다. 남표도 뒤따러 갔다.

현림은 벌서 오후반을 가르치고 있었다. 넓은 학교 마당에서 사방을 둘러 보니 참으로 상쾌하다. 경아는 마치 먼 나라의 새 세계엘 처음 온 것처럼 신기한 생각이 든다. 위대한 자연은 그의 안목을 무한히 높이는 것 같다. 망망한 초원이 끝없이 지평선에 다았는데 동북편으로 연하여 잠긴

먼 산의 윤곽이 한울 밖에 아믈거리는 광경은 참으로 웅대하였다.

그런데 우하의 강물이 태양의 찰난한 광선을 받고 황금색으로 번득이는 것은 마치 보석이 서기[168]하는 것과 같지 않은가!

『참! 좋은데요』

경아는 연신 감탄하기를 마지 안는다. 그들은 교실로 드러 가서 한참동안 교수하는 것을 견학하다가 도루 나왔다. 미구해서 한 시간의 하학종을 치자 학생들은 와글와글 마루를 쿵쾅거리며 운동장으로 뛰여 나간다. 그들도 연신 경아를 색다른 눈치로 처다보면서−

현림은 백묵가루가 묻은 손을 털며 남표의 옆으로 가까이 온다.

『우리 들 구경이나 가실까요?……현 선생은 시간이 없으시겠지?』

남표가 말을 끄내니

『그래요! 가서요!』

하고 애나가 좋아한다.

『그럼 먼저들 가시조−조곰 뒤 저두 곳 나갈테니−』

그들은 앞들로 천천히 발길을 떼노왔다. 오후의 딱끈한 해빛은 무더니 더웁다. 바람끼는 여전히 있지만은 더운 김을 모라온다.

남표는 앞장을 서서 저만큼 가는데 두 여자는 뒤에 처저서 이야기를 소곤거린다. 그들은 그 안에 한 이야기가 많은데 아직도 남은 이야기가 뭇척 많은 모양 같었다. 그것은 경아보다는 애나의 편이 더하였다. 애나는 주인 격으로 정안둔의 내력과 마을 사람들의 생활을 이모저모에서 여적 들여주었지만 그것은 남표가 이 고장에 드러오기 전의 이야기였다.

그보다도 그는 경아가 흥미 있게 듯는 남표가 드러온 뒤의 마을의 변화와 그동안 만용이 일파와 충돌이 생겼든 자초지종의 사실을 하나도 빼노치 않고 일일히 이야기하고 싶었다. 하나 그는 아직 조용한 틈을 못 타

---

168) 서기(瑞氣) : 상서로운 기운.

서 미처 그 말은 다 못하고 단편적으로 건정 뛰여갔다.

그래도 경아는 은근히 감격하였다. 그는 남표의 편지로도 대강 알았지만은 윤수창의 기사(記事)를 종합해서 윤곽을 포착할 수 있었다. 그만큼 그는 남표에게 향하는 마음이 간절하였고 또한 존경심을 더하게 함은 물론이였다.

그들은 이렇게 이야기에 정신이 팔려 것는데 어느듯 남표가 서있는 모짜리 판에 당도하였다. 어느 틈에 그렇게 왔는지 몰랐다.

『이게 올부터 새로 시험해 보는 개량 모짜리외다』

남표는 경아를 도라보며 일너주었다.

『네!……』

경아가 감탄하듯이 둘너보는데 과연 그것은 이 근처에서는 히한할 만큼 놀라운 사실이다.

『그럼 선생님께서는 신푸리를 하셨다는 농장이 여깁니까?』

『네- 그렇습니다.- 이 동안의 여섯 쌍을 개간하였습니다』

남표는 손을 처들어 지경을 가러처보인다.

이 때에 현림이가 뒤에서 뛰여 온다. 그동안에 그는 다시 수업을 시작하고 반장에게 복습을 시키도록 명령한 것이었다.

경아는 남표의 뒤를 따라섰다. 그는 애나의 이야기보다도 남표의 농사에 흥미가 끌렸다.

『한 바퀴 도라 볼까요?』

『네!』

어느듯 그들은 끼리끼리 짝을 짓게 되였다. 그것은 애나가 현림을 기다리기에 주츰거린 때문인지 또는 경아가 그 눈치를 채고 남표를 쪼차 간 때문인지 저편 강편의 숩 속 언덕을 갈 동안 두 사람씩 짝을 지여 걸었다.

남표는 저만큼 높히 있는 저습지대의 양조가 반지르하게 깔리고 그 갓으로 창포 꽃이 애련하게 피여 있는 어덕 위로 자리를 잡고 앉었다. 그 옆에는 버드나무 둥치가 서서 가지가 무성하기 때문에 밀회를 하기는 좋은 장소였다.

『좀 앉으시죠』

『네!』

경아는 보통적으로 뒤를 한 번 도라다 보고 조심스레 남표의 옆으로 치마를 도사리여 앉는다. 현림과 애나는 활169) 두어 바탕쯤―일부러 떠러저서 천천이 오는 모양 같었다. ―발밑에는 조고한 꽃들이 연연한 품속에서 피여난다.

『편지로도 대강 말슴은 드렸습니다[만]은 경아 씨는 다소 오해를 품으신 듯한데 대관절 어떻게 될 □□니까? 선주를 어듸서 맛나섰나요?』

남표는 이때의 조용한 틈을 타서 간담을 상조하고 싶었다.

『뭐 제가 오해는 무슨……』

경아는 부지중 수태를 띄우며 말하기를 주저하는 듯이 아미를 숙인다. 동시에 그는 풀입새를 하나 뜨더들고 손잽신을 한다.

『아니 나 역시 의심스런 점이 있으니까 사실대로 말슴해주서요―어떻게 그 여자를 만나었든가요?』

남표는 긴장한 시선으로 경아를 쏘아본다.

『그 분이 병원으로 찾어 왔세요!』

경아는 선주에게 당하든 그 때 광경이 회상되자 문득 새 기억을 이르켜서 흉중을 억색케 한다.

『그래서요?』

남표도 차차 긴장해진다.

『처음에는 그런 줄 모르고 어느 환자가 진찰하러 온 줄로만 알었댔어요. 그런데 감기두 대단치 않은 병을 가지구 작구만 입원을 식혀달라기에

---

169) 동작이나 행동이 조금 크고 활기차며 거침없는 모양.

참 별한 사람 있다 했더니만 나중에서야 처억, 선생님 말슴을 끄내면서 그따위 수작을 부치러 들겠지요』

경아는 여기까지 말을 끊고 분이 치바처서 색색한다.

『아니, 일부러 입원을 했어요?』

『네……』

『아, 저런……그래서요?』

경아는 그 때 당한 일을 회상할수록 기가 막킨 듯이 나직히 한숨을 다시 지으며

『그게 바루 퇴원하든 날 밤이든가요……이렇게 큰 병원에 웨 조수가 없느냐구 묻기에 남표 씨란 분이 일전까지 계시다가 고만두었다고, 그랬더니만, 아니 바로 남표 씨가 이 병원에 계셨느냐고 아주 기급을 하며 놀라겠지요!』

『그때부터 연극을 꾸몃구요! 그래서요』

남표는 부지중 미고소를 하며 경아를 쏘아본다. 경아는 잠간 시선을 마추다가 두 눈을 내려 깔며 다시 말을 잇대인다.

『그래 무심쿠 저두 반가운 생각이 나서 남 선생님을 잘 아시냐구 물어보니깐 잘 알다말다요 우리 집 양반과 어려서부터 죽마고운데 뭐 자기 남편은 법전을 나왔다든가요』

『법전은 무슨 중학두 변변히 못 마친 잔데요 돈 한 가지는 많은 것 같습디다만 그래서요?』

연해 남표는 코우숨을 치다가 경아의 말을 바른 사실로 교정한다.

『그담 말은 뭐 들으실 것두 없지 않아요 말 같지두 않은 말을』

하고 경아는 아미를 숙이며 말하기를 끄려한다.

『그렇지만 끝까지 들려주십시오 나두 기차 안에서 만나본 이야기를 할 테니오』

경아는 풀닢새를 뽑아 들고 손작란을 하다가

『그래 저두 더욱 반가워서 그러면 이 병원에 계신 줄을 여태 몰랐드냐구 물어봤더니만 요전에 오래간만인데 우연히 차 안에서 만나뵈였다구요!』

『건 사실이었습니다』

남표가 그 말을 긍정하자 경아는 옆눈질로 남표의 눈치를 살짝 보며 다시 말을 잇대는데─

『그러더니만 처억 편지로 드린 사연과 같은 말을 하면서 그 날 선생님이 떠나실 때 전송까지 나오구 웨 속이느냐구요─ 당신은 아직 남표 씨가 어떤 인 줄 모르고 있지만 그분한테 실련을 당한 여자가 몇 명이나 되는지 아느냐구─ 실상은 그분이 만주로 뛰어온 것도 그 성화를 받기가 싫여서 온 것인데, 당신이 또 그런다면 아마 몽고사막으로 피란을 갈 게라구요……내 참 하두 웃우운 말을 들었어요! 대관절 그 여자가 누굽니까?』

하고 이 때 경아는 별안간 눈초리가 샐쭉해지며 남표를 앙큼스럽게 처다본다.

『허─ 그것 참!』

그러나 남표는 허 웃을 수밖게 없었다. 이런 마당에 참으로 골을 낼 사람이 누가 있으랴?……넌센쓰도 유만부득이다.

그러나 또한 경아는 그들의 경위를 모르는 만큼 진심으로 사실을 캐여보고 싶었다. 아니 그는 이때야말로 자기의 누명을 벗을 기회가 왔을 뿐더러 남표의 인격을 남자로서 그는 얼마나 결곡한지 아닌지를 판단하여 자기의 태도를 결정하지 않으면 안 되겠다고 바짝 드리 덤비었다.

『남 선생님……웃으실 일입니까?』

『네─ 그밖게 없습니다』 남표는 담배 한 개를 끄내서 피운다.

『그럼 그 여자와 상관이 없으시단 말슴인가요?』

『아무 상관이 없지요』

남표의 얼굴에는 잠시 우울한 기색이 떠올른다.

『아무 상관두 없다는 그 여자가 저야말로 아무 상관두 없는데 저한테다 그런 모함을 하러들까요?』

경아는 목소리가 떨리며 별안간 오래도록 서렸든 서름이 북바처 올른다.

『건 그런 일이 있습니다만』

『웨 말슴을 못 하서요? 비밀입니까?』

『아니 비밀은 아니올시다만 경아 씨가 그 말슴을 들으서면 혹 어찌 생각하실는지……기여히 들으시구 싶습니까?』

남표는 다시 경아를 쏘아본다. 그의 안광은 갑자기 영맹한 맹수와 같이 형형(炯炯)히 빛난다.

『네……무슨 말슴인지 제가 들어서 상관없는 것이라면』

경아는 남표의 시선을 피하며 가만이 부르짖었다.

『그럼 말슴드리지요― 근 십 년 전에 그 여자에게 실련을 당한 일이 있습니다』

『네? 누가요?』

이 때 경아는 반신을 속구치도록 소리처 놀래지 않을 수 없었다. 동시에 그는 자기의 귀를 의심하여서 다시 재발리 물어 보았다.

『내가요!』

『아니 그 여자가 선생님한테?……』

『아니 내가 그 여자한테―』

경아는 한동안 두 눈을 깜악깜악하고 앉었다가 일순간 그는 머리가 혼몽해서 어인 셈을 모르겠다.

『그럼 그 여자가 무엇 때문에 그런 짓을 했을까요? 미친 사람이 아니담에야……』

이 때 별안간 남표는 벌떡 일어나서 언덕길 위로 뒤짐을 지고 왔다갔다 거닌다. 그는 과거를 추억할수록 참으로 감개무량한 모양이었다.

『내가 학생 시대에 선주의 집에서 몇 해간 가정교사로 있었지요……그동안에 선주와 나는 자연 친하게 되었는데 그 집에서도 나를 어떻게 보았던지 정식으로 약혼을 하자해서 약혼까지 해놓고 내가 ××의전을 졸업하면 바로 그 해 봄에 결혼식을 하기로 하였지요……』

『네! 그 여자와 약혼까지 하셨어요?』 경아는 다시금 놀라운 눈매로 남표를 처다보며 열에 띄운 목소리로 부르짖는다.

『그랬습니다. 두 집의 부형까지 합의가 되어서 정식으로 약혼을 하였지요……아 그런데 선주는 나를 배반했습니다』

『아니 어째서요?……두 분께서 그렇게 열열하셨다면……』

경아는 긴장해서 다시 부르짖는다. 그는 어깨숨을 모라쉬었다.

『그러니까 사람의 마음이란 모른다는 게지요……만일 이유가 있다면 내가 어떤 사정으로 서울을 한 잇해 동안 떠나서 부자유한 몸으로 되었다는 것이겠지요.─물론 그것은 나의 과실이었습니다만……』

『마……』

『그런데 지금 와서 하긴 그때도 자기 맘으로 그랬는지 부모의 강제로 그랬는진 모릅니다만은……지금 당해서야 그게 무슨 소용이 있겠습니까.』

『네 경아 씨!』

남표는 주먹을 쥐며 흥분에 질린 목소리를 떠렀다.

『남 선생님……정말……정말 그게 사실입니까?』

경아는 남표를 향하야 가만히 두 손을 벌리며 일어선다.

『네! 정말입니다』

『아! 선생님……』

이 때 별안간 경아는 남표의 발 앞으로 쓰러지며 흐늑흐늑 느껴 운다. 그는 자기도 모르게 히스테리의 무서운 발작을 일으켰다.

별안간 경아가 졸도를 하는 바람에 남표는 웬일인지 몰라서 깜짝 놀랬다.

『경아 씨! 왜 이러십니까? 경아 씨……』

그는 얼는 달려들어서 어깨에 손을 언고 흔드러 보았다. 그러나 경아는 아주 기절을 하였는지 인제는 숨소리도 잘 안 들린다. 남표는 당황하지 않을 수 없었다. 할 수 없이 그는 경아를 일으켜 안았다. 경아는 두 눈을 딱 감고 죽은 듯이 사지를 척 느러졌다. 손목을 만저 보니 맥이 간얄피었다.

그렇게 한참동안 앉어있자니 경아는 갑재기 몸을 훔치기며 가늘게 한숨을 내쉰다. 미구에 그는 두 눈을 번쩍 떠 보다가 어쩔 줄을 몰라 한다. 눈까으로는 눈물 자옥이 어리었다.

『어떻습니까? 괜찮으신가요?』

남표는 반색을 해서 물어보는데

『네……』

경아는 간신히 대답하며 몸을 추실르자 겨우 일어나 앉는다. 그는 치마 자락을 휩싸며 옷매무새를 단속하였다. 현기증이 나는지 눈을 감었다가 다시 뜬다.

『아니 더 진정하서요 그냥 누십시요—』

『인제 괜찮아요……』

경아는 부끄러운 듯이 다시 머리를 매만지며 자세를 고처 앉는다.

참으로 웬일인지 모르겠다. 마치 간질을 앓는 사람과 같이 남표의 앞에서 체통 없는 거조를 한 것이 창피하고 부끄러워 못 견듸겠다. 그러나 돌려 생각할진댄 남표가 아니라면 그런 일도 없을 것 아닌가……? 사실 그는 남표를 말미암아 이날 이때까지 얼마큼 마음을 조리였든가. 더구나 선주에게 평생 처음으로 애매한 음해를 다 잡히고 그래서 남모르는 속을 또 한 얼마나 태웠든가. 그런데 지금 남표의 거짓 없는 고백을 들었을 때 너무도 감격해서 속구치는 걱정을 자기로서도 억제치 못하였든 것이다. 그것은 너무나 의외의 사실에 크나큰 충격을 당했기 때문이다.

하나 그는 즉시 정신을 수습하였다. 그리고 자기의 신경이 이와 같이 쇠약하였다는 것을 새삼스럽[게] 놀래였다.

『선생님! 실례가 많었습니다……』

가늘게 부르짖는 입술 위에는 가느다란 경련과 아울러 미소가 지나간다. 그것은 남표도 역티히 볼 수 있었다. 빈혈(貧血)은 그의 안색을 해슥하게 만드렀다. 입술이 파랗게 질렀다.

『천만에……정말 괜찮으십니까?』

남표는 다소 염려스런 눈치로 경아를 살펴보았다.

『네-인젠 괜찮아요』

경아는 아미를 숙이고 앉았다가

『선생님-』

하고 별안간 열싸게 부르짖는다.

『네!』

그들은 시선이 마주첬다.

『선생님께선 정말로 의사시험을 치르실 생각이 계신가요?』

『네……이번 여름에 보겠습니다』

『그럼 개업을 하실 작정이세요?』

『그렇습니다- 여기서 해볼까합니다』

경아는 이 말을 듣자 한참 무엇을 생각하는 모양으로 앉았더니

『선생님!』

하고 그는 다시 애원하는 듯한 표정으로 남표의 시선을 마춘다.

『그리시걸랑 저를 써주시지 못하시겠습니까?』

간신히 이 말을 마추고 경아는 두 눈을 아래로 내리깐다.

『네?……』

『저를 간호부로 써주세요!』

경아는 남표를 다시 처다 보며 그제야 상그레한 웃음을 띠운다.

『그거야 어려울 것 있습니까?……그렇지만 댁에서 허락하실는지요. ……보수두 많이 못드릴 형편이구……』

남표는 사실 그 점이 거북스럴 뿐더러 경아의 내심을 몰라서 반신반의하는 표정을 지었다.

『누가 보수를 바라구야⋯⋯벌써 허락은 맡은 셈이여요』

『아 그렇습니까―하다면 나는 그 위에 더 좋은 일이 없겠습니다만』

『저두 그래서⋯⋯』

경아는 몸이 떨리었다. 그것은 오슬오슬한 행복감이였다. 이때 저기서 현림이 애나와 함께 오며 지껄이는 소리가 들리자 그들은 언덕 위로 벌덕 일어서서 마주 걸어 나갔다. ―

그날 밤에 경아는 애나와 함께 저녁 후에 학교로 나와서 부인야학을 구경하다가 끝난 뒤에 강연을 하게 되었다.

그것은 오늘 낮부터 현림이가 부인들을 위해서 무엇이든지 한 말슴을 해달라는 부탁을 받었든 까닭이다.

경아는 저녁때 들에서 남표의 고백을 듣고 감격한 남어지에 일시적 발작을 일으킨 일이 있었으나 그것은 너무도 놀라운 사실에 경도하였기 때문이다. 도리혀 그 뒤로는 아까까지의 모든 시름과 의혹을 떠러버리고 이제는 마치 비 개인 하늘과 같이 깨끗하게 마음의 안정을 얻을 수 있었다. 따라서 그는 지금 태양과 같은 행복감이 그의 마음이 하눌에 찬란히 빛난다.⋯⋯

그는 지금까지 애나가 가르치든 부인 야학을 자못 흥미 있게 바라보고 있었다. 애나는 이 가을에 현림이와 결혼을 한다는 것이 아닌가 그들이 결혼을 하여 부부가 학교를 맡어 보고 자기도 또한 남표와 함께 그렇게 병원 일을 담당한다면 그때의 생활이 얼마나 즐거울 것이냐? 동시에 그것은 이 마을의 장래를 위해서도 좋은 일이 될 수 있겠다.

야학을 끝내고나자 현림은 경아를 소개하였다. 그는 강단 위로 올라서서 다음과 같이 말을 끄낸다.

『오늘 우리 동네에는 진귀한 손님이 멀리 신경에서 오섰습니다. 이 분은 신경아 선생인데 현재 신경 대동의원에 간호부로 계시고 요전까지는 남 선생님과도 그 병원에 가치 계섰다 합니다.⋯⋯그런데 이번에 당분간 쉬시는 틈을 타서 우리 동리를 찾어 오시게 된 기회에 특별히 여러분을 위해서 유익한 말슴을 해주시기로 하셨습니다. 그러면 여러분께서는 아무쪼록 선생의 좋은 말슴을 잘 들으서서 정신수양의 도움이 많으시기를 간절히 바랍니다.』

현림이의 이와 같은 소개를 받은 경아는 즉시 단 위로 올라섰다. 그는 우선 청중을 향하야 공손히 머리를 숙인 뒤에 감격한 어조로 천천히 말문을 열었다.

『에—지금 현 선생님께서 소개하신 바와 같이 저는 신경에서 멀리 온 잠시 지나가는 손이올시다.

그러면 저 같은 사람이 더욱 여자의 몸으로서 무엇 때문에 이렇게 멀리 생소한 이 고장을 찾어 왔겠습니까? 혹시 여러분 중에는 거기에 대해서 의심을 품으실 분이 많지 않으신가 하는 두려운 생각조차 없지 않습니다마는— 제가 정안둔이란 이 동리를 안 뒤로는 웬일인지 늘 이처지지 않어서 언제든지 한번 가 보았으면 하는 동경이 남몰래 있었다는 것을 지금 여러분 앞에 진심으로 고백합니다.

그런데 그 기회는 의외에도 쉽게 닥처서 오늘날 이 자리에서 여러분을 만나 뵈옵고 또한 이 정안둔을 두루 구경해 본 지금 저의 감상은 마치 어려서 떠난 고향에나 도라온 것처럼 반가웁고 기쁜 마음이 넘처서 가슴을 뿌듯하게 합니다. 동시에 저는 여러분이 가위 일면이 여구해서 참으로 잘 찾어 왔다는 생각이 들 뿐입니다. 물론 그것은 남 선생님과 제가 같은 병원에서 일을 하고 있든 관계로 애나를 만나 뵈였고 애나 씨가 입원을 하시게 된 때문으로 제가 또한 정안둔을 알게 된 것이올시다. 말하자면 애나 씨의 병환은 일시 불행이였슴이 사실이오나 그 연비로 지금 여러분을 이렇게 뵈올 기회를 만드러주고 더욱 남 선생님도 그런 연비로 이 고장을 찾어 오시게 되지 않되었는가 생각하올 때 애나 씨의 일시적 불행은 다만 불행에만 끄치지 않었다는 기인한 느낌이 없지도 않습니다.

그럼으로 사람이란 어떠한 경우에서든지 인연을 맺을 수가 있고 한번 인연을 매진 뒤에는 또한 얼마든지 좋은 일을 맨들 수 있는 것인데 그것은 전혀 그 사람 사람의 자격 여하로 좌우 할 수 있는가 합니다.

박귀 말슴하면 사람에 따라서 결과도 나뿌다는 말슴이외다. 그런데 제가 지금 본 바에 의하면 남 선생님이 이 고장으로 들어오시게 되었다는 것은 선생의 목적을 달하신 것은 물론이어니와 이 정안둔을 위해서도 참으로 좋은 기회를 하누님이 주신 것이나 아닌가고 저는 생각합니다.』

경아는 잠깐 말을 끊었다가 다시 숨을 돌리고 나서 잇대인다.―

『물론 남 선생님이 오시기 전에도 여러 선생님들이 그때그때마다 헌신적 노력을 하셨기 때문에 이 정안둔은 오늘과 같은 발전이 있었든 줄 압니다. 첫째는 권덕기 선생께서 선구자적 기백으로 이 마을을 개척하셨다 합니다만은 그 뒤를 이여서 여러 선생님들이 꾸준히 개척정신의 전통을 이여서 악전고투하신 결과로 이 정안둔을 오늘까지 붓드러 온 것이 아니겠습니까? 과연 그동안에는 가지가지의 허다한 풍파가 많었을 줄로 압니다만 만주사변 이전의 정치 환경은 말할 것도 없겠습니다만은 사변 중에 환란을 겪으신 여러분의 체험이 얼마나 참담하셨는지 그것은 우선 권덕기 선생의 종적을 오히려 몰르신다는 그 한 가지로만 보더라도 족히 짐작할 수 있으리라 생각됩니다.……그런데 여러분께서는 그와 같은 환란 중에 계시면서도 윈 동리가 잘 일치단결해서 이 마을을 잘 직혀 왔다는 것은 잘 시대에 순응(順應)하고 또한 개척민으로서의 철저한 각오와 생활의식이 견고하셨든 보람이 아닌가 합니다.

그리하야 오늘날 왕도락토를 건설하는 이 마당에 여러분도 신흥 만주국의 새 일꾼으로 등장하는 개척민의 거룩한 명예를 지시게 된 줄로 생각합니다.

그동안 여러분께서는 농장개척과 교육 방면의 좋은 사업을 많이 해오신 줄 압니다. 그러나 아직까지 한 개의 의료기관도 없는 것이 사실이요 따라서 유감이라 하겠는데 이제 남 선생님께서 그 방면의 책임자로 특히 이 동리에 정착하시게 된 것은 오늘날 농촌이 요구하는 가장 절박한 문제를 또 한 가지 해결하였다고 볼 수 있지 않습니까?

이미 여러분께서 잘 아시는 바와 같이 농촌은 인구가 제일 많은 비례로 환자도 그 중 많은 줄 압니다. 그런데 농촌에는 사회적 시설이 사실상 미치지 못할 형편인데다가 위생관렴이 또한 일반으로 보급되지 못한 상태에 있습니다. 이러한데도 불구하고 의료기관이 어느 지방이나 별로 없다는 것은 비단 환자 대중의 개인을 위해서뿐 아니라 실로 국가적 견지에서 보더라도 여간 중대문제가 아니올시다. 그것은 국민보건 상 매우 우려할 영향을 전체적으로 미치게 하기 때문이올시다. 그런데 위생관렴은 남자보다는 여자에게 있어서 더욱 필요하다고 생각됩니다. 왜 그런고 하면 여자는 집안 살림을 맡어 하는 주부일 뿐만 아니라 또한 자녀를 기르는 가정의 중대한 책임을 질머지고 있는 까닭이라 하겠습니다. 따라서 그들은 언제나 왼 가족의 거처 음식과 의복에 대하여 항상 부단한 주의로써 왼 집안을 청결히 해야만 되겠습니다.

가령 한 례를 들어 말슴하면 파리 한 마리가 얼마나 무서운 병균을 전염시키는 매개물인지 아시겠지요? 그러나 종래 우리들은 파리가 빠진 음식도 아무렇지 않게 먹었습니다만은 이것은 대단히 비위생적입니다 여러분께서는 농사를 잘 지실 줄 압니다 따라서 곡식을 갉어 먹는 해충— 즉 버러지는 한 마리도 남기지 않고 죄다 집어주지 않습니까? 그래 벼 한 포기나 채소 한 포기라도 아무쪼록 병이 안 나게 해충구제를 정성껏 하시지요? 그렇다면 파리는 여러분의 신체에 직접 병균을 전파하는데 이런 해충을 어떻게 그냥 두겠습니까? 지금부터 차차 번식하는 파리는 실로 여러분의 생명을 위협하는 무서운 해충이올시다. 병균은 육안으로는 잘 보이지 않습니다만은 현미경으로 보면 활동하는 것까지 보입니다. 이렇게 생각해 볼 때 파리는 곡식의 해충보다도 더 극악한 해충이 아니겠습니까?

그런데 제가 말씀한 위생관념이란 별게 아닙니다. 변소나 수채를 깨끗하게 소독해서 파리 같은 것을 번식시키지 못하게 하고 그밖에도 의복 음식을 청결히 하여 규률적 생활을 규모 있게 할 것 같으면 여러분과 여러분의 자녀는 매우 건강해질 줄로 믿습니다. 그러면 여러분은 이 기회에 앞으로는 더욱 위생에 힘을 쓰서서 눈에 보이지 않는 병균을 박멸하는데 농작물의 해충구제 이상으로 전력하시는 동시에 이 정안둔이 문화적으로도 일층 발달하도록 모범적 개척촌을 만드시기를 간절이 바랍니다.』

경아가 말을 마추자 장내가 진동하게 박수를 울리었다.

그날 밤에 경아는 애나와 함께 머릿ㅅ방에서 단둘이 잣다. 그들은 밤이 이윽하였건만 잠잘 줄도 모르고 이야기에 꽃을 피였다.

『그런데 남 선생님은 그저 결혼을 안 하섰나요?』

『아마 안 하섰나바요……요전에 뉘동생은 출가를 했다지만』

경아는 애나가 뭇는 말에 무심히 대답하였다.

『그럼 결혼을 하시구 왼 가족이 이리로 이사를 하섰으면 어떠실까? ……내 생각 같었으면 그러시는 게 좋겠세요』

애나는 은연중 경아의 동의를 구해본다.

『하지만 선생님은 결혼보다는 일에 열중하시기 때문에 아직 그런 생각은 없으신가부지요』

하고 경아는 남표의 의사를 짐작하는 듯이 웃으며 말한다.

『결혼하시면 웨 일을 못하시나요?』

『그래두……자연히 가정의 구속을 받지 않겠어요』

『결혼도 결혼 나름이 아닐까요?……서로 의취가 맛구 목적이 같어서 잘 만난 부부라면 도리혀 혼자 있을 때보다는 일이 잘 되지 않을까요 하나가 둘이 되니까……』

애나는 의미 있게 경아를 처다보며 마주 웃는다.

『이상적(理想的) 결혼이야 물론 그렇겠지만 어듸 그런 결혼이 쉬울 수 있어야죠』

『건 그런데 ……남 선생님께서 결혼을 하신다면 가합한 자리가 없지 않으실까?……』

『물론 진진해서 널리 구하신다면 혼처야 나서겠지요』

『널리 구하시지 않어두 가까운 곳에 있을 것 같은데요!』

애나는 이 때 생글생글 웃으며 경아의 눈치를 다시 본다.

『어듸 좋은 자리가 이 근처에 있는가요?』

애나의 이 말에 경아는 은근히 놀래였다. 남표는 그동안에 벌써 혼처를 듯보았는가? 그런 생각을 하니 금시에 마음이 서늘해진다.

『네……내가 보기는 천생연분처럼 똑 좋겠든데요』

『아니……그런 자욱이……이 근처에?……』

『있어요!』

『?……』

『호호호……』

별안간 애나는 소리를 내서 크게 웃는다. 그 바람에 경아는 더욱 덩둘한 표정으로 어쩔 줄을 몰라 한다.

『그게 누군줄 아세요?』

『내가 알 수 있나요……』

『신 선생님……』

애나는 경아를 손가락으로 가리치면서 이 말 한 마듸를 겨우 배앗고는 또다시 간간 대소를 한다. ─

사실 그는 경아가 그동안 시침을 뚝 따고 말하는 자기의 말귀를 못 알어듣고 불안한 표정으로 한편 면괴스러워하는 모양이 옆에서 보기가 민망할 만큼 우습고도 재미가 있었든 것이다.

그러나 경아는 비로소 경아가 놀려먹는 줄을 알게 되자 한편으로 무색하면서도 또 한편으는 안도의 숨을 남몰래 쉬였다.

『정말 농담이 아니라……난 그렇게들 하셨으면 퍽 좋겠어!』

애나는 두 눈이 빨가토록 웃고 난 눈을 치뜨며 경아에게 물어본다.

『아서요! 그런 말은……』

웃지도 울지도 못하는 경아의 심중이다.

『웨 그러서요. 난 신경서부터 그런 생각을 했었는데……두 분이 결혼을 하시구 여기서 사신다면 신 선생님두 좋지 않으서요?』

『난 몰라요……』

경아는 정색하였다. 그러나 경아도 속으로는 남몰래 좋아하였다. 웨 그러냐 하면 그는 발써 오늘 낮에 들에서 남표에게 즉접으로 지금 애나가 한 말과 비슷하게 자기의 심중을 고백하였기 때문이다. 다만 그는 결혼에 관한 말을 안했을 뿐이다. 그런데 남표가 순순히 허락을 하자 경아는 경하¹⁷⁰⁾한 나머지에 졸도까지 하지 않았든가! 인연의 열매는 임의 맺어졌다. 다만 인제는 익을 때를 기다릴 뿐이었다.

이튿날은 아침부터 환자가 드리밀렸다. 그런데 환자들은 서로 공론이나 하고 온 것처럼 남자는 한 명도 없고 모다들 여자뿐이다. 그중에도 젊은 여자들이 많이 오고 이제까지 한 번도 오지 않던 각시까지 진찰을 받으러 왔다니 웬일일까!

사실 그들은 벌써부터 병을 보이고 싶으나 남자의사한테 진찰을 받기가 부끄러워서 지금껏 병을 숨기고 있었든 것이다. 그것은 부인병 환자뿐만 아니다. 대수럽지 않은 병이라도 신의(新醫)를 대해보지 못한 그들은 저마다 부끄러운 생각에 파겁을 못했기 때문이다.

그런데 신경아는 현제 간호부로 있을뿐더러 대동의원에서 남표와 함께 있으면서 애나의 신병을 고처 주었다는 선성을 익히 들어왔는데 뜻밖에 그가 찾어온 것을 마을 사람들은 누구나 히한히 녁일 수 있었다. 더욱 어

---

170) 원문은 '경히'.

제 밤에 그의 강연을 들은 사람들은 입에 침이 없이 칭찬하기를 마지 않었다.

아직 시집도 않 갔다는 처녀가 그 능난한 교제하며 말솜씨가 남자를 볼 쥐질늘 만큼 난당인데 그렇다고 신등진 데가 없이 여자의 단정한 자태를 고시란이 가진 것은 얼마나 놀나운 일인가?……그래 그들은 여자라도 공부가 있고 제 행실이 얌전할 것 같으면 남자보다 출중할 수 있다는― 그것은 마치 요전날 밤 현림의 이야기에 빠이꼬푸의 소설 여주인공과 같이 또한 남표가 위생강연에서 실례를 들어서 말하든 현모양처의 타입이란 것도 역시 이런 여자의 화신(化身)이 아닌가 하고 모다들 감심하였다. 경아는 그만큼 출중한 사람으로 보였다. ―

따라서 그들은 남표에게 숨기고 있든 병을 너도나도 경아한테 보이고 싶었든 것이다. 경아는 이런 눈치를 미리 알어채자 먼저 애나의 방으로 그들을 안내하여 차례로 병을 물었다. 마치 그는 조수와 같이 먼저 예진(豫診)을 해 보자 하였다.

그래서 대단치 않은 병은 자기가 치료하여 약을 주어 보내고 중병환자는 한편으로 남어 있게 하였는데 그중에는 변비 소화불량 등의 위장병이 대부분이였다.

키가 조고맣고 얼굴빛이 뇌란 한 여자는 이렇게 뭇는다.

『저는 음식을 조끔만 먹어도 가슴이 달리고요 헛배가 불러서 출렁이는데 그나마도 밥이 잘 않나려서 노상 껄― 껄― 하고 있으니 그게 대체 무슨 병입니까?』

『네― 그런 병이 있습니다 역시 위병인데……저 날이 음산하거나 몸을 차게 한다든가 또는 기분이 울적할 때와 찬 음식을 자실 때는 그런 증세가 더하시지 않습니까?』

『웨 않그래요― 똑 지금 말슴과 같은데요』

그 여자는 너무도 용하게 집어내는 바람에 반색을 해서 부르짖는다. 그 말을 듣자 다른 여자들도 놀라운 듯이 서로 시선을 마춘다.

이애 그들은 마치 용한 점쟁이를 만난 것처럼 너두나두 병ㅅ점(病占)을 하러 덤비였다. 참으로 그들은 무당에게 점할 때와 같은 심리로 경아에게 대하였다. 사실 경아는 과학(科學)을 예언(豫言)하는 현대의 무당과 같었다.

『아니 그럼 늘 뒤가 굳은 것은 웬일인가요』

비로 그 여자 옆으로 앉었든 사팔뜩이가 한 거름을 주춤 나오며 질문을 계속한다.

그는 사팔뜨기가 부끄러워서 진즉 묻고 싶은 변비증을 남표에게 못 무렀다. 그리고 또 한 가지 주저한 것은 신의들은 당처를 진찰한다는데 만일 홍문을 까고 보자면 어쩔까 무서워서 그러했다.

『몇칠씩이나 걸느시는데요』

『이삼 일씩 어떤 때는 네댓새 씩 그러워요』

『그럼 어듸 아푸신 데는 없습니까? 가령 머리가 무겁다든가 귀가 울고 잠이 오지 않고 견비통이나 요통 같은』

『네 아무 듸도 아푸진 않은데요』

『그럼 괜찮으십니다 자연히 그런 수도 있으니까요』

『웨 그럴까요?』

『습관성으로 그런 수가 있으니까요 그건 병이 아니랍니다.』

하고 경아는 상냥히 웃었다.

『아 그렇군요……난 무슨 병인지 몰나서 은근히 걱정 중인데요……하하 원!』

사팔뜩이는 비로소 안심하는 표정을 짓는다.

이렇게 예진을 끝내고 나자 경아는 지금 막 그들을 다리고 치료실로 나가서 남표에게 진찰을 시키는 중인데 얼마 뒤에 밖에서 별안간 시끌하며 웬 양장미인이 드러온다.

그런데 남표를 찾어 왔다는 그 여자는 천만뜻밖에도 선주였다.……

그 뒤에 선주는 하르빈으로 도라와서 한동안은 집 속에서 무료한 세월을 보냈었다.

그러나 그는 신경에 경아를 감쪽같이 속여 넘긴 승리의 쾌감이 채 사러지지도 전에 의외의 사실을 발견하고 소스라처 놀낼 줄을 누가 알었으랴?

그는 그 때까지 태연히 믿기를 남표는 예정대로 신가진에 도착한 줄만 알었었다. 그래서 남표는 지금까지도 이택호의 병원에서 조수로 있거니 하였는데 얼마 전에 동준의 편지를 보니 그는 신가진을 비켜놓고 정안둔으로 직행했다는 것이다.

그것은 남표가 단여간 뒤에 이택호가 유동준에게 편지로 알린 것을 동준이가 다시 선주한테 기별한 것이었다. 이택호는 남표를 조수로 쓸 줄 믿고 기다렸다가 의의에 틀리고 만데 감정이 좋지 않었다 그래 그는 어째 그런 사람을 소개해서 남의 일을 낭패시키느냐고 분연 동준이를 책망하였다. 그때까지 동준은 남표의 현 주소를 모르기 때문에 선주에게 기별하고 동시에 남표의 주소를 조사해 보라 한 것이었다.

선주는 동준의 편지를 보고 실로 맹낭한 생각이 드렀다. 남표가 목적지를 차중에서 변갱한 것은 무슨 까닭이냐? 혹은 자기 때문에 그러지 않었는가 하는 의심이 나기도 한다. 자기와 싸흠 끝에 고만 객기가 나서 아무도 모르는 딴 곳으로 직행한 것이나 아닐까?……그렇지 않으면 경아와 내통을 해 가지고 방향을 고친 것일까? 아무리 생각해도 그 속을 모르겠다.

이래저래 그는 남표의 종적을 분명히 알고 싶어서 실상은 그동안에 은근히 머리를 쓰고 있었다.

한데 그는 남편의 감시 밑에서 공공연하게 그럴 수도 없었고 또한 어듸 하나 손잡을 곳이 없었다. 하긴 신경 있는 경아한테 무러 보았으면 좋겠지만 워낙 한 깐이 있는지라 만일 그동안에 그들이 서로 내통이 있었다면 자기의 행동이 드러났을테니 그야말로 혹을 떼러 갔다가 부치고 올 것이 뻔하였다.

이에 그는 남몰래 초조히 지내든 차인데 일전에 우연히 신문을 뒤적거리다가 정안둔의 기사가

北滿의 處女地 正安屯
——醫學靑年을 中心으로—

이런 제목 중에도 일 의학청년을 중심으로란『의학청년』이 주의를 끌게 하여서 유심히 그것을 내리 읽어 보았다.

그런데 그의 일홈은 익명으로 썼으나 끝까지 다 읽어본 결과 그 의학청년은 틀림없는 남표인 줄 알았다.

웨 그러냐 하면 그 의학청년은 올봄에 이 마을로 들어왔다 하며 그는 무슨 돈을 벌랴는 목적이 아니라 자기도 농민이 되는 동시에 한편으로 무료실을 자기의 숙소에 설비해놓고 인근동의 동민 환자를 치료한다는 것과 그래서 그는 농사를 지으며 이 정안둔을 훌륭한 개척촌으로 건설하기 위하여 열심이 지도하기 때문에 동민들도 거기에 감동되여서 일치협력 정안둔은 방금 신흥 기분을 띄고 약진도상(躍進途上)에 올렀다는 기사가 남표의 평소에 하든 말과 똑같은 그대로 — 그의 목적한바 이상(理想)과 틀림없었기 때문이다.

그 때 선주는 기사 다 읽고 나서 이상한 충격을 느끼였다. 남표는 과연 녹녹지 않은 인물이란 그 점이다. 그는 연체동물(軟體動物)과 같이 굴절(屈折)이 자유자재한 것 같다. 지렁이는 대가리를 끊으면 대가리가 다시 생기고 꼬리를 끊어내면 꼬리가 다시 생긴다지만 웬만한 사람 같으면 벌써 타락을 했든지 그렇지 않으면 제 한 몸의 자신지책을 도모해서 안락한 생활을 탐하였을 것이 아닌가. 따라서 그는 자기의 물질적 보호를 받으랴고 도리혀 비굴한 태도로 빌붙었을 터인데 그는 어듸까지 남의 동정을 물리

치고 독립자왕의 기개를 보이는 것이 가상하였다. 그만큼 선주는 남표를 잘못 보았다는 뉘우침이 새록새록 더하였다.

선주가 더욱 그런 생각이 들기는 자기 남편과 남표를 견주어 보는데서 한층 더 느껴진다. 남편은 돈 한 가지만 있었다 뿐이지 인격이 모자란다. 그야말로 허울 좋은 한 울타리라 할까! 남 보기엔 헌출한 반면에 속은 텅 빈 빙사과171)다.

사람은 빵으로만 못 산다는 말과 같이 오늘날 선주는 그것을 체험으로 깨다렀다. 돈만 많으면 세상에 부러울 것이 다시없고 못할 일이 없을 줄 알았는데 실지로 당해 보니 아여 딴판이다. 그게 무슨 까닭이냐? 금전만능의 시대는 임의 지나간 것이 아닐까?……

그러나 인제 와서 남표를 생각한들 무슨 소용이랴. 엎지른 물은 다시 담을 수 없다.

하나 한 그렇다고 남표를 단념할 수가 없다. 그것은 무슨 끊어진 인연을 다시 이여보자는 엉터리 없는 수작이 아니다. 임의 남표와는 오래전에 남이 되였고 그것은 영구히 그리됨이 당연하였다. 다만 선주가 바라기는 우정으로라도 — 그를 잊고 싶지 않었다. 아니 그는 잊을내도 잊을 수가 없었든 것이였다.

선연(善緣)이든지 악연(惡緣)이든지간에 한번 결연이 되였다는 생각은 죽어서 아주 의식이 끊어지기 전에는 잊을 수 없을 것 같었다.

하다면 자기의 힘으로 될 수 있는 한에 그의 사업을 도와주는 거야 나쁘다 할 것이며 또한 남표의 립장으로도 그것까지 고사할 거리야 없지 않은가!

말하자면 이것이 선주의 합리화(合理化)의 이론인 듯 하였다.

그러나 또한 선주는 남모를 심리 작용을 감추고 있는 줄 알어야 한다.

---

171) '빈사과(유밀과의 하나)'의 잘못. '빈사과'를 한자를 빌려서 쓴 말이다.

그는 결코 단순한 여자가 아니다. 그는 누구만 못지않게 자존심이 강하고 남에게 지고 싶지 않은 성벽을 가졌다. 만일 남표가 하잘 것 없는 보통 남자라면 애당초에 후회할 것도 없었을 것이다. 도리혀 그는 남표를 차 던진 것을 정당하다고 보는 동시에 자기의 승리를 족히 기뻐했을 뱃장이다. 그는 다시 남표를 눈도 거듭 떠 보지 않았을 것이다.

그런데 남표는 의외에도 졸장부가 아니었다. 무시했든 그는 도리혀 자기로 하여금 처다보게 하였다. 그것은 자기의 익인 줄만 알았는데 어느 틈에 진 셈이 되었다. 남표는 자기한테 진 것이 결국 익인 셈이 되었다. 이와 같이 결과가 전도(顚倒) 됨을 볼 때 자승지벽이 강한 선주로써 어찌 안연172)이 있을 것이냐? 응당 그것은 심통할 만한 일이였다. 그는 스스로 벌을 받는다. 그야말로 자작지얼이라 할까?……

이에 그가 남표에게 할 일은 단 한 가지 남은 길 밖에 없다. 그것은 물론 자존심을 살리기 위함이다. 다른 무엇으로 접근할 길이 끊어진 그로서는 오직 물질적으로라도 ─그를 원조하고 싶은 것이였다.

그렇게라도 이편의 참패를 보충하자는 히망으로 ─.

생각하면 세상에 이와 같이 구구한 일이 없을 것 같다. 그러나 오늘날 선주의 처지로서는 이밖에 다른 길이 없었다.

그래서 그는 남표한테 간번의 차중에서도 턱없는 강샘을 부려본 것이요 순결한 경아한테도 애매히 모함을 해본 것이였다.

남표는 선주의 이와 같은 야릇한 심경을 모르고

『너는 악마다! 매춘부다!』

하고 저주를 하였지만 실상은 그가 남표에게 악의로 한 짓은 아니였다. 아니 그는 남표를 애끼끼 때문이였다. 사랑하는 원수였기 때문이다!

잘못은 물론 자기에게 있지만은 누구나 과실을 범키 전과 범한 뒤의

---

172) 안연(晏然) : 불안해하거나 초조해하지 아니하고 차분하고 침착함.

생각은 다르다. 죄를 범할 때는 욕심에서 출발했지만은 범한 뒤에는 양심의 가책을 받는다.

지금 선주도 자기의 선택이 잘못된 것을 진심으로 뉘우치게 되었다. 그만큼 그는 남표에게 대하여 미안지심과 아울러 또한 미련이 아주 없지도 않었다.

선주는 지금도 이와 같은 생각이 드렀기 때문에 남표의 주소를 알게 되자 일각을 유예하고 싶지 않었든 것이다. 그래 그는 경아가 떠나기를 전후해서 정안둔으로 달려온 것이었다.

亂麻

홀연이 나타난 여자가 틀림없이 선주라는 생각은 이것이 꿈인지 생신 지 의심할 만큼 경아를 놀내게 하였다.

그러나 의외로 놀래기는 선주도 경아만 못하지 않었다. 그는 참으로 경 아가 여기 와 있을 줄은 꿈밖이다. 일순간 경아는 놀라움을 지나쳐서 분 한 생각이 치미렀다. 그것은 선주한테 신경에서 속은 생각을 할수록 그러 하다.

하나 그것은 선주도 또한 마찬가지였다. 그도 경아한테 속은 것이 분하 였다. 그는 당장 그들이 이렇게 한 집 속에 붙어 있는 것을 목전에 발견 하지 않었는가? 그들은 분명히 이곳으로 『가게오찌』[173)를 한 것이다.

이와 같이 제각기 딴생각에 사로잡힌 두 여자는 마치 구적(仇敵)을 만난 때처럼 칼날 같은 눈쌀을 맛부드쳤다. 전광석화와 같이 두 여자의 시선은 불을 썼다.

그래서 만일 남표가 옆에 없었다면 그들은 무슨 변사를 이르켯을는지 모른다. 그들은 그렇게 무서운 시선을 마주 쏘았다.

이 때 남표의 심정은 어떠할까?…… 물론 역시 순간의 격로(激怒)를 느 끼였다. 분한 깐으로 하면 선주를 당장 박살을 내고 싶다만은 중인소시에 참아 그럴 수가 없어서 속구치는 감정을 가라앉히기에 힘을 썼다. 그는 짐짓 태연한 자세로

---

173) '사랑의 도피'를 의미하는 일본어. 駈け落ち(かけおち).

『경아 씨 마저 일을 보시요』

『네……』

경아는 간신히 대답하는 목소리가 가늘게 떨리였다. 그리고 약병을 만지는 손이 부들부들 떨린다. 주인집 식구들은 물론이요 환자들까지 이 광경을 엄숙히 지키였다. 그들은 웬일인지 몰라서 모다들 등신처럼 섯는데 그 사이의 침묵은 더욱 침울한 장면을 만들었다.

환자들은 심상치 않은 이 광경을 목도하자 어떤 눈치를 채고 약을 찾기가 무섭게 앞을 다루어나갔다. 무슨 큰 풍파가 이러날 것 같은 이 조즘에 그들은 물을 말도 못 다 뭇고 어서 자리를 비켜주자 할 뿐이였다. 하나 그들이 문밖에 나가서는 이 구석 저 구석으로 몰려가서 수군거렸다. 그들은 저마다 불안을 느끼면서도 어떤 호기심이 없지 않았다. 그래서 이 일이 장차 어찌 될 것인가 하는 구경꾼의 심리를 다분이 품고들 있었다.

남표는 환자의 치료를 끝내고 나서 손을 씿었다. 물 무든 두 손을 수건으로 닦은 뒤에 그제야 선주에게 일별(一瞥)을 던진다. 역시 심드렁한 태도로

『웬일이십니까?』

하는 그의 입 가장자리에는 무서운 미소(微笑)와 경련(痙攣)이 지나간다. 활해(滑稽)와 장엄(莊嚴)은 일발지간(一髮之間)이다. 지금 남표의 표정은 그와 같었다.

『뭬 웬일이여요!』

한 발을 드리밀며 선주는 날카롭게 부르짖는다.

『귀부인께서 누지에 왕림하시니』

이때 선주는 몸서리가 처지도록 오한을 느끼였다. 그는 이와 같은 괄세를 받는 것이 내심으로 분하였다. 하긴 남표가 혼자만 있는 자리라면 이보다 더한 모멸을 당할지라도 달게 받을런지 모른다. 그것은 도리혀 자기를 반성하게 하고 그만큼 남표를 우러러 보았을 것이다.

그런데 지금은 경아가 있을 뿐더러 그들은 자기를 배반할 것 같은 질

투심을 이르켰다. 이에 그는 당초에 찾어 왔던 의사와는 딴판으로 가슴 속 깊이 굴복식혔든 악마의 본성(本性)을 나타냈다.

『웨 나는 여기 좀 못 올 덴가요?』

그는 독기가 뚝뚝 떳는 시선을 쏘며 맛서들러 든다.

『여기야 오든지 말든지 이집에서는 나가 주시요!』

남표는 엄숙한 목소리로 명령하였다.

『뭣이?……나가달라고요!』

『그렇소!』

『가라지 않기로─ 누가 이 집에 살러 온 줄 아십니까?』

『그러니까 가란 말이지─상관없는 사람한테 뭘 하러 오는 게요?』

남표는 점점 노기를 띠워간다.

『상관은 없지만두……지나는 길에 잠깐 들렀지요─선생께서 장한 사업을 하신다기에……』

『쓸데없는 소린 고만두고 그럼 다리나 쉬여가라구!』

『흥!』

선주는 배알이 틀려서 코소리를 내며 도라선다.

남표는 선주의 소위가 생각할수록 괘씸하였다. 먼저번의 기차 안에서 만난 것만 해도 여간 불쾌한 일이 아니었다. 그 뒤에 경아에게 했다는 내막을 들어보면 더욱 악독한 그의 심리를 엿볼 수 있지 않은가? 그런데 무엇이 또 부족해서 극성스레 여기까지 찾아왔느냐 말이다. 그는 마치 유령과 같이 따라 단이며 자기의 하는 일을 방해하려는 심사가 아닐까……왕년에 남표는 실련을 당한 일만도 분막심언이다. 어엿이 딴 남자와 결혼을 한 그가 남의 유부녀인 선주가 이렇게 계획적으로 연극을 꾸며가며 지긋지긋하게 자기의 뒤를 쪼처단이는 것은 참으로 무슨 심사인지 남표는 의사이건만 선주의 심리를 모르겠다. 이야말로 전생의 무슨 업원인가?

『다리나 쉬여가라구요……대단히 감사합니다……초면부지의 과객이라도 그렇게는 못하시겠소!』

『아니 남 선생이 언제부터 그리 도도해 지셨나요?』

선주는 다시 돌처서며 떨리는 목소리로 울음 섞긴 말을 한다. 그의 두 눈에는 눈물이 번득인다.

『아니면 무엇이요? 대관절 무슨 목적으로 왔소? - 선주가 나를 찾어올 일은 아무 것도 없지 않소!』

『물론 아무 일두 없지요 - 아무 상관두 없고요……하지만 그렇다고 내가 무슨 방해물이나 되는 것처럼 문안에 들어서기도 전에 축출을 하시는 건 너무나 심하지 않을까요? 누가 당신들의 행복을 회살174)이나 처러 온 것처럼!……』

『뭣이 어째……넌 무슨 입으로 그 말이 감히 나오니……』

남표는 주먹을 내밀며 별안간 선주의 앞으로 내들었다. 그러나 선주는 한 눈 하나 깜짝을 않고 그 자리에 끌로 박은 듯이 섰다.

『남 선생 - 웨 이러시우 분을 참으시오!……여러분이 게신데 선생의 우세가 되십니다. 내가 선생을 찾어 온 것은 결코 이렇게 대하려던 것이 아닙니다. 나는 선생의 활동을 신문지상으로 배견하고 내 따는 고마워서 지나는 길에 잠시 축하 겸 만나뵈옵자 한 것인데 경아 씨와 가치 게시다고 누가 어쨌나요 뭐랬나요?……더욱 경아 씨를 여기서 뵈옵게 된 것은 의외의 반가움이 그만큼 더하다는 생각에서 나는 두 분의 장래를 진심으로 축복하고 싶었는데……』

『그래서 넌 차 안에서 그런 짓을 하고 신경에서 그런 짓을 하고 또 여기까지 와서 이러기냐?』

남표는 두 주먹을 떨며 홍분을 못 익여서 악을 썼다.

『경아 씨! 신경에서는 실례가 많었습니다. 그러나 오늘날 결과를 보아

---

174) 훼살 : '훼사(남의 일을 훼방함)'(毁事)의 잘못.

서는 조금도 잘못된 것이 없지 않습니까?……』

선주는 얼굴을 경아에게 돌리며 좌충우돌하려 든다. 그러나 경아는 아무 대꾸가 없이 문 뒤의 구석 벽에 숨어 섰다. 그는 참으로 이 때의 감정을 무엇에 비길는지 알 수 없었다. 오직 억색한 가슴을 진정하며 곰곰히 앞일을 생각해 보았다. 참으로 그는 앞길이 망단하였다. 어제 남표의 고백과 지금 선주의 태도는 그 어느 것이 정말이냐? 남표는 선주한테 실련을 당했다 한다. 그러나 지금 선주의 태도를 보면 도리혀 그가 남표한테 실련을 당한 것이 아닐까? 그렇지 않으면 선주는 무슨 심사로 남표를 여기까지 찾어 오고 또한 자기한테까지 애매한 치의를 하러드느냐. 그것은 선주가 확실히 질투 행위를 계속 하는 것 같다.

『그 따위 가면을 쓰지 말구 어서 집으로 도라가라구? 만일 안 간다면 당신 남편한테 전보를 처서 다려가도록 할 테니까……』

그동안 남표는 자기를 억제하고 이렇게 선주에게 타일렀다. 하나 선주는 여전히 굽히지 않고

『그래두 좋아요……어듸 당신 맘대로 해보시요』

하고 악지를 쓰러든다.

『아니 정말 이러기냐? 넌 정신병자다……이런 미친 년은 내쫓어야 한다』

남표는 마침내 노기가 충천해서 선주의 손목을 잡어 끌고 대문 밖으로 나갔다. 그대로 선주는 악을 쓰며 몸부림을 치며 느껴 운다.

그보다 먼저 경아는 북바치는 서름을 참지 못해서 애나의 방으로 뛰여 들어갔다.

그는 방바닥에 머리를 처박고 흘흘 느꼈다.

별안간 안팎게서 우는 두 여자의 울음소리에 이 집안은 마치 초상난 집처럼 처참한 공기가 더올랐다.

얼마 동안을 울고 있든 경아는 별안간 정신을 수습하고 이러나 앉었다.

어느 틈에 왔는지도 모르게 애나가 옆에 앉은 것을 발견한 그는 새삼스레 부끄러운 생각이 든다. 그는 지금껏 잘도 아무 체통을 모르고 울었든 것이 생각났기 때문이다.

그러나 이렇게 울고만 있을 일이 아니다. 약자의 눈물이란 예로부터 일러오지 않았든가. 우름으로 문제를 해결할 수 없을 바엔 차라리 대책을 강구해야 될 일이다. 그는 냉정한 머리로 이렇게 다시 생각하였다.

그러나 아무리 궁리를 해 본대야 좋은 수가 나지 않는다. 이 마당의 세 사람은 가치 있는 게 서로 다 창피하다. 그 중에도 그것은 자기가 우심한 것 같다. 마치 그는 추잡한 삼각관계에 빠저서 치정(癡情)의 발로 강짜 싸흠 하고 있는 것 같지 않으냐?

이런 생각은 그로 하여금 잠시도 이 집에 머물러 있고 싶지 않게 하였다. 더욱 선주는 안 가겠다고 버티지 않는가. 그는 남표가 손목을 잡아끌고 나가는 데도 안 간다고 버티고 있다. 그만큼 무슨 까닭이 있다. 남표는 선주와 벌써 뗄래야 뗄 수 없는 관계를 맺인 것 같다. 그렇지 않고서야 선주가 저렇게 떼를 쓸 리도 없지 않으냐!

이 때 경아는 어떤 결심을 하였다. 그는 옷가지를 참겨서 급히 행장을 꾸리였다. 그는 지금 곧 집으로 도라갈 작정이다. 애나가 눈치를 채고 가방을 빼스러 든다.

『아니 노서요. 불가불 가야만 할 사정이니까요……그렇지 않으면 왼 동리까지 소란하고 창피한 일이 있을 줄 압니다』

경아는 한사코 고집을 세웠다.

『글세 가시드라두……좋게 가서야지 뭐 우리 집과 싸우섰나요?』

애나는 참으로 평지풍파를 만난 것처럼 안타까운 심정을 것잡지 못하겠다.

『그렇지만 나는 지금 떠나야만 하겠세요……모든 잘못은 용서 하십시요』

『대관절 여자는 누구시길래 남 선생님을 찾어 왔을까요?』

『나두 모른답니다』

경아는 한숨을 지으며 가방을 들고 일어선다.

『아니 정말 가시겠어요?……지금 차두 없을 텐데……』

애나는 눈물이 글성해서 마주 일어선다.

『정거장에서 기다리면 있겠지요』

『어머니 신 선생님이 가신대요!』

할 수 없이 애나는 어머니를 부르며 연통하였다.

『그런데 이게 웬일들이라오?』

애나의 모친은 지금 안마당에서 송구한 가슴을 안고 밖앝 마당의 동정을 살피다가 애나의 목소리에 깜짝 놀래서 마루 위로 뛰여오른다.

『뭐 모두 제가 불민해서 이런저런 일이 생겼겠습지요……제가 오지만 않었어두 이런 일은 없었을텐데……공연히 와서 평화한 동리를 식그럽게 굴구 댁에 폐만 끼치고 가게 된 것은 차라리 안 오니만 같지 못합니다……그렇지만 저두 이런 줄 알았으면 누가 왔겠세요……천만뜻밖게 기막힌 일을 당하고 보니……아……』

경아는 창자가 끊기도록 애절한 서름이 다시 왈칵 속구치는 것을 억지로 씹어 삼키였다.

『원 천만에요……그렇지만 이렇게 가시다시 될 말인가요 가시드라두 오늘은 못 가십니다』

『아니 붓잡지 마러 주서요……저는 곧 가야만 되겠세요! 한 시간 더 있으면 그만큼 욕이 더하니까요……드러운 꼴을 어떻게 또 볼 수 있겠세요』

경아는 눈물을 씻고 마루 아래로 내려선다.

경아의 태도가 이와 같이 강경하자 모친은 더 만류할 수 없었든지 뒤를 따러 나오며 혼자 중얼거린다.

『아니 그게 웬 여잔데─ 천둥에 뛰여들 듯해서 왼 동리에 살풍경을 이르켜 놓는 거야……아가씨두 그 여자의 내력을 모르거든 속이나 시원히 알고 가시지 않구 원 꼭두각씨처럼 차린 것이 어듸서 와 가지구……간밤에 꿈을 잘못 꾸었나 참 별꼴을 다 보겠네』

한데 밖에서 소란을 떨고 있든 선주가 별안간 경아의 길을 막으며 나선다.

『어듸 가서요?』

『남이야 아무 데를 가든지』

『아니요 당신두 나 먼저는 못 가요』

이 바람에 주인집 식구와 구석구석에서 엿을 보든 마을 사람들은 또다시 갈피를 못 차려서 생각의 가시덤불을 허매게 하였다. ─ 남표는 어디로 갔는지 없어지고 말았다.

『경아 씨! 당신은 지금 나 때문에 가신다는 게지요?……그럼 오해니까요……못 가십니다』

하고 선주는 경아의 치마자락을 붓잡고 안 놓는다.

『오해는 무슨 오해여요! 그런 소린 고만두구 어서 놓아요!』

경아는 새로운 서름이 솟아나서 애닯은 목소리를 고내였다.

『오해가 아니면 왜 내가 오자마자 간다는 겜니까? 만일 내가 안 왔으면 그럴 리 없겠지요』

『남이야 가든지 말든지 내 발 가지구 나가는데 누가 가거라 말거라 한담 별 아니꼰 꼴을 다 보겠네』

경아가 더욱 샐쭉해서 옷자락을 뿌리치는데 고만 두 편에서 켕기는 바람에 치마주름이 북─타졌다.

『아니 이 계집이 무슨 행세야? 응……』

그제야 선주는 경아의 쇠끊는 소리에 옷자락을 탁 놓고 마주 닥아서며

『미안합니다 경아 씨……들어가서 꼬매십시다……가시드라두 내 말을

듣구 가서야 해요!』

하고 미안한 사과를 한다.

이때 경아는 속이 바글바글 탈 지경이었다. 눈꼴이 틀린 대로 하자면
그 길로 내빼고 싶은데 치마주름이 타졌으니 누가 본다면 마치 미친 년
같이 역일까바 참아 나설 수가 없었다. 그렇다고 다시 내드듸였든 발을
돌쳐서기도 난처하였다.

『아니 당신은 누구시기에 이러시요? 보아하니 점잖으신 댁네 같은
데……도모지 옆에 사람이 민망해서 못 보겠군 그래!』

마침내 정 노인이 참다 못해서 선주에게로 대드렀다. 그는 마누라가 벌
써부터 눈쬤을 하는 줄 알었지만 혹시 남표의 체면을 상해줄까 저어해서
여적 참고 있었든 것이다.

『네 갑자기 조용한 댁에 와서 주접을 떠러 여러 가지로 실례가 많습니
다. 진즉 인사라두 드렸겠지만 미처 예절을 못 직힌 그 점을 용서해 주십
시요』

선주는 펏듯 제정신이 도라서자 주인영감에게 공손히 예를 하며 예(例)
의 사교술이 능란한 솜씨로 변죽 좋게 말을 붙인다.

『뭐 용서랄 거야 있겠소만……대관절 남 선생과는 어떻게 되시나요?』

저편의 말이 고분고분하게 떨어지자 주인영감은 불뚝했든 성미를 눅이
며 선주의 행색을 캐여 보았다.

『뭐……별다른 관계는 없습니다만 어려서부터 피차간 잘 알어서요……』

『그럼 들어오서서 정당하게 말슴을 하실 꺼지 이렇게 길바닥에서 왁자
하실 것도 없지 않습니까?……』

정 노인은 선주의 말이 모호한 데 다시 수상한 눈치로 바라본다.

『네! 옳은 말슴이올시다만 좀 그런 일이 있어서요……애초에는 저두
그런 데서 한 게 아니라 남 선생께서 발두 못 들여놓게 너무 괄대를 하시
기 때문에……제가 이 댁으로 누구를 찾어 왔겠어요!』

선주는 하염없이 흐르는 눈물을 손수건으로 씨츠며 울음 섞긴 말을 한다.

『글세……하여간 들어 오시지요……신 선생님두 들어가시구……난 무슨 큰일이나 생긴 줄 알았더니……남 선생님과 아무런 관계가 없으시다면 뭐 그렇게 거북한 문제두 없을 것 아닙니까?』

영감은 누구보다도 경아의 기분을 돌리기 위해서 일부러 어리손을 쳤다.

『네! 문제야 무슨 문제가 있겠습니까?……있다면 거저 기분 문제겠지요』

주인의 호의에 선주도 차차 흥분이 가라앉는 모양 같다.

『자− 들어오시죠……신 선생님두……이렇게 가시다니 될 말씀인가요……그런데 남 선생님은 어디로 가셨을까?……』

주인영감은 남표의 거취를 몰라서 두리번거리는데

『아마 저 때문에 창피하셔서 어디로 피하셨나 부군요……그럼 잠깐 실례하겠어요』

선주가 먼저 영감의 뒤를 따러 선다. 그 바람에 이 집 식구들은 다시 집 안으로 몰려 들어갔다. 경아도 주인 집 식구들의 간청으로 할 수 없이 발길을 돌리였다.

『일성아! 넌 얼른 가서 남 선생님을 모시고 오너라− 학교에나 어디 게실테니』

정 노인은 일성이에게 남표를 찾어오라 부탁하고 선주와 신경아를 안방으로 맞어드렸다.

그러나 경아는 우선 치마폭이 터진 게 중하여서 애나의 방으로 옷을 가러입으러 들어갔다. 애나는 경아와 가치 자기 방에 가치 있자고 붓드렀다.

『자−이리로 앉으십시요……그래 대관절 어떻게 된 일이오니까?……속담에 싸흠은 말리구 홍정은 부치랬다구− 남 선생님과 별 관계가 없으시다니 말씀하신대두 무관하시겠지요』

하고 영감은 여전히 궁금증이 나서 꼬토리를 캐러 든다. 애나의 모친도 윗묵으로 마주 앉아서 선주의 기색을 살피기에 왼 정신을 쓰고 있다.

『네! 말씀합지요! 아무 상관 없습니다』

선주는 스카트를 도사리고 방석 위로 앉으면서

『제가 지금 남 선생님을 찾어 온 것은 다른 까닭이 아닙니다. 어떤 책임감이 있기 때문인데요⋯⋯남 선생님이 여기 와 계신 줄은 최근에서야 알었댔어요』

『네⋯⋯』

주인영감은 선주의 말이 무슨 의미인지 몰라서 어리뻥뻥한 대답을 하였다.

안방에서 선주의 목소리가 굴러 나오자 애나는 문틈으로 내다보았다. 부엌 뒤에서도 정한의 안해와 이웃 여자들이 숨어서서 엿을 듣는다.

『남 선생님이 당초에 북만으로 들어오시게 된 데는 저와도 의론이 있었습니다. 이래서 선생님의 동창 친구인 유동준 씨란 분의 소개로―그 분도 의사인대 지금 평양 자혜의원에서 근무하고 계십니다만― 그 분이 올 봄에 만주 출장을 오신 길에 신경에서는 남 선생님을 만나 보시고 하르빈에서는 저를 찾어 오셨어요⋯⋯그 때 남 선생님 말이 났는데 유 씨가 말씀하기를 남 선생님이 북만 농촌으로 들어가려고 쉬―신경을 떠난다기에 그렇게 막연히 들어가서는 고생만 될 것이니 한 군데 소개해 주랴고 물어 봤대요 하니까 남 선생님께서도 좋은데가 있거든 천거해 달라더라나요⋯ 그 때 유동준 씨는 신가진에서 개업하는 이택호라는 동창 의사를 생각하고 그럼 도라오는 길에 소개장을 써주겠다 하셨대요. 그랬는데 마침 하르빈에서 이택호 씨 그를 만날 수 있어서 일이 매우 쉽게 되었다고 말씀하기에 저도 가치 기뻐하며 남 선생님 일이 잘 되었다 하지 않았겠어요⋯⋯ 그런데 그 뒤에 남 선생이 여기로 들어오실 때 공교롭게 또 저도 볼일이 있어서 조선으로 나가는 길인데 아니 기차 안에서 서로 또 만났습니다그려! 그러니 피차간 얼마나 반가웠겠어요』

『그러시겠지요』

선주는 숨을 돌리고 나서 정찬 눈알을 되록되록 굴리며 다시 말을 잇대인다.

『그래 지금 떠나시는 길이냐구요? 제가 물으니까 그렇다구 지금 신가진으로 가신다고 그러시드군요…… 그 때 그렇게 서로 갈린 뒤에 저는 남 선생님이 지금까지도 신가진 이택호 씨 병원에 계신 줄만 알았는데 얼마 전에 소식을 들으니 남 선생님은 엉뚱한 이 정안둔으로 직행을 하시구 신가진에는 아니 들르시지두 않으셨다니 제가 듣기에도 얼마나 놀랍았겠어요!』

『그 소식은 어떻게 들으었나요?』

주인영감은 빙글빙글 웃으며 담배를 피우다가 물주리를 빼며 이렇게 묻는다.

『그것은 의사— 그 때 소개하신 유동준 씨한테서 편지가 왔어요……이택호 씨는 저를 모르기 때문에 유동준 씨한테도 책망하는 편지를 하였드래요—웨 그런 시럽슨 사람을 천거해서 꼭 온다든 사람이 자기 집으로 안 오구 정안둔으로 갔다니 그게 웬일이냐고요……그래 유 씨는 다시 제게로 그런 내막을 알리며 남 선생님의 주소를 탐지해 달라니 제가 어떻게 알 수 있어야지요— 정안둔이 어디 가 붙었는 지도 모르는데요』

하고 선주는 두 눈을 할기죽 흘긴다. 마침 그때 남표가 일성이와 가치 마당 안으로 들어왔다.

『어서 오십시요! 선생님은 어딜 갔다 인제 오십니까?』

주인영감이 밖앝을 내다보며 아른 체를 하는데

『네……들에 잠깐 나갔습니다』

하고 남표는 자기 방으로 성큼 들어간다. 그는 인해 담배를 피여 물었다.

『이리 좀 오십시요—손님이 여기 계십니다』

남표가 미처 대답을 하기 전에 선주가 가로채서 대꾸한다.

『뭐 고만두시게요』

그는 남표가 이 방으로 들어오면 자리가 더욱 거북스러울 것 같았다. 주인영감도 그 눈치를 채였는지 고개를 이편으로 돌리면서 아까 선주가 하든 말에 꼬리를 잇대인다.

『건 그런데 남 선생께서는 이 고장으로 들어오시게 된 까닭이 있습니다. 그것을 아십니까?』

하고 선주를 처다본다.

『제가 어떻게 알 수 있어요』

『내―궤니 그러신 것 같기에 말슴이외다 그 속을 아신다면 선생님께서도 양해하실 줄 믿습니다.』

『네……무슨?―』

선주는 아리숭해서

『다른 게 아니라 우리 역시 남 선생님을 언제 알었겠습니까?……올 봄에 남 선생님이 계시든 신경 대동의원에를 오래 동안 속병으로 고생하든 딸자식을 다리고 가서 입원을 식힌 일이 있었답니다 그런데 병원장보다도 남 선생님이 주치의가 되어 가지고 오랜 고질을 깨끗이 완치를 해 주섰으니 그때 우리 부녀의 기쁨이 얼마나 컸겠습니까 그야말로 재생지은이나 다름 없었습지요 사실 내 딸은 꼭 죽는 줄만 알었든 것을 남 선생님의 치료와 지금 저 방에 계신 신 선생님의 극진한 간호로 기사회생(起死回生)이 된 줄 압니다.』

『아―댁에 계신 따님이?……』

금시초문인 선주는 눈을 크게 뜨고 놀래서 처다본다.

『네 그렇습니다 하구 본즉……』

『아 그런 일이 있었군요! 그래서 아섰군요』

선주는 거듭 신기해 하는데

『네 그래서 알었지요―하구 본 즉 그 은혜가 가위 백골난망이여서 신경을 떠나올 때 우리 부녀는 두 선생에게 언제든지 제발 꼭 한번은 우리 집을 찾아주서야 한다고 신신당부를 드렸습니다. 지나시는 역로라면 더 말씀할 것두 없고 일부러라도 한번만은 꼭 오서서 우리가 사는 꼴두 보시고 이 근처를 구경도 하시라고요! 그러나 이렇게 속히 오실 줄은 몰랐는데 천만뜻밖게 남 선생님이 찾어 오서서 신가진으로 가시는 길에 잠깐 들르섰다 하시기에 이왕 그렇기로 말씀하면—농촌 생활이 선생의 목적이시라면 아주 이런 농촌으로 들어오서야 참맛을 알게 되지 신가진도 도회지의 냄새가 나서 못 씁니다구 우리 부녀가 남 선생님을 꼭 붓드렀습니다. —아시겠습니까?

남 선생님은 그래서 우리 동리에 아주 눌러 계시게 되고 또 신 선생님은 이번에 쉬시는 틈을 타서 마침 어제 놀러 오시게 된 것을……』

『아 그렇습니까? 그럴 줄은 전혀 몰랐습니다』

사실 선주는 그럴 줄을 몰랐다가 이제 처음 듣는 주인의 이 말에 비로소 약간의 의혹을 풀 수가 있었다.

『하하……그러시다면 뭐 피장파장 명군장군입니다그려 선생께서도 기왕 오셨으니 누추한 집이지만 며칠 노시다 쉬여 가시지요—그런 일이 없으면 어듸 이런 데를 와 보실 게제가 있겠습니까?』

하고 주인 영감은 다시 어리손을 친다.

『대단 감사합니다만—전 곧 가봐야겠어요』

선주는 그대로 상냥히 대답하였다.

『댁이 어듸랬지요……하르빈』

『네! 본집은 서울이고요……지금은 임시로 하르빈에 와 있습니다.』

『하르빈에서는 무엇을 하시는데요?』

『변변치 않은 포목상을 한답니다』

대답하는 선주는 방긋 웃어 보인다.

『아 그러십니까……재미가 좋으시겠습니다』

『뭐 재미랄 께 있습니까?……몬지꾸러기에 식그럽기만 하지요……참 우연히 여기를 와 보니까 한적하구 공기가 신선해서 매우 좋습니다 자연의 경치두 아름답구요』

불현듯 선주는 쎈치해저서 한 숨을 나직이 쉬는데

『그럼 선생께서두 돈을 많이 버르섰거든 이 동리로 이사를 오십시요』 하는 영감의 말에 선주는 다시금 쓸쓸한 웃음을 터치였다.

이 때 별안간 남표는 안방을 향하야 거친 목소리를 질렀다.

『선주 이리 좀 나오시지요』

『…………』

그 바람에 안방에 앉았던 주인 내외는 얼결에 놀라운 시선을 마주 쏘는데 선주도 불안한 눈치로 머뭇거리다가 일어선다.

『그럼……실례하겠어요』

선주는 다시 그들에게 인사를 한 후에 조용히 밖그로 나왔다.

주인 내외는 일껀 선주를 붙잡고 내막을 캐자 한 것이 남표가 불러내는 바람에 고만 중등 매고 말았다. 그들은 또 무슨 풍파가 일어나는지 모르는 조마조마한 마음이 다시 들기 시작했다.

마침내 노파는 애나의 방[의]로 쪼차 들어가고 영감은 한 귀를 밖알 방으로 기우렸다. ─참으로 이 어찌된 일인지 모른다는 괴상한 생각에서─.

선주는 그 즉시 남표의 방으로 들어갔다. 아까 처음 들어서든 때와는 아주 딴판으로 얌전한 태도를 보이였다. 수태를 먹음은 새색씨처럼 아미를 숙이고 한옆으로 단정하게 섰다. 남표는 내심으로 은근히 놀래였다. 선주도 이와 같은 태도를 보일 때가 있었든가?……그럼 그 역시 여자였구나!……하고 남몰래 감심하기도 처음이다.

그러나 이 때 선주는 마치 무슨 큰일을 저질는 사람처럼 공연히 가슴이 떨리였다. 그의 이와 같은 심리는 장차 남표한테서 어떠한 심판을 받을는지 모른다는 공포에 가득 찬 긴장미를 느끼게 한다. ─그것이 또한 무서운 중에도 어떤 쾌감을 자아내는 짜릿짜릿한 생각이 없지 않았다.

『저기 앉으시요!』

『녜……』

선주는 식히는 대로 공손히 행동을 갖는다. 남표는 선주와 차근히 따져 보려고 다시 불러내긴 하였지만 또 다시 아까처럼 야료를 떨면 어찌할지 몰라서 미상불 한편으로는 불안스런 생각이 없지 않았다. 그런데 이외에 도 그가 너무 고분고분한 태도로 나오는 데는 도리혀 분심을 가라앉게 하 야 이편의 약점을 뵈이는 것 같았다.

『지금 저 방에서 무슨 말을 하였오? 내가 안 듣는다고 아무 말이나 조 작해서 말하면 그대로 넘어 갈 듯 싶소?』

남표는 눈을 흘기며 첫 마듸에서 딱 얼르기 시작했다.

『뭐……조작한 말은 없었는데요』

『그럼 뭔 말이요……당신의 트리크를 내가 모르는 줄 아오?』

『트리큰 무슨 트리크예요……주인 양반이 무슨 일로 왔느냐구 물으시 기에 대강 의사를 표시를 하였지요』

『그래 무슨 일로 왔댔소?……나 역시 그 속을 모르겠소』

『유동준 씨가 편지를 하셨세요—남 선생이 신가진엘 안 가시구 정안둔 에 게시다니 정안둔이 어듸인지 주소를 알려 달라구요』

선주는 안타까운 듯이 남표를 처다보며 하소연을 한다.

『아! 그래서 일부러 불원천리 오셨군요……다른 소관은 없으신데……』

남표는 빈정대듯 말하는데 선주는 여전히 새침한 태도로

『그럼요—이택호 씨가 유동준 씨한테로 책망 편지를 했더라구!……유 선생이 다시 제게로 그런 편지를 하였으니 책임 상으로라두 한번 알어 볼 필요가 있지 않습니까』

『아니 인사 소개를 해 준 책임감에서 그렇단 말이지?』

『제야 직접 그렇지 않지만 유동준 씨로 말슴할 것 같으면……』

『선주! 내가 그 때 신가진으로 왜 안 갔는지 알겠소?』

『네…………』

남표의 가로채는 말에 선주는 하든 말을 중둥치고 얼없이 처다 본다.

『그대들의 아니꼬운 정을 받기 싫여서 일부러 목적지를 변경한 거야!』

『그러실 줄 알었서요……하지만 유 선생이야 우정에서 하신 일 아니겠어요!』

『우정? 아니……선주두 우정으로 그때 그랬든가!』

『역시 우정이겠지요』

남표가 두 눈을 딱 부릅뜨는데 선주는 이렇게 나직이 대답하였다.

『뭣이 어째?……정말일까?……넌 신경서부터 그 때 나를 미행했지?─우정으로 미행을 했단 말야? 응!』

남표는 노기가 중천해서 다시 저력(底力)있는 목소리로 부르짖는데

『네………』

하고 선주는 별안간 두 손으로 얼굴을 가리며 느끼여 운다.

『홍! 세상에 그런 우정두 있든가.……그럼 그 뒤에 신경 가서 한 짓두 훌륭한 우정이겠구나─대수롭지 않은 병에 일부러 입원을 해가지구 애매한 사람에게 괴악한 행동을 하것까지도……아니랄테면 지금 당장 물어 보자꾸나……경아 이리 좀 나오시요』

마침내 남표는 흥분해서 문 밖그로 대고 큰 소리를 질른다.

『아니 선생님! 불르실 건 없어요……정말 그랬습니다. 경아 씨한텐 정말 잘못한 죄가 많습니다. 그렇지만……』

『그렇지만 또 어쨌단 말야?』

『그렇지만……저는 역시 선생님을 위해서……그 점만은 언제나 거짓말이 아니여요……선생님은 설영 고지를 안 들으신대두……』

선주는 참으로 진정에서 하는 말처럼 여전히 흘흘 느끼며 애원하였다.

『그 따위 소리는 다 고만두고 정말로 선주가 잘못한 줄 깨다렀거든 어

서 조용히 도라가시요! 만일 그렇지 않고 또다시 시끄럽게 군다면 난 오직 최후 결심이 남었을 뿐이요. 그것은 우리 세 사람이 삼좌대면을 해서 시비를 따진 뒤에 나두 이 동리를 떠날 수밖게 없오』

사실 남표는 그 밖게 다른 도리가 없을 것 같었다. 물론 자기에게는 아모런 양심의 거리낌이 없지만은 제일 체면이 수통해서도[175] 그냥 있을 수가 없었다. 우선 주인집 식구들부터 자기를 어떻게 의심할지 모른다. 마치 그들은 지금 이 자리를 추잡한 삼각관계의 갈등으로 점칠 것이 아닌가.

『아니 선생님 제발 그러지는 마서요! 전 조곰도 선생님의 사업을 방해하러 오진 않었어요! 방해는 새려[176] 제 힘이 있는 데까지는 어듸까지 도아 드리구 싶습니다. 선생님은 그것을 아니꼬은 동정이라구 물리치시겠지만 전 그래서 이번에두……실상은 선생님이 정안둔에서 개척민의 선구자로 활동하신다는 신문 기사를 읽고 내 딴은 무척 반가워서 겸두겸두 이렇게 찾어뵈러 온 게야요……지난 일은 하여했든지 간에……그런데 선생님은……아……』

선주는 할 말이 많었으나 참어 못 다 하는 안타까움을 눈으로 표시하며 억색한 가슴을 애원하듯 처다본다.

그러나 남표는 여전히 엄숙한 어조로

『선주가 만일 내 사업을 방해할 생각이 없다면― 진심으로 그렇다면 내 앞을 어서 떠나 주는 것밖게 다른 일은 없소』

『아! 그러십니까?……선생님! 제가 그렇게 보기 싫습니까?……그러면 곧 가겠어요……』

선주는 목이 메여서 을음을 삼킨다. 어떤 결심 밑에서 그는 이러서려고 몸을 반쯤 일으켰다가 다시 주어 앉는다.

최후로 간청해 보자는 심산으로―

『다만 말씀만 조용히 엿줍게 해주서요』

『지금 하시요!』

『여기서는 좀……』

『못 하실 것 없지 않소!』

『그런데 경아 씨가 아까 가시겠다는 것을 간신히 만류했는데요……선생님께서도 붓드러 주세요!』

『그게 다 누구 때문인데요』

『물론 저 때문인 줄 압니다만……아!』

하고 선주는 부지중 한숨을 다시 짓는다. 그러자 그 때 마침 아침부터 꾸물거리는 날세가 별안간 풍세가 사나워지며 소낙비를 모라온다. 비는 한참 동안을 폭우로 쏟아졌다. 그동안 선주는 하염없이 가슴 속에서 소용도는 폭풍우의 감정을 부둥켜 안고 있었고 남표는 남표대로 무료히 담배만 피우고 앉었다. 비가 그치자 남표는 모짜리 논이 궁굽해서 들판으로 쪼처 나갔다.

남표가 나간 뒤에 선주는 빈 방을 직히고 혼자 동구만이[177] 그 자리에 앉어 있었다. 그는 별 생각을 다해 보았다. 지금 남표가 들로 나갔은즉 그 뒤를 쪼처 간다면 단둘이서 조용히 이야기할 틈이 있지 않을까?……그러나 남표의 나중에 하든 말을 문득 생각해 볼 때 그것은 너무나 야속하고 무정하게 들린다.─자기를 진심으로 위하거든 어서 가 달라고 그 밖게는 아무런 할 말이 없다 한다. 목석(木石)과 같은 그 앞에서 천만어를 다시 한들 무슨 소용이랴!

하긴 기왕 죽기로 말하면 마지막으로 자기의 진심을 고백하고 싶다. 전자에 남표한테 배신한 행위와 아울러 또한 자기의 감탄고토(甘呑苦吐)하려든 간악한 심리를 양심에 비최여서 저저히 고백하고 싶다. 임의 지은 죄

---

177) 동그맣다 : (주로 '동그맣게' 꼴로 쓰여) 외따로 오뚝하다.

는 할 수 없으니 우정으로나 변치 않고 끊어진 인연을 다시 잇고 싶었다. 그리하여 자기 힘껏은 생전에 그의 사업을 도웁고 남표도 그것을 달게 받는다면……또한 경아는 자기 대신 남표와 결혼을 해서 그들이 행복한 가정을 일운다면 참으로 그것은 그들의 사업을 위해서든지 또한 그들의 생활을 위해서 얼마나 좋은 일이랴!

그러나 이런 생각은 선주가 잠시 자신을 떠나서 한 말이겠다. 그는 다시금 자기를 도리켜 볼 때 얼마나 무의미한 생활을 느끼게 하였든가. 언제나 거림자처럼 따르는 생(生)의 공허감은 무시로 그로 하여금 번민과 오뢰에 사로잡히게 한다. 그것은 남표를 생각할 때 마다 그러하다. 아니 경아의 존재를 안 뒤로부터 그 생각은 부지중 더하였다.

그래서 그는 남표와 기차 안에서 만났을 때도 일부러 억설을 걸어 보았고 그 뒤에 신경에 도라가서도 경아의 심정을 떠 보기 위해서 일부러 입원을 하지 않았드냐! 지금 정안둔으로 불야불야 찾어 온 것도 우연한 동기는 유동준의 편지로 된 것이나 실상은 남표의 생활이 은근히 궁금하였기 때문이다. 그것은 더욱 경아와 그 뒤의 연락이 어찌 되었는가 하는 시새운 마음이 더럭 나섰다. 그래 그는 표면적 구실로 유동준의 심부름을 온 것처럼 슬적 동정을 살펴보자 한 것인데 의외에도 경아가 먼저 와 가치 있는 것을 발견하였을 때 그는 참으로 얼마나 큰 놀라움과 충격을 받었든가! 그런 줄은 몰랐다 하는 불의지감(不意之感)이 그 즉시에 반감과 억척으로 표변(豹變)하게 하였다. 동시에 그것은 옳지 그렇구나! 하는 예감이 마졌다는 생각으로 발전을 식혀서 마침내 포악을 떤 것이 아니든가!

만일 그런 일이 없었다면 선주는 처음부터 칼을 견우고 대들지는 않었을 것이다. 도리혀 그는 남표 앞에서 전비를 뉘우치는 회계의 눈물을 흘리면서 그가 무슨 선고를 하든지 달게 받지 않었을까?

하나 선주는 어디까지가 자기의 마음이요 아닌지를 모른다. 아까 옳게 생각했든 맘이 금방 변해진다. 이런 것을 이중인격이라 할는지 그는 이지

(理智)와 감정의 중간에서 무시로 변동되었다. 이렇게 종잡을 수 없는 자기의 마음을 더구나 제 삼자가 어떻게 이해할 수 있을 것이냐.

과연 하르빈이나 서울에서 호화롭게 지내보아도 그는 오늘날까지 시들하였다. 신혼의 재미도 몰랐다. 돈이 많고 고대광실[178]에서 호강을 한다해도 마음이 편해야만 행복을 느낀다. 지금 선주는 그런 생활이 도리혀 괴로움고 권태증만 내게 한다. 돈에 부자유한 사람은 돈의 자유를 갈망할는지 모른다. 그러나 돈에 자유가 있는 선주는 자유의 구속을 받는 것 같었다. 지금 그는 아무런 희망이고 할 일이 없다. 따라서 그에게는 생활이 없다. 생활이 없는 곳에 무슨 이상이 있을 것이며 정렬이 있을 것이며 또한 신렴이 있을 것이냐. 오직 무위도식(無爲徒食)하는 행시주육(行屍走肉)에 불과하다.

그런데 오늘 정안둔에로 와보니 평화한 전원의 정취가 자못 마음을 안정식힐 뿐더러 더욱 남표와 경아가 마치 결혼한 부부 간과 같이 정다웁게 환자를 치료하는 것이 부러워 보인다. 참으로 그들은 앞으로 결혼 생활을 하지 않을까?……선주는 그때 자기도 모르게 왈칵 심청[179]이 끓어 올렀다.

『그렇다! 그것은 확실히 나의 심청이다.……하지만 이 심청은 나의 육체에 붙은 뗄래야 뗄 수 없는 심청이다. 따라서 이 심청은 내가 무덤 속으로 들어갈 때까지 내 육신과 함께 붙어갈 심청이다』

지금 선주는 이렇게 반성함과 동시에 자기를 저주하였다. 웨 자기는 좀더 초월하지 못할까? - 개인적인 이기적인 감정을 초월하지 못할까? 하나 자기는 벌써 생리적으로 그리 못된 것 같다.

이지적으로 냉정히 생각해 본다면 지금의 남표와 자가는 아무런 관계가 없고 따라서 아리고 쓰릴 것도 없다. 그렇다면 그가 경아와 연애를 하든지 누구와 결혼을 하든지 무슨 상관이 있으랴만은 사실은 그렇지가 않

---

178) 고대광실(高臺廣室) : 매우 크고 좋은 집.
179) '심술'을 뜻하는 방언.

었다.

그것은 자기 자신의 공허감에서 오는 것인지 모른다. 불행한 인간이 남의 행복을 시기하는 것과 같은 자격지심이라 할까? 한데 그것이 중왕에 자기와 좋아하던 남자라는 점에서 더욱 심한 것은 물론이다.

소용없는 일이 아여 단념하고 말자면서도 선주의 생각할수록 지나간 일이 안타까웠다. 그때 남표를 배반한 것은 물론 자기의 잘못이라 하겠지만 지금 다시 냉정히 비판해 본다면 거기에는 부모의 간섭이 자기의 의사보다 더 많이 포함되였었다. 이십 전의 그 때 — 그는 참으로 무엇을 알었든가? 아직 학교도 못 나온 규중처녀인 그는 부형은 물론이요 제삼자의 말에도 마음이 쏠리었다. 다시 말하자면 자기를 찾지 못한 선주는 바람에 불리는 갈대와 같었다. 그는 아직 혼이 크지 못한 철부지였다.

더욱 유복한 집안에서 미모를 가진 만큼 주위엣 사람들은 모두 그를 떠바치기만 하였다. 그 반면에 염양세태(炎凉世態)의 경란을 못해 보고 역경에서 고생을 모르든 그로서는 왼 천하가 내 세상이라는 우물 안 깨고리의 인생관을 갖게 되였다.

그것은 우선 지금 남편과 결혼한 경로를 살펴보아도 황연하다. 선주는 결코 남표보다는 지금 남편이 출중하대서 결혼을 한 것이 아니다. 첫째는 부모와 일가친척이 그를 축켜 세우고 그 집이 큰 부자라는 그 점은 알 수 있었지만 좌우에서 그 혼인이 대단하다 하다고 욱이는 바람에 그럴 상싶어서 아무래도 좋다는— 심드렁히 대답을 하였슴에 불과하다. 만일 그렇지 않고 자기가 진심으로 그야말로 영육이 합치해서 된 결혼이라면 오늘날 그와의 부부생활이 어찌 이대지도 무미하고 평범하단 말이냐.

선주는 그래서 결혼 후의 생활이 이처럼 무의미할 줄은 몰랐다. 인간이 다만 먹고 입기에 만족한 것이라면 물질적 생활에 끄친다면 그것이 동물의 생존과 무엇이 다르랴! 하다면 차라리 남다른 역경에 태여나는 편이 오히려 났지 않을까 싶다. 웨 그러냐 하면 역경과 싸우는 사람은 그만큼 정열을 가지고 일에 열중할 수 있게 하지 않는가. 비록 그 일이 하찮은 물질적 생계를 구하는 것이라도 거기에다 심혈을 경주(傾注)할 수 있다면 지금 자기처럼 생의 권태를 느끼지는 않을 것이다. 그런데 자기는 높은 이상이나 신념을 가지긴 고사하고 물질적 생활에도 만족을 느끼지 못하는 가련한 생명이다.

대체 이런 인간이 사러서 무엇하며 사는 보람이 어듸 있으랴!

하긴 그래서 자기는 남표와 같은 사람에게 덧부치로 기생충적 생활을 하고 싶었는지 모른다. 그의 정신적 사업에 자기의 힘을 보태고 싶었슴이다. 물론 지금이라도 진심으로 그러할 수만 있다면 그는 남표에게 어떤 멸시를 당하더라도 빌붙어 보고 싶다. 그리고 자기가 그와 같은 진심을 보인다면 남표와 경아까지도 오해를 풀는지 모른다. 하나 선주는 제 맘을 제가 모르겠다. 아니 너무 잘 알고 있기 때문에 그들의 결혼 생활을 축복하진 못하겠다. 그는 죽기 생전─더구나 눈 앞에 뵈는 때는 남표에게 대한 미련을 잊지 못하겠다. 따라서 자기의 존재는 그들의 방해물 밖에 될 수 없다. 남표는 지금 이런 경우에도 자기의 감정을 죽이고 일을 하기 위하여 들에 나가지 않았든가!

그와 같은 굵은 신경이 자기에게는 없다. 할 수 없는 인간이다. 이런 인간은 한시밧비 죽는 것이 옳을 것이다.─ 그것은 남을 위해서도 그렇고 자신을 위해서도 역시 그렇다고……

지금 이런 생각을 하고 있는 선주는 마침내 독한 마음을 먹게 하였다. ─결혼에 실패한 여자는 또한 인간의 실패다. 이것을 여자의 불행이라 할는지는 모르나 역시 어찌 할 수 없는 여자의 특수한 지위(地位)이다. 그 것은 운명이라 해도 좋다. 그런데 세상에 많은 여자들은 자기의 이런 지위를 깨닷지 못하고 마음에 없는 결혼을 하였다가 인생의 비극을 맛보고 운다. 개중에는 실련의 독배를 마시는 가엾은 처녀도 있거니와 자기처럼 천둥벌거숭이로 허영에 들뜨다가 일생을 그르치는 여자도 많은 것이다.

마침내 선주는 남표의 책상 앞으로 닥아 앉았다. 그는 즉시 책상 설합을 열고 연필과 편지지를 끄내 놓았다.─그리고 그는 황망히 유서를 쓰기 시작했다.

존경하는 남 선생님!

지금 선생님 앞을 영원히 떠나는 선주는 삼가 두어 줄의 글발을 마지막으로 올리나이다.

도리켜 생각하면 모든 것이 불초한 이 몸의 잘못인 줄 아오나 세상을 떠나기로 결심한 이 마당에는 여한(餘恨) 되는 일이 전혀 없지도 않삽나이다. 그러나 기위 죽기로 작정한 바에야 장황한 말이 무슨 소용이 있겠습니까? 지금 저의 할 일은 오직 한시밧비 죽는 것이 남었을 뿐이외다. 그것이 선생님을 위하는 일인 동시에 또한 제 몸을 위하는 가장 최선의 방법이라 생각하였나이다. 죽엄으로써 지나간 잘못과 또한 앞으로 저지를[180] 죄과를 미리 청산하랴고요!

남 선생님 !

그럼 안녕히 게십시요! 선생님의 사업과 아울러 기리 행복하시기를 축수하오며 총망 중 이만 그치나이다.

　즉 일　선 주　　올 림

선주는 이와 같이 남표에게 하는 편지를 쓰고 나서 다시 신경아에게 딴 장으로 옮겨 썼다.

경아 씨!

그동안 많은 잘못은 용서하여 주십시요! 하긴 마지막 떠나는 이 마당에

---

180) 원문은 '저질를'.

피차간 흉중을 터러 보고도 싶습니다만 거북스런 이 자리가 그런 기회를 주지 않으니 어찌 할 수 없습니다.

그러나 또한 어찌 생각하면 무언(無言) 중에 갈리는 것이 모든 문제를 원만히 해결질 것 같습니다. 그래 죽엄으로써 영원한 무언(無言)을 선택(選擇)한 것이올시다.

난마와 같이 얽힌 심정은 오직 끊어버리는 것이 마땅하지 않습니까?

경아 씨! 사실 당신과 나와는 아무 관계도 없습니다. 또한 남표 씨와 나의 지나간 관계는 임의 선생에게 즉접 들으서서 잘 아실 줄 압니다. 그러면 모든 잘못을 죽엄으로써 청산하는 이 몸에 대해서는 조금도 괘렴치 마시옵고 남 선생과 영원한 행복을 누리시기를 지하에서 비러 마지않습니다.

선주는 이와 같이 편지 두 장을 써서 책상 설합에 접어넣고 친정어머니와 남편에게 끝으로 쓴 것은 봉투에 넣어서 손가방 속에다 간수하였다.

그리고 나니 이 세상에서 할 일은 다 한 셈이다. 인제는 죽으면 고만이다. 어듸서 어떻게 죽어야 할까?……

불현듯 어떤 생각이 든 선주는 윗방으로 올라가 보았다. 그는 선반 위에 언친 약병을 둘러보았다. 마침 그 때 선주도 독약이라고 쓴 조고만 약병을 발견하자 얼는 그 병을 집어서 품 속에 감추었다.

이에 안심한 선주는 아랫방에서 손가방을 들고 천연이 나왔다. 그 길로 그는 안뜰로 드러서며 우선 주인 식구에게

『갑자기 차저 와서 페가 많었습니다. 그럼 안녕히들 계십시요』

하고 인사를 한다.

『아니……웨 가시렵니까?……남 선생님두 안 보시구……』

『뭐……뵈옵지 않어두 좋습니다. 아까 간다고 말슴드렸으니까요』

『그렇지만……하루나 쉬여가시지 오섰다가 바루……』

주인 내외가 못내 섭섭해 하는데

『아니 괜찮습니다. 경아 씨! 그럼 먼저 실례합니다.』

선주는 인사를 마추자 그 즉시 발길을 돌리였다.

경아가 내다보았을 때 임의 선주의 그림자가 문밖으로 사라진 뒤였다. 경아는 미처 대답도 할 새도 없었든 것이다. 이런 자옥에 잘 가라는 인사가 도리혀 쑥스럽지 않은가. 다만 선주를 앞서 자기가 먼저 못 간 것이 후회될 뿐이다.

『그런데 웬일일까?……남 선생님두 안 만나구 그냥 간다는 게……』

주인영감은 선주의 태도가 수상한 점에 다시금 의심을 품으며 좌우로 눈을 굴린다.

『아마 남 선생님이 가라구 그러신 게지 뭐에요!』

애나가 열싸게 부르짖는다.

『글세……그렇긴 한 모양인데……여적 빈 방에서 무엇을 했을까!』

모친이 딸의 말에 안심찮게 대꾸를 하였다.

『뭐 울었게지-울 일을 누가 하랬든감!』

선주의 어떤 눈치를 챈 애나가 샐쪽해서 부르짖는데

『애나 씨! 나두 가야겠어요. 더는 붓잡지 마세요』

하고 경아는 별안간 짐을 챙긴다. 그 바람에 이 집 식구들은 다시 놀래며 어쩔 줄을 몰라 한다.

『아니 신 선생님은 또 웬일이십니까요? 그 손님이 가셨다구 신 선생님마저 가실 일은 없지 않습니까?』

주인영감이 먼첨 내는 걸

『그런 게 아니라 원체 아까부터 제가 먼저 갈려든 만큼 이젠 고만 가바야겠지요-공연히 와서 소란만 떨구 미안합니다.』

경아는 부득부득 갈 차비를 차리러 들지 않는가.

『소란은 어디 신 선생님이 떠렀나요! 그 손님이 떠 본 게지- 하여간 오늘은 날세두 좋지 않구 내일 가시지요』

『아니에요 가야겠세요』

『그럼 가시더라두 남 선생이 드러오시거든 만나보시구 가야지……곧 드러 오실텐데요』

모친의 말에 애나는 다시 용기를 내여 경아가 들고 섯는 가방을 뺏는다.

『이 담은 이 담이구 지금은 지금이 아니여요 마치 싸우구 가시듯 해서야 어듸 마음이 좋습니까?……그렇지 않어두 언제든지 가실 때는 섭섭할 건데……』

『그러기에 말이지!』

애나가 울상을 짓고 말하는데 모친은 덩다러서 눈물이 글성하다.

『신 선생은 공연히 그러시여! 안 할 말로 싸왔드라두 그 손님과 남 선생이 싸우신 게지 어듸 신 선생이 싸우셨습니까? 그리고 그 손님은 아무 관계도 없다는데 뭐 상관하실 것 있습니까……단지 집안이 잠시 소란하니까 그게 불안스러워서 편편치 못하신 생각이 드시나봅니다만 어듸 누가 뭐라구 엿줬나요……신 선생님한테는 남 선생님두 아무 말이 없지 않습니까……더구나 우리 집 식구는 아무러치두 않으니까 조곰도 미안하게 생각하실 것 없이 예정대로 편히 쉬시다가 가십시요—그래야만 우리두 덜 섭섭하지 못처럼 오셨는데 이렇게 가신다니 말이 됩니까 원……』

『그렇지만 댁에서는 양해하신다 치드라두 동리 어룬들이 어떻게 아[□]는지 모르지 않습니까?… 저야 무슨 소리를 듣는대도 관게없겠지만 자연 남 선생님한테까지 좋지 못한 영햐이 미치게 된다면……』

사실 경아는 그 점을 더욱 고려했다.

『원— 천만의 말슴을 다 하심니다그려! 그런 걱정은 아여 마십시요』

이렇게 한참동안 승갱이를 치는데 그제야 남표가 들에서 도라온다. 그는 논 속으로 드러섰는지 바지가랑이에 흙물이 튀였다.

『아니 인제 오십니까 마침 잘 오셨습니다』

주인영감이 반갑게 내다르며 아른 체를 한다. 그러나 남표는 셈을 모르고 어리둥절할 뿐이었다.

『아니 물꼬를 타노셨습니까? 옷에 맨흙칠을 하셨으니』

영감은 빙긋이 웃으며 남표를 처다보는데(논꼬를 볼 경황이 어듸 있느냔 듯이ㅡ)

『네ㅡ 난데없는 물이 모짝리로 대드렀기에 타노았지요』

하고 남표는 집고 나갓든 종가래를 허간으로 갓다 세운다.

『그런데 신 선생님이 가시겠다는 걸 여태 못 가시게 만류하는 중입니다 아까 그 손님이 가신 뒤에 신 선생두 벗적 가시겠대서요』

『네?ㅡ그 손님이 갔어요?』

남표는 약간 의외로 놀내는데

『조곰 전에 가셨세요!』

하고 이번에는 애나가 마주 나서며 대답하였다. 그는 은근히 남표의 눈치를 살피고 있었다.

『뭐 그 손님이 갔다구 신 선생까지 가실 일은 없겠지요』

남표는 쓴웃음을 배앗트며 이러게 한다.

『글세 말입니다 우리도 신 선생께 그런 말슴을 했답니다』

영감의 말에 이어서 남표는 여전히 침울한 기분으로

『만일 신 선생두 기여코 가시겠다면 그럼 저 역시도 이 마을을 떠날 수밖에 없겠지요』

『아니 건 또 무슨 망녕의 말슴이오니까?』

영감은 깜짝 놀래서 남표에게 불안한 시선을 쏘앗다.

『피차간 연대 책임이 있지 않습니까?ㅡ신 선생이 그 손님 때문에 가신다면 나두 그 손님 때문에 가야만 되겠지요』

『하하ㅡ그러니까 신 선생더러 가시지 말나는 말슴이군요! 암 그러치요 신 선생이 가시게 되면 남 선생님두 가서야 하실 경우니까 신 선생님은 못 가십니다』

남표가 지금 한 말은 정작 그런 의미로 한 말이 안인데 영감은 뒤집어
듯고 이렇게 둘쳐씨우며 너덜웃음을 웃는다. 경아는 그동안 방문 앞에 그
대로 서 있다. 그는 남표까지 이 집 영감과 맛서 드는 바람에 간단 말도
안 간단 말도 못 하고 있다.

『경아 씨! 정히 가시고 싶다면 가서도 좋으나 잠깐 할 말슴이 있으니
이리 좀 나오시오』

이때 남표는 별안간 근엄한 태도를 지으며 경아를 불너내였다.

『네……』

경아가 나직이 대답하고 나가보니 남표는 벌서 자기 방으로 드러갔다.
그래 경아도 무심히 들어갔다.

그런데 남표는 웬일인지 방 안과 책상 위로 둘네둘네 무엇을 살피다가

『이 방에 누가 들어왔었나요?』

하고 경아에게 의심스레 뭇는다.

『아니요…… 여적 그 분이 혼자 있다가 나오나 부든데요!』

『일성인 안[에] 없었나요?』

남표는 책상 설합을 빼놓고 뒤지면서 다시 뭇는다.

『아무도 없었나 바요!』

경아는 웬일인지 몰르건만 공연히 가슴이 울렁이는데 그 때 남표는 웬
편지 쪽지를 끄내들고 펴보다가

『에스……』

소리를 치며 방바닥으로 떠러트린다.

『아니 웨 그래세요?』

경아도 마주 놀래며 남표의 앞으로 대드렸다.

『아! 이건 유서가 안인가요?……』

『그렇습니다.─경아 씨한테도……』

남표는 또 한 쪽지를 맥없이 경아게로 내미는데

『네! 나한테도요?』

경아는 벌벌 떨리는 손으로 그것을 받아서 내리 읽었다. 경황 없이 사연을 대충 읽고 난 경아는

『이 일을 어찌합니까? 선생님……』

간신히 말하고 몸을 신장때처럼 떤다.

남표는 두 눈을 감고 무엇을 생각하다가

『선주가 나간 지 얼마나 되었나요?』

『한 삼십 분 되였겠세요!』

경아는 여전히 몸을 떨었다. 별안간 남표는 벌떡 이러나서 윗방으로 올라갔다. 그는 우선 약병을 점고하였다. 그 바람에 경아도 쪼차 올라가 보았다.

『독약을 가저 갔군요! 독약을!』

남표가 열에 뛰여 부르짖는데

『네 독약을?……아이구 저를 어째요?……』

경아는 망지소조해서 어쩔 줄을 모른다.

남표는 그 길로 황망히 옷을 떼입고 밖으로 뛰여 나갔다. 그는 선주를 찾어 나갔다.

『선생님 저두 가겠세요!』

이 바람에 왼 집안은 발끈 뒤짚여서 사방으로 선주를 찾어 나섰다. 남표는 그 길로 정거장으로 자전거를 타고 달려간다. 그러나 남표가 도착하기 전에 하르빈으로 가는 차는 벌써 떠났다 한다.

廣野에 쓴 별

남표는 정거장에서 허행을 하고 되도라오다가 중간이 채 못 되는 지점에서 경아와 마주쳤다.

선주의 거취는 정거장에서도 모른다는 것이다. 경아는 손가방을 들고 어제 처음 올 때처럼 갈 차비를 차리였다.

그는 남표가 혼자 오는 것을 보더니만 다급하게

『못 만났세요?』

하고 실망한 표정으로 뭇는다.

『네! 차가 벌써 떠났답니다』

남표가 이렇게 대답하니

『그럼 어듸로 갔을까요……동리 근처에는 사방 찾어보아도 없다는데요』

하고 경아는 자못 망단해 한다.

『아마 어듸로 멀리 간 게지요―이 근처에서만 별일이 없었다면……』

『그럼 죽지 않았을까요?……아니 차를 타구 가다가 어듸서 죽으면 어떡해요!』

사실 경아는 그런 염녀가 다시금 가슴을 조이게 하였다.

『뭘― 설마 죽을나구요…‥ 또 멀리 가서 죽는 게야 할 수 없잖어요!』

『할 수 없다니요! 남 선생님 너무두 잔인하십니다.』

이 말에 샐죽해서 도라서며 울음 석긴 목소리를 삼킨다. 경아는 아까 선주의 모습이 두 눈에 삼삼할수록 지금 어듸서 독약을 먹고 씨러저 고민하지나 않는가 하는 칙은한 생각과 아울러 자기를 원망하는 음성이 귀스

결에 들리는 듯 두려워 못 견듸겠다.

『내가 잔인하다구요? 웨요?』

남표는 자전거를 씨러눞이고 길 옆 언덕 위의 잔버들숲 그늘 밑으로 앉는다.

『좀 안지시죠?』

『안이면 뭐여요?…… 드러오기가 무섭게 가라구만 그러시니 누구든지 그런 박대를 받으면 마음이 좋겠세요……』

『그렇지만 제가 한 짓을 생각하면 그보다 더한 모욕을 당하더라도 한 가181)를 못 할 것 안닙니까』

남표는 솔직히 자기의 심정을 말하였다.

『그렇지만 선주 씬 호의로 선생님을 차저 온 게 안이여요…… 지금 생각하면 신경에서 저한테 한 소의까지도 모두 선생님을 위해서 그런 것 같은데요……』

원망하듯 처다보며 경아의 묵소리는 떨리었다.

『모두 나를 위해서라뇨?』

경아의 이번 말에는 남표가 의외로 놀래지 않을 수 없었다. 그는 갑작이 심경이 변해진 까닭일까―실로 맹낭한 생각이 든다.

『……안이면 뭐애요!』

『아니 어째서요?』

『뭘 어째서여요!…… 자살을 하기까지 결심한 것을 보면……선생님을 지금두 사모하는 까닭이 안이여요 그런데……』

『경아 씨! 아여 그런 말슴은 마십시요』

하고 남표는 다시금 엄숙한 어조로 부정한다.

『선주는 나를 새삼스레 생각할 이유도 없거니와 가사 있다손 치드라두

---

181) 원통한 일에 대하여 하소연이나 항거함.

난 그런 사랑은 받고 싶지 안소. 한데 이제 다시 경아 씨까지 이렇게 오해를 하십니까?……』

『제가 오해한 게 아니라 사실이 그쯤 되시지 않았어요- 물론 제가 여기를 오지 않았다면 선주 씨도 막다른 생각은 안 먹었을 것 안이여요…… 그래 저는 이번에 만일 선주 씨가 죽는다면 그건 저 때문에 죽은 줄 알겠어요……아 그런 생각을 하면 제 마음이 괴로워요!』

그러자 경아는 별안간 두 손으로 얼굴을 가리우며 흘흘 늣겨 울기 시작한다. 동시에 그는 어떤 공박관렴(恐怕觀念)에 걸린 때와 같이 덜덜 떨면서

『선생님! 어서 선주 씨를 차저 보세요. 그이는 저를 원망하구 죽을테니요…… 저는 남의 원구를 듯구 싶잔어요- 그리구 그의 죽엄이 아깝지 안습니까? 네 선생님-』

『…………』

그러나 남표는 아무런 대꾸도 않았다. 그것은 어제 낮에 경아가 졸도하든 장면을 회역해본 까닭이다. 이제는 대수롭지 않은 자기의 고백에도 그와 같은 발작을 하였다면 오늘 선주의 유서에는 더욱 큰 충격을 받았을 것이 안인가. 하다면 지금 경아의 정신 상태가 결코 정상적이 안인 것 같다. - 남표는 이런 생각이 들자 불현듯 겁이 더럭 난다…… 그것은 경아야말로 정말 죽을까 무서운 생각이다. 그래 남표는 잠시 속으로 궁리해 보며 겉으로는 경아의 눈치를 살피었다.

사실 경아는 선주에게 무한한 동정이 갔다. 아까까지도 그는 선주를 웬수처럼 미워하였으나 지금은 그와 반대로 다시없이 위하고 싶은 사람 중의 하나였다. 그것은 웬일일까? 선주는 자기를 희생하기 때문이였다.

그리고 선주가 죽기까지 결심하였다는 것은 과연 남표를 사랑함이 안이였든가. 지난 일은 하여간에 지금은 남표를 사랑하는 것 같다. 비록 그는 남의 안해가 된 몸이라 하더라도-그것이 정신적에 그친다 하더라도-남표를 사랑하지 안이치 못하였든 까닭이다. 그런데 자기의 출현(出現)으로

그도저도 못하게 된 줄 알자 그는 막다른 골목으로 드리쪽겼다. 이에 전후 좌우로 갈길이 막킨 그는 마침내 최후의 결심을 한 것이 안이였든가.

이러한 생각이 들수록 경아는 선주가 불상하였고 그만큼 그는 선주를 죽였다는 책임감을 느끼게 되었다.

『경아 씨! 당신은 어제 들에서 내 말을 듯고 나서 나종에 뭐라고 하셨든가요?……그때 나의 고백을 지금도 진정하다 생각하신다면 새삼스레 선주를 동정할 필요가 없지 않습니까? ……우리는 덮어놓고 현실에 몰각할께 아니라 자기의 립장에서 냉정히 비판해야 될 줄 압니다…… 그렇지 않으면 사물을 정당히 판단하지 못 하는 동시에 공연한 오해와 비극을 만드는 수가 있습니다.』

남표가 침착하게 경위를 따저 말하고 싶은 것은 되도록 경아로 하여금 정신착란(精神錯亂)에 빠지지 않게 하랴고 로력한 때문이였다.

『어제는 그랬세요…… 선생님 말슴을 진정으로 듯기도 하였세요…… 그렇지만 오늘은 다르지 않습니까…… 그것은 선생님 말슴보다도 선주 씨의 행위에 더 큰 진실성(眞實性)이 있기 때문에……』

경아는 여전히 애달분 표정으로 시름 없이 말을 한다.

『아니 그럼 이제 내 말이 거짓말로 드러났다는 것인가요?』

불현듯 남표는 분로가 치밀어서 퉁명스럽게 반문하였다.

『아닙니다 그런 의미로 한 말슴이 아니에요. 지금도 전 선생님의 어제 말슴을 허위라고 생각하진 않었어요…… 하지만 선주 씨의 입장으로 볼 때는─ 그렇지가 않을 것 같아요…… 아니 그 전에도 선주 씨가 선생님 말슴과 같은 행동을 했었는진 모르지만 지금은 그렇지가 않단 말슴이예요…… 뭬 안 그러냐구요?……말보다 증거로 선주 씨는 선생님을 위해서 훌륭하게 죽엄의 길을 취하지 않었습니까』

경아도 억색한 심정을 것잡지 못하고 홍분해서 마주 부르짖었다.

『훌륭한 죽엄이라니?……아니 경아 씬 선주를 정말 그렇게 생각하십니까?』

남표는 기가 막힌 듯이 경아를 처다보며 말한다.

『그럼 무에여요?……죽엄은 절대적이 아닙니까』

『만일 나를 정말로 위할 생각이였다면 선주는 죽지 않고 살어야 할 것입니다…… 그것은 선주의 처지로서는 얼마든지 살 수가 있기 때문이외다. 그런데 그가 죽는다는 것은 일부러 값 싼 죽엄을 취한 것 밖게 없지요.』

선주의 행동을 남표는 이와 같이 냉정히 비판하였다.

『어째 그럴까요.』

경아는 남표의 지금 말을 이해할 수 없는 듯이 되집허 묻는다.

『값 싼 죽엄이라니요?』

『죽지 않는 게 옳은데 죽으러드니까 값 싼 죽엄이지요! 그런데 경아 씬 훌륭하다시니 건 또 무슨 의미일까요!……』

『누가 죽기를 좋아서 죽겠세요. 그만큼 어려운 죽엄을 취한 것이 훌륭하단 말슴이죠.』

『건 공연한 말슴입니다. 세상에는 호강이 겨워서 일부러 죽는 사람두 있으니까요─말하자면 선주두 그런 축에 들지 않을까요.』

『네?─ 선생님은 그렇게 생각하세요! 너무도 무정하십니다 선주 씨가 불상치도 않습니까』

『불상한 것과 죽는 것은 별문제입니다.』

남표는 자못 불쾌한 듯이 부르짖으며 벌덕 이러섰다.

『대관절 경아 씨는 어쩌실려구 이렇게 나오셨나요?』

신경이 극도로 예민해진 경아를 상대해서 옥신각신 이론을 한대야 아무 소용 없을 줄 알자 남표는 결론으로 들어서 보았다.

『선주 씨를 찾어 나왔세요? 선생님! 이렇게 한만히 있을 게 아니라 어서 찾어가 보세요.』

하고 경아는 다시금 초조해한다.

『난 안 가겠습니다』

『네?……』

『그런 델 갈 시간이 있으면 차라리 낮잠을 자지요』

『아니 무엇이라고요?』

경아는 한 걸음 닥어서며 분해서 쌔근거린다.

그는 갑작이 모욕을 당한 듯한 자기를 발견하였기 때문이다.

『선주는 벌써 어듸 가서 죽었는지도 모르지요 그렇지 않다면 죽지 않고 그저 살었슬 터인데 찾저 나스면 뭘 하겠어요』

『아 아…… 난 몰라요!……』

별안간 경아는 다시 도라서며 호들갑스럽게 느껴 운다. 이때 남표의 사정은 딱하였다. 부아가 나는 대로 하면 내버려 두고 그냥 가고 싶다. 그러나 마치 어린애처럼 감정이 예민해진 경아를 혼자 두었다가는 무슨 일을 저질늘는지 염려가 없지 않다. 그것은 선주보다도 경아가 정말 먼저 죽을 것 같었기 때문에ㅡ.

그래 남표는 자기를 억제하고 다시금 경아를 달래 본다.

『경아 씨 왜 이러세요? 어서 집으로 들어가시지요.』

『싫여요! 난……』

마치 응석하는 아이처럼 경아는 몸을 뒤틀며 앙탈을 한다.

『그럼 어디로 가시겠습니까?』

『어듸로 가던지 내버려두세요…… 난 선생님이 그렇게 무정하실 줄은 몰랐세요……』

『내가 무정해서 그럴까요』

부지중 남표는 한숨을 내쉬였다.

『그러지 마시구 다시 정안둔으로 들어가시죠ㅡ 지금 경아 씨는 신경이 극도로 예민해지신 것 같습니다』

『…………』

한동안 경아는 죽은 듯이 아무 말도 않는다. 그는 자신을 어찌 처치해야 좋을는지 모르는 것 같았다. 남표가 선주를 찾어 나선다면 자기도 가치 가자 하겠는데 그가 안 간다니 혼저 나설 수도 없는 일이였다.

『전 신경으로 가겠어요』

『아니 별안간 웨 그러시나요』

남표는 다시금 실망한 표정으로 처다본다.

『별안간이 아니라 아까부터 갈랴 하였세요』

『그렇지만 지금 곧 안 가서도 좋지 않습니까. 멀리서 못처럼 오섰다가……』

『그래두 전……아……』

경아의 목소리는 여전히 울음이 섞끼였다.

그는 벌써 당초의 목적과는 틀렸다는 오직 절망을 느낄 뿐이였다.

『정말 그러십니까……』

『네……』

『정히 가시고 싶다면 할 수 없겠지요 그러나 댁에까지 잘 가시겠습니까?』

『잘 가잖으면 언젠 누가 잘 못 간댔세요』

경아는 한데중 꼬부장하게 토라진 속이였다.

『아니 그랬다는 게 아니라 지금 가시다가 혹시 옥생각[182]을 하시구 무슨 일을 저질르신다면……물론 그러실 일이 없겠지만……』

하고 남표는 경아의 눈치를 보아가며 비위를 마추러 든다.

『저두 죽을까바서요!』

홱 도라서며 경아는 예리한 눈총으로 남표를 쏘아본다. 무의식 중에 그

---

182) 공연히 자기에게 해롭게만 받아들이는 그른 생각.

는 선주와 한 편이 되여서 여자의 본능으로 남표에게 육박하였다.

『아니 혹시 그런……』

『제가 무엇 때문에 죽을까요?』

『물론 그렇습니다.』

『선생님은 저까지 죽었으면 좋으시겠지요?』

『아니 누가 그……그런 말슴을 했나요』

남표는 기가 막켰다.

『그만두세요…… 한 일을 보아 열 일을 알겠세요……』

『아니 경아 씨…….』

『그렇지만 선주 씨가 죽었다면 어쩌야 좋을까?…… 흙?』

경아는 다시금 어깨를 들성이며 목을 놓고 크게 운다.

그러자 그는 천방지축 정거장 편으로 뛰여 간다.

이 바람에 얼을 먹은 남표는 자전거를 놓아둔 채로 경아를 쪼차 갔다.

그는 경아의 앞길을 막어서며

『어되로 가십니까?』

하고 가뿐 숨을 모라 쉰다.

『집으로 가겠세요』

경아는 핼슥한 얼굴을 처들며 옆으로 남표를 피해 간다.

『아니 정말로 가실 작정입니까?』

『네!』

『그럼 나하구 가치 가시지요』

『네?……』

남표의 말이 무슨 뜻인지 모르는 듯이 경아는 잠깐 덩둘하니 처다본다.

『나두 신경까지 가겠습니다.』

『웨요?…… 무슨 일로요?』

『시험을 치르러 가겠세요』

남표는 천연히 대답하였다.

『시험을요?…… 언제가 시험인데요』

『좀 멀었습니다만 미리 가서 기다리지요』

『웨 미리 가서요.』

『좀 그럴 일이 있어서요』

『그럴 일이 뭐여요 나 때문에 가신단 게 아니여요』

『그렇습니다』

『고만두세요─ 나 혼자 가겠세요』

경아는 다시 앙탈을 하며 길을 피한다.

『혼자 가시는 게 염려되여서 그럽니다』

『그런 염려는 아여 마시래두……』

『아니 정말입니다 고집하지 마십시요』

마침내 남표는 할 수 없이 경아의 손목을 붓잡었다. 뜻밖게 손목을 붓들리자 경아는 마치 악한한테 봉욕을 당한 때와 같이 악! 소리를 치며 손목을 뿌리쳤다. 그 순간 그는 길도 없는 밭고랑으로 대드러서 한참동안을 정신없이 뛰어갔다.

나중에 생각해 보니 경아는 그때 왜 그렇게 남표를 피해서 다러났는지 모르겠다.

하긴 다시 안 붙들릴랴고 무아몽중 그렇게 도망했지만─.

그러나?…… 경아는 얼마쯤 뛰여 가다가 숨이 차서 못 견듸겠어서 그 자리에 우뚝 섰다. 비로소 정신이 나서 도라보니 남표는 저만큼 보이는데 망연히 그 자리에서서 이편을 바라본다. 그는 경아가 마치 미친 사람처럼 도망질 치는 바람에 망연자실한 모양이였다.

그때 마침 쿠리와 같은 행인이 한 패 지나간다. 남표는 경아를 쪼차 갈 용기가 나지 않었다. 그렇다고 그는 내버려 두고 그냥 갈 수도 없었든 것이다.

두 사람의 이와 같은 심경은 잠시 시간의 여유를 주었다. 경아는 남표가 안 쪼차오려는 눈치를 보자 마음을 놓고 그 자리에 주저앉었다. 그는 울퉁불퉁한 밭고랑을 뛰여 왔기 때문에 구두 신은 두 발이 몹시 아펏다. 게다가 흙이 구두 속으로 들어갔다. 그래 그는 구두를 벗어들고 흙을 털었다. 날은 여전히 흐렸다 개였다 한다. 거센 바람이 간간 부러온다. 경아가 구두를 다시 신고 막 이러나랴 할 무렵이었다.

무심히 좌우를 둘러보았을 때 밭고랑 저편에—잔버들 울타리로 경계선을 막어 심은 바로 옆에 웬 사람이 쓸어졌다. 자세히 보니 그는 여자 같었고 신음하는 소리가 가늘게 들리는 듯 하였다.

일순간 경아는 어떤 생각이 번개 같이 떠올르자 쏜살같이 그 곳으로 뛰여 갔다.

과연 쪼차가 보니 그 여자는 예감했든 바와 같이 선주가 확실하다.

하나 불행이 그는 임이 독약을 마신 것 같다.

빈 약병이 땅바닥에 쓰러저 있고 인사불성이 된 그는 두 눈을 딱 감었다. 모든 점으로 보아서 선주는 불과 얼마 전에 약을 먹은 모양이였다. 그렇지 않으면 그는 벌써 죽었을 것이 아닌가.

이 광경을 목격한 경아는 엉겹결 발을 동동 굴르며 손짓을 해서 남표를 불렀다.

『남 선생님!』

남표는 경아가 왜 또 뛰여가는지 몰라서 멍청히 바라보다가 별안간 외마듸 소리로 부르는 바람에 정신이 없이 쪼차갔다. 한데 뜻밖에 선주를 발견하자 자기도 모르게 부르짓는다.

『선주 정신 차리오! 이게 웬일이오!』

가슴 위에 손을 놓고 흔드러 보았으나 선주는 눈도 떠보지 않고 그대로 고민한다.

아까 먼점 나온 선주는 곧장 정거장을 향하야 오든 길을 총총히 걸어

나갔었다.

그러나 가만이 생각한즉 정거장으로 가다가는 십중팔구 들릴 염려가 있다. 만일 남표가 들에서 들어오는 길로 즉시 책상 속을 뒤저 본다면 자기가 써놓은 유서가 발견될 것 아닌가. 남표는 그 뒤를 쪼차 올 것 같다.

이런 의심이 난 선주는 행길을 비켜 놓고 밭고랑으로 들어섰다. 그는 잔버들 숲속으로 몸을 숨기며 걸었다. 그 밖게는 도무지 숨을 곳이 없다. 아직 초여름인 들안은 어듸나 잘판한 평지였다. 곡식도 크지 않았고 잡초도 무성한 곳이 없다. 그야 강펄로 나갔으면 좋겠지만 거기는 다초할 뿐더러 가는 동안 이 역시 빤히 내다보임으로 어듸서나 눈에 띄울 염려가 있었다.

물론 한시바뻐 죽고 싶은 선주는 아모 데서나 목적을 달하고 싶었다. 그는 약[을] 준비한 만큼 지금이라도 자처할랴면 할 수 있다. 한데 선주는 죽는 이 마당에도 또 한 가지 꺼림한 일이 있었다.

그것은 이 근처에서 죽으면 역시 그들에게 폐를 끼친다는 생각이였다. 하긴 죽는 사람이 그런 것 저런 것을 헤아릴게 뭐 있으며 또한 가진 돈이 수백 원 되니 그만하면 매장비야 안 되랴만은— 기왕 그들을 위해서 죽을 바에는 죽어서까지 폐를 끼칠 며리가 없지 않은가 하였다.

그래 그는 해가 지기를 기다려서 강펄로 나가든지 그렇지 않으면 산속으로 들어가서 가만이 죽자 한 노릇이 고만 일이 뜻과 같이 안 될 줄을 누가 알었으랴. 선주는 지금 있는 버들숲 밑이 제일 안전한 자리로 선택하고 앉았었다. 과연 거기는 행길에서는 수풀에 가리워서 안 보인다. 그만큼 선주는 해질녁까지 안심하고 기다리자 하였다. 그는 생각하기를 정거장이 멀지 않은 여기까지는 누구도 찾어 오지 못하려니 하였다. 그들은 곧장 정거장으로 쪼차 나가든지 그렇지 않으면 동리 근처나 뒤질 것이라 싶었기 때문에—.

그런데 공교롭게도 남표와 경아가 이 지경에서 마조칠 줄은 어찌 알었으며 또한 그들이 승강을 치다가 경아가 밭고랑까지 뛰여 들어올 줄을 누가 알었으랴! 경아가 남표를 피해서 그만큼 뛰여오지 않었다면 그도 물론 선주의 존재는 몰랐을 것이었다.

하긴 선주도 처음에는 누가 오는지 전혀 몰랐다. 그는 지금도 역시 그동안에 지나가는 통행인과 같이 심상히 인끼척을 듣고 있었다마는 조심스레 몸을 숨긴 것은 혹시 어떨까 하는 겁을 먹었기 때문이다.

그런데 별안간 웬 여자가 바로 자기가 있는 곳을 목표로 하고 일직선으로 뛰여오지 않는가! 선주가 처음에는 경아인 줄도 몰랐다. 그는 여적까지 안전한 자리로 알었다가 고만 들켰다는 생각에 아무 정신이 없었다. 단지 겁이 더럭 나기를 그는 자기를 발견하고 뛰여 오는 것이라는 생각 뿐이였다. 이에 아연실색한 선주는 그에게 붓들리기 전에 우선 약을 먹어야겠다는 급한 마음으로 얼는 병마개를 빼들고 격구로 마서버렸든 것이다.

이렇게 목적을 달하고 나니 이제까지 인간 세상에 대한 모든 상렴이 일시에 사라지고 도리혀 가슴이 후련한 것 같다. 그것은 완전히 죽었다는 생각이였다. 그래 그런지 그 순간은 별로 고통도 모르겠다. 그는 아주 얼 빠저서 그랬는지 모른다.

미구에 정신이 앗질하며 하눌이 빙빙 도라간다. 가슴 속으로 무엇이 치미는 것 같으며 별안간 토기(吐氣)가 올라온다.

(아! 인제 죽는구나……)

어렴푸시 그는 이와 같은 최후의 의식이 드렀다. 무서운 동통이 왼 창자를 끊어 내는 것 같었다. 바로 그때 경아와 남표가 달려왔든 것이다. 그 뒤로 인사불성이 되였다.

『경아 씨 내가 얼른 집에 갔다 올테니 여기 계시죠』

『네!』

남표는 그 길로 자전거를 타고 집으로 들어가서 위세장기(胃洗臟器)와 주사도구를 가저 왔다.

『선주! 인제 정신이 낫소?』

하고 반색을 해서 드려다 본다. 그는 부지중 눈자위가 뜨거워졌다.

『아니…… 그만……』

선주는 눈을 똑바로 뜨고 쏘아보는데 그것은 가지 말라는 표정이었다.

『선주 웨 이런 짓을 했소? 우선 이 약을 자십시다.』

재빨리 남표는 물약병을 끄내였다. 그는 손가락을 입 안에 넣어서 토하게 한 뒤에 센조를 하고 다량의 강심제를 주사로 놓아가며 최선의 구명을 해 보았다. 그러나 도저히 소생할 가망은 없었다.

선주도 그런 줄을 알었든지 약물을 흘려넣는 대로 마신다.

그는 목이 말른 모양 같었다.

『더 마시죠!』

경아가 부축이며 말한다.

『아냐…… 인젠 고만두구…… 거기 앉어수……난……여기서 죽겠어요……아……』

선주는 가뿐 듯이 어깨숨을 모라 쉰다.

그는 두 눈겉에 눈물 자국이 흘러 있다.

『선주 씨 나를 아시겠세요 글세 웨 이런 짓을 하셨세요.』

경아가 자기를 한 손가락으로 가리치며 목매친 울음을 느껴 울으니 선주는 경아의 편으로 눈알을 힘 없이 굴리면서

『경아 씨!…… 그 밖게 도리가 없어서……죽기 전에 다시 만나보니……고맙소……』

하고 눈물 속에 간얄핀 웃음을 먹는다. 그 모양이 매우 처량하여서 참아 볼 수 없기 때문에 경아는 이편으로 고개를 돌리였다.

그러자 선주는 다시 두 눈을 딱 감고 괴로운 듯이 헐헐 느낀다. 미구에 그는 왈칵! 지금 먹은 약물을 토해낸다.

『아 더 토해요! 더!』

경아가 손수건을 꼬내서 입 언저리를 씻겨 주며 부르짖는다. 그는 혹시 선주가 작구 토해서 독기를 배터내면 싶었다.

한참만에 선주는 다시 정신이 깨여났다.

『남표 씨! 용서해주서요…… 그리구 경아 씨두…… 난 여기서 기뿌게 죽겠어요……아…내가 죽거든 이 근처에 무더 주세요……그리고 당신들은 이 동리에서 처음 뜻대로 살어 주세요……나는 지하에서 빌겠세요…두 분의 행복을……아……아……』

그동안 마을에서는 여러 사람들이 사방으로 허터져서 선주의 간 곳을 찾아 헤맷으나 도모지 종적이 묘연하였다. 그런데 먼저 찾아 나선 남표는 자전거를 타고 정거장으로 나갔는데도 아직 도라오지 않고 경아도 그 뒤를 따러 갔는데 소식이 없으니 웬일일까?…… 별안간 웬 여자가 튀여드러서 자살소동이 난 것부터 맹랑한 데다가 남표와 경아까지 없어진 것은 더욱 그들로 하여금 웬 영문을 모를 만큼 정신이 빠지게 하였다.

이에 그들은 너나 할 것 없이 궁금한 생각이 드러가서 정거장 편으로 나가다가 남표와 마주쳤다.

현림이와 경한이는 자전거를 타고 먼저 달려갔다. 일성이는 그 뒤를 줄다름처 쪼차 가다가 경한이가 탄 자전거 뒤채에 올라탔다. 허달이는 들에 나갔다 도라와서 이 말을 듣자 점심도 안 먹고 뒤쪼차나갔다.

정 노인과 둔장 김 주사는 학교 문 앞 동리 어구까지 나와서 멀리 정거장 편을 내다보고 섰다. 마을 여자들도- 애나의 모녀를 선두로 하고 우물 옆에 둘러서서 끼리끼리 수군거린다.

『대관절 이게 웬일이라오?』

김 주사도 정 노인을 도라보며 불안스레 묻는다.

『글세 원……맹랑한 일이 생겼군요』

정 노인은 입맛을 쩍쩍 다시였다.

그들이 한다름에 쫓아가보니 과연 거기에는 남표와 경아가 경황 없이 앉어 있고 그 옆에 선주가 명재경각 쓸어졌다.

『아니 이게 웬일입니까?』

현림은 우선 남표에게 느닷없이 무러본다.

『예……』

『대관절 여기 이렇게 계서서는 안될 게 안인가요』

경한이가 당황해서 남표에게 의향을 뭇는다.

『그렇지만 지금은 어찌할 수 없습니다―벌써 때가 늦었으니까요』

남표는 두어 걸음 물너서며 가만히 소곤거렸다.

『아 그리 되었나요.』

그들은 서로 눈을 마초며 엄숙한 표정을 짓는다.

현림이 근심스레 선주의 앞으로 가서 공손히 머리를 숙여보며

『어떠십니까? 좀 정신을 차리십시요』

하고 말을 걸자 이때 선주 간신히 힘 없는 눈을 떠보다가

『아……여러분께……미……미안해요……』

목 안으로 끄러드리는 말을 토막토막 간신히 배았는다. 그는 말로는 의사를 못다 표시하는 것처럼 눈으로 표정 하랴는 것 같었다.

『하……』

그들은 모다 망단해 할 뿐이다.

『인제는 별 수 없이 여기서 운명을 하게 하고 나서 그 뒤는 장사를 치를 것 밖에 없습니다. 원래 분량을 많이 먹기 때문에 소생할 히망은 다시 없습니다. 그런데 본인이 이 자리에서 꼭 죽고 싶다고 집에는 안 드러가겠다 한즉 그의 소원대로 내버려 두는 게 좋겠지요……』

남표 현림이와 경한이에게 귀ㅅ속 이야기로 아까 선주가 유언하든 말을 그대로 옮기였다.

『아니 그렇게 절망입니까.』

『네 아주 절망상태에 빠졌습니다.』

454

『그럼 어떻게 했으면 좋을까요』

현림이가 다시 난처한 듯이 뭇는다.

『우리들은 그냥 여기 있을게니 여러분은 도루 드러가서서 담가(擔架)를 하나 만드러 내보내십시요 아마 해지기 전에 운명을 할 것 같습니다』

그들은 모다 입맛을 쩍쩍 다시며 도라섰다. 일성이는 남표가 타고 온 자전거를 타고 갔다.

『그럼 이따가 또 나오겠세요』

『아니 나오실 것 없이 인부만 두어 명 사서 보내주십시요』

그들이 도라가자 남표와 경아는 아까처럼 단둘이 죽어가는 선주를 직히고 있었다. 횅뎅그렁한 뜰 안은 별안간 괴괴한 적막이 둘러쌌다. 해는 어느듯 오후의 무더운 볏을 쪼이는데 이따금 부러오는 바람이 버들가지를 와수수 흔든다.

그런데 선주는 여전히 갓분 숨을 내쉰다. 경아는 우두커니 그를 드려다 보고 있으나 가슴 속에는 폭풍과 같은 동요를 이르켰다.

그는 한편으로 선주가 무한히 불상하면서도 다시 한편으로는 무시무시한 생각이 든다. 그것은 더욱 호젓한 이들 속이 그런 기분을 느끼게 한다만은 또한 죽엄을 실현하는 정을 띠우기 때문일까? 생과 사(死)의 대조가 너무도 역력하였다.

그동안 남표는 명상에 잠겨 있었다. 그의 기억은 옛날로 더듬어 올라갔다. 선주와 당초에 맛났을 때로부터 그 뒤 갈릴막까지의 토막토막이 마치 필림처럼 머리 속에 지나갔다.

그 가지가지의 지난 일을 기억하면 최근의 선주를 생각할 때 그는 직각적으로 늦겨지는 것이 있었다. 그것은 말로도 무에라 명확히 표시할 수 없는 어떤 공감(共感)을 이르킨다. 동시에 그는 선주가 죽은 것이 당연하다는 이해점(理解點)에도 달할 수 있었다. ─ 선주도 자기만 못지 안케 불행하였구나! 그러면 그는 어찌하여 자기를 배반하였든가? 모를 일이다. 모를 일이다 남표는 마음속으로 이렇게 부르지졌다. ―

얼마 뒤에 선주는 모지럼을 쓰기 시작한다. 그는 이를 바드득 갈며 두 눈을 흡뜬다. 그리고 한 손을 공중으로 내저으며 무엇을 잡으려는 신용을 한다. 그것은 무기미해 보이였다. 그는 차차 최후의 임종이 가까운 모양이다.

어느덧 해는 서쪽으로 기우러졌다. 일진광풍이 지나가며 버들숲이 쏴― 소리를 질른다.

남표는 선주의 용태를 보자 다시 그 옆으로 가까이 앉었다.

그리고 선주를 안어서 반드시 누이고 가슴에 손을 없었다.

『선주!』

불너도 대답이 없다. 수족의 맥은 차차 거더 올라간다.

『선주 씨!』

경아가 하염없이 눈물을 흘리며 마지막으로 불너 보았다. 그러나 선주는 아무 말이 없다. 그는 여전히 숨을 모라 쉰다. 그러자 마치 여적까지 말근 하울을 별안간 구름짱이 뒤덮듯이 눈 힌 자위가 검은 창을 몰아간다.

별안간 두 눈을 모로 뜨고 똑바로 처다본다, 이때 선주의 뜬 눈은 참으로 무서웁다. 눈알은 깟댁도 않고 치떠 보는데 목 안에서는 가래가 끄러 올는다.

그러자 새카맣게 탄 입술 위로 경연을 이르키며 그는 간신히 입맛을 다신다. 목이 몹시 타는 모양이다.

남표는 얼는 물약을 입술에 대여주었다. 하나 선주는 임의 물을 마실 기운도 없는 모양이었다. 약물은 입갓으로 흘너내리고 만다.

『선주!』

남표는 마지막 불느는 목소리와 거의 동시에 선주의 고개가 한쪽으로 너머갔다. 선주는 아주 죽은 것이였다.

『아 선주 씨!』

경아가 왈칵 달려드러서 흔들어본다. 하나 숨이 끊어진 선주는 아무 기척이 없었다.

『아이구 선생님 이 일을 어찌해요? 네!』

경아는 이제껏 선주를 위해서 억제했든 감정이 다시 폭발되였다.

『뭘 어찌해요 – 죽은 자는 다시 살 수 없겠지요』

『그렇지만…… 선주 씨가 누구 때문에 죽었을까요? 네!』

『아무 때문도 안이겠지요 – 선주는 자기의 갈 길을 간 것뿐이니까……』

『아 아……』

경아는 두 손으로 얼굴을 가리고 경황 없이 울기 시작하였다. 남표는 그것을 만류하지도 않었다.

그는 그보다도 이때의 두 여자를 대조해 보았다. 한 여자는 벌써 죽어서 의식이 없어졌다. 그의 령혼은 임의 육체에서 떠나고 마렀다.

그러나 선주는 아까까지도 사러서 경아와 충돌하지 않었든가. 생전에는 웬수처럼 미워하든 경아가 지금은 선주의 죽엄을 놓고 다시없이 슬퍼함은 웬일이냐?…… 그들은 진정으로 서로 이해함이 있었든가?

선주는 정말로 경아의 심정을 아러주고 경아는 그만큼 선주의 죽엄을 앗겨함이였든가? 하여간 선주는 불상한 죽엄을 하였다. 그렇다고 남표는 자기의 책임을 돌릴 턱은 없었다. 오직 난마와 같이 얼킨 운명의 작난에 선주는 참혹히 너무도 쉽게 굴복한 것뿐이였다. 운명은 결코 절대가 아니다. 우리는 언제든지 운명과도 싸울 용기가 있어야한다 –

사물은 보는 각도에 따러서 판단이 달너진다. 운명은 숙명(宿命)과 사명(使命)의 중간이라 할까. 운명은 숙명의 길을 취할 수도 있고 사명의 길을 뚫고 나갈 수도 있다. 따라서 운명을 비판하는 사람은 사명을 깨닫고 인생의 책임감을 질머진다.

한데 선주는 이 운명의 채쭉에 걱구러지고 마렀다. 한 고비를 넘기지 못하였다. 가석한 일이다! 남표가 이런 생각을 하고 있는데 경아는 그대로 울고 해는 어느덧 황혼을 재촉한다. 편편 기다리는 사람들은 나오지 않고 들 속으로 날은 저무러 간다. 우름에 지친 경아는 별안간 주위를 둘너보았다. 그는 갑작이 오한이 났었기 때문이다.

『저기 마을 사람들이 오나봅니다.』

『네!』

경아는 그제야 울음을 뚝 그치고 행길 편으로 고개를 돌리였다. ─

지평선으로 넘어간 해는 해가 진 뒤에도 훤─한 후광(後光)이 대지를 비친다. 그러나 창공에 매달린 별들은 하나둘씩 층운(層雲) 사이로 숨박곡질을 한다.

그 중에도 유난히 빛나는 별 하나가 바로 선주의 머리 우에서 깜박인다.

지금 그 별은 선주를 내려다보는 것 같다. ─ 선주는 그 별을 치어다보고……

저 별도 선주를 불상히 보는지 모른다. 그 별은 눈물을 머금고 무시로 깜박이는 것 같다. 과연 선주는 광야에 떠러진 별이라 할까?…… 그는 저 별을 얻기 위해서 이 광야를 자기의 죽을 자리로 선택함이 있든가. 아까 그는 이 들 가온데서 죽는 것을 다시없이 기뻐하는 모양 같았다. 아 죽엄! 그의 깨끗한 죽엄─ 그는 지옥 사자한테 덜미를 잡혀가지 않고 자기의 목숨을 자기 손으로 끊은 것이 어쩐지 순결해 보인다.……

그는 비록 자처를 했을 망정 이렇게 남표의 정성을 받고 기쁘게 죽었다. 이 또한 얼마나 행복한 일이냐. 경아의 이런 생각은 오히려 사러있는 자기가 하찮고 무색할 만큼 선주의 처지가 부러웁기도 하였다.

과연 그는 지금이라도 선주와 박귀 죽으라면 죽고 싶다. 아까까지도 그는 선주를 불상하다 하였지만 정말 불상한 인간은 자기가 안인가 싶었다.

웨 그러냐 하면 선주는 기쁘게 죽었으니 저 할 일을 다 하였다. 그에 관한 모든 문제는 인제 완전히 해결되었다.

하나 자기는 앞으로 더욱 문제가 크다. 참으로 장차 어떻게 사러가야 할는지 전도가 망연하다.

선주는 죽엄으로써 남표의 정신을 빼어갔다. 아니 그는 자기의 정신도 빼어갔다―영원히 영원히 빼어갔다―

인제는 설영 남표가 자진해서 청혼을 한다 해도 경아는 전과 같이 탐탁한 생각이 들지 않는다.

물론 그는 지금도 남표를 존경하고 싶다. 그 점은 변함이 없을 것이다.

그러나 어제 들에서 느끼는 남표에 대하든 감정과는 천양지차가 있었다. 그때 공상하든 장래의 생활과 행복감은 편편박살이 나듯 여지없이 깨지고 마렀다. 그야말로 일장춘몽이다.

차라리 선주가 죽지 않고 그 전대로 야릇한 관게를 맺고 있는다면 그는 고통 중에도 오히려 행복을 느끼였을 것이다. 그리고 최후의 승리는 자기에게 있을 줄 안다. 남표와 같이 결혼생활을 할 수 있다면 말이다.

한데 선주는 그 점을 멀리 내다보고 이런 죽엄을 자취했는가. ……그는 죽엄으로써 도리혀 승리를 얻은 셈이다.

과연 선주는 죽었건만 사러있다. 그의 혼은 영구히 두 사람 속에 남어 있다. 참으로 자기는 어떻게 이 담에라도 선주가 죽은 기억을 이질 수 있을 것이냐.

그것은 무슨 선주에 대한 애정의 의리를 직히자는 것이 안이였다. 경아는 진심으로 그런 생각이 든다. 가슴으로 늣겨진다.

사이지차에 자기의 갈 곳은 아득하였다. 그는 아까 집으로 가겠다고 남표를 도망했지만 실상은 집으로 갈 생각도 면목도 없었다.

그는 남표가 붓잡지 않었다면 어딘지 향방 없이 떠났을 것이다. 따라서 그는 귀신도 모르게 죽었을는지 알 수 없다.

남표와 결혼을 못하게 되였으면 집에서는 도리혀 잘 되였다고 다른 혼처를 구할 것이다. 그렇다고 지금 경아는 딴 결혼을 할 수 있는가. 영원한 장래까지라도―.

생각하면 도무지 이상한 일이다. ─선주는 의당히 남표와 결혼을 해야할 것을 일시적 허영에 빠져서 길을 잘못 들지 않았든가. 그래 그는 할수 없이 남표 앞에 자결하고 본마음을 보인 것이다. 남표도 그때 받은 상처로 여적 결혼을 안 한 것 같다(비록 자기는 그렇지 않다 해도!).

그런데 경아는 중간에 끼여 있다. 선주가 사렀을 때는 남표를 사모하였으나 그가 생으로 죽고 보니 선주에게 마음이 씨인다. 선주는 자기 때문에 죽은 것이다. 이 무슨 기괴한 운명이냐?

그 이튿날 선주의 장례는 쓸쓸하게 치렀다. 장지로는 마을의 묘지로 정하였다.

물론 남표는 선주의 행구 안에서 유서를 발견하고 하르빈과 그의 본집으로 전보를 첫다.

갓가운 곳이라면 그의 남편이 올 때까지 기다렸어야 할 것이다. 하지만워낙 상거가 멀 뿐더러 더운 때인 만큼 시체를 오래 둘 수가 없었다.

그리고 또 한 가지는 선영으로 못 가고 어차피 이 고장에 묻을진대 하로속히 매장하는 편이 좋을 상실었다. 그것은 망인의 유언이 있기 때문이다.

그래 남표는 어제밤 안으로 수의와 관을 사다 만드러서 간단히 염을하게 하였다.

시체는 담가로 떼며다가 동구 밖에 두었었다. 하긴 주인 영감이 집안으로 드려가자는 것을 남표가 한사하고 사절하였다. 그는 그러지 않아도 동리 간에 죄송한데 이 이상 더 폐를 끼치고 싶지 않았다.

공지에 멍석을 펴고 그 위에는 천막을 첫다. 그래도 밤 정구[183]를 하는데는 마을 사람들이 많이 나왔다. 남표는 그것까지도 고만두라 하였으나마을 사람들은 듯지 않았다.

동리 여자들은 수의를 만들고 마을 청년들은 상여를 메기로 하였다. 그

---

183) 정구(停柩) : 행상(行喪)할 때에, 상여가 길에 머무름.

들은 어찌된 까닭을 몰랐으나 오직 남표를 위해서 자진해 나섰다.

상여가 떠나기 전에 남표는 간단한 영결식을 거행하였다. 마을의 남녀
로소는 이 가엽슨 죽엄을 위하여 조상하는 겸 구경을 나왔다.

학교에서도 그 시간에는 조의를 표하기 위하여 상학을[184] 중지하고 학
생들을 참렬[185]케 하였다. 그것은 현 선생이 직원들과 상의하자 찬동을
얻은 것이었다.

남표의 영결사는 간단하였으나 매우 의미심장한 것이었다.

그것은 망인의 지하 명복을 빌기보다도 그가 사랏을 때의 경과와 운명
의 비판이 없고 또한 마을 사람들의 의혹을 풀기 위한 자기고백이기도 하
였다.

그래서 그가 침통히 말하는 귀절귀절은 듯는 사람들로 하여금 정숙히
머리를 숙이게 하고 가슴에 부드치는 무엇이 있게 하였다. 더욱 경아는
전에 드러보지 못하든 남표의 경력과 아울러 선주와 그와의 관계도 투철
히 알 수 있었다.

그는 당초에 선주의 집에서 가정교사로 있든 때로부터 약혼하기까지의
경로를 이야기하고 그에게 실련을 당한 뒤에 만주로 드러와서 일시는 방
탕한 생활을 하든 것도 빼노치 않었다.

그러나 자기가 의학에 뜻을 두었든 본래 목적이 부친의 유업(遺業)을 본
받자 하였기 때문에 어듸까지 자기는 신의학을 연구해서 다소라도 사계
(斯界)에 공헌(貢獻)[186]을 끼처 보잔 야심이 있었든 관계로— 다시 의학을
연구하기 시작하고 대동의원에서 잠시 조수 노릇을 하였다는 것과 북만
으로 드러오든 그때에 우연히 기차 속에서 선주를 만난 것을 기회로 오늘
날 이런 일이 생기게 되었다는— 망인의 현재 생활이 결국 무의미한데서

---

184) 원문은 '상학를'.
185) 참렬(參列) : 대열이나 행렬에 참여함.
186) 원문은 '공험(貢獻)'.

정신적으로 방낭 생활을 하다가 자기한테로 죽을 자리를 차저왔다는 말로 끝을 매졌다. ―

남표의 이 영결사는 다분히 교훈적인 내용을 포함한 여자의 일생(女子의 一生)을 말한 것이었다. 동시에 그것은 자기와 선주의 과거 생활에 대하여 엄숙한 대중적 비판을 받자는 것이었다.

따라서 만일 선주의 령혼이 관 속에서 이 말을 듯는다면 그도 응당 기뻐하였을 것이다. 웨 그러냐 하면 그는 벌써 육체적 자아(自我)를 떠나서 완전한 정신을 가졌을 것이니까……

이와 같은 영결사가 끝나자 분향을 시작했다.

먼저 남표가 분향을 하고 나자 그 뒤를 경아가 있대였다. 망인에게는 그들이 제일 가깝기 때문이다. 경아는 분향을 하면서도 울었다. 그는 마치 자기의 친언니 여인 것처럼 스러웠다. 마을의 대표로는 둔장 김 주사와 학교 대표로는 현 선생이 하였다, 여자 대표로는 애나가 하였다.

식이 끝나자 청년들은 상여를 메고 나갔다.

여자들도 저마다 눈물을 먹음었다……

이날 저녁 때 장사가 끝나자 경아는 신경으로 쓸쓸이 도라갔다. ―

水流雲空

천만뜻밖에 선주는 차저와서 죽고 경아는 쓸쓸히 도라간 뒤에 남표의 심경은 과연 어떠하였든가?

하나 남표는 그것을 다만 애상적으로 늣기진 않었다.

그가 선주의 영결식장에서 자기 고백을 영결사로 겸해서 한 것은 마을 사람들 앞에 짐짓 자신의 거취(居就)를 뭇자는 심산이였다.

만일 조금이라도 그들이 종래의 인격을 무시해서 전처럼 탐탁지 않게 역인다면 그는 오늘 당장 이 마을을 떠나도 좋다는 것이였다. 그렇다고 그가 락심한 것은 아니다. 그리 되는 때는 자리를 옴기자는 것뿐이였다.

마을 사람들은 남표의 이와 같은 심정을 예측하였든지 모르나 누구 하나 그를 비방하랴는 사람은 없었다. 도리혀 그들도 이번에서야 남표의 근본을 알게 되고 과거의 경력을 잘 알게 되였다. 그 점에서 다른 오해를 더 할 까닭이 없었다. 도리혀 그들은 이번 일로 남표가 떠난다면 어찌할까 하는 불안을 서로 남몰래 느끼고 있었다.

하긴 그래서 마을 사람들은 선주의 장례 때에도 극진한 례(禮)를 다하였다. 그들은 선주가 누구인줄 몰랏지만 하여튼 남표를 차저 온 손님으로 죽은 뒤에도 깍뜻이 대접한 것이였다. 만일 그런 생각이 없었다면 누구 하나 내다볼 것도 없지 않은가.

이래저래 남표와 동리 사람들 사이에는 표면상 별 문제가 생기지 않었다. 하건만 어쩐지 그 뒤로는 전과 같지 않은 그늘진 그림자가 어듸인지 떠도는 것 같었다.

그것은 누구보다도 남표 자신에게 그런 생각이 있다. 일종의 자격지심이라 할는지도 모른다. 그는 어쩐지 주위의 모든 것이 전과 같지가 않았다. 아니 그것은 눈에 비치는 것뿐 아니라 생각까지 달러졌다.

그는 선주가 찾어오기 전까지는 경아만 못지 않게 장래 생활을 공상하며 즐겨 했었다. 광명한 미래를 꿈꾸었다.

경아는 자기가 개업을 하기만 하면 언제던지 쫓아와서 간호부로 있어지라 하지 않었든가— 그게 바로 엊그제 낮에 경아의 입으로 한 말을 즉접 들었었다. 경아가 그런 말을 즉접할 적에는 장래 서로 결혼 생활을 하자는 것까지도 미리 약속함이 아니였든가.

그런데 뜻밖에 선주가 찾어왔다. 그야말로 평지에 풍파를 이르켰다. 더욱 뜻밖에 그가 죽고 보니 하루밤 사이에 모든 히망이 신기루처럼 사러졌다. 경아는 경아대로 그러하고 남표는 남표대로 그러하다.

참으로 이 무슨 조물의 작희이냐? 만일 그런 일이 없었다면—아니 선주가 죽지만 않었어도 남표와 경아는 예정한 계획대로 그들의 생활을 발전케 했을 것이다. 따라서 남표는 한편으로 경아와 단란한 가정을 일우는 동시에 병원과 농장 일을 보살폈을 것이 아닌가. 그렇다면 선주는 공연한 죽엄을 한 것 같다. 그는 자기 한 몸만 죽으면 그들이 마음 놓고 잘 살 줄로 알었다. 그래서 그들의 장래 생활을 미리 축복한다고 유서까지 쓴 것이었다.

한데 선주의 죽엄은 도리어 그들의 사이를 멀게 하였다. 경아는 죽기까지 남표를 사랑한 선주의 마음을 빼슬 수 없었고 남표도 또한 선주가 그렇게까지 자기를 생각한 줄은 꿈에도 몰랐던 것이다.

인제는 지나간 일이 되였으니 다시 말한대야 쓸 데 없겠지만— 그들이 좀 더 너그러운 마음을 가지고 좀 더 열린 시대에 났었다면 이러한 비극은 안 생겼을 것이다. 마치 의학상(醫學上) 연구로 볼 때 어떤 약품(藥品)이 새로 발견된 뒤로부터는 그 전까지 살리지 못했든 사람을 훌륭히 살릴 수 있다는 사실과 같이 선주는 아깝게 죽고 말았다. 그렇다니 말이지 선주는 마치 신약을 썼으면 살릴 병을 재래의 습관으로 상약만 써보다가 죽은 사람과 같다. 그들은 이상과 같은 습관을 운명이라고 무조건 굴복한데서 인생의 참패자가 되지 않았든가. 그것은 비단 선주뿐 아니라 경아도 마찬가지였다. 그는 지금도 선주가 죽은 것을 마치 자기의 책임으로 느끼고 스스로 괴로워한다. 한편으로는 남표를 전과 같이 사모하면서도 또한 그와 가까워질까바 다른 한 편으로 은근히 겁을 내고 있지 않으냐?

선주의 남편－백기천은 남표가 친 지급전보를 받고 그 이튿날 정안둔으로 쪼차왔다.

뜻밖게 일을 당한 그는 마치 거짓말처럼 허망하였다. 그러나 선주의 유서를 읽어 보고 그의 무덤을 찾아가보니 자살 행위를 의심할 여지가 없었다.

그는 기가 막혔다. 선주와 결혼 생활이 오래진 않았으나 그래도 오늘날까지 별 탈이 없이 지냈는데 별안간 그가 자살을 한 것이 무슨 까닭인가. 하긴 그도 선주가 결혼 생활 이후 차차 생기가 없이 무기력해진 것은 눈칠 챌 수 있었다. 비록 그렇다한들 이와 같이 변사를 저질를 줄이야 누가 알았으랴.

그러나 그는 누구를 원망할 수도 없었다. 원망한다면 남표를 해야겠는데 지금 경우에 그럴 수가 있는가?…… 그야말로 흥진비래(興盡悲來)의 천리를 깨닫게 한다.

당초에 그는 선주와 결혼을 하였을 때 남표와의 약혼 문제도 잘 알고 있었다. 그래서 그는 연애의 승리자와 같이 웃줄한 행각으로 선주를 얻어온 것이 아니였든가.

그런데 행복한 결혼을 뜻과 같이 한 뒤에는 그것이 날을 따러 퇴색했을 뿐더러 급기야 오늘의 변사를 당하고 보니 그도 차라리 서로 안 만났드니만 같지 못하다는 쓰라린 생각밖게 안 든다. 더구나 선주는 옛날 애인이든 남표를 찾아와서 죽지 않았느냐? 하다면 그는 자기와 같이 살고 있을 때도 그 사람을 잊지 못하였든 것이다. 몸은 자기한테 있으면서 마음은 딴 곳을 헤매였음이 분명하다. 마침내 그는 육체와 정신이 분열되는 고민을 견딜 수 없으매 자살행위로써 문제를 해결한 것이다.

이런 생각이 든 기천은 오직 자기의 가정생활이 허망했다는 걸 느낄 뿐 아무 것도 남은 것이 없었다. 다만 모든 일이 꿈과 같았다. 그것은 선주의 유골까지 이곳에 묻지 않으면 안 되였기 때문이다. ─선주는 완전히 옛 애인에게로 도라갔다. 그는 죽어서까지 자기를 배척할 셈이다. 하다면 이제껏 그는 안해의 등신만 직히고 있든 못난 남편이 아니었든가.

그래도 그는 선주가 좀 더 살어 주었드면 싶었다. 선주는 그런 고민이 있으면서도 남의 안해로서 부정한 행동을 한 일은 없었다. 그것은 누구를 생각하고 그랬는지 모른다. 만은 그 한 일로 보아서도 그는 고마운 생각이 들었다. 고마운 안해였다.

백기천은 죽은 선주에게 대한 감정이 이와 같이 느껴질 때 그는 오직 선주의 유언을 그래도 직혀주는 것이 자기의 마지막 의무라 하였다.

그래 그는 선주의 묘지를 따로 사서 개장(改葬)을 한 연후에 비석을 세우게 하고 산직이를 이 마을 사람으로 정하야 해마다 사초를 하도록 하였다.

그리고 그는 마을 사람들의 후의를 감사하는 남어지에 특히 기렴으로 이곳 학교에 삼천 원을 기부하기를 자원하였다.

현림은 때 직원회를 열고 그것을 토의하였다. 그 자리에는 남표도 참석을 청하였다. 마침내 중론은 그 돈을 받기로 결정하였다. 그들이 남표에게도 의견을 물어보았을 때 그도 받으라고 동의를 하였슴은 물론이다.

이리하야 선주의 문제는 완전히 해결되었다. 백기천은 선주의 장례를 끝내고 하르빈으로 도라갔다.

선주의 묘직이는 만용이가 자원해 나섰다. 그날로부터 만용은 묘소의 제절 앞에 화초를 심그고 떼를 입힌 잔듸에는 조석으로 물을 길어다주었다. 무덤은 동리 뒤 언덕 위로 그 중 비탈진 곳에 썼다. 봉분 앞에는 멀리 하르빈에서 마처 온 돌비가 세워졌다.

며칠 뒤에 남표는 의사 시험을 치르러 신경으로 올라갔다.

하긴 시험 기일은 아직 멀었지만 그는 준비를 한다는 구실로 미리 갔다.

만일 선주의 변사가 없었다면 그도 급히 가지는 않았을 것이다. 그것은 의사 시험보다도 농사일에 더욱 마음이 씌었을 것이다. 웨 그러냐 하면 농사는 지금 한참 바쁜 시절로 들어간다. 그가 신경 가서 있는 동안에는 모 낼 준비를 할 테인데 그러면 자기 논에 모 심는 것도 못 볼 것 아닌가.

그러나 지금 남표의 심정은 농사일도 시들해졌다. 물론 그의 목적이 변해진 건 아니었다. 그렇지만 웬일인지 모르겠다. 그는 첫째 당분간 이곳을 떠나고 싶었다. 이번 일로 의외의 충격을 받은 남표는 자나깨나 그 생각뿐이다.

꿈에는 선주가 눈물을 흘리고 있는 양이 나타나고 낮에는 무시로 선주의 무덤이 처다 보인다.

남표가 신경으로 떠나든 전날 밤에 그는 가만이 선주의 무덤으로 올라 갔다. 달도 없는 캄캄한 밤에 그는 아무도 모르게 혼자 무덤을 찾어 갔다.

무덤은 낮에 보든 바와 같이 말없이 있다. 그 앞에 세운 대리석 돌비가 어둠 속에서 히꾸무레하게 윤곽을 드러냈다.

남표는 무덤을 내려보며 한참동안 가만이 서있었다.

『선주!』

부지중 그는 무덤을 향하야 한 마듸를 불렀다. 목소리는 무덤 속으로 뚫고 드러가는 것 같었다.

그 순간 봉분이 한가운데로 쩍 갈리며 사람의 머리가 올라온다. 선주다! 모자를 쓰고 양장을 한 선주가—요전에 찾어왔든 그때 고 모양으로 알연히 나타지나 않는가…… 선주는 의외에도 방글방글 웃으며 처다본다. 그의 매력 있는 두 눈은 마치 처녀 때의 그와 같이 다정하고도 정체가 도다난다.

남표는 비몽사몽 간에 대화를 시작했다. 웨 그랬느냐면 선주는 웬일인지 웃고 처다보기만 했지 입을 열지 않았다. 그것은 마치 자기가 먼저 말을 묻기를 기다리는 것 같기 때문에―.

『선주! 당신은 웨 그런 짓을 했소?』

남표가 처음 물은 말은 이러하였다. 그는 지금도 생시의 마음을 잊을 수 없었든 것이다.

『왜요?― 나는 지금 행복한데요!』

선주는 여전히 방글방글 웃는다.

『당신이 그렇게 죽을 줄 알었으면…… 나두 생각이 달라졌을 것 아니겠소』

남표는 눈물이 어리여서 선주의 모양이 잘 보이지 않는다.

『남표 씨! 난 그런 구차한 말을 하고 싶지 않었세요…… 그보다도 난 두 분의 행복을 위하고 싶었는데요!』

이렇게 말하는 선주는 한결같이 명랑한 기색을 띄우고 있다. 그는 인젠 완전히 생(生)의 집착(執着)에서 해탈(解脫)이 된 것 같다.

『그러나! 선주 당신의 생각에는 경아와 내가 지금 행복한 줄 아는가?』

남표는 원망스럽게 선주를 노리며 말하였다.

『남표 씨 참 당신들은 웨 그러실까요?…… 난 생전에는 꼭 그러실 줄 알었는데요. 역시 당신들도 생의 집착이 아니실까요― 난 지금 이렇게 마음이 편한데요』

『그렇소! 누구나 ―나는 언제 죽어도 좋다! 하는 그만큼 죽엄을 준비하고 있었다면 무슨 일을 당하든지 자기희생을 할 수 있겠지요…… 그런데 죽기를 겁내는 것은 오직 생물의 본능에서 오는 것뿐이겠죠』

『그렇지만 선생님은 죽지 마세요! 죽는 것은 마지막 길입니다』

『아― 나두 당신처럼 죽었으면 좋겠소.』

『아니에요! 선생님은 오래도록 사러주세요. 당초의 목적을 직혀서 위대한 사업을 해주세요……네! 나는 그것을 지하에서 정성껏 빌겠세요』

『아 선주……』

남표는 마침내 자기를 억제치 못하고 선주에게로 왈칵 달려들며 두 팔을 벌려서 그를 껴안으려 하였을 때다 그는 고만 헛손질을 하고 묘 앞에 쓸어졌다. 일순간 선주는 없어지고 전과 같이 무덤만 홀로 섰다……

남표는 비로소 제정신이 도라오며 두 눈이 앗질하게 현기증이 난다. 그는 야릇한 심정을 것잡을 수 없었다. 별로 무서운 줄 모르겠다. 그래 그는 밤새도록 어디던지 도라단기고 싶은 충동을 느끼였다.

그는 자기로도 결뙨 마음을 진정할 수 없었든 것이다.……

이튼날 아침에 돌연히 남표가 신경으로 가겠다는 말을 하며 행구를 차리고 있을 때 주인집 식구들은 은근히 놀래면서 그의 기색을 살펴였다. 그들은 아주 가려는 줄로 알았기 때문이다.

『아니 별안간 신경은 웨 가시렵니까?』

주인 영감이 참다 못해서 무러본다.

『네! 의사 시험을 치르고 오겠습니다.』

『정말로 단녀 오시겠습니까?』

영감은 남표의 말에 진가를 의심하며 다시금 채근한다.

『오다 뿐입니까 시험이 끝나는 대로 곧 도라오겠습니다.』

『그러시다면 모르지만 혹시 안 오실는지도 몰라서요…… 대관절 모 심을 때가 도라오는데 선생님 농사가 궁금하시지 않겠습니까?』

남표의 심중을 떠보기 위해서 영감은 또 다시 이렇게 무러본다.

『네― 저두 그렇긴 합니다만 이번 기회를 놓질 수가 없으니까요……제가 없드라두 품을 사서 좋도록 보살펴 주십시오』

남표는 무심히 대답할 뿐이였다.

『원 천만에 품을 사다니요…… 선생님이 안 기시다 하더라도 동리 사람들이 여북 잘 보아드릴 터인데 품이라니 될 말슴인가요…… 아니 선생님께서 북만의 농사는 품싹이 비싸고 많이 들기 때문에 농가의 경제가 해마다 부실하다고 — 올부터는 공동경작(共同耕作)을 해보자 하시더니만 선생님댁 농사부터 품을 사라시니 도모지 웬 말슴이 그렇습니까?』

하고 영감은 여전히 수상한 눈치로 처다본다.

『네— 그런데요…… 제가 없으니 말입니다.』

남표는 당황히 어색한 변명을 하였다.

『선생님이 안 게실수록 그런 부탁을 하셔야 할 것 아닙니까!』

『네 그럼— 여러분께서 잘 의론하셔서 개량을 하십시요』

이에 남표는 더 할 말이 없는지라 허허 웃고 말았다. 그는 사실상 미안한 점이 많았다.

『그렇습니다. 남 선생이 안 계시다고 우리 할 일을 안해서는 안되니까 그 점은 염려마시고 안심하시고 떠나주십시요. 그 대신 의사 시험은 잘 치르셔서 아무쪼록 이번에 파쓰를 해가지고 오서야 합니다.』

현림이도 남표가 떠난다는 말을 듣고 작별 차로 멈쳐 있다가 한 마디를 거든다. 그도 어쩐지 서운한 맘이 든다.

『그럼 남 선생님이 시험을 보시면 물론 급제를 하시겠지— 지금도 실력은 보통 의사 이상이신데요』

영감이 비로소 불안심이 가시였는지 은근해 좋아하며 현림의 말에 맞장구를 친다.

『천만에요…… 어찌 될 지는 모릅니다만은 만일 이번 시험에 합격이 못 되오면 전 언제든지 합격이 되기 전에는 안 도라오겠습니다. 그런 결심으로 지금 떠납니다.』

『합격이 안 되실 리가 없겠지만 혹여 안 되시더라도 오시긴 오셔야지 안 오신대서야 또 말이 됩니까? 안 그렇습니까 선생님!』

『암 오셔야 하고말구요.』

그들은 서로 처다보며 웃었다. 이렇게 그들은 작별인사를 하고 있[는]

데 오늘 별안간 남표가 신경으로 떠난다는 소문을 듣고 마을 사람들은 웬일인지 몰라서 꾸역꾸역 모혀들었다. 둔장 김 주사도 나중에 들어왔다.

『아니 웬일이십니까?』

그들은 저마다 이런 말로 부르며 불안해하였다. 남표는 일일히 가는 뜻을 설명하고 다시 오기를 약속하였다.

『그럼 가서서 바로 편지하서요!』

이리하야 남표는 그 길로 정거장을 향하야 나갔는데 일성이 외에도 허달이 만용이 경한이 등은 정거장까지 일부러 배양을 나왔었다. 애나는 눈물이 글성해서 동구 밖까지 그를 전송하였다.

경아는 그 길로 도라와서 한동안 무료한 세월을 집에서 보내고 있었다.

집안 식구들은 그가 일직 도라온 것을 한편 의외로 알면서도 실상은 좋아하는 모양이었다. 그것은 과년한 처녀를 혼자 멀리 보낸 것이 은근히 염려되었든 때문이다. 만일 다시 바로 잡을 수 없는 일을 저질는다면 어찌할까 하는 마음은 비단 그의 모친뿐 아니라 오라버니도 그러하다. 그래 그들이

『어째 그렇게 바로 왔니?』

하고 무러보았을 때 경아는 천연히 대답하기를

『남의 집에 오래 있으면 폐가 되지 안쑤……그리고 암만 해두 내 집 같지 않구 불편해서……』

하고 쓸쓸한 웃음을 배았텄다.

『암 그러다 말다… 더구나 여자의 출입이란 남자와 달러서 그러니라.』

모친은 딸의 말을 듣자 속도 모르고 덩다러서 그 말을 찬성한다. 경아는 모친의 심정을 짐작하고 남몰래 서급했다. 그들이 만일 자기의 이번 길에 선주가 죽는 꼴을 보고 온 줄을 알았다면 얼마나 놀래였을 것이냐. 그리고 그 일을 구실로 삼아서 당장 결혼을 하라고 족쳤을 것이다. 경아는 그날부터 날마다 신문을 자세히 보았다. 혹시 선주의 죽은 기사가 나

지 않았는가 하야 그는 조마조마한 가슴을 남몰래 태우고 있었다.

그런데 다행이 그 기사는 아직 나지 않았다.

하건만 그는 자나깨나 선주의 생각이 머리를 떠나지 않는다. 더욱 죽을 때의 모양은 지금도 두 눈에 삼삼하다.

그가 흰 창을 모로 뜨고 흘겨 보든 눈매는 분명히 자기를 원망하는 표정과 같았다. 경아는 지금까지 그와 같은 애처러운 죽엄을 처음 보았다. 참으로 그는 얼마나 죽기를 서러워했을 것이냐. 그때 생각을 하면 오히려 몸써리가 처진다.

웨 자기는 좀 더 나종에 못 갔던가. 만일 선주가 먼저 단겨 가고 그 뒤에 자기가 들어갔드면 선주는 죽지 않었을 것이 뻔한 일이였다.

물론 남표는 역시 선주를 박대했을른지 모른다. 그래도 선주가 죽기까지는 않었을 것이다. 웨 그러냐 하면 그것은 자기가 없었기 때문이다. ―

그때 선주는 유서 대신 자기의 심중을 단둘만이 고백할 수 있었을 것이다. 그러면 남표도 어느 정도까지는 선주를 이해했을 것이니까……

경아는 선주가 그렇게까지 남표를 생각하는 줄은 몰랐다. 선주의 사정을 알었다면 그도 남표한테 대한 생각을 고쳤을 것이다. 하긴 그리 된다면 경아는 남표와 결혼할 희망이 없어졌을 것도 사실이다.

하나 지금 경아의 생각에는 만일 그런 경우라면 결혼은 안해도 좋다 싶었다. 그것은 선주가 다시 남표와 결혼할 수 없는 사정처럼 자기 역시 남표를 다만 존경하고 우의를 끊지 않고 싶었다. 그것은 시집을 가든지 안 가든지 문제가 안 된다. 선주와 자기는 똑같은 입장에서 남표의 사업을 도웁고 그의 인격을 존경하고 싶었다. 그러면 선주는 죽지 않고 살 수 있었고 자기도 보람 있는 생활을 할 수 있었을 것이 아니냐고?

이런 생각이 들수록 경아는 지난 일이라도 분하였다. 무슨 소설(小說)이라면 작자가 자기 흥미를 낙구기 위해서 일부러 우연한 장면을 이와 같이 꾸며서라도 생사람을 죽여놓고는 나는 모른다고 시침을 뗄 수가 있겠다.

이건 그렇지도 않은 생생한 현실이 되고 보니 누구를 원망하고 탓해야 좋을까?…… 오직 운명이다! 악착한 운명이다!

끝없는 뉘우침과 한탄을 되풀이하는 경아는 애오라지 자기를 저주하다가 다시 운명론으로 도라오고 말았다. 그밖게 그는 다른 도리가 없었다.

경아는 주주야야 남모르는 번뇌에 애를 태든 끝에 마침내 대동의원을 다시 단기기 시작했다. 원장은 그가 예상보다 빨리 출근한 것을 못내 기뻐하였다. 그는 연신 공치사를 하며 당길 심으로 낙시질을 하였다. ─ 일금 삼 원의 월급을 올리면서 ─ 경아는 그것도 반갑지 않었다.

그 뒤에 남표가 신경으로 의사 시험을 보러왔다는 기별을 애나한테서 들었을 때 경아는 은근히 마음이 씨여지며 기다려진다. 그런데 아무 소식이 없어서 궁금하든 차에 하루는 석간 신문을 받어서 무심히 읽어보았을 때 우연히 남표의 일흠을 발견하였다. 그는 제 일 부와 이 부 삼 부 시험에 합격되었다 한다.

『붙었구나.』

그 순간 경아는 가슴의 고통이 높아졌다. 반가웁다 할는지 슬푸다 할는지 종잡을 수 없는 감정이 벅차올렀다. 물론 그것은 반가운 소식이다. 하나 오늘날 와서 그가 의사가 되었다 한들 자기한테 무슨 상관이 있겠느냐! 그것은 도리혀 경아로 하여금 애달분 생각을 더 하게 할 뿐이다.

그보다도 또 경아는 서운한 마음이 없지 않다. 남표가 시험을 치렀다면 응당 신경으로 왔을 터인데 여적 한 번도 찾지를 않는 것은 일부러 그럼이 아닐까? 하긴 그전에는 찾아와도 안 만나리라 하였건만 막상 안 찾는가 하니 어쩐지 야속한 생각이 든다.

그러자 어느 날 저녁 때 남표는 홀연히 대동의원으로 찾어왔다.

남표의 방문을 원장 내외도 반기며 맞었다. 꼬마 간호부와 약제사도 남표의 방으로 쪼차왔다. 그들은 우선

『남 선생! 감사합니다』

하고 시험에 합격된 것을 치하하였다.

『북만의 재미가 어떠세요?』

원장 부인은 이렇게 무르면서도 남표의 눈치를 살펴본다.

『네― 좋습니다. 그동안엔 너무 격조해서 죄송합니다.』

남표가 웃으며 대답하니

『재미가 좋으셔서 그러신 게지……』

원장 부인은 상냥히 마주 웃는다. 경아는 그들 틈에 끼여서 한편으로 비켜있었다. 그는 무슨 말을 해야 할는지 마치 놀랜 사람처럼 공연히 가슴만 울렁인다.

다른 사람들은 모두들 남표를 둘러싸고 명랑한 기분으로 웃고 떠든다. 하건만 경아는 끝까지 침묵을 직혔다.

원장 내외는 저녁을 함께 하자고 남표를 붓드는데 그는 선약이 있다고 사양하였다.

마침 환자가 새로 와서 병원 안은 또 한참 분잡해진 틈을 타서 남표는 다시 오기를 약속하고 자리에서 일어났다. 그때 그는 경아에게 넌짓이 귀틈을 하여 밖에서 만나자 하였다.

경아가 길거리로 나가보니 남표는 기다리고 섰다.

『오늘 몇 시에 나오시나요. 잠깐 뵈였으면 싶은데요』

『지금이라도 나갈 순 있세요』

남표의 말에 경아는 선선히 대답한다.

『네― 그럼 ○○으로 곧 좀 나오십시요』

『네!』

경아는 조금도 주저하지 않고 만나기를 약속하였다.

경아는 그 길로 도라서서 병원으로 들어갔다. 그는 꼬마 간호부에게 하든 일을 부탁해놓고 원장한테는 몸이 불편하다는 핑계로 조퇴를 청하여 허락을 맡었다.

남표가 만나잔 곳은 조용한 음식점이다. 그가 무슨 말을 할랴고 그리는
진 모르지만 경아도 궁금한 일이 있었기 때문에 선뜻 만나기를 약속한 것
이었다.

경아가 총총한 걸음으로 찾아갔을 때는 벌써 남표가 와서 기다리고 있
다가

『어서 오십시요 퍽 속히 나오셨습니다』

하고 조쭈의 안내로 드러오는 경아를 이러나서 맞는다.

『네 많이 기다리섰지요』

『아니 조곰 전에 왔습니다』

경아는 남표와 식탁을 사이로 놓고 마주 앉엇다. 조쭈가 차 한잔을 다
시 따러놓고 나가자 남표는 권연을 부처 물며

『진즉 한 번 찾아 뵈오랴다가― 댁으로 가기두 무엇하구…… 그래 아
주 시험을 끝낸 뒤에 만나뵙자 해서요……』

『네! 시험을 치르러 오신 줄은 저두 알었세요』

경아는 무심히 대답하였다.

『애나 씨가 편지를 해서요』

『아― 그랬습니까. 그럼 더욱 미안하게 되였습니다.』

『뭐……』

경아는 부지중 눈물이 어리여서 급히 외면을 하였다.

그런 줄을 몰랐다가 경아가 먼저 알었다는 바람에 남표는 다소 겸연쩍
은 태도를 지으며

『병원에는 언제부터 단이십니까?』

하고 경아의 눈치를 슬쩍 본다.

『올라와서 몇 일 있다가요……』

『그럼 몸은 괜찮으신가요』

『네……』

경아는 아미를 숙인 채로 대꾸한다.

『건강하시다니 듣기에 매우 고맙습니다…… 무어 새삼스레 사과하자는 것은 아니올시다만은 지난 일은 일체 관심치 마시고 아모쪼록 경아 씨의 전정을 잘 열어 가시기를 바랍니다. 내가 경아 씨에게 바라는 바는 오직 이뿐이올시다.』

어느덧 남표도 감개한 빛을 미간에 띠우며 침착한 목소리로 말하였다.

『…………』

그러나 경아는 나직이 훌적이는 소리가 들릴 뿐 아무런 기척이 없다.

『아니 왜 이러시나요 또 기분이 상하십니까』

남표는 경아가 느끼는 거동을 보고 망단한 듯이 묻는다.

『아니여요……』

『그럼―』

경아는 눈물을 씻고 나서 그제야 고개를 처들면서

『애나 씨의 편지 사연이 생각나서요』

말끝을 여물자 경아는 다시금 한숨을 내쉰다. 그리고 시름없이 한 곳을 응시하고 있다.

『네?…… 사연이 어떻기에요』

『남 선생님이 의사 시험을 치르고 도라오세서 병원을 내시게 되거든 저보구도 내려와서 선생님과 가치 있어 달나고요…… 아니 지금과 같은 처지에 그럴 수가 있겠세요…… 공연스레 남의 마음만 상하도록……』

『경아 씨! 그 말슴은 경아 씨도 나한테 하신 기억이 있지 않습니까?』

남표의 무심히 나오는 말이였다.

『그건 선주 씨가 살었을 때 한 말이지요』

원망에 사모친 경아의 목소리는 가늘게 떨리였다.

『아 그렇습니까. …… 하긴 그렇기도 합니다만……』

『그보담두 선주 씨 본댁에서는 누가 오셨댔어요? ……장례를 다시 모시구요』

경아는 남표의 시선을 피하여 화제를 돌린다.

『녜- 남편 되는 분이 와서 유언대로 장례를 지내고 갔습니다. -그 말씀도 애나 씨한테서 자세히 드르섰을 줄 압니다만은……』

『선생님께서는 예정하신대로 그 곳에서 개업을 하시겠지요』

이번에는 경아가 남표에게 날카로운 눈초리로 쏘아보며 묻는다.

『그래볼까 하는데요- 경아 씨는 어떻게 하시겠습니까』

『뭘 어떻게 해요』

『대동의원에 그냥 눌러 계실 생각이신가요』

『녜……』

그 밖에 별 도리가 없지 않으냐는 듯이 남표를 힐끗 처다보다가 경아는 다시 고개를 숙인다.

『그러지 마시고……결혼을 하시는 것이 어떠십니까』

『녜?……』

경아가 약간 놀래며 반문하는 바람에 남표는 부지중 열쩍은 생각이 드러서 주저하다가

『내 생각 같어서는 경아 씨는 속히 결혼을 하시는 편이 좋을 듯 해서 말입니다』

하고 저편의 기색을 살피였다.

『누가 결혼을 한댔세요』

별안간 경아는 발끈해서 열싸게[187) 부르짖는다. 그는 뭐라고 말할 수 없는 울화가 치바쳤다.

『그럼 어떻게 하시렵니까?』

『난 결혼은 않겠세요』

---

187) 열쌔다 : 행동이나 눈치가 매우 재빠르고 날쌔다.

남표는 안심찬어 다시 뭇는데 경아는 더욱 샐쭉해서 역정을 낸다.

『웨요?』

『저두 몰라요』

그러자 조쭈가 음식을 드려오는 바람에 두 사람은 대화를 중둥 메우고 제각기 표정과 자세를 고쳤다. 경아는 조곰만 더 하면 울 것처럼 상기가 되였다.

조쭈가 음식 그릇을 옴겨 놓고 나간 뒤에 남표는 경아에게 먹기를 권하면서

『경아 씨는 내 말을 어떻게 드르섰는지 모르지만 나는 경아 씨의 심정을 짐작하기 때문에 진심으로 권고를 드립니다. ……그간의 불유쾌한 기분을 전환시키는 데는 생활을 다른 곳으로 발전하니만 같지 못하니까요』

사실 남표는 경아도 자기로 말미암아 그의 장래가 불행할까바 미리 태도를 선명히 해둘 필요를 느끼였다.

『그런 넘려는 마러 주세요』

한데 경아는 단호하게 남표의 충고를 물리쳤다.

『아 그럼니까…… 그러시다면 지금 하신 말슴을 믿고 안심하겠습니다. ……그리고 나는 이번 시험에 파쓰된 것을 기회로 새로운 결심을 했습니다』

남표가 말을 끝내기도 전에 경아는 성급히 물어본다.

『아니 무슨!…….』

『정안둔에 영구히 눌러 앉자는 것입니다.』

『물론 그리서야죠…… 도라간 선주 씨의 령혼을 위해서라두!』

『난 그런 의미가 아니라 농민 환자 대중을 위해서 내 일생을 히생해 볼 작정이올시다』

남표는 열렬한 태도로 자신 있게 부르짖는다.

『녜……』

『경아 씨도 잠깐 가보셨으니 아시겠지만 오늘날 농촌의 위생문제란 참으로 한심합니다. 나는 그동안의 경험으로써 이보다 더 시급하고 중대한 문제가 없겠다는 생각에서 비록 조고만한 내 실력이나마 그들을 위해서 일생을 바치고 싶습니다』

남표가 말하는 동안에 경아는 고개를 숙이고 잠착이 듣고 있다가

『그럼 언제쯤 떠나시겠어요?』

하고 조심스레 묻는다. 그는 남표가 그런 줄은 알았지만 이제 다시 직접으로 그의 굳은 결심을 듣고 보니 더욱 신뢰를 가지게 한다. 하긴 그런 생각을 하면 경아도 자진해서 가치 일을 해 보자고 하고 싶었으나 참아 그 말이 입 밖으로 나오지는 못하였다.

그것은 자존심과 선주에 대한 양심에 걸려서나마 남표에게 또다시 결혼을 요구하는 서곡(序曲)과 같이 생각되였기 때문이다.

『그렇게 빨리 가세요』

『네— 볼일은 다 본 셈이니까요……하지만 친구들도 몇칠 더 놀다 가라고 만류하는 것을 내일 간다고 떼버렸습니다.』

사실 남표는 더 머물을 필요가 없었기 때문에 이렇게 대답하였다.

그러나 경아는 약간 서운한 눈치가 보이는 것 같었다.

『네…… 그러시다면……』

경아는 잠시 말을 끄쳤다. 별안간

『선생님!』

하고 다시 용기를 내여 부른다.

『네?……』

『선생님께 청할 말슴이 있는데요』

이렇게 말을 끄낸 경아는 제풀에 무안을 타서 얼굴이 발개진다. 그는 남표와 시선이 마조치자 다시 두 눈을 아래로 깔면서

『내일 저녁 때 저의 집으로 좀 못 오시겠세요』

하고 옷깃을 단정히 염인다.

『웨 그러십니까? 못 가 뵐 것은 없겠습니다만―』

남표는 무슨 일인지 몰라서 다소 불안한 눈총을 쏜다.

『그럼……꼭 오세요……저녁 진지를 잡숫진 마시고요!』

『아니 초대를 하시랴는 것입니까. 그럼 고만두겠습니다』

생각잖은 경아의 말에 남표는 약간 의외의 감이 없지 않어서 이렇게 사절하였다.

『웨 그러세요…… 저두 선생님을 찾어뵈러 갔었는데 우리 집에 못 오실 껀 없지 않어요』

경아는 남표의 말이 쑥스럽게 들려서 부지중 미소를 머금었다.

『그렇지만 닷다가 페를 끼치고 싶지 않습니다』

『페는 무슨 페예요― 인사도 하실 겸 잠깐 오시면 될텐데요』

『그럼 인사나 여쭐 겸 잠깐 가볍지요― 저녁은 먹을 시간두 없으니까 음식 준비는 마십시요』

할 수 없이 남표는 명일의 방문을 약속하였다.

『네……그런데 내일 집에 꼭 좀 오시란 건 다른 일이 아니라…… 좀 거북스런 사정이 있어서요』

하고 경아는 다시 아미를 숙인다. 그는 무슨 일인지 말하기가 난처한 모양이다.

『네……무슨?……』

『저어……집에서는 제가 병원에를 고만둔 줄 알고 또 정안둔에 가서는 오래 있을 줄 알었다가 바로 도라온 것을 보고는 속히 결혼을 하라구요…… 전 도모지 결혼을 하구 싶지 않은데 그래서……』

경아는 귀밑을 붉히며 잠깐 얼굴을 처드러 본다.

『그럼 약혼이라두 하시지 웨 그러십니까』

마침 좋은 기회라 싶어서 남표는 경아의 중정을 떠보았다.

『……………』

별안간 경아는 고개를 푹 숙인다. 그는 공연한 말을 끄냈다 싶었다.

『그런 말슴을 또 하시면 저두 고만두겠세요』

마침내 경아는 빨끈해서 외면을 하며 도라앉는다.

『아니……난 댁에서 결혼 문제가 나섰다기에 적당한 자리라면 우선 약혼이라도 하시는 것이 좋지 않을까 해서요』

하고 남표는 임기응변으로 말회갑을 치러 든다.

『그렇지가 못하니까 선생님께 말슴드리잖어요』

그대로 경아는 울상을 하고 있다.

『아― 그러십니까 그럼 어서 말슴하시죠』

『고만두세요』

경아는 더욱 새침해진다.

『웨요?』

『그 말을 드르시면 정작 놀내실테니 차라리 고만두는 편이 났겠세요』

『아니 무슨 말슴인데…… 괜찮습니다 어서 들려 주십시요』

남표의 당황해 하는 꼴이 속으로 우스워서 경아는 제풀로 우슴이 나왔다.

『그럼 로골적으로 말슴 드리겠세요―내일 집에 오서서 옵바와 응대를 하실 적에……저를 잘 지도(指導)해 주시겠다구 그렇게만 하세요』

『지도라니요? 누구를……』

『저를요!』

『경아 씨를……』

『네……그러면 옵바는 선생님만 믿는다구 그러실 께니까……』

『뭐―나를 믿는다구요?』

남표는 오히려 아리숭한 듯이 말귀를 잘 못 알어 듣는다. 그대로 경아는 가슴이 답답하다.

『그러면―집에서는 결혼 문제로 저를 다시 안 조를 것 아니에요―그때마다 저는 선생님한테만 핑게를 대면 되니까요』

『아니 그럼 거짓말이 않됩니까?』

그제서야 남표는 말의미를 깨닷고 깜짝 놀래며 경아를 처다본다.

『거짓말이면 좀 어떠세요ㅡ선생님께 불명예가 돼서 창피하십니까?』

『아 그렇지는 않습니다만ㅡ거짓말을 할 께 따루 있지 백줴 그런 거짓말을……. 더구나 육친한테……』

『그러니까 정책적으로 제 사페188)를 잠시 보아달라는 말슴이 아니에요……다른 도리는 없구 해서요』

한동안 명랑한 기분에 들었든 경아는 다시금 수색이 만면해서 시름이 없다.

『물론 경아 씨의 사정은 잘 알었습니다만ㅡ 그럼 언제까지 그런 정책을 쓰시랴구?……』

『건 념려 없세요ㅡ 선생님께서는 연구에 골몰하시니까ㅡ 박사가 되시기 전에는 결혼을 않하실 작정이라면……』

『역시 거짓말입니다그려!……. 만일 그 안에 약혼이라도 하라시면 또 곤란치 않습니까』

남표는 다시금 난색을 보이는데

『그때는 제가 선생님 병원으로 가서 가치 일을 하면 문제가 없지 않어요』

하고 경아가 해죽이 웃는다.

『아ㅡ 그렇게요!』

남표는 비로소 경아의 술책을 알었다. 그러나 그는 무슨 심정으로 그와 같이 구구한 수단을 쓰랴는지 그것은 정말로 알고서도 모를 일이였다.

그 이튿날 경아의 지시대로 연극을 꾸미느라고 하루가 늦어서 남표는

---

188) 사페 : 개인의 사사로운 정. 사정(私情).

신경을 떠나게 되었다.

한데 어젯일은 생각할수록 쑥스럽고 우수웠다.

마치 경아의 집에서는 자기를 새사위ㅅ감으로 알고 좋아하는 것이라든지 그중에도 경아의 모친은 아주 정말 사위나 본 것처럼 알씸 있게 대하는 것이 속으로 여간 민망스럽지가 않았다.

그렇다면 경아는 정말로 자기를 런모하기 때문에 이런 술책으로 유인을 하자는 것일까. 만일 그렇다면 정당하게 순서를 밟을 수가 있는데 짓구진 작난 같은 짓을 할 필요가 없을 것 같다.

그렇지 않다면 경아는 정말로 어듸든지 시집을 가기가 싫어서 자기를 잠시 이용함이었을까. ……그렇다면 경아는 너무나 당돌한 짓이라 하겠고 자기는 한갓 등신 구실을 한 것처럼 불유쾌한 생각이 든다.

그것은 지금 남표의 심중에 경아와 선주를 대조해 보았기 때문이다.

선주는 자기와 약혼까지 하고서 그 뒤에 배반하였다. 그런데 어제 경아와는 거짓 약혼을 하지 않었는가 마치 경아는 선주와 같이 자기 앞에 알찐거리며 마음을 번거럽게 한다.

그러나 남표는 경아와 깊은 관계를 맺게 될까바서 미리부터 겁을 냄은 아니다. 또한 그랬다가 선주처럼 배신을 당할 넘려가 있는 것을 방비하자는 것도 아니었다.

차라리 경아가 아여 결혼을 하자면 좋겠다. 자기의 사업에 이해를 가지고 조력할 수 있는 경아라면 사업 자체를 위해서도 그것은 유리할 것 아닌가.

한데 경아는 결혼을 않는다면서도 자기와는 거짓 약혼을 하자는 것이 웬일이냐?

하긴 지금 경아의 심경은 그러할 것이다. 그가 자기를 런모했든 것은 대동의원에 가치 있을 적부터 눈치채였다―자기에게 면허 있는 의사가 되기를 권고한 것은 장래의 결혼 생활을 은근히 희망했었기 때문일 것이다.

그래서 그는 정안둔까지 찾어 왔었고 그날 들구경을 나왔을 때도 - 의사 시험을 준비 중이란 말을 했더니 그게 정말이냐고 다지면서 개업을 하게 되거든 자기를 간호부로 써달라는 부탁까지 안했든가.

그랬든 것이 뜻밖에 선주가 대들고 그가 유서를 남기고 죽는 바람에 경아는 불의의 충격을 받은 남어지에 고만 심경이 변한 모양이었다.

그렇다고 여적 믿었든 자기를 단념할 수 없고 또한 제 욕심만 채우기 위해서 선주를 잊을 수도 없다. 이러한 사정은 마침내 경아로 하여금 엉거주춤한 태도를 취하게 했는지 모른다.

사실 경아는 죽은 선주를 위해서는 남표와 결혼을 하지 마러야 옳을 것 같었고 살은 자신을 위해서는 남표와 결혼을 했으면 좋겠다.

물론 이런 마당에 남표가 적극적 행동으로 나온다면 경아는 수동적으로 그 뜻을 받어드리였을는지 모른다.

하나 지금 남표는 결혼 같은 것은 염두에 두지도 않었다. 그도 역시 경아나 적극적으로 조른다면 마지못해서 하겠지만 다른 여자라면 눈도 거듭떠 안 볼만큼 무관심한 태도였다.

남표가 경아한테는 이번에 의사 시험이 파쓰된 것을 기회로 의학도로써 새로운 결심을 하였다 말했지만 실상인즉 선주의 죽엄에서 더욱 결심이 생긴 것이었다. 그는 선주의 가석한 죽엄을 기렴하기 위해서나 또한 경아의 안타까운 심정을 위해서나 오직 자기는 천직(天職)에 충실하는 히생이 있을 뿐이라 하였다. 경아도 그래서 남표를 더욱 존경하는 터이지만은-

남표의 지금 생각은 그것밖에 없었다. 사업에 대한 열정이나 그보다도 학구적인 의학도의 양심에 불타고 있는 그의 왼 정신은 어떻게 하면 오늘날 농촌의 현실에서 농민 대중을 우선 질병의 마수로부터 건저내여 그들로 하여금 건전한 개척 전사가 되게 할까 하는 병균 박멸에 대한 투쟁 생활로 강잉히 집중되었다.

남표의 이와 같은 결심은 금년 내로 의사가 되였다는 점에서 더욱 견고해졌다.

그래 그는 차를 타고 도라오는 도중에서도 여러 가지로 실험 방법을 궁리한 끝에 간단한 복안을 세우기도 하였다.

남표가 떠날 때 경아는 정거장까지 전송을 나왔었다.

自己探求

남표가 신경에서 도라와 보니 마을 사람들은 지금 한창 이종을 하기에 바쁘게 덤비였다. 그들은 바야흐로 농번기를 당하였다.

『선생님 매우 감사합니다 물론 합격이 되실 줄은 알었습죠만은 그래두 혹여 낙방이 되시면 어쩌나 싶었는데요』

이우 주인 영감이 대단 기뻐하며 치하를 올린다.

『그럼요 참 그동안에 얼마나 궁금히들 있었는데요- 일성인 날마다 정거장으로 신문을 얻어 보러 갔었답니다』

현림이가 경한이를 도라보며 쾌활히 말한다.

이날 남표가 도라왔다는 소식을 듣고 마을 사람들은 앞을 다투어 그를 찾아왔다. 사실 그들은 남표의 이번 길을 매우 넘려하였다. 그것은 남표의 장래를 위해서보담도 우선 자기네한테 관계가 크기 때문이다.

만일 남표가 낙방을 한다면 그는 이 마을을 떠난다고까지 선언하지 않었든가 그러면 여간 큰일이 아니였다.

남표가 들어온 뒤로 마을은 여러 가지로 개선된 점이 많었다 첫째 병인을 위해서는 말할 것도 없지만은 그 외에도 학교에 대해서나 농사개량에 이르기까지 많은 유익을 끼처 왔다.

그들은 날이 갈수록 남표를 존경하게 됨을 따러서 누구나 그의 말을 설복할 수 있었다. 그것은 부지중 남표를 지도자로 만들게 하였든 것이다.

그런데 이번에 뜻밖에도 그의 신변에 변고가 생기자 혹시 의사 시험을 구실로 잡고 실그머니 이 고장을 떠나지나 않었는가 의심하였는데 천만

다행히 그는 시험에 합격까지 되여서 바로 도라왔으니 마을 사람들의 기쁨은 이루 형언할 수 없었다.

더욱 그들이 감송(感悚)하기 마지않은 것은 학교에 대한 삼천 원의 기부금이였다. 죽은 사람을 생각하면 애석하기 짝이 없으나 이 역시 남표 때문에 생긴 것이라는데는 무언의 감사를 느끼게 할 뿐이였다. 그래 그들은 남표가 없는 때에도 그의 말을 쫓아서 공동경작을 시작하였다.

그것은 현림이와 허달이가 중심이 되여서 중론을 극복하였다. 먼저 둔장 이하로 유력자 몇 사람의 동의를 구한 뒤에 학교에다 동회를 붙이고 공동경작의 경제적 필요를 현림이가 역설하였다. 북만의 농업에 품삭(雇農)이 많히 드는 것은 비단 밭농사뿐만 아니다. 논농사도 마찬가지로[189] 영농자금중(營農資金中)에 현금으로 지출되는 대부분이 품삭으로 나가고 만다.

그것은 만주의 특수한 기후에도 관계가 크다. 대륙적 기후는 갑작이 기온이 높아지기 때문에 일이 한꺼번에 몰려서 눈코 뜰 새가 없다. 그들은 모를 낼 때도 한꺼번에 왓짝 내야 하고 제초를 할 때도 일시에 하게 된다. 그것은 별안간 품이 쩨게 하여서 누구나 품꾼을 사야만 된다. 그러지 않고서는 도저히 들일을 감당해낼 수 없다.

이런 때에는 사방에서 날품군들(雇農群)이 몰려든다. 그들은 농번기를 이용하야 품삭을 비싸게 달란다. 그래도 농가에서는 손이 쩨니 할 수 없이 품꾼을 사게 된다. 그들은 각자도생이다. 우선 남 먼저 일손을 떼는 집이 제일이라는 생각뿐이였다.

그래서 가을에 수확을 해놓고 계산을 따저 보면 대부분이 품삭으로 지출되고 남는 것이 별로 없는데 해마다 이런 경험이 있으면서도 그들은 습관적으로 전례를 직혀 온다.

그런데 남표가 들어와서 농사 개량을 부르짓고 우선 모짜리를 개량식

189) 원문은 '마창가지로'.

으로 시험해 보았다. 마을 사람들이 처음에는 그것을 싯부게 역였는데 실제로 해 논 것을 보니 신기하다. 아니 실제로 일을 하기는 자기네 농군이었고 남표는 다만 이론과 연구로 지도만 하였다. 개량식 모짜리에는 모가 잘 되었다. 이와 같은 이해관계를 직접 목격한 그들은 남표의 이론을 옳게 들었다. 그래 그들은 현림이가 설도한 공동경작에도 별로 반대하는 사람이 없었다. 아니 그들은 반대하는 사람의 농사부터 해주기로 순서를 정하였다.

『선생님 내일 첫번 일은 선생님댁 모를 내기로 작정하겠습니다. 진즉이라도 심었을 터이지만 아직 늦지 않기 때문에 선생님이 친히 보시는 게 좋을 것 같아서 지금까지 도라오시기를 기다리고 있었답니다』

하고 주인 영감은 남표를 도라보며 양해를 구하는 것처럼 말한다.

『뭐 내 논은 천천히 심거도 좋습니다. 그보다도 광작을 하시는 분들부터 면점 심그시죠』

남표가 이렇게 사양한즉

『아니올시다— 내일은 꼭 선생님댁 모를 면점 내야겠습니다 그것은 미리 작정하기를 선생님이 오시거든 그날로 모를 내자 했지만 오늘은 늦게 오셨으니까 불가불 내일로 할 수 밖게 없습지요』

둔장 김 주사가 주인 영감을 대신해서 설명한다.

『참— 선생님댁 모 된 것을 보니 올 농사는 잘 지셨는데요— 모가 그렇게 장하고야 나락이 안 될 수 있겠어요』

순규는 은근히 부러운 생각이 드러서 말참례를 하러 든다.

전과 같으면 남표도 이런 말을 들었을 때 응당 그들보다도 좋아하였을 것이다. 그러나 지금 그의 심경은 이런 말이 모다 심상하게 들리였다.

그것은 시급한 딴 일이 있기 때문이다. 그는 어서 바삐 그 일을 시작해 보고 싶은 생각에 골몰하였다. 그만큼 농사일은 인제는 여벌로 알게쯤 되였다.

『여러분께서 그렇게 열심하시니 대단 감사합니다. -인제는 제가 아니라도 농사를 잘들 지실 줄 압니다. 원체 저야 무슨 농사를 지을 줄 알겠습니까 그저 여러분께서도 열심을 내시도록 첫 서슬에 어리광대 짓을 한데 불과하지요.

사실 남표는 솔직한 고백을 하였다. 지금 생각하면 그는 너무도 분의의 야심이 컷든 것 같었다.

『아니 천만의 말씀을 다하십니다. 앞으로도 선생님께서 잘 지도를 하서야만 참으로 농사 개량이 잘 될 것 아닙니까.』

허달이와 순규 이외의 소축들이 남표의 말을 가로채서 한 마듸식 짓거리는데

『암 그렇지요- 무엇이든지 남 선생께서 설도를 하서야만 동리 일이 잘 되겠습니다』

주인 영감도 그들의 말에 맛장구를 치며 좋아한다.

『뭐 천만에……그럴 리야 있겠습니까…… 한데 여러분이 모힌 이 좌석에서 말이 난 김에 한 마듸 엿줍고 싶은데요- 아여 오해치는 마십시요』

『네 무슨 말슴인데요』

좌중은 일제히 남표에게로 의아한 눈총을 쏜다.

『다른 말슴이 아니라 전 이번에 의사 시험에 합격된 것을 기회로 아주 의학을 전공(專攻)하고 싶습니다. -그래서 올 가을부터는 정식으로 병원을 내기로 하겠습니다만 그만큼 의학을 좀 더 성심껏 연구해 보잔 생각이 올시다』

『아 그러십니까 그것은 매우 좋으신 생각이십니다』

주인 영감이 먼저 찬의를 표한다. 그는 은근히 기뻐하기를 남표가 정식으로 개업을 한다면 자기에게도 유리할 것이라는 생각에서였다. 그것은 동업으로 병원을 내보자는 □부 기대를 가졌기 때문이다.

그러나 다른 사람들은 남표의 이 말이 서운히 들린다. 그는 의사가 되

였기 때문에 인제는 제 실속을 차리자는 심산이 아닌가. 사실 그가 정식으로 병원을 내게만 되면 약값도 제대로 받을 수 있겠으니 얼마 안 가서 돈을 벌 수 있을 것이다. 하다면 귀찮은 농사를 짓지 않아도 의사로만 치부를 할 수 있지 않으냐 남표는 이와 같은 약은 생각으로 그동안은 근거를 잡기 위해서 마을 일에 발 벗고 나섰다가 인제는 득인심을 하였으니 농사 개량이니 문화 사업이니 하든 말은 집어치우고 오직 돈버리를 해 보려는 생각으로 슬그머니 목적을 변경하자는 것이 아닐까?……이런 의심을 누구보다도 둔장 김 주사가 다년간 경험에 비취여서 은근히 남몰래 하였다.

사실 김 주사는 과거에 그런 경험이 적지 않았다. 지금도 남북만주에는 그러한 지도자층(指導者層)이 어느 지방이나 거재 두 량으로 있을 것이다.

처음에 그들은 저마다 고상한 목적을 품고 들어와서 열렬한 활동을 시작한다. 그들은 대개 인테리 출신으로 정확한 이론을 가지고 실천을 통해서 지도를 하기도 한다.

이러한 선구자적 정신과 투지가 만만한 그들이 몸소 선두에 나서서 헌신적으로 활동을 할 때 그 지방이 날로 발전할 것은 틀림없는 사실이였다.

그러나 어느 틈에 그들의 세력이 굳어지고 생활의 근거가 잽힐 때 그들은 고만 종래의 생활에서 물러난다. 거기에는 물론 여러 가지 원인이 있을 것이다. 첫째는 당자의 의지가 투철치 못했음은 물론일 것이다.

한번 의지가 박약해지면 모든 유혹과 이해타산의 물욕이 그 틈을 타서 대신 등장하게 된다. 그러면 어젯날까지도 대언장담을 하며 지방 민중을 위해서 큰 일을 한다고 뽐내는 그가 하루밤 동안에 손바닥을 제키듯이 원대한 포부와 고상한 목적을 헌신짝과 같이 벗어버린다. 그때는 벌써 시정배와 어깨를 나라니 하야 사생활(私生活)에 머리를 싸매고 대들 판이다. 그들은 그만큼 철면피로 되는 것이다.

소위 지도자층이 변절을 한 뒤에는 그들의 탐욕한 수단이 범인보다 더

악랄한 수가 있다. 그들은 대중의 약점을 이용해서 교묘한 술책으로 사복을 채우기 때문이다.

마침내 그들은 장한 뜻을 중도에 꺾기고 조그만 소아(小我)의 안일(安逸)한 생활로 타락한다.

자고로 유위한 청년이 당초의 의지(意志)를 붙들지 못하고 변절자로 조소를 받게 된 것은 대부분이 이와 같은 경로를 밟은 것이 아니었든가. 그들의 철석 같은 굳은 절개가 한 여자의 웃음과 한잔 술에 넘어가기도 한다. 대중은 무지하고도 영리하다. 웨 그러냐? 선구자를 유혹하기도 그들이요 비판하기도 그들이기 때문이다. 그들은 지도자를 죽이기도 하고 살리기도 한다.

그러나 어떠한 시련과 유혹에도 떠러지지 않는 사람을 정말 지도자라 할 수 있지 않을까. 다시 말하면 변절자가 안 되는 지도자만이 정말 지도자의 자격을 갖추었다고 볼 것이다. 그야말로 불에 넣어도 타지 않고 물에 넣어도 붓지 않을 철석 같은 의지력의 소유자다.

지금까지 겪거 본 김 주사는 다행히 남표는 그런 부류의 인간이 아닌 줄로 차츰 믿어왔었다. 그만큼 그는 남표의 인격을 존경하였든 것은 물론이다.

한데 먼저번의 그런 소동이 있자마자 남표는 의사 시험을 급히 서드러 보고 와서 오기가 무섭게 바로 개업 의사로 출발할 것을 선언하는 것은 아무리 넓이 생각해도 어떤 복선(複線)이 있는 것 같다.

이런 생각은 김 주사로 하여금 남표를 유표히 보게 한다.

(너두 역시 그런 인간이로구나— 하다면 가석한 일이다)

그는 이렇게 속심으로 타점을 해놓고 내일부터는 남표의 행동을 경계하자고 마음을 먹었다.

남표는 이런 오해가 싹트는 줄 모르고 마을 사람들이 도라간 뒤에 주인 영감과 새로 할 일을 의론하였다.

『선생님 이 근처에서 토끼를 살 수 업겠습니까?』

그는 우선 이렇게 무러본다.

『아니 별안간 토끼는 웨요? 농사 대신 부업을 해 보시게요』

주인영감은 어러둥절해서 반문하는 말이다.

『아니올시다. 의학상 연구에 실험용(實驗用)으로 길러야겠습니다』

남표는 빙그레 웃으며 영감을 처다보았다. 그는 언제나 실속으로만 생각하는 이 노인을 딱하게 역였다.

『아니 참― 병원을 내신댔지요……토끼쯤이야 얼마든지 구할 수 있겠지요』

『그럼 내일 몇 마리만 사주십시요』

남표는 우선 주인 영감에게 토끼 살 것을 부탁해 두었다.

이튿날 식전에 마을 사람들은 오늘 첫 일을 남표의 논에서부터 모를 심그자고 총출동하였다.

『선생님 오늘은 고단두 하시겠지만 선생님댁 일을 하니까 들에 나가서서 감독을 하서야지요……그리고 낮에는 한턱을 내셔야 합니다.……』

『암만요― 올 농사는 선생님 댁이 제일 잘 될텐데 뭘요―하하하』

순규와 만용이 허달이 등이 선등으로 차뷔를 차리고 나서며 유쾌한 농담을 걸고 웃는다.

『그야 어려울 것 없겠지요』

남표는 그들의 웃음에 끌려서 마주 웃고 있었으나 내심으로는 시들한 생각이 없지 않았다.

그보다도 그는 토끼장을 어서 만들고 싶었다.

『그럼 진지 잡숫고 나오십시오. 우린 먼저 가겠습니다』

『네 수고들 하십시요』

일꾼들이 패를 지어 들로 나간 뒤였다. 주인집에서는 오늘 자기 논에도 품이 남으면 모를 내기로 한 때문에 일꾼들의 멕이를 준비하기에 부산하였다.

그러나 주인 영감은 남표가 병원 낼 것을 서두는 눈치를 채자 정거장으로 술을 사러 나가는 길에 토끼도 살 것을 듯보고 오라고 경한이에게 당부하기를 잊지 않았다.

『오늘 토끼를 사온다면 토끼장을 시급히 만드러야겠는데요』

남표가 토끼장을 걱정하자

『건 염려 마십시오 내가 저녁 때 만드러 드리지요』

주은 영감은 입에 혀와 같이 남표의 비위를 마추려 든다. 그는 하로바삐 병원을 내게 되면 그만큼 자기의 실속이 빨러진다는 생각에 날뛰였다.

『뭐 연모만 있으면 제가 만드러도 되겠지요』

『아니올시다― 선생님보다 그런 일은 내가 더 잘 합니다』

하고 영감은 껄껄 웃으며 처다본다.

『네 그럼 좋도록 해주십시오…… 차차는 비둘기도 길러되야겠는데 그럼 댁이 매우 지저분스럽겠는데요』

남표가 이렇게 말하니

『뭐 상관 있습니까……조만간 병원을 짓게 되면 옮겨갈 터인데 그동안이야!』

『하긴 그렇기도 합니다만―』

『선생님― 그런데 병원은 언제부터 내시렵니까 올 가을에 시작할 수 있겠지요』

영감은 깜박 잊었든 것이 생각난 때처럼 긴하게 다시 묻는다.

『네― 늦어두 가을에는 개업을 하겠습니다』

『그러면 일이 매우 잘 되였습니다― 올 가을에 애나두 예식을 가추고 싶은데 추석 전에 그 애 살 집을 마련해볼까 하는데요……이 기회를 이용해서 병원도 같이 사면 어떻겠습니까?』

『네 그것은 매우 좋은 생각이올시다. 그렇다면 같이 지어도 좋겠습죠』

남표도 그 말을 들으니 사실 반가웁다. 그렇지 않아도 병원을 어떻게 했으면 간편하게 낼 수 있을까 마련이 많은 중이다. 만일 적당한 장소를 구하기 어렵다면 금명년간 신축을 해 보려고도 한 터인데 애나의 신주택을 속히 짓는다면 그 틈에 짓는 것이 제일 좋은 방법이라 싶었다.

『그렇습니다 잘 되였습니다ㅡ 하다면 재목과 물자도 한꺼번에 구해 올 테니요 선생님은 그 안에 미리 설계도를 한 장 만드러 주십시요』

영감은 신이 나서 맞장구를 친다. 사실 그는 내심으로 여간 기뿌지 않다. 고명딸인 애나를 한 동리에다 새살림을 내놓는 것만도 여간 즐겁지가 않은데 사위는 학교 선생인데다가 남표와 동업을 해서 병원을 낸다면 장래 정안둔의 세력 범위는 은연중에 자기 집을 배경으로 진을 칠(布陣) 것 같았다. 사실 그리 된다면 자기 집을 당할 사람이 이 근처에 누가 있으랴 돈과 세력과 명에가 자기에게도 도라올 것이라는 생각은 부지중 그로 하야금 큰기침을 하게 하였다.

『에헴! 우리 집 산소에 인제야말로 꽃이 피였다ㅡ』고

남표가 아침을 먹고 나서 아직 들로 나가기 전이다. 집안에는 안식구만 남었는데 올케는 부엌에서 서럼질[190]을 하고 모친은 어듸로 나갔는지 보이지 않을 때다. ㅡ애나는 가만히 남표의 방문 앞까지 나와서 인기척을 내였다.

『선생님 게서요?』

『아 들어 오십시요』

남표는 방문을 열고 내다보다가 애나인 줄 알자 마주 아른 체를 하였다.

『여기두 괜찮어요……저 이번에 신생님을 만나보셨나 엿주어 볼려고요……』

애나는 그대로 방문 옆에 부터 서서 부끄러운 태도로 방그레 웃는다.

---

190) '설거지'의 방언.

『네 만나보았습니다』

남표는 담배를 부처서 흡연을 한다.

『그 댁에두 다들 안녕하신가요?』

『네 바로 어끄제 가 보았는데요……참 애나 씨께서 편지하신 것두 받어 보았다고요……미처 답장을 못했는데 안부해 달라구 그리드군요』

『네……』

애나는 잠깐 아미를 숙이고 말없이 있다가 다시 공손히

『그럼 언제쯤 또 오신대요?』

『글세요……』

남표는 분명한 대답을 할 말이 없어서 두루뭉수리로 대꾸하였다.

『선생님이 병원을 내시면 신 선생님두 오시겠지요?』

애나는 한참 주저하다가 용기를 내서 다시 묻는다.

『네……놀러온다고 했습니다』

부지중 남표의 얼굴도 붉어졌다.

『아니 아주 이리로 오신댔는데요』

애나는 갑작이 상기가 된 것처럼 안타까운 표정으로 잠깐 눈을 들어 처다본다.

『그건 몰르겠습니다』

애나의 표정을 눈치채자 남표는 다소 어색한 생각이 드러갔다.

『뭘 몰르서요……선생님만 승락하시면 신 선생님두 오실 텐데요』

애나는 경아의 속을 몰라주는 것이 은근히 야속한 것처럼 약간 원망이 띄운 소리를 끄낸다.

『내야 뭐 승락 여부가 있습니까』

애나야말로 남의 야릇한 속을 몰르고 간지럼을 태우는 바람에 남표[는] 떨분 웃음을 배앗텃다.

『아니에요… 선생님이 말슴만 하시면 곧 오실 꺼야요……참 저번에는

모처럼 오셨다가 그런 일이 있어서 인해 가시고 보니 집에서는 여간 섭섭
히들 알지 않었어요……그렇지만 뭐 인제는 지나간 일인데……』

애나는 목소리를 죽이며 슬적 남표의 눈치를 살핀다.

『………………』

남표는 한참 동안 말이 없이 앉었다. 그는 담배불이 타드러가는 연기를
우두머니 바라보았다. 그러나 마음 속으로는 부단한 생각이 뭉게뭉게 떠
올른다. 동시에 그는 경아의 몰골이 눈앞에 나타났다. 지금 애나는 경아
를 대신해서 그의 안타까운 심정을 하소연함이 아닐까? 사실 애나는 경아
의 환영처럼 보이였다. 그것은 경아의 마음을 대신해서 애나가 속색임과
같었다. 경아는 한편으로 애나의 밤과 같은 생각을 먹으면서도 한편으로
는 선주에게 끌리워서 자기를 억제하고 있다. 박궈 말하면 육신의 요구와
령혼의 투쟁이다. 그는 지금 령혼을 살리기 위해서 육신을 눌르고 있다.
그의 감정을 의지가 눌르고 있다. 그 감정을 지금 애나가 대신 호소할 때
이 생의 애처러운 운명을 부지중 조상케 한다. 참으로 인간은 자기를 살
릴 때 육신을 먼저 할 것이냐 령혼을 먼저 할 것이냐? 물론 그것은 령혼
을 먼저 생각해야 되겠다. 그러나 또한 그보다도 령혼과 육신을 동시에
살릴 수 없을까……

지금 애나의 말과 같이 뭐 인제는 지나간 일이라고 간단히 집어치우면
고만이다만은 그렇지 못한 곳에 경아의 괴로움이 있다. 아니 그것은 남표
에게도 있다. 그도 육체적으로는 경아를 사랑하고 싶다. 하나 그들이 지
금 결혼을 한다한들 무슨 더 큰 행복이 있을 것이냐?……그것은 더욱 가
정의 질고와 책임을 더하게 할 뿐 도리혀 자기 분열을 이르켜서 서로가
무능한[191] 일생을 마치게 할 뿐이 아닐까? 애나가 들어가자 남표는 이런
생각을 홀로 하며 그 길로 앞들을 향하여 나갔다─.

---

191) 원문은 '서로가무 무능한'.

남표가 들로 나가보니 일꾼들은 벌써 모를 심끼 시작한다. 한편에서는 모를 찌고 한편에서는 줄을 띄워 가며 정조식으로 심는 것이었다.

『선생님 나오십니까. 참 모가 잘 되었습니다』

주인 영감이 논뚝에 앉았다가 이러나며 인사를 한다.

『네 벌써 많이 심것군요』

일꾼들은 저마다 맡은 일에 열중하였다.

모를 찌는 사람들은 무슨 이야기를 하다가 남표의 목소리를 듯고 제각금 허리를 펴며 아른 체를 하였다.

『얼마나 수구를 하십니까?』

『편찮습니다—』

『아주 모가 잘 되고 밀판이 살가워서 찌기가 좋은데요』

『바닥에다 왕겨를 펴서 그런가부지요』

그들이 직거리는 대로 남표는 미소를 띄우고 서서 모짜리판을 구버본다.

구벽토로 밑거름을 한 모는 새깜앟게 기름이 저서 커올른 것이 여간 잘 되지 않었다. 이런 모는 동이 굴거서 열 개씩 심기도 훌륭할 것이다 모가 어리면 나긋나긋해서 심으기도 안 되었다. 늦되기 때문에 잘 영글지 않고 포기가 벌지 못한다. 따라서 모가 잘 되고 못 되는데 우선 그 해 농사를 점칠 수 있다.

저편에서 모를 심는 일꾼들은 한눈을 팔 새도 없이 모를 심는다 참노 끈에다 물을 드린 홍겁으로 칠 촌 간격씩 표를 찌른 것을 한 가닥은 삼십 메돌 한 가닥은 오십 메돌 이상으로 하여 그 긴 놈 량쪽 논바미 기럭지에다 한 편에 한 줄씩 직선으로 두 끝을 말뚝에 첨매여 박어 놓고 짤분 노의 두 끝은 각기 한 사람이 논바미 가루다지로 쥐고 앉어서 표질는 칸살에다 줄을 마춰 줄라치면 일렬로 느러선 일꾼들은 그 간격을 마추어서 일제히 모를 심는다. 그러면 심그기가 무섭게 줄을 붓들고 앉었든 두 사람은

『자 넘어간다 넘어간다……』

하고 다음 간살로 연신 줄을 넘긴다. 그 때문에 일꾼들은 계속적으로 일치한 동작을 하지 않으면 안 되었다. 그들은 이야기를 할 경황도 없었다. 그것은 한 사람의 동작이 조곰만 느저도 모든 사람에게 방해가 되기 때문이다.

이렇게 일을 모라칠 때에는 일꾼들은 긴장해서 숨도 크게 안 쉰다. 오직 두 손을 재발려 놀리며 모를 심을 때마다 쪼륵쪼륵 소리가 들릴 뿐이었다.

지금도 그들은 이렇게 모를 심거 나가는데 심은 논바미는 일면이 청청해서 아름다운 들빛을 나타낸다. 더욱 줄을 마처 심은 것이 바둑판처럼― 어듸서 보나 간살이 똑바르게 나간 것은 균제미(均齊美)를 내게 해서 우선 보기에 좋았다. 그런데 모가 장하기 때문에 꽂는 대로 턱 어울려서 마치 땅내를 맡고 자라난 가리논처럼 포실하였다.

정조식은 이와 같이 칸마다 십(十)짜 형이 되여서 사방으로 줄이 골르다. 통풍이 잘 되고 그만큼 벼도 잘 된다. 그리고 땅이 구든 데는 칠 촌 칸살이므로 제초기를 쓸 수 있다. 따라서 정조식은 집(葉草)과 결실이 산종보다 이 활 이상을 중수할 수 있는 반면에 로력은 삼 활 가량 덜 든다.

그것은 또한 물을 대는 데도 유리한 점이 있으니 종래 한 사람이 세 쌍을 경작하든 농가라면 절반을 점종(點種)으로 절반을 이종(移種)으로 한즉 물 걱정이 없다 한다. 남표가 시험 삼어 점종을 더러 했다.

남표는 모를 심는 논뚝으로 슬슬 갔다. 줄을 잡고 앉졌든 배상오가 「넘어간다」 소리를 연신 하다가 남표를 보고 반갑게 인사를 한다.

그 바람에 줄을 넘기는 템포가 느러졌다. 일꾼들은 전과 같은 속력으로 모를 심으다가 고만 주춤해서 일제히 허리를 펴고 선다. 그것은 순규가 넘기는 줄을 배상오가 미처 못 넘기기 때문에 한 가닥이 걸리였든 것이다.

『아니 이건 무슨 일이야?』

『배 서방 정신 차려요』

그들은 예서제서 배 서방을 모라 센다.

『하하 실수했수다. 선생께 인사를 하다가—』

배상오는 통을 먹고 어색해서 웃는다. 그들은 아직 정조식이 서툴었다.

일꾼들은 손이 뜬 김에 잠시 동안 일을 쉬었다. 해가 차차 높이 올르며 볏이 내리쪼인다. 그대로 무서운 더위는 아까까지도 것든하든 몸이 후덕지근해진다. 바람은 불건만은 나무 그늘이 없기 때문에 볏치 뜨거웠다.

『자 겸심 전에 한바탕 모라치자구……그래야만 오후부터 우리 논을 심거보지』

정 로인이 남표가 섯는 데로 따러 오며 일꾼들을 재촉하니

『아저씨 염려 마십시요— 점심녁엔 넉넉히 다 심겠습니다』

만용이 서슴지 않고 장담을 한다.

『그래두 아직 머렀는데—』

『어떻게든지 점심 전에 심두록 합지요』

허달이가 정 로인의 불안한 마음을 꺼주는 대답을 한다.

『그라소들— 참 그전보다는 일이 행결 빨른걸!』

『하기에— 일이란 설도하는 사람이 따로 있어야 되는 거요— 아무리 조흔 일이라도 중구난방이면 손이 뜨니까요』

『암만……그전 같으면 아마 지금까지 심근 것도 하로 품이 걸렸을 꺼야』

『그렇구말구!』

『남 선생님이 좀 더 일직 오섰드면 우리 동리도 농사 개량이 제법 되었을 터인데—』

『뭐 지금두 늦진 않었네— 래년부터는 제대로 될 것 안인가』

『하긴 그렇지요……』

전과 같으면 그들은 이런 때 일보다도 이야기를 하기에 정신이 쏠리고 그것은 저마다 게으름을 피게 하였을 것이다. 그때 그들은 먹을 생각뿐이여

서 참참이 술을 내다먹었다. 먹고 나면 취한 김에 한잠씩 느러지게 잔다.

그래 그들은 먹고 쉬기에 정작 일은 못하고 시간을 허비만 하였는데 이렇게 조직적으로 일을 하니 그들은 놀래야 놀 수가 없다. 그것은 단체적 훈련을 받게 되고 능률을 벗적벗적 올리게 하였다.

지금도 그들은 전 같으면 술 생각이 간절해서 그동안에도 몇 참을 먹었을 것이다. 그리고 술밥을 잘해내는 주인 집을 제일 잘하는 것처럼 알었었다.

그러나 지금은 그런 생각을 누구나 참었다. 더욱 오늘은 남표의 일을 하지 않는가. 사실 종래는 너무 먹었고 제말량으로 넉장을 부리기 때문에 일이 제대로 되지 않었다.

『자— 또 한참 시작해 봅시다』

허달이가 먼저 서드니

『그랍시다』

하고 일꾼들은 일제히 제자리를 차저서 느러서며 모숨을 빼들고 굽흐린다.

『넘어간다!』

순규와 배상오는 줄을 넘기 시작한다. 그대로 쪼로록 소리가 나며 모는 한 줄씩 심겨졌다. 일꾼들은 연신 한 발자옥씩 뒷거름질을 처나간다.

저편에서 한 사람은 아직 안 심은 밭논 속에 모숨을 사이사이 집어놓는다. 그 옆에 논에서는 소와 사람이 쓰레질을 하고 있다.

『이라쩌쩌……워……워』

하는 대로 소는 물논을 가로세로 쓰리며 도라단긴다. 논바미 넓기 때문에 소는 제멋대로 철벅이며 도라단긴다.

남표가 정 로인과 나라니 서서 좌우를 둘너보는데

『선생님 급한 환자가 왔어요!』

하고 어느 틈에 왔는지 모르게 일성이가 목소리를 질른다. 그는 숨이 차서 씨근거리며 이마에 흐르는 땀을 씻는다.

『아니 누가?……』

남표가 놀래서 도라보며 뭇는데

『저 영수할머니가 꽉난이 났나 바요』

한다.

『응 그럼 얼는 가자!』

남표는 일성이를 다리고 그 길로 드러왔다.

남표가 환자를 치료하고 나자 정거장에 나갔든 경한이가 도라왔다.

그는 도라오는 길로 우선 토끼를 살 수 있다는 말을 하며 몇 마리를 사 가지고 오라다가 짐이 무거워서 부탁만 해 두었다 한다.

남표는 그 말을 듯자 여간 기뻐하지 않었다. 그래 그는 저녁 때부터 토끼장을 짜기 시작했다. 주인 영감이 짜준다는 것도 고사하고 연모만 빌려 달래서 자기 손으로 만드렀다.

그 때문에 오후에는 들에도 나가지 않고 남표는 토끼장을 짜키에 골몰하고 있는데 지금 막 현림이가 밖에서 드러오며

『선생님 뭘 그렇게 만드십니까』

『네— 내일 가저올 토끼장을 짜봅니다』

남표는 현림을 처다보며 빙그레 웃는다. 그는 톱질을 하기에 힘이 드러서 어느듯 잔등에 땀이 배였다. 그 옆에서 일성이가 수중을 들고 있다.

『아 실험용의 토끼를 치시랴고?』

『그렇습니다』

남표는 잠깐 하든 일을 쉬고 담배 한 개를 부처 물면서

『좀 안지시조— 벌써 하학을 하셨나요』

『네—』

현림이도 그늘 밑으로 주저앉는다.

『들에 안 나가시렵니까?』

현림은 남표의 기색을 은근히 살피다가 슬쩍 물어본다.

『글쎄요……이것을 마저 해치우고 싶은데요』

『잠깐 단여와 하시죠- 저도 조력을 해드릴테니……』

『뭐 그러실 건 없습니다. 그럼 나가 보실까요』

『네!』

남표는 고만두랴다가 현림이의 권하는 말에 어떤 눈치를 채고 이러섰다. 무슨 일인지도 모른다. 반드시 까닭이 있는 것 같음으로-.

그들이 동네 밖에까지 나갔을 때 남표가 먼저 무렀다.

『일꾼들이 뭐라구 하든가요?』

『아니요……별로……』

현림은 거북한 표정으로 말하기를 끄려하는데

『물론 말들이 있었을 것입니다. 제 논에 모를 심는데 나와보지도 않는다고……그러나 내 생각에는 난 있으나 없으나 마찬가지라면 공연히 시간을 허비하는 것보다는 나 할 일이나 하는 게 좋지 않을까 해서요…… 그래 한편으로 미안한 줄 알면서도 토끼장이나 짜 본다고 시작하였지요』 하고 남표는 솔직한 고백을 하였다.

『네- 저 역시 그런신 줄은 알았는데 아까 들에를 잠깐 나가봤더니 남선생은 뭐하시기에 드러앉어 계시냐고 뭇겠지요? 그래 주인 영감이 아마 토끼장을 짜시나 부다고 그러니까 일꾼들은 일제히 침묵을 직키고 섭섭한 기색을 짓는 것 같드군요……사실인즉 그래서 지금 선생님께 같이 나가시자 말슴드린 것이올시다』

현림이도 그제야 자기의 심중을 터러놓으며 일꾼들의 불안한 공기를 보고하였다.

『네 응당 그런 줄 아는데요……현 선생은 그 점을 어떻게 생각하십니까? 기탄없이 말슴해 주십시요』

남표는 약간 쓸쓸한 기색을 띄우며 현림을 도라본다.

『제야 뭐 생각 여부가 있습니까……전적으로 선생님을 신뢰하는데요』

하고 현림은 수집은 듯이 웃는다.

『만일 현 선생이 잘 이해해 주신다면 나는 용기를 얻어서 의학 연구에 전력을 다해 보겠습니다. 그러니 혹시 누가 무슨 오해를 하더라도 현 선생이 잘 말씀해 주십시요 아무래도 내가 할 일은 그 방면인데 결코 영리를 목적함은 안이올시다』

『그야 저두 잘 압니다만……그럼 병원은 누구와 동업을 하시렵니까?』

별안간 날카라운 시선을 쏘며 현림이가 무러보는데

『아니 혼자 단독으로 해보겠습니다』

『제 생각에도 그 편이 좋겠습니다』

하고 현림은 비로소 안심하는 눈빛을 띄운다.

『참 미안한 말슴을 이제야 드립니다만은 마을 사람들의 눈치가 이 사히에 좀 달러진 것 같은데……그것은 선생님께서 이번에 신경을 다녀오신 뒤에 갑작이 나타난 현상으로 보입니다. 물론 선생님께서는 학구적 정열로써 의학을 전공하실 것을 첫째 목적으로 삼으셨겠지오만 마을 사람들은 선생님의 그런 태도에 도리혀 불안을 늣기는 모양 같습니다. 우선 오늘만 보더라도― 선생님 모를 내는데 잘 나와 보시지도 않으니까 일꾼들은 그것을 매우 수상쩍게 생각한단 말슴이올시다. 어째서 그전에는 그렇게도 열심히 농사 개량에 힘을 쓰시더니 인제는 당신 댁 농사도 등한히 역이심은 무슨 까닭이냐고요?……한번 의심이 들기 시작한 그들은 여러 가지로 억칙을 하고 있습니다―』

『네……』

『그래 제 추칙 같해서는 단순한 그들의 생각에― 아마 선생님이 인제는 농사에는 맘이 없으신 모양이라구 그 대신 병원을 내여서 딴 재미를 보시랴는 작정인가 보다고― 이렇게들 어림치고 오해들을 하는 상싶습니다……하긴 그런 말을 누구한테서고 직접 듯지는 못했습니다만 그들이 모인 좌석의 분위기를 살펴보면 그러한 기미가 간혹 보입니다. 그런데 만일 선생님께서 누구와 동업을 하신다면 그들의 오해는 점점 더할 것이 안입니까?……』

현림은 여기까지 말을 끊고 남표의 눈치를 살핀다.

『잘 아렀습니다. 사실 그런 생각을 누구나 할 수 있겠지요』

남표가 거기까지는 미처 생각이 못 미쳤다가 현림이의 땡겨주는 말에 은근히 감사함을 마지 않었다.

『물론 선생님께서는 의학을 전공하시는 게 정당하고 아마 말슴하신 바와 같이 그것이 가장 선생님의 천직인 줄도 잘 알겠습니다. 그리고 또 마을 사람들을 위해서도 선생님이 훌륭하신 의사가 되는 데서 더 많은 복리 (福利)가 미칠 줄도 잘 압니다. 그러나 선생님이 당초에 이 고장으로 드러오실 때에 선언하시기는 의사가 되는 것보다도 직접 농민이 되시겠다는데 마을 사람들도 감심한 줄 압니다. 그것은 선생님을 자기의 지도자로써 마저드렸다고 볼 수 있었는데 만일 선생님이 지금 별안간 농사일은 원래 모르니까 내가 전문으로 하는 의학이나 힘써 하겠다 해 보십시오. 그들에게 대한 선생님의 신망은 떠러지고 말 것입니다. 설영 내용으로는 그렇다 하더라도 거죽으로는 전과 같이 개척 정신을 가지시고 진두에 서서 웨처야 됩니다— 농민이란 어듸까지 보수적입니다.』

『당초에 농촌으로 발을 드려놓았을 때 생각은 무론 그랬습니다. 아니 그 목적은 지금도 변하지는 않었습니다. 그러나 실제로 일을 당해본즉 력량은 적은데 부지럽시 이상만 컷다고 늦겨집니다. 농사 개량을 근본적으로 하자면 우선 농구의 개량부터 해서 농경법을 완전하게 체득해야만 되겠는데 그러자면 자본부터가 문제올시다. 하긴 부분적 개량도 좋습니다만 이왕 그럴 바에는 차라리 한 가지라도 철저히 해보는 게 났지 않을까 하는 생각이 드렀습니다. 그것은 무슨 내 자신을 위해서만 아니라 의료기관이 하나도 없는 이 지방을 보아서도 그렇지 않은가 싶습니다』

남표는 이와 같이 자기의 립장에서 이론을 내세웠다.

『그것은 저 역시 그렇게 생각합니다. 그런데 너무 무리한 욕심이라 할는진 모르오나 마을 사람들은 선생님을 의사인 동시에 농민의 지도자로 받들고 있습니다. 그들은 선생님이 두 방면의 역활을 전담해 주시기를 바랍니다. 그런 점에서는 의사로보다도 오히려 농민이 되어 주시기를 바라고 있습니다. 그런데 만일 선생님이 의사의 역활만 하신다면 그들은 락담하게 될 것입니다.』

농촌에 오랫동안 있어서 마을 사람들의 심리를 잘 아는 현림은 그들을 대표해서 어듸까지 정책적 주장을 굽히지 않았다.

『현 선생의 말슴은 잘 알어 드렸습니다. 그러면 그와 같은 정책 밑에서 일을 하는데 농사 방면에는 실제적으로 현 선생이 힘을 더 써주십시요─ 그만큼 나는 의학을 연구할 수 있도록만……』

『네 좋습니다』

그들의 이론은 여기에서 겨우 끝이 났다.

남표는 현림이에게 드른 말이 두고두고 생각키였다.

그것은 일을 하기란 과연 어려운 것이라는 생각을 절실히 늦게 하는 동시에 다시 한편으로는 허무한 마음이 들기도 한다.

자기는 어듸까지 진심으로 일을 하랴고 털끝만치도 사욕을 채우지 않었는데 마치 돈에 욕기가 나서 개업의가 되랴는 것처럼 그들이 오해를 한다는 것은 참으로 언어도단이다.

그들은 무슨 턱으로 자기에게 그와 같은 멸시를 하고 여태까지 일한 보람을 알어주기는커녕 도리혀 얼굴에다 침을 배트랴는 심사가 어듸서 생겼을까?

그런 생각을 한다면 자기도 정말 개업 의사가 되여서 남과 같이 돈이나 많이 벌고 싶다. 그것은 주인 영감의 말과 같이 그와 동업을 해도 좋고 단독으로 한대도 이 지방의 환자는 왼통 자기의 병원으로 몰려올 것이다.

그런데 그는 여적까지 약값 한 푼을 안 받고 의료 봉사를 해왔건만 그런 생각은 도무지 없이 아직 병원을 내기도 전에 마치 배신자나 된 것처럼 의심을 한다는 것은 이 얼마나 남의 은공을 모르는 사람들이냐. 참으로 선무공덕이다.

하나 또한 이것이 선구자의 운명인지도 모른다. 자고로 선구자나 선각자는 민중의 박해를 받아 왔다. 그들은 진심으로 민중을 위해서 일을 하였건만 무지한 민중은 도리혀 그를 이단자(異端者)로 취급해서 심한 경우에는 죽이기까지 했다.

그렇다면 자기는― 비록 선구자는 못 될지라도 오히려 그만하기가 다행이 아니냐?……현림이 같은 다만 한 사람이라도 이해하는 사람이 있다는 것은 여간 힘이 되지 않는다. 사실 현림이가 없었다면 마침내 그들의 오해가 감정으로 폭발되여서 장차 무슨 일을 냈을는지도 모른다.

남표는 이와 같이 도리켜 생각하자 다시금 감격한 무엇을 느끼였다. 그는 공연히 울고 싶었다. ……그것은 아직도 자기의 부족(不足)이 있음을 깨다렀기 때문이다.

마을 사람들이 그런 의심을 한다니 말이지 남표는 자기 껀에도 확실이 심경이 변해진 것만은 사실이였다. 그것은 물론 이번의 신경행에 동기가 있었든 것은 아니다. 그보다도 먼저 선주의 죽엄에 원인이 있었다.

선주가 죽기 전까지는 남표는 개척 생활에 대한 자신이 만만하였다. 그는 선구자적 정신을 가지고 어듸까지든지 개척 사업에 진력할 각오가 있었다. 그것은 은근히 경아의 사랑을 믿는 가온대 그만한 힘을 얻었든 것이다. 사실 장래에 그들이 결혼 생활에까지 의지가 투합된다면 남표는 정신적으로 안식처(安息處)를 얻는 동시에 또한 가정적 행복에서 솟아나오는 무한한 활력(活力)을 발휘할 것이 아닌가 그들은 완전히 동지(同志)적 결합이 될 수 있다. 그만큼 경아는 남표를 위하여 전력할 것 아닌가.

그런데 뜻밖에 선주의 죽엄은 경아까지 마저 잃게 하였다. 생각하면 악착한 인연이다. 어찌하여 선주와는 실련까지 당했다가 또다시 그런 일이 생겼으며 경아와는 당초엔 마음도 없었는데 저쪽에서 련모를 하다가 련애도 되기 전에 물러섬이 웬일인가 그러면서도 그는 또한 가짜 약혼을 하자는 것이었다.

이건 도무지 어떻게 된 셈을 모르겠다. 누가 정말 실련을 당했는가? 한 사람이 실련을 당했다면 두 사람은 결합해야 할 터인데 마치 세 사람이 돌려가며 서로 당한 셈이다. 선주는 남표를 위해서 실련의 독배를 마시고 죽었으나 도리혀 그 때문에 경아와 남표는 서로 접근하기를 끄려한다. 한 사람의 죽엄을 싸고 도는 이 야릇한 삼각관게는 마침내 남표에게도 커다란 심리적 변화를 이르키게 하였든 것이다.

그러나 선주는 잘 죽었다. 그것은 죄를 더 짓기 전에 자기를 그만큼 살렸기 때문이다. 누구나 죽은 뒤에 그를 아까워할 수 있다면 그 죽엄은 결코 개죽엄이 아니다.

남표는 지금 이런 생각을 하고 있는데 뜻밖에 경아한테서 편지 한 장이 배달되었다.

가장 존경하는 남 선생님!

일전에는 너무나 무리한 청을 드리와 지금껏 죄송하옵기 끝치 없나이다. 그러나 선생님께서는 거절하시지 않고 저의 딱한 사정을 이해해 주신 것은 무어라고 감사한 말슴을 드릴 수가 없나이다. 그것은 선생님이 단여 가신 뒤에 집에서 여간들 만족해하는 것이 아니기 때문이외다. 그들은 아마 선생님의 인격과 풍채에 매우 신뢰를 갖는 것 같습니다. 선생님! 그래서 저는 지금 아무한테도 졸림을 받지 않고 매일 병원으로 마음 편하게 출근을 하고 있습니다.

하긴 한편으로 생각하올 때 그들을 속이는 것이 미안하기도 하오나 저의 장래를 생각하오면 또한 어찌할 수 없지 않습니까? 그것은 선생님한테도 황송한 일인 줄 아오나 뭣버덤 자기를 살리기 위해서는 상식에 버서난 정책이라도 쓸 수밖에 없습니다. 선생님! 제가 결혼을 않겠다고 더욱 마음이 굳어진 것은 거번에 선주 씨의 죽엄을 목격하였든 까닭입니다.

참으로 선주 씨는 마음에 없는 결혼을 하였다가 얼마나 그의 뒤끝이 불행하였습니까? 그것은 비단 선주 씨 일개인의 문제뿐 아니라 실로 여러 사람에게까지 큰 영향을 미친 줄 압니다.

만일 그 전에 선주 씨가 선생님과 끝끝내 혼약을 지켰다면 선주 씨는 그와 같은 참혹한 일을 안 당하고 기리기리 행복한 생활을 누렸을 것 아닙니까?……그럼으로 저는 제 맘을 확실히 알기 전에는 섯불린 결혼을 않기로 작정하였습니다. 자기도 모르는 사람이 어떻게 남의 속을 알겠다고 무턱대놓고 그의 일생을 좌우하는 결혼을 하겠습니까? 아— 선생님! 선주 씨도 그래서 결혼에 실패한 것이외다. 그분이 좀 더 자기를 알았드면 그런 혼인을 웨 했겠습니까? 결혼은 접목(接木)과 같어서 잘 되기도 하고 못 되기도 한다고 누구는 말했다 합니다. 접목법을 모르거든 아여 접목을 말 것이외다.

공연히 서투른 접목을 했다가 두 나무를 다 죽이는 수가 있습니다.

선생님! 결혼도 그와 같이 무리한 혼인은 차라리 안 하니만 같지 못할 것이외다. 웨 그러냐 하면 결혼도 접목과 같이 잘못하면 두 사람의 생명을 파멸하기 때문이외다.

아시다싶이 접목은 근사한 두 나무의 생명이 [합]치는 데서 보담 좋은 과실을 따자는 게 목적이 아닙니다. 즉 돌감나무에 참감나무 순을 접부치면 훌륭한 참감이 열리지 않습니까? 결혼도 그와 같이 두 사람이 결합함으로써 결혼 전보다 모든 점에 있어서 질적으로 향상되어야 할 것입니다. 웨 그러냐 하면 그들은 서로 자기의 단점을 죽이고 저편의 장점을 취해서 결합하였으니까요. 선생님! 사람은 누구나 일장일단(一長一短)이 있는 줄 압니다. 또한 남녀의 격이 서로 달르고 학식과 교양이 각기 다른 것은 같은 여자와 남자 간에도 마찬가지로 볼 수 있지 않겠습니까? 그러면 두 사람의 청년남녀가 서로 배우자를 선택하는 경우에는 이런 모든 점을 취사선택해서 신중히 결정해야 할 것이외다. 그렇지 않고 소홀하게 결혼을 하였다가 물르지도 못하고 일생 동안 불행에 우는 남녀가 이 땅에도 얼마나 많을는지요?

선생님! 쓸데없는 말이 너무 장황해졌습니다. 그러나 저도 선생님이 혹시 저를 오해하실는지 몰라서 자기 고백을 구지 하랴 한 바올시다. 그러면 선생님께서는 저를 위해서는 조금도 염려 마시고 앞으로도 끝까지 제자와 같이 지도해 주시기를 바랍니다. 일전에도 말슴드린 바와 같이 저의 신변이 위급하올 때는 언제든지 선생님을 찾어 가겠습니다. ……끝으로 내내 안녕하시기 바라오며 이만 아뢰나이다.

남표는 편지를 다 읽고 나서도 한동안 사연을 되색여 보았다. 문득 그는 다음과 같은 글귀가 생각키여 봄아지랑이 속과 가튼 폭은한 정서에 잠기였다.

君在後西我在東
夜夜相思聞水聲. ……

孤獨의 榮光

경아는 남표를 떠나보낸 뒤에 안타까운 심정을 것잡을 수 없었다.

그런 반면에 식구들은 은근히 좋아하는 기색이 보인다.

그들은 참으로 남표와 혼약이나 된 것처럼 여간 탐탐해 하는 모양 같지 않았다.

『애야 그럼 병원에는 멀하러 단인단 말이냐 몸도 고달프고 한데 고만 드러앉아서 바누질이나 배워가지고 가려무나…… 남 선생이 결혼을 하게 되면 사둔님네두 들어올테지 그러면 시부모 수발을 네가 해야할 께 아니냐』

모친은 벌써부터 이렇게 경아의 시집살 것을 념려하며 말한다.

『결혼하면 누가 바누질만 하구 드러앉었을 줄 아루- 역시 간호부로서 더 바쁠텐데……』

경아는 어이없는 웃음이 나왔으나 무심코 천연스레 대답하였다.

『그렇지만 애야 완고한 로인들은 신식 며누리를 덜 좋아한다더라- 며누리 손으로 밥도 얻어 먹고 옷도 얻어 입는 것을 자랑으로 알지 안니?』하고 모친은 사랑에 겨운 눈매로 그 딸을 처다본다.

경아는 모친의 심중을 추칙하자 고만 눈물이 글성해진다. 참으로 남표와 결혼을 할 수 있다면 자기도 얼마나 좋을지 모른다.

그러나 그는 그런 생각을 참었다. 그는 육체의 욕구를 자제하였다. 그가 남표를 정신적으로 존경한다면 결혼을 한다고 그 이상이 될 것 같지는 않었다. 하다면 결혼은 우선 육체적 욕구를 채우자는 것이 아닐까? 그런 방면에는 결혼을 함으로써 도리혀 생활이 정체될는지도 모른다. 그것은 남표의 사업에 방해를 끼치지 않을까?……흔히 세상에는 독신으로 있을 때는 고상한 업에 열중하다가도 결혼 생활을 한 뒤부터는 별안간 활동을 중지하는 수가 많지 않든가. 그들은 달큼한 가정의 행복에 파묻처서 향락적 생활로 타락하기 때문이다.

남표도 그와 같은 생각에서 결혼을 기피하는 것이 아닐까. 그 역시 소위 처수자옥(妻囚子獄)의 질곡을 무서워하여 독신주의를 지키면서 자기의 사업을 완성하랴 함이 아니였든가?

자고로 큰 일을 그릇치게 만든 데는 여자의 죄가 많다 한다. 우선 금단의 과실을 먹자고 꾀인 것도 여자이다. 이부는 아담을 꾀여서 선악과를 따게 하지 않었든가 그것은 신화라 하겠지만 신화 중에도 진리는 있는 것이다.

그래서 원죄가 생겼든지 안 생겼든지 간에 매양 육체적 유혹은 고상한 정신도 흐리게 한다. 자고로 현인군자가 여색을 경계하였음은 이 까닭이 아니였든가 정신 사업에 진력하는 사람이라면 누구나 지금 도외도에 빠저서는 안 된다.

이렇게 결곡한 생각이 든 경아는 마침내 남표에게 자기의 심중을 고백한 것이었다. 그것은 한편으로 남표의 정신을 잡는 동시에 다른 한편으로는 자기도 남표에게 육정으로 끌리지 말자는 예방선을 치자는 뜻이였다.

하나 그는 괴로웁다. 마음으로 그를 존경할수록 몸으로 괴이고도 싶다. 이성에 대한 애무(愛撫) 남성적인 사랑에 몸과 마음을 맺고 싶다. 여자란 수동적이라 그럴까?……아직 순진한 처녀인 경아는 마치 꿈나라를 소요하는 것처럼 이성의 신경을 남몰래 허매이며 발버둥을 첬다.

불같이 타올르는 련모의 정을 느끼면서도 한편으로는 자기를 억제하는 마음! 그는 마치 독사의 대가리와 같이 성이 나서 처드는 감정을 그때마다 이지의 날카라운 칼로 내리첬다.

과연 그는 주주야야로 얼마나 무서운 이 내적 투쟁을 계속하였든가 그 점은 아마 남표도 모르리라 싶었다.

그러나 그것은 또한 고독의 영광이기도 하였다.

이럭저럭 농사에 바쁘든 여름 한 철이 지나고 초가을이 도라왔다.

그동안에 남표는 임상과 실험에 열중하면서 학구적 연구에 골몰하였다. 그와 동시에 그는 현림이와 더부러 농사 개량에도 힘을 썼다. 그것은 마을 사람들에게 오해를 받지 않게 하기 때문이다.

그만큼 마을 사람들은 안심이 되였으나 남표는 정말로 눈코를 뜰 새가 없었다. 그는 시반틈 놀 틈이 없었다.

토끼는 일성이가 마터서 키웠다.

그러나 그는 무시로 찾어오는 환자를 치료하고 왕진을 청하면 쫓아가보았다. 날마다 임상만 보기도 대견한 일인데 이건 마을의 대소사까지 일일히 그와 의논할 뿐더러 낮에는 들에도 한두 차례씩은 나가 보아야만 된다.

그것은 오늘은 누구네 집 논을 매고 풀을 뜻는다는— 날마다 연통을 듯는대 만일 안 나가면 그 집에서 섭섭히들 알고 있다. 그래서 불가불 가 보게 되는데 가면 또 점심을 같이 먹자는둥 물고기를 잡어서 천렵을 하자는둥 이런 일 저런 일로 붓들며 안 놓는다. 그들은 도무지 시간 관렴이 없는 것은 질색할 노릇이였다.

하긴 그들과 같은 분위기에 싸혀서 곡식과 초목이 한창 무성하는 이 때의 아름다운 자연과 들판을 구경하며 간혹 천렵을 한다든가 낙시질을 하는 것도 미상불 운치가 있음즉하다.

하나 그는 이런 유혹은 일체 물리치기로 맹서하였다. 그것은 다만 시간을 애끼자는 것뿐만은 안이다.

그보다도— 지금 남표의 심경은 안일한 생활을 배척하자는 데 있다. 그는 마치 옥매듭처럼 마음이 응치기를 자기는 애여 행복을 구하지 말자는 것이였다. 행복과는 거리가 멀다— 아니 자기에는 당초부터 행복과 인연이 없었다는 체념(諦念)이라 할까.

그의 이런 생각은 물론 선주와의 관게에서 절실히 늦겨졌다.

당초에는 그도 청춘의 끓는 정렬로 선주를 사랑하였다. 그래서 그도 장래에는 행복한 가정을 꾸밀 줄 아렀었다. 그런데 그는 뜻밖에 선주한태배척을 당하고 마렀다. 행복은 마치 공중에 걸린 무지개와 같이 허무히 사러지고 그 대신 현실의 사나운 뭇발길에 채이지 않었는가!

이렇게 『행복』에게 등을 메운 남표는 오직 증오의 눈으로 그것을 처다보게 되였다. 그것은 남의 행복을 시기해서가 안이다. 도대체 현실적 행복이란 몇 푼어치의 가치가 있느냐 말이다. 그래도 본능적 요구에서 경아에게 또다시 차저보라 하였는데 뜻밖에 또한 선주가 나타나서 붓잡으랴든 무지개는 두 번째로[192] 허공에 사러졌다. 이에 남표는 애오라지 복수심이 치바칠 뿐이었다.

이미 자기에게 현실적 행복을 조곰도 허락하지 않는다면 응당 그것은 육체적으로 학대를 바드란 것이 안일까?⋯⋯옳다! 그렇다! 나는 이 몸을 학대하자! 어듸까지 부려먹자! 죽기까지 육신을 부려먹자! 노예처럼 증역하는 죄수처럼 그러면 악마는 나를 처다보고 기뻐 웃을 것이다. 옳지 내가 할 일은 오직 그뿐이라고!

다행이라 할는지 불행이라 할는지 남표는 이와 같은 마음이 더욱 옹치였다.

그래 그는 조용한 시간을 얻기 위해서 밤중까지 공부를 하고 있었다. 낮에 종일 시달린 몸은 밤에 몹시 곤하였다. 또한 육체가 피로할 때는 정신도 히미하다. 그런 때는 밤중에 아무도 몰래 그는 선주의 무덤을 찾어 갔다⋯⋯

거기에서 그는 어떤 자극을 받자 함이였다. 사실 그의 무덤 앞에서 얼

---

192) 원문은 '두번채로'.

마동안 명상(冥想)을 하고 나면 남표는 울적했든 가슴 속이 저윽히 풀리는 듯하였다. 그는 이렇게— 마치 태마(駄馬)를 추축질하드시 고달푼 육체를 시달려서 학구적 정력을 발휘하였다.

주인집 영감은 농한기를 이용해서 이 지음에 애나의 살림을 내놓을 집을 짓기에 골몰하였다.

마을의 농사는 올해도 잘되였다. 만물까지 김을 죄다 매놓은 그들은 인제는 수확을 기다릴 것뿐이다. 하긴 아직도 일기를 잘해야 풍년이 들겠지만—

그 기회에 남표는 병원을 같이 짓게 되였다.

터전은 외떠러진 빈터에다 정하였다. 거기가 제일 한갓지고 조용하기 때문이다.

그는 먼저 건축 도안을 꾸미였다. 치료실, 수술실, 응접실, 서재, 침실, 병실, 실험실을 골고루 마련하고 특히 일성이— 조수의 방도 따로 짓게 했다. 입욕실(入浴室)도 만들고 부엌까지 만든 것은 일성이와 자취(自炊)생활을 하기 위함이였다.

이렇게 병원을 짓자면 상당한 물자가 들겠다. 그러나 재목은 원래 흔한 곳이라 헐한 값으로 얼마든지 구할 수 있었다. 외는 수수때가 얼마든지 있고 집웅은 양초로 올리랴고 사방에서 비여 왔다. 인부는 동리 사람들이 총출역을 할테니 문제없다. 다만 대목을 구해오면 되는데 그것은 주인 영감의 알선으로 두 집을 도마터 짓도록 신가진에서 단골인 정 대목을 불너 왔다.

병원을 짓기 시작한 뒤로 남표는 더욱 바뻐 날뛰였다.

그는 날마다 몇 차레식 건축공사까지 감독을 해야 한다.

당초에 정 로인은 전부터 말해온대로 동업할 의사를 표시하며 병원의 건축비는 자기가 부담한다는 것을 남표와 현림이 마을 사람들의 오해를 살 렴녀가 있다고 고만두게 하였다.

정 로인은 그 말을 듯고 매우 실망하였다. 그러나 그도 마을의 공기를 짐작했든만큼 벗적 욱일 수는 없었다.

그래 그는 다소 시무룩해저서 마을 사람을 속으로 욕하였다. 그는 이렇게 생각하였다. ─세상놈들이란 어떻든지 남이 잘되는 건 싫여한다고……여북해야 사촌이 땅을 사면 배가 아푸다는 속담이 생겼을까? 병원을 같이 내면 한미천을 톡톡이 잡을 줄을 아니까 놈들이 미리부터 휘살을 치느라 멀정하게 애꾸진 남 선생을 뜻는 게 아니냐고……그가 이런 생각을 할수록 마치 보물을 이저버린 때처럼 가슴이 쓰렸다.

(어듸 두고 보자! 설마 이 뒤에도 좋은 기회가 없진 않겠지……만일 너희가 남 선생의 공로를 끝까지 몰나준다면 그 때 다시 남 선생을 충동일 수도 있을 것이니까……)

정 로인은 마침내 이런 희망을 장래에 부처 두고 저윽히 자위(自慰)할 수 있었든 것이다. 하나 남표는 그 때문에 계획대로 되였다. 그도 올농사를 신푸리로 잘 지었다. 그만큼 추수를 선돈 내여도 □난할 것인데 마을 사람들은─ 자 둔장 김 주사 이하로─ 남표가 단독으로 병원을 낸다 하니 모도들 열성을 보이였다.

남표는 그들의 호의를 감사히 받었으나 그 가운데는 은근히 인심의 기미를 엿보았다.

현실적 인간은 어듸까지 이해관계에 움지김이 크다. 그 점을 직시하고는 아무리 좋은 사업이라도 그들을 상대해서 못할 것이다. 따라서 지도자는 첫재 공명정대할 것을 깨다렀다.

마을 사람들은 병원을 짓기 시작하자 내 일처럼 너나없이 발벗고 나섰다. 그도 그러할 것이 이 병원이야말로 자기네를 위해서 짓는 것이 아니냐.

그 중에도 제일 기뻐하기는 일성이다. 그는 병원이 하로바삐 개시되기를 고대하였다. 그 때는 정말로 조수가 되여서 어엿하게 뭇환자를 상대할 것 아니냐? 그 생각을 하면 미리부터 활개짓이 나온다.

그 때는 귀순이도 자기를 쳐다볼 것이다. 부지런이 공부를 하자! 그래서 나도 의사가 되어 보자고.

結婚式

병원의 축과 애나의 집이 끝날 무렵에 어느덧 8월 한가위가 도라왔다.

농사를 잘 지은 마을 사람들은 그리지 안어도 추석 명절을 당해서 좋은데 동리에 경사까지 있기 때문에 더한층 기쁘게 되었다.

그것은 현림과 애나의 결혼식을 추석 명절에 거행하기로 되였든 것이다. 어차피 명절을 직힐 바에는 엄불려서 대사를 지내는 게 시간과 물질상에 경제도 될 것이다. 이러한 이해관게를 생각해서 추석으로 길일을 택한 것이다. 그러니 양가의 기쁨은 더할 말이 없었다. 하긴 현림은 본집이 멀기도 하지만 또한 완고한 부모라 올 리가 만무하였다. ─그래서 만일 아무도 않오면 폐백을 들일 겸 신혼여행의 길을 고향으로 떠나랴고 미리 기별은 해두었으나─애나의 집에서는 그 딸을 마지막 여위는 경사여서 만반 준비를 미리 서들고 유렴해 두었었다.

따라서 혼가에서는 햇곡식으로 음식을 푸짐하게 차리고 인근 동의 모모한 사람은 모조리 청하였다. 만인 부락과 정거장의 관공리도 청하였다. 신경과 하르빈까지─ 신경아에게도 청첩을 보냈슴은 물론이다.

혼례식은 구식으로 정하였다. 사모관대는 서울서 주문해 오고 함과 롱장도 서울서 마춰왔다.

그리하여 이날 정오에 정 로인의 집안 마당에다 채일을 치고 초례청을 꾸며 노았는데 원근 각처에서 혼인구경을 온 남녀로소의 빈객은 겹겹이 둘너서서 그야말로 인산인해를 이루었다.

정각이 되자 신랑은 말을 타고 왔다. 함진애비가 된 만용이는 얼굴에다

숫검앙을 새까맣게 바르고 홍당묵으로 밀빵을 해서 함을 질머졌다. 그 뒤에는 두 사람이 등롱을 들고 따러섰다.

사모관대에 목화를 신은 신랑은 더욱 늠늠하고 점잔케 보이였다. 그가 문전에서 하마하여 뚜벅뚜벅 초례청으로 드러올 때 만좌중은 물 끓듯 소란하며 모다들 신랑이 잘났다고 칭찬이 비빨치듯 하였다.

그도 그럴 것이 신랑이 마을 학교의 선생으로 오랫동안 신임을 받어왔다. 게다가 인물이 남만 못지 않고 연기가 또한 성년에 차고 보니 어느 점으로나 남으랄 곳이 없었든 것이다.

『신랑 잘났다. －과연 선생님 깜이라 점잖구나－』

예서제서 그를 칭찬하는 소리. 개중에 딸을 가진 사람들은 은근히 부러워하기도 하였다.

그러자 미구하여 하님의 안내로 신부가 드러선다.

록의홍상에 원삼 쪽도리를 차린 신부의 자태는 신랑과 대조되여 또한 고전미를 나타냈다. 신부가 얼굴을 들고 서자 초례청 안은 별안간 환－해저서 마치 일타부용이 만개한 것처럼 발근 향기를 풍기였다.

애나는 근동에서 이뿌다고 소문이 났다. 그 전에 한참 비적이 횡행할 때 그가 만일 나이가 찼다면 미인박명(美人薄命)의 화액을 입었을는지 모른다. 다행히 때는 아직 어리였다. 그리고 그 뒤에는 또다시 신병이 드러서 지금것 많은 청혼을 물리치고 있었는데 오늘날 혼사를 맞고 보니 이야말로 천정배필이라 인연이란 따로 있는가 싶었다.

인제는 병까지 완치가 되자 건강한 육색을 띄운 그는 화용월태에 청초한 미가 흐른다.

군중은 신부의 인물을 보자 또다시 함성을 질르는 것이였다.

『야－ 참 신부 잘생겼다－ 신랑신부가 잘 만났군』

『여중군자요 남중일색인걸』

이렇게 말하는 사람도 있었다.

『정말 곱구나─ 마치 천상선녀가 인간에 하강한 것 같은데!』

이렇게 넋이 빠져 칭찬하는 사람도 있었다.

신랑신부가 배례를 하고 청실홍실을 느린 술잔을 주고받어 마실 때 군중들은 또 한바탕 웃지 말라고 신랑을 놀려댔다. 초례청에서 신랑이 웃으면 첫딸을 낳는다는 것이었다.

예식이 끝난 뒤에는 의례히 신랑신부는 각기 사처방으로 물러가든지 그렇지 않으면 결혼사진을 찍을 것인데 정 노인은 특히 그 자리에서 남표에게 축사를 청하였다.

미리 부탁을 받었든만큼 남표는 거절할 수 없었다.

그래 그는 상머리로 나와서 정중히 머리를 숙여 예한 뒤에 축사를 시작했다.

에─ 여러분이 다 아시는 바와 같이 오늘은 일년 중에서 농가의 가장 좋은 명절인 8월 한가위올시다 오늘과 같은 기쁜 명절에 지금 두 분의 경사스런 결혼례식을 거행하게 된 것은 더욱 감축한 동시에 이 사람도 말석에 참례한 것을 다시없는 영광으로 생각하는 바올시다.

대저 결혼이라는 것은 누구나 일남일녀가 성년이 됨을 따러서 어룬이 례(成人之禮)를 가춘다는 뜻이니 그래서 혼례(婚禮)를 성례(成禮)라고도 합니다. 그런데 재래의 만풍(蠻風)은 이와 같이 결혼이 인간대사의 참뜻을 물각하고 조혼과 매매혼과 정약혼 등의 가진 악습으로 천진난만한 소년소녀를 강제하여 그들의 순결한 정조를 유린한 실례가 많은 줄 압니다. 그것은 이 사람도 그런 희생자의 한아로 볼 수 있습니다만은 실로 한심한 일이 아닙니까? 결혼은 두 사람의 행복을 위해서 할 것인데 도리혀 결혼의 불행을 사게 한다는 것은 이 얼마나 한심한 모순동착이라 할는지요.

그러나 이와 같은 사회적 악습은 청년남녀의 완전한 자각 밑에서 없어질 줄 압니다. 오늘날 자각한 남녀는 결코 그런 혼인은 안 할 것이올시다. 또한 그런 혼인을 해서는 안됩니다.

원시적 인간은 금수와 같이 난혼을 했다합니다만은 인류의 문화가 진보함을 따라서 혼인제도도 일부일부제로 발달되여 왔습니다. 하나 또한 일부일부가 된다고 반드시 행복한 가정이 될 수는 없습니다.

물론 일부일부제는 이상적이외다만은 한 지아비가 한 지어미를 택하든지 한 지어미가 한 지아비를 택하는 경우에는 가장 좋은 배필을 구하여야만 될 것이외다.

결혼은 결코 산술과 같이 하나에다 하나를 가하면 둘이 된다는 것과는 달습니다. 그래서는 안 됩니다.

결혼은 육체적으로 결합하는 동시에 정신적으로도 완전히 일치해야 됩니다.

개체 둘이나 정신은 한 덩어리로 뭉처저야 되겠습니다. 그래서 둘이 하나로 결합되였지만 그 하나는 하나 이상의 무수한 정신적 발전과 생활의 향상이 있어야 할 것입니다. 만일 누구나 그렇지 못하다면 그 혼인은 아무 의미가 없다고 볼 수밖에 없습니다. 웨 그러나 하면 그런 혼인은 동물적 교접 이외에 다른 아무 것도 없기 때문이올시다.

그런데 오늘 이 두 분의 혼인은 제가 앞서 말한 모든 악습에서 벗어난 정당한 혼인이 아닌가 생각합니다.

첫째 두 분은 한동리 간에서 서로 모든 점을 다 알고 있는 것이올시다. 피차간 결점도 알고 장점도 알았다면 그만큼 서로 이해성이 깊을 것 아닙니까? 다시 말하면 어느 편이든지 속을 점이 없다는 말슴이올시다. 육체적으로든지 정신적으로든지 이 속지 않는 결혼이야말로 정말 혼인이라 할 수 있습니다. 그렇지 않은 혼인은 마치 사개가 물러난[193] 그릇을 억지로 동여매고 쓰는 것처럼 불행한 구속을 일평생 당할 수밖게 없습니다.

그러면 두 분은 앞으로 원만한 가정을 이루어서 적게는 일 가문을 영

---

193) 사개(를) 물리다 : 말이나 사리의 앞뒤 관계가 빈틈없이 딱 맞아떨어지게 하다.

화롭게 하는 동시에 크게는 국가사회에 큰 도움이 되고 내지는 세계 인류 문화에 많은 공헌이 있기를 이 사람은 중심으로 빌어 마지않겠습니다―

남표가 축사를 끝내자 군중은 다시 소란해졌다.

이여서 신랑신부가 들어가고 나가고하자 혼인집에서는 일변 잔치상을 벌리었다.

안손님들은 안방과 건넌방으로 모시고 사랑 손님들은 밖갓 마당과 이웃집으로 빌려서 좌석을 정하였다.

이날 귀순이도 그의 어머니를 따러서 혼인 구경을 안마루에서 하고 있었다. 이 마을에서는 처음 보는 결혼식인 만큼 그도 어린 가슴을 남몰래 은근히 놀래였다.

그가 자란 이후로 이 동리에서도 몇 차례의 결혼식은 거행되였다. 그러나 그들은 신구 간에 범절을 제대로 못 차렸다. 소위 신식이란 것은 신부가 면사포 하나를 얻어 쓰는 것뿐이였고 구식이란 것도 조선옷들을 그냥 입고 하였지 이와 같이 사모관대 쪽도리를 쓰고 제대로 하지는 못하였다.

그런데 그는 이 우람한 혼례식을 처음 보고 근감히 생각하는 중에 더욱 남표의 축사는 귀담어 듣게 하였다.

하긴 그가 남표의 말을 일일히 전부를 이해하지는 못하였다. 그러나 그 말뜻의 대의는 알어 들[을] 수 있었다. 그것은 과연 혼인이란 섯불리 못할 것이라는 점이였다.

혼인을 잘못하면 일평생을 불행에 운다는 말과 혼인이란 서로 속지 않고 제게 걸맞는 짝을 골라서 완전히 의합해야만 된다는 말은 그의 어린 소견에도 가슴을 마치는 무엇이 있었다.

그것은 문득 자기의 앞일도 생각케 하였다. 요전에 모친한테서 고향 소식이 왔다는 이야기를 들어보면 영남이가 작년 봄에 시집을 갔다는데 그는 고만 속아서 잘못 갔다 한다. 그 집에서는 중매장이의 중간 말만 듣고 신랑 집이 부자라는 바람에 선택해서 했는데 나중에 알고 보니 신랑이 바보라는 것이었다. 어떻게 생긴 사람인지 모르지만 평생 가야 말을 하지 않고 웃을 줄도 모르는 등신이라든가……그 대신 영남이는 자자하고 똑똑하디는데 그런 남편을 만났다니 무슨 재미로 살 것이냐 그래서 영남이도 죽어도 못 살겠다고 친정 어머니한테 울며불며 신세를 한탄한다 하지만 임의 당□ 논 일을 어찌할 것이냐.

그렇다면 아까 남 선생의 연설과 같이 서로 속을 죄다 알고 양편이 걸맞는 자리를 골르는 것이 가장 적당할 것 같다. 일상 너무 골르다가 도리혀 미끄러지는 수가 있고 허영에 빠저서 신세를 망치는 수가 있다.

이런 생각이 드는 귀순이는 실그머니 일성이가 당겨진다.

그가 비록 집안은 구차하나 사람은 똑똑한 편이다. 제나 내나 많이 배우지 못했고 가난한 농가로 태여나기는 일반인데 그래서 자기도 그전에는 똑같은 생각을 가졌었지만 어머니는 부자집으로 잘 여웨 보자고 벼르신다.

친정에서 고생으로 자라난 만큼 시집이나 잘 보내여서 호강을 시켜보자는 욕심은 강심사리194)를 하는 어머니들의 공통된 생각이라 할까. 그들은 자기의 공통된 체험을 미루어서 그 딸이나 잘 살게 해보자는 모성애(母性愛)를 느낌이다.

그러나 이야말로 과분한 생각이다. 어느 부자집에서 가난한 집 딸을 메누리로 다려가며 또한 부자라 한들 영남이와 같이 신랑이 반편이라면 무슨 보람이 있을 것이냐!

그렇지 않으면 시집사리를 혹독히 당하거나 시앗을 보지 않으면 소박을 맞거나 잘못하면 이혼까지 당하게 되여서— 실로 여자의 앞길에는 불칙한 횡액이 조석간에 닥치게 되지 않는가.

하다면 차라리 그 집 가풍도 잘 알고 인심도 잘 아는 동리 간이 났지

---

194) 고생살이.

않을까. 일성이네는 가문도 상쓰럽지 않고 그의 형인 허달이는 이 마을의 중견 청년이다. 그 역시 공부는 별로 없으되 씩씩한 기상이 모범적 농민이다. 이런 자옥인 만큼 자기가 그 집으로 들어간다면 왼 식구들한테 귀염을 받을 것 같다.

그런데 다만 일성이의 장래가 아직 미지수(未知數)에 있다. 일당백(一當百)으로 그는 과연 한 사람 목의 남자 구실을 할 것인가? 그는 자기도 까막눈이가 아닌 만큼 무지렁이 백성으로 남편을 삼기는 싫다. 무슨 부자집을 바라지는 않지만은 그 대신 사람이나 출중해야 할 것 아니냐. 그래서 그전에는 자기와 같이 소학교만 마친 일성이를 눈도 거들떠보지 않았든 것이다.

한데 의외에도 그는 남표를 만나서 의사 공부를 하고 있다.

그 뒤로 귀순이는 차츰 일성이를 달리 보게 되었다. 동시에 그는 자기의 그전 생각을 반성하기 시작하였다. 그가 정말 의사로 될 수만 있다면 자기는 더 바랄 것 없이 만족감이 든다. 무슨 의사가 대단해서가 아니다. 겨우 소학교를 졸업한 것뿐인 그가 독학으로 공부를 해서 의사까지 되었다는 그 끈기와 열성이 갸륵하지 않은가. 그런 사람은 장래에 무슨 일이든지 성공할 수 있는 의지의 소유자라는 것을 귀순이는 히미하나마 인식할 수 있었다.

시속 아이들은 그 점이 다르다. 귀순이도 초등교육을 받아서 지식의 눈을 대개 뜨기는 하였지만 그보다도 그는 멀리 만주까지 와서 염량세태(炎凉世態)의 문견(聞見)이 많았다. 남자는 물론이여니와 여자도 문견이 넓어야 한다. 그것은 무슨 논다니와 같이 빗뚜러진 생각으로 소위 산전수전을 다 겪근 물질적 이해에만 영악한 타락한 인간을 가르침이 아니다. 그와 반대로 이지(理智)의 눈을 말게 뜨고 대현실을 정면으로 내다보고 걸어 나가려는 총명한 여자를 지적해 말임이다.

그들에게는 한 마듸의 고상한 말과 한 가지의 의로운 일을 보고 들어도 그것이 곧 그의 육신의 살이 되고 정신의 양식으로 된다. 마치 비유해 말하면 비(雨)는 같은 비라도 산 나무는 그 비를 마지면 생명이 더 자라지만 죽은 나무는 그 비를 맞고 더 씩는 것과 같은 이치다.

귀순이는 산 나무다. 생기가 독똑 떳는 산 나무다. 지하수를 힘껏 뿌리로 빠러 올리는 싱싱한 산 나무다.

어여뿐 소녀들이여! 너희들의 부모는 아직도 시대를 모르고 너희의 생각을 구습으로 속박하고 있지 않은가?

얌전한 처녀는 자기의 혼사를 생각지 않고 오직 부모의 의사에게 맡겨 두는 게 효도라 하지 않더냐? 그러나 너희들은 자신의 앞길을 생각해야 한다. 인생의 길은 신작로가 아니다. 더욱 여자의 앞길은 그렇다─ 산 밖게 또 산이요 물 밖겐 또 물인 행노난(行路難)은 서촉의 험지보다도 어려움다 할 수 있다.

너희는 한눈을 팔지 말고 땅을 굽어 보아라! 그러나 또한 땅만 굽어보지 말고 멀리 하눌을 처다보아라! 천상의 별들은 너희의 생명을 약속하고 지상의 삼나만상은 너희의 생활을 시험(試驗)한다─ 악착한 현실은 험한 산길과 같다.

그것은 마치 장해물경주(障碍物競走)와도 같은 것이다.

날랜 놈은 먼저 뛰여 넘어가고 약한 놈은 뒤떠러진다. 그러나 그중에도 제일 못난 놈은 걱구러지지 않드냐. 내가 걸어가고 남이 타고 가는 것을 볼 때 탄 사람은 신사과 같이 보인다. 그러나 내가 타고 남이 것는 것을 볼 때 것는 사람은 시적으로 보인다. 그러나 그대들은 타든지 것든지 오직 자기의 목적지를 끝까지 도달할 뿐이다.

그리하야 그네들을 가장 밝게 비최는 별을 보라! 이 천상의 무수한 별들은 그대들을 하나하나 직히고 있다.

누가 그 중 아름다운 별을 따나 보자고!─

귀순이는 그 어느 때─ 일성이가 자기의 생인손을 치료해 주고 그날

밤에 만나자든 약속을 하였을 때 단둘이 집 뒤 언덕에서 조용히 만나서 무슨 애기를 하였든가.

『넌 정말 의사가 될 수 있겠니?』

『그럼― 남 선생님 말씀에 너만 열심이 공부한다면 훌륭한 의사가 될 수 있다구 하시며 잘 가르쳐 주신단다』

『몇 해나 공불하면 의사가 된대?』

귀순이는 두 눈을 샛별같이 뜨고 말꼬름이 일성이를 처다보며 하는 말이였다.

『그건 해 봐야 알겠지……별안간 그 말은 왜 묻니?』

『글세 말야……』

일성이는 불안한 기색으로 묻는데 귀순이는 무심히 웃으면서 대답을 흐리였다.

『넌 의사가 되어야만 나를 좋아하겠니?』

『의사가 되든지 말든지 내게 무슨 상관 있나』

『요런 깍정이……! 알었다. 난 꼭 의사가 되겠다』

일성이는 금방 양철남비처럼 정열이 끓어 올렀다.

『호호호 기애는……알긴 뭘 알어?』

그대로 귀순이는 간지러운 웃음을 뿜는다.

『그러지말구……귀순이! 내 말을 진정 믿어주렴― 너두 내가 의사가 되는 건 싫지 않지?』

귀순이는 그 때 고개를 끄덕이였다. ……

『넌 그럼 내가 의사가 되라구 하누님께 축수를 해요』

『내가 뭣 따문에?……호호』

『아니 또 그리는구나』

그 때 일성이는 귀순이의 손목을 꼭 쥐였다.

『남의 힘을 빌 것 없이 공부만 잘하면 될 거 아냐……그러면 이 근처

색씨들이 모두 임자한테 반할텐데 뭘……』

『그럴 리두 없지만……설영 있다손 치드라두 난 너밖게 없단다』

『가짓뿌리! 그 때는 아주 뽑내면서 신여성한테로 장가를 들겟다구 나 같은 건 처다보지두 않지 뭐야!』

귀순이는 머리를 가로저으며 일성이의 눈치를 살폈다.

『넌 나를 그렇게 알았니? 만일 못 믿겠거든 지금이라두 맹세를 하자꾸나 아니거든 내 손톱에 장을 지지라』

『맹세두 고만두구 임자는 지금 한눈을 팔지 말고 공부나 부지런이 할 때야!』

『제법 어룬같구나 웅! 그대로 두구 보자……뉘 말이 맛나』

『누가 안 그런대서!』

그날 밤에도 달이 밝었다.─ 귀순이는 지금 이런 생각을 하며 빈 집을 직히고 앉저 있었는데 별안간 인끼척이 나며 마당 앞으로 들어서는 사람은 일성이였다. 그는 집으로 가는 길에 드려다보니 괴괴해서 혹시 귀순이가 없나 하고 기침을 한 것이였다.

그 바람에 귀순이는 깜짝 놀래서 이러선다.

『넌 혼인잔치도 안 얻어 먹구 웨 어느새 집으로 왔니?』

일성이는 빙그레 웃으며 귀순의 옆으로 와서 슨다.

『그저……』

귀순이는 시무룩한 표정이였다. 사실 그는 어머니가 잔치음식을 가치 먹고 가자는 것을 어쩐지 열적은 생각이 드러가서 먼저 간다고 다러왔다.

『동리 색씨가 시집을 가니까 너두 마음이 흥숭상숭하냐? 하하……』

『기애는……인젠 사모님인데 말버릇 좀 고쳐요』

『참! 그 말은 잘못했다. 취소하마』

『취소할 말을 누가 하라든감! 호호……』

『점점─ 네야말로 말버릇 좀 고처라』

『누구라구 그런 말도 못해!』

『에헴! 장래…… 아니 고만둬라』

『작란꾸레기……』

귀순이는 무색한 듯이 눈을 흘기다가 아미를 숙인다.

『임잔 왜 잔치집을 나와서 도라다니누』

이마직 귀순이는 『임자』라는 말을 각금 쓰는데 일성이는 주목하였다.
그전에는 또박또박 『너』짜를 토달고 말하든 귀순이가.—

『너한테 무러볼 일이 있어서 찾어단기든 길야……』

『무슨 말?…… 농담을 또 할려구!』

『아냐……너두 아까 남 선생님 축사를 초례청에서 들었겠구나』

『음— 들었어』

『넌 그 말슴을 어떻게 생각하니?』

『뭘 어떻게……』

『쉽게 말하면 그 말슴이 옳더냐 글터냐 말야!……』

『내가 뭐 그런 말을 알어들을 줄 알거듸……』

귀순이는 벙글벙글 웃으며 처다본다.

『그러지말구 진정으로 말해 봐요 그 말슴이 죄다 옳지?』

『………………………』

대답 대신 귀순이는 정색을 하며 고개를 끄덕이였다.

『그럼 너구 나구두 좋지 않으냐?— 서로 속을 것이 없는 자옥이니……』

『그런 소리를 할려구……듣기 싫여 난』

귀순이는 두 손으로 양쪽 귀를 얼는 막었다.

그날 신랑신부는 첫날밤을 새 집에서 치르게 되였다. 세간사리는 물론
이요 집까지 새 집으로 일신하게 꾸며논 것은 누구보다도 애나의 마음을
기쁘게 하였다.

저녁을 먹고 나서 그들은 새 집으로 자러 왔다. 비록 신부라 하지마는

그들은 임의 한 집에서 □□□□□을 살아온 숙친한 사이였다.

그만큼 아무런 시시럼이 없는데 더욱 노성한 그들은 마치 오래 산 부부처럼 점잖어 보인다.

그러나 또한 첫날밤이란 인상은 젊은 가슴을 설렁이게 하였다. 사실 그들은 이날을 은근히 얼마[나] 기다렸든가. 기다렸든 그 날은 마침내 오고야 말었다만은 기쁘다 할는지 슬푸다 할는지 애나는 공연히 마음이 한갓지를 못하였다.

초저녁에는 엿을 듣는 사람들이 더러 있는 모양이더니 밤이 이슥하자 문밖게는 아무 기척이 없었다. 그들은 어린 신랑신부와 달러 엿들을 흥미도 없었든 모양 같다.

밤이 들수록 달은 더욱 한창 밝었다. 만뢰는 구적한데195) 빈 뜰을 밝히는 달빛! 교교한 월색은 앞창 문을 환히 비최인다.

현림은 밖갓으로 한 귀를 기우려 보다가 일어나서 머리마테 놓인 차담상 앞으로 앉으며

『아무도 없는가부……우리 밤참이나 먹읍시다』

하고 애나를 도라보며 웃는다. 촉대 위에 켜놓은 초불은 불춤을 추며 눈물을 짓는다.

『선생이나 잡수세요……』

『혼자 심심해서 맛이 있어야지……그럼 술이라두 한잔 따러주구려』

『약주는 자실 줄두 모르시면서……』

애나는 가만이 소군거리였다.

『그렇지만 오늘 저녁은 어쩐지 한잔 먹구 싶구려』

현림이 재촉하는 바람에 애나는 할 수 없이 상머리를 올라갔다. 쪽도리는 벗었으나 큰 탕자를 그대로 들고 녹의홍상의 채단옷을 입은 애나는 낮

---

195) 만뢰구적(萬籟俱寂) : 밤이 깊어 아무 소리 없이 아주 고요해짐.

에보다 더 아름답게 보인다.

애나가 술 한잔을 따러서 놓으니 현림은 생율을 한 개를 집어 반 쪽은 빼여 먹고서 애나를 주면서

『밤을 먼첨 먹어야 첫아들을 낳는다지?』

『몰라요』

애나가 안 받으려는 것을 현림이 억지로 멕이였다.

그는 술잔을 비우고 나서

『당신두 한잔 자시구려』

『난 싫여요』

『당신은 낮에 남 선생이 축사를 하실 때 어떻게 보입띄까?』

『초례청 신부가 남의 얼굴을 어떻게 보아요』

『참 그렇지……나는 보니까 매우 침울한 표정을 띄웠습디다』

『그러세요?……요새는 기분이 매우 가라앉이신 것 같더군요』

『물론 그러실 겝니다……먼젓번의 그런 일이 있었으니까……』

『병원을 내시면 신 선생님이 오시지 않을까요?』

『글세요……건 모르지만- 난 요새 남 선생을 주인으로 장편소설을 쓰는 중이요』

『네……』

『남 선생의 파란 많은 전반생은 훌륭한 소설 재료가 되지 않겠오?』

『건 나두 그렇게 생각해요……신 선생님과 결혼을 하셨으면 더욱 좋겠세요』

『그러면 소설이 되나- 남 선생은 개인으로는 불행한 양반인걸!』

『그러나 결혼을 하시면 앞으로는 행복하실 수 있지 않어요』

『모르면 몰라두 결혼은 안 하실 껍니다- 남 선생은 의학에만 열중하시지 않습디까』

『참 그러신가바……새벽에 소마196)를 보러 나가보면 그때까지 불을 켜

노시고 책을 보시는 것 같아요』

못 먹는 술을 두어 잔 마시니 현림은 가슴이 울렁거리고 머리가 띵-
해진다. 그러나 건아한 술기운이 도라서 정히 도취의 지경에 이르렀다.
그는 말하기 좋을 만큼 되었다. 그것은 이 밤을 새워 밝히고 싶게 한다.

『당신 고단하지 않우?』

『아니요』

『그럼 우리 이야기나 더 합시다 내 옛날 이야기 한 자루 할까?』

『첫날밤에 이야길 하면 가난하다우』

하고 애나는 입을 가리며 웃는다.

『가난은 벌서 질머진 가난인데……뭘- 그래 내 한 마듸 해 볼까 들어
요- 옛날 어느 대왕께서 저녁마다 미행으로 장의 성내를 혼자 댕기섰드
라우 왜 그러섰는구 하니?……아마 그 임금께서도 현군이셨든가부지 그
저 민정을 친히 시찰하시려고 아무도 몰래 그렇게 다니신 게거든……』

『……………………』

『조루?』

『아니요』

『그럼 듣는 사람두 대꾸를 해야 이야기를 하는 사람두 신이 나지 이건
꾸어다 논 보리짜루처럼 가만이 앉었으니 무슨 재미가 있나』

『대꾸를 어떻게 해요』

『그래서요……그러란 말야』

『흐……그럼 그래서요』

『옳지- 그런데 그 때가 아마 겨울이든게지 어느 골목을 지나시다가
보시니까 조고만 오두막 초가집 들창으로 반듸불 같이 히미한 등불이 비
최는데 그 안에서 글 읽는 소리가 좍좍 들리시드란 말야』

---

196) '오줌'을 완곡하게 이르는 말.

『그⋯⋯그래서요』

『그래 임금께서 기특하게 아셨든지 옥보를 잠깐 머무시고 가만이 창 뒤에서 엿을 들어보시는데 그 집 남자는 한참동안 글을 읽더니만 별안간 책을 덮어놓으면서 그 옆에서 바누질을 하는 안해에게 지금 밤이 얼마쯤 되였겠느냐고 묻더라오』

『그래서요』

애나도 처음에는 첫날 밤에 옛날 얘기를 한다는 현림이가 구성 없이 보였으나 차차 들어 보니 재미가 나든지 어느듯 이야기에 쏠려서 구수한 감흥을 이르키는 모양이었다.

『그래 안해의 대답이 밤이 꽤 깊었다니까 그럼 밤참이나 좀 차려오 하 더란 말야 남편의 말이 떠러지니 그 안해는 얼는 대답을 하자 하든 바누 질거리를 주섬주섬 치워놓고 부엌으로 들어가더니만 미구에 상을 차려 드려오는데―』

『그래서요?』

『웨 이야기가 구수한가?』

『딴길로 들어가지 말구 어서 하세요』

『하하⋯⋯대왕께서 창문 틈으로 드려다 보시니까 먹든 찬밥 한 그릇에 다가 배추김치를 썰지도 않고 입새채 달린 것을 한 사발 담은 것 뿐인데 젊은 내외가 마주 앉어서 안해는 김치가닥을 손으로 찌저서 남편의 밥수 갈 위에다 얹어주며 서로 권하며 밥을 먹는 것이 어떻게도 정다웁고 부러 워 뵈시든지 부지중 탄식을 하시며 그 밥을 다 먹구 상을 치울 때까지 엿 을 들구 게시지 않었겠소』

『그래서요』

『그 길로 환궁하시자 곰곰히 생각하시기를 나두 한 번 그렇게 해보자 구 별르셨구려 고대하시든 그 이튿날 밤이 도라오자 왕께서는 별안간 영 을 내리시기를 나인들은 죄다 물러가라하시고 당신은 경전을 펴노시며 왕후더러는 옆에서 바느질을 하라고 그러십니다그려』

『호호호……저를 어째!』

『아 그러니자 왕후 이하로 궁 안이 발끈 뒤짚일 것 아니겠소……왕후께서도 어인 영문을 모르시며 난데없이 이게 무슨 분부오니까 하시고 쩔쩔매시니까 대왕은 도리여 화를 내시면서 그저 하라는 대로 하기만 하라시는구려 그래 왕후께서는 할 수 없이 바느질거리를 들고 와서 앉으니까 대왕께서는 그제야 글을 읽으시는데 도무지 이게 웬일이신지 나인과 궁녀들은 감히 들어오진 못하고 밖게서들 수군거리며 왼통 야단이 났구려』

『그래서요─ 호호호……』

『아 그러니 상감의 당신님 뜻과 같이 어듸 제대로 될 수가 있겠소. 왕후께서는 연신 눈치만 보시고 바느질을 하는 척만 하시는데 그렇게 얼마쯤을 글을 읽으시다가 지금 밤이 얼마쯤 되였느냐고 무르시더니 그럼 우리 밤참이나 먹읍시다 하고 내가 먹든 찬밥과 배추김치를 썰지 말고 통으로 단 두 가지만 손수 상을 보아오라고 그러십니다그려 아 그러니 왕후께서 더욱 여간 놀라실께 아닙니까? 평생에 찬광이 어듸 있는지도 모르시고 수라상만 받으시든 왕후께 그런 분부를 하시니 사실 일이 딱할 밖게─ 대왕은 이게 무슨 망령이시냐고 안색을 붉히시고 말었습니다』

『그래서요……저런 일 봤나』

애나는 연신 현림이의 이야기에 맞장구를 첬다. 그 바람에 현림이도 신이 나서

『말이 그쯤 되였은즉 벌써 대왕의 기분은 깨지셨을 것 아니냐 말야……대왕의 참뜻은 그 선비의 청빈한 생활을 한 번 본 떠보자 하신 노릇이 이건 아무 것도 안 되고 도리혀 명령으로 들리게 되였으니……그래 대왕께서는 마침내 허희탄식을 하시기를 나는 만인의 위에 있는 한 나라의 임금이 되었기로 세상에서 못 할 일이 없고 나 외에 부러운 사람이 없을 줄로만 알었드니 실상은 어제밤에 보든 그 선비만두 못하다구 바느질

두 고만두고 들어가시오 하시면서 옥안을 찡그리시고 격분해 하시드랍니다……어떻소 내 이야기가?』

현림은 이야기를 끝내자 애나를 처다보며 웃는다.

『흐……이야기니까 그렇지 설마 임금님께서 그리셨을라고요』

『웨 이야긴 모두 그짓말인 줄 알우……지금 우리들이 이런 얘기를 하는 것을 듣고도 부러워 할 사람이 많을 것이요』

『우리가 뭐 잘났다구 남이 부러워해요 하긴 당신은 모르지만……』

『그런 게 아니라두……』

『아- 달두 밝다……』

현림은 가슴이 답답해서 자리에서 일어났다.

『여보! 달구경하지 않겠소?』

『누가 들으면 숭보라구……첫날밤에 들락날락하는 신랑신부는 고금에 처음 보았다구』

『뭘- 괜찮아 ……밖겐 아무두 없는데 자- 마루로 나와요』

현림이 방문을 열어 놓고 마루로 나와선다.

『고만 주무서요……혹시 누가 오도라두……』

『밤중에 오긴 누가 와요……그리고 난 어쩐지 잘 생각이 없는 걸- 잠 대신에 이야기로 날을 밝히고 싶구려』

『이야기는 여적 하시지 않었수- 옛날 이야기까지 하시구서……』

『그럼 당신이나 먼점 자구려……난 좀 더 앉었다 들어갈테니』

(옷두 안 벳기구……)

애나는 이런 대꾸를 하려다가 부끄러워서 고만두고 참었다. 그순간 그는 옛날 딸 삼형제가 첫날밤에 소박 마젔다는 이야기를 생각하고 속으로 웃었다.

큰딸은 첫날밤에 신랑이 옷을 벳기려니까 신랑 앞에서 옷을 벗는 것은 실례가 될까바 끝까지 안 벗었다가 소박을 마젔다 한다. 둘째딸은 첫날밤에 큰형이 소박 맞든 생각이 나서 신랑이 옷을 벳기려자 제 손으로 활활 벗었다든가. 그랬더니 미친 년이라고 또 소박을 마졌다.

그래 끝에 딸이 가만이 생각한즉 두 형들의 소박을 마진 그대로는 자기도 소박둥이가 될 것 같애서 한껏 지혜를 낸 것이 옷을 벗으리까? 말리까? 하고 신랑에게 물었다가

『엣기 방자한 년 같으니!』

하고 신랑이 호령을 해서 삼형제가 모조리 소박을 마졌다는 이야기다.

『여보! 이리 좀 와! 응 저게 남 선생 아니요』

별안간 현림의 목소리에 애나가 놀래서 쪼차오며

『어듸요?』

『저기! 선주 씨 무덤에서 왔다갔다 하는 것이』

『아이그 무서워!』

애나는 현림의 품안으로 왈칵 달려든다. 선주의 무덤은 부엌마루로 통한 문 바로로 보이는데 과연 거기에는 사람의 그림자 같은 것이 어린거린다.……

瓊琪의 집

　그 이튿날 신랑신부[197]는 신혼여행 겸 현림의 고향으로 길을 떠나자 동리는 별안간 적적해진 것 같다.

　남표는 한대중 연구와 임상에 열중하였다. 그 뒤 며칠이 지나서 병원과 격리병사(隔離病舍)의 건축을 끝낸 뒤에 그는 신경으로 개업용의 의료기구를 사러 올라갔다.

　그가 이번엔 가는 그 날로 경아를 찾어 갔다. 다른 사람을 찾기 전에 병원으로 전화를 걸어 놓고 남표는 여관에서 기다렸다. 만일 친구들이 알게 되면―우선은 수창이부터 뛰여올 것이다.

　남표는 웬일인지 친구들을 대하기도 싫여졌다. 그들이 쓸데없는 잡담을 짓거리며 시간을 허비하는 것은 참으로 무슨 의미인지 모르겠다.

　미구하여 경아는 여관으로 쪼처왔다.

　『선생님 언제 오셨세요?』

　하녀의 안내를 받어 2층으로 올라오는 경아의 가슴은 오히려 고통이 진정되지 못하였다. 그는 남표와 마조치자 우선 이렇게 입을 열었다. 그 순간 반가운 마음은 자기를 억제하지 못할 만큼 왈착 치미렀다.

　「네 조곰 전에 차에서 내렸습니다」

　남표는 마주 웃어보이며

　「앉으십시요」

---

197) 원문은 '실랑신부'.

하고 방석을 내미러서 자리를 권한다.

「네……그럼 아침에 내리셨군요」

경아는 명랑한 목소리를 끄내었다. 그는 동작이 활발하고 왼몸에 생기가 발랄해 보인다.

마치 그는 이 때의 가을과 같은 맑은 기품과 청초한 자태가 떠올른다.……

「네— 여관을 잡고 나서 바로 전화를 걸었지요— 지금 바쁘시지 않습니까?」

「아니요」

경아는 자못 호기심이 가득한 눈으로 방안을 둘러보았다. 「도꼬노마」198) 위엔 족자를 걸어놓고 깨끗한 다다미를 깔은 육 조 방 안이 간결한 기구로 정돈되여 몬지 한 점 눈에 뜨이지 않는다.

남표는 탁자 옆으로 화복을 입고 앉었다. 벗은 양복은 의거리에— 모자와 함께 걸어놓았다.

(이 여관을 잡고 바로 전화를 걸었구나……)

경아는 속으로 이런 생각을 하자 은근히 고마웠다.

그러나 그는 동시에 서운한 마음이 없지 않었다. 만일 남표와 정말 약혼을 하였다면 그는 자기 집으로 가자 할 수 있지 않은가. 그때는 남표도 응당 집으로 먼점 찾어왔을 것이다. 오히려 그래야 할 이이다.

「이번에도 며칠간 묵겠습니다만 바쁘기 전에 잠깐 만나 뵈려고요…… 참 댁에는 다들 안녕하신가요?」

「네……개업 준비차로 올러오셨군요」

경아는 그런 줄 몰렀다가 반색을 하며 다시 웃는다.

「그렇습니다.……병원집두 다 지여놓았으니까 인전 곧 개업을 하게 되

---

198) 일본식 방의 상좌(上座)에 바닥을 한층 높게 만든 곳. 床の間(とこのま).

겠음으로……」

「아 그러서요……벌서 병원을 지셨나요?」

처음 듣는 이 말에 경아는 다시금 놀래었다.

「네 애나 씨의 신주택을 건축하는 기회에 병원집도 가치 짓자고 해서
요……」

그동안 하녀는 차를 새로 가러넣어다 한잔씩 따러 놓고 나간다.

「참 애나 씨가 결혼을 하셨다지요 - 그럼 지금 새 집에서 사시나요」

「아직……신혼여행 겸 고향에 나갔는데 쉬 도라오는 대로 살림을 시작
하겠지요」

「네……」

경아는 잠시 실심한 표정으로 아미[199]를 숙인다. 남표도 그런 눈치를
채자 다소간 서글퍼진다. 그는 담배 한 개를 끄내서 피우며 무심히 밖갓
을 내다보았다.

정거장으로 통한 큰길거리에는 차마의 왕래하는 소음이 요란하다. 그
밖그로 광막한 들이 서남간으로 아득하게 지평선에 다었다. 그들은 한동
안 말이 없었다.

「애나 씨 혼인 때 웨 안 오셨습니까. 주인 댁에서는 퍽들 기다렸었는데
요」

남표는 주저하다가 마침내 이렇게 물어보며 경아의 눈치를 살피였다.

「뭐 갈 새가 있어야죠……」

어색한 미소를 먹음고 힐끗 처다보다가 경아는 시선을 저편으로 돌린
다. 그는 갑작이 쓸쓸한 표정을 다시 지였다.

하나 실상은 새가 없었든 것은 아니다. 그가 갈려면 언제든지 갈 수 있
었다. 그래 애나와 약속까지 해두었건만 경아는 일부러 안 가고 말었다.

---

199) 누에나방의 눈썹이라는 뜻으로, 가늘고 길게 굽어진 아름다운 눈썹을 이르는 말. 미인의
눈썹을 이른다. 아미를 숙이다 : 여자가 다소곳이 머리를 숙이다.

자기의 그런 심중은 지금 남표도 잘 알 수 있을 텐데 일부러 묻는 것은 무슨 심정일까.……경아는 부지중 야속한 생각이 속구쳤다.

　남표도 경아의 눈치를 채였든지 다시는 더 묻지 않고 담배만 피우고 앉었다.

　그 역시 쓸쓸한 생각이 떠올른 모양 같다.

　「바뿌실텐데 고만 들어가 보시지요……틈나는 대로 다시……」

　남표는 경아와 단둘이 앉었는 게 어쩐지 마음이 괴로웠다.

　「전 괜찮아요……그럼 집에는 언제쯤 오시겠세요」

　혼자 속생각에 □작했든 경아는 갑작이 자세를 고치며 남표에게 묻는다.

　「글세요……」

　생각잖은 이 말에 남표는 몽롱한 대답을 할 뿐인데

　「오늘은 고단하실테니 내일 오후쯤……선생님이 오신 줄 아시면 어머님께선 집에 와 계시랄 텐데요」

　하고 경아는 생끗 웃는다.

　「……그러실 필요야 있습니까」

　남표는 어색한 표정으로 마주 웃는다.

　「웨 없어요……그러니 미리 인사를 때우서야 해요……만일 여관에 묵고 안 오신 줄 알게 되면 대단 섭섭히 아실 뿐더러 저와 선생님 사이를 의심할테니까요─어떻게 된 사람이기에 약혼한 처가두 안 찾구 여관에만 묵어 있느냐구요……그러면 저까지 의심을 받게 되지 않겠어요」

　「경아 씨가 의심을?……」

　「그럼요……또 잊으셨나요? 증거를 보여주서야 할……」

　「아니 또 거짓 약혼자로서 말입니까」

　「네……」

　경아는 머리를 숙이며 남몰래 고소하였다. 그제서야 남표는 경아가 집으로 오라는 뜻을 알어채고 □짓 난처한 기색을 되운다.

참으로 작난도 아니고 아무 것도 아닌 이런 연극을 경아는 언제까지 계속하려는 것일까? 생각할수록 그는 쑥스러웁고 열적어서 못 견듸겠다.

「인제 고만저만 해두시죠」

마침내 그는 이렇게 호소하며 경아를 열없이 처다보았다.

「고만두시면 제 일이 어찌 되라고요……」

의외의 대답에 경아는 깜짝 놀래서 마주 본다.

「정히 마음에 괴로우시다면 고만두서도 좋습니다.……원체 제 입장만 생각하고 그런 청을 드린다는 게 무리한 일이니까요」

마침내 경아는 실심한 태도를 보이며 일어섰다.

「아니 그런 게 아닙니다― 인제 잘 알겠습니다. 내 생각은 단지 댁에 자조 페를 끼치기가 미안해서요……그럴 줄 알았드면 무슨 토산품이라두 좀 가지고 올 것을……」

이렇게 말하는 남표는 더욱 어색한 듯이 머리를 긁는다.

그 바람에 경아는 고만 웃음을 내뿜었다.

「흐……건 괜찮어요……」

「그럼 내일 저녁 때 가 뵈입지요……어머님께 그렇게 엿주세요」

「네……꼭 오세요……안 오시면 옵바가 찾어 오실는지도 모르니까요」

「아 참 그렇군요……오늘은 바뿐 일이 있어서 못 가뵈입니다고요 내일 은 꼭 가겠습니다고요……」

「그럼 그렇게……」

남표가 전에 없이 당황해 하는 꼴이 웃우워서 경아는 속으로 웃었다. 그는 그 길로 병원으로 도라왔다.

남표가 왔단 말을 듣고 경아의 집에서는 두번째 반가운 손님을 치르게 되었다. 그 중에도 모친은 무한히 기뻐하였다 인제는 초면도 아닌지라 정 이 붙어서 한시밧비 남표를 보고 싶었다. 그래 그는 웨 바로 가치 오지 않었느냐고 경아를 은근히 나물하였다.

그런데 경아는 또다시 의외의 손님을 맞게 되었다.

그 이튿날 경아는 전과 같이 병원에 출근하였는데 뜻밖게 애나가 찾어 올 줄 누가 알았으랴?

애나는 길로 함북 현림의 고향으로 나갔었다 시부모를 뵈옵고 들어오는 길에는 서울과 평양을 들러서 봉천으로 도라왔다.

오래간만에 고국을 나와 보는 그들의 기쁨은 컸었다. 더욱 애나는 갓 나서 고향을 떠났든 만큼 조선이란 말만 들어왔지 어디 붙어 있는지도 모른다. 그런데 이번에 서북조선을 돌아오는 길에 서울과 평양 등의 명승과 고적을 구경하였다. 그는 모르는 동포들을 대할 때도 반가운 정이 속구친다. 어듸서나 보고 듣는 것이 모다 진기함은 웬일일까.

아름다운 산천과 그 사이사이로 이루어진 부락과 부락— 그것은 광막한 만주벌판과는 달러서 폭은하고 정갈한 정서를 자아낸다. 때마침 춥도 덥도 않은 여행하기 좋은 시절이였다.

그들이 만일 시간의 여유가 있었다면 남선 지방도 돌고 싶었다. 금강산도 보고 싶었다.

그러나 동해의 푸른 바다를 차창으로 내다보고 멀리 삼각산을 처다본 것만으로도 그들의 기쁨은 무한하였다.

그들은 예정치 않은 행로가 이렇게 돌게 되었다. 그러고보니 또 한 가지 좋은 일이 생각난다. 그것은 봉천까지 드러왔으니 기왕이면 신경으로 가서 경아를 만나보고 하르빈으로 가자는 것이다. 애나는 현림을 졸랐다.

여자의 일생 중에 가장 기뿐[200] 것은 신혼 때라 한다. 혼인 때에 기쁨을 얻지 못하면 참으로 어느 시절에 그런 기회가 있을 것이냐 그래서 여자는 남들이 결혼식을 잘 해도 부러워하고 혼수를 잘 했으면 좋아한다.

하다면 새로 만나 부부가 신혼여행을 멀리 떠나서 명산대천을 차저 이

---

200) 원문은 '기쁨'

곳저곳으로 초행의 발길을 드려놓는 나그네의 정서를 맛보는 것이 얼마나 기쁘겠느냐. 그래서 문명한 사람들은 신혼여행을 외국으로까지 몇 달씩 단인다는 것이다.

애나 역시 장차 한 가정의 주부로서 살림을 시작하게 되면 다시는 휘어날 겨를이 없을 것 같다. 자식을 낳고 기르고 □라 치자면 그것만도 짐이 기우는 큰 부담이 될 것이다.

그래 그는 이번 혼인을 기회로— 처음 겸 마지막 신혼의 기쁨을 누리자는 것인데 과연 신경으로 가서 경아를 만나보는 것은 또한 여간 기쁨이 안일 것 같다.

애나는 그러지 않아도 경아가 혼인 때에 오지 않은 것을 못내 서운히 아렀다.

남 선생이 현림의 동무라면 경아는 애나의 동무로 볼 수 있다. 참으로 그 때 경아가 혼례식에 참석해 주었다면 애나의 부족감은 조곰도 없었을 것이다.

그는 단지 그 한 일을 섭섭히 알고 있었는데 인제 뜻밖에 신경으로 차저가 만난다면 그는 얼마나 놀낼 것이며 또한 그것이 얼마나 기쁠 것이냐?……그런 생각을 하니 애나는 미리부터 유쾌한 마음을 것잡을 수 없게 하였다.

하긴 그 뿐만도 아니다. 애나의 두 번재 신경행은 다른 의미로서도 그를 환천희지[201]케 하였다. 그가 처음 때에는 난치 고질 환자로서 생명이 위태하지 않았든가. 만일 그 때 불행하였다면 그는 애처롭게도 북망산의 한 자리 무덤을 보태주고 죽었을 것이다.

한데 천행으로 다시 사러나서 지금 두 번째 가는 것이 신혼여행에서 도라오는 길이 아니냐? 사실 그는 대동의원을 다시 가보는 것만도 가슴을

---

201) 歡天喜地. 하늘도 즐거워하고 땅도 기뻐한다는 뜻으로, 아주 즐거워하고 기뻐함을 이르는 말.

벅차게 하였다.

이래저래 기쁨에 걸뛰는 애나는 한시바삐 신경에 내리고 싶었다. 그래 그는 탄환같이 빠른 특급202)을 타고서도 지루한 생각이 드러서 마치 어린이처럼 조급이 구렀다.

그들은 차에서 내리는 길로 택시를 잡어타고 대동의원으로 달려갔다. 9월 하순의 만주의 기후는 한낮도 제법 선선하였다.

병원 앞에 자동차를 세워놓고 애나만 드러갔다.

현관에서 먼저 그와 마조친 꼬마 간호부는 누군지 잘 모르는 모양 같었다. 마치 그는 심상한 어떤 환자가 새로온 때처럼 대하랴는 것을

「나를 모르시겠에요……5호실 환자이든……」

하니까 그제서야 꼬마 간호부는 얼굴을 알어 보고 기함을 하듯이 두 팔을 벌리면서

「아!」

소리를 질르며 「5호실 환자」가 왔다고 집안이 떠나가도록 설네발을 쳤다. 그 바람에 환자들까지 — 모든 사람이 놀래서 쪼차 나왔다.

「선생님 5호실 환자 왔애요!」

원장 박 의사도 웬일인지 몰라서 내다보는데 꼬마 간호부는 또 다시 그 소리를 거피 하며 달려온다.

「원장 선생님! 그동안 안녕하셨습니까?……지난 봄에 입원했든 정애나 올씨다」

애나가 원장 앞으로 서 인사를 하니 박 의사도 그제야 아러보고 반가운 인사를 한다.

「아 그러십니까? 지금은 건강이 어떻습니까」

「예 …선생님 덕택으로 완전히 나었습니다」

---

202) 당시 만철(滿鐵)이 운행하던 특급열차 아시아호는 최대시속 130킬로미터를 자랑하던 열차로 '유선형'이라는 말을 유행시켰다.

애나는 다시 머리를 숙이며 드치하를 드렸다.

「대단히 감축합니다. 좀 안으로 드러가시조」

원장은 치하의 말을 드르니 기분이 좋아서 애나를 흔연히 접대하였다.

「네! 고맙습니다……어서 일을 보십시요」

「그럼— 손님을……」

원장은 꼬마 간호부에게 눈짓을 하며 치료실로 다시 드러간다.

그때 마침 2층 병실에서 경아가 내려온다.

「아 신 선생……」

애나는 경아를 보자 것잡을 수 없는 기쁨이 왈칵 그 앞으로 달려들게 하였다.

「아니 이게 누구여요?……」

경아 역시 생각 밖에 애나를 만나보는 놀라움은 컸었다.

「대관절 언제 왔어요?」

그는 마치 애나를 정말인가 안인가 의심하는 것처럼 뚫어지게 처다보며 뭇는다.

「지금 막 차에서 내리는 길애요」

「아 그럼……좀 드러가시지」

꼬마 간호부는 두 사람의 대화를 맥없이 서서 듯고 있다가 원장이 부르는 바람에 치료실로 드러갔다.

잠시 조용한 틈을 타서 애나는

「곧 가야겠세요……밖에 현 선생이 기다리시니까요」

한다.

「아 현림 씨와 같이 오섰군요」

「네—신 선생님을 먼저 찾어 뵈랴고요. 자동차를 타구 왔세요」

「그럼—여관도 안 정하셨게…」

「지금 가서 정할랴구요」

「남 선생님이 오신 줄 모르시나요?」

이 때 경아는 가만이 애나의 귀에 대고 소근거렸다.

「네 언제요?」

애나는 소리처 놀래며 큰 소리를 하랴다가 경아의 눈짓에 짤금해서 고만 가늘게 부르짓는다.

「어제요……그럼 그 여관으로 가시지 나두 이따가 갈테니요……」

「네 참 이리로 오기를 잘했군요」

남표가 왔다는 말에 애나는 더욱 환희작약하였다. 참으로 이 무슨 뜻하지 않은 히한한 모임이냐.

경아는 그 길로 문밖으로 나가서 자동차 안에 앉었는 현림에게 인사를 하였다. 그리고 운전수한테는 남표가 드러 있는 여관으로 가라고 일러주었다. 조곰 뒤에 애나는 희색이 만면해서 나오자 현림에게 남표가 왔다는 말을 전하고는 어서 그 여관으로 가자고 운전수를 재촉하였다.

이 때 남표는 여관에 혼자 앉어 있었다. 그는 오늘 경아의 집에 가기를 약속한 관계로 아직도 다른 사람에게는 알리지 않았다.

그래 그는 지금 의서를 잠착히 읽고 있는데

「도-조 고찌라에203)」

별안간 층대를 올리는 발소리가 나며 하녀□ 웬 손님을 안내하여 드리는게 누구일까 남표는 무심히 책에서 눈을 떼고 처다보는데

「선생님 이게 웬일이세요」

하고 나란히 나타나는 두 사람은 애나와 현림이다.

「아니 이게 누구들이요?」

남표도 그제야 이러나서 마지며 의외의 만나봄을 반겨한다.

남표는 방석을 내놓고 조쭈는 차를 준비하는 동안에 그들은 자리를 별

---

203) どうぞ、こちらへ : 자, 이쪽으로.

러 앉았다.

「남 선생님은 어제 오섯다구요?」

애나가 정찬 눈으로 처다보며 남표에게 뭇는다.

「네 그렇습니다. 누구한테 드르셨습니까?」

조쭈는 그 사이에 차를 따러놓고 젊은 남녀를 호기의 눈으로 곁눈질하면서 나간다.

「누구한테서 드렀겠세요……지금 차에서 내리는 길로 경아 씨를 차저 갔었지요」

「아 그래서 아섰군요」

애나는 차를 마시며 여전히 좋아한다.

「그럼 아직 여관을 하지 않으섰나요」

「네 - 이 여관에 빈 방이 없을까요」

현림은 차를 마시다가 찻종을 놓고 뭇는다.

「웨 있겠지요……부탁해드리지요」

「아 그럼 더욱 좋겠세요……참 남 선생님까지 여기서 만나볼 줄을 어찌 아렀세요」

「글세 말야……」

신랑 부처는 신기한 듯이 서로 시선을 마초며 웃는다.

「거 바요 - 내가 신경으로 오자기를 [잘]했지 뭐에요……현 선생은 그냥 지나가자는 것을 제가 신 선생님을 만나뵈옵고 가자고 졸라서 내렸답니다. 그런데 의의에 남 선생님까지 여기서 만나뵈올 줄야……」

「하옇든 잘 내리섰습니다. 그럼 피로들 하실테니 우선 행장을 끌르시게 할까?」

「뭐 천천히도 좋습니다만……」

「아니 방을 아러바야 할테니까요」

「네 그럼……」

남표가 손벽을 울리자 미구에 조쭈가 올라온다.

「부르셨습니까?」

「이 손님들 드실 빈 방이 있겠지?」

「네!……두 분이 각 방을 쓰십니까?」

「아니 한 방으로……신혼여행으로 나신 신랑신부니깐—」

남표가 웃으며 말하니

「아 그러십니까?……차림차림이 그러신 것 같드군요」

하고 자리에서 꾸러 앉었든 몸을 일으키며 조쭈는 간드러지게 웃다가

「이리로 오십시요……십륙호실이에요」

한다.

「그럼 이따 옵지요」

현림이가 먼저 이러서니 애나도 그 뒤를 따러 서며 약간 붓그러운 태
도로 고개를 숙여 인사한다.

조쭈는 현림의 트렁크와 애나의 손가방을 들고 가서 먼저 방안에 드려
놓고 십륙호실을 안내하면서

「도-조 고찌라에!」

한다.

그 방은 바로 세면실 옆으로 붙은 구석진 방이였다.

조쭈는 일변 실내를 정돈해놓고 아래층으로 내려가드니 차도구와 가러
입을 옷 두 벌을 가저왔다.

「당신두 가려입구려」

현림은 화복으로 박귀 입으며 애나를 도라보는데

「난 싫여요」

「실킨 웨- 옷이 국일텐데」

「난 밤에나 가러 입겠세요」

사실 그들은 조선에 나가서도 내지 여관에는 한 번도 드러본 적이 없었

546

다. 더욱 애나는 난생 처음인 만큼 모든 것이 신기해 보이고 생소하였다.

조쭈가 나가자 그들은 화로를 끼고 마주 앉아서 차를 마시며 도란거렸다.

남표는 그들이 나간 뒤에 다시 책을 펴 노았다.

경아가 저녁 때 남표를 찾어 갔을 때는 현림이 내외도 그 방에 와서 앉어 있었다.

그들은 다과회를 열고 담소자약한 중이였다.

「신 선생님! 어서 오세요!」

하고 애나가 쫓아 나오며 맞는다.

「이 여관에 드시게 되였나요」

「네! 바로 저 방인데요」

애나는 십륙호실의 자기 방을 가르처 보인다.

경아가 드러가자 현림이도 자리에서 이러나며 정중히 인사한다. 다만 남표만 앉인 채로 있었다.

그러나 그는 방석을 내놓으며 앉기를 권하였다.

「이리로 앉으십시오」

경아는 애나의 옆으로 앉었다가

「곧 집으로 가 뵈야겠어!…그럼 남 선생님이랑 같이들 가시지」

「어듸로요?」

애나는 의심스레 경아를 처다보며 뭇는다.

「우리 집으로요……여기까지 오섰으니 우리 집두 구경 좀 하서야죠」

경아가 빙그레 웃으며 대꾸하니 애나는

「뭘요……우린 고만두겠세요」

한다.

「웨요……벌써 집에다 기별을 했는대요 어서 가요!」

경아가 이렇게 조르니

「아이- 어떡하나……」

애나는 현림을 처다보며 난처한 듯이 눈을 마춘다.

「뭘 어떡해⋯⋯가십시다그려」

현림이의 아무러치 않은 대답에

「그렇지만⋯⋯어듸 됐수」

「뭬 안돼? 신랑신부래서⋯⋯」

「⋯⋯⋯⋯⋯⋯」

애나는 면구해서 대답을 못하고 앉었었는데

「관계 있습니까⋯⋯단여오시지요」

하고 남표가 끝으로 권하였다. 그는 자기 혼자만 초대를 받어 가기가 거북히 생각되였었는데 뜻밖에 현림이 내외가 차저 와서 동행하게 된 것을 은근히 다행하게 녁이고 있었다.

「그럼 지금들 가세요⋯⋯집에선 기다릴 텐데요」

경아가 다시 재촉하는데 애나는 종시 망단한 표정으로 난색을 보인다.

「아이 참⋯⋯난 고만두구 싶은데 두 분께서나 갔다 오세요⋯⋯」

경아가 손목을 잡아 이르키니 애나는 마지못해 이러선다.

「난 일부러두 정안둔 댁에까지 찾어 갔었는데 아니 지척에서 우리 집을 안 드려다보구 그냥 가시다니 어듸 말이 되였세요」

「뭐 신 선생님은 오신다구 하시고도 안 오시구서⋯⋯」

애나가 오곰을 박는다.

「언제요?」

「혼인 때 안 오셨다구 매우 섭섭히 녁였답니다⋯⋯하하」

현림이 애나를 도라보며 우스니

「아 그래를려서 우리 집엔 안 간다는 게로구려— 난 또 왜 그러는지 몰랐드니만⋯⋯호호」

「누가 그랬세요⋯⋯아이 참」

애나는 경아를 처다보다가 내려뜨는 눈초리로 현림이를 흘기였다.

「두 분의 결혼식에 참례 못한 것은 안인 게 아니라 섭섭했습니다 만……병원에 매인 몸이 되니 어듸 갈 수가 있어야죠……」

경아는 정색을 하고 변명을 하다가

「그럼 사죄를 받기 위해서도 우리 집엘 가서야지……난 그 생각은 까 맣게 이졌었군요」

하고 다시 롱쪼로 우섰다.

「아이 어서 가세요……다신 안 그럴테요」

애나는 무색해서 자기의 방으로 다러났다 옷을 가러 입으러 현림이도 뒤를 따러갔다. 이 때 단둘이만 남은 남표와 경아 두 사람의 얼굴에는 별 안간 쓸쓸한 표정이 떠돈다.

미구하여 현림의 부처가 줄입옷을 가러입고 나서자 그들은 선후하여 층대를 내려갔다. 애나는 담장(淡粧)으로 위아래를 희게 입은 것이 청초하 였다.

오늘 경아의 집에서는 그러지 안어도 남표가 올 줄 알고 음식을 준비 하기에 부산한데 현림의 내외까지 저녁때 함께 온다는 말을 듯고 더욱 서 들게 되었다.

사실 그들은 별안간 큰 손님을 치르게 되였다. 신랑신부와 새사윗감을 한 자리에 접대하자니 그릇 범절과 음식 솜씨 등에 그래도 흠 잽히지 않 을 정도로 대접해야 될 것 안인가. 그래서 경아의 모친은 이웃집에서 기 명(器皿)을 비러 오고 옵바는 청요리를 주문한다 식구대로 벅석을 놓았다.

그들은 지금 한참 음식을 만들기에 분주하였다. 이웃 아기 어머니와 올 케는 부엌에서 지지미질을 하고 모친은 마루와 방안을 정돈하였다.

먼저 집안을 깨끗하게 치우고 비질과 걸네질을 다시 하였다.

이날은 옵바도 일직이 퇴근해 나와서 손님을 접대할 준비를 하였다.

이럴 때에 경아가 드러서며 지금 손님들과 같이 온다는 바람에 식구들 은 더욱 당황해서 야단들이다.

「아니 지금들 온단 말이지……그럼 어서 드러오시라구 해라」

모친은 입에 물었든 장죽을 놓고 허둥지둥 마루를 치우며 이러선다.

「어느 방으로 안내할까?……새댁은 건넌방으로 들게 해야지」

「뭐 큰 방으로 함께 앉지요 누구 내우할 사람이 있나요」

옵바가 따러나오며 모친의 말에 대꾸한다.

「그래두 네가 있는데 신부와 한 자리에 있기가 체모에 됐느냐 원……」

「괜찮아요… 신□성이 그런 것을 가릴나구요」

「그렇다면 모르지만……」

모친은 나직이 한숨을 내쉰다.

모자가 이렇게 수어204)를 하는 동안에 경아는 밖으로 돌처 나가서 손님을 안내하였다.

「자! 드러들 오세요……이게 우리 집이랍니다」

하고 그는 애나에게 눈짓을 한다. 그들의 목소리가 나자 옵바도 마당으로 내려서며 손님을 영접한다.

「어서들 올라오십시오— 자 이 방으로—」

옵바의 말에 이어서 모친도 마루 아래로 내려서며

「아이그 이렇게들 찾어주시니 대단히 고맙쇠다. ……경아야 어서 좀 올라오시게 해라」

「네 그동안 안녕하셨습니까?」

남표가 인사를 하자 현림이와 애나도 허리를 굽히어 정중히 례를 하였다.

그들은 신을 벗고 차례로 올라갔다. 올케와 애기 어머니는 부엌에서 흘금흘금 곁눈질을 하다가 그들이 마루로 올라간 뒤에 소곤소곤 귓속 이야기를 하였다.

그들은 신랑신부를 유심히 보고 그 중에도 신부를 눈역여 보았다.

---

204) 數語. 두세 마디의 말.

방으로 드러간 주객은 다시 좌석을 잡기에 서로 겸양한 태도를 보이다가 제각금 자리를 잡았다. 아래목에는 남표와 현림을 상좌로 안치고 주인은 남표의 옆으로 문 바로 앉았다. 그리고 윗목에는 애나와 경아가 마주 앉게 되었는데 모친은 문 앞 마루로 그들을 상대해 앉았다.

「옵바 인사하시지요 정안둔서 오신 현 선생님이세요」

경아가 인사 소개를 하자

「처음 뵈옵습니다…… 신석균(申奭均)이올시다」

하고 석균이 두 팔을 방바닥 위로 집고 상바신을 굽히니

「네 - 저는 정안둔 사는 현림이올시다」

석균은 동일한 자세로 애나에게로 성명을 통하자

「정애나입니다」

하고 애나도 얼굴을 붉히며 답인사를 하였다. 그동안 모친은 귀여운 듯이 방안을 드려보다가

「참 거번에는 우리 경아가 가서 댁에 폐를 많이 끼쳤단 말슴을 듯고 여간 불안스럽지 않었었는데 이렇게 내외분께서 차저 주시니 여간 반갑지 안소그려」

「뭐……천만에요……모처럼 오섰다가 편히 쉬시지두 못 하구 바로 가서서……」

애나는 문득 선주의 일이 생각나서 말끝을 흐리머리해 버리고 이마를 숙이었다. 그 눈치를 채였던지 경아가 얼는 애나의 말을 받어서 화제를 돌리는데

「어머니…… 제가 혼인 때 안 갔다구 아까 어떻게 오곰을 박혔는지 모른대요-애나 씨한테! 호호호」

경아가 웃는 바람에 여러 사람도 따러 웃었다.

「누가 오곰을 박었세요…… 신 선생님두……」

그대로 애나는 딱 무색해서 얼굴이 빨개지며 어쩔 줄을 모른다.

「하하…… 워낙 오곰을 백힐 만두 하구나. 내둥205) 다른 때는 차저 가다가 정작 혼인 때는 안 갔으니」

「그래 사과를 했답니다」

아랫목에서는 지금 무슨 이야기를 하다가 윗목으로 시선을 돌린다. 그들은 이편의 대화에 흥미를 끈 것 같았다. 그 순간 좌석은 조용해지며 통일된 분위기에 싸힌다.

「그럼 큰일났구나―사과를 잘 해야지 네 혼인 때두 새댁이 안 오시면 어쩐단 말이냐 원!」

모친은 말을 마치자 이여서 깔깔 웃는데 일껀 경아는 애나를 놀리잔 노릇이 도리혀 그 불뚱이 자기에게로 튀여오자 무색하였다.

동시에 그는 은근히 겁이 난다.

모친은 지금 말머리를 자기의 혼인으로 돌린 만큼 또 무슨 말을 끄낼는지 모르기 때문이다.

이에 그는 어떻게 화제를 돌렸으면 좋을까 싶어서 초조하는 중에 넌짓이 남표를 흘겨보았다.

그러나 남표는 모친의 말을 심상히 드렀는지 아무렇지 않은 표정으로 담배만 피우고 앉었다.

「그럴 리가 있겠어요……선생님 혼인 때는 꼭 참석을 하겠어요」

애나는 여태까지 자기에 관한 말도 무안을 타오다가 인제야말로 앙가품을 할 때가 왔다 싶었든지 기를 펴고 모친을 상대한다.

「꼭 오시지……암 그 때는 오서야지……현 선생과 가치 지금처럼 동부인을 해서 오서야 해요 하하」

모친의 말에 애나는 잠깐 무안을 타서 얼굴을 붉히는데

「네 물론 저두 오겠습니다」

---

205) 내동. 지금껏.

하고 현림이 오래도록 직히든 침묵을 깨치는 바람에 좌중은 일시에 웃었다.

그때 애나는 현림을 바라보다가 가만이 눈을 흘긴다.

「대관절 예식은 언제쯤 거행하시게 됩니까?」

경아의 혼인 말을 듣자 현림이도 부지중 호기심을 느끼었다.

동시에 궁금한 것은 상대자가 누구일까?

그러면 경아는 벌써 정혼을 하였든가 그렇지 않으면 공연히들 떼여놓고 하는 지나치는 농담일까?

이런 생각으로 현림은 다시 물어보았든 것이다.

「글세요…… 그것은 당자들의 생각에 달렸겠지요— 나는 일시가 바쁘지만…… 하하…… 남 선생한테 물어 보시지요」

「아 그러십니까!」

모친은 이 말을 듣자 현림이와 애나는 일시에 시선을 마주 처다보았다. 더욱 애나는 경아가 누구와 혼인을 정했는지 몰라 은근히 불안을 느끼었다. 그는 속심으로 혹시 다른 사람이 아닌가 의식하였는데 상대가 남 선생이란 말에 여간 반갑고 기쁘지가 않었다. 만일 경아와 단둘이 있는 좌석이라면 싫것 놀려주고도 싶었다.

그 때 경아는 갑자기 면구하여서 어쩔 줄을 몰랐다. 그는 가만이 남표의 기색을 살피었다. 혹시 남표가 불쾌해하지나 않을까 하니 그보다도 사실을 변명하면 어쩌나 싶어서.

한데 남표는 여전히 무표정한 태도로 태연이 앉었을 뿐 아무 대꾸도 없이 담배만 피운다. 그런데 모친은 또다시 말을 이어서

「참 아시다싶이 남 선생은 공부에만 힘을 쓰느라구 혼인은 천천히 해두 좋다구려. 하지만 혼인두 때가 있는 건데!」

「아이 어머니 그런 말슴은 고만두세요」

경아는 듣다 못해서 모친을 핀잔주었다. 참으로 그는 웃을 수도 울 수도 없는 이 자리가 민망하고 딱하여서 견딜 수 없게 하였다.

모친은 장죽에다 담배를 담아서 부처문다.

경아의 집은 시가지의 구석진 골목으로 있는 조그마한 단층집이였으나 조선집으로 둘러 꾸며놓았기 때문에 외모보다는 쓸모 있게 째임새가 째었다.

마당 앞에는 화단이 모아 있고 뜰 안이 정결히 치워진 것은 첫눈에 보아도 그것이 지금 별안간 눈가림으로 임시 청결을 한 것이 아니였다.

만일 그렇다면 어딘지 모르게 지꺼분하고 텁텁한 구석이 눈에 띄울 것인데 이 집에는 도모지 그런 틔가 없는 것이 평상시의 깔끔한 솜씨를 엿보게 하는 것이였다.

하다면 이것은 온전히 경아의 위생관렴에서 일상생활을 청결히 해 온 버릇이 아닐까?

하긴 경아의 모친도 깔끔해 보인다. 경아는 외탁을 하여서 원체 성미도 정갈한데다가 간호부의 직업을 가진 뒤로 더욱 위생을 잘하기 때문이 아닐까.

애나는 지금 이런 생각을 속으로 하며 그들 모녀를 대조해 보고 앉았는데

「아니 두 분이 어쩌면 그렇게들 잘 만나섰수…… 아이그 잘두들 생기섰지 ─ 그래 이번에 신혼여행을 하시다가 지금 도라가는 길입니다그려!」 하고 모친은 또한 현림이 애나를 번가러 보면서 감격하는 말이였다.

그러나 애나는 부끄러운 태도로 귀밑을 붉키며 가만이 앉았다.

「…………」

「그렇답니다」

경아가 애나를 대신하야 대답한다.

「새댁은 여기가 처음이신가 원…… 한적한 촌락에 계시다가 퍽 식그럽지요?」

「네─ 어릴 적에 지나보아서 잘 모릅니다만 그 때는 퍽 쓸쓸했다든데

요」

애나는 비로소 한 마듸를 공손히 대꾸하였다.

「암만요 - 그 전 만주국이 되기 전에야 쓸쓸하다 뿐인가요」

모친은 이렇게 말하면서도 속으로는 딴생각을 하고 있었다.

그것은 현림이와 애나 - 이 두 신랑신부를 다시 뜯어보다가

불현듯 남표와 경아를 따로 한 짝을 지여본 것이다.

현림과 애나도 과연 잘생기고 따러서 배필되기에 조곰도 부족한 점이 없는 것 같다.

그러나 또한 남표와 경아를 한 자리에 놓고 보니 그 이상 더 걸맞는 짝이 없을 것 같다. 자기의 욕심이라 할른지 모르나 오히려 이편이 난 것 같다.

이런 생각은 그로 하여금 어서 새 사위를 보고 싶게 하였다.

「참 사람의 인연이란 이상하지 않소- 우연한 인연으로 다 이렇게 친하게 되니…… 나두 아마 종차는 댁 구경을 하게 될까부」

「구경 오실 께 아니라 아주 살러 오십시요」

하고 애나가 웃으니

「글쎄……사람의 일은 누가 알겠소…… 저 애가 거기서 살게 되면 우리도 이사를 갈는지 모르지요…… 정안둔이 매우 살기가 좋다지요?-」

「뭐 좋을 꺼야 있겠어요 적막한 촌인데요」

「촌에서 농사나 짓고 의식 걱정이나 하지 않으면 고만이지…… 나두 본시는 고향의 촌간에서 살다가 어찌어찌 여기까지 굴러왔다우」

모친은 다시 나직이 한숨을 짓는다.

「녜…… 그러세요」

「참 말이 났으니 말이요만 내가 홀어미로 어린 남매를 다리고 지냈는데 얼마나 고생을 하였겠오. 그러나 지난 고생은 꿈결 같고 오늘날 저만침 키워서 둘이 다 제 밥구실을 하고 보니 더 바랄 것이 뭐 있겠오만 딸

자식 하나를 미처 치울 일이 걱정이였는데 다행이 혼사를 정하였은즉 다시 여한이 없오그려…… 그저 인제는 어서 예식을 가추었으면 할 뿐인데…… 현 선생은 잘 아시겠군 — 저 박사가 되자면 몇 해나 걸리는가요?」

「그거야 대중 있습니까 저 공부하기에 달렸겠지요……누가 웨?……」

현림이 의심스레 처다보니

「아니 그런 게 아니라 남 선생은 박사가 돼야만 혼인을 한다니 말이요」
해서 좌중을 또 웃기였다.

「요리 가저왔습니다」

그때 마침 밖에서 만인의 목소리가 나며 보이 두 사람이 청요리를 들어다 마루 위에 내려놓는다.

경아는 모친이 또다시 쑥스러운 소리를 하는데 어이가 없어서 고소를 하다가 일이 잘 되었다고 재빨리 몸을 이르켰다.

「옵바 상 드려올까요?」

그는 이렇게 무르면서

「음 그래라」

그 바람에 모친도 따러 일어섰다.

그는 큰 상을 갖다 놓고 모녀가 상을 차리였다.

먼저 깨끗한 상보를 덮은 뒤에 요리접시를 올려놓고 소독저를 벌려 놓았다. 그리고 며누리가 차려온 김치깍두기며 전야 누루미 떡볶음 등의 조선음식을 겻드렸다.

그들은 이렇게 술상 겸 차려서 큰 상을 우선 아래목으로 드려갔다.

그리고 또 한 상을 차린 것은 윗목으로 가저다가 애나를 주빈으로 역시 셋 겸상을 하였다.

「참 귀한 손님들이 이렇게 오섰는데 뭐 대접할206) 께 있어야지…… 맛

---

206) 원문은 '대접한'.

은 없지만은 있는 거나 많이들 잡수시오─ 소례를 대례로 받으시구 하하……」

모친은 아랫목을 내려다보며 웃는다.

「원 별 말슴을 다 하십니다. 별안간에 너무 폐를 끼처서 미안합니다」

하고 현림이 답인사를 하였다.

「그럼 우선 술부터 한잔 드시지─ 현 선생은 약주를 잘 하시나요?」

석균이 주전자를 들어 배갈을 한잔씩 따러 부며 현림을 처다보는데

「저는 술을 못 합니다……어머님께 먼첨 드리십시요」

현림은 첫 잔부터 못 먹는다고 사양하였다.

「아니 그렇게 못 하시나요? 한잔만 드시죠」

주인은 약간 실망한 표정으로 현림을 다시 처다본다.

「어듸 아주 못 합니다」

「그럼 어머니 잡수십시요…… 남 선생두 약줄 못 하시구 이건 매우 섭섭한데」

석균은 술잔을 모친에게 받□러 □린다.

「워낙 얌전하신 분이니까……네나 술을 좋아하지 다 그런 줄 아니」

모친은 술잔을 받어 들고 보다가

「독한 배갈을 이렇게 먹어야 되겠니 좀 따르구 주렴」

한다.

「따르긴 뭘 따르서요─오늘은 한잔만 하십시요」

아들의 이 말에 모친은 매우 기분이 유쾌한 모양 같다.

「그럼 마저 들까……주주객반이라드니 술은 주인만 먹는구나……그런데 밥이 아직 안 되였으니 밀것을 잘들 자시는지 만두나 좀 드시지」

「네 먹겠습니다」

현림은 술 대신 만두를 먹기 시작한다.

그는 식성이 좋아서 소담스레 먹는다.

「남 선생은 조곰만 하시지」

석균이가 다시 따룬 술잔을 남표한테 권하니 마지못해서 그는 잔을 받어들었다.

그러나 남표는 한 목음을 마시고 제자리에 잔을 놓는다.

윗목에서는 경아와 애나가 만두를 먹는다. 모친은 술 한잔이 들어가니 더욱 건아한 취기가 돌았다.

그는 한편으로 기쁘기도 하고 슬푸기도 하였다. 어린 남매를 키워서 오늘날 뒤끝을 보는가 생각하면 다시없이 기쁘다 할 것이나 도라간 영감을 생각하면 애닲기 한량없다. 참으로 영감이 지금까지 살어서 이 영화를 가치 보았다면 얼마나 좋을 것이냐. 그래 그는 부지중 눈물이 글성하였다.

「어머니 한잔만 더 잡수시우」

아들은 그 눈치를 채였는지 잔을 비우고 나서 또 한잔을 모친에게 권한다.

「싫다. 또 먹으면 취한다」

「취하시면 어떠시우. 한 심 주무시구려」

「혼자 먹기가 심심한 거로구나―그럼 조곰만 다구」

모친은 빙그레 웃으며 아들을 처다보다가 술잔을 다시 받는다.

收穫以前

  현림과 애나는 그 이튿날 신경을 떠났다.

  남표와 경아가 그들을 역에까지 전송하였다. 그들을 떠나보내고 도라오는 길에 경아는 잠시 남표의 여관에 들렀었다.

  「어제는 너무나 실례가 많었습니다. 차라리 초대를 안 했드면 좋았을 번하였서요」

하고 경아는 넌짓이 남표의 기색을 살핀다.

  「뭐 괜찮습니다」

  남표가 아무렇지 않게 대답하니

  「그렇지만 저분들이 도라가는 대로 마을에다 소문을 놓지 않겠세요」

  경아는 약간 초조한 빛을 보이는데

  「퍼진대야 상관없겠지요 ― 정작 사실이 그와 같지 않다면 ―」

하고 남표는 종시 심드렁한 태도로 있었다.

  참으로 인제 와서는 이러나저러나 일반이라 싶었다.

  생각하면 농가성진(弄假成眞)이 된 것이 웃읍기도 하나 그것은 자기의 양심을 속인 것이 아니다. 단지 그는 경아의 장래를 위해서 방편적으로 한 일인데 그것이 남들에게 일시 오해를 삿다기로 뭐 상관할 것이 없지 않으냐. 남표는 넝넉히 이만한 뱃장을 가질 수 있었다.

  그러나 경아는 제 꾀에 제가 넘은 셈이 되였다.

  일껀 남표로 하여금 자기의 주장을 굽히지 않는 방패를 삼어보자 한 노릇이 도리혀 그 올개미에 얼켜서 인제는 꼼짝을 못하게 되지 않었는가.

하나 또한 왼체 약은꾀란 것이 약한 사람들의 취하는 태도다. 다행이 그대도 드러마지면 몰라도 만일 불여의하다면 도리혀 올키고 마는 것이다.

지금 경아는 마치 그와 같은 경우를 당하였다 하더라도 당초에 그는 웨 그런 술책을 썼는지가 의문이다.

웨냐하면 무려 임시방편으로 정책을 쓴 게라 하지만은 가면을 씨울 일이 따로 있지 약혼을 가짜로 했다는 건 도무지 말이 되지 않기 때문이다.

이것은 경아가 저도 제 맘을 속인 것이 아닐까. 다시 말하면 그는 지금도 속심으로는 남표와 결혼을 하고 싶은데 의리 상 할 수 없기 때문에 이렇게 중간술책을 쓴 것이 아닐까. 황차 죽은 사람은 입이 없다. 선주가 죽었을 때는 마치 자기가 당한 것처럼 그를 슬퍼하였고 동시에 그를 위하는 마음으로 자기도 의리를 직히자고 뼈물렀지만[207] 차차 시일이 경과함을 따러 그 생각은 퇴색이 되면서 부지중 욕심을 싹 티운 것이 가짜 약혼으로 슬그머니 패를 쓰지 않았든가.

만일 그렇지 않다면 그가 이번에도 현림의 부처를 남표와 한 자리에다 자기 집으로 초대할 까닭이 [없]었을 것이다. 그것은 모친의 입에서 물론 그 말이 나올 줄까지 뻔히 알고서도 그들을 초대하기를 끄리지 않았다는 것부터 그런 소문이 퍼지기를 은근히 바랐든지도 모른다.

그래서 피차간 진퇴유곡이 되여서 할 수 없이 결혼을 하였다면 죽은 선주한테도 면목을 세울 수 있고 남표도 선주를 단렴할 것이 아니냐고 ─

그러나 경아는 계획적으로 미리부터 이런 꾀를 쓴 것은 결코 아니다.

하긴 무의식 중에 그런 생각이 다소간 있었든지는 모른다. 그리고 실상인즉 선주에게 대해서 자기야 무슨 의리가 그리 깊을 것이 있겠느냐는 타산적 해석이 없지도 않었다.

따라서 선주에게 의리가 있다면 그것은 자기보다도 남표일 것이다. 남

---

207) 뼈물다 : 무슨 일을 하려고 자꾸 벼르다.

표야말로 선주를 위해서 결혼을 안 할 수도 있겠다.

그렇게 따져볼진댄 경아가 남표의 마음을 돌니기 위해서 가짜 약혼으로 그런 술책을 썼대도 말이 안 되진 않으나 사실 경아는 일부러 한 짓이 아니다.

정말 그런 혼인을 무리로 하는 것보다는 차라리 회피하는 편이 낫겠다는 생각에서 — 달리는 핑계를 댈 수 없기 때문에 남표를 끌어댄 데 불과하였다. 그런데 이번에 현림의 부처에게는 정말로 약혼을 한 것처럼 알려졌다. 그것은 한편으로 난중 □럽고 남표에게는 미안하였다.

아닌 게 아니라 현림과 애나가 경아의 모친에게 그 말을 처음 들었을 때는 여간 놀래고 기쁜 것이 아니였다.

그 중에도 애나가 더하였다. 그는 그러지 않아도 심중으로 은근히 그들의 결합을 바라고 있었다. 그리고 두 사람은 무언중에 차차 접근이 되는 것을 제삼자로서도 눈치채게 하였다.

우선 경아가 정안둔으로 애나를 찾아왔을 적부터 그 속을 알게 하지 않었느냐. 경아는 애나의 집으로 놀러온 체 하였으나 기실인즉 남표를 만나보러 온 것이 뻔하였다.

하긴 대동의원에서 그들이 일 년 이상을 함께 있을 적부터 — 웬만한 사람들이라면 그 때 벌써 깊은 관계를 맺었어야 할 일이었다.

한데 그들은 돌연한 선주의 방문과 자살 소동으로 일껀 매치려든 인연을 중간에서 끊게 하였다.

그러나 지금 다시 생각한다면 그것은 잠시 한때 지나가는 폭풍우에 불과한 것이였다. 인제는 운권청천! 비바람이 깨끗이 개이고 명랑한 천지가 되였다. 이 광명한 새날은 그들의 행복을 약속하지 않느냐? 부지럽시 지나간 악몽의 발자취를 더듬어서 속절없는 고민을 할 것 없이 그들은 하로바삐 새 가정을 일우어서 생활의 재출발을 꾀할 것이라고 단정하였다.

그래서 애나는 그들의 코—쓰가 조만간 한길로 합치리라고 믿고 있었는데 정말 예칙대로 되고 보니 여간 기쁜 일이 아니었다.

이에 그들은 이번 신혼여행에서 이 소식을 그 중 히한한 선물로 싸가지고 도라와서 원동리에 골고루 논아주었다.

동리 사람들은 이 말을 듣자 모두들 좋아하였다. 그들도 남표와 경아의 혼인을 조곰도 불합하게 알지 않었다. 오히려 그것은 당연한 순서라 싶었다.

어시호 이 동리는 떠들석하게 그 소문으로 화제를 삼었다. 그들은 또 한 가지 경사가 생겼다고 날뛰었다.

남표가 병원을 개업하는 동시에 결혼을 하게 된다면 그들은 완전히 이 동리에다 뿌리를 박을 것 아닌가. 그러고 경아는 간호부인 만큼 병원도 손이 마저 잘 될 수 있겠다. 또한 그것은 마을의 환자를 위해서도 매우 유익할 점이었다.

이렇게 병원과 농사개량에 남표가 전력을 해준다면 마을의 장래에도 발전이 클 것이다.

그러나 남표가 경아와 약혼을 하였다는 소식은 또다시 한편으로 불안한 공기를 비저내게 하였다.

그것은 마치 그가 먼저번에 신경에를 갔을 때 병원을 정식으로 개업한다는 소문이 돌 때와 꼭 같은 내용을 갖게 했다. 마을의 일□에서는 남표가 병원을 내고 결혼까지 해서 부부가 의사와 간호부로 등장을 할 때는 ─ 그들은 완구히 이 마을에서 근거를 잡을 것이라는 추칙이 든다. 그것을 정 노인 집과 소축들은 매우 좋아하는 반면에 둔장 김 주사 일파는 은근히 불안을 느끼었다.

그들 역시 전번과 마찬가지로 남표는 그렇게 생활의 지반을 완전히 닥그므로써 동리 일에는 차차 발을 빼지나 않을까 함이었다.

그런 중에도 더욱 의심과 시새움을 갖게 하는 것은 은연중 정 노인집 세력이 커짐이었다.

그 집은 이번에 현림이로 다릴사위를 삼다싶이 한 것만도 한층 권도가 커진 것 같은데 이제 또다시 남표가 결혼을 하고 한 이웃에 산다면 마치 솟발처럼 세 집의 힘이 결탁하는 사품에 정 노인집 세력이 벗적 올라갈 것이라는 것은 의심할 여지가 없다.

이렇게 그들은 한편에서 경계하는 눈으로 직히고 또 한편에서는 기뻐 날뛰며 고대하는 중에 남표가 신경에서 도라왔다.

그가 도라오든 날은 사실 환영과 축복이 버러진 잔치 속에 또한 비밀히 수군거리는 두 가지의 분위기에 쌓였었다. 그것은 마치 청담상반(晴曇相半)208)이 든 그 날의 일기와 같었다.

남표가 도라오든 날 저녁은 현림의 새 집에서 만찬회를 버렸다.

이날 애나는 행주치마를 입고 팔을 걷어부치고 나서서 부엌일을 보살폈다.

그는 새살림을 시작한 지가 며칠 안 된다.

살림이라야 두 식구가 사는 만큼 아주 간단하였다. 남편은 아침에 학교에 나가면 저녁 때에야 도라온다. 그래 그는 낮에는 혼자 있기가 일수였다.

하긴 오정 때는 점심을 먹으러 온다. 그 안에 점심 반찬을 만드러 놓고 남편이 오기를 기다리는 것도 재미라면 재미라 할까. 그는 이 지음 어떻게 하면 살림을 좀 더 규모 있게 하고 남이 보기에도 째여서 가정의 즐거움을 논아볼까 함이었다.

이렇게 단순한 생활을 날마다 되푸리 하는 중에 남표가 도라왔다. 그 소식은 애나에게로 별안간 긴장미를 띄우게 하였다.

그는 아까 친정으로 가서 남표와 인사를 할 때

「신 선생님은 언제 오신대요?」

하고 불숙 무러보았다.

「건 모릅니다」

---

208) 청담 : 날씨의 맑음과 흐림

남표는 이렇게 대답하였다. 그 말을 듯고 애나는 약간 서운하였다.

「웨 같이 오시지 안쿠⋯⋯」

그는 이렇게 입속으로 중얼거렸다.

사실 그는 하루밧비 경아를 보고 싶었다. 만일 경아가 결혼을 하기 전에 병원 일을 보기가 안되였다면 그들도 이 가을 안에 혼례식을 거행했으면 좋겠다 싶었다.

그들 역시 새살림을 시작해서 이웃 간에 서로 산다면 얼마나 기뿔는지 모르겠다는 생각으로⋯⋯.

그는 경아를 제일 가까운 동무로 삼고 싶은 동시에 그 때는 지금처럼 혼자 무료한 시간을 보내지도 않을 것이다.

또 한 가지 기뿐 것은 그러면 자기도 무위도식하는 유한부인이 안 될 수 있다는 그 점이였다.

경아가 간호부로 일을 본다면 자기도 그를 도울 수 있을 것이다. 하루 세 끄니209) 조석을 짓는 그 외의 시간을 지금은 대개 놀고 있다. 이 시간을 병원□ 바친다면 귀중한 시간이 되지 않을까.⋯⋯마치 그것은 일성이가 남 선생의 조수로 있듯이 자기도 간호부의 조수 노릇을 할 수 있겠다.

그는 이렇게 두 가정이 공동으로 살고 싶었다. 그리고 그는 두 가정의 행복을 공상해 보았다 어느 가정이 더욱 행복할까?⋯⋯물론 그것은 경아의 가정이 있다면 물질적 경제력이 같다 할는지⋯⋯그러나 또한 그런 점에서 그들에게 배우고 싶다. 그들의 가정이 자기네보다 행복하다고 그것을 시기할 필요는 없다.

그들의 인격을 따러갈 수 없으면 자기는 그들의 사업을 도웁고 그들의 행복을 따러갈 수 없으면 자신의 노력과 반성이 있으면 고만이다.

하여간 그들은 누구보다도 자기를 잘 이해할 것 같았다. 그 점에 있어

---

209) '끼니'의 방언.

남표보다도 경아일 것 같았다.

마을 사람들은 남표가 의사 시험을 마저 치르고 병원을 내게 된 것과 약혼한 것을 아울러 축하하였다.

그럴 때마다 남표는 속으로 고소하기를 말지 않았다.

그날 밤에 밤이 이윽해서 마실꾼들이 죄다 도라간 뒤에 애나는 방안을 치우면서 단둘이 남어 있는 현림이와 이런 이야기를 하였다.

「아까 남 선생님이 뭐라구 대답하십디가? 이 가슬 안에 혼례식을 하시 자니까―」

「내가 아느야구―벙그레 웃으며 언명을 안 하시든 걸!」

현림은 미소를 띄우며 안해를 도라본다.

「그럼 정말 박사가 되시기 전에는 결혼을 안 하실 양인가부」

안해는 약간 놀래는 기색으로 반문한다.

「그럴는지도 모르지요……어쩐지 혼인 문제에 대해서는 아무 관심도 안 가진 것 같습듸다.」

「참 그러신가바―신 선생이 이번에도 안 오시구 대동의원을 그저 단이 는 것을 보면…웬일일까?」

「무슨 사정이 있는 게지」

「당신이 좀 권고해 보서요 속히 결혼하시라구」

「내가 무슨 관계가 있다구 그런 말슴을 직접 하겠소」

「지나가는 말로 웨 못 하서요―난 동무가 없어서 심심해 못 살겠세요」

「원 별소리를 다 하는구려―당신 심심하다구 남의 혼인을 참견하란 말 요」

현림의 이 말에는 애나도 마주보며 웃었다

그 이튿날 남표는 새로 지은 병원으로 일성이와 함께 불야불야 이사를 시작했다.

그동안에 주인집 영감은 청년들을 식혀서 도배장판까지 일신하게 해노

왔다. 하나 그것은 거처할 방뿐이었다. 다른 방들은 모다 마루로 놓고 회벽을 하였기 때문이다.

이사짐이래야 아주 간단하다 신경에서 사온 의료기구와 침구 책상 등인데 그 이외로는 토끼장이 서너 개 될 뿐이다.

사실 이사를 하고 보니 기분이 유쾌하다. 비록 병원으로는 소규모라 할망정 치료실 수술실 약국이 딴 방으로 있고 병실과 연구실도 있어서 모든 점에서 불편함이 없이 일을 볼 수 있었다. 그것은 의사인 남표뿐만 아니라 치료를 받으러 오는 환자의 기분도 좋게 하였다.

이사를 할 때는 마을 청년들이 한 가지씩 짐을 들어 옴기였다. 로인 측도 하나둘씩 모혀 드러서 모다들 이 새 병원을 호기의 눈으로 둘너보았다.

거기에 환자들도 모혀들었다. 남표는 이사짐을 정돈하기 전에도 환자를 발견하면 즉시 치료를 해주었다.

이날 저녁부터 그들은 자취를 시작했다. 간단한 부엌 살림은 오늘 아침에 허달이가 정거장에다 사논 것을 자전거로 실어왔다.

그러나 밥은 주인 집에서 겸상으로 차려오고 반찬은 사방에서 드러왔다.

현림의 집에서는 새로 익은 김치와 고기찌개를 애나가 손수 가저오고 일성이에 집에서는 닭알부침과 장아찌를 그의 모친이 역시 손수 들고 왔다. 그들은 저마다 맛은 없지만은 선생님 잡□ 보시라고 남표에게 친절히 인사를 하는 것이었다.

「아니 이렇게들 가저오시면 이사를 한 보람이 어듸 있습니까. 오늘은 처음이라 받겠습니다만 다시는 가저오지 마십시요」

남표는 사실 불안해서 진정으로 한 말이였다.

「뭐 변변치 않은데요……그런데 일성이가 밥을 지을 줄 아늬?」

하고 애나는 일성이를 마주보며 웃는데

「할 줄 알긴 뭘 아러! 어설피게 선생님은 어떻게 진지를 해 잡수신다구 그러시는지……」

일성의 모친은 다시금 미심한 태도로 남표를 바라보며 웃는다.

「뭐 괜찮습니다……밥은 제가 질 줄 아니까요」

「호호호……선생님은 언제 진지를 다 지어 보셨나베」

「네－그전 학생 시대에 서울에서 자취 생활을 해 본 경험이 있어서요」

「원 별일을 다 해 보셨군!」

「바느질도 할 줄 안답니다」

해서 그들은 마주 한참 우었다.

그날 밤에는 마실꾼이 방이 메지게 모혀서 이슥토록 떠돌다 도라갔다. 남표는 그들의 잡담을 듯기에 시간을 허비하는 것이 가석하였으나 어찌 할 수 없이 일일히 응대해 주었다.

마을 사람들은 밭거지를 하여 놓고 지금은 베를 비기가 한창이었다. 넓은 들 안에 욱어졌든 고량밭은 제히 베여지고 그 대신 여기저기 수숫단이 담을210) 지어 쌓였다.

수확을 앞둔 그들은 낮에는 하나도 볼 수 없었다. 낮에는 모다들 들에 나가서 살았다. 일이 싸이는 대로 그들은 차차 밤저녁까지 들에서 허매였다.

그럴수록 마을 안은 조용하였다. 남표는 이 틈을 타서 오직 연구에 열중하였다. 그는 토끼에게 주사를 노아보고 현미경 검사와 왼갓 시험을 해 보았다. 그는 오백도 쿠라쓰211) 염색한 것을 현미경으로 세밀히 검사하였다. 그것은 참으로 실증이 날만큼 지루하고 남보기에는 신산[하]였다.

어느 날 저녁 때－ 일성이는 저녁 지을 물을 뜨러 두레박질하고 있을 때였다.

마침 귀순이도 물을 길러 동의 이고 오다가 그들은 단둘이 마주첬다.

귀순이는 일성이를 보자 자기도 모르게 우슴이 나왔다.

「왜 남을 처다보고 웃늬? 내 얼굴에 뭐 무덧늬」

210) 원문은 '담믈'.
211) 클래스.

「우스면 좀 어때! 요샌 밥을 잘 지을 줄 아나?」

뱅글뱅글 우스면서 처녀는 여전히 시선을 떼지 안는데

「참 어떻게 지여야만 밥이 잘 된다늬?ㅡ내가 지을 때는 언제나 밥이
안 되니」

일성이는 싱글벌글 불안한 표정으로 무러본다.

「왜ㅡ선생님은 잘 지실 줄 안다며……」

「그렇지만 선생님은 요새 실험을 하시기에 바빠서 진지를 지으실 틈이
없기 때문에 내가 조석을 짓는단다」

「그럼 선생님께 배우면 되지 안어……」

귀순이는 이야기를 하면서도 주위를 둘너보며 조심하였다. 다행히 누구
하나 눈에 띄우지 않는다.

「배윗서도 물을 간음치기가 어렵더구나ㅡ어떡하면 죽이 되고 그래서
물을 적게 부면 술밥 같이 고두밥이 되구……엊저녁에는 죽도 밥도 안
된 풀떡이를 만드러 먹었는데 내깐에도 어찌 우숩던지 원!」

불현듯 그 생각이 나서 일성이는 다시금 웃는다.

「아이그 저를 어째!ㅡ선생님한테 꾸중을 드러두 싸군」

「그래두 아무 말슴 않구 잘만 자시드라ㅡ하긴 꾸중을 듯는 것보다도
그게 더 죄송했지만……요새 선생님께서는 침식을 모르시구 연구에 열중
하시니까 아마 밥맛도 잘 모르시는가바」

「아니 뭬 그리 바뿌신데 침식을 이즈실까?」

「실험을 하신대두」

「실험이 뭐야?」

「토끼한테 주사를 놓구……점두툭 검사를 해 보신단다.」

「건 뭐하랴고?」

귀순이는 신기하듯이 새까만 눈알을 영채 있게 굴린다.

「뭐하랴고!……너 사람과 즘성이 어떻게 달른지 아늬?……사람이나 즘

성이나 어미뱃속에서 처음 생길 때는 서로 마창가지로 생겼단다.……그래 사람 대신 토끼에 주사를 해 보구 병을 연구하느라고 그러신단다」

어떻게 설명을 해주어야 할는지 모르는 일성이는 속으로 생각하면서 이런 말을 토막토막 배웠었다.

「가짓말! 어째서 사람과 즘성이 마창가지로 생겼어!」

귀순이는 일성이가 저를 놀리려는 줄노 알고 입술을 빗죽이며 고지를 안 드랴한다.

「웨 거짓말?……너 정말로 증거를 보여주랴」

귀순의 말에 기급을 하다싶이 일성이는 큰소리를 지르며 눈을 흡뜬다. 그런 줄은 몰랐다가 귀순이도 더욱 아지 못하고 의심스레 처다보는데

「너 내 말을 못 믿겠거든 책에 그린 그림을 뵈일테니 언제던지 와서 봐라―사람이나 짐성이나 처음 생길 때는 거진 마창가진데 그게 커질수록 차차 제 어미를 달머간다 말이다.―사람은 사람대로 짐성은 짐성대로―그것두 모르겠니?……우선 간난애를 두고 보렴! 처음 나왔을 때는 아무것도 모르고 먹구자구 하는 짓이 짐성의 색기나 똑 마창가지지만 그 애가 차첨 자라나는 대로 말두 배우고 좋고 그른 것두 알어서―다시 말하면 철이 나는 대로 사람이 되는 게 아니냐?」

「정말로 그러여……」

귀순이는 비로소 일성이의 말에 쏠린다.

「안이면―선생님 책에 다 써있는데……그래서 못된 사람을 짐성같다 하지 않든! 건 짐성처럼 아직 사람의 철이 안 났다는 말야」

「응……」

귀순이는 고개를 끄덕이였다. 그 때 마을 안에서 물동이를 인 여인들이 나오자 귀순인 이야기를 끊고 얼는 두레박질을 하였다.

일성이가 물을 저간 뒤에 귀순이는 천천히 물동이를 들고 저의 집으로 갔다.

그는 집으로 가면서도 고대 일성이한테 듯든 말이 생각킨다.

그것은 거짓말 같기도 하고 참말 같기도 하여서 여간 신기하게 들리지 않었다. 그만큼 꼬토리가 알고 싶어서 궁금하였다.

하긴 일성이가 작난을 하고 싶어서 일부러 꾸며낸 말이 안인가도 의심난다. 그는 자기를 만나보랴고 이런 거짓말을 꾸며낸 것 같기도 하였다. 그러나 또 다시 생각해볼 때 일성이는 선생님 책에 그런 그림이 그려 있다 하지 않었든가. 아무리 작난을 하고 싶다기로 선생님까지 파라가며 거짓뿌리를 할 것 같지는 않다. 그러고 만일 그런 그림을 보이지 못하면 당장에 거짓말이 탈노될 것인데 일성이는 그렇게까지 허튼 수작으로 섯부른 작난을 할 것 같지가 않었다.

하나 지금 귀순이는 그보다도 일성이가 저녁을 어떻게 짓고 있는지 그 꼴을 보고 싶다.

엇저녁에는 풀맥이를 만드렀다니 오늘 저녁에는 또 무엇을 만들랴는가. 이래저래 그는 궁금한 생각이 드러서 오금이 떳다.212) −

그 전 같으면 어머니가 식히기 전에 저녁을 지었을 터인데 그래 그는 살그마니 물동이를 내려놓고 빠저나왔다 어머니는 방안에서 잠착히 바누질거리를 붓들고 있는 모양이였다.

귀순이는 그 길로 가만이 병원으로 올라갔다. 그러나 남 보기에는 마치 모친의 심부름을 가는 것처럼 미리 말대답거리를 궁리하며 주위의 인끼를 살펴였다.

병원 안은 마치 빈 집 같이 괴괴하다. 지금은 환자도 안 온 모양인데 남 의사는 무엇을 하는지 안 보인다.

이 때 귀순이는 누구보다도 남표한테 들킬까 겁이 나서도 도독괴213) 모양으로 부엌 있는 편을 향하여 발소리를 내지 않고 걸었다.

---

212) 오금이 뜨다 : 침착하여 한곳에 오래 있지 못하고 들떠서 함부로 덤비다.
213) 도둑개.

부엌은 병원 뒤문 이편으로부터 있다. 지금 일성이는 저녁을 짓는 것 같다. 그릇을 다루는 소리와 굴뚝에서 가는 연기가 떠오른다.

가까이 갈수록 귀순이는 숨을 죽이고 주위를 둘러보았다. 그래도 일성이는 밥을 짓기에 잠심해서 누가 오는 지도 모르는 것 같다. 그는 두 팔을 거더올리고 지금 빈 그릇을 자수물에 닦고 있었다. 중더렁이가 옹솥에다는 불을 지피고 한편으로 설거지를 하느라고 이리 갔다 저리 갔다 하는 꼴이 하도 우수워서 귀순이는 나오는 우숨을 두 손으로 트러막고 억지로 참느라고 잠시 걸음을 쉬기까지 하였다.

일 분 뒤에 귀순이는 우숨을 진정하고 일성의 뒤를 도라서 옆으로 갔다. 그는 깜짝 놀래주랴다가 일성이가 큰 소리를 낼까 무서워 가만이 기침을 하였다.

「헴!」

그 바람에 번쩍 머리를 들고 보다가 일성이는 다소 얼쩍은 표정으로

「너 언제 왔니?」

하고 미소를 띠운다.

「쉬─지금……」

한 손을 내저으며 귀순이는 나즉이 소곤거린다.

「너 아까 내가 말한 그림을 뵈여달라고 온 게로구나」

「그보다도 오늘 저녁은 무엇을 만드나 솜씨를 보랴구……흐……」

이렇게 말하는 귀순이는 또 다시 두 손으로 우숨을 트러막는다.

「참! 너 잘 왔다……밥이 어떻게 되겠는가 좀 봐주렴!」

일성이는 펀뜩 생각이 난듯이 가만이 부르지즈며 얼는 솟뚜껑을 열어 보인다.

이에 정색을 하고 귀순이는 솟 안을 드려다 보았다. 밥은 벌써 끊기 시작하는데 자질자질게 물이 작어 보인다.

「물이 좀 적지 않아?」

귀순이는 일성이의 귀에 대고 소곤거렸다.

「오늘 저녁엔 물을 많이 부었는데……」

「그럼 불이 괄아서 빨리 지젓지 뭐야」

「참 그런가 물간음만 있는 게 아니라 불간음두 있구만―」

「그럼―흐……」

일성이는 물 한 사발을 떠가지고 와서

「이걸 다 부까?」

한다.

「너무 많어요 인줘 내가 불께」

물그릇을 뺏어든 귀순이는 절반쯤 솟 안으로 둘너뿌렸다. 그리고는 불을 다시 보살폈다.

「인젠 한참 내버려둬요」

「네 덕분에 오늘 저녁은 밥이 잘 되겠다―그 대신 아까 말한 사람과 짐성을 비교한 태생학(胎生學)의 그림을 보여주마」

일성이는 만족한 기분으로 귀순이를 바라보며 말한다. 사실 그는 귀순이가 이렇게 바로 올 줄은 몰랐다가 뜻밖에 만나보는 기쁨이 더욱 유쾌하였든 것이다.

「선생님은 어듸 가셨어?」

「토끼장에서 아까부터 실험을 하신단다」

「드러가 바두 괜찮을까?」

귀순이는 다소 불안한 생각이 드러서 가만이 소곤거렸다.

노랑저고리 분홍치마 위에다 하얀 행주치마를 새로 다려 입은 몸태가 깡뚱한 게 정갈해 보인다. 그런데 그 위로 혈색 좋은 두 팔을(옷소매를 두어 번 거더올렸다) 드러내놓고 해사한 얼굴을 처들고 있는 양이 전에 없이 아리따운 맵시를 내지 않는가

「나구 같이 가는 게 괜찬치 안쿠……그러나 인끼척을 내지 말구 가

자……실험하시는데 방해를 노면 안되니까—」

귀순이의 머리에서는 상깃한 동백기름내가 맡어진다. 저고리 뒷동정과 깃에 머리때가 무든 것까지 그것이 추해 뵈지 않고 도리혀 고흔 태가 남은 웬일일까.

「괜찮다믄 잠깐 드러가 볼까」

이렇게 말하는 입에서는 보드러운 입김이 풍긴다.

「내 뒤를 따라와—」

일성이는 귀순이를 다리고 병원 안으로 드러갔다. 귀순이는 병원 안을 처음 와서 본다. 아무 설비가 없었지만 그는 별다른 실내 구조가 신기해서 호기심이 생긴다.

일성이의 안내로 그는 각 방을 일일히 드려다보왔다.

「그 책이 어듸 있드라」

일성이는 이렇게 혼자 중얼거리면서 연구실로 드러서다가

「옳지 여기 있구나 자 이리 와서 보라구」

하더니만 선반 위에 언친 무슨 책인지 술이 뚜꺼운 양장으로 맨 책을 들고 장문 앞으로 가서 책장을 흘흘 넘긴다. 그는 지금 그림을 찾는 모양이다. 귀순이는 그대로 가슴을 울넝이며 마치 도적질이나 하는 사람처럼 한편으로 서서 겁을 먹었다.

「자—이거 바요 내 말이 그짓인가……이건 사람인데……그 옆에 것들을 차례로 보란 말야—토끼나 물고기나 날짐성이나 똑같이 사람 같지 뭐냐」

이렇게 말하는 일성이는 자기가 한 말이 사실로 립증이 된 것을 히한히 넉이는 것처럼 제풀에 좋아하며 뽑내는 것이었다.

「어듸?……」

귀순이가 드려다보니 따는 이상한 일이었다. 그것은 사람과 토끼와 닭과 거북이 산추어 물고기 등의 발생을 서로 비교해본 그림인데 사람도 태아 발생의 초기에는 어류(魚類) 같이 꼬리가 생기고 폐가 없고 아가미를 가지고 있는 것이 어류나 다른 짐성과 똑같이 마찬가지로[214] 그려졌다. 귀순이는 그게 웬일인지 몰라서 은근히 놀래였다.

그런데 또 한 가지 놀라운 사실은 그렇게 맨 처음에는 똑같은 것들이 차차 성체(成體)가 되는 동안에 제 몰골을 찾어서 커지는 것이 아까 일성이에게 드른 말과 같었다. 사람은 어느듯 꼬리가 없어진 대신 두 발과 두 손이 생기고 토끼는 꼬리가 그대로 있는데 앞뒷다리가 생겼다.

그렇게 닭은 입뿌리와 날개미가 생기고 물고기는 여러 개의 지느레미가 도쳤다.

「그게 웬일이라니?」

귀순이는 신기해서 자기도 모르게 부르짖었다.

「생물은 진화해서 그렇단다 사람도 맨 처음인 태고쩍에는 짐성처럼 꼬리도 가졌었는데 사람으로 진화되여서 손을 쓰고 걸어단인 뒤로부터는 꼬리가 소용 없었기 때문에 제절로 없어졌단다……」

일성이는 자기가 아는 대로 진화론의 한 토막을 이렇게 설명하였다.

「그게 정말이야?」

「그럼─책에 그렇게 써있는데 거짓말을 할 리 있니?─이런 그림까지 그려놓구……지금 남 선생님두 이런 것을 학문상으로 연구를 하시려구 늘 저렇게 토끼한테 주사를 노며 열심히 실험 공부를 하시지 않늬!」

「참 어쩌문!」

귀순이는 그대로 경이(驚異)의 눈을 크게 떳다. 과학─ 그것은 어린 귀순이의 가슴에 오직 신비(神秘)스런 생각뿐이였다.

이 때 남표는 토끼에게 주사 놓고 그것을 일일히 실험하는 중이였다.

토끼장은 병원 후면 모퉁이로 한쪽에다 따로 놓아 두었다.

---

214) 원문은 '마창가지로'.

어느듯 해는 어슬핏하였다. 그는 오래동안 토끼를 드려다보고 있었기 때문에 고개가 아팠다. 머리를 처들고 주위를 둘러보았을 때 비로소 날이 저무러가는 줄을 알었든 것이다.

그런데 그 때 마침 공교롭게도 바람이 한 떼 지나가며 밥냄새가 코를 찌른다.

그 순간에 남표는 몸을 이르켰다. 부억편으로 도라가보니 아무도 없다.

「어디를 갔을까?」

남표는 잠시 의심이 들든 차에 어디서 도란거리는 목소리가 들린다.

이에 더욱 의심이 난 남표는 병원 안으로 귀를 기우렸다.

분명히 목소리는 병원 안에서 새여나왔다. 남표는 문 안으로 들어가서 엿을 들었다.

「귀순이가 왔구나……」

마침내 그는 이렇게 부르짖었다. 그러자 남표는 빙그레 웃으며 한동안 그들의 대화를 흥미있게 듣고 있었다. 그들의 대화가 중단되었을 때 남표는 깜작 잊었든 생각에 정신이 나서 부억으로 나왔다.

솟뚜껑을 가만이 열어본즉 과연 밥이 다 되고 밑에서 바작바작 타는 소리 들린다. 그는 얼는 불을 물러서 꺼버렸다. 불을 끌 때도 그는 조심스레 인끼척을 내지 않었다─그들을 놀래주지 않으려고─.

그러자 남표는 모르는 체하고 다시 토끼장으로 갔다.

바로 그 때였다. 귀순이는 별안간 깜짝 정신이 나서 부르짖었다.

「아이그 밥이 타지 않나 모르겠네! 어서 나가봐요」

「참! 불을 지피고 그냥 왔지」

일성이는 허둥지둥 책을 덮어서 전대로 놓고는

「내가 먼저 나갈게─조곰 있다 나와요 기침을 하거든」

「응!」

그 길로 일성이는 방문을 가만이 열고 나가는데 우선 산양개처럼 코를 맛터 보았다.

「정말 밥 탄 내가 나는군」

일성이는 이렇게 부르짖자 제빨리 부엌으로 들어간다.

그 말을 듣자 귀순이는 어쩔 줄을 몰랐다. 가슴에서는 별안간 두방망이 질을 하고 마치 도적하다 들킨 사람처럼 간이 콩만해졌다.

그래 그는 오도가도 못 하고 그 자리에서 발발 떨고 섰는데 기침으로 군호를 한다는 일성이가 아무 기척이 없는 것은 또 웬일일까?

필경 밥이 다 타버렸거나 그렇지 않으면 남 선생이 와서 직혀 섰지 않은가? 그래 일성이도 정황이 없는가부다 생각하니 귀순이는 더욱 마음이 조이였다.

얼마쯤 있다가—겁을 먹은 귀순이의 생각에는 거진 반 시간이나 되는 것처럼 지루했을 때의 그제야 일성이의 기침소리가 들린다.

귀순이는 그동안 진땀을 빼고 섰다가 인제야 살았다고 가만이 빠져나왔다.

그는 사방을 휘둘러보고는 우선 다급하게

「밥이 어떻게 되었어?」

무러본다.

「이렇게 탔구나」

일성이는 솟뚜껑을 다시 열었다.

「아이그 저걸 어쩐대여?」

밥은 솟 한가온대로만 탔는데 노룬 빛이 벌의 집처럼 송송 뚫어진 구멍으로 배여 올랐다.

「나 때문에 밥을 또 태웠으니 어쩐대여!」

귀순이는 다시 징징거리며 어쩔 줄을 모르다가

「그런데 누가 와서 불을 껐나 부지」

하고 아궁이를 굽어본다. 사실 아궁이 앞에는 타는 나무토막을 끄내논 것이 있었다.

　「선생님이 밥 탄 내를 맛흐시고 와 보신 게 않야?」

　「앗!」

　일성이의 말에 귀순이는 홍당무같이 얼굴이 빨개졌다. 그래 그는 일성이가 무슨 말을 하는 것도 듣지 않고 그 즉시 집으로 다러왔다.

處女地

그럭저럭 시월 초순이 되었다.

정식으로 개업을 한 뒤에 환자가 나날이 부러서 남표는 더욱 바쁘게 되었다.

그것은 촌 병원으로는 오히려 충실하다 할 만큼 자리가 잡히였다. 인제 는 간호부만 한 명 있으면 병원으로서 모든 구격이 마질 것 같었다.

어느 날 밤에 남표는 저녁을 먹고 나서 담배 한 대를 피우며 잠시 몸을 쉬일 때였다.

일성이는 나종으로 누룽밥을 훌터 다 [먹]느라고 아직 밥상을 놓고 앉 었다.

「너 요전에 누구한테 진화론을 설명한 일이 있지?……바로 저녁밥을 태우든 날-」

「네……」

일성이는 저까락으로 밥을 입안에 긁어 넣다가 얼굴이 빨개지며 남표 의 묻는 말에 대꾸한다.

「요전에 준 책은 다 읽었나?」

남표는 빙그레 웃으며 바라보다가 정색을 하고 묻는다.

「네!」

「그럼 다른 책을 또 줄테니 읽으라구-독학으로 의사가 될려면 여간 근면하지 않으면 안 되니까……방심해선 안 돼!」

「네……」

일성이는 다시 얼굴이 확근해졌다.

사실 그는 요새 더욱 부지런히 책을 읽었다. 남표도 일성이의 열성을 보고 유달리 사랑하였다. 그는 어듸까지 그를 한 사람 목의 의사를 맨들고 싶었다. 아니 의사를 만들기 전에 우선 사람부터 만드러주자 하였다.

그래 그는 일부러 자취도 함께 하자 한 것이다. 일성이의 집은 한 동리에 있다. 그는 집에서 조석을 먹고 단여도 상관없겠지만 끼고 가라치잔 생각으로 침식까지 함께 하고 싶든 것이다.

그만큼 일성이도 배우는 점이 많았다. 그가 집에 있을 때는 아모래도 제말량[215]으로 지나왔다. 자연히 그는 버릇이 없었고 상스러운 촌 애들의 나뿐 물이 들었든 것인데 남표와 가치 있게 된 뒤로는 차차 그런 점에 때를 벗게 되였다.

어느듯 그는 남표의 인격을 숭배하였다.

그는 남표의 행동거지를 배우고 언사를 조심하였다. 그것은 부지중 남표의 인격에 감화를 받게 하였다.

동시에 그는 남표의 지도 밑에 의서를 읽었다. 의서 이외에도―중학 정도 이상의 기초적 학문이 될 수 있는 것을 남표가 골라주는 대로 읽었다.

그러는 대로 일성이는 철학과 과학의 세례를 받을 수 있었다. 실로 한 권 책을 다시 읽어 볼 적마다 그는 사람의 딴 세상을 들어간 것과 같었다. 그것은 눈앞에 나렬한 삼라만상도 그전과는 다르게 보인다. 전에는 모든 것이 혼돈천지로 웬 까닭인지 모르겠든 것이 한 권 두 권 책을 읽는 중에 그것들의 유기적 관계와 원리(原理)를 알게 하였다. 다시 말하면 책 속에 모든 세상의 이치가 들어 있는 것 같았다.

이 세상의 실재(實在)는 책 속에 있는 것처럼―책 속에 왼갖 이치가 환하게 밝혀져 있지 않은가! 책은 인생의 등불이였다. 현실은 오히려 환영

---

215) 제 말대로 하고자 하는 생각. 즉 제멋대로 행동하는 짓.

(幻影) 같이 히미하다. 가령 꽃 한 포기를 두고 보더라도 — 현실의 꽃은 다만 시각(視覺)에 비최는 한 포기 꽃에 불과하였다. 그러나 식물학에서 책으로 그것을 읽어보면 그 꽃은 어느 과에서 속하며 무슨 이치로 꽃이 피는지 소상하게 생물(生物)의 체계를 설명해주는 것이다. 이 무궁무진한 학문의 세계는 만주벌판보다도 더 넓은 것 같았다.

그가 이렇게 학문의 세계를 파고들수록 그의 속사람도 일취월장하였다. 속사람의 표상(表象)은 겉사람에게 내배였다 그는 차차 으젓해지고 말이 유식해졌다.

동시에 그는 자기 바른 생각을 발표하고 싶고 새 지식을 논아 주고 싶었다. 그것은 더욱 미망(迷妄)에 가득찬 현실에서 허매는 자기의 주위부터 일깨워주고 싶었다. 그래서 일성이는 실상 귀순이를 만나는 기쁨보다도 새 지식을 논우는 기쁨이 앞서서 그 날 저녁에도 귀순이를 끌고 들어가서 그림을 뵈인 것이었다.

만용이는 그동안 남표의 지속수면료법의 치료를 받고 완전히 모히를 떼게 되였다. 그는 농한기를 이용해서 삼 주 간의 전치를 받고 나서 건강이 회복된 것이였다.

그러나 그는 건강이 회복됨을 따러서 술을 좋아하기 시작했다. 원래 그 전에 주객이였든 만큼 술에 대한 유혹을 빼지 못 하였든 것이다.

그래 그는 이 지음에도 근처를 도라다니며 술타령을 자주 하게 되였는데 그 때 마침 멀지 않은 부락에 페스트 환자가 발생하였다는 소문이 떠도랐다.

남표는 소문을 듣자 은근히 염려하였다. 사실 그것은 놀라운 소문이다. 그날부터 남표는 부락민을 학교 마당으로 모아 놓고 전염병에 대한 강연을 하는 한편 집집이 쥐와 벼룩이 같은 것을 힘써 잡고 집안을 청결히 소제하기를 선전하였다.

그 중에도 쥐를 힘써 잡을 것과 변소와 수채 같은 불결한 곳에는 소독하라고 소독약을 무료로 논아주기도 하였다. 이 방역 운동에 그는 현림이와 함께 진두에 서서 학생들까지 동원을 식혔다.

이렇게 주의를 힘써 하고 예방진(豫防陳)을 미리부터 첬것만은 불행이 한 사람의 감염 환자가 생길 줄을 누가 알았으랴?

이 지음 만용이가 아푸대서 진찰을 해본즉 그의 병증이 아모래도 수상하다. 이런 의심이 들어 간 남표는 은근히 놀래기를 마지 않는 동시에 우선 그를 격리병사로 옴기도록 □드렀다.

만용의 병이 페스트 환자가 확실하다는 것은 그 뒤의 진찰로 다시 더 의심할 여지가 없었다. 그는 임파선이 부어오르고 페스트 환자로서의 증상이 차차 명요하게 나타나기 시작했다.

남표는 그것을 선(腺)페스트로 진단하는 동시에 그 즉시 경찰서로 보고하는 한편 방역진을 한층 엄중히 치기에 불면불휴의 활동을 계속하였다.

그것은 임의 감염된 환자는 할 수 없었지만 다시 더 한 명도 환자를 발생치 않게 하기 위한 혼신(渾身)의 노력을 경주(傾注)하자 함이였다. 그리고 그는 이런 때야말로 의사의 사명이 극히 중대하다는 책임을 느끼였다. 무사한 평상시보다도 비상시를 막어내는 데 의사의 역활이 크다 할 것이다.

남표는 이렇게 생각할 때 전 부락의 수백 명 인종의 생명은 마치 자기 한 손에 달린 것과 같은 중대한 책임감에 왼몸이 떨리는 공포를 느끼였다. 동시에 그것은 한 사람의 환자쯤은 문제도 안 되였다. 지금 그의 눈앞에는 만용이 한 사람은 보이지도 않았다. 오직 왼 동리 사람들에게 어떻게 하면 한 사람도 더 환자를 발생치 못하게 할 것인가 그뿐이였다.

그러나 그는 다시 한 번 자기에게 무러보았다. ― 한 사람의 만용이는 그러면 죽여야 할까?

물론 자기에게는 아무 책임이 없다. 그는 죽어도 할 수 없다……사실 페스트 환자를 취급하기는 의사도 위험하다. 더구나 설비가 불완전한 이런 촌 병원으로서는 더 말할 나위가 없다. 따라서 그는 손을 떼도 고만이다. 그것은 법에도 저촉될 것이 없고 양심에 거리낄 것도 없었다. 웨 그러냐 하면 의사 자신이 감염될 위험성이 다분히 있는데 한 번 전염되면 생명을 잃기 쉬운 악질의 특수 전염병 환자인 만큼 생사를 무릅쓰지 않고서는 취급할 수가 없기 때문이다.

따라서 남표도 자기의 일신을 고려한다면 응당 만용이는 내버려두어도 좋겠다. 한데 그는 종래 그럴 수가 없었다. 그는 모험을 해서라도 어떻게든지 만용이까지도 살리고 싶었다.

그것은 무슨 이런 때에 자기의 비범한 수완을 한 번 떨쳐 보자는 야심이 있는 것도 아니다. 또한 단지 의사의 책임감을 굳게 느낀 것도 아니었다. 그보다도 그는 만용이를 사랑하였기 때문이다. 그는 자기 손에 모히 중독을 떼고 인제는 완인이 되는데 의외에 페스트에 감염이 되어 또 다시 그의 생명이 위급하게 되었을 때 남표는 참아 그가 죽는 것을 수수방관할 수가 없었든 것이다.―죽을 때 죽드라도 해볼 데까지는 치료를 해줄 수 있지 않은가?……이런 생각이 든 남표는 마침내 그를 살려보기로 결심하였다.

비장한 결심을 최후로 한 남표는 마침내 환자를 수술하기로 작정하였다.

죽을 사람을 한 번 살리기도 어려운데 두 번씩 살릴 수가 있을까 의문이였으나 또한 아주 불가능한 일도 아니라는 점에 그는 용맹심을 분발하였든 것이다. 그런데 다행히 아직까지는 그밖게 환자가 더 생기진 않았다. 남표는 그 점에도 용기를 얻었고 그만큼 만용이에게 동정심이 쏠리였다.

수술을 하든 날은 아침부터 일직이 서드렀다. 남표는 수술할 준비를 하는 것을 보자 일성이도 가치 가기를 청하였다. 그러나 남표는 한사하고 거절하였다. 그것은 일성이의 만일을 염려하였기 때문이다. 그래 그는 일성이에게 병원을 보라고 맡겨 놓고 단독으로 격리병사를 찾아갔다.

그러나 이날은 어쩐지 남표의 기분이 좋지 않았다. 그는 연일 피로한 끝에 침식이 불안했든 까닭인지도 모른다.

격리병사에서 곰의 밥을 얻어먹고 내버린 몸으로 혼자 누어 신음하는 만용이를 들어가 볼 때 남표는 전에 없이 눈물이 왈칵 내솟았다. ─ 참으로 그것은 측은한 정경이었다.

지금 한 사람은 무서운 병마(病魔)에 물려서 생명이 경각에 달렸는데 한 사람은 그 생명을 구원하러 사지(死地)로 들어가는 ─ 생사관두(生死關頭)에 두 사람이 마주 섰다.

까딱하면 두 목숨이 한꺼번에 죽을는지 모른다. 그것은 마치 물에 빠진 사람을 건지러 뛰여 들었다가 두 사람이 다 빠저 죽는 것처럼 ─. 그렇지 않으면 어느 한 사람이 살른지 만일 이런 경우에 두 사람이 다 살 수 있 다면 그야말로 천행이라 아니 할 수 없겠다.

물론 남표는 소독을 정히 하고 마스크와 예방의 등의 할 수 있는 데까 지는 주의를 게을리 하지 않았다.

이렇게 차비를 차려가지고 들어간 남표는 즉시 수술을 시작하였다.

그는 다량의 강심제로 항페스트 혈청 주사를 환자에게 놓고 수술을 한 뒤에도 최선의 치료를 다하였다.

만용이는 수술을 할 때도 마치 물에 빠진 사람처럼 남표에게 매달리며 살려달라고 애원하였다.

「아이구 선생님! 어쩌다가 저는 또 이런 몹쓸 병에 걸렸을가요!……선 생님 수술을 하면 살겠습니까?」

그는 다 죽어가는 목소리로 사정한다.

「네─아무 근심 마시고 가만이 누어 계시요 며칠 안 가서 멀정히 나슬 테니」

「아 고맙습니다……참으로 저는 선생님을 뵈올 낯이 없습니다만 이번 에도 살려주시면 그런 은혜가 없습니다」

남표의 자신 있는 말을 듣고 만용은 감지덕지해서 부르짖는다. 사실 이 때 남표는 만용이가 결코 죽을 것 같지 않았다.

그것은 어떻게든지 그를 살리고 싶다는 왼정신의 집중력이 남표에게 그런 자신을 가지게 했는지도 모른다. 하여간 그는 만용이를 죽여서는 안 되겠다는 오직 그 생각에 일심정력을 다 썼든 것이다.

이렇게 긴장한 박력과 열성을 다한 초인적 의지를 가지고 덤벼든 때문인지 그는 수술을 할 때 조곰도 위구(危懼)의 염이 없이 턱턱 제대로 해버렸다. 실로 그것은 순식간의 민활한 활동이었다. 그는 조수도 없이 단독으로 해치웠지만 거기에 조금도 불편이 없이 완전한 수술을 할 수 있었다. 그는 나종에 생각하여도 그 때 일은 참으로 이상하였다.

그 뒤 만용이는 신통하게도 병줄을 놓기 시작하였다. 병세가 꺼끔하자 남표는 더욱 자신을 얻게 되었다. 그래 그는 무시로 환자를 찾어가서 치료를 정성껏 하였다. 그리고 정신적으로 위로를 해주었다.

급기야 만용이는 천행으로 건강이 회복되어 가는데 마을 안에는 한 사람의 [병발] 환자도 없이 만용이까지 살아난 것을 볼 때 동리 사람들은 남표의 칭송이 더한층 굉장하였다 □□□□□□□ 전염병에 대한 불안을 크게 느끼다가 인제는 그 무서운 병마를 완전히 퇴치하게 되었□□□ □□□ 마을에 전체를 위해서도 여간 큰 행복이 아니었다. 이에 그들은 기쁜 마음으로 만용이의 퇴원을 손꼽아가며 기다리고 있을 뿐이었다.

그런데 어찌 뜻하였으랴? 만용이가 병줄을 놓으면서 남표가 대신 드러 누을 줄을!

남표는 처음 몸살인 줄 [알]었는데 고만 몸저 눕게 되었다. 그는 이즈음에 더욱 불면불휴의 활동을 계속하였다. 페스트의 침입이 아니라도 날마다 임상과 연구에 잠시 휴식할 틈이 없었는데 게다가 만용이까지 돌보면서 방역진을 치기에 필사의 노력을 하였다. 그동안 그는 사실 눈코 뜰 새가 없이 동섬서흘216)하였든 것이다.

---

216) 東閃西忽. 동에서 번쩍, 서에서 번쩍 나타났다 사라진다는 뜻으로, 여기저기 날쌔게 돌아 다님을 이르는 말.

그만큼 그는 심신의 피로를 느끼었고 그것은 날이 거듭할수록 쇠약의 일로를 밟게 하였다.

물론 남표도 자기의 쇠약해지는 것을 짐작하긴 하였다. 이래서는 안 되겠다는 불안을 느끼지 않은 바도 아니다. 하나 그렇다고 몸을 살일 경우가 못 된다. 더욱 전염병이 침입한 이 때에 어찌 자기 몸만 돌보아서 안연한 태도를 취할까 보냐?

그러나 남표는 다만 몸이 피로한 때문으로 병마에 걸렸다할까? 보다도 그는 자기를 잊어버린 데 원인이 있지 않았든가! 웨 그러냐 하면 남표는 오직 만용이를 살려놓자는 데만 전심력을 썼기 때문이다.

매사를 물론하고 누구나 한편에다 전력을 할 때는 다른 것은 모르게 된다. 그것은 일부러가 아니라 염불급타(念不及他)로 돌볼 여지가 없는 것이다. 만약 그렇지 못하다면 한편을 잊을 리가 없다. 따라서 그것은 한쪽에 대한 열성이 부족한 증거다. 열성이 크면 클수록 다른 한쪽은 부지중 동화하게 된다.

남표도 그와 같이 만용에게만 정신을 드리고 자기는 돌보지 않은 데서 부주의가 있지 않았는지 모른다. 아니 그보다도 만용이를 살리자는 데만 왼정신이 집중한 동안에 그 틈을 타서 병마가 침입하지 않았는가. 하여간 그는 수술을 하는 중에 전염이 된 것만은 틀림없었다.

남표는 차차 병세가 의심이 나자 자기 손으로 주사를 놓고 약을 먹어보았다. 하나 병세는 나날이 행진을 하는 동시에 그것은 점점 확실한 증후를 나타낼 뿐이였다.

남표가 아주 몸저 눕자 마을 사람들은 몸살이 났나부다고 오히려 심상히 여겼다. 그들은 문병을 와서 원체 몸살도 나실만 하다고― 감기에는 한약이 제일이라고 떠드러댔다.

어느 날 저녁에 정 노인도 올라와서 그런 말을 하며

「내일 신가진엘 나가서 한약을 지어올테니 자십시요」

한다. 조곰 뒤에 현림이도 와서 그의 말에 찬성하였다. 방안에는 일성이와 네 사람이 있을 뿐이다.

남표는 아랫목으로 요를 깔고 반듯이 누어있었다. 그는 야윈 두 볼을 한 손으로 문질느며 가만히 천정을 처다보다가

「이 병은 한약을 먹을 병이 안인 것 같습니다」

「아니 무슨 병인데요?」

정 로인은 의심스레 남표를 보며 뭇는다.

「암만 생각해 보아도 만용 씨 병이 전염된 것 같습니다」

남표는 힘없는 목소리로 대꾸한다. 그러나 그는 조곰도 당황한 기색이 없이 침착한 태도를 잃지 않았다.

「아니 선생님이?……그러실 리가 있습니까」

정 로인은 깜짝 놀래서 몸을 움찔하며 자기도 모르게 부르짖는다. 그것은 비단 정 로인뿐 아니다. 다른 두 사람도 이 의외의 대답에 놀래였다.

「수술을 할 때에 전염이 되였나 분데요……뭘 치료를 하면 낫겠지요……만용 씨도 나었으니까……」

남표는 빙그레 우스며 그들을 둘러보왔다.

「그야 그렇습니다만 정말로 전염이 되신 것 같습니까?」

현림이가 근심스레 다시 물었다.

「네……틀림없는 것 같군요―오늘밤을 지나보면 확실히 알겠습니다만……」

「하―그것 참!」

정 로인은 입맛을 쩍쩍 다신다.

「뭐 괜찮겠지요……만용 씨는 그만하지요」

남표는 도리혀 정 로인을 위로한다. 그는 임의 각오를 하였기 때문이다.

「그 사람도 다아 낫는데요 뭘!」

정 로인은 애달픈 심정으로 자못 망단한 듯이 머리를 숙이고 앉았다.

이튿날 새벽에 남표는 더 동정을 볼 것 없이 결심한 바를 실행하였다 그는 일성이를 식혀서 피병사로 움직일 간단한 기구를 참기게 하였다.

일성이는 그 말을 듣자 눈물이 비오듯 하며 남표를 붓들고 운다.

「선생님 어듸로 가십니까? 여기 그대로 계서도 좋지 않으서요」

「아니다……전염병이란 그렇지 않다. 의사라두 전염이 된 바에는 피병사에 가야할 것 아니냐……내 걱정은 말고 너는 병원이나 그동안 잘 보아다구……그리고 내가 그리로 간 뒤에는 네나 와서 잠깐씩 드려다보지 다른 사람들은 아여 못 오게 하여다구」

남표는 이와 같이 간곡히 타일넜다. 그는 어제 저녁에 이 말을 하고 싶었으되 그들이 만류하고 못 가게 할가바 고만두고 있었든 것이다.

그래 그는 지금 아무도 모르게 가만이 옴기랴 한 것이다. 아직 날은 밝지 않었다. 마을 사람들이 기침을 하기 전에 옴긴다면 누구 하나 알 사람이 없을 것 안인가.

남표는 주사 기구와 약품까지도 무엇무엇을 가저오라 해서 쓸 소용대로 짐을 참겨논 뒤에

「자―우선 나 먼저 피병사로 다려다다구……혼자는 갈 수가 없으니 부축해주어야겠다. 마을 사람들이 이러나기 전에 어서 가자」

하고 그는 일성이를 재촉하였다.

「네……」

일성이는 주먹으로 눈물을 씻으며 남표의 옆으로 섰다. 남표는 일성이의 어깨를 집고 간신히 이러났다. 그는 거의 왼몸을 실리다싶이 일성이에게 몸을 의지하고 한 걸음씩 묵어운 발을 떼노았다.

「선생님 신 선생님께 전보를 칠까요?」

일성이는 당황히 부르지젔다. 그는 엇전지 눈물이 그치지 않으며 갑째기 마음이 좋지 않었다.

「전보……뭐 고만두지」

「그래두 – 전 아무 것도 모르옵는데 누가 계서야 하지 않겠세요」

「관게찬다……치료는 내가 할테니까 네나 이싸금 드러다 보아주렴!」

남표는 이렇게 태연히 말한다.

그러나 그도 어쩐지 마음 속으로는 비장한 생각이 없지 않었다. 깟딱하면 이번에 죽지 않을까 하는 염녀도 있었다.

하긴 죽엄이 두려운 것은 안이였다. 그는 지금 죽어도 별로 여한이 없었다. 오히려 다른 사람에게 전염을 식히지 않고 자기가 감염된 것을 다행히 알었다. 그것은 마을의 전체를 위해서도 그러하고 의사의 도리로도 떳떳하지 않을까 한다.

다만 한 가지 가석한 일이 있다면 그것은 자기의 목적한 사업이 첫 거름을 떼여 노차마자 중로에 꺽기는 그뿐이다. 그는 좀 더 연구를 해서 의학으로나마 사계의 공헌(貢獻)을 해서 조고만치라도 후세에 끼침이 있기를 바랐는데 지금 죽어버린다면 아무것도 안인 것이 자기를 위해서 한심한 것이였다. – 그는 장차 이 마을이 발전해서 큰 농장이 개척되고 전기가 드러올 때는 세균연구실을 지어놓고 세균을 전공할 계획이였다.

하나 이 역시 인력으로 못할 바에야 어찌할 수 없는 일이다. 이 마당엔 그야말로 천명을 기다릴 뿐이다. 다행히 사러나면 그 계획을 세울 것이요 불행이 죽으면 그 뿐이라는 각오 밑에서 그는 태연한 행동을 취하였든 것이다.

병실로 남표가 드러가니 만용이는 벌써 이러나 앉었다. 그는 식구 중에 누가 오기를 기다리는 모양 같었다. 그는 배가 곱팠다. 그래 그는 자기 집에서 누가 오는 줄 아렀다가 남표의 몰골을 보자

「선생님 웬일이세요」

하고 깜짝 놀래며 이러난다. 그는 생동생동하게 멀정한 사람처럼 보이었다.

「아 만용 씨 어떠시요?」

「네 – 저는 괜찮습니다만……아니 선생님이……웬웬……」

「네……나두 그 병에 걸렸나 보ー 그럼 만용 씨는 인제 퇴원을 해두 좋을 테니 댁으로 나가서서 조섭을 하시지요」

「선생님! 그게 정말입니까? 그럼 저 때문에 그리 되셨나요? 네」

만용이는 기가 막혀 부르짓는데

「뭐 그렇지도 않겠지요 그럼 시장하신데 어서 나가시지 난 좀 누어야겠오」

남표는 그 길로 만용이를 대신해서 자리에 누었다.

정 로인은 밤 사이의 동정을 살피러 병원으로 올라와보니 방안에는 빈 자리만 펴놓고 아무도 없었다.

그는 남표가 혹시 변소에 들어갔는가 해서 주춤거리며 있자니 거무하에[217] 일성이가 헐레벌떡이며 밖에서 뛰여온다.

「넌 새벽에 어딜 갔다 오는 게냐? 선생님은 어디 가시구?」

「피병사로 가셨서요」

일성이는 이 말을 마치자 비죽비죽 운다.

「뭐……」

정 로인은 자기도 모르게 소리를 버럭 질렀다. 참으로 기가 막힌 일이 안인가.

「이부자리를 얼는 가저오라 하세요……윽……」

잠깐 동안 실신하였다가 일성이는 정신이 번쩍 나서 방으로 급히 드러간다.

「하ー그러니 저 일을 어찌 한단 말이냐?……만용이놈 때문에 선생님까지 그 못된 병에 걸렸으니」

「뭐 인제 그런 말슴이 소용있세요」

일성이는 이부자리를 뚤뚤 개키며 분통한 듯이 부르짓는다.

---

217) 거무하(居無何)에 : 시간상으로 있은 지 얼마 안 되어.

「그렇지만 애닲분 일이 아니냐?……일껀 고쳐주섰는데 제 병까지 옮겨
주다니……그럼 만용이와 같이 계시겠구나」

「그이는 퇴원해도 좋다고 하셔서 지금 집으로 나겠세요」

「흥! 저것 보지……」

정 로인은 화가 나서 혀를 되채다가

「어듸서 못된 병을 옮겨다가 윈동리를 소란케 하더니만……아니 그 자
식이 종래 말썽거리로 남을 못살게 구는 게 아니냐! 한동안은 아편질을
해서 그러더니만 남 선생님의 손으로 그것을 떼주니깐 선생님한테 전염
을 식혔으니 대체 그 자식이 남 선생과 무슨 원수가 젓단 말이냐 배은망
덕이라두 분수가 있지……」

「………………」

「그러기에 주색잡기에는 예로부터 패가망신의 장본이라 했거든—그 사
람두 술을 좋아하다가 끝끝내 저렇게 남한테까지 화액을 끼치게 하였으
니 엥 그것 참……뭐 다른 것을 가저갈 것 없느냐? 이불은 내가 가저가마」

「저밖에 아무도 오시지 말나구 선생님이 신신당부하섯서요」

일성이는 남표의 부탁한 말을 그대로 옮기였다.

「그렇지만 박께까지야 상관없겠지」

정 로인은 이불을 걸머지고 일성이는 다른 보따리를 각기 들고 나려갔다.

남표가 피병사로 드러갔다는 소문은 그 즉시로 윈동리에 전파되었다.
마을 사람들은 그 말을 듯는 대로 모다들 놀래서 병원으로 쫓아왔다.

정말인줄 알자 그들은 모다 망단하였다. 그 중에도 애나는 남표를 다시
없는 은인으로 생각하는 만큼 여간 놀라웁고 슬프지 않었다.

그는 비죽비죽 울면서 뛰여왔다. 만일 다른 병이라면 당장 쪼차가서 자
기 힘껏 간호를 하겠는데 그러지 못할 사정은 오직 안타까울 뿐이었다.

「아버지 그러니 선생님을 저 속에 게시라구 어떻게 그냥 내버려 두고
만 보실 테요?」

「하지만 선생님께서 아무두 얼찐을 말라고 분부를 하셨다니 들어갈 수가 있느냐 원─일성이 외에는 출입을 엄금하셨단다」

현림이와 허달이도 쪼차왔다. 둔장 김 주사와 순규도 달려왔다. 마침내 그들은 애나의 말을 쪼차서 신경아한테 전보를 치기로 하자 현림이가 자전거를 타고 정거장으로 달리였다.

사실 그들은 그밖게 별 도리가 없었든 것이다. 일성이가 있긴 하나 그는 아직 아무 것두 모른다. 하긴 남표가 의사인 만큼 자수로 치료할 수도 있겠지만 그것은 수족을 자유로 놀릴 때 말이다. 병세가 점점 침중해 간다면 그는 번연히 아는 약도 못 쓸 것 아닌가. 그리고 경아는 그와 함께 있든 간호부일 뿐 아니라 인제는 약혼한 남편이 아니냐. 장래 남편의 생명이 위급할 지경이라면 그는 간호부 아니라도 응당 와서 보아야 할 일이다. 따라서 남표의 옆에 있는 사람들은 누구보다도 그에게 먼저 기별을 해주어야 할 의무가 있다 싶다고 그들은 지급전보를 친 것이다.

그 뒤 사흘이 지나도 경아는 아무 소식이 없다. 그동안에 남표의 병세가 더욱 침중하였다. 인제는 미음²¹⁸⁾ 물도 마시지 못하고 꼼짝을 못하게 되었다.

그래도 다른 사람들은 못 들어오게 정신만은 차리고 있었다. 그는 일성이까지 소독을 잘 하도록 주의를 식힌다. 마을 사람들은 일성이한테 그의 용태가 심상치 않음을 듣고 은근히 걱정하였다. 정 노인과 애나는 일성이가 피병사로 갈 때마다 따라와서 어떠냐고 물었다. 그 중에도 애나는 정성껏 미음을 쑤어서 일성이에게 드려보냈다.

그런데 경아는 전보를 못 보았는지 종시 소식이 없다. 그 뒤에도 지급전보를 쳤건만 회답조차 없는 것은 웬일인가 어디를 가고 없었기 때문인가 도모지 웬일인지 까닭을 모르겠다.

---

218) 원문은 '미움'.

마침내 남표는 혼수상태에 빠지고 말었다. 그날 아침에 남표는 경아의 말을 처음 묻더니만 일성이를 이만큼 가까이 오라는 눈치를 하였다.

그래 일성이는 별안간 가슴이 덜컥 내려앉았다. 웬일인지 몰라 눈물을 감추고 가니

「일성아― 난 암만 해도 이번에 못 일어날 것 같다. 그러나 불행히 내가 죽더라도 아여 서러하지 말고 넌 공부를 힘써 해서 일후에 훌륭한 의사가 되여다구………

하긴 너와 좀 더 가치 있지 못하고 지금 죽는 것은 유감된 일이다마는 그만해도 너는 공부를 힘써 하면 독학으로도 훌륭히 성공할 줄 안다…… 그러니 너나 병원을 맡어 가지고 나의 후계자(後繼者)로서 내가 못 한 사업을 마저 해다구……나의 소원은 오직 그 뿐이다……네가 그렇게만 해준다면 나는 지금 죽어두 기쁘겠다……」

남표는 이와 같이 유언을 하였다. 그는 이미 자기의 생명이 몇 시간 부지하지 못 할 줄을 알고 있었다. 그래 그는 의식이 분명한 때에 미리 부탁할 말을 해두고 싶었든 것이다. 별안간 죽음이 오는 줄을 모르고 방심했다가 유언 한 마듸 못 하는 수가 많지 않은가 아니 그것은 의식이 멀쩡해도 혀가 굳어서 말을 못하기도 한다.

「선생님! 어찌 그런 말슴을 하세요……만용 씨도 사렀는데요」

일성이는 천지가 아득한 중에도 이렇게 남표를 위로하였다. 사실 그는 남을 살릴 수완으로 자기의 병도 고칠 수 있으리라 믿었다. 남표가 애나의 고질을 고처주고 만용의 병도 고처주었다면 어째 자기의 병만을 못 고칠 것이냐 싶었다.

하나 그래서 무당 제 굿 못한다는 말이 생겼는지 모른다. 남표는 남의 병은 잘 고처주었건만 오늘날 자기의 든 병은 어찌할 수 없었다.

「만용 씨는 수술을 해서 사러났다. 그렇지만 내야 어듸 수술을 할 수 있나」

남표의 마지막 대답은 이것이었다. 만일 경아가 좀 더 일직 와서 남표가 시키는 대로 수술을 하고 치료를 각별이 했드면 그가 사렀을 지도 모른다. 하지만 그것도 미지수에 속한다. 웨 그러냐 하면 수술을 한다고 반다시 생명을 구하는 것이 아니기 때문이다.

그것은 모를 일이나 하였튼 경아가 좀 더 일직 못 온 것만은 가석한 일이었다. 비록 죽기는 일반이라 할지라도 죽기 전에 왔으면 반갑게 사러서 만날 수가 있다. 그것만이라도 살았을 동안 그들이 마지막으로 만나는 기쁨! 그러나―것은 슬픈 중에도 다시없이 기쁜 일이라 할 수 있지 않으냐.

그런데 경아는 남표가 운명을 할 때까지 오지 않았다.

그 날 저녁 때 남표는 임종이 가까움을 알니었다. 그가 혼수 상태에 빠진 것을 알자 일성이는 먼저 정 노인에게 알니었다. 이에 마을 사람들은 피병사를 둘너싸고 운명시를 기다리고 있었다.

혼수 상태에 빠졌든 남표는 잠시 의식이 도랐다 한다. 그 때 정 노인과 애나가 현림이 허달이 둔장 김 주사 만용이 순규 등이 마지막으로 산 얼굴을 보랴고 병실로 드러섰다.

이 때 남표는 골고루 그들을 둘너보았다. 그리고 간신히 아러들을 목소리로 이렇게 한 마듸를 하였다.

「병원은 일성이에게 마껴주시요……내 토지와 함께……그리고 훌륭한 의사를 맨드러주시요」

그 말이 떠러지자 다시 혼수 상태로 도라간 남표는 미구에 자는 듯이 숨을 끊었다.―바로 그 때였다.

참으로 이 무슨 운명이냐? 그가 십 분만 일직 왔어도 사러 있는 남표를 만났을 것 안인가? 그런데 그는 한 발을 늦게 와서 임종을 못하였다.

그는 일변에 들자 우선 맥을 짚허 보았다. 때는 느젔으나 가슴에는 오히려 온기가 돈다.

「남 선생님!」

그는 한 마듸를 부르짓차 남표의 가슴을 흔들어 보았다.

「아이구 선생님! 어쩌다가 이 지경이 되셨나요……아아」

그러나 임의 목숨이 끊긴 남표이매 경아가 왔기로 사러날 리는 없었다. 경아는 그가 조곰 전에 운명한 줄을 알자 더욱 창자가 끊어지는 애달품을 느끼었다. 웨 좀 더 일직 오지 못했는가!

하긴 그는 천만뜻밖에 남표의 병보를 받고 불야불야 집을 떠나온 길이였다.

하지만 워낙 거리가 멀기 때문에 빨리 온 것이 지금서 도착이다. 하긴 중간에서 기차가 연착만 되지 않었어도 좀 더 일찍 왔을 터인데 ○○에서 박귀 타는 동안 시간이 걸려서 느졌다.

그렇지 않어도 경아는 조바심을 하면서 혹시 그동안에 일을 안 당했나 싶어 못 견듸었는데 과약²¹⁹⁾ 그렇고 보니 모든 것이 후회된다.

하나 지금 경아는 울고만 있을 때가 아니였다. 그는 인제 죽는 사람보다도 산 사람을 위해야만 할 처지였다. 참으로 그것은 남표를 위해서 슬픈 일이였다. 슬픈 일이지만 그는 어찌할 수 없었다. 그래 다른 사람들은 죄다 나가게 하고 일성이와 단둘이 소독을 하기 시작했다.

그 때 애나는 안 나가겠다고 발버둥치면서 울었다. 그는 누구보다도 정말 서러워하였다. 정 노인도 게목²²⁰⁾을 놓고 우렀다. ……할 수 없이 그들도 부뜰녀 나갔다. 마을 사람들만은 피병사를 둘너싸고 곡성이 진동하였다.

경아는 상주가 되여서 모든 절차를 맡어 했다.

그는 알콜로 시체를 소독하였다. 칠규²²¹⁾를 소독면으로 막은 뒤에 홋이

---

219) 果若. 과연.
220) 듣기 싫은 목소리.
221) 칠규(七竅) : 사람의 얼굴에 있는 일곱 개의 구멍. 귀, 눈, 코에 각 두 개씩 있으며 입에 하나가 있다.

불을 시체 위에 엎어 놓고 병실도 다시 깨끗하게 소제하였다. 그리고 문 밖에다가 공석을 깔고 정식으로 발상(發喪)을 하였다.

경아는 머리를 풀고 앞으로 문턱에 엎드려서 참았든 울음을 일시에 폭발했다. 창자가 끊지도록 망극히 우는 그의 우름소리에 모든 사람은 일시에 조곡을 시작했다. 그 중에도 애나의 부녀는 땅을 치며 통곡하기를 마치 유친의 상사를 당한 때와 같이 하였다. 일성이도 「선생님」을 부르지즈며 서럽게 우렀다.

발상이 끝난 뒤에 그들은 장예의 준비를 시작했다. 우선 채일과 포장을 처서 임시로 호상소를 마련해 놓고 모든 절차를 서드렀다.

남표가 별세했다는 소문이 전파되자 인근 동에서는 조객이 답지하였다. 경아는 시체를 떠나지 않고 일일이 조상을 받는 동시에 시체실 분향을 끊이지 안었다.

그날 밤에 마을 청년들은 밤정구를 하고 부인들은 정 노인의 집에서 수의를 짓기에 밤을 새웠다.

이러하야 이튿날 바로 장례를 모시게 되였는데 마을 사람들은 저마다 극진히 힘을 다해서 일을 보았다.

남표의 묘지는 선주의 무덤과 마주 바라보는 곳이었다. 그것은 누가 일부러 정한 것이 안이라 마을의 공동묘지가 한 곳이였기 때문이다.

아! 그들이 이렇게 한 곳에 무칠 줄을 누가 알었으랴? 그러나 그들은 이 마을의 수호신이었다.

경아는 장례를 치르고 나니 참으로 세상 일이 허무하였다. 그는 남표가 개업을 하였을 때 바로 오지 못한 것이 후회되었다. 그 때 와서 남표를 도아주었다면 그도 죽지 않고 자기의 전정도 티웠을 것이 아니냐? 참으로 그는 당면한 앞길이 캄캄하였다.

하나 그는 어떤 결심을 하였다. 그것은 자기도 남표의 유언을 지켜서 일성이와 같이 병원을 살리자는 것이었다. 비록 자기는 의사가 아니지만 쉬운 병은 넉넉히 볼 수 있다. 그리고 영리를 목적으로 하지 안는다면 당국에서도 용인할 것이 아니냐고─그는 이렇게 일성이가 한 사람 목의 의사가 되기까지 그를 도아가며 남표의 유지를 밧들자 하였다.

마을 사람들은 이 말을 듯자 모다들 경아의 갸륵한 생각에 감사하였다. 경아는 그들을 위함보다도 자기의 살 길은 그밖에 없다고 겸양하였다.…… 경아는 그 길로 정 노인의 집에 눌너있었다 (終)

작자 부기(作者附記)─그 뒤에 귀순이와 일성이는 어찌 되였으며 현림이와 애나의 가정 생활 또한 학교와 병원을 중심으로 이 정안둔은 어떻게 시대와 보조를 마추고 수전 농장은 어떻게 되였는지 아직도 이야기할 거리가 많지만은 임의에 정한 지면을 초과하였기 때문에 미진한 설화는 오직 독자의 상상에 마껴두고 이만 무딘 붓을 놓는다.

處女地 (完)

昭和十九年 九月 二十五日 印刷
昭和十九年 九月 二十九日 發行

식민지 개척의학과 '위생의 근대'[*]
- 『처녀지』론 -

서 재 길(국민대)

1. 『처녀지』의 서사와 인물들

　이기영의 『처녀지』는 일제 식민지 말기 1944년 9월에 임화가 발행인으로 되어 있던 삼중당서점에서 간행한 장편소설로 지면이 총 730면에 이르는 방대한 분량의 전작 장편소설이다. 해방 전 이기영의 마지막 장편소설이기도 한 이 작품은 주인공 남표가 만주국의 수도인 신경을 떠나 북만의 '정안둔'이라는 농촌에 정착하여 농촌 계몽운동을 전개하다가 페스트에 걸려 죽게 된다는 기본적인 서사 속에 삼각관계의 애정 갈등이 결합되어 있는 형태를 취하고 있다.

　작품의 시작은 주인공 남표와 그를 정신적으로 따르는 간호부 신경아가 근무하는 신경의 '대동병원'에 젊은 여성 환자가 입원하게 되는 것에서 시작된다. 젊은 시절 의학도를 꿈꾸고 의전에 진학하였으나 의사 면허를 따지 못하고 대동병원의 조수로 근무하던 남표는 원장이 오진한 여자 환자의 병을 정확하게 진단하여 병을 고쳐 준다. 여자 환자는 북만의 정안둔이라는 곳에서 왔으며 병을 구완해주는 그의 아버지 정해관은 그곳에

---

* 이 글은 필자의 논문 「식민지 개척의학과 제국 의료의 '극북(極北)'」(『민족문학사연구』 51, 2013)의 내용 중 일부를 발췌, 보완한 것임.

서 음식업을 하고 있다. 도시 생활에 대한 염증 때문에 진정 자신을 필요로 하는 농촌에 들어가서 의료 활동을 하려는 계획을 세우고 있던 남표는 정안둔의 이야기를 듣고 귀가 솔깃한다. 그 때 대학시절의 동료인 유동준이 그를 방문하여 한 때 그와 약혼까지 했던 선주에 대한 소식을 들려주며 다시 의학의 길에 나서기를 권유한다. 유동준의 소개로 정안둔 근처의 신가진에 개업한 의사를 소개받은 남표는 결국 병원을 그만두고 신경을 떠난다.

신가진으로 가는 열차 속에서 우연히 그의 첫사랑이었던 선주와 마주친 남표는 신가진으로 가던 길을 돌려 정안둔으로 향하여 '5호실 환자' 애나와 그녀의 아버지 정해관을 방문한다. 그곳에서 남표는 정안둔이라는 마을에 조선인들이 정착하기까지의 사정을 듣고, 애나가 그곳에서 교육계몽활동을 하는 현림과 약혼한 사이였으나 병 때문에 결혼이 늦어지게 되었다는 이야기를 듣는다. 정안둔이 마음에 든 남표는 농사를 지으면서 그곳에 정착하겠다는 의사를 밝히고 우선 정해관의 집에 의료실을 마련하여 마을의 환자들을 진료하는 한편으로 땅을 얻어 본격적으로 농사일에 나선다. 마을 사람들은 남표가 약값 실비만 받고 진료를 해주는 것에 감격하여 남표의 농사일을 거들겠다고 나선다. 남표는 소학교를 졸업한 일성이를 조수로 두어 공부를 시키는 한편으로 일을 돕게 하고, '만인부락' 곧 중국인 마을에 왕진을 가서 그곳에 사는 중국 농민의 며느리의 난산을 도와주어 신임을 얻게 된다. 남표가 마을 사람들의 신임을 얻는 것을 시기한 마을 청년 박만용은 배상오를 시켜 남표를 모함하고 남표는 경찰서에 불려가지만 무사 방면된다. 역장 아들의 급성 위장병을 고쳐주어 오히려 신임을 얻은 남표는 경찰서장과 상의하여 모히 환자인 박만용과 배상오를 중독으로부터 벗어나게 도와주기도 한다. 남표는 땅을 사서 개간을 하는 한편으로 소설가이자 학교 선생인 현림과 더불어 저녁에는 학교에 부인야학회를 열어 농촌 여성에 대한 교육을 본격적으로 시작한다. 이런 중에 신문사 기자인 윤수창이 정안둔에서 일어난 일을 신문 기사로 보도하여 남표의 이야기가 널리 알려지게 된다.

한편 한때 남표의 약혼자였던 선주는 학생시절 남표가 어떤 일로 서울을 잠시 떠난 사이 가족들의 권유를 못 이겨 경제력을 갖춘 지금의 남편과 결혼하여 풍족한 삶을 영위하지만 결혼생활에 만족하지 못하고 남표에 대한 미련을 갖는다. 신경을 떠나 북만으로 떠나는 남표를 만나기 위해 몰래 신경에 온 그녀는 남표와 신경아의 사이를 오해하고 남표로부터 심한 소리를 듣자 신경의 대동병원에 입원하여 환자 행세를 하며 남표와 신경아의 사이를 갈라놓기 위해 남표에 대한 험담을 늘어놓는다. 신경아로부터 원망의 편지를 받은 남표는 오해를 푸는 편지를 보내고 신경아는 남표를 찾아 정안둔을 찾아온다. 신경아는 남표를 도와 정안둔의 병원에서 간호부로 일하겠다고 마을 사람들에게 선언한다. 그리고 신경아가 병원에서 일하게 되면서 그 동안 병원을 찾기를 꺼렸던 부녀자들의 병원 방문이 늘어나게 된다. 신경아가 정안둔에 온 며칠 뒤 선주가 정안둔을 찾는다. 신경아는 신문을 통해 남표의 소식을 전해듣고 그동안의 잘못을 뉘우치고 그를 격려하기 위해 온 것이었지만, 그곳에 함께 있는 신경아와 남표의 냉랭한 태도를 보고 히스테리를 보이다가 유서를 쓰고 독약병을 품고 진찰실을 나간다. 신경아의 유서를 발견한 남표와 신경아가 역으로 마을로 그녀를 찾아 나섰지만 결국 논두렁에서 죽어가는 그녀를 발견하고 만다. 선주는 경아와 남표의 미래를 축복하면서 조용히 눈을 감고 그녀의 소원에 따라 정안둔에서 영결식이 행해지고 그녀는 그곳에 묻힌다.

선주의 죽음에 충격을 받은 경아는 남표와 함께 하려던 꿈을 접고 다시 신경으로 돌아간다. 남표 역시 의욕을 상실한 채 방황하던 어느 날 선주의 무덤에서 그녀의 환영을 만난 뒤 의사 시험을 보겠다는 핑계로 신경으로 떠난다. 의사 시험에 통과한 남표는 경아를 만난 후 다시 정안둔으로 돌아간다. 자신의 일평생을 농촌의 질병 구제와 개선을 위해 힘쓰겠다는 결심을 가지고. 정안둔에 돌아온 그는 개량식 못자리 등 새로운 영농법의 개발 및 보급에 힘쓴다. 그러나 개업을 하기로 작정하고 적당한 병원 터를 모색하면서부터 그는 오히려 농사일을 등한시하게 된다. 그 사이 애나와 현림의 결혼식이 거행되고 마을은 잔치 분위기에 휩싸인다. 남표는 신경에 의료기구를 사러간 길에 경아를 만나는데, 마침 조선으로 신혼여행을 나섰다 만주로 돌아가던 현림 부부를 함께 만나게 된다. 남표가 새 건물에 개업을 한 뒤 연구에 매진하는 중 아편 중독에서 아주 벗어난 만용이 페스트에 걸리게 된다. 남표는 수술로 만용을 완치하지만, 그 과정에 자신이 페스트에 전염된다. 페스트 격리 병실에서 남표는 조용히 숨을 거두고 경아가 뒤늦게 정안둔을 찾아온다.

이상에서 『처녀지』의 대략적인 줄거리를 살펴보았는데, 이 작품의 등장인물들은 크게 네 부류로 묶일 수 있다. 첫째, 남표와 현림으로 대표되는 계몽적 지식인, 둘째, 이들 프로타고니스트들의 계몽적 실천을 방해하는 선주, 박만용, 배상오 등의 안타고니스트들, 세 번째로는 병원 원장, 유동준, 윤수창 등 도시에서 세속적인 삶을 살아가는 지식인들, 마지막으로 계몽의 대상으로 설정되고 있는 만주의 농민들이 그것이다.

첫 번째 인물군들은 도시의 퇴폐적인 삶에 대한 염증으로 농촌을 찾아 그곳에서 새로운 공동체의 가능성을 꿈꾸면서 계몽적인 실천을 하는 것으로 그려진다. "태풍(颱風)과 싸우는 거함(巨艦)과 같다 할까. 그의 호방(豪放)한 성정과 굳세인 정의감(正義感)은 어떠한 위험(危險)이라도 돌파하며 전진하려는 기개와 투지(鬪志)가 만만하다. 그것은 다른 무엇보다도 그의 형형(炯炯)한 안광(眼光)이 증명하였다."(19)라는 말로 묘사되고 있는 주인공 남표는 젊은 시절 "뜻하지 않은 불행"(32)을 겪은 것으로 그려진다. 분명하게 표현되고 있지는 않지만 이는 맥락상 그가 학창 시절 사상운동에 연관되었음을 시사하고 있다. 말하자면 전향 사회주의자인 셈이다. 선주로부터의 실연을 계기로 정신적인 방랑을 거듭하다 만주로 들어온 그는 신경의 병원에서 근무하면서 도시 생활에 염증을 느껴 농촌으로 들어가 보려는 막연한 생각으로 정안둔을 찾아가게 된 것이다.

그런데 기존의 농촌 소설에서 계몽적인 지식인이 보여준 바와 같은 도덕적으로 완결한 금욕적인 지사형의 인물유형과는 달리, 남표는 다소 즉흥적이고 모든 일에 쉽게 싫증을 느끼며 동키호테적인 충동에 지배를 받는 인물로 그려지고 있다. 예를 들어 서사의 전개를 살펴보면 남표의 인생의 중요한 선택이 즉흥적으로 이루어진다는 점을 지적할 수 있다. 그가 만주에 들어온 것도 "그러면 장차 무엇을 해야 할까?… 그 뒤로 그는 몇 칠을 두고 생각해야 도무지 푸랑이 서질 않는다. 그래 그는 막다른 생각으로 /『예라! 만주나 들어가 보자!』/ 하고 실로 막연히 ─ 하루밤새에 마음을 작정하고 그 이튼날 봉천행 급행차를 표연히 잡어탔다."(36)라는 구절에서 보듯 즉흥적인 선택의 결과였다. 뿐만 아니라 북만행을 택하는 이유도 막연하게 "난 해동이나 되거든 농촌으로 깊숙이 들어가 보겠네─어쩐지 도회지가 싫여!"(22)라는 말로 표현되고 있다. 신가진으로 가던 길에 선주를 만나 갑자기 정안둔으로 정착지를 바꾼다거나, 선주의 죽음 이후 급작스럽게 정안둔의 생활을 그만두고 신경으로 돌아가서 의사자격증을 딴다거나, 다시 정안둔으로 돌아온 뒤에도 애초가 그가 꿈꾸었던 '농민으로서의 삶'에 소홀해지고 의사로서의 삶에 자신의 인생의 목적을 두는 과정도 그러하다(이런 점에서 볼 때는 오히려 현림이 농촌의 이상적 공동체 건설을 위해 주도면밀하게 일을 기획하고 추진하는 인물에 부합한다고 볼 수 있다). 자신이 추구하던 계몽적 실천과 이상적 공동체가 좌절된 것은 결국 외부적인 억압이나 방해가 아니라 페스트 감염이라는 아주 의외의 사건에서 말미암은 것이다.

또한 남표의 경우 농민들과의 관계에 있어 어느 정도 거리를 유지하는 것으로 그려지고 있다는 점을 지적할 수 있다. 마치 이효석의 자연을 주제로 한 소설의 주인공들이 지닌 염인증(厭人症)의 증세를 보이고 있는 듯하다. 그는 "원시적 자연과 싸흐고 비적의 박해와 구동북 군벌시대의 무리한 압제 밑에서 근근히 생명을 부지해 가면서도 일야자자 오직 개척사업에 종사하고 있었"(129)던 일세대의 선구자들의 뒤를 잇는 "제이대의 선구자"(130)임을 자처하면서 자신의 삶의 목표를 "농민의 머리를 개척하는 문화적 사명"(130)을 수행하는 데에서 찾고 있다. 그러나 농민에 대한 그의 태도는 아주 비판적이다. 농민들은 함께 이상적 공동체를 만들어갈 주체라기보다는 계몽된 자신의 빛을 받아서 미몽에서 깨어나야 할 객체로서 그려진다. 작품 곳곳에서 드러나는 농민들에 대한 비판적인 서술은 여기에서 연유하는 것이다. 결국 남표는 자신이 처음 계획했던 '농민'의 삶을 포기하고 의사 시험에 합격하여 개업의가 되면서 농민들과는 다소 격리된 삶을 추구하게 된다. 결국 남표의 귀농은 자기만족적 성격이 훨씬 강하다고 볼 수 있다.

두 번째 인물군들은 주인공들의 계몽적 농촌 사업을 방해하는 인물들인데 이들은 도시적 삶의 병리성과 농민의 부랑성을 대변하고 있다. 전자를 대변하는 선주의 경우 "개광을 해 보니 금은 건등에만 내발린 허풍선이 광석"(35)이라는 서술자의 비유적 표현에서 알 수 있듯, 젊은 시절 금광과도 같이 찬란한 존재로 보였으나 실제에 있어서는 부박한 내면의 소유자로 그려진다. 물질적 향유를 좇아 지금의 남편과 결혼하였으나 그 삶에 환멸과 불행을 느껴 다시 옛 연인인 남표의 뒤를 캐는 과정에서 서사적 갈등을 야기하게 된다. 남표와 신경아와의 관계를 오해하여 히스테릭한 반응을 보임으로써 남표가 정안둔에 정착하게 되는 계기를 만들기도 한다. 결국 세 사람의 삼각관계의 애정 대립으로 빚어지는 오해의 과정에서 음독 자살이라는 극단적인 선택을 하게 되는 것으로 그려진다. 이러한 극단적인 선택은 신여성임에도 불구하고 자신의 주체적인 삶을 선택하지 못한 까닭으로 그려지고 있다.

반면 박만용과 배상오는 농촌 사회에 으레 있기 마련인 부랑적 농민

유형으로서, 남표로부터 인격적 감화를 받아 새로운 인물로 태어나게 된다. 특히 박만용의 경우 마약 중독에서 벗어나 새로운 삶을 살기 위한 시도를 하는 과정에서 폐렴에 걸려 자신은 완치되지만 그 과정에서 남표에게 병을 전염시키게 됨으로써 마을 사람들로부터 다시 지탄의 대상이 되고 만다.

세 번째 유형의 인물은 한때 남표가 어울렸던 학창 시절의 동료이거나 신경에서 만났던 인물들로서, 이들의 삶이 지닌 세속성과 퇴폐성이 남표로 하여금 도시를 떠나 농촌에 정착하게 되는 중요한 계기가 된다. 신문기자인 윤수창의 경우 남표와 신경에서 생활하면서 어울려 지내다가 함께 아편에 빠져들었다가 남표의 도움으로 중독에서 벗어나는 것으로 그려지고 있고, 의술에는 관심 없이 돈 버는 일에 혈안이 된 두 명의 의사, 약사 박만용, 서점 주인 강석주, 시인 조두원 역시 같은 만주에서 살고 있으면서도 퇴영적인 삶을 영위하는 인물로서 그려지고 있다.

마지막 농촌의 농민들의 경우 주인공인 남표의 관점에서는 끊임 없는 계몽의 객채로서 그려지고 있다. 그러나 이기영의 이전의 소설들에서도 그러했던 것처럼, 세속적 욕망과 순수한 인정 사이를 오고 가는 아주 '살아 있는' 인물 유형으로 묘사되고 있다.

2. '제2대의 선구자'와 '문화적 사명'

『처녀지』에서 친일 '협력'의 흔적을 찾아내는 것은 그다지 어렵지 않다. 실제로 식민 담론의 전유 및 '제국적 주체성'이라는 문제는 이 작품이 이른바 친일문학에 속하는 주된 논거로서 인용되었다. 이를테면 '만주국'이 표방했던 '오족협화' 및 '왕도낙토'에 관한 담론, 나아가서는 유전우생학적 논의들이 연설이나 강연, 혹은 디에게시스 속의 작가의 편집자적 논평 등 텍스트의 표층에서 나타나고 있다는 점이 지적될 수 있다.[1] 또한 만주 이민 초기의 농민들이 일본 영사관과 연락하여 중국 농민들과의 갈등을 해결하려고 시도한다거나, 장작림(張作霖) 등의 군벌 시기에 대해 비판하는 장면 역시 만주국 이전과 이후를 구별함으로써 만주국 건국의 정당성을 드러내는 것이라고 볼 수 있다.

그러나 텍스트의 표층에 드러난 협력의 수사들이 텍스트의 핵심 서사와 어떤 방식으로 관련을 맺는지를 밝히지 못한다면, 이데올로기의 내면화와 그 논리의 견고성을 문제삼을 수가 없다.[2] 이런 점에서 이 작품이 겉으로는 국체에 찬성하는 방식으로 안정성을 보장받으면서 저항의 담론으로 기능하기도 했다는 지적[3]은 음미해볼 필요가 있다. 실제로 이 텍스트에서는 지식인이 만주국의 국책을 농민들에게 일방적으로 전달하는 방식으로 만주국 이념에의 동화가 그려지고 있다. 그러나 농촌 혹은 농민들의 일상에 대한 묘사라는 층위에서는 이 같은 이념과 생활이 분리되고 있어 서사적 불균형이 나타나고 있는 것도 사실이다. 오히려 서사의 심층에서 작용하는 것은 이 같은 만주국 이데올로기라기보다는 세 주인공 사이의 삼각관계 혹은 '붉은 연애'[4]이고 텍스트에 충만한 것은 농촌 현실의 풍부한 재현이다.

만주 농촌 현실의 묘사라는 측면에서 '신풀이', '모내기' 등 조선인 고유의 도작(稻作) 문화에 대한 소개나 현림과 애나의 결혼식에 대한 묘사가

---

1) 이선옥은 주인공 남표의 야학 연설의 내용에 주목하여 "'우생학' 이론을 소개하면서 제국주의의 출산 통제 논리에 동화되어 간 특이한 작품"으로 평가하고 있는데(이선옥, 「우생학에 나타난 민족주의와 젠더 정치-이기영의 『처녀지』를 중심으로」, 『실천문학』, 2003 봄, 109면), 이 연설은 텍스트의 핵심 서사의 외부에서 덧붙여진 인상이 짙고, 남표나 마을 주민이 이 담론에 완전히 동화되었다고 보기도 힘들다.

2) 여기에서 말하는 '핵심 서사'란 시모어 채트먼의 용어에서 차용했다. 채트먼은 바르트의 서사론과 토마세프스키의 모티프 이론을 발전시키면서 서사에 있어서의 '중핵(kernel)'과 '위성(satellite)'을 구별한다. 시모어 채트먼, 김경수 역, 『영화와 소설의 서사구조』, 민음사, 1990, 61~65쪽.

3) 이경재, 「이기영의 『처녀지』 연구-남표와 선주의 죽음을 중심으로」, 『만주연구』 13, 2012.

4) 위의 논문, 110쪽.

재만 조선인 집단부락이라고 하는 종족공간의 풍속으로서 재현되고 있다는 점도 이채롭다. 특히 이 작품에서 주목되는 것은 한 장 전체를 중국 농민과 그들의 농법 및 풍속에 대해 묘사하고 있다는 점이다. 중국인, 그것도 중국 농민을 이처럼 객관적으로 나아가서는 호의적으로 묘사하고 있는 「만인 농가」 장은 한국문학사에 매우 낯선 장면이다. 재만 조선인 문학의 특징적 이데올로기라 할 수 있는 '수전 중심주의'가 중국인 농민에 대한 객관적, 온정적인 묘사가 충돌하지 않고 있는 것이다. 이는 궁극적으로는 조선인이 만주에 뿌리 내리기 위해서는 만주국 나아가서는 일본 제국이라는 현실적 힘과 중국 농민들과의 원만한 관계 모두가 필요하다는 인식을 반영한 것이라고 할 수 있다. 여기에는 식민지적 무의식과 식민주의적 의식이 착종되어 있다.

이 작품에서 가장 핵심적인 서사는 '처녀지'를 개척하기 위해 나선 한 계몽적 지식인의 좌절이라는 측면이다. 주인공이 죽음에 이르는 과정을 이념적 연애의 실패와 노동과 공동체에 대한 강조라는 측면에서 바라보는 경우, 애초에 한 사람의 농민이 되고자 북만(北滿) 농촌을 찾아간 주인공이 최초의 계획을 포기하고 자신의 전공으로 돌아와 '의학 연구'로 방향전환을 하고 그 연구의 과정에서 죽어간다는 사실을 설명하기 어렵다. 특히 결말 부분에서 주인공이 북만에서 전염병인 페스트에 감염되어 죽어간다는 설정이 당대의 컨텍스트 속에서 어떻게 이해될 수 있는가 하는 측면에 대해서 기존의 논의는 설득력 있는 설명을 하지 못하고 있다. 따라서 의학도였던 주인공이 의사로서의 꿈을 접고 농촌에서 계몽운동을 하다가 다시 의학 연구의 필요성을 느끼게 되고 그 과정에서 페스트에 걸려 죽게 된다는 핵심적인 서사에 대해 보다 엄밀하게 분석할 필요가 있다.

주지하듯 콜럼버스의 신대륙 발견으로부터 시작되는 대항해 시대의 전개는 유럽 열강에 의한 제국주의 역사의 시작을 의미하는 것이었다. 그런데 코르테스에 의한 아스텍 정복과 피사로의 잉카 제국 정복의 사례에서 보듯, 고도화된 정치 조직이나 문자 생활에서 비롯된 정신 능력 혹은 살상 무기와 같은 물리적인 힘 이상으로 식민지 정복에 중요한 역할을 한 것은 병원균이었다. 유럽의 총칼에 의해 목숨을 잃은 아메리카 원주민보다 유럽의 병원균에 의해 목숨을 잃은 원주민의 숫자가 더 많았고, 이 병원균들이 인디언과 지도자를 죽이는 동시에 생존자들의 사기를 떨어뜨려 저항을 약화시킴으로써 식민지 정복이 급속도로 이루어졌던 것이다.[5] "세균에 의한 세계의 통일"로 표현되기도 하는 이 같은 과정은 제국주의에 의한 세계 지배의 전일화 과정이기도 했다. "모든 질병은 세계 어느 곳에서든 동일하다"라는 전제 하에서 국가나 문화의 장벽이 질병의 박멸을 방해해서는 안 된다는 논리로[6] 서양 근대의학, 이른바 제국 의료(imperial medicine)의 보편화와 식민지 의학(colonial medicine)의 제도화가 진행되었던 것이다. 일부 학자들은 비유럽 세계에서 근대 서양의학과 공중위생 제도가 일반화되어 가는 과정을 유럽 제국주의의 본질적 요소로 설명하기도 한다.[7] 즉 제국주의의 전개과정에서 서양의학이나 공중위생 제도의 보급이 식민지화 과정에 결정적인 영향을 미쳤다는 것이다.[8] 푸코가 말하는 '순종적인 신체 만들기'의 과정은 가시적인 정치권력의 행사 이상으로 중요한 권력장치로서 기능했던 것이다.[9]

---

5) 제레드 다이아몬드, 『총, 균, 쇠』, 김진준 옮김, 문학사상사, 1998, 제11장 및 앨프리드 W. 크로스비, 『콜럼버스가 바꾼 세계』, 김기윤 역, 지식의숲, 2006.

6) Stephen J. Kunitz, "Hookworm and Pellagra : Exemplary Diseases in the New South," *Journal of Health and Social Behavior*, Vol.29, No.2, 1988. (여기에서는 見市雅俊, 「開發原病と帝國醫療」, 見市雅俊・齊藤修・脇村孝平・飯島渉編, 『疾病・開發・帝國醫療ーアジアにおける病氣と醫療の歷史學』, 東京 : 東京大學出版會, 2001, 9면에서 재인용)

7) 서양에서는 물론 동양에서도 "의학과 의과학은 식민지 발전에 절대적으로 본질적인 것으로 간주되었"고 "식민지 경영의 방법은 반드시 위생에 바탕을 두어야 하고, 또 의학의 원조를 받지 않으면 안된다"고 확신되었다. 조형근, 「식민지 근대의 교차로에서ー의사들이 할 수 없었던 일」, 『문화과학』 29, 2002, 188쪽.

8) 飯島渉・脇村孝平, 「近代アジアにおける帝國主義と醫療・公衆衛生」, 見市雅俊・齊藤修・脇村孝平・飯島渉編, 앞의 책, 75쪽.

9) 見市雅俊, 앞의 논문, 7쪽.

물론 이 같은 관점을 식민지 조선이나 근대 만주지역에 그대로 도입하기는 어렵다. 제국주의 자체가 그러하듯 제국 의료의 전개과정도 해당 제국주의 국가나 지역에 따라서 다양한 양상으로 나타나고 지역적 편차를 드러내고 있기 때문이다. 일본의 경우 국가와의 밀접한 관련 속에서 의학이 발달되었고, 이는 정치와 의학의 밀접한 결합이라는 특징을 지니게 되었다.10) 또한 서양 제국주의 열강에 비해 뒤늦게 식민지 쟁탈에 뛰어들었기 때문에 일본의 식민주의는 유럽과 달리 의료 및 위생 사업의 제도화를 상당히 중요시할 수밖에 없었다.11) 그러나 일찍이 중국의학이나 한의학이 발달되어 있었던 동아시아에서 제국 의료의 전개는 전통의학과의 상극 속에서 전개될 수밖에 없었다. 식민지 조선의 경우 전통 한의학과의 헤게모니 경쟁을 하는 한편으로 개신교 선교의료와의 협력적, 비대칭적, 제한적 경쟁이라는 독특한 상호작용이 나타나기는 하였으나,12) 제국 의료는 서서히 식민지 속으로 제도적으로 안착하면서 식민지 지배를 정당화하는 헤게모니적 기능을 수행하였다. 또한 근대 만주의 경우 러일전쟁 이후 일본의 조차지가 된 관동주(關東洲)의 대련(大連)과 지방행정기관이 있던 봉천을 중심으로 '위생'의 제도화가 진행되는데, 여기에는 일본의 타이완 식민지 통치 경험을 통해 습득한 식민지 통치의 효율성이라는 측면 즉 '신체의 식민지화'가 작용하고 있었다.13)

　『처녀지』의 주인공인 남표가 한 사람의 의학도로 성장하는 과정은 식민지 조선에서의 제국 의료와 식민지 의학의 이 같은 전개과정을 잘 보여주고 있다. "남선 지방의 행세하는 가문에서 태여난"(366) 남표는 "인근

10) 上田信, 「細菌兵器と村落社會-中國浙江省義烏市崇山村の事例」, 위의 책, 269-270쪽.
11) 이이지마 와타루, 「의료·위생 사업의 제도화와 근대화 : '식민지 근대성'에 관한 시론」, 최장집·하마시타 다케시 공편, 『동아시아와 한일교류』, 아연출판부, 2008.
12) 조형근, 「일제의 공식의료 개신교 선교의교간 헤게모니 경쟁과 그 사회적 효과」, 『사회와 역사』 82, 2009.
13) 飯島涉, 「近代中國における「衛生」の展開-20世紀初期「滿洲」を中心に」, 『歷史學研究』 703, 1997 참조.

읍에서 한학자로도 유명할 뿐만 아니라 의술이 또한 고명하였"(366)고 "의관까지 지낸 일이 있었"(366)던 아버지의 반대를 무릅쓰고 서울로 도망가 서양의학을 공부하게 되었고, "부친 역시 처음에는 반대를 하였다가 친히 서울로 올라와서 보고는 그 아들에게 신의학까지 공부를 식히게 되었다는 것이다."(366) 한의학에 대한 서양의학의 헤게모니 지배 과정이 한학자 집안 출신인 남표를 의사의 길로 나서게 하였던 것이라 볼 수 있다. 소설 속에서 남표는 '×× 의전'을 중도에 그만 둔 것으로 그려지는데 '부속 의원'이 있다는 점 등을 고려해 보면 아무래도 경성의전을 뜻하는 것으로 보인다.14) 그러나 남표의 의학도로서의 길은 일차적으로 좌절된다. "뜻하지 않은 불행으로 한 해 봄이 남은 학교를 중도에 고만 두"(32)게 되는데 그것은 사회주의 사상운동과 관련된 사건 때문인 것으로 짐작된다. 이 과정에서 선주와 파혼하게 된 그는 자살의 충동까지 느끼었으나, 며칠 동안의 고민 끝에 "막다른 생각으로 『예라! 만주나 들어가 보자!』하고 실로 막연히- 하루밤새에 마음을 작정하고"(36) 만주로 들어가게 된 것이었다. 봉천을 거쳐 신경으로 온 남표는 병원의 조수 생활을 하는 도중 북만의 정안둔이라는 곳에서 찾아온 애나라는 환자를 치료하는 과정에서 그 동안 자신이 "문명의 혜택을 받지 못하는 궁향벽촌엔 살기 싫고 없어도 도회인으로 양복신사와 억개를 견주어 보자는 뱃심"(61)으로 살아 온 것에 대해 반성하고 "진정한 의료보국"(61)을 실천하기 위해 북만 농촌으로 이주하게 되는 것이다.

　남표가 북만행을 택하게 된 것은 "만주는 광대한 농업국"(24)이므로 만주 사회에서 지식인의 역할이 도시보다는 농촌에서의 계몽운동에 있다는

---

14) 식민지 시기 의학 교육과 의사면허의 취득방법에 대해서는 다음 논문을 참조. 정준영, 「식민지 의학교육과 헤게모니 경쟁 : 경성제대 의학부의 설립과정과 제도적 특징을 중심으로」, 『사회와 역사』 85, 2010 ; 여인석·박윤재·이경록·박형우, 「한국 의사면허의 정착과정 : 한말과 일제시대를 중심으로」, 『의사학』 11권 2호, 2002.

자각 때문이다. 만주국 성립 이전에 입만하여 조선 농민부락을 개척한 권덕기 노인을 "수전을 처음 개척한 선구자"(130)로 인식한 그는 "자기는 농민의 머리를 개척하는 문화적 사명을 수행해야 된다"(130)고 판단한다. "개척사업은 그들의 정신과 병행(倂行)해야 비로소 완성할 수가 있을 것이다. 그렇다! 자기는 농민의 생활을 개척하자! 그는 이렇게 부르짖었다. 제이대의 선구자!"(130)라는 외침은 이 같은 인식을 보여준다.

"머리를 개척하는 문화적 사명"의 달성은 크게 두 가지 방향에서 전개된다. 그 첫째는 농경 방법의 개량을 통해 토지 생산성을 높이고 이를 통해서 농민들의 수입을 극대화하는 것이다. 북만주의 농업이 지닌 가장 큰 문제점이 특수한 기후 때문에 단기간에 과도한 노동력이 소요된다는 점에 있다는 것을 알게 된 남표는 전통적인 산종(散種) 농법에 머물러 있는 농민들의 보수적인 사고를 비판한다. "까치집은 천 년 전에도 오늘과 마찬가지의 까치집 밖에 못 짓는다. 그것은 본능으로만 살려는 개량을 할 줄 모르기 때문이다. 농사도 머리를 쓰지 않고는 아무런 발전을 못시킨다. 농민들은 실지의 노동은 저마다 잘 하지만 한 사람도 농사 개량에 착안치 않기 때문에 재래 농촌의 굴레를 못 벗는다"(351)는 것이다. 남표는 산종 대신에 개량식 못자리와 정조식(正條植) 모내기를 통해 노동력을 절감하는 데에 해결책이 있음을 제시한다. 흥미로운 것은 책상물림에 불과하던 남표가 만주 농업의 문제점을 파악하고 그 해결책을 찾게 된 것은 친구이자 문명서원 주인인 강석주를 통해 우편으로 농업에 관한 책을 주문해 읽는 과정을 통해서라는 점이다. 수십 년 동안 수전 농사에 종사해 온 농민들의 축적된 경험은 무시되고 몇 권의 책이 제시하는 과학문명의 논리적 지식이 일방적으로 전달되고 있는 것이다.[15]

---

15) 영농 방법의 혁신을 통한 생산성 증대라는 모티프는 비슷한 시기에 씌어진 방송소설 「증산 일로」(『방송지우』, 1944.9)에서도 '개량식 온상법'이라는 용어로 반복되고 있다. 이 작품 역시 지식인 귀농자의 자기만족적 서사로 일관되어 있다. 서재길, 「강요된 협력, 분열된 텍스

두 번째는 근대적 위생 지식과 학문의 보급이다. 만인 농가에서 난산으로 고통스러워하던 임부의 출산을 돕고 난 뒤 그는 다시 의학적 지식 보급의 필요성을 절감한다. 이 장면은 농촌 개척 사업을 목표로 정안둔에 들어간 남표가 농사 개량에서 위생 교육으로 이동하게 된다는 점, 그리고 정안둔이 아닌 아닌 만인 농가 방문이 그 계기가 되었다는 점에서 매우 의미심장하다. 남표는 "만주는 조선과 달러 독특한 풍토병이 따로 있는 만큼 그 방면의 연구가 필요"(167)하다는 것을 깨닫고 위생의 중요성을 강조하는데, 여기에는 '개척의학'의 논리가 작동하고 있다.16)

남표가 정해관의 집에 의료실을 차리면서 "참으로 그는 로빈손 쿠르소가 천애고도(天涯孤島)에서 신천지(新天地)를 발견한 때와 같"(182)다는 느낌을 갖게 되는 것은 이런 점에서 의미 심장하다. 로빈슨 크루소야말로 제국주의의 식민지 경영을 표상하는 인물이기 때문이다.17) 만인 농가 방문을 계기로 스스로 로빈슨 크루소를 자처함으로써 남표의 '식민지적 무의식'은 '식민주의적 의식'으로 전화하는데, 이를 뒷받침하고 있는 것이 만주의 개척의학이었던 것이다. 만인 농가를 둘러보고 난 남표는 농민들이 신의학의 효과를 부정하거나, 비용 때문에 돈이 안 드는 상약으로 질병 치료를 하다가 푸닥거리에 맡겨버리는 현상들이 가진 문제점을 파악하고

트」, 『민족문학사연구』 45, 2011, 291~294쪽.

16) 유럽 열강에 의한 아프리카 및 인도에서의 식민지 의학인 열대의학(tropical medicine)과 대비되는 개척의학(development medicine)은 대륙 진출을 위해 근대 일본이 중국 동북지역에서 행한 식민주의적 의학 및 위생학의 체계를 의미한다. 개척의학은 특히 중국인의 체격과 골격 및 혈액형에 대한 광범위한 조사를 행했는데 이는 일본인의 만주 진출의 관건이 일본인의 북방 지역에의 순치력(馴致力)에 있다고 보았기 때문이다. 당시 개척의학 담론을 주도하던 이들은 '민족의 풍토순화력(馴化力)'의 문제에 초점을 맞추면서, 16세기에서 20세기 기초에 걸친 백인의 식민과 달리 20세기 초 일본의 식민은 '과학'과 '위생'에 의학 '과학적 식민'이라고 주장하였다. 飯島涉, 「近代日本の熱帶醫學と開拓醫學」, 見市雅俊・齊藤修・脇村孝平・飯島涉編, 앞의 책, 229~233쪽.

17) 『로빈슨 크루소』를 영국 제국주의의 식민지 팽창이라는 관점에서 바라본 연구로 고부응, 「영문학 속의 식민 이데올로기-『로빈슨 크루소』에 나타난 식민주의」, 『역사비평』 33, 1995 참조.

이 문제의 해결을 위해 위생사상의 보급이 필요하다고 깨닫는다.

> 그는 이 정안둔을 장차 훌륭한 개척촌으로 만들고 싶었다. 명실이 상부한 개척촌을 만들자면 그것은 농장만 개척하는 물질적 기초로만 되지 않는다. 그와 동시에 정신의 개척이 필요하다. 따라서 그들은 개척된 정신으로써 새로운 농촌을 건설해야 된다. 이 정신은 맞당히 모든 사업의 주심(主心)이 되어야 할 것이다.
> 우선 의료사업(醫療事業)만 보더라도 다만 그들을 무료치료만 해서는 소기의 목적을 달할 수 없다. 그보다도 그들에게는 위생사상이 발달해야 된다.
> 그런데 위생적 지식을 그들에게 보급시키자면 학문의 힘을 빌지 않으면 안 된다. 그들은 황무지에서 해방되어야 한다. 오직 그것은 과학적 지식 이외에 다른 것으로는 될 수 없다. 따라서 그들에게는 한 사람도 무식군이 끼여서는 안 된다. 이 마을이 잘 되게 하랴면 모든 사람이 다 같이 배워서 정신의 황무지도 동시에 개척하지 않으면 안 되겠다는 것이 남표의 주장이였다.(332-333)

그러나 "명실이 상부한 모범적 개척촌을 만들고 싶은 야심"(350)은 두 차례의 위기를 겪는다. 선주에 대한 증오와 경아에 대한 동정에 번민하던 차에 박만용이 배상오를 통해 경찰에 남표의 '무면허 의료'를 고발하는 투서를 하게 되고 경찰서에서 취조를 받게 된 것이 첫 번째의 계기였다. "그의 생활은 모닥불이 활활 타오르다가 별안간 툭 꺼진 때처럼 서린 연기가 자욱하게 주위를 둘러싼 것과 같았다."(278) 한 동안 의료 활동을 하지 못하게 된 남표는 며칠간의 고민 끝에 인술은 "합법적 권위 밑에서야 도리혀 널리 베풀 수 있다"(280)고 깨닫고 의사 면허 시험을 치기로 결심하게 된다. 역장 아들의 병을 치료하는 과정에서 권력의 신임도 얻게 되고, 새로 개척하게 된 땅에 대한 '신풀이'가 시작되면서 마을 사람들은 남표가 정안둔에 정착할 것이라는 무한한 신뢰를 보내게 되지만, 남표의 미담이 신문을 통해 알려지고 신경아와 선주가 연달아 정안둔을 찾아오면서 삼각관계의 갈등이 극으로 달하고, 결국 선주의 자살로 이어지면서 남표는 또다시 좌절을 겪게 된다.

신경으로 되돌아온 남표는 의사면허를 획득하고 다시 정안둔으로 돌아가지만, 그의 농촌 개척사업은 이미 방향성이 바뀌어 있었다. "농민 환자 대중을 위해서 내 일생을 희생"(478)하겠다는 보다 결연한 태도 속에서 "오늘날 농촌의 위생문제"(479)의 해결에 전력하겠다는 것이다. 일찍이 신경의 대동의원에서 근무할 때 연구를 게을리하는 의사들을 비판하면서 "의사가 임상의 경험만으로 족하다는 것은 마치 농사 개량을 할 줄 모르는 무지한 농군과 같다 할까 병리(病理)를 학문적으로 연구할 줄 모르는 의사는 투철한 의사가 될 수 없을 것이다."(83-84)라고 생각했던 것처럼, 농경 방법의 개량과 의학 연구는 '문화적 부면에서의 개척'이라는 점에서 상통하는 면이 있다고도 볼 수 있다.

그가 다시 정안둔으로 돌아온 시점은 바야흐로 그의 개량식 농법에 따른 모내기가 시작되는 시점이었다. 만주 개척 농민을 다룬 소설에서 가장 비중있게 식민지 종족공간의 축제로서 그려지는 모내기 장면18)은, 그러나 이 소설에서는 매우 담담하게 그려지고 있다. 새로운 농경법의 개발에 대한 남표의 열정은 이미 바닥이 난 상태였고 "시급한 딴 일"(488) 때문에 "그는 어서 바삐 그 일을 시작해보고 싶은 생각에 골몰하였다. 그만큼 농사일은 인제는 여벌로 알게쯤 되었다."(488) 의사면허증을 따게 된 남표는 병원을 개업하고 '의학 연구'에 진력하기로 한 것이다. 그렇다면, 의사 면허를 따고 돌아온 그가 농사일보다 더 중요하게 여기게 된 '의학 연구'란

---

18) 이를테면 안수길의 『북향보』에서 '모내기' 장은 모내기를 전후한 시기에 벌어지는 단오놀이, 박첨지놀음 등의 풍속이 가장 공들여 묘사되고 있다. 서재길, 「안수길 장편소설 『북향보』 연구」, 『현대문학의 연구』 46, 2012, 408~409쪽.

도대체 무엇을 의미하고 있었던 것일까.

3. 식민지 개척의학과 세균전 부대

『처녀지』의 서사는 봄에서 시작되어 가을까지 이어진다. 겨울철 같은 대륙의 기후가 남아 있는 3월 말 신경의 대동병원에서 시작되어 정안둔에 정착한 남표의 개량 농법이 풍성한 결실을 앞둔 시점에서 마무리되고 있다. 그런데 남표의 농촌 개척 사업이 일차적인 결실을 맞이하는 시점에서 '지속수면요법'을 통해 아편 중독에서 벗어난 만용이 다시 술을 마시다가 갑자기 페스트에 걸리게 되고 이를 치료하는 과정에서 남표도 페스트에 감염되면서 서사는 급박스럽게 진행된다. 남표는 만용을 격리병사에 수용하고 수술을 통해 완치하지만, 자신이 페스트에 전염됨으로써 손쓸 새도 없이 비극적이고도 영웅적인 죽음을 맞이하게 된다. 이 같은 갑작스러운 주인공의 죽음은 당혹스러울 정도여서 작품의 서사적 완결성이 부족하다는 느낌을 주는 것도 사실이다.[19]

결국 남표의 북만 농촌 개척 사업이 결실을 거두지 못한 것은 스스로를 돌보지 않고 페스트 환자를 치료하다가 자신이 감염이 되어 비극적인 죽음에 이르렀기 때문이다. 죽음을 앞둔 남표는 다른 사람에게 페스트가 감염되지 않고 자신이 감염된 것을 오히려 다행하게 여기며 자신의 죽음을 담담하게 받아들인다. 마지막 장면에서 그는 "좀 더 연구를 해서 의학

---

19) 소설의 마지막에 나오는 '작자 부기'에서 이기영은 "아직도 이야기할 거리가 많지만은 임의에 정한 지면을 초과하였기 때문에 미진한 설화는 오직 독자의 상상에 마껴두고 이만 무딘 붓을 놓는다."(596)라고 서술하고 있어 스스로도 서사의 미완결성을 인식하고 있었음을 알수 있다. 전작 장편소설이었음에도 애초의 구상대로 집필하지 못했던 것은 전시체제 말기의 용지 배급 문제가 원인이 되었던 것이 아닐까 한다. 1943년 『國民文學』의 좌담회에 따르면 전시체제 말기의 물자난 속에서 군수물자 수송을 위한 선박을 통해 인쇄용지를 들여오기 때문에 "종이를 탄환처럼 여겨야 하는" 상황이었다. 「文化と宣傳」, 『國民文學』, 1943.1, 81쪽.

으로나마 사계의 공헌(貢獻)을 해서 조고만치라도 후세에 끼침이 있기를 바랐는데 지금 죽어버린다면 아무것도 안인 것이 자기를 위해서 한심한 것"(588)이라며 애석해 할 따름이었다. 그런데 그가 지향한 의학 연구는 환자의 진료 및 치료와 관련된 단순한 임상의학은 아니었다. 의사면허를 딴 뒤 정안둔에 다시 돌아온 남표가 가장 진력을 기울인 일이 농사개량과 관련된 일이 아니라 "의학상 연구에 실험용"(492)으로 필요한 토끼를 사들이고 이를 기르는 일이었다는 점은 이런 점에서 주목된다. 농사 방면의 일은 교사인 현림에게 맡기다시피 하고 그는 "연구와 임상에 열중"(535)하는 한편으로 새로 병원 건물을 신축하면서 토끼장과 격리병사도 별도로 짓는다. 그는 "장차 이 마을이 발전해서 큰 농장이 개척되고 전기가 드러올 때는 세균연구실을 지어놓고 세균을 전공할 계획"(588)을 품고 있었던 것이다. 남표의 세균 연구는 제국 의료가 만주라는 '극북(極北)'과 만나게 되면서 나타난 개척의학의 귀결점이었다고 할 수 있다. 그런데 이처럼 세균 연구에 몰두하려 했던 한 식민지 지식인이 페스트에 감염되어 죽고 만다는 결말은 단순히 보기 어려운 점이 있다. 소설에서 다루어지는 만주 지역에서의 페스트의 창궐이라는 현상을 당대의 의료사회사적 맥락 속에서 이해할 필요가 제기되는 것이다.

일반적으로는 의학은 질병을 제어하는 방법을 연구하는 학문이지만, 세균병기의 개발에 기여한 사례를 통해서 보듯, 다른 한편으로는 인간을 효과적으로 살육하는 방법을 연구하기도 한다. 중일전쟁 시기 북만주 지역에서 활동한 일본의 세균전 부대, 흔히 '731부대'로 불리는 이 집단에서의 의학은 바로 이 같은 사례를 대표한다고 할 수 있다. 만주국 건국 후 육군군의학교에 설치된 '방역연구실(防疫研究室)'에 기원을 둔 이 기관은 중일전쟁의 장기화 과정에서 공식명칭 '관동군방역급수부(關東軍防疫給水部)'라는 이름으로 하얼빈 외곽 평방(平房)에 설치되어 인체실험 등을 통해 페스트, 콜레라, 탄저, 적리, 파상풍 등을 활용한 세균병기 개발에 전념한 것으로 알려져 있다.[20] 731부대의 세균전 연구가 중일전쟁 시기 실제로 활용된 것은 페스트가 유일한데, 특히 1940년 만주국 수도 신경과 그 주변 지역에서 발생한 페스트에 대한 역학 조사와 균주의 수집이 세균무기 개발에 결정적인 역할을 하였다는 점[21]은 이 소설의 결말 부분의 서사를 이해함에 있어서 매우 유용한 정보를 제공하고 있다.

1940년 6월 중순 신경으로부터 북서쪽 50km 지역에 위치한 농안(農安)에서 페스트가 발생한 뒤 인구 50만을 넘는 만주제국의 수도 신경에도 페스트 환자가 나타난 사건은 사람들을 공포로 몰아넣었다. 당시 관동군 사령부는 '관동군임시페스트방역대'라는 명칭 아래 731부대를 농안과 신경에 파견하였는데 이들의 활동은 단순한 방역 업무에 한정되지 않았다. 이들에 의해 수집된 방대한 데이터는 페스트의 감염경로를 밝히고 균주를 배양하는 데 사용되어 궁극적으로는 세균무기 개발에 활용되었던 것이다. 쥐를 비롯한 설치류(齧齒類)를 매개로 하여 페스트균에 감염된 벼룩이 페스트를 인간에게 전염시킨다는 사실이 명백해졌고, 페스트의 생균을 공중에 살포하면 지상에 도착하기 전에 사멸하기 때문에 페스트에 감염된 벼룩을 곡물과 함께 투하하는 방법이 가장 유효하다는 것이 이 조사를 통해 밝혀졌다.[22] 신경과 농안에서의 역학 조사가 끝난 뒤 평방으로 돌아간 731부대는 전염성과 내성이 강한 페스트균의 개발과 벼룩의 수집 및

20) 上田信, 앞의 논문, 269쪽.
21) 松村高夫, 「新京·農安ペスト流行'(1940年)と731部隊(上)」, 『三田學會雜誌』, 95卷 4號, 2003.
22) 당시 농안 지역민들은 페스트 그 자체보다도 관동군방역급수부에 의한 방역활동에 더 많은 두려움을 느꼈다고 한다. 이미 매장된 시체를 파내어 노지(露地)에서 부검하는 과정에서 장기와 혈액이 적출되고, 페스트 발병 가옥에 대한 무차별적 소각이 행해지는 과정에서 지역민들은 엄청난 공포와 직면하게 되었다. 이들에게 행해졌던 페스트 예방 주사는 오히려 이들을 죽음으로 이끄는 공포의 약물이었고, 일본인 의사는 그들에게 '흡혈귀'로 여겨졌던 것이다. R. Rogaski, "Vampires in Plagueland: The Multiful Meanings of *Weisheng* in Manchuria," A. K. C. Leung and C. Furth, ed. *Health and Hygiene in Chinese East Asia: Policies and Publics in the Long Twentieth Century*, Durham and London : Duke University Press, 2010, pp.139~145.

사육에 골몰하였다. 1년 뒤 1941년 11월 호남성(湖南省) 상덕(常德)에서 발생한 페스트는 731부대가 농안과 신경의 페스트로부터 습득한 방법을 실전에 활용한 것으로 알려져 있다.[23]

『처녀지』의 마지막 장에서 만용이가 페스트에 걸리게 되는 경과는 다음과 같이 묘사되어 있다.

> 그래 그는 이 지음에도 근처를 도라다니며 술타령을 자주 하게 되었는데 그 때 마침 멀지 않은 부락에 페스트 환자가 발생하였다는 소문이 떠도랐다.
> 남표는 소문을 듣자 은근히 염려하였다. 사실 그것은 놀라운 소문이다. 그날부터 남표는 부락민을 학교 마당으로 모아 놓고 전염병에 대한 강연을 하는 한편 집집이 쥐와 벼룩이 같은 것을 힘써 잡고 집안을 청결히 소제하기를 선전하였다.
> 그 중에도 쥐를 힘써 잡을 것과 변소와 수채 같은 불결한 곳에는 소독하라고 소독약을 무료로 논아주기도 하였다. 이 방역 운동에 그는 현림이와 함께 진두에 서서 학생들까지 동원을 식혔다.
> 이렇게 주의를 힘써 하고 예방진(豫防陳)을 미리부터 쳤것만은 불행이 한 사람의 감염 환자가 생길 줄을 누가 알았으랴?(580-581)

이 소설에서 등장하는 정안둔이나 신가진은 실제로는 존재하지 않는 가상적인 지명이다. 정안둔이 북만 지역에 위치하고 하얼빈과 러시아에 좀 더 가까운 지역이라는 점에서, 위에서 말하는 '멀지 않은 부락'이 1940년에 실제로 페스트가 광범위하게 발생했던 농안이나 신경을 의미하는

---

23) 松村高夫, 위의 논문 및 松村高夫, 「日中戰爭期の日本軍のよる細菌戰と朝鮮戰爭期の米軍による細菌戰の類似性・連續性について」, 『15年戰爭と日本の醫學醫療研究會會誌』, 10卷 2號, 2010 참조. 참고로 세균무기 개발에 참여했던 일본의 군인들과 의학자들은 이시이 시로(石井四郎)를 비롯 대부분 이 자료를 미군에게 넘겨주는 조건으로 전범 재판에 회부되지 않았고, 한국 전쟁 시기 미군이 이 방법을 사용하여 중국과 북조선에 대한 세균전을 기획하기도 한 것으로 알려져 있다.

것으로 볼 여지는 크지 않다. 그러나 1910년 바이칼 지방에서 발생한 폐(肺)페스트가 만주리(滿洲里)를 거쳐 하얼빈에서 발병자를 낳고 이듬해 심양(봉천)과 장춘(신경)까지 전파되어 전만주에서 4만 4천 명의 사망자를 낸 이래로, 신경에서의 페스트 대유행은 "30년만에 나타난 돌연한 유행"[24]이자 큰 충격이었다.

일본제국에 의해 만들어진 '하이모던' 국가 만주국[25]의 수도이자 계획도시였던 신경에는 만인(중국인)뿐만 아니라 일본인, 조선인 등 50만이 넘는 사람들이 '오족협화'라는 이념 아래 공존하고 있었기에, 농안에서 신경으로 전파된 페스트의 소식은 신문기사 등을 통해 식민지 조선에도 수시로 전해졌다. 『매일신보』의 경우 1940년 7월 16일자 「농안성내에서 페스트 발생」이라는 제목의 기사로 페스트 발생 소식을 전한 이래 페스트가 신경에 전파되어 주요 거점지역이 차단되고 주요 학교에 휴교가 내려진 상황 및 그 해제 과정 등을 지속적으로 보도하였다.[26] 또한 페스트 유행이 어느 정도 진정된 시점에서도 방역상의 이유로 조선인들이 집단적으로 거주하는 지역이 당국에 의해 강제소각 명령을 받게 된 상황이나 조선인 거주 지역에 다시 페스트 의심환자가 발생한 상황 등이 지속적으로 전해지고 있었다.[27]

한편 1940년과 1941년에 걸쳐 절강성과 호남성에서 731부대에 의해 자행된 페스트균 살포는 중국에 의해 연합군에 보고되었지만 영국과 미국은 이를 묵살하였던 것으로 알려져 있다.[28] 따라서 해방 이전 시기 관

---

24) 松村高夫, 「新京・農安ペスト流行'(1940年)と731部隊(上)」, 앞의 논문, 647쪽.
25) 한석정, 「만주국−60년대 한국, 불도저 국가의 흐름」, 『만주연구』 13, 2012.
26) 신경에 흑사병 유행」, 1940.10.6 ; 「신경시내에 페스트환자 계속 발생」 1940. 10.6 ; 「인고 실로 일개월, 신경의 교통 차단 해제」, 『매일신보』, 1945.11.2. 「차단구역 점차 해제−신경의 페스트 점차 침식」, 1940.11.5). 이 즈음을 전후하여 페스트 등 전염병을 예방하는 방법에 관한 기사도 자주 등장한다.
27) 「반도인 거주지구 축정 일대 소각? 신경에 흑사병 다시 발생」, 『매일신보』, 1940.11.27.
28) 松村高夫, 「日中戰爭期の日本軍のよる細菌戰と朝鮮戰爭期の米軍による細菌戰の類似性・連續性について」, 앞의 논문 참조.

동군의 세균전 실험 혹은 731부대의 존재는 국민당 정부와 관련이 있는 조선인들에게는 알려졌을 가능성이 있다. 그러나 이 소설을 집필하던 1944년 즈음 이기영은 강원도 지역에 소개해 있던 상태였고, 그가 접할 수 있는 정보는 제한되어 있었을 것이기 때문에 실제로 그가 731부대의 세균전에 대해 소상히 알고 있었다고 보기는 힘들다.

다만 이 시기 유일하게 한글로 발행된 『매일신보』 기사 중에서 만주지역 페스트 발병에 관한 기사는 신경 및 농안 지역에서 발생한 것이 거의 유일하다는 사실을 감안하면,29) 1940년 농안 및 신경 지역에서의 페스트의 창궐이 이 소설의 모티프로 취해졌을 가능성은 매우 높다. "임파선이 부어오르고 페스트 환자로서의 증상이 차차 명요하게 나타나기 시작"(581)한 만용에 대해 남표가 선(腺)페스트로 진단하는 장면이 심상하게 읽히지 않는 것은 1940년에 농안 및 신경에서 유행했던 페스트가 선페스트였던 까닭이다. 게다가 쥐와 벼룩의 박멸을 강조하고 있는 위 인용에서 보듯 페스트의 구제와 방역 방법에 대한 서술은 당시 731부대에 의해 역학적으로 조사된 사실과도 부합한다. 여기에서 주목되는 것은 1940년에 농안 및 신경 지역에서 페스트가 창궐했을 당시 '선만일여(鮮滿一如)'라는 국책에 부응하여 조선에서도 경성제대를 필두로 경성의전과 세브란스 의전 등에서 교수와 조교 등 의료진 백여 명이 '인술 정신대(仁術挺身隊)'라는 명칭으로 만주국에 파견되었다는 사실이다.30) 이 기사에 등장하는 '인술 정신대' 속에도 "세균연구실을 짓고 세균에 관해 연구하는 것"(588)을 평생

---

29) 한국언론재단이 구축한 '미디어 가온'의 '고신문 검색' 결과 1940년 이후의 매일신보 기사에서는 '가금류 페스트'를 제외하면 신경, 농안지역의 페스트에 관한 기사가 유일하다. 따라서 1940년대 북만주 지역에서의 페스트 창궐을 소설의 소재로 활용할 때 1940년 농안과 신경에서 발생한 페스트를 모티프로 취하고 있다고 보아도 큰 무리가 없다고 할 수 있다.

30) 「금일 만주로 인술정신대, 흑사병 방역에 조선서 백명 출발」, 『매일신보』, 1940.11.2. 『매일신보』가 '인술 정신대'로 표현한 이들 의료진을 일본어 신문에서는 '응원의(應援醫) 부대', '페스트 토벌대'로 표현하고 있다는 점도 흥미롭다. 「ペスト禍の新京へ, 應援醫 部隊」, 『京城日報』, 1940.11.2 ; 「勇躍滿洲へ, ペスト討伐隊」, 『朝日新聞(南鮮版)』, 1940.11.2.

의 유업으로 여기고 있었던 남표와 같은 젊은 의학도가 분명 있었을 것이다. 이런 점에서 『처녀지』는 731부대와 페스트균의 세균무기화라는 활동과 관련된 역사적 사실을 작품의 주요 모티프로 취했을 가능성이 매우 크다고 할 수 있다.[31]

4. 위생의 근대와 '처녀지의 역병'

근대 중국의 개항장에서의 '위생' 개념의 변모와 수용 과정을 통해 '식민지 근대성'의 주요 요소로서의 '위생의 근대(hygienic modernity)'[32] 개념을 제시한 바 있는 R. 로거스키에 따르면, 근대 만주에서의 '위생'은 "건강과 근대성이라고 하는 꼭 필요한 혜택"인 동시에 "사회적 통제와 강요된 힘의 행사"라는 양가적인 의미를 지니고 있었다.[33] 전염병 예방 접종에 익숙해지면서 정체를 알 수 없는 피하주사에 대한 두려움이 약화되는 동시에 거리낌 없이 아편 주사를 스스로 놓을 수 있게 된 것이 근대 중국과 만주에서 위생의 근대가 자리잡는 과정이었다. 이 과정에서 만주의 구석구석까지 제국 의료에 의한 신체의 규율화가 진행되는데, 이는 결과적으로 세균전에 활용될 수 있는 인체 실험을 가능하게 한 인프라를 구축한

---

31) 이기영이 이 문제에 얼마나 자각적이었는지는 분명하지 않다. 다만 이기영이 해방전에 창작한 마지막 작품인 「장끼」(『방송지우』, 1945. 4·5합본호)는 식민지 말기 이기영의 내면 풍경을 짐작하는 데 도움이 된다. 이 작품은 남편이 징용간 상황에서 가족의 생계를 여성이 책임져야 하는 태평양 전쟁 말기의 극단적인 상황을 묘사한 방송소설로서, 덫에 걸려 목숨을 잃은 장끼를 바라보며 아내가 "똑같이 배곱흔 생명끼리, 제목숨을 살리기 위해서 남의 목숨을 뺏는다는것은 얼마나 죄될짓"인가 하고 반문하는 모습이 그려지고 있다. 필자는 이 작품이 전쟁을 미화하는 천황제 파시즘의 이데올로기에 대한 비판을 여성주의적 시각에서 수행하고 있는 것으로 보았다. 서재길, 「강요된 협력, 분열된 텍스트」, 앞의 논문, 297~298쪽.

32) R. Rogaski, *Hygienic Modernity: Meanings of Health and Disease in Treaty-Port China*, Berkerly: University of California Press, 2004.

33) R. Rogaski, "Vampires in Plagueland: The Multiful Meanings of *Weisheng* in Manchuria,", p.156.

셈이다.

북만의 조선인 개척마을에서 농사 개량과 위생 보급을 통해 '제 2대의 선구자'로서의 '문화적 사명'을 다하기 위해 금욕적이고 노동지향적인 삶을 지향했던 주인공 남표는 자신이 믿어 의심치 않았던 개척의학을 실천하는 과정에서 희생되고 만다. 자신이 아편 중독에서 구해주었던 바로 그 인물의 페스트를 치료하다가 역설적이게도 의사인 자신이 페스트에 감염되었기 때문이다. 남표를 죽음으로 몰고 간 페스트균을 731부대의 생체실험 과정에서 사용되었던 페스트균과 연관짓는 것은 지나친 상상력의 발로일 것이다.[34] 어쩌면 그를 죽음에 이르게 한 페스트균이 어디에서 유래한 것인가를 따지는 일은 그다지 생산적이지 않을지도 모른다. 그러나 남표가 병원을 차린 뒤 토끼를 이용한 세균 실험을 통해 궁극적으로 이루고자 했던 연구가, 하얼빈 인근 도시에서 관동군의 막대한 지원 속에서 비밀리에 전개되던 관동군 731부대의 세균무기 개발과 같은 뿌리를 가진 것이라는 사실은 아무리 강조해도 지나치지 않을 것이다. 실제로 731부대의 광범위한 세균전 실험은 러일전쟁 직후의 조차지(租借地) 관동주(關東州)에서부터 전개되었던 제국 일본의 개척의학과, 만주의과대학(1922), 만철위생연구소(1926) 및 개척의학연구소(1939)로 이어지는 연구 네트워크에 의해 뒷받침되고 있었다. 세균 실험실, 격리 병동, 벼룩과 설치류의 사육

---

34) 농안에서 발생하여 신경으로 전파된 페스트가 자연발생적인 것이 아니라 1939년 러시아 국경 인접지역에서 발생한 '노몬한 사건' 이래 731부대가 1940년 중국 절강성(浙江省) 구주(衢州), 영파(寧波), 금화(金華)에서 자행한 일련의 세균전의 은폐를 위해 의도적으로 살포된 것이라는 주장이 중국 학자들 및 일부 한국학자에 의해 제기되기도 하였지만, 아직까지 확실한 근거가 밝혀진 것은 아니다. 그러나 신경, 농안 페스트 유행으로부터 세균전에 필요한 실질적인 정보를 수집하여 이를 실전에 활용하였다는 점은 일본과 미국학계에서도 보편적으로 인정되고 있다. 1941년 11월에 호남성 상덕(常德)에서 731부대에 의해 발생한 페스트는 농안과 신경에서 수집한 데이타에 대한 일련의 연구 결과에 바탕한 일종의 '실험적 시행(experimental trial)'으로 평가받고 있다. 서이종, 「일본제국군의 세균전 과정에서 731부대의 농안·신징 지역 대규모 현장세균실험의 역사적 의의」, 『사회와 역사』 103집, 2014 ; 松村高夫, 「日中戰爭期の日本軍のよる細菌戰と朝鮮戰爭期の米軍による細菌戰の類似性・連續性について」, 앞의 논문 참조.

을 위한 방대한 설비, 군사용 활주로, 과학자와 그들의 가족을 위한 기반 시설들, 생체 실험을 위해 희생될 운명에 처한 수감자들을 위한 독방과 대규모의 화장장 등으로 대표되는 당대 최고의 위생 인프라는 제국 일본의 만주 위생 네트워크 속에서 일찍이 구축되고 있었던 것이다.35) 결국 남표의 세균 연구와 731부대의 세균무기 개발은 일본의 제국 의료의 전개 과정에서 나타난 '식민지 개척의학의 극북(極北)'이라는 점에서 동전의 양면을 이루고 있었던 셈이었다.

서양에 의한 제국주의 침략과 일본에 의한 동아시아 식민지 점령 및 통치의 역사에 있어서 가장 중요한 역할을 했다고 평가되는 '제국 의료'의 전개과정에서 한 식민지 지식인의 육체가 잠식되는 과정을 묘사함으로써 『처녀지』는 개척의학과 '위생의 근대'에 대한 근본적인 질문을 제기하고 있는 것으로 보인다. 이 소설의 제목에서 『생태제국주의』의 저자인 A. 크로스비가 인간이 미지의 감염증과 만나게 되면서 상상을 초월하는 대재앙과 마주치는 현상을 '처녀지의 역병(virgin soil epidemics)'이라고 이름붙인 것을 연상하게 되는 것은 바로 그 때문일 것이다.

편자 **서 재 길**

서울대 국어국문학과를 졸업하고 같은 대학 대학원에서 「한국 근대 방송문예 연구」로 박사학위를 받았다. 도쿄 외국어대학 연구원, 서울대 기초교육원 강의교수, 서울대 규장각한국학연구원 HK연구교수 등을 거쳐 현재 국민대 국어국문학과 교수로 재직 중이다. 식민지 시기의 문학, 연극, 방송, 영화 등의 대중문화와 미디어에 관심을 두고 연구하고 있다. 저서로『제국 일본의 문화권력 2』(2015, 공저), 『만주, 경계에서 읽는 한국문학』(2015, 공저), 『한국 현대소설이 걸어온 길, 1945-2010』(2013, 편저), 『조선사람의 세계 여행』(2011, 편저), 『허준전집』(2010, 편저) 등이 있으며, 『대학이란 무엇인가』(2014), 『라디오 체조의 탄생』(2011)을 우리말로 옮겼다.

식민주의와 문화 총서 22

처녀지(處女地)

초판 인쇄 2015년 4월 28일
초판 발행 2015년 5월 8일

지은이 이기영
엮은이 서재길
펴낸이 이대현
편 집 이소희
펴낸곳 도서출판 역락
　　　　　 서울 서초구 동광로 46길 6-6 문창빌딩 2층
　　　　　 전화 02-3409-2058(영업부), 2060(편집부)
　　　　　 팩시밀리 02-3409-2059
　　　　　 이메일 youkrack@hanmail.net
　　　　　 등록 1999년 4월 19일 제303-2002-000014호
　　　　　 역락 블로그 http://blog.naver.com/youkrack3888

ISBN 979-11-5686-185-0 94810
　　　　 979-11-5686-061-7 (세트)

정 가 37,000원